Sonho de uma Vida

Da Autora:

O Segundo Silêncio

A Última Dança

Você Acredita em Destino?

Honra Acima de Tudo

Trilogia
Amores Possíveis

Estranhos no Paraíso

O Sabor do Mel

Sonho de uma Vida

Eileen Goudge

Sonho de uma Vida

Trilogia
Amores Possíveis

Volume 3

Tradução
Ana Beatriz Manier

Copyright © 2003, Eileen Goudge

Título original: *Wish Come True*

Capa: Silvana Mattievich
Foto da autora: Sandy Kenyon

Editoração: DFL
Foto de capa: Kevin McNeal/GETTY Images

Texto revisado segundo o novo
Acordo Ortográfico da Língua Portuguesa

2010
Impresso no Brasil
Printed in Brazil

CIP-Brasil. Catalogação na fonte
Sindicato Nacional dos Editores de Livros – RJ

G725s	Goudge, Eileen
	Sonho de uma vida/Eileen Goudge; tradução Ana Beatriz Manier. – Rio de Janeiro: Bertrand Brasil, 2010.
	448p. – (Trilogia Amores possíveis; v. 3)
	Tradução de: Wish come true
	Sequência de: O sabor do mel
	ISBN 978-85-286-1428-2
	1. Processos (Homicídio) – Ficção. 2. Romance americano. I. Manier, Ana Beatriz. II. Título. III. Série.
	CDD – 813
10-1374	CDU – 821.111(73)-3

Todos os direitos reservados pela:
EDITORA BERTRAND BRASIL LTDA.
Rua Argentina, 171 — 2º andar — São Cristóvão
20921-380 — Rio de Janeiro — RJ
Tel.: (0xx21) 2585-2070 — Fax: (0xx21) 2585-2087

Não é permitida a reprodução total ou parcial desta obra,
por quaisquer meios, sem a prévia autorização por escrito da Editora.

Atendimento e venda direta ao leitor:
mdireto@record.com.br ou (21) 2585-2002

Para
Susan Ginsburg:
amiga e agente, do início ao fim.

Cuidado com o que deseja.
— PROVÉRBIO CHINÊS

No momento em que entrava na carruagem,
a fada madrinha lhe disse:
— Lembre-se, o que quer que esteja fazendo, não passe da meia-noite
— e avisou-a de que, se não saísse a tempo, sua carruagem voltaria a se
transformar em abóbora, os cavalos em camundongos, o cocheiro em
rato, os lacaios em lagartos, e seu vestido, em andrajos...
— CINDERELA (*McLoughlin Bros., Nova York, 1897*)

Capítulo Um

Anna Vincenzi jamais vira tantos repórteres assim. Nem mesmo na época em que cada movimento da irmã era controlado por milhares de pessoas famintas à procura da menor das migalhas — ou nos dias que se seguiram ao acidente que deixou Monica paralítica da cintura para baixo. Eles fervilhavam como insetos no início da entrada de carros, que dava para a antiga Estrada de Sorrento, competindo por uma posição mais privilegiada com minicâmeras e microfones acoplados a cabos e prontos para atacar. Enfileirados na estrada, havia caminhões de filmagem brancos e conversíveis, de onde emergiam pratos receptores de satélites e antenas quase tão altas quanto as figueiras ali em volta. Uma repórter loura, que segurava decorosamente o microfone contra os lábios brilhantes, permanecia de costas para a cerca sob o clarão de um refletor portátil, enquanto um operador de câmera de aparência desleixada filmava-a rígida. Por um momento atordoante, enquanto a viatura policial abria caminho pela estrada esburacada em meio a uma nuvem de poeira, Anna sentiu-se como se estivesse assistindo a tudo aquilo na tevê. Foi quando alguém gritou "É ela!", e começou a confusão.

O pânico fluiu por seu corpo numa onda gelada assim que várias pessoas surgiram em volta do carro, fazendo-o reduzir a velocidade até quase se arrastar. Nós dos dedos bateram contra a sua janela e rostos surgiram ameaçadores, distorcidos pelo brilho intenso do sol que se refletia no vidro empoeirado. Uma voz masculina berrou:

— Anna! Você pode nos dizer alguma coisa sobre a sua prisão?

Outra perguntou, de modo estridente:

— Foi você? Você a matou, Anna? — O policial ao volante, um homem robusto de meia-idade com pregas esbranquiçadas na parte de trás do pescoço bronzeado, praguejou:

— Jesus Cristo, será que não dão comida para esses animais? — Anna sentiu vontade de gritar: *Sou inocente! Isso tudo é um grande erro!*, mas, quando levou a mão ao botão que abaixava o vidro, mais uma vez lembrou-se das algemas que limitavam seus movimentos pelos punhos e parou de repente.

Foi quando se deu conta: estava presa. Motivo pelo qual, naquele dia ensolarado de abril, com os lírios florescendo e as acácias derramando flores amarelas por cima da caixa de correspondência — que se encontrava caída, como se embriagada, um legado de quando Finch estava aprendendo a dirigir —, estava sendo levada para o centro da cidade para ser autuada.

Uma onda de vertigem subiu em espiral e o mundo ficou opaco e granulado, como a imagem com chuviscos da antiga televisão preto e branco do quarto da mãe. Ela pensou: *Isso não está acontecendo*. Na verdade, os últimos dias pouco diferiam do surreal, a começar pelo início da manhã de sexta-feira, com a ligação histérica de Arcela. Mesmo com tudo o que vinha acontecendo desde então, a ficha ainda não havia caído por completo. Como sua irmã poderia estar *morta*? Isso era o mesmo que tentar entender que o planeta havia saído de seu eixo.

Fazia vinte e um graus do lado de fora, mas Anna estava congelada até os ossos. Com um pouco de dificuldade — as algemas faziam até mesmo o menor dos movimentos sair desengonçado —, ela puxou para perto do corpo um suéter que pegara do armário, a caminho da porta, num manequim dez vezes maior. Devia ter esquecido de encaixotá-lo com o resto de suas roupas de gorda. Sua boca tremeu com um sorrisinho irônico. E chegara a achar que ser gorda era a maior de suas preocupações.

A viatura reduziu quase a ponto de parar. Vic Purdy, no banco do carona, um policial das antigas com mais de trinta anos de experiência — e que, com o tempo, foi precisando afrouxar o cinto para acomodar a cintura em eterna expansão —, abaixou o vidro para resmungar:

— Vamos andando, pessoal! Todos vocês vão ter sua vez no fórum!

Dedos gorduchos se dobraram sobre o vidro parcialmente abaixado da janela de Vic e um rosto surgiu, apenas a parte superior visível: um par de olhos arredondados e penetrantes espiando por baixo de sobrancelhas de um australopiteco.

— Anna! Você fez isso por dinheiro? Sua irmã deve ter te deixado uma bolada. — Os dedos foram recolhidos a tempo de não serem apertados pelo vidro que subia. O policial ao volante murmurou outra praga e acelerou o motor. Eles seguiram aos solavancos, a multidão se abrindo para os lados. Em seguida, com uma última sacolejada por cima do pior dos buracos, no qual todas as primaveras pelo menos um motorista azarado ficava preso, eles pegaram a estrada.

Ouvir chamarem seu nome — chamarem não, gritarem –– teve o efeito de uma ducha de água fria sendo derramada sobre ela. Desde quando podia se lembrar, fora sempre Monica sob a luz dos refletores, fora sempre por ela que eles clamavam. Poucos haviam sequer chegado a reparar em sua irmã desconhecida e apagada — cujo último nome era Vincenzi, e não Vincent —, sempre quieta e à parte. Anna poderia ter achado empolgante o fato de agora ser *ela* o centro das atenções, caso as circunstâncias que a haviam colocado ali não fossem tão tenebrosas.

A viatura foi ganhando velocidade à medida que seguia para a cidade, deixando um véu pálido de poeira ondulando em sua esteira. Anna estava rígida em seu assento, olhando para fora da janela, para os campos e pastos que rolavam para trás. Eles sacolejaram sobre mata-burros e buracos. Vacas e cavalos que pastavam em paz passavam rapidamente como imagens de livros de histórias de um período de sua vida há muito tempo deixado para trás. A policial sentada ao seu lado, uma jovem hispânica, perguntou se ela gostaria que o ar-condicionado fosse desligado. Anna, que não havia percebido que estava tremendo, virou-se para ela, vendo-a pela primeira vez. IRMA RODRIGUEZ, assim constava em sua identificação, tinha cabelos negros e brilhantes puxados para trás numa trança e seria bonita não fosse pelas espinhas que haviam devastado seu rosto. Anna pegou-se dando-lhe conselhos mentalmente: *Coma muitas verduras, fique longe das gorduras saturadas e limpe o rosto com um bom esfoliante*. Mas Irma Rodriguez não era uma das fãs de Monica em busca de conselhos.

Anna lembrou-se do último e-mail ao qual respondera, poucas horas antes de receber a notícia da morte de Monica:

Para: Mamabear@earthlink.com
De: monica@monicavincent.com
Assunto: RE: E agora?

Cara Jolene,
O que vai mudar desta vez? Pelo que você me disse, ele já implorou o seu perdão antes. Se estivesse sendo mesmo sincero, buscaria ajuda. Mas, caso não busque, isso não deve impedir que você o faça. Se não por você, pelo menos pelos seus filhos. Você quer que eles cresçam dessa forma? Você acha que o fato de seu marido não ter batido neles — ainda — é razão para não abandoná-lo? Há outras maneiras de se ferir uma criança, acredite em mim.

Agora ela nunca ficaria sabendo do resultado de tudo isso. Não apenas com relação a Jolene, mas com relação a todas as inúmeras outras

Sonho de uma Vida   **13**

pessoas para quem distribuíra conselhos fraternos, falando sobre tudo, desde beleza até dicas de sexo seguro. E se essas pessoas descobrissem que ela se passava por Monica? Será que se sentiriam traídas, achando que isso era um tipo de brincadeira de mau gosto, e não algo que acabara fazendo praticamente por acidente, como resultado da indiferença de Monica por seus fãs? Tal pensamento a fez sentir uma pontada na boca do estômago. Será que teria a oportunidade de dizer a essas pessoas que fora movida apenas pela melhor das intenções?

Irma lhe ofereceu uma tirinha de goma de mascar. Anna percebeu que estava nervosa como alguém num primeiro encontro. Crimes dessa natureza eram quase desconhecidos em Carson Springs. Houvera os assassinatos da freira no ano retrasado, mas irmã Beatrice estava agora trancafiada em segurança, presa numa instituição criminal para doentes mentais. Fora isso, o pior que já havia acontecido foram as detenções de uma só noite de Waldo Squires, por andar embriagado e arrumar confusão. Agora, com a morte de Monica, policiais cuja exposição pública se limitava a palestras para a câmara municipal sobre assuntos como a necessidade de mais parquímetros no centro da cidade viam-se na mira dos holofotes.

De repente pareceu extremamente importante para Anna ter, pelo menos, uma aliada.

— Eu estava em casa naquela noite — disse ela, praticamente sussurrando. — Vendo televisão.

A expressão de Irma permaneceu inalterada. O pânico de Anna aumentou. Será que, em vez disso, deveria ter dito que amava Monica, que não seria capaz de levantar um dedo contra ela? E isso lá era verdade? Numa época talvez tivesse sido, porém, mais para o final, havia *mesmo* imaginado como sua vida seria muito mais fácil sem a irmã.

— Você tem um advogado? — Irma mascava seu chiclete placidamente, deslocando as mandíbulas como as vacas no pasto.

Anna negou.

— Eu não sabia que precisaria.

— Pois sabe agora.

A policial a observou com curiosidade. Anna sabia que em nada se parecia com um tipo suspeito de assassinato. Com uma saia azul-marinho, camiseta azul-clara, brincos dourados e um pequeno crucifixo no pescoço como únicos adornos, ela poderia muito bem estar indo para uma entrevista de emprego.

Eles viraram para a autoestrada onde o asfalto era liso e os pastos davam lugar a fileiras e mais fileiras de árvores carregadas de laranjas tão perfeitamente redondas e vistosas que, de longe, pareciam artificiais, como o desenho de uma criança retratando um laranjal. Aqui e ali, em meio às sombras mosqueadas, gansos brancos e gordos, mais fortes do que os cães que montavam guarda contra os invasores, marchavam pomposos como pequenos generais. No meio da paisagem multicolorida, poderiam se passar por animais imaginários numa animação da Disney.

Bem ao longe, uma extensão de colinas esverdeadas erguia-se para encontrar as montanhas mais distantes, com seus picos nevados que brilhavam como joias naquela tigela emborcada que era o céu e que banhava o vale de sol durante quase o ano inteiro. Seus olhos lacrimejaram com tamanha luminosidade que ela lamentou não ter pensado em trazer os óculos de sol quando estava de saída. *Sempre leve chapéu, óculos de sol e protetor solar quando sair de viagem. Não custa prevenir.* Durante quanto tempo desprezara essas preciosas pérolas de sabedoria?

Ocorreu-lhe então que, para onde estava indo, não iria precisar de nenhuma dessas coisas. Mas, antes que o pânico pudesse mais uma vez dominá-la, ela disse a si mesma: *Assim que chegarmos lá, tudo será esclarecido.* Eles veriam que se tratava de um engano, que ela não era culpada de mais nada, a não ser de uma multa vencida por estacionamento indevido que deixara de pagar. Mesmo assim, minutos mais tarde, seu pulso ainda estava acelerado e as palmas das mãos, suadas, quando eles saíram da Estrada Mariposa para o caminho ladeado de palmeiras, na frente do prédio municipal que abrigava a delegacia de polícia e o fórum.

Um elefante branco da era vitoriana, originalmente lar da família Mendoza — descendentes dos primeiros colonizadores espanhóis do vale, conhecidos como *gente de razón* —, o prédio tinha quatro andares e

Sonho de uma Vida

detalhes suficientes, na forma de empenas e rendilhados, para empregar todos os pintores de parede da cidade. Era também agraciado por uma fileira impressionante de vitrais tidos como autênticos Tiffany. Ainda assim, enquanto percorriam lentamente o caminho de carros, os olhos de Anna se fixaram nos repórteres amontoados nos degraus do lado de fora. Seriam os mesmos que estavam em sua casa ou aquele seria outro bando? Deus do céu, quantos *havia* ali?

O carro parou e Irma segurou Anna firmemente pelos cotovelos assim que elas saíram a céu aberto. Anna baixou instintivamente a cabeça, levando as mãos ao rosto para protegê-lo da exposição. Vozes gritavam seu nome. Flashes disparavam entre dedos em concha. Ela percebeu a mistura de odores de suor, fumaça de cigarro e perfume. A pressão de todos aqueles corpos se fechando à sua volta disparou uma onda de pânico por seu corpo. Seus joelhos falharam, mas braços fortes a levantaram de ambos os lados. Antes que se desse conta, já havia entrado e estava sendo conduzida por um corredor iluminado por lâmpadas fluorescentes.

Quartéis de polícia como aquele consistiam em várias fileiras de escrivaninhas da era Eisenhower amontoadas no que uma vez fora um salão térreo. No teto alto, rosetas de gesso ainda estavam visíveis em lugares que não haviam sido cobertos por painéis e revestimentos acústicos. Arquivos de ferro bege enfileiravam-se em um lado da parede e, no outro, estava o sargento da expedição em seu posto. Ela percebeu um leve aroma de café torrado e de alguma outra coisa, um cheiro que associou a algumas instituições — escolas e hospitais, e ao cheiro típico da fila no Departamento de Trânsito. Todos pararam o que estavam fazendo para olhar para ela, que teve a sensação de que o tempo havia parado como na imagem congelada de um filme.

Anna lutou contra o ímpeto de sorrir como cumprimento. Vários dos rostos ali presentes lhe eram familiares. Ela reconheceu o grandalhão Tony Ochoa e o ruivo e desengonçado Gordon Ledbetter; eles é que haviam encontrado sua mãe no dia em que ela saiu andando pela Los Reyes Plaza. E Benny Dickerson, que mancava por conta do infortúnio de ter tido a própria arma disparada, ainda presa ao coldre. Fora ele que atendera à sua ligação apavorada na noite em que acordara e encontrara a cama de Betty vazia. Benny a encontrara na campina, entre sua casa e a de Laura, tremendo, só de camisola, sem fazer a menor ideia de como havia parado ali.

Ele se aproximou de Anna agora, protegendo a perna manca. Um homem de ombros caídos, perto de se aposentar, com costeletas que haviam sido moda nos anos 70, mas que, agora, brancas por conta da idade, pareciam emoldurar seu rosto de bassê hound como duas orelhas caídas.

— Olá, Anna — disse ele numa voz baixa, sem olhá-la nos olhos.

— Olá, Benny.

— Você está bem?

Como eu poderia estar bem?, sentiu vontade de gritar. Em vez disso, encolheu os ombros.

— Já passei por dias melhores.

— Isso não vai demorar. — Por um breve e eufórico momento, ela interpretou mal o que ele queria dizer, mas Benny se referia somente ao processo de registro. — Posso pegar alguma coisa para você beber?

Não exatamente um atendimento de primeira classe, como Monica teria dito, mas, naquele momento, Anna poderia tê-lo abraçado.

— Água seria ótimo — respondeu. Sua garganta estava tão seca que ela sentia os ouvidos estalarem enquanto engolia.

Ele lhe tocou o braço.

— Isso tudo... isso tudo poderá estar resolvido até amanhã.

Ela conseguiria resistir à indiferença ou até mesmo à crueldade. Mas não à solidariedade. Anna conteve o soluço que estava prestes a sair. A compaixão nos olhos castanhos e caídos de Benny foi quase mais do que ela podia suportar.

Os momentos seguintes passaram de forma indistinta. Ela teve as impressões digitais registradas e, em seguida, foi levada para uma salinha que também servia como depósito de artigos de utilidade — com toalhas de papel e rolos de papel higiênico empilhados num canto —, onde pousou para tirar fotos de rosto, encostada numa parede já manchada por conta de todas as outras cabeças que haviam se encostado ali ao longo dos anos. Durante todo o processo, ninguém a olhou nos olhos. Não que fossem todos cruéis, pareciam mais é com medo de deixar que a inexperiência deles transparecesse. Ela não fazia ideia de como sabia disso, apenas sabia. Anos vivendo sob a sombra de Monica haviam deixado sua habilidade observadora muito apurada, pois era nos momentos em que as pessoas não sabiam que estavam sendo observadas que ficavam mais transparentes. Anna conseguia vê-las como eram no íntimo. Sempre sabia o que queriam antes de elas próprias saberem. A única coisa que não descobrira ainda era como *ela* mesma era de fato. E talvez nunca tivesse descoberto, não fosse por Marc.

A lembrança dele a atingiu como um soco. Ela se curvou no banco onde havia sido deixada temporariamente. Queria muito ligar para ele, mas Marc estava a quilômetros de distância e, mesmo se concordasse em vir, não seria justo. Ele se envolveria em toda essa confusão, talvez até sofresse implicações. Ela tremeu só de pensar.

Anna levantou os olhos e viu um homem de meia-idade, com calças cáqui e paletó, de pé à sua frente. Percebeu a vermelhidão de suas faces e a teia de vasos rompidos em seu nariz, como um mapa de todos os bares por onde já havia passado — o mesmo rubor impenitente que seu pai apresentara, mais para o final. Ele sorriu, se é que se podia considerar aquilo um sorriso, revelando uma fileira de dentes pequenos sob uma grande extensão de gengiva. Seus olhos azul-claros estavam frios.

— Srta. Vincenzi? Sou o detetive Burch. A senhorita poderia me acompanhar? — Ele apontou para o corredor; claramente, pretendia interrogá-la.

Anna ficou surpresa ao se ouvir falando:

— Não sem o meu advogado. — Frase usada em todas as séries policiais a que já havia assistido. Nem sequer *tinha* um advogado.

— Fique à vontade. — Ele encolheu os ombros, mas ela percebeu que ficara irritado. O homem remexeu no bolso e, com desdém, jogou-lhe duas moedinhas de vinte e cinco centavos. Apontou para o telefone público na parede e saiu a passos largos pelo corredor.

Anna segurou os trocados, hesitante. O único advogado que conhecia era o de Monica, mas, por algum motivo, não conseguia imaginar Gardener Stevens, com seus cabelos grisalhos brilhantes e punhos com monogramas, reagindo de qualquer outra forma, a não ser com irritação por ser importunado num domingo. Ela se lembrou da festa que Monica dera no último Natal, a forma como ele fingira não vê-la por não ter sido ela a pegar seu casaco à porta, como de costume.

Talvez Liz conhecesse alguém, mas isso significaria gastar sua única ligação com uma pessoa com quem ela mal podia contar. Nesses últimos dias, enquanto enfrentava a tempestade desencadeada pela morte de Monica, por onde andara sua irmã? Escondendo-se, era isso o que vinha fazendo. Não que a culpasse por isso. Não teria feito o mesmo se pudesse?

Anna levantou-se do banco com as pernas bambas, todos os olhos voltados para ela enquanto andava até o telefone e digitava o único número, além do seu e o de Monica, que sabia de cor. O número de Laura. Não fora ela quem estivera sempre por perto? Passando em sua casa pelo menos uma vez por semana para ver se precisava de alguma coisa, raramente com as mãos vazias? Quase sempre eram coisas de pouco valor que levava — uma bisnaga recém-saída do forno; uma ferramenta que substituiria uma das muitas outras quebradas em seu galpão; e, uma vez, um gato para caçar os camundongos que haviam invadido a despensa da casa. Procure a palavra *vizinho* no dicionário, pensou ela, e você vai ver o retrato de Laura.

A ligação foi atendida no quarto toque.

— Rações e Grãos Kiley — Laura atendeu alegremente, parecendo sem fôlego, como se tivesse entrado correndo. Anna a imaginou no que ela mesma chamava de seu "uniforme": jeans, moletom e botas de caubói.

— Sou eu. Anna. — Ela manteve a voz baixa, a mão em concha sobre o telefone.

— Anna! Graças a Deus. Estou tentando falar com você. Um desses jornalistas odiosos bateu à minha porta agora há pouco, querendo saber se eu podia falar alguma coisa sobre a sua prisão. — Laura parecia irritada, como se tivesse ouvido uma brincadeira de mau gosto. Claramente não podia imaginar que fosse verdade. — Não se preocupe, o Hector deu uma corrida nele. *Onde* você está?

Sonho de uma Vida

— Na delegacia.

— Quer dizer que...?

— Infelizmente.

— Ah, meu Deus. Como...?

— Parece que eles acham que fui *eu* que a matei.

— Que diabo...?

— Não sei muito mais do que isso.

— Isso é uma afronta! Você é tão assassina quanto... quanto... — Ela se deteve, talvez se lembrando da irmã Beatrice.

— Pelo que parece, eles têm outra opinião.

— Tudo bem. Vamos começar pelo início. Você vai precisar de um advogado. — De repente Laura ficou extremamente profissional. — Me deixe pensar... onde está mesmo aquele número? — Anna podia ouvir o barulho de páginas sendo viradas do outro lado da linha. — Ótimo... aqui está. Vamos resolver isso logo, não se preocupe. Aguenta firme, está bem? Vou para aí assim que puder. — Ela desligou.

Anna abaixou o telefone até o gancho com extremo cuidado. Preocupar? Já havia passado do estágio da preocupação... estava há anos-luz de qualquer outra experiência que pudesse ter tido em sua vida anterior. O que sentia agora era um tipo de torpor como o que sentira logo depois que a anestesia que tomara para fazer um tratamento de canal perdera o efeito e a dor viera estrondosa, como uma manada de elefantes.

Ela voltou para o banco, cobrindo a cabeça com as mãos. Não que, como quem olhasse sem dúvida poderia pensar, estivesse desesperada, mas por causa da risada histérica que estava suprimindo. Que ironia: uma vez acreditara que se livrar de seu antigo eu gordo seria a resposta para todas as suas preces, quando, na verdade, fora a sua desgraça.

Capítulo Dois

Seis meses antes

nna franziu a testa diante da tela do computador, mordendo o lábio para não ceder à tentação de responder, hábito que uma vez levara Arcela, lá de seu quarto no final do corredor, a enfiar a cabeça pela porta para ver o motivo de tanta inquietação. Normalmente era Monica que discutia e esbravejava, enquanto Anna absorvia tudo em silêncio.

Agora, ela digitava freneticamente:

De: monica@monicavincent.com
Para: kssnkrys@aol.com
Assunto: RE: Que saco!

Querida Krystal,
Que babaca! Seu chefe tem sorte de você não processá-lo por assédio sexual. Na minha opinião, ele fez um favor ao te demitir. A última coisa de que você precisa é trabalhar para alguém como ele.

Você vai arrumar outro emprego, tenho certeza. Não perca as esperanças. Veja como você chegou longe! Qualquer outra pessoa teria desistido. O pior já ficou para trás... tenho certeza absoluta. Você pôs a cabeça no lugar e pegou as crianças de volta. Encontrar outro emprego será a menor das suas preocupações.

Dê notícias. Lembre-se, estou aqui se precisar de mim.

Um abraço,
Monica

Ela apertou a tecla *Enviar* e recostou-se na cadeira. Responder aos e-mails de Monica era a parte de seu trabalho que o fazia tolerável: durante algumas horas por dia, ela se tornava outra pessoa além de Anna Vincenzi. Não era só o fato de saber que havia mulheres lá fora mais desesperadas do que ela; era a oportunidade de sair de sua pele e entrar na da pessoa que ela havia criado: a de uma Monica enobrecida pela tragédia que a condenara a uma cadeira de rodas, que era gentil e condolente, cujo coração de ouro brilhava mais do que sua estrela na Calçada da Fama de Hollywood. Pouco importava que isso estivesse mais distante da realidade do que Vênus da Terra. Enquanto respondia àqueles e-mails, Anna acreditava de coração no que fazia. Assim como acreditava nas mulheres cuja vida havia saído dos trilhos por força das circunstâncias, por causa de homens ou pelos dois motivos, e que se agarravam à esperança de que tudo melhoraria um dia. *Você não conhece a força que tem*, escrevia ela. *Você vai sair dessa; tenha fé.* Conselhos que ela poderia muito bem tomar para si.

Quase sempre se perguntava o que aconteceria se as pessoas descobrissem. Será que se sentiriam enganadas? Ou, pior, será que iriam rir diante da ideia de Anna Vincenzi, gorda e sem graça, fazendo-se passar pela irmã famosa, como se fizesse ideia do que era levar um fora (para isso, seria necessário ter um homem, para início de conversa), do que era ser abusada sexualmente, ou engravidar pela quarta vez no mesmo número de anos? Se pudessem vê-la, será que iriam rir ainda mais da ironia que era ela dar dicas de moda e beleza — de tudo, desde cabelos mais brilhantes (não tingi-los, nunca), plásticas faciais (você vai ficar bem para a sua idade, mas nem um dia mais jovem), até conselhos sobre o que usar quando estiver com pouco dinheiro (invista em acessórios de qualidade; sapatos e cintos baratos chamam muita atenção). Dieta era o único assunto que ela conhecia por experiência própria. Poderia ter escrito vários volumes sobre o que não comer, quando e como não comer.

Anna teve um vislumbre de si mesma no espelho de corpo inteiro da porta do armário — uma reminiscência de quando seu escritório minúsculo fora o quarto de empregada — e franziu a testa. Se não tinha qualquer ilusão com relação a Monica, menos ainda tinha sobre si mesma. Durante toda a vida, muito antes de as lojas de departamentos dedicarem andares inteiros a roupas exclusivas para pessoas obesas, ela comprava roupas desenhadas para esconder uma variedade de pecados. Tomava cuidado para evitar tudo o que não fosse aconselhável: listras horizontais e desenhos espalhafatosos, saias acima dos joelhos, calças que esticavam na frente, formando "bigodes de gato". A cor predominante em seu guarda-roupa era o preto. O problema era que *nada* jamais disfarçara o simples fato de que ela era gorda.

Quando era criança, as amigas da mãe se referiam a ela com muito tato, como uma gordinha muito bonitinha, mas, com o passar dos anos, Anna foi descobrindo que não havia nada de remotamente bonitinho no fato de ser gorda. Hoje em dia, essas mesmas senhoras balançavam a cabeça num gesto de espanto, querendo saber por que uma moça tão boa quanto ela não havia se casado. "Você não é mais uma garotinha!", a sra. Higgins, lá no final da estrada, comentara outro dia. Como se Anna precisasse ser lembrada disso. Tinha trinta e seis anos e nem um único pretendente no horizonte. Isso já não bastava? Não obstante, aprendera a dar um sorrisinho enigmático, sugerindo que poderia ter um homem misterioso na manga. As pessoas não precisavam saber que seu gato, Boots, era o único macho com quem ela dividia a cama.

Anna pôs uma mecha solta de cabelo para trás. Seus cabelos eram o mesmo envoltório castanho-claro com que viera ao mundo, e ela os usava na altura dos ombros, repartidos no lado e presos com uma presilha. Se tivesse que escolher uma parte do corpo que julgasse mais bonita, escolheria os olhos — não o azul-cobalto estarrecedor dos olhos da irmã mais velha, mas um tom mais claro, azul-esperança, como o dos envelopes aéreos ou dos miosótis.

Ela voltou o olhar para a tela do computador e clicou na barra de rolagem até a última mensagem do dia: Mary Lou, do Tennessee, que estava pensando em aumentar os seios e queria saber o que Monica achava. A julgar pelo tom da mensagem e pela abundância de pontos de exclamação, Anna imaginou que ela ainda fosse adolescente e respondeu:

Para: songbird988@aol.com
De: monica@monicavincent.com
Assunto: RE: A tábua de Fayetteville

Cara Mary Lou,
Este é um grande passo. Antes de dá-lo, é bom que tenha certeza das razões que a estão levando a isso. Você acha que seios maiores vão resolver tudo o que está errado em sua vida? Porque nada do lado de fora irá mudar a forma como você se sente por dentro. Sugiro que, primeiro, você converse com uma pessoa de confiança ou com um terapeuta. Talvez você se surpreenda ao saber que muitos de nós, adultos, não esquecemos o que é ter a sua idade.

Muita sorte para você,
Monica

Ela estava imprimindo uma série de e-mails que, dependendo de seu humor, Monica talvez olhasse ou não, quando o interfone tocou.

— Anna? Por que você está demorando tanto? — A voz de Monica continha um toque de irritação, como se Anna estivesse lá em cima jogando paciência.

— Já vou descer. — Ela falou com uma alegria forçada. — Já estou acabando.

— Bem, *venha logo*!

Anna suprimiu um suspiro. Com Monica, era sempre urgente. Mas, normalmente, depois que descia correndo três lances de escada para ver qual era a grande emergência, acabava descobrindo que não era nada importante. Certa vez, ela se esquecera completamente da razão de tê-la chamado.

— Estou indo, estou indo. — Anna assumiu um tom de preocupação, como se Monica fosse uma criança adorável, embora um pouquinho travessa, de quem ela fizesse as vontades.

Ela respirou fundo e se forçou a contar até dez. Ainda trazia vivo na lembrança o dia em que torcera o tornozelo na pressa de chegar lá embaixo — tudo porque Monica precisava de mais gelo em seu drinque — e estava determinada a manter tanto seu bem-estar físico quanto sua dignidade. Se fosse para cair e quebrar o pescoço, que fosse pelo menos por alguma coisa pela qual valesse a pena morrer. Anna não queria que saísse escrito em seu obituário que havia morrido por ter saído correndo para trocar as pilhas do controle remoto.

Ela arrumou a escrivaninha com cuidado. Eram quatro e trinta. Tão logo atendesse à Rainha Monica, iria para casa, onde o jantar, um banho quente e o último romance de Ann Tyler estavam à sua espera. Mas, primeiro, teria a mãe para alimentar, dar banho e pôr para dormir. Rezava para que tudo corresse bem naquela noite. De manhã, Betty parecera quase com o seu eu verdadeiro, mas Anna sabia que não podia esperar que isso durasse até chegar em casa. Betty entrava e saía de seu torpor como um navio à deriva no mar.

Ainda correu os olhos pelo escritório quando estava de saída. Uma vez que o conforto de um quarto de empregada era a menor das preocupações dos patrões, principalmente nos anos 30, quando a LoreiLinda fora construída pelo magnata imobiliário Henry "Huff" Huffington, o

Sonho de uma Vida

quarto ficava virado para o norte e quase não recebia sol. Era também muito apertado. Se alguém andasse com todo o pé encostado no chão, o quarto mal mediria 2,40m por 3,60m, tendo ainda o teto inclinado, no qual Anna, com 1,70m de altura, prendera com tachinhas um sachê purificador de ar em forma de pinheiro, que tinha duplo propósito: o de lembrá-la de abaixar a cabeça e de mascarar o odor do canto do telhado, onde havia um vazamento.

Ela desceu pelas escadas dos fundos, que eram estreitas e mal iluminadas em comparação à amplidão majestosa do mármore da escada principal, e saiu na lavanderia, onde encontrou Arcela passando os lençóis de algodão egípcio de trezentos e quarenta fios de Monica.

Arcela não esperou Anna lhe perguntar onde Monica estava.

— Ela está lá fora. — A empregada inclinou a cabeça para o portal que dava para a cozinha, onde a porta de vidro corrediça que levava ao pátio estava aberta.

— Está tudo bem? — Esse era o código para saber se Monica havia bebido muito.

A criada encolheu os ombros, uma morena de pequeno porte em eterno movimento — Anna nunca a vira parada, menos ainda sentada —, e baixou o ferro com um baque, como se para deixar claro que não queria se envolver em nada que Monica pudesse vir a fazer. Não que Arcela fosse antipática, mas, por conta de seu inglês limitado e da necessidade de dar conta do serviço — serviço suficiente para cinco empregadas —, suas conversas tendiam a ser breves.

— Bem, acho melhor eu ir ver o que ela quer. — Ainda assim, Anna hesitou. Monica não iria morrer por ter que esperar. — Tem tido notícias da Cherry?

Os olhos escuros de Arcela se iluminaram com a menção do nome da filha que morava nas Filipinas.

— Eu mostrar. — Do bolso do avental, ela pegou a foto de uma bela moça sorridente num uniforme engomado de enfermeira, apresentando-a orgulhosa para Anna. Cherry, apelido de Concepción (cujo duplo significado Arcela não entendia), havia acabado de se formar em enfermagem.

— Você deve estar orgulhosa — disse-lhe Anna.

— Ela uma boa moça. — Arcela voltou com a foto para o bolso, o olhar saudoso. Não via nenhum dos filhos, nem Cherry nem o garoto de dezesseis anos, Eddie, há quase três anos.

— Se ela estiver procurando emprego, conheço algumas pessoas. — Cherry estava planejando se mudar para Carson Springs, para ficar perto da mãe, e Anna pensara na dra. Steinberg, amiga íntima de Maude.

Os olhos de Arcela reluziram.

— A senhorita boa mulher, srta. Anna. — Anna havia insistido para que ela abandonasse o *senhorita*, mas Arcela se recusava a obedecer. — Falei com srta. Monica, mas... — O brilho em seus olhos foi se apagando. Anna não teve problemas em adivinhar a resposta de Monica. Certamente teria concordado em ajudar, talvez até em financiar o green card de Cherry, e então esquecera completamente do assunto.

— Isso vai ser a primeira coisa que vou ver amanhã de manhã — prometeu Anna, dando um tapinha no ombro de Arcela ao passar de lado por ela.

Ela entrou na cozinha ensolarada, com seus azulejos brancos e pretos e fileiras de panelas e frigideiras reluzentes de cobre, que estavam ali mais por enfeite: Monica não comia o suficiente para contratar um cozinheiro. Quatro anos antes, quando a casa fora remodelada, o decorador sabiamente deixara a maior parte das instalações originais da cozinha intactas — a antiga pia de porcelana, os armários com portas de vidro e uma cristaleira com a frente projetada e laterais recuadas —, optando por modernizar os eletrodomésticos e instalar uma pequena área de jantar estilo anos 30, adquirindo os móveis em um antiquário especializado em *art déco*. Isso custara uma pequena fortuna e fora uma réplica quase exata da salinha de jantar onde elas comiam quando pequenas e que ainda existia na cozinha da casa da mãe.

Anna atravessou a cozinha e abriu a tela da porta de correr. Daquele lado, o pátio era coberto por uma tenda, onde, naquele momento, Monica estava esticada numa espreguiçadeira, olhando para a piscina, a cadeira de rodas estacionada a poucos centímetros dali. Se aquilo fosse um retrato, pensou Anna, teria recebido o nome de *Ensaio em Azul*

Sonho de uma Vida

O roupão azul-escuro que lhe caía sobre os ombros deixava à mostra sua pele macia e pernas e braços graciosos e pálidos. Trazia amarrado na cabeça um lenço no mesmo tom azul-violeta de seus olhos, de onde belos cabelos ruivos caíam em cascata por cima de duas meias-luas perfeitas que se sobressaíam do sutiã de seu biquíni lilás.

— Bem, pelo visto você fez as coisas no seu ritmo adorável. Eu poderia ter morrido aqui sem que você soubesse. — Numa das mãos havia um copo de cristal no qual um líquido acastanhado balançava no meio do gelo derretido.

Anna sentiu um peso no coração. Não teria como sair cedo naquele dia. Quando Monica ficava assim, a única esperança era que desmaiasse.

— Não tenho dúvidas de que rumores sobre a sua morte seriam amplamente exagerados. — Ela usou um tom de voz leve. — Qual a grande emergência?

— Para começar, você pode completar isso aqui. — Ela entregou o copo à irmã. — Francamente, onde *está* essa mulher quando se precisa dela? — Ela se referia a Arcela, é claro. Mas, mesmo com os olhos escondidos atrás dos óculos escuros de grife, Anna podia ver que ela estava mais entediada do que irritada. — Acho que ela só trabalha quando estou olhando. Só Deus sabe o que faz no resto do dia.

Anna segurou a língua. A experiência lhe ensinara que nada adiantava sair em defesa de Arcela. Na verdade, normalmente piorava.

— O de sempre? — perguntou ela com um leve erguer de sobrancelha.

Monica não respondeu, o que queria dizer que a resposta devia ser óbvia. Anna voltou à cozinha, retornando momentos depois com outra dose — uísque e água gasosa, pouca água. Pegar leve no uísque nunca dava certo; a experiência lhe ensinara isso também.

— Obrigada, meu bem. — De repente, Monica era só sorrisos. — Escute, acabei de falar com o Glenn pelo telefone. Está vindo para cá. Você vai recebê-lo, não vai? — Seu empresário, Glenn Lefevour, era o único visitante habitual permitido atualmente.

Anna olhou ostensivamente para o relógio.

— Estou saindo dentro de um minuto, mas vou avisar a Arcela.

— Não confio nela. — Monica projetou o lábio inferior. — Lembra do que aconteceu da última vez?

Ela estava se referindo ao dia em que Glenn fora deixado esperando do lado de fora do portão. Anna havia saído para fazer alguns serviços de rua, e Arcela estava passando aspirador de pó, portanto somente Monica o ouviu tocar a campainha. Quando finalmente conseguiu chegar ao interfone, já era tarde demais. Ele havia ido embora, achando que não tinha ninguém em casa.

— Direi a ela para ficar atenta ao portão. — Anna foi rápida em acrescentar: — Por mim, eu ficaria, mas preciso ir para casa cuidar da mamãe.

Monica bufou, irritada:

— Não é para isso que pago a Edna? Enfim, até parece que a mamãe sabe que dia da semana é hoje, que dirá a hora que você chega em casa.

— Ela sabe mais do que você imagina. — Mas Monica, que não a visitava havia meses nem sonharia em convidar a mãe à sua casa, não tinha como saber o quanto Betty ficava ansiosa quando Anna chegava tarde.

— Bem, ela não vai morrer se esperar um pouco. Estou com vontade de nadar. — Seu sorriso sério deixou claro que aquilo não era um pedido.

O coração pesado de Anna se apertou. Monica precisaria de ajuda para entrar e sair da piscina e, mesmo se não fosse paraplégica, não era confiável dentro da água — não depois de tantos uísques. Ela deu mais uma olhada no relógio.

— Agora? — Joyce, a fisioterapeuta, estaria ali no dia seguinte e passaria a maior parte do tempo fazendo exercícios com ela na piscina. Por que a irmã não poderia esperar? — Prometi a Edna... — Anna se conteve, a expressão de Monica lhe dizendo que ela não iria embora tão cedo.

— Tenho certeza de que a Edna vai entender. — Monica falou devagar, arrastando cada sílaba.

— Eu não...

— Como *você* se sentiria se tivesse que depender dos outros para as mínimas coisas? — A voz de Monica falhou. — Você não acha que eu gostaria de poder entrar e sair da piscina por conta própria?

Sonho de uma Vida

— Não que eu não me solidarize com você. — *Só que já ouvi essa conversa antes.*

— Solidarizar? Você não faz a menor ideia do que seja isso. Todas as manhãs eu acordo pensando... então me lembro. — Ela suprimiu um soluço, pressionando a mão na testa num gesto tão teatral que Anna fez o possível para não suspirar.

Ela também convivia com aquilo todos os dias: a sessão de fotos para a *Vanity Fair* no chalé de Monica, em Tahoe. Não fora ideia *sua* que tirassem fotos dela na brisa marítima? Como se ela pudesse adivinhar que o barco bateria num tronco de árvore, viraria e deixaria a irmã paraplégica. Monica não a responsabilizava pelo acidente, ou assim dizia — com frequência suficiente para que Anna suspeitasse o contrário. Durante meses, anos até, Anna também se culpara, mas tudo tinha limite.

— Olha, sei que é difícil para você, mas...

— Você não sabe de *nada*. — A boca de Monica tremeu.

Está bem, *você venceu*. Anna suspirou, derrotada.

— Vou trocar de roupa.

Arrastando-se até o vestiário anexo à piscina, ela se sentiu como se estivesse no limite, sendo puxada lentamente para baixo. De repente, foi catapultada para o sexto ano, ouvindo o apito estridente da professora de ginástica e vendo todos saírem da piscina. Mas ela era muito gorda para subir pela borda. Em meio às zombarias e risadinhas dos colegas, ela se debateu e fez força para subir, até que, por fim, a srta. Babcock, com uma expressão de desgosto, segurou-a de qualquer jeito pelo braço e puxou-a para a parte seca. Seu apelido a partir de então fora Moby, em alusão à baleia Moby Dick.

Todos esses anos depois, as faces de Anna ainda queimavam com essa lembrança. Só de pensar em ser vista em traje de banho era suficiente para trazer tudo aquilo de volta, mesmo que não houvesse mais ninguém ali, exceto Monica, para testemunhar sua humilhação. Ela olhou para a piscina, que reluzia como cacos de vidro sob o sol vespertino. Se não sentisse tanto pavor, talvez pudesse apreciar seus encantos. No mesmo estilo antigo da casa, o mosaico de azulejos e a borda decorativa davam a ela uma aparência opulenta do Velho Mundo. As árvores plantadas na época de Huff Huffington — jacarandás, tulipas e ervas-mouras — lançavam uma sombra rendilhada sobre o pátio e sobre o vestiário com portas de venezianas. Ao se aproximar, seu olhar foi atraído para a churrasqueira à direita, um lembrete das festas exuberantes pelas quais Monica ficara conhecida — festas para as quais ela e Liz eram ocasionalmente convidadas — e de como a vida havia mudado desde o acidente que a dividira entre Antes e Depois.

Minutos depois, ela emergiu do vestiário com um maiô que poderia ter sido moda na época de sua avó, uma toalha amarrada em torno da cintura. Ao atravessar o pátio, percebeu os olhos de Monica atentos a cada bamboleio seu. Não deveria ser o contrário? Monica com vergonha de ser vista seminua? Embora quem não soubesse jamais poderia adivinhar que ela não era totalmente perfeita. Isso sem falar que Monica estava ainda mais bonita do que antes do acidente.

Anna ofegou e bufou ao puxar a espreguiçadeira de Monica para a borda da piscina. Ela estava inclinada, os braços em volta da cintura da irmã, que a segurava firme pelo pescoço, quando sentiu uma pontada nas costas, na altura da cintura. Trincando os dentes diante da dor, abaixou Monica até a água. Momentos depois, uniu-se a ela, mantendo a mão pressionada contra a parte doída.

— Aaaai, que gelo! — Monica ficou se segurando na borda.

Anna abriu a boca para discordar — a água, aquecida pela temperatura do dia, que mesmo no inverno raramente ia a menos de vinte graus, estava bem agradável —, mas pensou melhor. Com toda a sua gordura de baleia, até o Oceano Ártico pareceria quente. Ao se afastar da borda da piscina, o antigo pânico entrou em ação. Por um momento, ela não conseguiu respirar, a água parecia lhe puxar pelos braços e pernas. Mas ela deu um jeito de boiar... precariamente.

— Você quer a prancha? Vai se aquecer mais rápido.

Monica negou com a cabeça, batendo os dentes.

— N-não. Estou bem. — Ela se agarrou à borda da piscina, as pernas, pálidas como lírios aquáticos, flutuavam sem vida sob a superfície reluzente da água. Quando Anna se arriscou à parte funda para pegar a prancha, Monica gritou: — Devíamos fazer isso mais vezes. O exercício não iria fazer mal a nenhuma de nós.

Agarrando-se à prancha de isopor, Anna foi batendo os pés até onde estava a irmã.

— Tem razão. Devíamos mesmo. — Ela assumiu um tom de voz natural, pouco comprometedor. Monica sabia muito bem que ela odiava ficar em qualquer lugar próximo à água. Anna ficou esperando pelo inevitável.

— Talvez você até perdesse alguns quilos.

Ela sentiu um nó no estômago.

— Eu teria que nadar até o Havaí e voltar — respondeu ela, com uma risada. Aprendera desde cedo que a melhor defesa era fazer piada de si mesma. — Aqui. — Ela empurrou a prancha para Monica. — Sua vez.

Monica a ignorou.

— Só estou falando isso porque me preocupo com você. Não preciso te lembrar das estatísticas.

— Obrigada. Fico grata pela sua preocupação. — Anna injetou a medida certa de cinismo à voz. Sim, poderia perder alguns quilos... Está bem, mais do que alguns... mas ela não se qualificava, exatamente, como uma "estatística".

— Se você ao menos...

— Segura firme que eu vou te puxar.

— Você não vai...

— Vem comigo. Prometo que não vou para o fundo.

— Se você pelo menos ouvisse o que estou tentando te...

Anna soltou a prancha de repente e saiu espalhando água até o lado mais fundo. Subiu ofegante à superfície, os cabelos colados na cabeça, a água escorrendo pelo rosto, quando ouviu Monica cumprimentar alguém com voz aguda.

— Glenn, querido!

Anna, tirando mechas molhadas de cabelos dos olhos, franziu-os para o empresário de Monica, em pé, ao lado da piscina. *Ah, meu Deus.* Não havia como ele não vê-la em toda a sua nudez gloriosa.

Monica esticou os braços para ele, o cisne agonizante em seu último *pas de deux*.

— Você chegou na hora. Estou congelando. — O tom lamentoso em sua voz deu a impressão de que ela estava sendo ignorada, enquanto Anna, egoísta que era, procurava se divertir sozinha.

— Como vai? — Ele acenou para Anna. — Oi, lindona.

Anna trincou os dentes quando respondeu ao cumprimento. Sabia que aquilo não era uma indelicadeza; à sua própria maneira, ele só estava sendo simpático. Talvez ainda houvesse uma forma, enquanto ele se mantinha ocupado com Monica, de ela sair de fininho para o vestiário sem que ele a visse.

Esse fio de esperança foi logo abandonado quando Monica gritou:

— Anna, querida. Tenho certeza de que o Glenn gostaria de uma mãozinha.

Mesmo se a parte rasa estivesse infestada de tubarões, Anna não teria nadado até lá com maior relutância. Ela fez uma pausa quando chegou aos degraus, piscando em meio à água que lhe escorria pelos olhos. Glenn estava de costas para o sol, mas, mesmo com o rosto na sombra, ninguém poderia deixar de ver como ele era bonito — para quem gostasse do tipo. Ele próprio poderia ter se tornado ator, embora somente do gênero de ação. Nada havia de sutil nele, desde sua tez morena e físico de lutador até os cabelos negros e ondulados, caprichosamente arrumados com gel, que lhe davam a impressão de ter acabado de pegar uma onda... ou de ter caído da cama.

Ele parecia estar se esforçando para *não* olhar para Anna quando ela saiu pingando da piscina (Anna imaginou a água escorrendo aos borbotões pelo seu corpo, como se de um submarino emergindo). Ela foi pegar a toalha praticamente se arrastando, os quatro metros e meio que a separavam de onde ela estava pendurada parecendo um quilômetro. A cada passo sentia as coxas balançando e ouvia vozes de crianças, gritando: *Moby, Moby, baleia orca, de tão gorda não passa pela porta*. Ela se sentiu ruborizar como se tivesse ficado horas assando no sol.

Pegou rapidamente a toalha, amarrando-a em torno da cintura. Agora eram os seios que estavam à mostra, balançando como... — um antigo insulto lhe veio à mente — dois porcos dentro de uma saca, enquanto voltava caminhando para onde estava Glenn. *Por favor, Senhor, que isso acabe logo*. Será que já não havia sofrido bastante por um dia?

Juntos, ela e Glenn conseguiram puxar Monica para fora da piscina e levá-la para a espreguiçadeira. Anna estava secando as pernas da irmã quando sua toalha escorregou. Glenn foi rápido em desviar os olhos, rápido *demais*, assim pareceu. Ela ficou tomada de vergonha, lágrimas brotando nos olhos assim que saiu correndo para trocar de roupa no vestiário.

Quando retornou mais uma vez, de blusa e saia de brim transpassada, Glenn e Monica estavam sentados na sombra, rindo de alguma aventura antiga de Monica.

—Jamais vou me esquecer da cara daquele homem! Dava para achar que eu tinha me oferecido para dormir com ele em vez de tê-lo mandado dar o fora. — Ela assumiu uma expressão travessa. — Talvez eu *devesse* mesmo ter feito isso... só para dar um beliscão nele. — E quem melhor do que ela conhecia as muitas e variadas formas de atormentar qualquer homem tolo o bastante para cair em sua armadilha?

— Tem certeza de que não deu? — implicou ele. Sem dúvida, fazendo referência ao seu hábito de beber.

Monica franziu os olhos para ele, antes de dar outra risada gutural. Glenn era a única pessoa que podia brincar com ela daquela forma, provavelmente porque isso queria dizer que ela não era o tipo de pessoa a ser tratada com rodeios, ou porque sua presença ali poderia, facilmente, ser para lhe oferecer o roteiro mais cobiçado do momento, assim como para reviver os velhos tempos. Houve uma época em que Anna teve dúvidas se Glenn e sua irmã eram amantes. Mas, se algum dia foi este o caso, o que, conhecendo Monica, seria bem possível, a relação entre eles agora era mais de amor eterno do que de ex-amor.

— Bem... Estou indo. — Anna forçou um sorriso.

Eles ergueram o olhar como se estivessem surpresos por ainda vê-la ali.

— Tão cedo? — Glenn exibiu um olhar desolado.

Se estivesse de zombaria, ou até mesmo fosse o típico empresário hollywoodiano canastrão, Anna teria sido menos clemente. Mas, apesar de seu jeito rude, Glenn não era má pessoa. Seu único defeito, se é que se podia chamar assim, era que ele fazia de tudo para disfarçar o fato de que havia subido a duras penas, o que incluía a camisa polo e as calças cáqui de grife que estava vestindo. O resultado era que ele parecia ter surgido do nada; até mesmo seu discurso tinha o tom modulado e sem sotaque de um locutor de rádio. Embora isso não dissesse muito para Anna — em Hollywood, alpinistas sociais como ele estavam entre os reis e rainhas do pedaço —, era isso o que ele e Monica tinham em comum: os dois haviam se reinventado.

— É melhor eu ir para casa — disse ela. — Minha mãe está me esperando. — Ela percebeu tarde demais que havia dito "minha", em vez de "nossa". Mas, em muitos aspectos, era mesmo como se fosse filha única.

Glenn levou a mão ao peito.

— Irmãzinha, você sempre parte o meu coração.

Anna virou-se rapidamente, de forma que ele não visse as lágrimas em seus olhos. Apesar de gentil, sua brincadeira soara como a de um tio amoroso fazendo a vontade da sobrinha gordinha da qual se condoía. Ele não teria brincado daquela forma caso houvesse a mínima possibilidade de ela levá-lo a sério.

Já estava a uma boa distância quando ouviu as gargalhadas dele. O sangue lhe subiu pelas faces. Era assim que acontecia com as pessoas gordas, pensou ela. Não havia lugar seguro. Quando ouvia as pessoas rindo, sempre achava que era dela.

Eram quase seis horas, o sol percorria os contornos das montanhas distantes quando Anna saiu pela colunata da varanda frontal. Quando ligou para casa, para avisar que chegaria tarde, Edna reclamou um pouco, o que não era um bom sinal. Betty estava aprontando de novo; Anna podia sentir isso na voz cansada da acompanhante. Não haveria nenhum banho quente ou livro para ler naquela noite. Teria sorte se conseguisse comer alguma coisa.

Mesmo assim, saiu devagar com seu velho Corolla azul pelos portões altos de ferro fundido que protegiam a entrada da propriedade —

a mais bela de Carson Springs, com oito hectares de mata virgem que incluíam um lago com lírios aquáticos, um orquidário e um jardim de roseiras que poderia rivalizar com o da Casa Branca. Não havia sentido em correr riscos desnecessários, pensou ela à medida que ia descendo o caminho sinuoso da estrada íngreme do cânion, na direção do vale abaixo. O que seria de Betty se ela ficasse incapacitada de alguma forma?

Anna sabia o que as pessoas achavam: que as duas ficariam melhor com a mãe numa clínica geriátrica. Mas será que elas já haviam visto alguma dessas clínicas? Será que sabiam o que acontecia nelas? E não era simples assim encontrar o lugar certo. O seguro-saúde não cobria todos os serviços, portanto ela seria obrigada a vender a casa da mãe... único lar que conhecera.

Seria inútil pedir a Monica para ajudar. Ela deixara claro que sua responsabilidade, segundo a via, se resumia a pagar o salário de Edna e a parte das contas médicas que o seguro-saúde não cobria. Não que não pudesse fazer mais, mas onde estaria a graça se elas não ficassem dançando como marionetes sob o seu controle? A cada centavo espremido da irmã, Anna tinha de pular um pouco mais alto... e manter a boca mais fechada. Quanto à mãe, era quase como se Monica a estivesse punindo de alguma forma. Provavelmente porque, para ela, Betty não havia feito o suficiente para proteger as filhas quando elas eram crianças. Como se alguém pudesse ter feito alguma coisa contra o pai.

Uma lembrança veio à tona: ela devia ter seis, sete anos — ainda pequena o bastante para caber debaixo da cama. Tudo o que pudera ver de onde estava, grudada ao chão, foram dois pares de pés, um em sapatilhas de couro preto, com os saltos gastos, e o outro, os pés do pai, em botas de trabalho batidas. De alguma forma eles pareciam desconectados das vozes altas vindas lá de cima. Ela observou apavorada quando as botas se aproximaram... e as sapatilhas recuaram. Seguiu-se uma luta breve, a voz da mãe suplicando: "Não, Joey... por favor... as crianças..." Em seguida, sons abafados e odiosos, o choro estrangulado de Betty entalado na garganta de Anna, enquanto ela permanecia imóvel, com a mão enfiada na boca para não gritar.

Passaram-se meses até ela conseguir dormir uma noite inteira.

Todas elas haviam sofrido. Liz também. O que fazia de Monica tão singular?

Assim que passou pela casa atraente de três andares do casal Carpenter, com seus vidros e extensões de aço postos em brasa pelo sol poente, ela pensou em Alice e Wes, que, em contrapartida, a fizeram lembrar de Laura e Hector. Se, de um jeito ou de outro, via-se em dificuldades, pelo menos fora abençoada com vizinhos atenciosos. Isso também incluía Finch. Adotá-la foi a melhor coisa que Laura fez além de se casar com Hector. Finch, que tinha dezesseis anos, mas maturidade de quarenta, e era mais do que familiarizada com os infortúnios da vida, colocara Anna sob sua asa, e não o contrário, passando várias vezes em sua casa para ajudá-la com Betty.

A estrada ficou plana, carvalhos e figueiras tomando o lugar de uvas-ursinas e pinheiros. Mesmo após uma vida inteira, Anna não deixava de se sentir fascinada pela paisagem, que mudava de um extremo a outro como postais em um expositor giratório. A leste, havia um lago cercado por florestas; a oeste, colinas cobertas por chaparrais entremeados por pomares e plantações de laranjas. Tudo isso aninhado no interior de um círculo de montanhas com cumes nevados. Se vivesse até os cem anos, jamais deixaria de admirar toda aquela beleza. E se fosse possível uma vista ser tão bucólica, ainda seria em Carson Springs. Onde estava o grão de areia que esfolaria sua existência tola e algumas vezes desesperada? Que pérola algum dia surgiria desse caminho estreito que trilhara por si mesma?

As sombras da noite se estendiam pela antiga Estrada de Sorrento à medida que ela se aproximava de casa. O carro sacolejou ao passar por cima do mata-burros e dos buracos. Houve uma época em que aquela extensão de estrada não fora mais do que um pasto. Nada mudara muito, a não ser o fato de haver mais casas e menos animais. À noite, os faróis ainda ressaltavam o brilho dos olhos dos animais silvestres — gambás, guaxinins e os eventuais ursos ou linces que desciam das colinas.

Pouco tempo depois, ela estava entrando no caminho de carros da casa modesta onde vivera boa parte dos seus trinta e seis anos. A casa se sobressaía na noite, que disfarçava suas paredes descascadas e as telhas faltantes no telhado, o brilho de suas janelas fazendo com que se sentisse repentinamente esperançosa de que as coisas acabassem bem.

Seu otimismo desapareceu assim que saltou do carro. Mesmo da distância em que estava podia ouvir os berros da mãe (como os de um gato escaldado). Seu estômago ficou em nós. À medida que subia vagarosamente o caminho, a casa foi entrando em foco, os agriões há muito tempo ressecados pendendo em ondas amarronzadas e irregulares pela treliça da varanda que acompanhava os degraus tortos; as bolhas nas paredes laterais de madeira, que Hector várias vezes se oferecera para pintar — como se ele já não fizesse muito por ela —, assemelhavam-se a um caso adiantado de lepra. Havia dias como aquele em que ela se imaginava qual a casa, ficando esponjosa, com o madeiramento apodrecendo, enquanto assentada sobre seus alicerces. Será que algum dia seria livre ou, Deus a livrasse, acabaria como Betty?

Anna entrou e viu Edna num combate mortal com sua mãe. A cena poderia ser cômica, uma mulher idosa, não pesando mais do que quarenta e quatro quilos, suando em bicas, chutando e se debatendo, enquanto sua acompanhante contratada, vinte anos mais jovem e com costas largas, por conta de uma vida inteira lidando com cavalos, lutava para dominá-la.

— Nãããão! Me solta! Seu filho da puta! — gritava Betty, socando Edna. — Vou chamar a polícia. *Dessa vez é sério!*

Anna largou a bolsa e correu em auxílio de Edna.

— Está tudo bem, mãe. Ninguém vai te machucar. — Ela segurou o braço descontrolado e, após um momento, Betty se aquietou, permitindo que Edna a soltasse. — O papai já morreu, lembra?

Os olhos azul-claros de Betty pararam de girar em pânico e se fixaram em Anna. A tensão lentamente abandonando braços e pernas.

— Anna, querida? É você? — Ela sempre demorava alguns minutos para aceitar a ideia de que Anna era adulta agora; em sua cabeça, as filhas sempre seriam pequenas. — Achei que você estava na escola.

— Não, mãe. Eu tenho um emprego, lembra?

— Lembro. Lembro, claro. — Betty estava rouca de tanto gritar. Os cabelos esvoaçavam sobre a cabeça como fumaça de uma fogueira apagada, partes rosadas do couro cabeludo à mostra.

Anna soltou o ar, cansada.

— Você já comeu? — Edna balançou a cabeça, igualmente cansada, como se dissesse: *O que você queria?* Controlar o mau comportamento de Betty já era um trabalho de horário integral.

A mãe estava ficando com aquele mesmo olhar selvagem de antes.

— Que horas são? Onde está o meu casaco? O ônibus vai chegar a qualquer momento!

Anna a segurou pelos ombros, forçando-a a olhá-la nos olhos. Podia sentir seus pequenos ossos sob a pele que os cobria como lenços de papel. Sua mãe sempre fora pequena, mas, agora, praticamente nada sobrara dela.

— Calma, mãe. Hoje não tem escola. É... é feriado.

— Ah! — Os ombros de Betty relaxaram.

— Por que você não assiste à TV enquanto eu preparo alguma coisa para nós comermos? — Ela guiou a mãe até a velha poltrona reclinável de molas e pegou o controle remoto, enquanto mentalmente tentava adivinhar o que estaria passando àquela hora do dia. *People's Court*? *Sally Jesse Raphael*? Reprises de *I Love Lucy*? Por motivos misteriosos, sua mãe adorava *Jerry Springer*, embora, em seu juízo normal, sempre tivesse detestado esses programas. Talvez porque já tivesse ouvido berros suficientes durante toda a vida real.

— Preciso de um cigarro — disse Edna, com um suspiro, quando ficaram as duas sozinhas na cozinha. Não era permitido fumar dentro de casa, mas Anna não disse nada quando a acompanhante pegou um maço de cigarros do bolso de sua jaqueta larga de veludo.

— Ela ficou assim o dia inteiro? — perguntou Anna em voz baixa, embora a mãe, alegremente absorvida numa reprise de *Cheers*, não pudesse ouvir. Da sala de estar irrompeu o coro artificial de risadas gravadas (para Anna, o som mais triste do mundo) e um riso fraco da mãe em resposta.

— Desde que o rapaz da companhia de eletricidade veio ler o relógio. — Edna acendeu o cigarro e deu uma tragada forte. Tinha uma conformação física abrutalhada, cabelos grisalhos presos numa trança

Sonho de uma Vida

tão grossa quanto o rabo de um cavalo, a pele seca tão enrugada que parecia a velha tábua de carne que ficava nos fundos.

— O Pete?

— Ela o ficou chamando de Joe.

As duas trocaram um olhar significativo.

— Sinto muito, Edna. — Parecia que ela passava a vida se desculpando de coisas sobre as quais não tinha controle. — Sei como é difícil. Você merecia ganhar duas vezes o que eu te pago.

— Neste caso, eu bem que gostaria de um aumento. — Edna franziu os olhos em reação à fumaça que subia em espiral por sua cabeça, os olhos castanhos dóceis, apesar da tensão em seu maxilar. Ela sabia quem mandava de verdade. Quando reclamava com Anna, era como se fosse uma colega de trabalho reclamando com a outra.

— Vou falar com a Monica sobre o assunto.

Edna bufou.

— Quando falar com ela, veja se inclui aí um jogo novo de pneus para a minha caminhonete. — As duas sabiam que Monica preferia ver Betty dormindo na calçada a pagar um centavo a mais pelo seu bem-estar.

Anna suspirou.

— Tenho certeza de que se eu explicar para ela...

— Escuta, isso não é da minha conta — Edna a interrompeu —, mas a senhorita devia pensar um pouco sobre o que nós conversamos. Se não, não vai demorar muito, os homens de jaleco branco vão carregar *é a senhorita* com eles.

Anna se permitiu um sorriso tristonho.

— Isso seria o mais perto que eu chegaria de umas férias. — Ela não estava disposta a repetir a mesma ladainha. Edna tinha boas intenções, sabia disso, mas ela não estava pronta para mandar a mãe para uma clínica geriátrica. Betty ainda não estava *tão* louca. Tinha tanto dias bons quanto maus.

— Eu também gostaria de umas férias. — Edna olhou ao redor à procura de um cinzeiro, antes de bater a longa carreira de cinzas na palma ressequida da mão. Ela a levou até a pia, onde apagou o cigarro com um pouco de água e o atirou na lata de lixo. — Bem, estou indo. — Edna esticou o braço para pegar o casaco acolchoado, pendurado no cabide da porta dos fundos. — Tem macarrão com queijo dentro do forno. Não tive tempo de aquecer. — Ela lançou um olhar significativo na direção da sala de estar. — Boa sorte.

Vou precisar. Enquanto Edna colocava o casaco, Anna percebeu as manchas roxas em seu pulso. Com um sorriso sem graça, puxou a manga da própria blusa para cima para mostrar os hematomas que variavam do amarelado ao violeta.

— Veja. Estamos quites.

— Não dá para saber só de olhar, mas ela é forte como uma égua. — Edna resmungou com certa admiração. — Teimosa também. Quando bota na cabeça que... — Sua expressão ficou sombria. — O seu pai ferrou mesmo com ela.

Anna estava prestes a defendê-lo, mas de que adiantaria? Ele estava morto havia anos. Além do mais, todos sabiam quem ele tinha sido. Joe Vincenzi, o bêbado mais violento da região. O fato de ser um bom homem quando sóbrio não contava, pois poucas pessoas o haviam visto quando não estava de cara cheia.

— Bem, estou indo — Edna anunciou pela segunda vez. Ela parou no meio da porta e olhou para Anna como se houvesse mais alguma coisa que quisesse falar. Mas, fosse o que fosse, parecia ter desistido. — Até amanhã de manhã.

Manhã? Anna não sabia como sobreviveria à noite.

Alguns minutos depois, com a mesa posta e o macarrão com queijo borbulhando no forno, estava indo buscar a mãe, quando uma risada, não daquelas gravadas, ecoou na sala ao lado. Ela congelou. Não poderia ter sido a mãe; há anos que ela não ria assim. Era disso que Anna sentia mais falta, da risada da mãe — a única coisa que Joe não havia conseguido tirar dela. A risada e sua alegria. Anna se lembrava de ter voltado da escola um dia e encontrado uma festa surpresa com bolo, velinhas e uma pilha de presentes embalados com lenços de papel. Betty resolvera dar a elas uma festa de *desaniversário*. Os presentes não foram caros — uma escova de cabelos de plástico cor-de-rosa e um jogo de pentes para ela, esmaltes de unha e um exemplar atualizado da revista *Mademoiselle* para Monica e uma camisola para Liz —, mas a data ficou mais fixada em sua memória do que qualquer festa de aniversário de verdade.

As lembranças eram um alento, mas a deixavam triste também, da mesma forma que as fotos do pai sorrindo para a câmera, com uma menininha em cada perna, faziam-na se sentir como se tivesse tido dois pais distintos. Hoje em dia, a mãe era uma pessoa completamente diferente daquela que ela conhecera, sendo Anna a adulta, e Betty, a criança.

Na sala de estar, ela viu a filha adotiva de Laura, Finch, sentada no sofá, tagarelando à vontade enquanto Betty sorria, encantada, como se algum pássaro exótico tivesse entrado pela janela.

Finch percebeu o olhar de Anna e sorriu.

— A porta estava aberta — disse ela. — Acho que você não me ouviu bater.

— Você chegou em boa hora — disse-lhe Anna. — Eu estava servindo o jantar.

— Não posso ficar. Só passei para entregar isso para a sua mãe. — Ela enfiou a mão no bolso da jaqueta jeans, surgindo com um chaveiro com uma lanterninha pendurada. — Achei que ela iria gostar disso aqui. — Ela apertou a base da lanterna e foi como se uma luz também tivesse se acendido em Betty. Os olhos dela brilharam como os de uma criança na manhã de Natal.

Inesperadamente, os olhos de Anna se encheram de lágrimas. Quando Finch aparecia, era sempre com alguma lembrancinha para sua mãe ou para devolver um livro que havia pegado emprestado, sem nunca permitir que Anna se sentisse necessitando de caridade. Os anos que passara em lares adotivos haviam-na deixado muito mais sensível do que a maioria das pessoas quanto aos efeitos de se receber esmola.

Finch pôs-se de pé com um movimento gracioso de cabeça, balançando os cabelos longos sobre os ombros. Eles desceram como um lençol ondulante sobre suas costas, e Anna deu-se conta, mais uma vez, de como ela havia desabrochado no último ano. De calças jeans e moletom da UCLA, Finch se parecia com qualquer adolescente comum, a fugiti-

va de olhos encovados do verão anterior fazia parte de uma lembrança distante.

— Tem certeza de que não pode ficar? Temos mais do que o suficiente para todos — insistiu ela.

Finch hesitou.

— Preciso perguntar para a Laura.

Ela foi ao quarto usar o telefone, voltando momentos depois para dizer que estava tudo bem. Anna sabia que, provavelmente, aquela fora sua intenção desde o início e, cansada demais para recusar, aceitou ajuda quando Finch se ofereceu para pôr Betty na cama após o jantar.

A garota persuadiu Betty a se levantar, dizendo com gentileza:

— Venha, sra. Vincenzi. Espere até a senhora ver como isso aqui fica legal no escuro.

Ela esticou a mão para tomar a lanterna que Betty ficara segurando durante todo o jantar, mas ela resistiu em lhe entregar.

— Minha! A Monica me deu! — gritou.

Finch sorriu para Anna.

— Vou considerar isso um elogio.

Se Betty a confundira com Monica, era porque havia certa semelhança. No porta-retratos em cima da lareira, na foto tirada quando Monica tinha a mesma idade de Finch, ela era de uma beleza natural até então não fabricada.

Quando ficou sozinha, Anna voltou-se para os pratos sujos na pia, que incluíam aqueles usados no café da manhã — Edna não era grande coisa quando se tratava de cuidar de casa, e Anna não se encontrava em posição de reclamar. Quinze minutos depois, com o último prato posto no escorredor, ela saiu na ponta dos pés para ver como estava a mãe. Encontrou Betty deitada na cama, e Finch lendo alto um livro de histórias:

— "Um dia as duas irmãs receberam um convite para o baile que aconteceria no palácio do rei, em homenagem ao seu filho, o príncipe..."

As lágrimas que vinha contendo durante toda a noite correram por suas faces pelo tempo que ficou em pé à porta. Finch era muito paciente com sua mãe, como se a entendesse de uma forma que ela não conse-

Sonho de uma Vida

guia. Talvez porque soubesse o que era não se encaixar. Um dia, ela talvez lhe contasse o que tinha sido viver em todos aqueles lares adotivos, o último deles tão ruim que ela chegara a fugir, mas, naquele instante, Anna simplesmente se sentiu grata por sua generosidade.

Ela voltou pelo corredor e estava se alongando na sala de estar quando ouviu a porta do quarto da mãe se fechar. Finch apareceu em seguida, sussurrando:

— Ela dormiu.

— Você é tão boa com ela! — Anna havia tirado o som da tevê, deixando apenas a imagem, que lançava seu brilho bruxuleante, dando à mobília um realce surreal. Ela não ousou dizer mais nada; certamente choraria de novo.

Finch encolheu os ombros com indiferença, como se não fosse noite de aula e como se não tivesse outras coisas melhores para fazer.

— Gosto dela. Ela se parece mais com uma criança pequena do que com alguém da idade da Maude. — A amiga de oitenta e dois anos de Laura, que morava com ela e era como um membro da família, podia andar meio esquecida, mas era totalmente lúcida.

Anna sabia o que ela queria dizer: da mesma forma que com uma criança, as coisas eram muito claras e diretas com Betty.

— Pena que você não conheceu minha avó Nini — disse ela. — Ela se parecia com a Dona Redonda daquela novela da tevê: era gorda feito uma porca, e o meu avô, Eddie, magrinho feito um palito. — Anna sorriu, lembrando-se das refeições na casa da avó, na mesa que rangia. *Não é de admirar que eu seja tão gorda.* — Acho que está na cara a quem eu puxei.

— Por que você faz isso? — Finch franziu o cenho.

— Isso o quê?

— Se menospreza desse jeito?

Anna riu para esconder seu constrangimento.

— Estou apenas afirmando um fato.

— Bem, mas também é um fato você ser bonita e inteligente.

O sorriso de Anna se esvaiu.

— Ouvi isso a vida inteira — disse ela, dando um suspiro. — Um rosto tão bonito! Isso é só outra forma de dizer que é uma pena eu ser gorda.

— Não foi o que eu quis dizer.

— Sei que não.

Ela se preparou para o que, inevitavelmente, viria a seguir: ideias práticas sobre dieta e exercício. Já havia ouvido todas elas. Até mesmo Laura, que preferiria morder a língua até sangrar a ofender alguém, a convidara mais de uma vez para andar a cavalo.

Mas Finch disse apenas:

— É melhor eu ir andando. Tenho dever de casa para fazer. — Ela revirou os olhos, mas Anna sabia que ela gostava da escola. No semestre anterior, chegara até a receber um diploma de honra ao mérito.

Anna a acompanhou até a varanda. A temperatura estava baixando rapidamente; estava, pelo menos, uns três graus mais frio do que quando ela havia chegado em casa. Os únicos barulhos agora eram o cantar dos grilos e dos bacuraus. Ela abraçou Finch, talvez um pouco apertado demais, imaginando como deveria ser ter uma filha. Logo em seguida, Finch estava descendo correndo o caminho de carros e desaparecendo na escuridão. Momentos depois, ouviu-se o roncar da velha caminhonete de Hector.

Tremendo, Anna voltou para a sala. Se o exterior da casa mostrava sua idade, o interior estava praticamente do mesmo jeito de quando ela era pequena. A antiga aparelhagem de som, acoplada a um móvel próprio para ela, estava onde sempre estivera, a despeito do aparelho de CD, que a deixara obsoleta. Em torno dela, ficava a cristaleira antiga e pesada, a parte da frente projetada, que havia sido de sua avó, assim como as poltronas gastas e o sofá de brocado com uma manta de quadros de crochê que a mãe fizera para cobrir as queimaduras de cigarro do pai. Parecia que tinha sido ontem que Anna fora chamada na faculdade para ir para casa, para o funeral do pai. Dezesseis anos... fazia mesmo tanto tempo assim? O período de uma ou duas semanas que planejara ficar antes de voltar para a Universidade da Califórnia transformara-se em meses, depois em anos.

Sonho de uma Vida

De início, foi para ajudar a mãe a se adaptar. Para sua surpresa, após quase trinta anos de surras e intimidação, Betty sentia falta do velho; ela ficou vagueando num estado de confusão como um barco à deriva. Quando ficou claro que aquela confusão era mais do que apenas sofrimento, Anna se sentiu na obrigação de ficar apenas para se certificar de que a mãe não poria fogo na casa nem se infligiria lesões físicas.

Ficara por lá desde então.

Agora, perguntava a si mesma se suas razões para ficar tinham tanto a ver com os próprios medos quanto com Betty. Um dia, ela percebeu que todos os seus amigos tinham uma carreira, ou eram casados com filhos, ou ambas as coisas. Um tipo de pânico se estabeleceu. Para onde iria? O que faria? Uma mulher na faixa dos trinta, sem um diploma universitário, que não tinha qualificações para nada que lhe rendesse mais do que o salário mínimo. Pareceu-lhe uma resposta às suas preces quando, após o acidente em que ficara paraplégica, Monica lhe implorara às lágrimas que fosse trabalhar para ela na LoreiLinda, onde fixara residência. A irmã alegou precisar desesperadamente dela, oferecendo-se para contratar uma acompanhante para a mãe, o que, naquela época, lhe parecera a salvação — o dinheiro do seguro de vida do pai havia sido todo gasto quando o estado de Betty piorara, tornando-se impossível para Anna manter até mesmo um emprego de meio expediente sem ajuda externa. Não demorou muito até ela perceber que apenas se metera num atoleiro.

Seu gato veio andando furtivamente de baixo do sofá para se enroscar em suas pernas, ronronando alto. Anna se abaixou para pegá-lo no colo.

— Somos apenas você e eu, parceiro. — Ela acariciou sua cabeça negra e sedosa. — O que vamos escolher? Sorvete de chocolate com marshmallow ou de baunilha com nozes-pecã?

Boots, assim chamado por causa de suas três patinhas que lembravam botinhas brancas, era o gato que Laura lhe trouxera no ano retrasado como empréstimo da Associação Protetora dos Animais, para pôr fim à população de camundongos que habitava em sua despensa. Estava com ele desde então, seu companheiro felino. Nenhum dos dois tinha intenção de ficar, mas lá estavam eles, apesar dos pesares. Quando o colocou no chão, ele a seguiu até a cozinha, miando tristonho, como se fizesse dias e não horas que houvesse se alimentado. Anna pôs uma colher de sorvete de chocolate em sua vasilha, antes de se servir de três colheres grandes.

Estava se acomodando na poltrona reclinável para assistir televisão quando viu o próprio reflexo no vidro das portas da cristaleira, distorcido como numa sala de espelhos de um parque de diversões: uma cabeça enorme sobre uma massa indistinta que era o seu corpo. Ela se encheu de ódio por si mesma e teve o vislumbre de si, dali a dez anos, sentada na mesma poltrona, comendo a mesma tigela cheia de sorvete. A cada dia que passasse, seria menos capaz de dizer não aos caprichos de Monica. Glenn e os outros olhariam para ela com uma piedade crescente até que beirasse o desprezo. Da mesma forma que o desprezo por si própria agora estava beirando o horror.

Se tivesse visto isso se aproximando na ocasião da morte do pai, teria saído correndo para as colinas.

Apenas uma vez antes Anna experimentara uma intuição de tamanha escala. Quando criança, sofrera em silêncio com as surras do pai até o dia em que algo lhe ocorrera. Virara para ele um dia, quando ele partira para cima dela com a mão erguida e os olhos vermelhos — ela não devia ter mais do que dez ou onze anos —, olhando-o com um ódio tão intenso que ele logo baixou a mão. De alguma forma, sentira que, assim como uma bomba precisa ser detonada para explodir, ele precisava farejar o medo para que sua raiva fosse liberada. Naquele momento, ela deixou de ter medo. Ele nunca mais levantou a mão para ela.

Com a mesma clareza, ela soube que seria agora ou nunca. Se não agisse rápido, o momento passaria e, com ele, qualquer chance de futuro. Tremendo da cabeça aos pés, ela se levantou, a tigela em suas mãos parecendo algo pontiagudo que pudesse cortá-la. Correu para a cozinha e despejou o sorvete na pia. Observando-o desaparecer pelo ralo num redemoinho lamacento, pedacinhos de marshmallow grudados na grade de metal, ela sentiu um fio de esperança, o primeiro em meses, talvez em anos.

Eu consigo, pensou. *Eu consigo mudar.*

Capítulo Três

—Vestido novo? — Laura perguntou a Anna assim que ela se sentou no banco de trás, espremendo-se ao lado de Maude e Finch. Naquela manhã, quando seu carro não quis pegar, Laura lhe ofereceu uma carona até a igreja.

— Já faz um tempinho que não o uso. — Anna não acrescentou que aquele vestido florido era da sua fase da dieta das proteínas, quando estivera sete quilos mais magra. Aquela era a primeira vez que conseguia caber nele desde então... há pelo menos três anos.

— Bem, ele fica bonito em você. — Laura continuou olhando para ela enquanto Hector saía de ré com sua caminhonete Explorer. — Não, não é só o vestido — disse ela. — Você andou perdendo peso.

— Alguns quilinhos. — Anna não queria fazer muito alarde. Fizera tantas dietas ao longo dos anos que se parecia com aquele garoto que gritava: "Lobo!", exceto que, no caso dela, comia mesmo feito um lobo. — Você também está ótima — disse, ávida por mudar de assunto. Laura, que praticamente vivia de calças jeans, com exceção de quando estava no trabalho, onde usava calças sociais, estava com um vestido longo moderno e sapatos de salto alto.

— É o batizado do meu irmãozinho. Achei que seria melhor eu me arrumar.

— O Jack não vai nos reconhecer — disse Finch.

— Eu mal me reconheço — resmungou Hector, parecendo desconfortável de terno. Fora ao barbeiro também; tinha os cabelos lustrosos e espetados, exceto na região penteada com gel, em torno do colarinho. O único toque de excentricidade era uma corrente com uma esfera prateada que usara no dia de seu casamento com Laura, no alto da colina, no início daquele mesmo ano.

— Bem, eu, por minha vez, estou comemorando o fato de que, pelo menos, vamos *ter* um batizado. — Maude espiou por baixo do chapéu de abas largas que fazia conjunto com seu vestido antigo de poás. — Quando penso em como tudo isso poderia ter acabado... — Sua voz estremeceu, os olhos azuis, brilhantes como botões costurados na almofada macia que era seu rosto, ficaram nebulosos de repente.

O silêncio se fez presente, todos recordando o acidente de carro na primavera anterior, que quase dera fim à vida de Sam junto com a de seu bebê, ainda no ventre — o clímax de uma novela que começara com a paixão da mãe viúva de Laura por Ian, quinze anos mais novo. O fato de ele ser o enteado de sua filha caçula servira apenas para piorar o drama.

Mas agora já era novembro e ninguém no clã estendido Kiley-Delarosa podia se lembrar de como era a vida antes do nascimento de Jack. Sam estava como qualquer mãe de primeira viagem, apaixonada por seu bebê, a despeito de ter idade para ser sua avó. Laura e Alice, que haviam ficado horrorizadas com a gravidez da mãe, também estavam loucas por ele. Finch cuidaria dele de graça se Sam não insistisse em pagar. E Maude, considerada vovó honorável na ausência de avós legítimas, tricotava suéteres e sapatinhos com a mesma rapidez com que Jack crescia.

Eles chegaram à igreja e a encontraram lotada. Por sorte, Sam e Ian haviam reservado lugares na frente. Sentando-se no banco, Anna ofereceu uma prece silenciosa em agradecimento ao fato de Edna não ter criado problemas para fazer hora extra. Ela não queria perder o batizado e, por mais que odiasse ter de admitir, a mãe a teria impedido de vir.

O alegre repicar dos sinos do campanário deu lugar ao som grave do órgão. Anna levantou-se para o hino de abertura. Aqueles acostumados a vê-la na missa todos os domingos talvez ficassem surpresos em saber que ela não se considerava, exatamente, uma devota. Ah, acreditava em Deus e encontrava conforto na Bíblia, mas a razão principal de continuar indo à igreja, anos após ano, era porque era lá, na Igreja de São Francisco Xavier, que durante algumas poucas horas por semana ela recarregava as energias para se tornar parte de algo maior do que sua esfera minúscula de atuação.

Muito disso tinha a ver com a igreja propriamente dita. Ela correu os olhos pelas paredes de adobe, tão espessas quanto as de um forte, e pelos vitrais altos pelos quais a luz do sol entrava em ângulo, formando mosaicos preciosos no chão gasto de carvalho. Estátuas de santos observavam, serenas, dos nichos nas paredes que circundavam a nave, e os retábulos acima do altar, com seus trabalhos esculpidos em dourado, dignos de uma catedral, reluziam suavemente na luz rarefeita. Quando era criança, a missão em Calle de Navidad era o único lugar onde ela se sentia inteiramente segura e, até hoje, parecia acolhê-la com o mesmo carinho que a estátua da Virgem Maria aninhando o Menino Jesus.

Anna olhou de relance para Finch. A menina usava um terninho justo num tom pálido de verde, que a fazia aparentar ser mais madura do que sua idade, um efeito contrabalançado pela meia dúzia de brinquinhos em cada orelha e pela tatuagem de uma borboleta acima do tornozelo direito. Finch retribuiu o olhar e sorriu.

A irmã mais nova de Laura, Alice, estava junto do marido, Wes, à esquerda de Anna, que se sentia o típico vovô orgulhoso. Anna ficou espantada, como sempre ficava, com o contraste entre as duas irmãs. Laura, simples e de pele azeitonada, com braços bronzeados e musculosos por conta da vida ao ar livre e cabelos que não paravam penteados, e a elegante e loura Alice, que parecia ter acabado de sair das páginas da *Vogue*. Ainda assim, dificilmente duas irmãs poderiam ser mais unidas. Anna gostaria de ser tão amiga assim de suas próprias irmãs.

Seguiram-se mais hinos e orações, depois uma leitura da Epístola de Timóteo acompanhada pelo sermão, que, felizmente, foi curto. Logo em seguida, o padre Reardon gesticulou para Sam e Ian. Os dois se levantaram ao mesmo tempo, o bebê adormecido no colo do pai, todos os olhos voltados para ele quando o casal se dirigiu à pia batismal anexa à nave. Sam e Ian trocaram um sorrisinho de cumplicidade por cima da cabecinha do bebê quando a luz âmbar que vinha dos vitrais pareceu ungir os três. Anna sentiu uma onda de desejo percorrer-lhe o corpo: Será que algum dia estaria ali com um bebê seu?

Ao observar padre Reardon realizar o ritual, ela se lembrou da paixão que tivera por ele no ginásio. Não fora a única — uma em cada duas meninas na aula de catecismo se apaixonava por ele. Até mesmo hoje que estava mais barrigudo e com os cabelos negros e encaracolados matizados de fios grisalhos, ele ainda era o homem mais bonito de todos, com olhos irlandeses e um sorriso que podia iluminar uma segunda-feira chuvosa.

Jack acordou com um choro indignado assim que padre Reardon derramou água em sua cabeça. Sam parecia penalizada, como se não pudesse suportar vê-lo em qualquer situação de desconforto. Mas Jack, num macacãozinho de marinheiro, logo se recuperou e até o final da cerimônia voltou ao seu costumeiro eu ensolarado. Anna também não pôde deixar de perceber como Sam estava esbelta; não dava para imaginar que ela acabara de dar à luz, que dirá que era mãe de duas mulheres adultas. Ela sentiu uma pontada de inveja ao ver Ian passar o braço por sua cintura assim que eles voltaram para o banco.

Sonho de uma Vida

Pelo canto dos olhos, viu Alice e Wes trocarem um olhar. Claramente não lhes passava despercebida a ironia de a sogra de Wes lhe dar seu único neto. Anna lembrou-se de que Alice estava em cima do muro quanto a ter filhos e imaginou se algum dia eles dariam esse salto. Olhando para Wes, tão robusto quanto seu filho, não era difícil imaginar isso acontecendo.

Ao ouvir os acordes crescentes de *Clara Noite*, a congregação se levantou e começou a se preparar para sair. Momentos depois, Anna surgiu nos degraus banhados de sol, observando Sam, Ian e o bebê receberem os cumprimentos. Parecia que todos estavam parando para elogiar Jack, até mesmo a arrogante Marguerite Moore, que fora tão cruel com Sam no último ano. Quando Anna voltou a se encontrar com Laura e Hector já era hora do almoço e seu estômago roncava. Não era muito animador acompanhá-los ao Chá & Chamego para festejar o batizado de Jack. Ela sabia que teria de tomar cuidado redobrado.

Seis meses haviam se passado desde sua última dieta — uma dieta à base de suco de uva, que durara quatro dias inteiros, até que desmaiou de fome. Tomara então uma decisão: não faria mais dieta alguma. Já não havia tentado todas as dietas conhecidas no mundo? A dieta de proteínas do dr. Atkins, a de Scarsdale, a de Beverly Hills e a de Pritikin. Pouco carboidrato, nenhum carboidrato, toda a gordura que conseguisse ingerir, macrobiótica e, mais recentemente, *A Dieta Zone* e *A Dieta do seu Tipo Sanguíneo*. Isso sem falar dos Vigilantes do Peso, de Jenny Craig, do Nutri/System e de Richard Simmons ou das latas e mais latas do shake Slim-Fast que ela consumira ao longo dos anos.

O que havia de diferente desta vez? Nada... e tudo. Por um único motivo: ela se recusava a rotulá-la de dieta, o que teria sido o beijo da morte. Em vez de se impor privações, comia as coisas de que gostava; o único detalhe era que se limitava a pequenas porções de tudo o que engordava. Os franceses comiam queijo, por que ela não poderia comer? Biscoitos? Tudo bem, mas só um. Bolo? Desde que pudesse ver o fundo do prato através dele. Para sua surpresa, descobriu que, dadas as opções, ela quase sempre preferia frutas a sobremesas cremosas, e frango a cheeseburgers. Como resultado, os quilos foram derretendo.

Começara até mesmo a correr. Na primeira semana, mal conseguira chegar ao final do caminho de carros de sua casa sem desmaiar, mas, agora, conseguia correr com facilidade os oitocentos metros até a casa de Laura e voltar. Logo soube que isso tinha surtido efeito quando, a meio caminho do Chá & Chamego, sequer ficou ofegante.

Estava um dia tão bonito de veranico, o céu tão limpo e azul a ponto de parecer uma pintura, que, quando Hector sugeriu que deixassem o carro onde estava e fossem a pé. Anna logo concordou. Finch tomara a dianteira com Andie, e Maude pegara carona com sua amiga Mavis, de forma que ficaram apenas os três. Eles andaram sem pressa ao longo da rua da antiga missão. As lojas estavam fechadas, exceto a Sorveteria Lickety-Split, com seu engarrafamento costumeiro de carrinhos de bebê que avançavam até o passeio coberto por telhas de terracota. Anna ficou com água na boca só de pensar numa bola de sorvete de creme com licor de cacau.

A um quarteirão do passeio, eles passaram pelo arco de buganvílias que dava para a Praça Delarosa, com sua fonte de vários níveis e lojas com fachadas ao estilo espanhol, a maior delas a Delarosa. Vendendo utilidades na época da Corrida do Ouro, a loja estava há gerações na família de Laura e, recentemente, passara para suas mãos quando a gravidez de Sam a forçou a se aposentar.

Do outro lado da rua, ficava o correio, construído na época da Grande Depressão, com seu campanário mourisco que era reproduzido em cartões-postais e guias de turismo. Olhando para cima enquanto passava por ele, Anna perguntou-se se o sentimento de profunda conexão que sentia quando passava por aquelas ruas se dava, em parte, pela rotina na qual estava inserida. Que incentivo havia para sair? Que lugar para onde pudesse ir seria melhor do que Carson Springs? Pouco importava que a cidade fosse uma prisão dourada sob alguns aspectos.

No sinal, eles viraram a esquina para a Orange Avenue e, após vários quarteirões, o Chá & Chamego surgiu à vista: um chalé atraente, com telhas de madeira e roseiras-anãs à frente. Embora inaugurado há apenas seis meses, já era um lugar de referência na cidade. O estômago de Anna roncou mais uma vez ao pensar em todas as guloseimas de dar água na boca que encontraria lá dentro.

Vários convidados estavam reunidos na varanda. Pela porta aberta, ela pôde ver mais desafios do lado de dentro.

— A mamãe teve que fazer reserva com *meses* de antecedência — disse-lhe Laura assim que eles passaram pelo caminho cercado de cravos. — Essa foi uma das razões pelas quais ela adiou o batizado até agora.

Anna não duvidava. Pelo que ouvira falar, o Chá & Chamego era um dos lugares mais difíceis da cidade para se realizar um evento, embora ela também soubesse que Claire teria dado um jeito de receber a amiga mais antiga da mãe, mesmo com poucas semanas de antecedência.

— Achei que talvez fosse porque ela queria se casar antes — disse ela.

Laura parou para pegar um narciso morto da treliça da varanda.

— Eu também achei que era por isso. Só Deus sabe quando eles vão se casar. A mamãe diz que as coisas estão bem do jeito que estão, então para que mexer no time que está ganhando? Mas acho que é porque ela não foi muito feliz com o papai.

— Casamento — resmungou Hector, bem-humorado — é passar uma tarde ensolarada de domingo numa casa de chá com um bando de velhotas da igreja. — Se pudesse, ele já estaria fazendo reparos em sua caminhonete ou trabalhando na fazenda.

— Não vejo que mal isso *te* fez. — Laura abriu um sorriso, cutucando-o com o cotovelo.

Anna os observou um tanto melancólica. Não tinha inveja da felicidade de Laura, principalmente depois de tudo o que ela havia passado durante todos aqueles anos: primeiro tentando engravidar, depois sendo abandonada pelo marido. Queria apenas que alguém olhasse para *ela* da forma como Hector olhava para Laura agora… como se ela fosse o sol, a lua e as estrelas, tudo isso junto.

Eles entraram e encontraram a sala ensolarada lotada de amigos e parentes, o ar inundado por aromas paradisíacos. Com o homem do momento adormecido, Sam e Ian estavam ocupados cumprimentando seus convidados, parando para beijar um rosto aqui e apertar uma mão ali. Sam envolveu Anna num abraço apertado.

— É uma pena a sua mãe não poder estar com a gente — disse ela, como se Betty tivesse tido um compromisso mais urgente para ir.

Era esta mesma sensibilidade que Anna passou a esperar de Laura. *Filho de peixe, peixinho é*, pensou. Ela olhou para Jack, adormecido em seu carrinho. — Mal posso acreditar como ele está grande!

— Vou me candidatar a um transplante de quadris quando ele começar a andar. — Sam simulou um gemido, embora, da forma como se cuidava, Anna achava que ela levaria anos para ter tais preocupações. — Espero que você esteja com fome. Olha só toda essa comida. — Ela apontou para o a mesa do bufê com travessas de minissanduíches e doces.

— Está tudo maravilhoso — disse Anna, com água na boca.

— Sirva-se à vontade. Ainda tem muito mais lá dentro. — Claire estava circulando com uma bandeja de pãezinhos recém-saídos do forno. Alta, magra e graciosa, com cabelos ruivos e encaracolados e maçãs do rosto de tirar o fôlego, ela não se parecia com alguém que passava os dias na cozinha. Com tantas coisas tentadoras, como se mantinha tão magra?

Aquilo lhe demandou um esforço supremo — apesar de firme em seu propósito, as papilas gustativas de Anna tinham desejo próprio —, mas ela conseguiu resistir.

— Obrigada, mas acho que vou esperar um pouquinho — murmurou ela, andando até a mesa, onde se serviu de um minissanduíche e um único biscoito.

Estava procurando um lugar para sentar quando Gerry Fitzgerald a chamou para a mesa à qual ela e o marido estavam sentados.

— Chegou na hora certa — disse ela, chegando para o lado para dar espaço. — Não estamos conseguindo decidir qual o melhor: o bolo de maçã ou a tortinha de amêndoas com geleia de amoras. — Ela empurrou o prato para Anna, que provou um pedacinho de cada, por educação.

— Esta. — Ela apontou para a tortinha de amêndoas, embora tivesse sido difícil escolher a melhor.

— Exatamente o que eu acho — Aubrey pronunciou-se.

Gerry parecia tão orgulhosa como se ela mesma a tivesse preparado.

— Ele só está falando isso porque a receita é minha. Bem, não exatamente minha. — Ela era a primeira a dizer que era a pior cozinheira do mundo. — Eu a recortei da revista *Gourmet.* — Gerry suspirou de brincadeira. — É até onde vão os meus talentos culinários. — Como se alguém que parecia uma estrela do cinema italiano, com um guarda-roupa sexy para combinar, precisasse adicionar talentos culinários aos seus créditos.

Claire parou à mesa deles, pousando uma mão no ombro de Gerry.

— Não deem atenção ao que ela está dizendo — disse ela, com uma risada. — Ela faz o trabalho de mais de duas pessoas por aqui. — Anna se encantou mais uma vez com a semelhança entre ambas: mãe e filha. Não tanto em termos de aparência quanto de vivacidade, e na gargalhada espontânea que podia preencher uma sala. Parecia inacreditável que, menos de um ano atrás, elas haviam sido perfeitas estranhas uma para a outra. Se Gerry não tivesse decidido procurá-la, elas jamais teriam se conhecido. Claire ainda seria advogada numa cidade ao norte, noiva do rapaz com quem namorava antes de conhecer Matt. Tal ideia lhe trouxe uma esperança renovada. Se Claire pôde se reinventar, por que ela não poderia?

— Ela só está dizendo isso para ser gentil — disse Gerry, embora Anna pudesse perceber que estava emocionada. — Enfim, eu só dou uma mãozinha nos finais de semana. — O emprego de tempo integral como gerente laica do Bendita Abelha, o apiário do convento da cidade, a mantinha ocupada o resto do tempo. — E com todos os pratos e xícaras que eu já quebrei, não sei se ela está tendo lucro.

— Vou descontar do seu bônus do Natal — Claire brincou com ela antes de se retirar.

Os olhos de Gerry a seguiram, cheios de orgulho... e algo mais... incredulidade talvez. Se Anna, às vezes, tinha dúvidas se coisas como milagres existiam, bastava olhar para Gerry.

Seu olhar pousou em uma mulher baixa e maltratada, sentada sozinha a uma mesa encostada à parede. Martha Elliston. Anna a conhecia da igreja. Ela não fazia parte de algum comitê junto com Sam? Embora não muito mais velha do que ela própria, Martha tinha a aparência de uma velha já há muito tempo, o vestido largo que usava em nada contribuía para alterar aquela impressão. Até onde Anna sabia, ela jamais se casara ou tivera namorado. Vivia com a mãe idosa que devia ser viúva ou divorciada — Anna jamais ouvira qualquer comentário quanto à presença de um marido. Com um pequeno choque, percebeu que aquela descrição se adequava a *ela*. E tremeu só de pensar.

Ela se virou e percebeu que Aubrey a observava.

— Você está excepcionalmente bem, minha cara — disse ele, seu sotaque europeu combinando com sua aparência cosmopolita. Era como se ele tivesse lido sua mente e soubesse exatamente o que ela precisava ouvir naquele momento. — Uma boa propaganda sobre a vida no campo. — Como se a antiga Estrada de Sorrento fosse uma roça, o que, para um homem como Aubrey, ela julgava ser.

Anna sentiu as faces ruborizando.

— Obrigada — murmurou. Vindo do marido de Gerry, que numa época fora o solteirão mais cobiçado de Carson Springs, além de celebridade conhecida mundialmente, aquilo era um verdadeiro cumprimento. E que também fortaleceu sua determinação em resistir aos pratos e às guloseimas tentadoras que davam a volta na sala.

— Como vai a sua mãe? — Gerry perguntou em voz baixa. As pessoas sempre perguntavam sobre Betty como se ela estivesse à beira da morte. Embora Anna achasse que, para muitas pessoas, uma doença letal fosse melhor do que enlouquecer.

— Ela tem dias bons e ruins. — Anna encolheu os ombros. De nada adiantava lhe alugar os ouvidos.

— E sua irmã? — Pelo tom de educação forçada na voz de Gerry, era óbvio que ela se referia a Monica, que não era exatamente querida pelos moradores da cidade, a quem ela se referia como "nativos". Pouco importava que a própria Monica tivesse nascido e crescido em Carson Springs.

— Está bem. — Anna não queria passar a impressão de grosseira, mas se dissesse mais uma palavra, ou até mesmo *pensasse* muito em

Monica, isso estragaria o seu humor. Ela ainda estava ressentida pelo dia anterior, quando Monica se recusara a deixá-la tirar a tarde de folga, como se as necessidades *dela* fossem muito mais urgentes do que qualquer outra coisa que Anna pudesse ter para fazer.

A conversa se voltou para outros assuntos. Aubrey falou sobre sua próxima turnê, na qual Gerry o acompanharia.

— Um tipo de lua de mel atrasada — explicou ela, virando-se para ele com um sorrisinho reticente. Anna não comparecera ao casamento deles em junho passado, apenas poucos membros da família e amigos mais íntimos foram convidados, mas podia ver que aquela fora uma união celestial. Gerry tinha até mesmo saído de sua casa no subúrbio para Isla Verde, a bela propriedade que Aubrey arrendara de Sam.

Anna sentiu uma pontinha de inveja bater mais uma vez.

— Primeira parada, Albert Hall — dizia Aubrey. — Ouvi dizer que o primeiro-ministro estará presente. A rainha também. — Ele não parecia nem um pouco impressionado com tal perspectiva, que, provavelmente, se devia ao fato de também ser famoso. Com sua postura confiante e uma cabeleira grisalha imponente, ele poderia muito bem se passar por membro da realeza.

— Infelizmente, terei que me contentar com o CD. — Para Anna, Londres estava no mesmo patamar da Cidade das Esmeraldas. A única vez que vira Aubrey reger fora no festival de música no verão anterior, que, pensando bem, foi onde ele e Gerry se conheceram.

Gerry olhou de relance para o prato de Anna.

— Isso é tudo o que você vai comer?

Nessas poucas palavras, toda a diferença entre Gerry e Sam, pensou Anna. Sam jamais teria feito tal pergunta, enquanto Gerry era conhecida pelo que ela mesma chamava de brincadeira de "mal da língua comprida". Anna lembrou-se do comitê da igreja no qual elas haviam trabalhado juntas no ano anterior e em como Gerry imprimira de forma equivocada o aviso que iria para o mural: "Todas aquelas que pretendem se tornar Mãezinhas da igreja, por favor, procurem o padre Reardon na residência paroquial." O aviso gerara mais do que algumas risadas furtivas, principalmente por conta do fato de que fora o antigo

caso que Gerry tivera com um padre, anos atrás, quando fora noviça no Convento de Nossa Senhora de Wayside, que resultara no nascimento de Claire.

— Não estou com muita fome — mentiu Anna.

— Neste caso, você devia levar um pouco dessas coisas para casa.

— Deixe a pobre moça em paz. — Aubrey deu palmadinhas na mão de Gerry, onde reluzia um diamante do tamanho de um torrão de açúcar. — Vocês, mães, são todas iguais, sempre tentando engordar as pessoas.

Pouco importava que Anna já fosse bem gorda.

Ela pediu licença assim que pôde e se despediu. Ninguém lhe perguntou por que estava saindo tão cedo; todos estavam acostumados a vê-la sair correndo para casa para cuidar da mãe. Ela estava passando pela porta quando Finch a alcançou e perguntou:

— Tudo certo para quinta-feira?

Anna teve um lapso de memória, então lembrou-se do festival de cinema. Todos os anos o Cinema Park Rio apresentava uma sequência de clássicos na segunda semana de novembro. *Estranhos no Paraíso* estava na programação de quinta-feira à noite. Filmado em Carson Springs na década de 50, era conhecido na cidade como O Filme. Anna devia tê-lo visto uma dúzia de vezes, embora nunca no cinema. A ideia lhe pareceu boa quando Finch a mencionou, mas agora ela balançava a cabeça, dizendo com pesar:

— Não sei se terei condições de ir.

— Vamos guardar um lugar para você, por via das dúvidas.

— Você vai estar com as suas amigas. O que vai querer com uma coroa como eu? — brincou Anna.

A ruga entre as sobrancelhas escuras de Finch se aprofundou, o que Anna interpretou como um olhar do tipo "não venha com essa para cima de mim".

— Para começar, você não é coroa. Além disso, ninguém conhece cinema tão bem quanto você.

Isso era verdade. Se havia alguma vantagem em ficar em casa todas as noites, era que Anna havia visto quase todos os filmes já produzidos.

— Vou fazer o possível — prometeu. Dependeria de Edna.

Sonho de uma Vida

Anna pegou carona para casa com Hector, que estava saindo cedo para se encontrar com o dr. Henry, na fazenda, alguma coisa a ver com um dos cavalos. Os dois seguiram num silêncio companheiro pela maior parte do trajeto, um alívio depois de todas aquelas pessoas na festa, onde a maioria delas, assim parecia, se conhecia. Hector era a única pessoa que ela conhecia que não sentia necessidade de conversar apenas por conversar. Quando ele a deixou em casa, ela estava um pouquinho menos deprimida diante da perspectiva de ficar com a mãe pelo resto do dia.

Ela entrou e viu a secretária eletrônica piscando. Havia seis mensagens, mais do que ela normalmente recebia em uma semana. Um mau pressentimento a avisou para esperar até Edna ir para casa, antes de ouvi-las — intuição que se provou verdadeira. Anna mal pressionara a tecla "ligar" quando a voz persuasiva de Monica preencheu a sala:

— Oi... sou eu. Você está aí? Atenda... — Seguiu-se um suspiro. — Tudo bem, tento falar com você mais tarde.

Clique.

— Sou eu de novo. Onde você ESTÁ? São duas horas, não é possível que ainda esteja na igreja. Tudo bem... tudo bem... ligue para mim quando receber esta mensagem. Vou ficar O DIA INTEIRO em casa.

Clique.

— Não estou ACREDITANDO. Você não está atendendo de propósito? LIGUE PARA MIM, está bem?

Clique.

— Isso já está ficando chato. — Um suspiro profundo. — O que foi? Você de repente resolveu fazer aulas de mergulho? É o que está fazendo este tempo todo? Escute, é importante. Ligue para mim.

Clique.

— Ah, pelo amor de Deus. Você ainda está zangada por causa de ontem? Desculpe, está bem? Não que eu exija tanto assim de você. Você sabe quantas pessoas seriam capazes de *matar* para ter o seu emprego?

Clique.

— Está bem. Sinto muito *mesmo*. É isso o que você queria ouvir? Eu devia ter te dado a tarde de folga. Você sabe que *eu teria feito isso* se conseguisse me virar sozinha... — Sua voz falhou, expressando tristeza. — Escute, estou me sentindo uma idiota conversando com essa máquina. Vou esperar até você me telefonar.

Clique.

Dando um suspiro, Anna pegou o telefone e digitou o número da linha particular de Monica. Sua irmã atendeu com um "Alô?" ofegante, como se estivesse aguardando ao lado do aparelho.

— Acabei de chegar.

— Onde você estava? Fiquei preocupada. — Monica deu à voz um tom de preocupação.

Como se já não soubesse muito bem que Anna teria telefonado na eventualidade de uma emergência, ou como se se importasse se a mãe delas tivesse sofrido um ataque do coração ou caído e quebrado o quadril.

— Foi o batizado do Jack — Anna respondeu com toda tranquilidade possível, sentindo a pressão subir. — Teve uma festa depois.

— Quem é Jack?

— O filho da Sam e do Ian.

— Eu os conheço?

— Sam Kiley, da Delarosa. — Monica devia saber; comprava lá com bastante frequência. Pouco antes de Sam se aposentar, ela comprara um lindo vaso de vidro como presente de casamento para a sua amiga Candace.

— Ah, tá, lembrei. — Como se fizesse ideia de quem fosse. — Escute, sobre ontem, eu *sinto* muito mesmo. Eu estava de péssimo humor, mas não devia ter descontado em cima de você. Quero te compensar por isso.

Monica pedindo desculpas? Anna ficou sem voz.

— Está bem — continuou ela, interpretando o silêncio da irmã por aquiescência. — Por que você não vai à manicure? Pode pôr na minha conta.

— É muita generosidade sua. — Anna não pôde evitar o sarcasmo em sua voz. A conta à qual Monica se referia era no Salão May's Beauty, com suas cadeiras de plástico azul-turquesa e secadores dos anos 50, onde Anna levava a mãe duas vezes por mês para lavar os cabelos e fazer uma escova. A única razão pela qual Monica pagava por isso era para poder esfregar ainda mais na cara da irmã tudo o que fazia.

Mas, na opinião de Monica, isso já estava consumado.

— Escute, já que estamos conversando, vou precisar de você aqui amanhã logo cedo. Quero ter certeza de que tudo vai estar pronto para o Thierry.

Anna sentiu a raiva transbordar. Monica não havia telefonado para se desculpar. *Está só se certificando de que eu estarei lá para as fotos.*

— Ele só vai chegar depois das onze — Anna lembrou friamente à irmã. Sentia-se como se tivesse engolido um carvão em brasa.

— Eu sei, mas quero que a casa esteja impecável.

Anna suspirou. Thierry LaRoche, antigo amigo e produtor, convencera Monica a deixá-lo gravar um pequeno documentário na LoreiLinda — um segmento sobre as casas de celebridades no programa *Entertainment Tonight*. O que significaria que, além de suas obrigações usuais, Anna teria que estar disponível para reduzir a histeria ao mínimo.

— Eu... — *Fale! Diga a ela para enfiar suas desculpas no... e, enquanto estiver fazendo isso, para enfiar aquela droga de emprego também.* Mas as palavras ficaram entaladas em sua garganta como uma aspirina engolida a seco. Mesmo se pudesse encontrar outro emprego que pagasse o mesmo, como poderia bancar o salário de Edna? E se tivesse que ficar em casa e tomar conta da mãe o tempo inteiro, ela é que enlouqueceria. Sua única opção seria colocar Betty numa clínica geriátrica, o que significaria vender a casa... ficando sem teto, além de sem emprego. — Te vejo amanhã de manhã — disse ela, por entre lábios dormentes de tanto conter a raiva.

— Então está bem. Bem cedinho — disse Monica, com a voz estridente. — Ih, o outro número está tocando. Tchau!

A mão de Anna estava tremendo quando ela desligou. Levou alguns segundos até conseguir pôr o telefone de volta no gancho. Olhou para a mãe sentada à mesa de carteado ao lado da janela, absorvida em seu quebra-cabeça (pouco importava que a maioria das peças acabasse no chão ou dentro de seus bolsos). Betty ergueu o olhar, percebendo a expressão de tristeza no rosto da filha.

— Algum problema, querida? — perguntou ela, com uma preocupação tão genuína que Anna se sentiu ainda pior. Como sequer podia *pensar* em colocar Betty num lar para idosos?

— Está tudo bem — mentiu ela. — Você já almoçou?

Betty negou com a cabeça.

— Não se preocupe, querida. Estou fazendo um ovo para mim. Daqui a pouco vai ficar pronto.

Um alarme disparou na cabeça de Anna. Saiu correndo para a cozinha e encontrou a panela produzindo uma fumaça negra sobre o fogão. A água havia secado, o ovo se transformara numa massa grudenta no fundo da panela. Sem pensar, Anna segurou-a pelo cabo e uma onda de dor lhe percorreu o braço.

— Droga! — Largou-a com um tinido, segurando o pulso, pedaços do ovo estourado e de casca se espalharam feito estilhaços de metralhadora.

Momentos depois, ela estava curvada sobre a mesa, a mão latejante submersa em água gelada e a outra enfiada num pacote de biscoitos, as lágrimas escorrendo pelo rosto.

— *Para a esquerda...* mais um pouquinho... isso aí. — Monica recuou para examinar o console da lareira com sua nova arrumação.

Anna passara os cachorros de porcelana Staffordshire para o canto, reposicionando a estatueta do Oscar que a irmã recebera pelo papel de melhor atriz coadjuvante em *Lírios Silvestres*, de forma que ele ficasse bem abaixo de seu retrato. O efeito foi o de Monica multiplicado por dois.

— Você não acha que ficou exagerado? — perguntou Anna.

Monica lançou-lhe um olhar destruidor.

— Por que não deixamos o Thierry ser o juiz? — Como se ele ousasse sugerir mudar alguma coisa de lugar. Se Monica não aprovasse o produto final, ele incorreria em perda de tempo e dinheiro.

— Boa ideia. — Que diferença faria no final?

Sonho de uma Vida 63

— Bem, então acho que está pronto. — O olhar de Monica percorreu a sala e ela deu um suspiro de satisfação. O cenário estava perfeito. Além de Anna passar um pente-fino na sala, parecia que Arcela passara a noite em claro para arrumar tudo. O piano de cauda e os armarinhos chineses laqueados haviam sido lustrados até ficarem brilhantes e o tapete apresentava riscos ondulados como os de um merengue, por onde o aspirador de pó passara, exceto onde fora cruzado pelas rodas da cadeira de Monica. Até mesmo as janelas que iam do chão ao teto reluziam, a vista de cartão-postal que tinham do vale abaixo completamente desimpedida, sem uma manchinha sequer.

— Só está faltando a orquestra — Anna observou com ironia.

Monica deve ter percebido o sarcasmo em sua voz, pois lhe lançou um olhar gélido.

— Parece que você está achando que isso aqui é um tipo de devaneio egocêntrico. Bem, não é. Só estou fazendo isso pelo Thierry.

Anna manteve seus pensamentos só para si. Estava economizando energia para o pequeno discurso que havia planejado fazer mais tarde. Na noite anterior, após o tempo que ficou chafurdando no ódio por si mesma, decidira que estava na hora de parar de se fixar nos quilos que precisava perder e começar a se concentrar no que precisava *ganhar*, a começar com uma boa dose de coragem e determinação.

Algumas coisas terão que mudar por aqui se quiser que eu continue trabalhando para você, lhe diria. *A começar pelo meu horário. Quero o fim de semana todo de folga, não só os domingos. E acabou esse negócio de chegar mais cedo e sair mais tarde sem receber hora extra. Se você quer que eu...*

— Anna, você está ouvindo?

Anna virou-se e viu a irmã a observando com impaciência.

— Desculpe, o que você estava dizendo?

— Não deixe de falar com Arcela para ela não dirigir uma palavra sequer ao Thierry ou à sua equipe, exceto "por favor", "obrigada" e "posso pegar o seu casaco?". Mesmo se não estivermos gravando.

— Vou falar com ela. — *Deus me livre se os seus fãs descobrirem como você paga pouco.*

Monica deu uma olhada no relógio e disse ansiosa:

— Meu Deus, eles vão chegar a qualquer minuto!

Eram dez e quinze, o que a deixava com quarenta e cinco minutos para se vestir e maquiar, mas isso não era quase nada para Monica. Elas pegaram o elevador para o segundo andar. Seis anos antes, quando sua irmã comprara aquela propriedade, o elevador parecera apenas um bônus junto com a sala privada de cinema, a sauna e a adega climatizada, mas agora Anna via o elevador instalado por Huff Huffington, após seu ataque cardíaco, como uma previsão aterrorizante do acidente da irmã. Ao ouvir o estalo dos cabos, ela sentiu um leve arrepio, como sempre acontecia.

Momentos depois, estava empurrando Monica para seu quarto palaciano, decorado com muito bom gosto no estilo *art déco*, com excesso de madeira maciça e superfícies espelhadas. Anna resistiu à tentação de andar na ponta dos pés ao entrar naquele santuário particular — um closet do tamanho do departamento de roupas femininas da Rusk's — que mais parecia um túmulo.

Uma parede inteira fora reservada para vestidos do dia a dia e vestidos de festa, cuidadosamente protegidos por capas plásticas como corpos num necrotério. Cada um deles trazia uma etiqueta colada na capa plástica, onde constavam, caprichosamente impressas, as datas e ocasiões em que haviam sido usados. Na parede oposta, calças e blusas estavam penduradas de acordo com a cor, as mais claras mudando gradativamente de tom até as mais escuras, como quadradinhos de um catálogo de tintas. Gavetas acessíveis por cadeira de rodas continham de tudo, desde lingerie e meias até sapatos e lenços. Anna imaginou se Monica, alguma vez, pensara na ironia de ter tantos pares de sapato quando sua habilidade para andar era uma das coisas que ela não podia comprar.

— Agora, vamos ver... — Monica apertou os lábios. — O Moschino? Não, as listras não vão ficar bem na câmera. — Ela passou os dedos em uma manga. — Talvez esse aqui. É meio arrojado, mas a cor fica bem em mim.

Uma dúzia de vestidos mais tarde, ela foi de cadeira de rodas até o espelho de três folhas, usando uma camiseta de casimira sem mangas, leve como um suspiro, e calças num tom pêssego combinando.

Sonho de uma Vida

— Perfeito — anunciou ela. — Agora, os retoques finais. — Ela gesticulou para a cômoda onde ficavam as joias, mas Anna estava um passo à frente dela, puxando uma gaveta com forro de veludo. Monica indicou um pingente de ouro filigranado. — O que você acha? — perguntou, quando Anna o segurou em seu pescoço.

— Bonito — disse Anna. — Mas acho que pérolas ficariam melhor.

Monica a ignorou. Sempre pedia sua opinião, mas raramente a aceitava. Após negar todas as suas sugestões, ela escolheu uma gargantilha simples, de ouro, e brincos de safira que combinavam com seus olhos. O efeito final foi maravilhoso. O comportamento de Monica podia deixar a desejar, mas, quando o assunto era a aparência, não havia erro.

De volta ao andar térreo, Anna ajudou a irmã a se sentar no sofá da sala, ajeitando as almofadas em suas costas até ela ficar satisfeita por aparecer em seu melhor ângulo. Ela recuou para analisar o efeito.

— Não estou muito segura com relação à manta... — Dobrada por cima das pernas de Monica, ela era um detalhe também... meio ao estilo Deborah Kerr em *Tarde Demais para Esquecer*. Embora Anna achasse que fosse essa a ideia, disse: — Pode dar a impressão de que você tem algo a esconder — disse ela.

— Tem razão. Eu não havia pensado nisso. — Monica a atirou para o lado como se ela estivesse infestada de traças. Antes do acidente, ela fora famosa por suas pernas e a ideia de que seus fãs pudessem imaginálas mirradas e feias era intolerável. Agora ela voltava a atenção para Anna, observando-a com olhar crítico. — É isso que você vai vestir?

Anna sentiu-se subitamente em evidência com sua saia azulmarinho e blusa com listras fininhas, que vestira, precisamente, porque elas a ajudariam a se misturar com o fundo.

— Qual o problema? — Mesmo enquanto falava, via a resposta no olhar desaprovador da irmã.

— Nada. A não ser... — Monica franziu a testa. — Ela se parece com uma roupa que a mamãe usaria. Além do mais, está larga demais. — Analisou-a mais de perto. — Você emagreceu?

Então você demorou este tempo todo para perceber?

— Um pouquinho. — Anna baixou o olhar.

Em seguida, ergueu-o e viu Monica lhe lançar seu sorrisinho de superioridade que a fez sentir como se estivesse mordendo uma folha de papel-alumínio.

— Qual é a dieta desta vez? Todo o arroz que você conseguir comer... ou aquela com todos os ovos e manteiga, mas nada de pão? Por favor, me diga que não é mais a dieta do suco de fruta. Você vai ficar o dia inteiro indo e voltando do banheiro.

— Não estou fazendo dieta. Só decidi reduzir — Anna respondeu baixinho.

— Bem, está funcionando. Você está ótima. — Anna aguardou o tom de condescendência na voz de Monica, mas ela parecia sincera. — Quando você chegar ao seu objetivo, vamos comemorar com uma ida às compras. Rodeo Drive e afins. Um guarda-roupa todo novo, por minha conta.

— É muita gentileza sua, mas... — Anna não queria nutrir esperanças. Monica era famosa por fazer promessas que não cumpria, embora você se sentisse ávida por lhe agradecer. — Eu estava pensando em trazer a máquina de costura da mamãe lá do sótão.

— Aquela velharia? Eu nem sabia que ela ainda existia. — Monica ficou com uma expressão nostálgica. — Meu Deus, todos aqueles vestidos iguais que ela costumava fazer para nós. Numa Páscoa, ela nos vestiu com aquelas jardineiras azuis com margaridinhas no peitilho. Talvez você fosse muito nova para lembrar... — Ela ficou com o olhar distante, algo de sombrio passou por seu rosto. Então seu sorriso retornou. — Velhos tempos... — disse ela com uma risada amarga.

— Eles devem estar numa caixa em algum lugar. — Betty guardava cada pequena lembrança, inclusive as roupas que não serviam mais nelas. Ela as procuraria no sótão quando fosse lá.

— Junto com as roupas do papai. — Monica franziu a boca numa expressão de desgosto. — Não consigo acreditar que ela não jogou tudo aquilo fora depois que ele morreu. — Ela lançou um olhar de desprezo para a foto vinte por vinte e cinco dos pais em cima do console da lareira, tirada pouco antes de Joe receber o diagnóstico de câncer. Era a única foto deles à mostra na casa e a única razão de estar lá é que a ausência total de fotos da família poderia parecer estranho.

Anna encolheu os ombros.

— Valor sentimental, acho eu.

— É, quem não gostaria de guardar a lembrança de ter apanhado a vida inteira?

— Ele não foi assim o tempo *todo* — Anna sentiu-se compelida a lembrá-la.

— Isso, defenda o papai. Não é esse o seu papel? — Monica dirigiu um olhar endurecido para Anna. Parecia prestes a descarregar sua raiva em cima dela quando pareceu pensar melhor e deu um suspiro cansado. — Deixa pra lá. Por que você não me prepara um drinque? Vai acalmar os meus nervos.

Anna deu uma olhada significativa para o relógio. Normalmente Monica esperava até a hora do almoço. Se começasse cedo assim, só Deus poderia dizer como estaria até o final do dia.

Acabou que suas preocupações foram em vão. Monica estava no melhor dos humores, agradando Thierry, homem baixinho e careca com o hábito odioso de tamborilar nos joelhos enquanto contava histórias dos dias de Monica como rainha de Hollywood. Ele e sua equipe almoçaram sanduíches preparados por Arcela e receberam permissão para andar livremente pela casa, decidindo pelos lugares a serem filmados. Monica sequer resmungou quando um dos homens esbarrou com a câmera na parede, deixando um arranhão no revestimento de papel.

Eram quase quatro horas quando eles terminaram. Anna estava exausta — ficara de pé o dia inteiro —, mas os olhos de Monica brilhavam como as safiras em suas orelhas — e não apenas por ter sido o centro das atenções. Havia algo mais nas Coca-Colas Diet que ela ficara tomando durante toda a tarde. Quando Anna a ajudou a se levantar do sofá, uma olhada para a bolsa pendurada no braço da cadeira de rodas confirmou sua suspeita assim que uma garrafa prateada, parcialmente escondida por uma caixa de lenços de papel, piscou para ela.

— Só espero que eu não viva o suficiente para me arrepender disso. — A voz de Monica estava mais do que arrastada. — Eu não estava *muito* demais, estava? — Em outras palavras, será que haviam percebido que ela estava bêbada?

— Você esteve bem. — Anna falou mais seca do que o normal.

Monica a olhou com reprovação.

— Parece que alguém tomou a pílula do mau humor. — Uma expressão típica da mãe e que soou estranha vindo da boca da irmã.

— Estou cansada, só isso. — Anna passou a mão pelos cabelos. Aquele certamente seria o pior momento, mas ela *precisava* desabafar. Ou arriscar repetir o acesso da noite anterior. Ela pigarreou. — Escute, tem um assunto que eu estou querendo conversar com você.

Monica semicerrou os olhos.

— Sou toda ouvidos.

— É demais para mim tomar conta de você *e* da mamãe. Preciso reduzir minhas horas de trabalho.

— Continue.

A frieza do tom de voz da irmã deveria ter sido um sinal para ela parar por ali, mas ela continuou:

— Para começar, quero os sábados livres. E... e meio expediente nas quintas-feiras. — Que droga. Por que não pedir alto? — E também não acho apropriado ficar lavando suas roupas íntimas e cortando as unhas dos seus pés.

Monica ficou tanto tempo em silêncio que Anna teve a ilusão momentânea de que havia conseguido o que queria. Então veio a tempestade:

— Apropriado? Jesus misericordioso! Quem você acha que eu sou, a porra do Steve Forbes? Fico presa nesta coisa, vinte e quatro horas por dia, sete dias por semana — ela bateu com os punhos nos braços da cadeira de rodas —, e você vem com essa lenga-lenga de o que é *apropriado*?

Anna havia aberto a caixa de Pandora e agora era tarde demais para fechá-la. Mesmo assim, manteve-se firme:

— Não adianta se fazer de vítima — rebateu ela, numa voz surpreendentemente calma. — Já ouvi tudo isso antes.

— Ah, é mesmo? — Monica lhe lançou um olhar que poderia ter cortado vidro.

Sonho de uma Vida

— Sinceramente, acho que você está sendo egoísta.

— *Egoísta?* — Monica assobiou. — É assim que você me vê? Bem, se sou assim, é por causa *disso*. — Ela olhou para a cadeira de rodas da forma como teria olhado para guilhões de ferro.

Anna fechou os olhos, mas não conseguiu apagar a lembrança. Mais uma vez estava ouvindo o arquejo coletivo que se seguira na praia. Vendo o barco em pedaços, balançando ao longe como um brinquedo amassado por um gigante imprevisível. Tudo aconteceu num piscar de olhos; num minuto, ele estava deslizando pela superfície, no minuto seguinte, era jogado para o alto. Se o barco com o fotógrafo e sua equipe não tivesse saído em resgate em questão de minutos, com certeza sua irmã teria se afogado. Anna às vezes se perguntava como sua vida seria agora se Monica *tivesse* morrido. Se em vez dos dias e semanas tenebrosos que se seguiram, indo e voltando do hospital e depois do centro de reabilitação, tivesse havido um funeral no qual ela poderia ter lamentado sua morte e depois continuado a tocar a vida. Mas esses pensamentos sempre vinham acompanhados de uma torrente de vergonha. A diferença era que ela não se achava mais culpada apenas por ter sido ideia sua — a única vez em que Monica a ouvira — deixar o fotógrafo bater algumas fotos dela em seu barco.

Se fosse para culpar alguém, Monica deveria culpar a si mesma por insistir em correr com o barco. Mesmo quando criança, ela adorava a velocidade, quanto mais rápido melhor. Descendo a colina correndo de bicicleta, depois em carros possantes, com rapazes ávidos para se exibir para a menina mais bonita da escola. Anna lembrou-se de uma sucessão de Band-Aids, compressas de gelo, bandagens e gessos. A cadeira de rodas era apenas a última de uma longa lista.

— Vamos lá, Monica — Anna persuadiu-a a falar. — Até parece que estou pedindo muito.

— E se eu não fizer o que você está pedindo?

O sangue subiu pelas faces de Anna. Tivera a esperança de não chegar a esse ponto.

— Você é quem sabe.

— Você quer que eu te demita? É o que você gostaria, não é? A malvada Monica, mais uma vez, como a vilã, enquanto a pobre Anna desperta a compaixão de todos.

— Não... não é bem assim. — Mas Anna já podia sentir sua determinação esmaecendo. Desesperada, ela explodiu: — Sou sua *irmã*, pelo amor de Deus! E mesmo que não fosse, eu mereceria ser tratada com consideração. Não como... como uma serva medieval.

— Sei. Então tudo o que eu faço por *você*, isso não conta?

— Se você está se referindo a Edna...

— Quem paga os remédios da mamãe? E os impostos da casa? Parece que você está se esquecendo de tudo isso... qualquer coisa que precise, é só pedir à Monica. Ela é rica. Pode pagar.

— Isso não é verdade e você sabe disso. Somos gratas por... — Anna mordeu o lábio. Droga, *não* ia se deixar persuadir com pedidos de desculpas. — Ela também é sua mãe.

— Não preciso que você me lembre disso. — O tom de voz de Monica foi gelado.

— Aparentemente, precisa sim. — Anna fez um esforço para olhar nos olhos reluzentes de Monica. — Ela pergunta o tempo todo por você. Quando vai poder te ver, quando você vai aparecer para uma visita. Francamente, não sei mais o que dizer.

— Talvez você não tenha percebido, mas não me locomovo muito bem.

A não ser quando lhe interessa, Anna quis rebater. Mas manteve a calma.

— Você não iria morrer se fosse visitá-la de vez em quando. Poderia chamá-la para vir aqui.

— Não seja ridícula. Assim que virássemos as costas ela sairia sabe Deus para onde. — Anna virou o copo e tomou todo o seu conteúdo. — Claro, vamos todos ficar com pena da pobre mamãe. Não se preocupem comigo, sou apenas uma aleijada. — Ela estava com a respiração pesada, um rubor pouco saudável lhe subindo pelas faces.

Esta foi a deixa para Anna se sentir culpada. Ela não tinha duas pernas para se locomover, enquanto Monica dependia, por sua vez, dos outros para as mínimas coisas? Mas alguma coisa se rebelou dentro dela. Dessa vez ela não cederia, mesmo que isso custasse o seu emprego.

— Você prefere que eu peça demissão? — ela perguntou baixinho. — Isso facilitaria as coisas?

Ela se preparou para toda a violência da ira de Monica. De certa forma, isso seria um alívio, pois apenas reforçaria sua determinação e a eletrizaria como um maçarico, de onde sairia chamejante e nova. Por que não fizera isso anos atrás? Em sua mente, o futuro cintilava como uma miragem, o dia em que não teria que se arrastar para o trabalho sentindo-se tão pesada por dentro quanto se sentia por fora, quando poderia manter a cabeça erguida e saber que seus desejos e necessidades importavam tanto quanto os de qualquer outra pessoa.

Mas a explosão esperada não veio. Em vez disso, o queixo de Monica começou a tremer e as lágrimas escorreram por seu rosto. Dessa vez, não lágrimas de crocodilo, mas lágrimas de verdade.

— Você não faria isso comigo, não é mesmo? Ah, Anna, prometa que não vai embora. — Sua voz saiu fraca e branda. — Sinto muito por ter sido tão má. — Ela chorava copiosamente agora, curvada em sua cadeira. — Eu não queria dizer todas essas coisas. Não sei o que acontece comigo às vezes. É essa... porra... dessa coisa aqui. — Ela bateu com os pulsos nos braços da cadeira de rodas. — Eu sei, eu sei que já devia ter superado, mas não consigo. *Não consigo!* Ah, meu Deus... — Ela se deixou cair para a frente, cobrindo o rosto com as mãos.

Se tivesse levado uma paulada nos joelhos com um taco de beisebol, Anna não poderia ter se agachado mais rápido. Mais tarde, quando tivesse a chance de refletir, se perguntaria o quanto agia assim por causa de Monica e o quanto por conta da própria necessidade de se sentir necessária. Mas naquele momento tudo o que podia enxergar era o sofrimento da irmã. E não era papel seu tomar conta de Monica?

— Shhh... está tudo bem. Não vou a lugar algum. — Ela acariciou as costas levantadas de Monica.

— Promete? — Monica levantou a cabeça, os olhos vermelhos e inchados sob uma maçaroca de cabelos úmidos.

— Prometo. — Anna pegou um lenço de papel da bolsa presa à cadeira de rodas. — Assoe o nariz.

Obediente, Monica usou o lenço. Anna lembrou-se do que muitos consideravam o melhor papel de sua irmã, o da esposa de um operário que fora abandonada pelo marido que a traía em *As Rosas São Vermelhas*. Pelo menos uma vez Monica não estava encenando.

— Você me odeia?

Anna suspirou.

— Não, claro que não.

— Às vezes eu me odeio.

— Não deveria.

— Sei como eu pareço ser. Mas não é minha intenção. — Ela conseguiu dar um sorriso trêmulo. — Lembra daquele conto de fadas que a mamãe costumava ler alto para a gente sobre as duas irmãs? Eu sou aquela que fica cuspindo sapos pela boca.

Você não teve o menor problema em ser gentil com o Thierry e sua equipe, disse uma voz na cabeça de Anna.

— Sei que é difícil — disse ela, com a voz branda. — Seria para qualquer um no seu lugar.

— Mas não para você. — Não havia sarcasmo em sua voz. — Você seria o exemplo para os paraplégicos. Como você consegue, Anna? Como você se mantém tão positiva o tempo todo?

Eu como. E como. E como.

— Não sei. — Ela encolheu os ombros. — Acho que sou assim. — *A verdade nunca foi dita*, pensou ela, lembrando-se da velha caminhonete Pontiac da família, quando elas eram crianças, que vivia liberando dióxido de carbono, mas nunca enguiçava.

Monica fungou no lenço de papel amassado.

— Para ser honesta, eu não conseguiria me virar sem você.

Anna respirou fundo.

— Você não vai precisar.

— Jura pela sua vida?

— Você pode enfiar um alfinete nos meus olhos. — Anna abriu um sorriso e, naquele momento, elas viraram irmãs novamente. Duas meni-

Sonho de uma Vida 73

ninhas que se abraçavam apertado, encolhidas dentro do armário, ouvindo o pai espancar a mãe. Antes de Liz nascer. Antes de o pai adoecer. Antes de Monica fugir para Hollywood e se tornar famosa.

— Por que você não tira o resto do dia de folga? — disse Monica, cheia de generosidade. — Você fez por merecer.

Assim que se pôs completamente de pé, Anna teve a estranha sensação de que afundava no chão, como um elevador que descia. Havia ganhado, não havia? Por que se sentia tão derrotada?

— Obrigada, acho que é o que vou fazer.

— Te vejo amanhã de manhã?

— Logo cedo.

Somente quando já estava do lado de fora, arrastando-se na direção de seu Toyota recém-consertado e que a deixara com um débito de duzentos e oitenta dólares que mal podia pagar, foi que Anna percebeu: não havia ganhado coisa nenhuma. Não mesmo. Monica cedera, certo, mas a que preço? Anna não conseguia afastar a sensação de que alguma coisa ainda estava por vir.

Ela estava de camisola, escovando os dentes, quando o telefone tocou.

— Srta. Anna... venha. Rápido. — Era Arcela. Parecia agitada.

Anna sentiu um pânico repentino.

— O que houve?

— A srta. Monica, ela cair. Acho que machucar.

Mais provável ter caído de bêbada. Anna lembrou-se de como ela havia bebido. E isso fora antes da hora do drinque que antecedia o jantar, quando a coisa começava *de fato*. Mas e se ela estivesse mesmo machucada?

— Vou chamar uma ambulância — disse para Arcela. — Fique de olho nela até a ambulância chegar aí.

Ao digitar 911, ela sentiu uma enorme preocupação. Esta não era a primeira vez, nem seria a última. Não podia mais ignorar o fato de sua irmã ser alcoólatra.

Sua ligação seguinte fora para Laura.

— Sei que é muito tarde — desculpou-se —, mas aconteceu um imprevisto. É a Monica. Estou indo para o hospital e pensei...

Laura não a deixou terminar.

— A Finch pode te levar. E não se preocupe com a sua mãe; vou cuidar dela.

— Detesto te incomodar a essa hora da noite.

— Não seja boba. Para que servem os vizinhos? — Como se ela tivesse pedido uma xícara de açúcar. — Fique quietinha aí. É só o tempo de eu vestir alguma coisa.

Anna lutou contra as lágrimas.

— Obrigada. O que seria de mim sem você? — Este era um refrão familiar. Ainda assim, ela sempre se surpreendia de como alguém que não lhe devia nada podia ser tão generoso.

Decorridos alguns minutos, ela ouviu uma batida à porta. Laura entrou antes que Anna tivesse a chance de atendê-la. Vestia um casaco por cima da camisola de flanela, um par de botas de caubói aparecendo por baixo da bainha franzida.

— Demore o tempo que precisar — disse ela quando Anna estava de saída. — Espero que não seja nada sério. — Alguma coisa em sua voz fez Anna gelar por dentro: Laura sabia. O que queria dizer que era ainda pior do que ela pensava. Dessa vez não haveria como varrer a história para baixo do tapete.

Capítulo Quatro

— Ela está acordada? — perguntou Liz, nervosa.

Anna negou.

— Dormindo como uma pedra.

— Vocês, é... querem café ou alguma outra coisa? — ofereceu Finch.

Elas estavam reunidas no corredor do lado de fora do quarto de Monica, no terceiro andar do hospital dominicano, Finch a poucos centímetros de Anna e Liz. Ela se sentiu como se estivesse interrompendo um assunto particular de família.

— Eu aceitaria. — Liz parecia aborrecida, como se tivesse sido arrastada para lá sem razão. Ela remexeu na bolsa e deu uma nota amassada a Finch. — Com leite, sem açúcar.

Finch podia ver a semelhança com Anna em seu rosto em formato de coração e em seus grandes olhos azuis que se enrugavam nos cantos. A diferença era que Liz cuidava melhor de sua aparência. Seus cabelos castanhos tinham um corte moderno e reflexos sutis; seu corpo, o de alguém que se exercitava com regularidade. Não era de admirar. Liz administrava o SPA nas fontes termais, onde Alice estava sempre ameaçando levar Laura qualquer dia desses.

— Estou bem, obrigada. — Anna deu um sorriso cansado para Finch. Estava usando tênis e moletom surrado e, em um dos cantos da boca, havia um risco de pasta de dente.

Finch sentiu uma onda de sentimento protetor, o que era estranho, pois Anna tinha mais que duas vezes a idade dela. Talvez isso acontecesse porque elas eram parecidas em alguns aspectos: nenhuma das duas tivera uma vida fácil. Finch via isso na timidez com que Anna cumprimentava as pessoas que não conhecia, como se a experiência lhe tivesse ensinado que nem todo mundo com a mão estendida estaria bem-intencionado, e também na relutância em tomar a dianteira das coisas, como se, ao fazê-lo, se tornasse um alvo. Somente após conhecê-la é que você percebia a pessoa maravilhosa que era — forte à maneira das árvores, enfrentando silenciosamente cada tempestade.

Como agora, com Monica. Alguns poderiam vê-la como subserviente à irmã famosa, mas Finch sabia a verdade: Anna era a cola que mantinha Monica inteira. Mas até mesmo ela tinha seus limites. Todos na cidade sabiam que Monica bebia. Anna só conseguiria aguentar a barra por mais um tempo.

Finch estava voltando da cafeteria, caminhando devagar para não derramar o café dos copinhos descartáveis, quando viu as duas irmãs ainda conversando. E, pela expressão delas, não estavam falando sobre o tempo. Ela reduziu o passo, as vozes das duas ficando mais próximas.

— Tem certeza de que é sério assim? — dizia Liz. — Quer dizer, só porque ela exagera um pouquinho na bebida...

— Não é um pouquinho. É muito. E está cada vez pior. — Anna não estava cedendo. Bom para ela. — Você não ia querer estar por perto quando ela bebe, pode acreditar.

— Eu não quero é estar perto dela. Ponto. — Liz deu um sorrisinho irônico. — Convivo com celebridades suficientes no spa. As piores? Aquelas que parecem ser um doce quando se apresentam em público. Você precisa ver como elas tratam os empregados.

— Já ouviu falar da Pathways?

— Não é um desses cultos religiosos?

— É um centro de reabilitação. Várias pessoas famosas vão para lá.

— Ah, tá, agora estou me lembrando. Não foi lá que não sei quem se internou para se livrar das drogas?

Anna concordou.

— Foi por isso que eu me lembrei. Enfim, telefonei para lá. — Isso não era novidade para Finch; Anna telefonara do carro... para alguém chamada Rita. Parecia que elas já haviam se falado antes.

— E? — Liz arqueou uma sobrancelha.

— Estão mandando alguém para avaliá-la.

Liz fez uma careta.

— Eu não gostaria de ser essa pessoa.

— Bem, o negócio é o seguinte... — Anna ficou repentinamente concentrada em tirar uma mancha da manga do moletom. — Teremos que estar presentes também. Como um tipo de intervenção.

— Um tipo? Não existe esse negócio de *tipo*. — Liz deu um passo para trás, olhando ao redor com os olhos arregalados, como se à procura da saída de incêndio mais próxima. Mas deve ter percebido que estava encurralada, pois gemeu e se recostou na parede. — Ah, meu Deus, eu já devia saber.

Numa voz calma, porém firme, Anna disse:

— Não posso fazer isso sozinha. Preciso de você, Liz.

— Por que eu faria isso? O que ela tem feito por *mim* ultimamente? Ela mal me cumprimenta. E pelo Dylan? A última vez que estivemos na casa dela, ela tirou um cochilo enquanto ele brincava na piscina. Fiquei surpresa de ela ainda se lembrar do aniversário dele.

— Bem, já é alguma coisa.

O rubor denunciador no rosto de Anna foi a deixa. Liz semicerrou os olhos.

— Foi *você*, não foi? Foi você que enviou aqueles presentes.

Anna parecia prestes a negar, então encolheu os ombros.

— Pago com o cartão de crédito dela, portanto, tecnicamente, são presentes dela.

Liz suspirou, sentindo-se derrotada.

— Está bem, farei isso por você. Mas *só* por esta razão.

Anna ficou aliviada.

— Ótimo. Me encontre aqui amanhã de manhã, às oito.

— Por que tão cedo?

— Digamos que é melhor fazermos isso bem cedinho... antes que ela saiba o que aconteceu.

Liz suspirou de novo, parecendo ainda mais injustiçada.

— Vou ter que encontrar alguém para me substituir no trabalho. Janelle está doente e eu a estou substituindo na recepção. Mas acho que consigo arrumar uma horinha.

— Na verdade, vai ser preciso um pouco mais de envolvimento. — De repente, Anna teve dificuldade de encarar a irmã. — Tem também a semana da família.

— Você está brincando, não está?

— Isso vai demorar algumas semanas, até ela ter a oportunidade de se situar, mas é importante que nós duas estejamos lá. Não só pelo bem da Monica, mas pelo nosso também.

— De jeito nenhum. — Liz estava balançando a cabeça como uma criança que recebia a ordem de comer alguma coisa que a faria vomitar. — De jeito nenhum eu vou reformular toda a minha vida por causa dessa... dessa... — Ela não teve coragem de dizer. Fosse o que fosse, Monica ainda era sua irmã. Numa voz mal-humorada, acrescentou: — Ela não faria isso por nenhuma de nós.

— Provavelmente não — admitiu Anna, parecendo mais triste do que furiosa. — Mas isso não é mais uma razão? Deus sabe que *pior* não pode ficar. Talvez melhore. Para *todas* nós.

Sonho de uma Vida

Finch escolheu aquele momento para se aproximar. Entregou o café a Liz, dizendo:

— Desculpe, eu não queria interromper. Estarei lá no final do corredor se vocês precisarem de mim. — Ela estava se dirigindo ao saguão do hospital quando Anna a segurou gentilmente pelo cotovelo.

— Você não está interrompendo nada. — Ela lhe lançou um olhar que dizia: *Você também faz parte da família.*

Um brilho acalentador tomou conta de Finch. A maior parte dos seus dezesseis anos ela ficara do lado de fora, como visita. Catorze lares adotivos no mesmo número de anos, nunca o tempo suficiente em nenhum deles para chamá-lo de lar. Apenas no ano anterior, ou quase isso, desde que fora morar com Laura, é que se sentira como se fizesse parte de uma família. E agora ali estava Anna, também abrindo espaço para ela.

Liz sorriu.

— Quanto mais, melhor.

— Ela vai ficar bem? — perguntou Finch, dando uma olhada para o quarto de Monica, onde ela dormia alheia ao que estava prestes a acontecer.

Liz bufou.

— Depende do que você considera "bem".

Finch já havia ouvido os boatos. Também já havia se relacionado com bêbados suficientes para reconhecer um quando o via. Uma vez, enquanto atendia Monica na Delarosa, sentira seu hálito de bebida.

— Estou feliz por ela não ter se machucado — disse Anna.

— Como é que se consegue cair de uma cadeira de rodas? Quer dizer, mesmo bêbada, é uma proeza. — Liz olhou ao redor, como se com medo de que alguém pudesse ouvir. — A propósito, qual é a história *oficial*?

Anna sorriu tristonha.

— Que ela ficou doente de uma hora para outra. Pneumonia, talvez. É mais glamouroso do que levar uma pancada na cabeça.

Finch se encolheu, uma lembrança vindo à mente. Tinha oito anos, estava na sala de emergência em King's County, pondo gesso no braço.

Estava chorando, não só porque doía ou porque estava em um lugar estranho, mas porque o belo médico que cuidava de seu braço quis saber como ela o havia quebrado e ela não sabia o que dizer. Se contasse a verdade, seu pai adotivo talvez a machucasse ainda mais, como havia ameaçado. Em vez disso, ela mentiu, dizendo ao médico que havia caído de um trepa-trepa.

De dentro do quarto de Monica ouviu-se um gemido suave. Finch olhou para dentro do quarto e a viu acordando. Ela não estava tão gloriosa naquele momento. Tinha o rosto pálido, com uma marca escura sob os olhos, os cabelos desgrenhados. Poucos anos antes, Finch arrancara uma foto de Monica de uma revista e a colara na parede de seu quarto. Sonhara um dia ser rica e famosa assim, mas, agora, não trocaria de lugar com ela nem por todo o dinheiro do mundo.

Enquanto Liz e Anna protelavam, uma esperando que a outra fosse primeiro, Finch se viu entrando no quarto.

— Olá — disse ela, levantando a mão num aceno tímido.

— Quem é você? — Monica olhou zonza para ela por entre os olhos semicerrados.

— Uma amiga da Anna. — É claro que Monica não se lembrava dela da Delarosa.

Monica a ignorou, chamando irritada por Anna e Liz.

— Será que alguém pode fazer o favor de me dizer o que está acontecendo?

Anna foi para o lado de Finch.

— Você levou um tombo na sua casa. — Sua voz saiu desprovida de emoção.

Monica franziu o cenho.

— Engraçado. Não me lembro.

— E aí, mana — Liz sapecou um beijo no rosto de Monica —, você está meio mal.

— Estou me sentindo um cocô. — As olheiras de Monica pareciam ter sido feitas com hidrocor. — Onde está o dr. Berger?

— Ele não está aqui — disse Anna.

— E onde é que ele está? Por que não o chamaram?

Ela fez força para se sentar, mas Anna a empurrou gentilmente para trás.

— Isso pode esperar até amanhã. Não há por que incomodá-lo hoje à noite.

— Está bem, se você não vai chamá-lo, *eu* vou. — Monica esticou o braço para pegar o telefone ao lado da cama, mas Liz o tirou de seu alcance.

— Você não está, exatamente, na posição de dar ordens — advertiu ela.

Monica ficou estupefata. Claramente, não estava acostumada a ser tratada daquela maneira.

— O que está acontecendo? — Ela franziu os olhos. — Tem alguma coisa que vocês não estão me contando. Não venham me dizer que não; está escrito na cara de vocês.

— Podemos contar para ela de uma vez. Ela vai saber logo mesmo. — Liz lançou um olhar significativo para Anna antes de se virar para Monica. — O médico disse que você tem seis meses de vida.

— Vá para o diabo — rebateu Monica.

Finch lutou contra a vontade de rir.

— Nós voltaremos amanhã de manhã — disse Anna. — Falaremos sobre isso depois.

Liz deu uma olhada no relógio e, em seguida, baixou o telefone até o chão.

— Então é isso? Vocês estão me abandonando? — Monica levantou o olhar, fazendo-se de vítima. Finch lembrou-se de um filme em que ela interpretara uma mulher morrendo de câncer. Chorara o tempo inteiro, mas, agora, assistia àquilo com os olhos secos.

— Parece que sim. — Liz lançou-lhe um último olhar nada solidário enquanto se dirigia à porta, com Anna e Finch atrás dela. — Caso se sinta sozinha, poderá se assistir na tevê. — Quase sempre havia um filme de Monica Vincent passando em um ou outro canal.

Elas estavam saindo pela porta quando alguma coisa passou voando

por elas, atingindo o umbral da porta com um estrondo: uma Bíblia distribuída pelos gideões, percebeu Finch. Parecia que Monica estava se recuperando muito bem.

— Shhh... está começando.

Andie se acomodou em seu assento, passando a caixa de pipoca para Simon. Ele se serviu antes de passá-la para Finch. Os créditos estavam rolando por cima da cena de abertura: um carro descendo a estrada sinuosa de uma montanha conhecida.

— Um Studebaker — murmurou Simon.

— O quê? — sussurrou Finch.

— O carro. — Ele se virou para ela, imagens pequeninas do Studebaker deslizando pelas lentes de seus óculos à moda Clark Kent. O namorado de Andie era o pior tipo de sabe-tudo: o tipo que sempre tinha razão. Se ele não fosse tão legal, Finch poderia odiá-lo facilmente.

Voltando a atenção para a tela, ela logo se interessou pelo filme. Era uma cópia danificada, as cores desbotadas pelo tempo, mas *Estranhos no Paraíso*, a história de um fugitivo da lei que faz uma curva errada na estrada e chega a uma cidade que acaba se revelando o paraíso, a cativou do início ao fim. Na cena final, quando o herói percebe que está apaixonado pela mulher que foi injustamente acusada de matar e tem que decidir entre ficar com ela e voltar para sua vida na terra, ela ficou chorando copiosamente no lenço de papel que já virara uma bola em sua mão. Dando uma olhada para Andie pelo canto dos olhos, viu que a amiga estava fazendo o mesmo.

Deviam distribuir lenços de papel na porta do cinema, pensou ela. Até mesmo Simon havia retirado os óculos e os estava secando na camisa. E ele era para lá de cético.

Andie estendeu o braço, passando pelo namorado, para cutucar Finch.

— Veja. — Ela apontou para os créditos finais que rolavam na tela. O nome Lorraine Wells chamou a atenção de Finch. Antes de se tornar uma Kiley, seu nome fora Wells, Bethany Lorraine Wells. Andie arqueou uma sobrancelha, como se para sugerir que havia uma ligação.

Mas Finch apenas encolheu os ombros, como se dissesse: *E daí?*

— Talvez vocês sejam parentes — disse Andie, enquanto eles reuniam seus pertences. — Nunca se sabe.

— É um nome comum — disse Finch.

— Ainda assim...

— É uma interpretação forçada. — Simon puxou a mochila de baixo do banco de seu assento. Não ia a lugar algum sem ela: dentro dela, ficavam seu caderno e caneta, sua Nikon e seu minigravador. "Nunca se sabe quando se vai encontrar uma matéria", ele sempre dizia.

— É, bem, talvez seja o destino. Você já pensou alguma vez que há uma razão para ter acabado em Carson Springs? — Andie era osso duro de roer até mesmo quando debatia sobre alguma coisa na qual, necessariamente, não acreditava. Qualquer que fosse o consenso, normalmente ela estava no lado oposto. — Eu lembro de você me dizer que parecia já ter estado aqui antes.

— Talvez em outra vida — brincou Finch. Eles estavam seguindo pelo corredor, seu tapete sujo de pipoca e papéis de bala.

— Você não acredita em destino?

— Claro... como Destiny's Child*? — A voz de Finch falhou um pouco.

Mesmo assim, uma sementinha criara raiz. E se fosse verdade? Todos sabiam que coisas estranhas aconteciam. E quando descera do ônibus naquele primeiro dia em Carson Springs, Finch se *sentira* mesmo como se estivesse voltando para casa. E se, de alguma forma esquisita, isso tivesse algo a ver com Lorraine Wells?

Quando elas chegaram ao saguão, Finch chegou à conclusão de que fora apenas o filme que estava pondo essas ideias em sua cabeça, toda aquela história sobre o pós-morte e sobre almas encontrando seus pares.

---

* Grupo feminino contemporâneo de rhythm & blues. (N. T.)

Da mesma forma como ficara depois que assistira ao filme *A Purificação de Salém*, quando vira um vampiro em cada sombra.

Olhando ao redor, Finch viu várias pessoas com os olhos vermelhos — parecia que ela não era a única fã de melodramas —, embora todos parecessem estar se divertindo. Myrna McBride, a proprietária ruiva da livraria A Última Palavra, estava cantando junto com as gêmeas idosas, Olive e Rose Miller, que vestiam camisas caneladas idênticas, acinturadas e com abotoamento na frente, fazendo jogo com bolsinhas de palha. E mais para o lado da antiga carrocinha de pipoca, o robusto e tatuado Herman Tyzzer, da locadora Den of Cyn, estava distraindo um grupo seleto à sua volta com pequenos fatos sobre o filme. Herman era um dos organizadores do festival. Ele também sabia mais de filmes do que qualquer outra pessoa.

Ela acenou para Dawn e Eve Parrish, as netas gêmeas idênticas de Rose, duas adolescentes louras. Dawn sentava-se perto de Finch na aula de biologia e uma vez levara uma folha de maconha como parte de um projeto sobre ervas medicinais. Não disse onde a conseguira, mas todos sabiam que seus pais viciados cultivavam a erva no jardim. Sorte a dela que a professora não a denunciou.

Finch ficou penalizada por Anna não ter podido ir e esperava que as coisas melhorassem agora que Monica estava num programa de desintoxicação para alcoólatras. Com a mãe e a irmã, Anna vivia sobrecarregada de trabalho.

Eles foram para o lado de fora, onde uma leve brisa soprava com mais força. As folhas dos falsos-jasmins plantados em vasos ao longo do meio-fio agitaram-se conforme eles passaram pela calçada. Assim como o Park Rio, a maioria dos lugares no centro de Carson Springs permanecia imune ao passar do tempo. O campanário do correio badalava a hora da mesma forma como vinha fazendo nos últimos setenta anos, competindo com os sinos da igreja aos domingos. A máquina expressa na Parson's Drugs, com seus bancos de vinil vermelho, ainda servia água tônica com sorvete e bebidas à base de malte. E o Café da Casa da Árvore repetia sua receita de sopa-creme de pimenta desde que o avô de David Ryback dirigia o local. A única mudança de fato, dizia Laura, era a bola de sorvete da Lickety-Split, que costumava custar cinquenta centavos e agora custava um dólar e cinquenta.

Eles estavam passando pela Entre Capas, a livraria de Peter, ex-marido de Myrna — os dois eram arquirrivais —, quando Andie apontou para o outro lado da rua, para a Última Palavra, a única loja no passeio com as luzes ainda acesas e que normalmente estaria fechada a essa hora da noite. Myrna devia tê-la deixado aberta até tarde por causa do festival.

— Vamos entrar — disse Andie, segurando a mão de Simon e atravessando a rua. Embora se entendessem bem, eles formavam um casal *sui generis*: Andie, pequena e cheia de energia, enquanto Simon era alto, magrelo e lento.

Correndo para alcançá-los, Finch sentiu-se injustamente deixada de lado. Apesar do muito que se esforçavam para fazê-la se sentir incluída, não havia jeito de negar que ela era a terceira roda da carroça. Não que não fosse atraente, só que os rapazes que encontrara lhe pareciam imaturos.

Na cafeteria, Andie lhes serviu capuccinos e fatias de torta de limão. Era noite de escola, mas nenhum deles estava com pressa de chegar em casa — talvez porque eles nunca ficassem sem ter o que conversar. Simon e Andie eram os únicos, além de sua família e Anna, com quem Finch podia ser totalmente espontânea. Eles não a julgavam por estar atrasada em alguns aspectos ou mais adiantada do que sua idade em outros. Em sua antiga vida, ela jamais ficara em um único lugar por tempo suficiente para fazer amigos de verdade. Agora, tinha dois com quem podia contar independentemente de qualquer coisa.

Eles estavam de saída quando um expositor de livros chamou a atenção de Andie. Ela pegou um exemplar fininho com o nome *Nos bastidores: A produção de "Estranhos no Paraíso"*. Uma etiqueta na capa dizia que o autor era da cidade. Antes que se desse conta, ela estava indo para o índice. Se Lorraine Wells estivesse listada em algum lugar, seria ali.

Andie olhou com os olhos franzidos por cima do ombro.

— Eu sabia.

Finch rodopiou, constrangida.

— O quê?

— Você está curiosa. Admita.

— Está bem, admito. — Com Andie, às vezes era mais fácil simplesmente aceitar. — Mas isso não quer dizer que eu acho que você tem razão.

Simon pegou outro exemplar do mesmo livro e começou a folheá-lo.

— Estou vendo Orson Wells, mas nenhuma Lorraine.

— Então é assim? Simplesmente desistimos? — perguntou Andie.

Ele encolheu os ombros, voltando com o livro para a estante.

— De qualquer forma, isso talvez seja o nó da questão. É bem possível que ela tenha morrido... ou esteja velha demais para se lembrar.

Andie o fuzilou com o olhar.

— Você não tem como saber.

— Por que vocês estão fazendo tanto alarde disso? — Finch quis saber.

— *Eu* acredito em destino, mesmo que você não. — Ela arrancou o livro da mão de Finch e foi determinada para o caixa. — Como o que aconteceu com os meus avós.

— O que aconteceu com eles? — perguntou Finch.

— Quando eles se conheceram e minha avó descobriu que o nome dele era Fitzgerald, o mesmo que o dela, ela logo soube que eles tinham sido feitos um para o outro.

— Um nome tão comum entre os irlandeses quanto Smith — observou Simon, parecendo não entender. Estava acostumado com os seus devaneios, como a vez em que ela o arrastara para uma cartomante, que lhe dissera que seu futuro incluía muitas crianças (motivo pelo qual ele soubera que ela era uma impostora, pois bancar o pai dos cinco irmãos mais novos o fizera jurar que não teria filhos). Quando Andie lhe lançou um olhar reprovador, ele foi rápido em acrescentar: — Embora eu ache mesmo que isso teve algo a ver com o destino.

— Escute, sei que é como procurar uma agulha no palheiro, mas por que não procuramos por ela? — disse Andie, tirando a carteira da bolsa e pagando pelo livro.

— Pela sua avó? — implicou Simon.

— Não, seu bobo, por *Lorraine*. — Dessa vez ela riu.

Finch suspirou.

— Tudo bem. Mas quero que vocês saibam que eu não estou esperando que surja alguma coisa disso. — Quanto menos esperasse, achava ela, menos chances teria de se decepcionar.

Não ousava revelar a verdade, nem para sua melhor amiga: que desejava descobrir de onde viera. Durante toda a sua vida pensara nos pais, se eles estariam casados com outras pessoas, se teria irmãos ou irmãs. A ideia de que poderia passar por eles na rua e não saber quem seriam a incomodava com frequência.

Será que Lorraine Wells seria uma parenta distante? A chance seria de uma em um milhão. Mas isso não a fazia parar de imaginar... e desejar.

Simon ofereceu-se para fazer pessoalmente algumas investigações primeiro.

— Vou conversar com esse cara, ver se ele pode nos dar alguma pista — disse ele, pegando o livro.

— Eu já te disse ultimamente que eu te amo? — Andie lhe lançou seu sorriso mais reluzente. Pobre Simon. Como poderia resistir?

No caminho de volta para o carro, Andie falou sobre a viagem iminente de sua mãe e seu padrasto à Europa e o quanto estava surpresa com a tarefa que lhe fora confiada, de tomar conta de seu irmão mais novo enquanto eles estivessem fora. Como ficar na casa do pai estava fora de questão, por conta da experiência desastrosa que tivera mais cedo naquele mesmo ano, sua mãe decidira que ela já tinha idade suficiente para ficar no comando. Finch não queria cortar o barato da amiga, dizendo-lhe que ficar sozinha não era tão bom quanto se dizia ser.

A conversa passou para o novo rapaz que viera transferido de uma escola do lado leste. Finch ainda não o conhecia, mas, segundo Andie, ele era exatamente o tipo dela: circunspeto e misterioso. Como se Andie reconhecesse seu tipo. Mais ainda, como se *ela* tivesse o menor interesse em se amarrar a ele ou a *qualquer* outro cara. Pouco importava os boatos que corriam pela escola de que ela era frígida ou talvez até mesmo lésbica. As pessoas que pensassem o que quisessem. Seria melhor se soubessem a verdade? Que ela havia dormido com mais homens do que a Madonna?

— É melhor eu ir andando. Preciso estudar para uma prova — disse ela, ao se apressar na direção da caminhonete de Hector, parada no estacionamento. — Como se algum dia eu vá precisar saber sobre a guerra do Peloponeso. — Ela revirou os olhos.

— Pergunte a Andie, ela deve ter estado lá em outra vida. — Simon abriu um sorriso.

— Quem sabe? — disse Andie, carinhosa.

— Por que é que nas vidas passadas as pessoas sempre dizem ter sido alguém importante, como Cleópatra ou Napoleão? — Finch parou, procurando as chaves na bolsa. — Pessoas comuns não reencarnam?

— Vamos descobrir qualquer dia desses — disse Simon, com uma piscada.

Finch riu enquanto dava adeus, mas, no fundo, pensou, inquieta, se sua vida passada poderia voltar para assombrá-la.

— E aí, seu veado!

— Cara, você é surdo ou o quê?

— Todos os mauricinhos são bichas ou é só você?

Havia dois deles, dois brutamontes de Neandertal. Embora o novo rapaz — pelo menos quem ela julgava que fosse ele — permanecesse numa posição de estudado desinteresse, recostado no ponto de ônibus com os olhos semicerrados ao longe, os cabelos escuros e na altura dos ombros enfiados atrás das orelhas e um exemplar surrado de *O Apanhador no Campo de Centeio* debaixo do braço, Finch observou quando os Neandertais — não sabia o nome deles, mas já os vira na escola — começaram a circular sua presa. O maior dos dois era socado feito um bolo de carne, tinha a cabeça quase toda raspada e os olhos grandes e redondos que faziam lembrar o Brutus do *Popeye*; seu companheiro, mais baixo e com a cabeça redonda como uma bola, tinha tantas espinhas que parecia uma pizza toda salpicada de orégano. Quando eles estavam praticamente em cima do rapaz, este finalmente se virou para examiná-los com pouco interesse.

— Desculpe — ele falou com a voz simpática. — Eu conheço vocês?

Finch viu um vislumbre de hesitação nos olhos estúpidos do cabeça-de-bola quando ele se virou para o amigo. Mas Brutus apenas se inclinou ainda mais para o rapaz, o queixo empinado.

— Eu não ando com veado. — O olhar dele desceu pelo paletó azul-marinho que o rapaz usava por cima da camiseta. Finch viu que havia o emblema de uma escola.

— É mesmo? — Um dos cantos da boca do rapaz se elevou. — Pois você parece muito interessado no assunto.

— Cara, você tá chamando o meu amigo de veado? — O cabeça-de-bola, cheio de adrenalina e talvez algo mais, deu um passo jazzístico, ficando a centímetros do rapaz e empinando ainda mais o queixo numa imitação involuntária e cômica do amigo.

O rapaz encolheu os ombros.

— Ei, tudo bem. Todo mundo tem o direito de ser o que quiser.

O sorrisinho arrogante desapareceu do rosto de Brutus e um rubor subiu por seu pescoço de Neandertal.

— Mais uma palavra, seu babaca — rosnou ele —, e eu vou dar um jeito nessa tua cara de merda.

Aqueles que esperavam o ônibus ficaram de pé, olhando boquiabertos, com exceção de Courtney Russo, ocupada demais tagarelando em seu telefone celular para perceber o que estava acontecendo. Mas Finch já havia visto o suficiente. Ela se aproximou a passos largos.

— Qual o problema com vocês dois? Ficam excitados com essa babaquice? — Ela chegou para a frente, pondo-se na ponta dos pés, de forma a ficar olho no olho com Brutus, os calcanhares levantados do chão imundo, cheio de guimbas de cigarro e papéis de bala. — De onde eu venho, caras como vocês são comidos no café da manhã.

— Sei, e onde seria esse lugar...? A sarjeta? — Brutus deu um sorrisinho. — Já ouvi falar de você, ouvi dizer que você andou enrolada com a polícia antes de vir para cá.

O cabeça-de-bola deixou escapar uma risada aguda de hiena. Ele lembrava a Finch um brinquedo que ela tivera uma vez, um palhaço com a cabeça enfiada numa vareta, com braços e pernas que se movimentavam quando se puxava uma cordinha.

— É, aposto que foi por cobrar a trepada — rebateu ele.

— Quanto é o boquete? — O sorrisinho de Brutus assumira uma expressão ameaçadora.

Ela tremeu de raiva. Durante toda a sua vida, lidara com babacas como aqueles — caras cujo cérebro era do tamanho do pinto e garotas que poderiam ensinar uma ou duas coisas a Lady Macbeth.

— Primeiro — disse ela, falando alto o suficiente para os outros ouvirem —, eu teria que encontrar o seu pinto.

— Vai se foder, sua vaca! — Brutus empurrou o ombro dela o suficiente para fazê-la perder o equilíbrio. Ela tropeçou e bateu com o pé na raiz de uma árvore, tombando para trás e caindo sentada no chão. Um tremor violento lhe percorreu a espinha e o mundo saiu um pouco de foco. Quando o rapaz se pôs entre ela e Brutus, a cena pareceu passar em câmera lenta.

— Para trás — ordenou o rapaz.

— É? E quem vai me fazer dar para trás? — Brutus lhe deu um empurrão, fazendo-o perder o equilíbrio.

O rapaz ficou olhando para ele. Foi quando Finch prestou atenção em seus olhos. Eles eram azul-escuros, a cor dos sonhos que ela tinha, em que caía sem parar no espaço.

Como se algum sinal silencioso tivesse sido acionado, os espectadores se uniram em torno deles. Do outro lado do estacionamento, a bandeira americana que ficava acima do gramado tremulava com força sob a brisa, o tinir oco da polia batendo contra o mastro e soando como um alarme.

Cabeça-de-bola lançou um olhar hesitante para seu companheiro, rindo com uma coragem claramente falsa.

— Olha só, cara. Eu e o Dink vamos foder o teu rabo.

O rapaz o ignorou para ficar olhando para Brutus, que avançava sobre ele como uma divisão comandada por um homem só.

— Você me ouviu. — Sua voz saiu baixa e desprovida de medo. — Eu disse "para trás".

Brutus não estava nem ouvindo, nem se importando. Ele avançou, cabeça baixa e punhos cerrados, girando o braço num soco desajeitado. Mas o rapaz foi mais rápido, dando-lhe um direto no estômago. Finch ouviu um *Uiiiiii* saindo junto com o ar e viu Brutus tropeçando para trás, o rosto todo vermelho. Seu olhar de profunda surpresa poderia ter sido cômico se ela não tivesse visto o que viria em seguida: Cabeça-de-bola se preparando para atacar o rapaz pelas costas.

— Cuidado! — gritou ela.

O rapaz virou-se e Brutus aproveitou-se do breve momento de descuido para acertá-lo no queixo. Ele perdeu o equilíbrio e quase caiu, mas conseguiu manter-se de pé.

— Bastou, seu veado? — bufou Brutus quando ele e o amigo o cercaram.

Cabeça-de-bola saiu-se com um chute que teria atingido o rapaz na virilha se ele não o tivesse agarrado pelo pé e lhe dado uma torcida brusca que o levou a cair de costas no chão, com um grito alto e afeminado. Ele começou a balançar para os lados, segurando o tornozelo e gemendo:

— Aiiiiiiiiiiiiiiiiiiii. Porra, cara, acho que quebrou.

Bem feito, Finch teria dito se tivesse sido capaz de descolar a língua do céu da boca. Mas ela ficou enraizada no lugar, assim como os outros, olhando incrédula e somente pondo-se em ação quando Courtney Russo afastou o telefone do ouvido e gritou com petulância:

— Parem com isso, vocês aí! — Eles deviam estar incomodando sua conversa sobre o último episódio de *Dawson's Creek*.

Finch pegou sua mochila e a atirou em Brutus com toda a força. Ela o pegou em cheio no peito, fazendo-o parar no meio do ataque e perder o equilíbrio por tempo suficiente para o rapaz o jogar no chão.

— Me larga! Isso machuca, porra! — O braço de Brutus estava virado para trás, o rosto contorcido da cor de um hambúrguer cru.

Após um momento que pareceu durar para sempre, o rapaz o soltou. Brutus pôs-se de pé, cambaleante, afastando-se a passos rápidos.

— Mas que porra, cara! Não sabe brincar? — murmurou ele, numa tentativa desesperada de salvar o pouco que lhe restava de dignidade.

— Parece que quem não sabe brincar é você. — O rapaz o encarou com puro desdém.

Brutus, com aparência de vítima, saiu a passos largos para levantar o companheiro que gemia, grunhindo.

— Cala a boca, seu maricas. — Ele deu um empurrão de leve em Cabeça-de-bola, que pulou para trás num pé só; depois, segurou-o precariamente pelo braço e o conduziu rumo ao estacionamento, mancando o mais rápido que pôde.

Finch se aproximou do rapaz.

— Você está sangrando. — Ela tocou a mão com que ele protegia o quadril.

— Não foi nada. — Ele enfiou a mão no bolso.

Ele havia deixado o livro cair durante a briga. Ela o viu no chão, a poucos centímetros dali, e abaixou-se para pegá-lo. Entregando-o para ele, sussurrou:

— Venha. Vamos dar o fora daqui. — Enquanto Courtney e os outros ficaram boquiabertos como se aquilo tivesse sido um espetáculo circense, Finch pegou a mochila do chão, gesticulando para que ele a seguisse. Eles estavam no meio do estacionamento quando ela disse: — A propósito, sou Finch.

— Lucien Jeffers. — Ele ia tirar a mão do bolso, mas voltou com ela para o lugar e piscou.

— Você é novo por aqui, não é?

— Como você adivinhou? — Ele abriu um sorriso.

Ela desceu o olhar pelo paletó dele, agora com uma mancha de sujeira e sem um botão.

— Vim transferido de Buckley — explicou ele.

Ela já havia ouvido falar de lá, uma daquelas escolas para adolescentes ricos.

— Escuta, sem querer ofender, mas, se eu fosse você, não ficava fazendo propaganda por aí.

Ele inclinou a cabeça para o lado, olhando-a com interesse.

— Você também não é daqui.

— Acertou na mosca, Sherlock. — Qualquer um podia perceber.

Eles trocaram um sorriso.

Lucien inclinou a cabeça, enfiando os cabelos atrás da orelha

— Eu não fui expulso, se é o que você está pensando

— Eu não estava pensando nada.

Ele a olhou com curiosidade.

— Você não ficou assustada. Como?

Ela encolheu os ombros.

— Já passei por coisa pior.

Eles chegaram ao quarteirão da escola onde alguns alunos dispersos estavam esperando por carona ou simplesmente jogando conversa fora. Se não corresse, ela perderia o último ônibus. Ainda assim, de repente, ela não se viu com a menor pressa.

Enfiou-se no banheiro mais próximo, que acabou sendo um banheiro masculino, e puxou Lucien com ela. Percebendo seu olhar de surpresa, disse-lhe:

— Não há nada aqui que eu já não tenha visto. — Ao crescer em casas cujas portas nem sempre eram trancadas e com pessoas que nem sempre batiam, ela aprendera cedo.

— Estamos seguros aqui — disse ele, examinando as fileiras de mictórios e reservas fechados.

Ela segurou a mão que sangrava sob a pia, removendo gentilmente os restos de terra. Estava arregaçando a manga de sua camisa para não molhá-la quando ele se afastou de repente.

— Te machuquei? — perguntou ela.

Ele negou.

— Nada. Escute, por que você não corre? Ainda deve dar tempo de pegar o ônibus.

— Estou quase acabando. — Ela ia pegar a mão dele, mas ele cruzou os braços na frente do peito, recostando-se contra a pia.

— Você é de Nova York. Dá para ver pelo seu sotaque — disse ele, numa tentativa óbvia de distraí-la.

— Do Brooklyn, para falar a verdade — disse-lhe.

— Está explicado. — Ele sorriu e ela viu que ele era mesmo muito gato de perto. — Você é a primeira pessoa que eu encontrei até agora que não olha para mim como se eu tivesse duas cabeças. O que a trouxe para cá?

— É uma longa história. — Ela não gostava de falar daquela época. — E você?

— Meus pais se divorciaram. Então, no ano passado, o meu pai decidiu se mudar para o oeste... — Ele encolheu os ombros. — E aqui estou eu.

— Você mora com o seu pai?

— É uma longa história. — Ele abriu um sorriso.

— Justo. Aqui... — Ela mais uma vez estendeu o braço para lhe tomar a mão.

Ele hesitou antes de ceder e, quando a manga foi arregaçada para trás e revelou a cicatriz escura em seu pulso, ela entendeu. Então era isso que ele não queria que ela visse. Finch sentiu uma agitação esquisita por dentro. Quase como se eles tivessem se beijado.

Seus olhos se encontraram no espelho acima das pias (que ela fez uma anotação mental para contar a Andie, que eram tão grandes quanto as do banheiro das meninas). Ele tinha um sorriso lindo, que se abria aos poucos, do tipo que se ia percebendo lentamente, em vez de ser logo atacada por ele. Finch teria de tomar cuidado com esse rapaz.

Lucien foi o primeiro a quebrar o silêncio.

— Escuta, você, eh... quer sair qualquer dia desses?

Ela encolheu os ombros sem se comprometer.

— Você gosta de nadar? Tem piscina lá em casa. — Ele tentou novamente.

— Sua casa é, assim... como aquelas casas modernas na colina? — Ela queria ter soado entusiasmada, mas suas palavras saíram sarcásticas. O sangue lhe subiu pelas faces. Deus. Por que tinha que agir assim?

— Isso faz alguma diferença? — Ele não parecia ofendido.

— Você é que vai me dizer. — Já trilhara aquela estrada antes. Se não servisse para o pai dele e seus amigos ricos, seria melhor saber de uma vez para não sofrer.

Mas o que ela viu nos olhos azuis profundos de Lucien enviou um tremor delicioso pelo seu corpo. O que mais importava, percebeu, era o que ela achava *dele*.

— O que você vai fazer neste fim de semana? — ele perguntou baixinho.

Ela queria desesperadamente dizer a ele que não tinha nenhum programa especial. Mas algo a fez desistir. Não estava pronta para confiar nele.

— Ainda não sei. Posso te responder depois?

— Alguém quer mais batatas?

A tigela que Laura estava passando para Hector esbarrou no cotovelo de Maude quando ela estava pegando o saleiro. Ao cair de sua mão, ele rolou até o piso, o que fez com que Rocky viesse correndo para investigar, as orelhas em pé, enquanto Pearl simplesmente levantava o focinho grisalho de sua caixa ao lado do fogão para farejar delicadamente o ar. Laura e Maude se abaixaram ao mesmo tempo para pegá-lo, dando uma cabeçada. Elas se levantaram, rindo.

Assim é o jantar aqui em casa, pensou Finch, sorrindo para si mesma. Se não estavam passando tigelas uns para os outros, falavam ao mesmo tempo. Mas, embora fosse caótico algumas vezes, era bem diferente do tipo que ela conhecera em sua outra vida, em que cada um lutava para garantir sua fatia. Naquela mesa, ninguém ficava com fome — Maude se certificava disso — e o estado de espírito era de uma alegre confusão, em vez de uma competição acirrada, todos ávidos para compartilhar as experiências do dia.

— Aquele embarque do México finalmente chegou — dizia Laura. — Deu um pouquinho de trabalho desembaraçá-lo na alfândega. Parece que Santa Maria fica perto de uma rota usada por contrabandistas de drogas. — Ela se serviu de um pouco de brócolis. — Eles não queriam assinar a liberação até checarem cada caixa.

— Espero que não tenha quebrado nada — disse Maude. Embora Laura uma vez a tivesse descrito como um mercado das pulgas ambulante, naquele dia ela estava vestida com mais discrição do que de costume, com um vestido de malha listrada e tênis Adidas.

— Nem um arranhão. A santa protetora dos lojistas deve estar cuidando de mim. — Laura fez o sinal da cruz.

Lembrando-se de Lucien, Finch limpou a garganta.

— Humm, eu estava pensando. Você vai precisar de mim neste final de semana? — Ela só trabalhava nos finais de semana quando havia algum pedido grande para desembalar.

— Você e a Andie estão planejando alguma coisa? — Hector sorriu para ela do outro lado da mesa. Ele era o mais tranquilo dos três. Enquanto Maude tendia a ser meio amalucada, e Laura a se intrometer como uma mamãe galinha que abria as asas para abarcar os pintinhos, Hector era uma rocha: sempre ali, de um jeito que não importunava.

— Ah, não. Eu e outro amigo. — Finch baixou a cabeça, serrando o peito de frango com renovado vigor. Não havia decidido ir, mas por via das dúvidas...

— Alguém que a gente conheça?

Ela ergueu os olhos e viu Maude observando-a ansiosa, os olhos azuis brilhando no pequeno travesseiro enrugado que era seu rosto, o amontoado de cabelos nevados no topo da cabeça caindo para o lado. Finch sentiu uma onda de afeição por ela, lembrando-se de quando havia chegado naquela casa, de como Maude a recebera, de braços abertos, oferecendo-se até mesmo para dividir seu quarto com ela. Se ela às vezes trocava o sal pela pimenta ou se esquecia de pôr água na chaleira antes de colocá-la para ferver, seu coração estava em perfeito estado.

— Um rapaz da escola — respondeu Finch, com toda a naturalidade possível. — Ele é novo por aqui, por isso eu meio que estou mostrando a cidade para ele.

Laura olhou para Maude e depois para Hector. O único barulho era o tinir dos talheres e de Rocky fuçando embaixo da mesa. Finch sentiu-se ruborizar.

Laura estava louca para saber mais, estava estampado no rosto dela, mas tudo o que disse foi:

— Bonito da sua parte. Tudo bem, pode ir.

— Pode pegar a caminhonete emprestada. Não vou precisar dela — disse Hector.

— Posso preparar uma cesta de piquenique para você levar de almoço — Maude ofereceu, cheia de esperança.

Finch largou a faca e o garfo e olhou séria para eles.

— Por que não montamos um quadro de avisos? Deixamos a cidade toda saber que eu não sou lésbica, nem frígida, ou... — Ela parou de falar, dando uma risada. — Não me entendam mal, pessoal. Sei que a intenção de vocês é boa, mas peguem leve, está bem?

Percebendo os olhares chocados em torno da mesa, Finch logo se arrependeu de seu descontrole. Ficou agradecida quando Laura perguntou num tom cantarolado:

— Tem alguma coisa queimando?

Todos os olhos se voltaram para Maude, que levou a mão à boca.

— Ah, meu Deus. Eu *sabia* que estava faltando alguma coisa. — Ela pediu licença e saiu correndo para tirar um tabuleiro de biscoitos enfumaçados do forno.

Finch correu os olhos pela cozinha grande e antiquada, com sua despensa enorme e prateleiras aramadas cheias de pratos, pires e xícaras de pelo menos três jogos diferentes. Os canos velhos tremiam quando se abria a torneira e o chão afundava em alguns locais. O linóleo surrado em frente à porta dos fundos era uma colagem de marcas de patas sujas e de botas enlameadas. Mas nenhum outro lugar na Terra, ela tinha certeza disso, poderia representar melhor as palavras bordadas em ponto cruz no quadrinho na parede: NÃO IMPORTA AONDE AS VISITAS VÃO FICAR, A COZINHA É SEMPRE O MELHOR LUGAR.

Quando os biscoitos já estavam dentro da pia e Maude mais uma vez se acomodava em sua cadeira, o amigo misterioso de Finch já havia cedido lugar à última fofoca.

— Anna me disse que a Monica está num programa de reabilitação para alcoólatras — comentou Laura.

— Coitada — Maude expressou simpatia e logo acrescentou: — Da Anna, quero dizer. Quando penso no que ela tem passado. — Ela sacudiu a cabeça. — Há alguma coisa que possamos fazer?

— Ela disse para incluí-las em nossas preces. Mas, se quiser saber, é a Monica que devia estar rezando... por perdão.

Finch ficou surpresa com a rara rispidez na voz de Laura. Normalmente, ela se esforçava ao máximo para dar às pessoas o benefício da dúvida. Alice sempre dizia que, se sua irmã tinha algum defeito, era a sua grande dificuldade em ver defeitos nos outros.

— Vou dar comida para o Boots enquanto ela estiver fora — disse-lhes Finch.

Maude ficou interessada.

— Ela vai a algum lugar?

— Semana da família — explicou Finch.

Maude pareceu confusa, e Finch percebeu que, para alguém que não estava acostumado a programas como *Oprah* e *Sally Jessy Raphael*, semana da família significava o Natal na montanha Walton ou uma reunião da *Família Sol-Lá-Si-Dó*.

— É um lance que eles fazem nesses programas de reabilitação — Laura também soou um pouco vaga.

— Ah, sei... minha amiga Lillian passou por isso uma vez com o filho. — Maude se serviu de mais batatas. — O que me faz lembrar... eu contei para vocês o que nós decidimos na nossa última reunião? — Ela se referia ao seu grupo de costura, que se encontrava todas as quintas-feiras. — Na verdade, foi ideia da Lillian. Ela ouviu falar daquele grupo na Inglaterra que levantou dinheiro para pesquisa do câncer fazendo um calendário com senhoras nuas.

— Eu li sobre isso na *People* — disse Laura, concordando. — Tudo com muito bom gosto, claro.

— A Lillian disse que não via por que nós não podíamos fazer o mesmo — continuou Maude. — Bem, ficamos todas num silêncio mortal, mas depois que nos acostumamos com a ideia... — Ela deu seu sorriso doce. — Quer dizer, na nossa idade não é como se a gente estivesse tirando a *Playboy* do negócio.

Quando ficou entendido que Maude iria posar *nua*, todos ficaram petrificados com os garfos no ar. Até mesmo o calmo Hector, de repente, teve problemas em manter a boca fechada. Laura foi a primeira a quebrar o silêncio.

— Será que eu acabei de ouvir o que ouvi?

— Não é maravilhoso? — Maude juntou as mãos numa batida surda. —A filha da Dorothy vai nos fotografar. Ela é profissional, vocês sabem.

Sonho de uma Vida

— Profissional em quê? — implicou Hector.

Finch abriu um sorriso.

— Maude, você é um arraso.

— Obrigada, querida. — Ela parecia não ter certeza se aquilo era ou não um elogio, mas sorriu mesmo assim, sentando-se mais ereta. — Você está olhando para a Miss Janeiro de 2003.

Laura ficou olhando pasma para ela e depois começou a rir. Logo estavam todos rindo, usando os guardanapos para enxugar as lágrimas que escorriam pelas faces. Até mesmo a velha Pearl se aproximou rebolando para ver o motivo de tanta comoção.

O que, pensou Finch, aquela família inventaria da próxima vez?

Capítulo Cinco

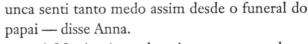

— Nunca senti tanto medo assim desde o funeral do papai — disse Anna.

— A Monica é que deveria estar apavorada — disse Liz, aborrecida. Seu olhar estava fixo na estrada à frente, os olhos escondidos atrás dos óculos de sol, que não disfarçavam sua expressão sombria. Estava segurando o volante com tanta força que os nós de seus dedos se sobressaíam como os nós descorados de uma corda.

— Há mais coisas em risco aqui do que apenas a desintoxicação dela. Não duvido nada que ela deserde a mamãe e a deixe sem nem um trocado.

Elas já haviam chegado ao topo da colina e estavam se aproximando da estrada que levava à Rodovia I. Ao longe, o nevoeiro se espalhava pelo horizonte como um desenho apagado de qualquer jeito, um trecho de mar reluzente se fazia visível logo abaixo. Havia um vestígio de frio no ar quando Anna abriu o vidro do carro, deixando a brisa correr sobre ela. Caso tivesse qualquer outra coisa pela frente, exceto a semana da família, ela teria ficado animada com a perspectiva de cinco dias em Malibu. Em vez disso, seu estômago estava embrulhado.

— Duvido que ela chegasse a tanto — disse Liz. — É mais divertido para ela te manter com a rédea curta. — A voz dela saiu tão severa e implacável quanto o sol que se refletia no capô de seu Miata vermelho esportivo. — Por que você acha que ela te paga estritamente o necessário para viver?

— Bem, está certo, mas tem a Edna. Sem ela... — Anna se interrompeu. Liz tinha razão. Os motivos de Monica eram egoístas até mesmo quando Anna se beneficiava de alguma forma.

Liz olhou para ela de relance.

— Não é obrigação sua ficar defendendo a Monica.

— Eu sei. Só que... — Anna suspirou. — Bem, ela não é *tão* ruim assim.

— Esta é a nossa Anna, sempre procurando o lado bom das pessoas. — A voz de Liz estava acrescida de sarcasmo. Ela reduziu quando se aproximaram do entroncamento e acendeu a seta.

Anna perguntou-se se elas não deveriam ter ido em seu carro. Havia grandes chances de ele quebrar e, assim, elas teriam tido uma desculpa legítima para desistir.

— Do jeito que você fala, parece que há algo de errado nisso.

— Não há. — Um pouco da tensão sumiu do rosto de Liz e ela esticou o braço para acariciar o joelho de Anna. — Desculpe, eu não queria descontar em cima de você. Só que foi uma verdadeira odisseia sair de casa. O Dylan fez a maior cena. A garota que deveria ficar na recepção não apareceu. Metade dos empregados no spa está doente com um tipo de vírus que eu provavelmente vou acabar pegando e, para completar... — Ela se interrompeu. — Deixa pra lá.

Alguma coisa estava acontecendo... Liz andava estranha durante toda a semana e Anna não achava que isso se devesse estritamente a Monica.

— Está bem. Quem é ele? Fala logo. — Anna conhecia muito bem a irmã. Não precisava de uma bola de cristal para adivinhar que havia um novo homem em sua vida. — Aquele novo massagista, o que deixa as mulheres suspirando no spa? — Liz namorara um pouco desde que se divorciara no ano anterior, mas nada especial. Seria sério desta vez?

— O que te faz pensar que estou saindo com alguém? — A expressão dela foi de uma indiferença muito elaborada.

— Talvez porque eu não tenha vida própria. Vivo de modo vicarial através dos outros. — Anna deu uma risadinha arrependida.

— Eu gostaria que você não fizesse isso.

— O quê?

— Se menosprezasse assim.

Finch não lhe dissera exatamente a mesma coisa? Ela piscou, protestando brandamente:

— Eu só estava brincando.

— Você sabe o que Freud diz: não existem brincadeiras. — Liz apertou um botão e os vidros subiram, deixando a brisa do lado de fora. Ela ligou o ar-condicionado. — Você é jovem demais para ficar falando como uma velhinha numa cadeira de balanço.

— Você pulou a parte de como eu seria bonita se perdesse alguns quilos.

— Bem, você *é* bonita. — Liz lhe lançou um olhar de esguelha. — Por falar em perder quilos, não me lembro de ter te visto tão **magra** assim. Quantos quilos você *perdeu*?

Magra? Em comparação ao que ela costumava ser, talvez, mas não ia mesmo desfilar para a *Vogue* por enquanto... Anna encolheu os ombros.

— Não sei. Parei de me pesar no ano passado, depois que uma velhinha adorável me encontrou no supermercado e perguntou para quando era o bebê.

— Ui! — Liz piscou em sinal de solidariedade. — Bem, seja lá o que você estiver fazendo, está dando certo. Você está ótima.

Sonho de uma Vida

Anna se iluminou por um breve momento, ao se permitir gozar os elogios de Liz.

— Estou vestindo uns dois manequins a menos. — Ela estava usando uma calça jeans que não via a luz do sol desde que fizera a dieta de Pritikin, quando passara fome até caber no manequim quarenta e dois.

— Dá para ver. Ei, já sei! Que tal um dia no spa... por minha conta? Você merece uma recompensa. — Liz lhe deu um sorriso, seu primeiro sorriso sincero do dia. — Pode acreditar, você ainda não sabe o que é viver se não experimentou uma massagem com as pedras quentes peruvianas do Enrico.

— Pedras quentes?

— Você não sabe da missa a metade. — Liz riu. Enrico era a sensação do momento no spa. Estaria ele também dividindo a cama com ela?

Anna lembrou-se de quando elas eram adolescentes e riam dos meninos. A diferença era que Liz nunca sofrera de desinteresse por parte dos rapazes, enquanto Anna passava as noites de sábado com as amigas ou assistindo à TV.

— Agradeço a proposta. — Ela percebeu o quanto sentira falta da irmã. Era difícil arrumar tempo para ficarem juntas; eram as duas muito ocupadas. E Monica não facilitava muito as coisas. A última vez em que as três haviam se encontrado para almoçar, Liz jurara que aquela seria a última vez.

De repente, Anna percebeu como elas estavam perto do Mazda prata na frente delas, a apenas centímetros de seu para-lamas, e se viu apertando um freio imaginário. Mas ela se omitiu de comentar, pois pedir à irmã para reduzir era como tentar mandar no vento de Santa Ana. Assim como Monica, ela tinha um traço de inquietação.

Pensou mais uma vez no homem misterioso de Liz, que, em contra-partida, levou-a a pensamentos sobre sua vida amorosa inexistente. Anna tivera sua parcela de paixões ao longo dos anos — a mais forte por padre Reardon —, mas seu único namorado de verdade fora Gary Kingman, na faculdade. Todos esses anos depois, suas faces ainda queimavam com a lembrança. As palavras de amor que ele sussurrara em seus ouvidos, o carinho com que ele a tranquilizara depois, apenas para descobrir dias mais tarde que ele era...

— Só espero de coração que a gente não esteja abrindo uma caixa de Pandora. — A voz de Liz interrompeu seus pensamentos.

Anna sabia que não era só ela que sentia um aperto no estômago. Ficara claro a partir dos livretos enviados pela Pathways que o alcoolismo não era o único problema com o qual elas iriam lidar, o que significava que lavariam a roupa suja da família Vincenzi.

Anna tinha dúvidas se isso seria uma boa ideia. O que ela ganharia no final? Se contasse como se sentia de verdade, pagaria o preço. Poderia não pagar de imediato, mas Monica um dia simplesmente anunciaria que, afinal de contas, precisaria que ela trabalhasse aos sábados, ou que ela não sentia mais como responsabilidade *sua* pagar as contas da mãe.

Ela se lembrou da cena desagradável que se seguira no hospital naquela manhã. A forma como Monica olhara para ela. Se olhar pudesse matar, Anna estaria a caminho do próprio enterro agora, e não a caminho da semana da família. Mesmo com Liz ao seu lado e a conselheira da Pathways, uma mulher há mais de vinte anos sóbria, ela sentira vontade de engatinhar para baixo da cama. Ainda assim, recusara-se a dar para trás, explicando calmamente a Monica por que achava que aquilo era o melhor para ela.

— Estou entendendo — dissera Monica quando Anna terminou, sua expressão perigosamente apática. — Está se sentindo melhor agora que tirou esse peso do peito? *Eu* com certeza me sinto. Faz uma diferença enorme quando se sabe que as pessoas que ama se importam com você. — Sua voz continha todo o calor do ácido sulfúrico.

Anna sentiu um nó no estômago, mas forçou-se a olhá-la nos olhos.

— Não estou falando isso por maldade. Eu... eu me importo *de verdade* com você. — Ela hesitou, imaginando se isso ainda seria verdade. — Se você não parar de beber, vou mesmo embora.

— Vá para o diabo. Não preciso de você. Não preciso de ninguém. — Faixas vibrantes de rubor se sobressaíram nas faces pálidas de Monica e seus olhos reluziram com o brilho das lágrimas. — Afinal de contas, quem vocês acham que são para *me* dizer o que fazer? — Seu olhar pousou em Rita como se ela fosse um monte de estrume que houvesse sido deixado ao pé de sua cama.

Rita continuou a sorrir, não parecendo nem um pouco ofendida. Claramente já ouvira tudo isso antes.

— Liz? — Rita a incitou a falar. — Há alguma coisa que você gostaria de dizer?

Liz limpou a garganta com a aparência de quem preferiria estar numa sala de cirurgia retirando o apêndice.

— Ela tem razão, mana. Eu também já percebi. Lembra daquela vez que todas nós almoçamos juntas? Você estava bêbada como um peru na véspera de Natal. Ficou derrubando as coisas, depois gritou com o garçom como se fosse culpa dele. Nunca fiquei tão envergonhada.

— Será que isso não teve algo a ver com o fato do seu ex ter dormido com metade das mulheres da cidade? — rebateu Monica. — Antes de você ficar me dizendo o quão fodida é *minha* vida, tente dar uma olhadinha na sua. Você não conseguiu segurar nem o seu próprio marido.

Liz ficou branca feito cera, como se quisesse torcer o pescoço de Monica.

— Suas irmãs não estão aqui para te prejudicar — disse Rita.

Monica virou-se bruscamente para encará-la.

— É assim que você se diverte? Pegando paraplégicos quando eles estão por baixo? Que tipo de neurótica você *é*?

Anna ouviu um paciente gritando pelo corredor:

— Enfermeira! Enfermeira! Onde é que está todo mundo? Ah, meu Deus, está doendo. Ai, ai. Aaaaai...

— Ninguém pode te forçar a nada — continuou Rita, no mesmo tom de voz comedido de antes. — O que as suas irmãs estão dizendo é que elas também têm escolhas. Uma delas é não ficar por perto, vendo você beber até morrer.

Monica virou-se para a parede e, de repente, explodiu em lágrimas.

— Ah, de que adianta? Vocês estão to-todas co-contra mim. — Ela soluçou, o peito ofegante. — Eu podia muito bem a-apontar uma arma para a minha cabeça. — Ela levantou o rosto banhado de lágrimas para Anna. — Está bem, eu vou... mas não porque acho que tenho um problema. Só estou fazendo isso por *vocês*. Se isso deixa vocês felizes... — Ela se descontrolou, virando o rosto para o travesseiro numa atuação digna de um Oscar.

Feliz? Anna pensou há quanto tempo não sentia nada mais do que vislumbres de contentamento aqui e ali. Não, não se tratava de ficar feliz; tratava-se de um ato desesperado de salvação. Se não fizesse isso, sua própria sanidade estaria comprometida.

Após uma noite de sono interrompido no hotel, elas partiram bem cedinho na manhã seguinte. Guiadas pelo mapa que lhes fora enviado junto com o outro material, elas encontraram a estrada secundária e subiram uma rampa íngreme e arborizada. Minutos depois, estavam chegando a uma colina açoitada pelo vento, onde um grupamento de prédios baixos, feitos em sequoia e interligados por caminhos de pedras, davam para uma vista oceânica de bilhões de dólares. Aquele lugar poderia muito bem ser um hotel de luxo, não fosse pela placa discreta que dizia "ENTRADA PERMITIDA APENAS PARA CONVIDADOS". Elas se uniram aos membros de outras famílias, quarenta e poucos ao todo, que iam espaçadamente para a cafeteria, onde tomaram café e comeram pedaços de pão antes de saírem, munidos de folhetos e crachás, para a palestra de orientação na sala de reuniões número 2, ali ao lado.

A sala, com suas fileiras de cadeiras dobráveis de frente para um quadro-negro e um pódio, estava tomada pela metade quando elas ocuparam seus lugares. As famílias, que estavam sentadas em grupos, com assentos vazios em ambas as extremidades, pareciam tão infelizes em estar lá quanto Anna e Liz. Anna examinou uma família que mentalmente rotulara de Ratos do Campo: um patriarca com uma longa barba branca e macacão, sua esposa com cara de camponesa e quatro filhos robustos. Atrás deles estavam o sr. e a sra. Ricaços, ambos vestidos com ostentação; a esposa, olhando apreensivamente ao redor, como se para companheiros sobreviventes de um naufrágio, do qual ela também fora vítima, enquanto suas filhas adolescentes davam a impressão de que um naufrágio teria sido uma alternativa preferível. Ao lado de Anna e Liz,

Sonho de uma Vida

um casal indiano murmurava entre si, o sari da mulher uma exibição bem-vinda de cores num mar de cadeiras dobráveis bege. Uma família ao fundo — um velho gordo e de cara vermelha, que falava alto com um sotaque sulista, sua mulher magrela, com cachos semelhantes a folhas de canela-cheirosa que esvoaçavam na altura do pescoço enquanto se abanava com um folheto, e mais vários outros tipos diferentes do mesmo clã — poderia ter sido arrancada de uma peça de Tennessee Williams.

Anna deu uma olhada para a irmã. Liz estava vestida para o tempo instável de Malibu — uma hora, nevoeiro; outra, sol — com calças larguinhas de algodão na cor branco-gelo, uma camisa azul-turquesa com alguns botões abertos e um suéter de malha sobre os ombros. Elas trocaram um olhar e Anna lembrou-se de uma brincadeira bobinha de quando crianças: o que você prefere... ser feia e inteligente ou bonita e burra? Caminhar pelada em plena luz do dia ou toda vestida num beco escuro à noite? Casar com um homem feio e rico ou bonito e duro? Se estivessem brincando agora, a pergunta seria um tratamento de canal ou isso aqui? Anna não precisava perguntar para saber que opção a irmã escolheria.

Liz tinha especial aversão por desenterrar ossos. Não, digamos que ela tinha alergia. Sempre que o assunto da infância delas vinha à tona, seu rosto ficava cheio de manchas vermelhas e ela começava a se coçar. Se estivesse sentada, cruzava e descruzava as pernas sem parar, enquanto mexia nos cabelos, o que, para Anna, era um martírio, como se estivesse sentada ao lado de uma criança inquieta de seis anos.

Mas, pelo menos por enquanto, elas não teriam que dar conta de Monica. A palestra daquela manhã seria seguida por uma sessão de terapia em grupo. Eles não se encontrariam com os pacientes antes do término do almoço.

Todas as cabeças se viraram para a mulher atraente, na casa dos trinta, que entrou pela porta. Tinha um rosto simpático e cabelos negros, brilhantes, que balançavam sobre os ombros conforme ela se dirigia para o pódio.

— Olá para todos. Sou a dra. Meadows — disse ela, curvando-se sobre o microfone. — Quero agradecer a todos por estarem aqui. Sei

que muitos de vocês vieram de longe e se esforçaram ao máximo para arrumar tempo para vir para cá. Vocês também demonstraram uma tremenda coragem. Quaisquer que sejam as diferenças entre vocês, todos aqui dividem a mesma experiência... um membro da família cujo vício esgotou sua paciência e até mesmo o seu amor. O fato de estarem livres para novas possibilidades e novos caminhos é a chave para a jornada que estão iniciando a partir de agora. — Ela correu os olhos pela sala, sorrindo afetuosamente.

Liz começou a ficar inquieta à medida que a dra. Meadows continuava, reforçando a necessidade de quebrar antigos padrões e formar outros novos. O vício era uma doença, disse ela, não uma fraqueza moral.

— Os viciados não acordam de manhã pensando em como vão magoar a família ou arruinar a vida deles — apesar de que, ela foi rápida em acrescentar, isso não fazia deles menos responsáveis por seus atos. Cabia à família e aos amigos traçar os limites. — Enquanto vocês continuarem a aceitar o mau comportamento e a consertar as coisas, que motivos eles têm para admitir terem um problema ou que precisam fazer alguma coisa para mudar? — Ela pediu exemplos de como as famílias, sem perceber, compactuavam com o alcoolismo.

Uma voz masculina ao fundo gritou, aborrecida:

— Arrastando a desgraçada para a cama todas às noites.

A dra. Meadows sorriu com cumplicidade.

Uma senhora magra e de cabelos escuros levantou a mão.

— Inventando desculpas para o chefe dele.

— Comprando um carro novo para ela quando ela bate com o antigo — disse a sra. Ricaça, lançando um olhar acusador para o marido, que se remexeu pouco à vontade na cadeira.

A palestrante concordou:

— Tudo bem, vamos falar um pouco sobre limites.

— O que é isso? — alguém fez piada, incitando uma onda de risos.

A dra. Meadows desenhou dois bonequinhos-palito no quadro, a alguns centímetros um do outro, dizendo:

— É assim que são os limites de uma pessoa normal. — Mais abaixo, ela desenhou um segundo par, mais perto um do outro, um bonequinho

Sonho de uma Vida

maior do que o outro. Ela apontou para o menor. — Esse aqui são vocês, os codependentes. Vocês não se veem como iguais. Permitem-se ser importunados. Ao mesmo tempo, sentem que é trabalho de vocês consertar o que está errado com tudo e todos à sua volta. Podem até ignorar isso quando estão doentes, ou ficar com vontade de vomitar, correndo por aí, tentando agradar a todos, exceto a si mesmos. Muitos aqui acabam prejudicados também, a cabeça tão cheia de preocupações com os outros que vocês, literalmente, não veem para onde estão indo.

Um tremor por reconhecimento percorreu o corpo de Anna. Era como se a mulher estivesse falando diretamente com ela. Aquela vez em que queimara a mão ao tirar a panela do fogo: não estava preocupada com a mãe? E no último inverno, aquela gripe que se transformara em pneumonia, porque ficara o tempo todo saindo e voltando de casa entre Monica e a mãe, em vez de ficar de cama. *Não é de admirar que eu me sinta tão infeliz.*

Pelo canto dos olhos, ela viu cabeças concordando numa resignação silenciosa. Ao que parecia, ela não estava só. E no que resultava todo aquele sacrifício? No caso dela, em nada. Monica não estava mais feliz, e certamente nem ela. Betty era a única que levava alguma vantagem, mas a que preço?

Até mesmo Liz parecia estar absorvendo tudo aquilo. Havia se acalmado, o olhar estava fixo na palestrante. No final, quando todos estavam se levantando, ela sussurrou:

— A história de vida da mamãe.

Era verdade. Todos aqueles anos aguentando o pai, anos que desgastaram a mãe como se fosse um par de sapatos atravessando o mesmo chão batido, dia após dia. Como a vida delas teria sido diferente se ela tivesse se imposto.

— Acho que há algumas vantagens em enlouquecer — disse ela, sendo irônica. Betty não passaria o resto da vida agonizando por causa das escolhas que fizera.

Cada um recebeu uma cor diferente, de acordo com o grupo do qual faria parte. Anna e Liz ficaram no grupo verde, mas, quando foram sain-

do, piscando diante da luz do sol que havia dissipado quase todo o nevoeiro, Anna não estava com pressa de chegar à sala delas. Elas passaram pela área de fumantes, um terraço onde um grupo de fumantes inveterados, presumivelmente pacientes, estava reunido fumando com vontade. Seu olhar foi atraído para um rapaz de cabelos espetados, com uma jaqueta jeans desbotada. Ele lhe pareceu ligeiramente familiar.

Liz a cutucou.

— Não é o...?

Anna lembrou-se de onde o conhecia.

— Gabe Talbott — sussurrou ela em resposta. A estrela do seriado *Boys Will Be Boys*. Quem seria o próximo? Capitão Canguru? — Eu não sabia que ele era... — Ela mordeu o lábio; não estava em posição de julgar.

Elas foram para a sala designada e encontraram uma dúzia de cadeiras arrumadas em círculo. Percebendo uma caixa de lenços de papel estrategicamente colocada ao lado de cada uma, Anna sentiu um aperto no estômago. *Por favor, não me deixe chorar.* Ela sempre se sentia uma tola quando chorava em público. Ninguém sente pena de você se é gorda; você simplesmente fica patética.

Os outros integrantes do grupo verde eram o sr. e a sra. Ricaços, uma mulher mais velha com cabelos de poodle e seu filho gentil de meia-idade, uma jovem tímida com um vestido longo indiano e sandálias Birkenstocks, um homem com círculos escuros sob os olhos, que poderia facilmente ser confundido com um paciente, e três gerações de mulheres da mesma família, todas com o mesmo sorriso simpático e jeito extrovertido. Elas pareciam as menos prováveis de chorar. Desse modo, Anna ficou surpresa quando a mais nova, que parecia ter mais ou menos a sua idade, pegou um lenço de papel tão logo se sentou.

O líder do grupo era um homem surpreendentemente atraente, com cabelos negros aparados, já grisalhos nas têmporas, e olhos azuis tão escuros quanto o oceano visível pela janela atrás dele. Anna poderia ter ficado intimidada, mas a expressão dele foi tão acalentadora ao examinar a sala que ela logo se sentiu à vontade.

Seu crachá o identificava como dr. Marcus Raboy, embora ele tenha se apresentado como Marc. Quando a mulher que fungava em um lenço de papel elevou a cabeça com um olhar encabulado, ele disse numa voz gentil:

— Vamos falar de coisas que são dolorosas. Que podem fazer alguns sentimentos aflorarem, mas o que acontecer nesta sala fica *nesta* sala. Entenderam? — Ele correu os olhos pelo círculo, seu olhar se demorando em Anna. Ou seria apenas imaginação sua?

Ah, meu Deus. Por que ele tinha de ser tão atraente? Ela pensou no bom e velho dr. Fredericks, o médico de família quando ela era criança, que lhe contava piadas de elefantes e lhe dava pirulitos. Isso teria sido menos distrativo. Agora, durante a semana inteira, ficaria concentrada naquele Mel Gibson em vez de no assunto em questão.

As pessoas foram se apresentando em círculo, falando um pouco da razão de estarem ali. Quando foi a vez de Anna, ela hesitou, sentindo a língua presa de repente.

— Meu nome é Anna... e estou aqui por causa da minha irmã, Monica. Acho que eu poderia dizer que as coisas... fugiram do controle. Quer dizer, com a bebedeira dela. Eu trabalho para ela... — Ela parou de falar, plenamente atenta ao olhar de Marc. — Portanto, temos muito contato. Quer dizer, acho que mais do que o normal. Mais do que eu teria se fosse diferente... — Sua voz falhou e o calor lhe subiu pelas faces. — Bem, enfim, é por isso que estou aqui.

Liz foi a próxima:

— Não sei muito bem por que estou aqui. — Estava com as pernas cruzadas e os braços apertados sobre o peito, uma ruga suave na testa. — A Monica e eu nunca fomos muito próximas. Depois que ela ficou famosa foi como se nem me conhecesse. Mesmo assim, eu gostaria de vê-la sóbria. Se não pelo bem dela, ao menos pelo de Anna.

Marc tinha a expressão branda e atenciosa. Anna tinha certeza de que ele já ouvira histórias bem piores do que qualquer uma que ela ou Liz pudessem contar. Elas pareciam ter companhia de sobra no Departamento de Familiares Bêbados e Desajustados. Ela relaxou um pouco. Talvez aquilo não fosse tão ruim, afinal de contas.

Eles passaram a primeira meia hora falando do que esperavam conseguir naquela semana. Então Marc distribuiu blocos e lápis de cera.

— Quero que cada um de vocês desenhe uma lembrança da infância — instruiu ele. — Mas aqui vai a dificuldade: vocês terão que fazer isso com a mão esquerda.

Parecia um exercício sem sentido, mas Anna estava disposta a ir adiante. De início, tudo o que conseguiu fazer foram linhas irregulares, mas, aos poucos, começou a surgir uma menininha solitária no banco de trás de um carro. Ela parecia infeliz. Não, mais do que isso: desgraçada. Anna franziu a testa, mordendo o lábio. De onde viera *aquilo*? Já fazia tanto tempo que ela mal se lembrava.

Uma a uma, as pessoas foram dividindo as histórias por trás de seus desenhos. O da sra. Ricaça mostrava um cachorro na coleira sendo arrastado por uma menininha que chorava.

— O nome dele era Teddy — disse ela numa voz tão baixa que Anna precisou se esforçar para ouvir. — Eu vivia pedindo aos meus pais para me darem um cachorro, então eles finalmente concordaram e me deram um no dia do meu aniversário. Eu o adorava. Ele era tão bonitinho, com seus olhinhos castanhos e orelhas de Dumbo! A única coisa ruim era que ele fazia xixi no tapete e mastigava tudo o que via. Não era culpa dele. Ele era só um filhotinho. Mas a mamãe... bem, ela não ficou muito feliz. — A voz dela falhou. — O pior de tudo foi que eles nem me contaram. Um dia, veio um homem e o levou embora.

O marido dela ficou com o olhar parado à frente, como se mostrar suas emoções fosse um sinal de fraqueza. Seu desenho foi o de um garotinho construindo castelos de areia na praia, que poderia servir de propaganda das lojas Sea & Ski.

A mulher tímida de saia longa e sandálias Birkenstocks, cujo nome era Sophie, irrompeu em lágrimas antes de conseguir dizer uma palavra sequer. Marc lhe disse para não se preocupar; eles poderiam conversar depois, a sós. Sophie concordou, curvada, a cabeça enterrada nas mãos. Por mais traumática que fosse a lembrança, seria difícil distingui-la em seu desenho de uma família sorridente reunida em torno da mesa do jantar.

De repente, todos os olhos estavam voltados para Anna. Ela inspirou fundo. Naquele dia, o pai havia levado a família para tomar sorvete com soda, começou ela. Mas, a caminho do centro da cidade, ela fizera

Sonho de uma Vida

alguma coisa que o deixara aborrecido — não conseguia se lembrar do quê —, e ele a punira fazendo-a esperar dentro do carro.

— O que você sentiu? — Marc a incitou gentilmente a falar.

— Acho que fiquei decepcionada. — Fazia tanto tempo. Quem poderia lembrar?

— Não ficou triste?

— Bem, fiquei... acho que sim.

— Você deve ter ficado furiosa.

Ela encolheu os ombros.

— Eu era uma menina muito boazinha.

— Essas palavras são suas ou dos seus pais?

Ela pensou por alguns instantes.

— Não sei. Já ouvi tantas versões diferentes sobre a minha infância que não tenho mais certeza de qual é a minha. Isso é normal?

— Defina normal.

— Normal — disse ela, com um sorriso tristonho — é todo mundo, menos você.

Ele retribuiu o sorriso.

— Essa é uma forma de olhar. — Ela julgou ter visto certo brilho em seus olhos e lembrou-se do cartaz na parede da cafeteria com seu slogan: FINJA SER ATÉ REALMENTE SER. Será que Marc tinha seus próprios demônios?

Passaram então para Liz, com seu desenho tosco de um bebê caindo de cima de uma cadeira alta, presumivelmente ela. Mas Anna descobriu que não conseguia se concentrar em sua história. Em vez disso, pensava em Marc, incapaz de afastar o sentimento de que sua empatia vinha de alguma experiência pessoal. Ele era casado, ela percebeu pela aliança que ele usava, embora pressentisse algum tipo de perda. Mais estranho ainda, viu-se com vontade de se aproximar e de lhe apertar a mão num gesto de apoio. Ela ruborizou só de pensar e imaginou se estava seguindo o mesmo caminho da pobre srta. Finley, da igreja, que falava de forma obsessiva sobre o amor de sua vida, que fora morto na Segunda Guerra Mundial e que, de acordo com Althea Wormley, ela mal chegara a conhecer.

Quando fizeram o intervalo para o almoço, foi com um suspiro coletivo de alívio. Aquilo era duas vezes mais difícil do que qualquer outro serviço que já tivessem feito. Na cafeteria, Anna se serviu de salada e uma tigela pequena de frutas com queijo cottage, enquanto Liz, que podia comer qualquer coisa e não ganhar um quilo sequer, encheu o prato de lasanha. O tempo estava ameno, portanto elas levaram os pratos para fora e se acomodaram em uma das mesas do jardim, que ficavam sob o pátio coberto, de frente para o gramado. Para sua surpresa, o medo que Anna sentira ao ir para lá parecia haver sumido. Talvez isso tivesse algo a ver com Marc, que, além de ser líder do grupo delas, era o principal terapeuta de Monica. Sua irmã poderia ter qualquer homem do universo na palma de sua mão, mas Anna não conseguia imaginar Marc se entregando aos seus encantos. O que queria dizer que havia esperança de que, quando Monica voltasse para casa dentro de duas semanas, ela estivesse consideravelmente mais humilde e talvez até mais amável.

Sua mente deve ter divagado, pois a próxima coisa que percebeu foi Liz acenando com a mão em frente ao seu rosto e chamando:

— Olá! Alguém em casa?

Anna piscou e os olhos da irmã voltaram ao foco.

— Desculpe. O que você estava dizendo?

— Com certeza não era isso o que eu estava esperando. — Liz examinou o gramado, onde as pessoas estavam conversando baixinho ou apenas tomando um pouco de sol. — Achei que falaríamos só sobre a Monica, mas não é isso, né? De um jeito ou de outro, estamos todos juntos no mesmo barco.

Anna concordou:

— Frutos de uma mesma árvore.

— Com alguns podres misturados — respondeu Liz, com uma risada fingida.

— Sinto muito por não me lembrar do episódio da cadeira. — Anna lhe lançou um olhar de desculpas.

— Não foi culpa *sua*. Você nem estava lá. — Liz parecia aborrecida por alguma razão.

Sonho de uma Vida

— Eu sei, mas...

Liz virou-se para ela.

— Dá pra parar?! Você é sempre tão boa que eu acabo me sentindo uma merda.

— Por quê?

— Porque é você que está carregando todo o peso.

— Você está se referindo à mamãe.

— Entre outras coisas. — Ela desviou o olhar.

Anna se surpreendeu ao dizer:

— Se você se sente assim, então talvez tenha passado da hora de fazer a sua parte.

Liz estava prestes a se defender, mas, em vez disso, abriu um sorriso encabulado.

— *É* mais por aí. — Em seguida, franziu a testa, murmurando: — Pelo menos, não sou tão ruim quanto a Monica. E não vamos esquecer que tenho um filho pequeno.

— Eu gostaria de poder dizer o mesmo. — Anna suspirou.

Agora, foi a vez de Liz se desculpar.

— Desculpe. Sei que eu não devia reclamar.

— Tudo bem — disse Anna.

— Aquele dia com o papai? Eu me lembro como se tivesse sido ontem. — Liz estava com o olhar distante, a comida esfriando no prato. — Era para você ter ficado de olho em mim e, quando ele viu que eu não ia ficar quieta, descontou em cima de você. Sabe como eu me senti? — Liz virou-se para ela e Anna ficou surpresa ao ver os olhos da irmã marejados de lágrimas. — Quando estávamos voltando para casa, eu vomitei tudo no banco de trás.

Anna havia se esquecido daquela parte.

— Engraçado, todas nós crescemos debaixo do mesmo teto, mas é como se tivéssemos tido infâncias diferentes.

A atenção delas se voltou para um homem e um rapaz sentados lado a lado no gramado. O menino estava aos prantos, o homem estava com o braço sobre seus ombros, numa tentativa de confortá-lo. Liz logo des-

viou o olhar. Obviamente tivera sua parcela de desgraças familiares por um dia.

— Então, o que você achou do Marc? — perguntou ela.

Anna pensou nos pés de galinha que se sobressaíam dos cantos dos olhos dele, olhos que pareceram *vê-la* quando, para os outros, ela era invisível, a boa e dependente Anna, como um cachorro fiel. Ela devolveu a pergunta:

— O que *você* achou dele?

— Alto, moreno e bonito. — Os lábios de Liz se curvaram num sorriso malicioso.

Anna ruborizou.

— Eu não me referia a *isso*.

— Não tenho culpa de ele ser sexy. Não venha me dizer que você não percebeu.

Anna ficou ainda mais ruborizada.

— Ele *é* bonitão. — Isso era um fato.

— Talvez ele esteja disponível.

— Não está. — Anna falou com mais veemência do que pretendia, sentindo um lampejo surpreendente de ciúme só de pensar em Liz jogando charme para ele. Ao mesmo tempo, uma voz interior zombou dela: *Caia na real, ele não se interessaria por você nem se fosse solteiro.*

— O que te faz ter tanta certeza assim?

— A aliança no dedo dele. Além do mais — ela arriscou com cuidado —, achei que você estava saindo com outra pessoa.

— E o que tem uma coisa a ver com a outra?

— Você quer dizer...?

— Eu estava falando de *você*.

— De mim? — rebateu Anna, esganiçando a voz. Tudo bem, a mesma ideia lhe passara pela cabeça, mas ela também sonhava em ganhar na loteria e, um dia, como num passe de mágica, acordar magra.

— Você não percebe, não é?

— O quê?

— Como é bonita. Sempre foi, mas agora que está mais magra, isso está ainda mais... — ela procurou pela palavra correta — evidente.

Sonho de uma Vida

— Acho que Hollywood descobriu a irmã errada. — Anna deu uma risada irônica, mas, no fundo, estava satisfeita. Principalmente porque Liz não era conhecida por dar elogios falsos.

— Pode fazer piada à vontade. Um dia você vai ficar de quatro por alguém e eu vou dizer "eu te disse".

Anna comeu de sua salada e pensou: *Esse vai ser* o *dia*.

— E quanto a você? É sério com esse cara?

Liz encolheu os ombros, cortando pedaços de casca de seu pão e os jogando para os pardais.

— Quem disse que eu estou saindo com alguém?

Alguma coisa em sua expressão levantou uma bandeira de alerta ou talvez fosse toda aquela conversa sobre Marc.

— Não me diga que ele é casado — disse ela, soltando um suspiro profundo.

Um rubor de culpa subiu pelas faces de Liz e Anna pensou: *Ah, meu Deus.*

— Não é o que você está pensando — Liz foi rápida em se defender.

— Não estou pensando em nada. Só não quero que você sofra.

— Já sou bem grandinha.

— O Dylan sabe?

— Céus, não. — Liz pareceu espantada com a ideia. — Só o vejo nas noites em que ele fica com o pai.

— E quanto à esposa dele?

— O casamento dele acabou. Ele só ainda está casado porque... — Liz se deteve, franzindo o cenho. — É complicado. — Ela parecia tão infeliz que Anna não conseguiu imaginar aquilo como algo mais do que um casinho bem vulgar: escapadas, mentiras, promessas que nunca se materializavam. Bastava assistir ao programa da *Oprah* para saber que isso acabaria em lágrimas.

O que fazia Liz achar que sua situação era tão especial? Será que se imaginava tão diferente das inúmeras outras mulheres que já haviam trilhado esse mesmo caminho? Será que estava tão iludida assim?

Anna resistiu a contribuir com seus dois vinténs. Tinha preocupações mais sérias no momento. Como Monica. Como ela ficaria após

duas semanas naquele lugar? Humilde... ou exasperada? Marc os instruíra a preparar uma lista de confrontações, as quais eles teriam a oportunidade de discutir mais tarde naquela semana. A dela teria um quilômetro de comprimento, mas será que ela reuniria coragem para confrontar a ira de Monica? Apagar trinta e seis anos em apenas quatro dias? No dia anterior não teria achado isso possível, mas, agora, via-se pensando se seriam somente quilos o que ela vinha perdendo.

— Bem, quem quer começar? — Marc correu os olhos pelo círculo de pacientes e familiares com um sorriso de cumplicidade nos lábios. Era o último dia da semana da família e o momento que todos temiam havia chegado. Ele poderia muito bem ter perguntado quem gostaria de ser o primeiro a encarar um pelotão de fuzilamento.

Ninguém levantou a mão. Todos já estavam lá há quatro dias e várias caixas de lenços de papel, os blocos de anotações amassados e a alma rasgada. Sabiam agora mais sobre cada um do que muitos de seus melhores amigos. Anna ouvira histórias que fariam arrepiar até os cabelos de Oprah e sofrera pelas crianças inocentes que aqueles homens e mulheres haviam sido. Sophie, que fora molestada pelo tio quando criança. E Scott, o que tinha olheiras profundas, que fora rejeitado pelos pais quando assumira que era gay. Não menos chocante, a sra. Ricaça, cujo nome verdadeiro era Lindsay, acabou se revelando uma pobre menina rica criada por uma sucessão de babás que eram demitidas assim que se afeiçoava a elas.

Até mesmo Liz saíra da casca. Falara francamente sobre o pai, surpreendendo Anna, que sempre achara que a irmã, por ser a caçula, tivesse sido poupada de alguma forma. Ao ouvi-la falar sobre todos aqueles anos, sobre as noites em que molhava a cama e ficava horas acordada, encharcada de urina, com medo de dar um pio e apanhar quando o pai descobrisse, Anna se viu lutando contra lágrimas antigas.

No entanto, o mais surpreendente de tudo foi a mudança em Monica. No primeiro dia, Anna achou que a encontraria rugindo feito um tigre enjaulado, mas ela estava espantosamente quieta. Talvez fosse por conta dos remédios que estava tomando, mas chegava a parecer frágil. Mais para uma fruta machucada do que apodrecida. Quando falara abertamente sobre seu alcoolismo e como era difícil parar de beber, apesar de saber o que isso estava fazendo com ela e com as pessoas à sua volta, sua sinceridade fora óbvia. Ninguém era tão boa atriz assim, nem mesmo ela.

Anna percebeu que a raiva e o ressentimento às vezes davam lugar à compaixão. Não obstante, aplaudiu mentalmente quando Marc censurou a irmã por transferir toda a culpa para o acidente e a forçou a admitir que era alcoólatra. Anna estava certa com relação a ele. Ele *era* o único homem no mundo que não se deixaria envolver por sua irmã.

Agora ela olhava para Monica, quase irreconhecível como a deusa imortalizada em inúmeras revistas e cartazes de filmes. Tinha o rosto famoso sem qualquer vestígio de maquiagem e os cabelos ruivos presos por um elástico, num rabo de cavalo frouxo. Com uma camiseta extragrande e calças larguinhas de cadarço, roupas que duas semanas atrás ela sequer usaria em casa, Anna lembrou-se da Monica adolescente, antes de ter trocado o sobrenome Vincenzi por Vincent e de ter se tornado uma superestrela conhecida por milhões de pessoas mundo afora.

Monica não levantou a mão e lançou um olhar de advertência para as irmãs, para que elas não se oferecessem para começar. Foi o suficiente. De repente, Anna estava se lembrando de todas as vezes em que engolira os próprios sentimentos, junto com o orgulho, de forma a não virar o barco. Sua mão pareceu se erguer por conta própria.

— Eu começo. — Ela sentiu um frio no estômago, o coração começou a acelerar, mas foi logo recompensada pelo sorriso encorajador que Marc lhe dirigiu.

Monica lhe lançou um olhar de ódio antes de se dirigir lentamente para o centro do círculo. Anna arrastou sua cadeira, colocando-a de frente para a da irmã. Por uma dúzia de vezes na noite anterior, examinara sua lista de confrontações, ensaiando cada item com Liz, de forma a não estragar tudo, ou, pior ainda, dar para trás. Mas, cara a cara, a questão era completamente diferente.

— Esta é uma distância confortável para vocês? — perguntou a dra. Meadows, a bela mulher de cabelos escuros que dera a palestra no primeiro dia, dia que parecia fazer parte de outra era. Ela estava ajudando a presidir o grupo naquela tarde.

Anna esperou que Monica respondesse, até que se lembrou de que ela também tinha o direito de expressar sua opinião.

— Para mim está bem — disse ela, pensando que a distância de lá até Pittsburgh seria mais ou menos aquela.

Monica aquiesceu com um aceno de cabeça quase imperceptível.

— Lembrem-se, isso não tem nada a ver com provar coisa alguma — disse Marc, lembrando a Anna as regras que eles haviam lido na reunião de grupo do dia anterior. — Limitem-se ao que aconteceu com vocês, não com outro membro da família, e como isso lhes afetou. — Ele desviou o olhar para Monica. — Você terá a chance de responder mais tarde, mas, por enquanto, vou pedir para apenas ouvir. Tudo bem?

— Tenho outra opção? — brincou ela, desanimada.

Anna abriu seu bloco de anotações e tirou dele uma folha de papel cheia de orelhas, preenchida por sua caligrafia precisa e caprichada. Tinha as mãos suadas e a cabeça latejava como um telefone fora do gancho. A expressão de Monica era de apatia; era como olhar para o vidro de uma limusine e ver apenas o próprio reflexo.

Ela começou com o evento mais recente:

— Quando você desmaiou no chão do banheiro e acabou no hospital, eu senti... — Ela se esforçou para encontrar a palavra correta. — Medo e... e raiva. — Hesitou, olhando para o quadro na parede, onde, impressas em letras garrafais, estavam todas as emoções que ela sentia agora, misturadas num ensopado fumegante: RAIVA. MEDO. SOFRIMENTO. CULPA. VERGONHA. ALEGRIA. AMOR. Com exceção de alegria, com certeza. Até onde sabia, nada havia de alegre naquilo.

Por estranho que pareça, o silêncio de Monica não ajudava. Em alguns aspectos, Anna teria achado mais fácil se ela pudesse rebater. Pelo menos saberia o que esperar.

Ela deu mais uma olhada em suas anotações.

Sonho de uma Vida

— Aquela vez que você gritou comigo na frente do Glenn, por causa daquela gravata estúpida, eu senti raiva, dor e vergonha. — Tudo foi vindo à tona. O Natal do ano anterior, quando ela se enganara e embrulhara o presente errado para Glenn, embora ele não viesse sequer a perceber caso Monica não tivesse descoberto e a insultado repetidas vezes. Estava bêbada, é claro. As faces de Anna arderam diante da lembrança.

Ela percebeu um brilho nos olhos da irmã. Remorso? Ou espanto de que ela ainda estivesse aborrecida depois de todo aquele tempo? Anna baixou o olhar e viu que suas mãos tremiam.

— Aquela festa em que eu fui como convidada, mas que você me fez ficar pegando os casacos na entrada. Você alguma vez parou para pensar como isso foi humilhante? Lá estava eu, com a minha melhor roupa... — A ameaça das lágrimas surgiu e ela logo piscou para espantá-las.

— Concentre-se nos seus sentimentos. — A voz gentil de Marc a pôs de volta nos trilhos.

Anna assentiu com força de vontade, inspirando fundo.

— Eu fiquei com vergonha — disse ela, num fio de voz. Aquilo estava sendo muito difícil e a expressão petrificada de Monica só estava piorando as coisas. O que estava se passando atrás daqueles olhos? Que preço Anna teria que pagar?

Há coisas piores do que perder a própria casa, Anna disse a si mesma.

Ela se sentou mais ereta.

— Aquela vez em que eu fiquei gripada e você ficou dizendo que a melhor coisa para gripe era eu ficar de pé, só porque você não queria que eu fosse para casa. Eu me senti... — Ela hesitou, dominada pela enormidade de sua raiva. Antes que se desse conta, estava gritando: — *Droga, acabei pegando pneumonia por sua causa!* — Anna recostou-se na cadeira, espantada com o seu descontrole, embora, pelo canto dos olhos, julgasse ter visto Marc concordar discretamente.

Monica estava de queixo caído. Não em estado de choque por sua audácia, percebeu Anna, mas confusa. *Ela sequer se lembrava!* Poderia ter morrido e isso sequer apareceu na tela de seu radar. De repente, tudo isso foi demais. Mais cedo, Liz se referira de brincadeira àquela cadeira posta de frente para a de Monica como uma "cadeira elétrica" e agora Anna sentia um sobressalto conforme anos de fúria percorriam seu corpo. Com um soluço, ela se levantou num rompante e saiu apressada da sala.

Quando Marc a encontrou, ela estava curvada no gramado, chorando copiosamente.

— Pelo menos o mundo não acabou — disse ele, com a voz branda, porém solidária.

Ela levantou a cabeça e o viu olhando para ela com um misto de admiração e empatia. Ela conteve um soluço.

— Sinto muito. Eu não queria...

— Você se saiu bem. — Os olhos dele estavam doces e sorridentes, as linhas em suas extremidades encontravam-se com os cabelos grisalhos das têmporas. Parecia mais alto também ou talvez fosse por estar em pé.

Anna enxugou as lágrimas com os nós dos dedos.

— E eu achei que estava aqui por causa da Monica.

— Você teria vindo se tivesse pensado o contrário?

— Talvez não. — Uma risada tímida lhe escapou dos lábios.

— Você não está sozinha.

— Isso faz de nós pessoas covardes?

— Longe disso. — Sua expressão ficou séria. — O que conta é que você aguentou firme. Há aqueles que logo arriscam o pescoço na batalha.

— Não é muito diferente, é? — Se aquilo fosse uma batalha, todos ali dentro ganhariam condecorações por bravura.

Ele concordou, sentando-se na grama.

— Em alguns aspectos é até pior.

A grama cintilava sob o nevoeiro que a envolvia. Ela observou o gato do local sair furtivamente de baixo de um arbusto com o que parecia ser uma lagartixa na boca. Assim que ele tomou o caminho que levava ao prédio principal e que abrigava os escritórios e a farmácia, ela pensou em como se sentira desamparada até agora... tão desamparada quanto aquela lagartixa.

Ela se virou para Marc, apoiando o queixo nos joelhos.

— Por que tenho a sensação de que a batalha está longe de terminar?

— Eu não descartaria um acordo de paz.

— Você não conhece a Monica.

— Você pode vir a se surpreender. Gostamos de pensar em nós mesmos como casos especiais. No AA, chamamos isso de "exclusividade terminal", mas não somos exclusivos coisa nenhuma. — Ela precisou se lembrar de que ele também era alcoólatra, há dez anos sóbrio. — Quando você já participou de uma centena de reuniões e ouviu centenas de pessoas contarem sua história, isso pode servir de lição de humildade.

"Humildade" não era uma palavra que vinha à mente quando se pensava em Monica.

— Acho que ficamos todos nos enganando de um jeito ou de outro — ela suspirou. Quando o gato desapareceu sob outro arbusto, ela viu que a lagartixa que ele levava na boca não estava mais se contorcendo.

— Mudar pode ser assustador.

— Mas não há caminho de volta, não é? — Neste exato momento, ela desejou estar na segurança relativa de seu casulo. Da mesma forma como fora mais fácil para sua irmã usar o acidente como uma desculpa para beber, fora mais conveniente para ela pôr toda a culpa de sua infelicidade em Monica.

Ele arqueou uma sobrancelha.

— Você gostaria de voltar?

Ela pensou na vida que a aguardava em casa e balançou a cabeça em negativa. Não, o que queria era sentir-se livre, sem todo o esforço e dor de cabeça para conseguir isso.

— Eu só... Eu não esperava que fosse tão difícil — disse ela.

— Eu gostaria de conhecer um caminho mais fácil. — Ele esticou as pernas na grama e ela percebeu que ele estava usando meias azul-marinho com mocassins marrons. Achou isso estranhamente adorável e não pôde deixar de se perguntar por que sua esposa não dissera nada.

— Achei que vocês aqui tivessem todas as respostas — disse ela, em tom de brincadeira.

Ele riu, jogando a cabeça para trás, uma risada espontânea e maravilhosa, como um bom gole de chá doce e quente.

— Quem dera! A verdade é que muitas vezes ficamos tropeçando no escuro como qualquer outra pessoa.
— O que fez você decidir se tornar terapeuta?
— Eu fiquei sóbrio.
— O que você fazia antes?
— Acredite ou não, eu era piloto.
— Sério? — Ela abraçou aquele conhecimento como se fosse uma moeda que encontrara no chão, certa de que era a única pessoa no grupo para quem ele havia contado. — Quer dizer, isso não é o tipo de profissão que você acha que alguém abandonaria.
— Não foi uma escolha... a Força Aérea americana caçou a minha licença depois que eu fiz uma aterrissagem forçada no deserto com seis farmacêuticos que estavam indo para uma convenção em Las Vegas.
— Que horror! Alguém se machucou?
— Felizmente não. Mas, quando apareceu na investigação que eu tinha bebido naquele dia, fui liquidado. Levei mais ou menos um ano para ficar sóbrio antes de decidir voltar para a faculdade para ter meu diploma.
— Pelo menos ninguém pode te acusar de ter tido uma vida chata.
— Defina chata. — Ele fixou o olhar nela, como se tivesse adivinhado que ela estava se referindo à sua própria existência vã.
— Abandonei a faculdade depois que meu pai morreu — disse a ele. Tudo o que ele sabia das reuniões do grupo era que ela morava com a mãe, não o que a levara a tal decisão... se é que se podia chamar assim. — Não foi algo que eu planejei. Depois do enterro, eu ia ficar só umas semanas para ajudar. Mas a minha mãe... bem, ela não era mais ela mesma. Saía para fazer serviços de rua e se perdia, coisas assim. De início, achei que era porque ela estava sofrendo, mas depois descobrimos que tinha Alzheimer. — Anna achou mais fácil falar sobre isso com Marc do que com as irmãs. Monica parecia achar que Betty estava apenas recebendo o que merecia, e Liz evitava o assunto por se sentir culpada. — Quer saber de uma coisa horrorosa? Às vezes eu a odeio por isso. — Como se Betty tivesse gasto as economias de sua vida num mau investimento, e não em sua sanidade. — Isso faz de mim uma pessoa má?

Sonho de uma Vida

— Não, apenas humana.

Eu poderia me apaixonar por você. Esse pensamento veio do nada. Já havia se apaixonado antes, mas nada que tivesse surgido com tanta rapidez e com tamanha força. Será que *estava ficando* como a sra. Finley ou seriam apenas as circunstâncias que a estavam deixando mais vulnerável? Lera em algum lugar que isso era normal em situações desse tipo.

Estava prestes a lhe perguntar sobre sua esposa, mas não quis que ele achasse que tinha algum motivo especial para querer saber. Em vez disso, perguntou:

— Não seria melhor nós voltarmos? — Ninguém sentiria falta dela, mas havia uma sala cheia de gente esperando por ele.

— A Beth consegue dar conta — disse ele, referindo-se à dra. Meadows. — Eu queria ter certeza de que você estava bem.

Um alívio em seu estômago espalhou-se até todo o seu corpo se sentir relaxado. Isso não provava que ela era especial? Então, uma voz interior surgiu zombando dela: *Não seja ridícula. Ele só está fazendo o trabalho dele.* Ignorando a voz, Anna virou-se para ele.

— Defina bem.

— Bem — disse ele, sorrindo de uma forma que mostrou a ela que não estava só —, é como você finge estar até começar a acreditar que está.

Capítulo Seis

De: kssnkrys@aol.com
Para: monica@monicavincent.com
Assunto: Adivinha só!

Querida Monica,
Consegui um emprego!!!!!! É só apenas para arrumar os quartos *num motel*, mas, como minha mãe sempre disse, é melhor do que enfiar uma vareta nos olhos. Admito que não acreditei quando você disse que isso iria acontecer, mas, mesmo assim, não desisti. Quando fico pra baixo, *penso em* como uma pessoa famosa como você se preocupou comigo a ponto de responder

a meu e-mail e aí acho que eu talvez consiga sair dessa, no final das contas. Ontem, bem cedinho, na reunião do AA, recebi minha ficha por ter ficado três meses sóbria. Foi bom, mesmo ainda tendo um longo caminho pela frente. Minha supervisora de condicional disse que, se eu não me meter em confusão, há boas chances de eu recuperar logo a guarda das crianças. Sinto tanta falta delas!!! O aniversário da Brianna é na semana que vem. Obrigada pelo vale-presente. Quando eu der a Barbie Confeitaria para ela, vou dizer que o presente é de nós duas.

Até mais,
Krystal

De: monica@monicavincent.com
Para: kssnkrys@aol.com
Assunto: RE: Adivinha só!

Querida Krystal,
Viva! Ótimas as notícias sobre o seu emprego. Mas o melhor de tudo é que você está sóbria. Este é o maior presente que você pode dar aos seus filhos (embora eu tenha certeza de que Brianna vá adorar a Barbie Confeitaria!). Peço desculpas por ter demorado tanto a responder ao seu último e-mail. Muitas coisas estão acontecendo no momento. A maioria delas boa, mas, assim como ocorre com você, nem sempre minha vida é um mar de rosas.

Estou torcendo para que este emprego leve a coisas maiores e melhores. E que você logo consiga ter seus filhos de volta. Acredite em mim: isso é muito melhor do que ser famosa.

Um abraço,
Monica

Anna levara a maior parte da semana para selecionar as cartas e e-mails que haviam se acumulado durante sua ausência. Levara o

computador do escritório para casa e improvisara uma escrivaninha na mesa da cozinha, onde se encontrava agora sorrindo para as novidades de Krystal. De certa forma, isso lhe parecia um bom presságio, pois, em vários aspectos, a luta dela espelhava a sua própria.

Nos dez dias que se passaram desde a semana da família, Anna perdera mais três quilos. Até mesmo as calças de "magra" guardadas em seu armário estavam largas. Mais importante ainda: ela abrira os olhos para as formas como havia permitido se sentir vitimada. No dia anterior, quando Althea Wormley telefonara para insistir que ela se unisse ao grupo de acólitos, ela respondera:

— Obrigada por se lembrar de mim, Althea, mas eu não tenho tempo mesmo. — Haja vista que, não há muito tempo, ela teria concordado ou, pelo menos, prometido pensar em aderir ao grupo. Um longo silêncio se seguira do outro lado da linha (Anna não sabia quem ficara mais surpresa, se ela ou Althea), mas, depois que desligou, ela começou a rir feito boba. *Até que não foi tão difícil*, pensou. Ninguém morrera por isso, tampouco ela iria para o inferno (embora Althea pudesse ter outra opinião).

Anna transferiu a atenção para a mensagem que se abrira em sua tela, mais um dos correspondentes habituais de Monica, que ela conhecia apenas como Hairy Cary. Ele lhe enviava mensagens várias vezes por semana, pedindo informações pessoais do tipo que número ela calçava (fetiche por pés?), qual sua comida favorita e que tipo de perfume usava. Ao ler rapidamente aquela última mensagem, Anna ficou com a nuca arrepiada.

Para: monica@monicavincent.com
De: HairyCary@aol.com
Assunto: Para bom entendedor, meia palavra basta

Ando preocupado com você, minha querida. As paredes não bastam para manter as pessoas afastadas. Você, dentre todas elas, deveria saber disso. Veja o que aconteceu com John Lennon e com aquela atriz, esqueci o nome dela, aquela que teve o rosto todo esfaqueado. Se você quer que nós, que nos

PREOCUPAMOS com você, durmamos melhor à noite, por favor, POR FAVOR, tome cuidado. Há muitos lunáticos por aí.

SEU MAIOR FÃ

Como ele ficara sabendo que o sistema de segurança não era infalível? Intrusos de vez em quando entravam na propriedade, mas, até onde sabia, esses incidentes nunca haviam sido publicados. O último que saíra nos jornais ocorrera há vários anos, quando um homem fora capturado pulando uma janela aberta, carregando um presente para Monica: o que acabou se revelando um anel de noivado de diamantes. Como quase não se ouvia falar de crimes em Carson Springs, e seus fãs, na maioria, eram inofensivos, Monica não se deixava preocupar muito com isso. Anna falaria com ela sobre o assunto assim que ela retornasse. O jardineiro, Esteban, vira sinais de invasão na propriedade há não muito tempo. Hairy Cary? Ou um adolescente audacioso, como o menino Sullivan, que, alguns meses antes, torcera o tornozelo escalando um dos muros. Fosse o que fosse, ainda não era o suficiente para Anna procurar a polícia.

Quando deu uma olhada no relógio, já eram onze e meia. Ela teve um sobressalto e, momentos depois, despedia-se de Edna e da mãe, a caminho da porta. Se não corresse, acabaria se atrasando para seu compromisso no Corte & Encante.

Fora ideia de Laura; ela dera um basta nas desculpas de Anna para não cortar os cabelos ao lhe dar um vale para um corte de graça. Era para ser presente de aniversário, embora o aniversário de Anna fosse apenas em março. Mas ela ficou agradecida mesmo assim. Se não por qualquer outro motivo, apenas por ter a chance de sair. O sol brilhava e, à medida que ela ia sacolejando pela antiga Estrada de Sorrento, as folhas esvoaçavam dos carvalhos-brancos. Os campos em volta, há poucos meses dourado e púrpura por conta das varas-de-ouro e dos tremoços, estavam agora amarronzados com o início do inverno. O ar que entrava pela janela batia frio em seu rosto, seu aroma de grama fazendo-a lembrar-se de quando era criança e costumava andar por aqueles campos, colhendo amoras e comendo a maior parte delas antes de chegar em casa. Percebeu que, até recentemente, teria se sentido culpada por deixar a mãe com Edna para fazer alguma coisa que não envolvesse trabalho ou tarefas de rua, algo que fosse somente para si mesma. Mas agora tudo o que sentia era o brilho dourado da expectativa.

Edna tem razão. Todos nós ficaríamos melhor com a mamãe em uma clínica.

O susto da semana anterior fora a gota d'água. Elas estavam fazendo compras no supermercado; Anna não virara as costas por mais de trinta segundos e, quando olhou à volta, Betty havia sumido. Após vários minutos de agonia, ela a encontrara andando pelo estacionamento. Estava bem, mas, mesmo assim, ficava cada vez mais claro que a mãe era mais do que ela ou até mesmo Edna pudessem suportar.

O que uma vez fora inimaginável estava começando a parecer a única solução sensata. Elas haviam tido sorte até então; numa próxima vez, Betty poderia ser atropelada ou cair e quebrar o quadril. Até mesmo em casa era preciso ficar de olho nela, para que não provocasse um incêndio ou se eletrocutasse.

Você tem suas razões egoístas, admita.

Anna franziu o cenho. *Está bem, e daí? Será que eu também não mereço ser feliz?* Passara metade da vida cuidando da mãe; quando seria a vez dela?

Ela começou a tremer e fechou o vidro da janela. Era um assunto indefinido ainda. Nada mudaria, a não ser que Monica concordasse em pagar a despesa. E era uma despesa alta.

Liz tinha razão com relação a uma coisa: Monica a mantinha com as rédeas curtas, o que seria mais difícil de fazer com a mãe numa clínica geriátrica, onde todas as suas necessidades seriam atendidas. Seria preciso convencê-la, ou ameaçá-la, se necessário, para que a irmã fizesse o certo.

Anna lembrou-se de que a essa hora na semana seguinte ela estaria indo pegar Monica. O que encontraria? A bela ou a fera? Somente a ideia de ver Marc novamente a impedia de temer muito esse encontro.

Não parara de pensar nele. Tivera a esperança de que os sentimentos que experimentara na semana da família se acalmassem, que o laço que sentira fosse somente o de uma pessoa se afogando com relação ao

Sonho de uma Vida

seu salvador. Mas essa... essa *coisa*, fosse o que fosse, tinha vida própria. Nas horas mais estranhas do dia, ela se pegava imaginando o que ele estaria fazendo, se estaria usando meias de cores inapropriadas ou tomando café naquela caneca tola em forma de vaquinha. Sabia que seria demais esperar que ele pensasse nela isolada daquele mar de familiares que avançava e recuava como a maré, deixando seus fragmentos de infelicidade e temores. Mas, nos sonhos, tudo era possível.

Bem, pelo menos essas fantasias não eram tão patéticas quanto poderiam ter soado um dia. Ultimamente, ela vinha percebendo os homens olhando para ela. E outro dia, na loja de ferragens, enquanto procurava por uma dobradiça para substituir a que estava quebrada na porta de tela, e que Hector se oferecera para consertar, ela percebera que o funcionário que estava sendo tão atencioso estava mesmo era flertando com ela. Não era alguém do mesmo nível de Marc, é claro, mas foi bom ter sido notada.

Ela chegou ao Corte & Encante com minutos de antecedência, parando no estacionamento de uma adorável casinha branca sombreada por uma nogueira grande, várias portas depois do Chá & Chamego. Mesmo se não tivesse visto a placa, saberia que estava no lugar certo pelo Explorer verde e enlameado de Laura estacionado atrás do Honda vermelho de Sam. Claramente as amigas haviam planejado tudo.

Anna subiu os degraus da varanda, onde mensageiros do vento tilintavam e um gato dormia na almofada de uma cadeira de vime. A porta estava encostada e ela entrou em um hall estreito que recendia a fixador de cabelos. À direita, ficava um arco que dava para a sala de estar, que fora transformada em salão. Tudo o que podia ver de onde estava eram dois pés com unhas vermelhas dentro de sandálias de salto de cortiça apoiados sobre um banquinho. Ao virar a quina, viu que eles pertenciam a Gerry Fitzgerald; ela estava inclinada para trás, com a cabeça apoiada na pia, enquanto uma bela mulata lavava seus cabelos.

— Achamos que você gostaria de companhia — disse Laura, levantando-se de uma das poltronas confortáveis encostadas na parede.

— Em outras palavras, ela estava com medo que você desistisse — disse Sam, com uma risada. Ela estava sentada com os pés em um

reservatório cheio de uma mistura de água e sabonete, preparando-se para fazer as unhas, a última edição da *Pais & Filhos* aberta sobre o colo.

Norma Devane, aplicando tintura numa cabeça cheia de papel-laminado, de onde chumaços de cabelos molhados eram puxados como espaguete, virou-se e sorriu. Anna reconheceu a cabeça por baixo de toda aquela gosma como a de Gayle Warrington. Ela e o marido eram proprietários da Agência de Turismo Up and Away, com cartazes de lugares exóticos que sempre a faziam reduzir o passo quando passava por lá.

— Cuidado — avisou Gayle —, a Norma é uma nazista quando o assunto é cabelo... Ela não aceita não como resposta. Você sai do jeito que *ela* quer.

— Tenho uma reputação a zelar. Não posso deixar você sair daqui com a mesma cara que entrou. — Norma bufou, cutucando Gayle de brincadeira antes de sair a passos curtinhos com seus saltos agulha, que, junto com a blusa preta cravejada de zircônios por cima de um bustiê e calças capri colantes, davam-lhe a impressão de um gângster já de idade avançada. Levantando os cabelos de Anna dos ombros como se fossem um rato morto, ela disse: — Querida, sem querer ofender, mas é melhor eu lhe dar a extrema-unção. Quando foi a última vez que você fez alguma coisa nestes cabelos?

Anna deu uma risada envergonhada.

— Sinceramente? Não me lembro.

— Não se preocupe, amor. Depois que eu acabar, você não vai se reconhecer.

Se alguém pudesse transformá-la, esse alguém era Norma. Pelo que diziam, ela fazia milagres. Contudo, ao olhar para ela, Anna não se sentiu muito segura. Com cinquenta e muitos anos, Norma estava envelhecendo desgraciosamente, como ela gostava de dizer. Seu cabelo punk, vermelho-escuro como penas de galo, estava arrepiado por toda a cabeça e brincos de prata do tamanho de colheres de chá pendiam de suas orelhas. Usava maquiagem suficiente para, sozinha, manter a Revlon no mercado.

— Não fosse pela Norma, eu ia parecer uma meia recém-saída da secadora — disse Laura, tocando nas pontas dos cabelos, arrumados num corte moderno que se encaixava perfeitamente com o seu tipo de rosto.

— Qualquer coisa seria uma melhora para mim — disse Anna.

— Calma, madames. Isso aqui não é uma plástica de seios. — Gerry estava se sentando agora, a cabeça envolvida por uma toalha que a fazia parecer uma sultana em seu trono.

— O que *você*, com certeza, não precisa. — Sam desceu descaradamente os olhos para os seios de Gerry. Esse era o tipo de brincadeira que só podia haver entre velhas amigas. E Gerry, com sua camiseta colante que mostrava mais do que alguns centímetros de decote, não estava exatamente escondendo seus atributos.

Era difícil acreditar que, anos antes, Gerry fora freira. Havia pessoas como Althea, que a viam como uma afronta à igreja, com suas roupas sexy e fila de ex-amantes, mas Anna a admirava por ter tido coragem de se livrar de sua antiga pele. O que não era tão fácil quanto trocar de profissão ou, no seu caso, emagrecer.

— Sente-se. Daqui a um segundo pego em você. — Norma gesticulou para a poltrona ao lado da de Sam. Na mesa ao lado, havia garrafas térmicas de café e chá e um prato com miniaturas de muffins.

A outra cabeleireira deve ter percebido que Anna olhara para eles, pois gritou:

— Sirva-se.

Anna sentiu-se tentada, mas negou.

— Melhor não.

— Sinto inveja da sua força de vontade — disse Gerry. — Com o tempo todo que eu passo no Chá & Chamego, é uma luta preservar o que me resta de cintura. — Ela raramente perdia a oportunidade de lembrar às pessoas que era a filha dela a responsável por todas aquelas guloseimas de dar água na boca.

— Nem me lembre — resmungou Gayle, dando palmadinhas na barriga reta. Anna lembrava-se de ter ouvido Sam lhe dizer que, no ginásio, Gayle fora líder de torcida. Ela ainda parecia capaz de mostrar uma ou outra coisa à torcida atual da Escola Portola High.

Anna sentou-se na poltrona. Aquele lugar nada tinha a ver com o Beleza de Maio, onde duas vezes por mês ela levava Betty para lavar e arrumar os cabelos, com seus secadores de cabelos antigos que sempre a remetiam a Elsa Lanchester em *A Noiva de Frankenstein*. O salão de Norma era aconchegante, com bugigangas espalhadas por todos os lados e duas penteadeiras com espelho, estilo anos 30, servindo de posto de trabalho para as cabeleireiras.

— Deixe-me linda para quando eu me encontrar com a rainha — disse Gerry à cabeleireira, cujos próprios cabelos estavam em tranças nagô enfeitadas com contas que se chocaram suavemente quando ela se curvou para pegar as tesouras da gaveta.

— Você está praticando a reverência? — quis saber Laura.

— Achei que já havia aprendido outro dia... até que perdi o equilíbrio e caí de bunda no chão. — Gerry soltou uma risada gutural. — Será que Sua Alteza Real vai se importar de se inclinar um pouquinho para eu lhe beijar a mão?

Todos na cidade já deviam saber que ela estava prestes a ser apresentada à corte real de Londres, a primeira parada da turnê europeia de Aubrey. Era só sobre o que ela falava havia semanas.

— Por que você não leva um pote de mel para ela? Isso certamente a adoçaria — sugeriu Laura, dando uma risada. Gerry raramente perdia a oportunidade de distribuir amostras grátis do mel Bendita Abelha. Você conhecia os amigos dela pela fila de potinhos de mel no armário de cozinha deles.

— Vai ser preciso mais do que mel para adoçar aquela velha rabugenta. — Norma espalhou mais gosma na cabeça de Gayle. — Mas não vá contar a ela que eu disse isso.

Gerry bufou.

— Você está brincando? Vou ter muita sorte se conseguir dizer duas palavras.

— Tem certeza de que não vai precisar de um guia? — ofereceu-se Gayle, em parte de brincadeira. Sua agência era conhecida pelas excursões veiculadas nos panfletos que Anna via em todo lugar aonde ia. Uma pilha na mesinha de centro lhe chamou a atenção. Impressa em negrito, na parte superior de um deles estava escrito: A UP AND AWAY LEVA VOCÊ À AUSTRÁLIA E À NOVA ZELÂNDIA!

— Ah, acho que a gente consegue se virar sozinha. — Gerry tinha o sorrisinho de uma mulher recém-casada. — Tudo o que eu peço é que vocês fiquem de olho nas crianças enquanto nós estivermos fora.

— A Andie é bem-vinda para ficar com a gente — disse-lhe Laura.

— Pode acreditar, não há nada que ela gostaria mais... não fosse a sedução de reinar sobre o Justin.

Gayle a olhou espantada.

— Se nós deixássemos as nossas filhas sozinhas em casa, não sobraria nada quando voltássemos. Você tem certeza do que está fazendo?

Gerry encolheu os ombros, alguns de seus cachos negros caindo no chão.

— Eles vão ficar com o pai nos dois finais de semana. E a Claire prometeu dar uma olhada neles pelo menos uma vez por semana. Além do mais, não posso continuar tratando a Andie como um bebê. Ela tem dezesseis anos... e nunca se cansa de me lembrar. — Ela piscou para Anna. — Espere só até ter filhos e você vai ver. Trocar fraldas é o menor dos problemas, pode acreditar.

— E eu não sei? — Sam revirou os olhos.

Anna sentiu uma pontada no peito. Será que algum dia *teria* filhos? Ela olhou para Laura, que estava com o olhar distante e uma aparência estranha. Anna imaginou se ela estaria pensando nos bebês que jamais teria. Pobre Laura. Tentara tanto com Peter e ele a deixara por outra mulher que engravidara em seguida...

Neste exato momento, Laura limpou a garganta e disse:

— Já que estamos tocando no assunto, senhoras, vocês podem muito bem ser as primeiras a saber... — Um sorriso de felicidade se espalhou por seu rosto e Anna sentiu o coração acelerar. *Ela está grávida.* — Eu e o Hector decidimos adotar uma criança. Um bebê, é isso aí — foi rápida em acrescentar, sem dúvida em referência a Finch.

— Meu Deus. — Gayle se sentou mais ereta.

— Ah, Laura. Que maravilha! — Anna levantou-se e abraçou a amiga. Tudo bem, talvez ela estivesse um pouquinho magoada de só agora estar ouvindo isso, porém, mais do que tudo, estava encantada. Ninguém merecia tanto um bebê.

— A filha da minha amiga Sally adotou um menininho muito bonitinho — interveio Norma. — Todos dizem que ele é parecidíssimo com ela.

— O nosso vai se parecer mais com o Hector. — Eles estavam tentando adotar um bebê no México, explicou Laura. A agência advertira que seria um longo processo, mas o fato de Hector ser mexicano ajudaria.

— A Finch deve estar animada — disse Anna.

— Você não faz ideia — disse Laura. — E a Maude... bem, ela está nas nuvens. É só sobre o que ela fala depois do calendário.

Maude não era a única a falar sobre o calendário de nudez editado por seu grupo de costura. A cidade toda estava em polvorosa.

— Elas deviam ter me chamado para posar. — Norma balançou os quadris e correu a mão por seus cabelos, que pareciam uma crista de galo. — Eu teria feito justiça ao dinheiro pago.

— Eu estava na sessão de fotos. Foi um tumulto! — disse Laura. — Vocês tinham que ter visto a Maude... usando nada mais do que chapéu e pérolas. — Ela riu, balançando a cabeça.

— Vocês têm que dar crédito a essas senhoras. É preciso ter muita coragem para tirar a roupa quando está tudo despencando. — Gerry empurrou os seios para cima, para dar ênfase.

— Quando eu estiver com oitenta anos — Gayle torceu o nariz —, a única coisa que vai ficar à mostra vai ser a raiz dos meus cabelos.

Anna adorou essa conversa. Então era assim que as mulheres conversavam quando não estavam de segredinhos. Durante toda a sua vida, ela fora a garota gorda em torno da qual as pessoas ficavam medindo as palavras. Ninguém falava sobre dieta, menos ainda sobre como eram sem roupa. Até mesmo assuntos como casamento e filhos eram evitados ao máximo. Será que ela tinha mesmo mudado tanto?

Minutos depois, estava sentada em frente a um espelho.

Norma se pôs a trabalhar numa sequência de tesouradas. Ninguém falou nada; estavam todas imóveis diante da visão de uma borboleta

Sonho de uma Vida

saindo majestosamente de seu casulo. Até Gerry ficou em silêncio, o que não era o seu normal.

Quando Norma acabou, desligou o secador e deu um passo para trás, Botticelli desvelando o *Nascimento da Vênus*.

— Nada mal, se é que eu posso falar.

Seguiu-se um silêncio. Então Laura disse com doçura:

— Ah, Anna. Você está linda.

Os cabelos que antes caíam sem vida pelos ombros caíam agora em leves camadas um pouco abaixo das orelhas. Seu ondulado natural deu-lhe a impressão de ligeiramente agitados pelo vento, num estilo Meg Ryan. Anna balançou a cabeça para um lado e outro olhando para seu reflexo com o encantamento de quem encontrava uma irmã gêmea há muito tempo perdida.

— Olá — disse para si mesma, os olhos se enchendo de lágrimas. Não era apenas o cabelo; o queixo duplo havia sumido e as maçãs do rosto começavam a surgir onde antes havia apenas bochechas de esquilo. Seus olhos pareciam maiores e mais reluzentes.

— Norma, você é um gênio — sussurrou Gayle.

Norma sorriu como se não fosse preciso lhe dizerem isso.

— Como eu sempre disse, por que pagar uma fortuna em Beverly Hills quando você consegue o mesmo aqui por quarenta dólares?

— Nem a própria mãe vai reconhecê-la — disse Gerry.

Metade do tempo ela não reconhece mesmo. Mas Anna afastou o pensamento; não queria estragar o momento.

— Eu mal *me* reconheço — disse ela, incapaz de tirar os olhos do espelho.

Gerry tirou um estojo de maquiagem da bolsa e se pôs em ação. O resultado não foi tão dramático quanto o corte de cabelo; ele apenas ampliou o efeito. Não restavam dúvidas de que os dias de ser confundida como mãe de Liz, como uma vez acontecera com um atendente míope (o momento mais constrangedor da vida de Anna nos últimos anos), haviam ficado para trás.

Ela se levantou da cadeira sentindo-se mais leve.

— Não sei como agradecer. — Ela abraçou Laura. — Foi o melhor presente de aniversário que alguém já me deu.

— Para vocês, que ainda estão comemorando. — Gayle deu uma risada de aprovação.

Naquele momento, Anna se sentiu com dezesseis anos.

— Senhoras, isso pede uma comemoração. — Norma saiu apressada da sala, reaparecendo momentos depois com uma garrafa gelada de champanhe e uma pilha de copos de papel. Serviu um pouco para todas, inclusive Myrna McBride, que entrou exatamente quando ela estava retirando a rolha.

— À beleza em todas as suas manifestações — brindou Laura.

Anna ergueu o dela.

— Ao seu bebê.

— A uma viagem fabulosa. — Gayle olhou de relance para Gerry. Gerry abriu um sorriso, levantando seu copo descartável.

— Deus salve a rainha!

A ida não pareceu tão longa dessa vez. Ela não estava exatamente ávida para ver a irmã, mas a expectativa de alguns poucos minutos a sós com Marc a fez se sentir menos ansiosa. Será que a fixação em um homem que mal conhecia era algo pouco saudável? Será que estava prestes a se transformar numa paranoica, como no filme *Atração Fatal*? Bem, pelo menos estava com uma aparência apresentável. Em honra à ocasião, havia esbanjado dinheiro na compra de calças novas e um suéter azul que combinava com seus olhos.

Antes que se desse conta, estava saindo da autoestrada costeira para a estrada íngreme que subia até a Pathways. Havia planejado chegar assim que os grupos da manhã estivessem concluindo a reunião. Marc normalmente voltava ao escritório antes do almoço e ela nutria esperanças de que eles tivessem uma chance de conversar. Anna quase desmaiou só de se imaginar com ele, uma veia pulsando forte na base do pescoço. Ao sair do carro, sentiu as pernas bambas, como se tivesse passado as últimas duas horas pedalando morro acima, e se pôs a seguir o caminho,

Sonho de uma Vida 139

parando apenas para ajeitar os cabelos e enxugar as palmas suadas das mãos nas calças.

Ela estava se aproximando do prédio principal quando o viu indo na mesma direção, por um caminho diferente. Ele parou, como se tentando se localizar, antes de apressar o passo para cumprimentá-la.

— Anna. — A mão dela foi envolvida por seu aperto caloroso. — Não te reconheci de início. Seus cabelos... — Por um momento, ele pareceu ficar sem saber o que falar, mas logo se recompôs. — Eles estão lindos.

— Obrigada. — Sem perceber, ela passou os dedos pelas pontas, as faces ruborizando.

— Você chegou bem na hora. Sua irmã deverá descer a qualquer momento... ela está no quarto, arrumando as malas.

Seus olhos azuis se franziam nos cantos enquanto ele falava. Ela simplesmente havia se esquecido de *como* ele era atraente. Marc estava usando calças jeans e uma camisa lisa de mangas e arregaçadas. Ela viu que as meias escuras combinavam com as botas marrons de cano curto.

— Na verdade — disse ela —, eu queria trocar uma palavrinha com você.

— Por que não vamos ao meu consultório? — Ele apontou na direção do prédio principal e, enquanto andavam juntos pelo caminho, Anna se sentiu como se mal estivesse tocando o chão.

Eles chegaram à entrada e ela viu seu reflexo no vidro da porta: uma mulher atraente com a cabeça erguida, e pensou: *Está bem, então não sou horrorosa. Mas isso não muda o fato de ele ser casado.*

Eles passaram pela internação, onde uma enfermeira estava distribuindo remédios em copinhos descartáveis para vários pacientes, depois viraram para um corredor acarpetado. Marc destrancou uma porta no final do corredor e ela entrou em um pequeno consultório lotado de livros, com vista para o pátio, sobre o qual reluzia uma névoa iridescente que saía dos gotejadores do jardim. Ela se sentou na cadeira do outro lado de sua mesa, um porta-retrato com a foto de uma mulher magra e de cabelos escuros montada numa bicicleta lhe chamou a atenção. Sua esposa? Anna sentiu um aperto no coração ao ver como ela era bonita.

Ele se sentou de frente para ela, recostando-se em sua cadeira e apoiando uma perna no joelho.

— Você certamente está pensando no que deve esperar. — Demorou um instante até Anna perceber que ele se referia a Monica.

— Bem, é... — disse ela, embora não fosse isso o que ela quisesse falar com ele.

— Ela está louca para ir para casa, isso eu posso te garantir.

— Sei como é. — Ela sorriu e em seguida baixou os olhos. — Sem querer ofender.

Ele riu.

— A semana da família costuma produzir este efeito.

— Ela... há alguma coisa com a qual eu precise tomar cuidado? Por exemplo... — Ela se deteve ao perceber que esta era a velha Anna falando e sorriu arrependida. — Desculpe. É a força do hábito.

Ele concordou, parecendo não se deixar abater.

— É difícil abandonar hábitos antigos.

— Você recomenda inanição lenta ou uma bala na cabeça?

Ele inclinou a cabeça, sorrindo.

— Tenho certeza de que você se sairá bem.

Ela limpou a garganta.

— Na verdade, tem mais uma coisa que eu gostaria de perguntar. É sobre a minha mãe. Andei pensando que já está na hora de... — Ela ficou sem palavras, a culpa chegando avassaladora. Pelo olhar de Marc, era óbvio que ele não a estava julgando. — Telefonei para alguns lugares — continuou ela, a imagem da mãe em alguma instituição sombria, dopada, em estado de torpor, atormentando-lhe a mente. Decerto, ela sabia que não eram todas iguais, mas... — O pior de tudo é que nem sei se esta é a decisão correta.

— Tenho certeza de que você tem pensado muito no assunto. — A voz dele saiu gentil e tranquilizadora.

— Isso não muda a forma como me sinto. — Seu olhar vagueou até a janela. Do lado de fora, a grama reluzia sob o sol vespertino, tão convidativo quanto os pôsteres na vitrine da Up and Away. Ela gostaria de poder ser transportada para algum lugar longe dali.

— Que é exatamente...? — perguntou ele, como bom psicólogo.

— Como a pior filha do mundo.

— Você já falou sobre isso com as suas irmãs?

— A Liz é totalmente a favor. — E por que não seria? Não precisaria se sentir tão culpada por não ajudar. — Quanto a Monica, não sei. Ainda não conversei com ela.

— Você não parece muito otimista. — Ele a observou com atenção, seu rosto iluminado pela luz do sol que entrava pelas persianas. Ela percebeu as linhas profundas que aspeavam sua boca e outras mais finas, como entalhes no canto dos olhos. Ele já havia tido sua parcela de sofrimento e isso fazia com que ela gostasse ainda mais dele.

— Já sei o que ela vai dizer, uma vez que isso sairá do bolso dela.

— Entendo. — Ele claramente havia passado tempo suficiente com Monica para saber por que ela não se sentia muito otimista.

— Estou pensando em conversar com ela sobre isso na viagem de volta para casa — disse ela. — A não ser que você ache que seria melhor nós discutirmos isso aqui... com você.

Mas tudo o que ele fez foi sorrir.

— Acho que você consegue lidar com isso sozinha. — Ela não sabia se devia se sentir lisonjeada ou gentilmente posta de lado, como se já devesse saber a resposta antes de perguntar. — Lembre-se: há mais de uma maneira de depenar um frango.

— Como por exemplo?

— Esteja preparada para ficar bem, quaisquer que sejam as consequências.

Anna suspirou.

— Ameacei pedir demissão uma vez. Dá para você ver como eu cheguei longe.

— Não acho que trabalhar para a sua irmã seja uma ideia muito boa, para início de conversa.

— Você está brincando? É terrível — disse ela, dando uma risada. — Pode acreditar, se eu tivesse outra saída, abandonaria o emprego num

piscar de olhos. Só que, neste momento, não posso me dar a esse luxo.
— Como Marc não ofereceu mais nenhum outro conselho, ela continuou: — Caso a Monica decida cooperar, fiz uma lista das clínicas na nossa região. Eu gostaria que você me desse umas dicas. Por exemplo, o que procurar... e a que *prestar* atenção.

Ele ficou em silêncio por um momento, como se refletisse sobre o assunto. Então a surpreendeu dizendo:

— Acho que seria mais fácil se eu fosse com você.

De repente, Anna teve problemas para respirar. Em seguida, percebeu a enormidade do que ele estava se oferecendo para fazer e gaguejou:

— Isso... bem, isso é extremamente gentil da sua parte, mas... eu não estava pedindo... quer dizer, você é um homem tão ocupado e... eu não ousaria...

Ele não lhe deu oportunidade de concluir.

— Tenho uma conferência em Santa Barbara na próxima sexta. Devo estar livre após o almoço. Está bem para você?

— N-não. Quer dizer... sim, está bem. — Se Monica lhe negasse a tarde de folga, ela *pediria* demissão.

— Ótimo, vou anotar na minha agenda.

De repente ela sentiu um calor enorme, apesar da brisa oceânica fria que soprava pela janela. Estaria apenas sendo gentil ou havia mais alguma coisa? Ela se pegou falando:

— Não posso acreditar que você vai fazer isso.

Ele sorriu e, mais uma vez, ela teve a sensação de alguma coisa muito bem escondida, quilômetros atrás de sua superfície tranquila.

— Sei muito bem o que você está passando. Isso é o mínimo que posso fazer.

— Sua mãe ou seu pai?

Alguma coisa tremulou em seus olhos azuis desprovidos de emoção, então ele balançou a cabeça e respondeu com a voz branda:

— Minha esposa.

* * *

Sonho de uma Vida

Ele não queria que isso tivesse escapado. Só que não conseguia pensar em uma razão para não lhe contar. O que o surpreendeu. Normalmente evitava qualquer comentário sobre Faith. Não porque fosse segredo, pois todos no trabalho sabiam, mas por causa da reação que isso normalmente despertava: comentários que iam desde os bem-intencionados até respostas insensíveis e extremamente cruéis. No geral, descobrira que as pessoas abordavam o assunto da forma como se aproximariam de um cachorro feroz. Até mesmo o incesto, graças a *Oprah* e afins, era discutido mais abertamente do que as doenças mentais. Paranoicos esquizofrênicos, em particular, tinham o mesmo apelo dos leprosos.

— Sinto muito. — Anna olhou-o atentamente com seus olhos suaves, que, em mais de uma ocasião, tinha vergonha de admitir, haviam-no acompanhado para a cama. — Deve ser difícil para você.

— Eu vou levando.

— Onde ela está?

— No Thousand Oaks... é um hospital psiquiátrico.

O rosto doce de Anna se franziu em solidariedade.

— Ela está lá há muito tempo?

Ele ficou agradavelmente surpreso. Poucas pessoas faziam essa pergunta; normalmente elas deixavam o assunto morrer.

— Dezoito meses — disse-lhe. — Antes disso... — Ele se deteve com um encolher de ombros. — A esquizofrenia tem tratamento, mas não tem cura.

— Mas a maioria dos esquizofrênicos não está em hospitais psiquiátricos.

— O caso dela é extremo. É melhor assim, pode acreditar. — *Ela está num lugar onde não pode se machucar.* — Com o tempo, quem sabe? — A esperança, descobrira, tinha vida própria.

— Parece ironia. Quer dizer, você sendo psiquiatra. — O rubor lhe chegou ao rosto. — Desculpe, foi um comentário inapropriado.

— Tudo bem. Eu também já pensei a mesma coisa... mais de uma vez. — *Você não sabe da missa a metade.* — A maior parte do tempo eu não conseguia parar de pensar que era minha obrigação curá-la. — Ele olhou para a foto em sua escrivaninha. Fora tirada no verão em que eles haviam alugado uma casa de fazenda na Dordonha, as últimas férias de verdade que tiveram juntos. Oito anos atrás... já fazia tanto tempo assim?

Ela aquiesceu devagar. Os olhos de Anna eram de um azul-claro e puro. Por alguma razão, o simples fato de olhar para ela dava-lhe esperança... se não para si mesmo, então para a raça humana. Ela disse com doçura:

— A maioria das pessoas não faz a menor ideia, não é? De como é. A pessoa que você ama está lá... ainda sim, não está. Às vezes eu acho que a morte seria preferível. — O rubor em suas faces ficou mais intenso, formando manchas nas maçãs de seu rosto. — Sei que isso deve soar terrível.

— Nem um pouco. — Ele sorriu para que ela soubesse que não estava só ao pensar assim.

— Minha mãe era... — Ela abriu os braços num gesto impotente. Ele conhecia a frustração, como resumir em cinquenta palavras, ou menos, uma pessoa sobre quem seria possível escrever vários volumes? — Ela tinha um tremendo senso de humor e adorava ler. Nossa casa era cheia de livros. Também era boa em trabalhos manuais. Durante anos, ela fez todas as nossas roupas, todos aqueles vestidos lindos e parecidos. Quando éramos pequenas, as pessoas achavam que a Monica e eu éramos gêmeas. — Seu sorriso saiu com tanta ternura que o atingiu como uma faca. — Como é a sua esposa?

Marc entendia agora por que se sentira tão atraído por ela. Nada havia de artificial em Anna; você via o que era. Ele olhou para as mãos dela, levemente pousadas em seu colo, as unhas não mais roídas até o sabugo. Mãos tanto macias quanto capazes, o anelzinho de opala que ela torcia, nervosa, era seu único adorno. Ele sentiu alguma coisa se torcer em suas entranhas e se viu com vontade de estender o braço por aquela distância estreita que os separava e pôr a mão sobre as dela.

— Minha esposa... — Ele fez uma pausa, achando difícil reviver as lembranças que passava a maior parte do tempo tentando esquecer. — Ela era... é... advogada. Nós costumávamos dizer que a única forma de encerrarmos um debate lá em casa era com um de nós dois caindo no sono. Ela era muito firme em suas opiniões. Essa foi uma das razões de eu ter me apaixonado por ela.

Ele imaginou Faith sentada à mesa de seu escritório minúsculo no Instituto WCF, de apoio às mulheres e crianças. Não que ela prestasse atenção ao ambiente à sua volta; poderia estar trabalhando sobre uma caixa de papelão na calçada pelo tanto que se importava com isso. A única coisa que importava eram seus clientes: mulheres pobres, mães solteiras em sua maioria, por quem batalhava incessantemente, fazendo de tudo: desde processando pais em débito com a pensão alimentícia até o serviço de imigração e naturalização. Nada podia detê-la, e não era raro para ele, nas noites em que chegava tarde do trabalho — normalmente depois de parar em algum bar pelo caminho —, encontrar uma figura enrolada num cobertor, dormindo no sofá da sala.

— Há quanto tempo ela está assim? — Anna olhou para ele com um sentimento de compaixão.

— Parece que a vida inteira.

Ela suspirou em comiseração.

— Sei exatamente como você se sente. O pior é como isso vai num crescendo. Em vez de perder a pessoa de repente, você a perde aos pouquinhos. Às vezes, tenho vontade de gritar com a minha mãe, como se fosse culpa dela não conseguir se lembrar das coisas. Depois eu me odeio.

Marc achou a franqueza dela reconfortante e baixou mais um pouco a guarda.

— Com a Faith, no início, não era nada que eu conseguisse identificar — lembrou-se. — Apenas uma infinidade de pequenos detalhes. Comentários que ela fazia e que estavam fora de contexto. A forma como olhava para mim, às vezes como se achasse que eu tinha a intenção de pegá-la. Então ela começou a ficar obcecada com os vizinhos.

— O que com relação a eles?

— Ela estava convencida de que eles estavam nos espionando.

Anna concordou:

— A minha mãe, às vezes, enfia na cabeça que o meu pai está atrás dela... pouco importa que ele já tenha morrido há quase vinte anos. Ela

fica com um olhar petrificado e juro que tenho que olhar por cima do ombro para me certificar de que ele não está lá.

— O medo é real, mesmo que os demônios não sejam.

— O que eu mais odeio é me sentir tão... tão... — As mãos se fecharam e se abriram. — É como se eu estivesse do outro lado de uma porta trancada e, independentemente de quanto eu tentasse, não conseguiria entrar. Você já se sentiu assim?

— O tempo todo.

Será que ela tinha noção de como era adorável? Provavelmente não. Ele sabia, por já ter conversado com ela, que tudo o que *ela* via em si era a própria gordura, que, para ela, era algo desproporcional. O que a fazia linda, muito mais do que Monica, era a pureza de coração que ele raramente encontrara, a não ser nas crianças.

Dr. Fellows, fundador e diretor da Pathways, certamente veria com maus olhos a proposta que ele fizera de ajudá-la a encontrar uma clínica para a mãe. Ele perguntaria se Marc tinha motivos pessoais para fazê-lo. E durante o breve momento de indecisão que acompanhou seu impulso, Marc se perguntara a mesma coisa. Mas não estava tentando levar Anna para a cama. Além de ser profissionalmente arriscado, não queria vê-la magoada. Ela nada tinha a ver com Natalie, seu caso atual, que não dava a mínima para o fato de ele ser casado e não iria querer nada mais sério com ele se ele não fosse.

O interfone em sua mesa soou, poupando-o de ter outros pensamentos naquela linha de assunto.

— Monica está aqui — anunciou Cindy, na internação. — A irmã dela está com o senhor? — A voz dela estava tensa. Decerto Monica voltara ao seu eu autoritário, e Cindy estava louca para se ver livre da paciente a quem ele a ouvira se referir outro dia como Vossa Excelência Pé no Saco.

— Diga a ela que iremos vê-la dentro de um minuto. — Ele não podia deixar de se sentir desencorajado. Monica fora um osso duro de roer. Mesmo após um mês de reuniões diárias de grupo, sessões individuais e reuniões do AA, o progresso dela fora, na melhor das hipóteses, bem lento.

Sonho de uma Vida

Ele se pôs de pé para acompanhar Anna à porta e, quando ela se levantou, alguma coisa na curva de seu rosto, o jeito com que elevou o queixo, fez com que ele se lembrasse da mãe. Não se parecia fisicamente com ela — Essie fora baixa e morena, com olhos castanhos incisivos e lábios firmes —, mas em sua determinação. A mãe viera para o país de mãos vazias e criara os filhos sozinha, sem a ajuda de ninguém. Pelo que sabia de Anna, elas eram farinha do mesmo saco.

Ela lhe tomou a mão na saída.

— Não sei como lhe agradecer.

— Nem sequer pense nisso. — Ele se lembrou de como havia sido difícil para ele, quando estava procurando hospitais para Faith... e ele era médico.

Mais uma vez, Marc pensou se seu impulso havia sido correto. *Estaria* interessado em mais do que bancar o bom samaritano? Talvez. Mas nada de inesperado surgiria dali; portanto, qual o problema?

— Feche a janela. Estou congelando.

Anna concordou subir o vidro só até a metade. Seria assim por todo o trajeto até em casa? Monica parecia determinada a ratificar o significado daquele velho provérbio: pau que nasce torto, tarde ou nunca se endireita.

— Por que você não veste o seu suéter? — Ele estava embolado no banco, um cardigã de cashmere num tom claro de creme, que havia custado mais do que Anna ganhava numa semana.

Monica apenas cruzou os braços. Estava um pouco pálida, embora isso talvez se devesse a não estar usando nada de maquiagem.

— Não sei por que você não mandou chamar uma limusine. Era só o que me faltava, ficar parada na estrada dentro desta lata-velha. — Ela olhou por cima da mureta que era a única coisa que as separava do precipício de sessenta metros que levava ao oceano reluzente logo abaixo.

— Achei que assim teríamos a chance de conversar. — Anna se esforçou para manter um tom ameno, pensando: *Vamos começar pela razão pela qual eu não consigo pagar nada melhor do que essa lata-velha.*

— Conversar? — Monica bufou. — Tudo o que eu fiz nessas últimas semanas foi conversar. Estou tão cheia disso que não vou me importar se passar o resto da vida sem falar com outra pessoa.

O que, por mim, seria ótimo.

— Bem, isso deve ter te feito algum bem. Não sei quando foi a última vez que te vi assim tão... revigorada.

— Em oposição a quê, exatamente?

— Você sabe. — Anna não ia cair naquele velho jogo.

Ela esperou que a irmã começasse a discutir e, quando não o fez, respirou aliviada.

— Está bem, eu admito. Você tinha razão em me mandar para lá. É isso o que você queria ouvir?

— Tudo o que eu fiz foi te dar um empurrão na direção certa. — Certo ou errado, ela não queria esse peso em *sua* cabeça.

— Tanto faz; um mês num campo de trabalhos forçados teria sido moleza em comparação a isso. Se importa se eu fumar?

Anna abriu a boca para perguntar gentilmente se ela não poderia esperar até elas pararem para pôr gasolina, mas percebeu que isso seria a antiga Anna falando.

— Na verdade, me importo — disse ela.

Monica franziu os olhos para ela.

— Bem, bem, Srta. Certinha. Acho que daqui a pouco você vai me pedir para calar a boca.

— Não é uma má ideia. — A calma com que falou a surpreendeu. De onde viera? Era como se ela tivesse ficado anos sufocada e, de repente, pudesse respirar. — Escuta, vai ser uma longa viagem e você não está fazendo nada para melhorar.

Monica estava com cara de quem ia se sair com alguma grosseria, mas recostou-se e suspirou.

— Desculpe. Eu só... Estou apavorada, sabia? — Sua voz saiu fraca, quase infantil. — Lá na clínica, tinha sempre alguém cuidando de tudo. Não havia decisões a tomar. Não... — Ela parou de falar de repente, inspirando de forma entrecortada. — Não sei se consigo segurar sozinha.

Sonho de uma Vida

— Seus olhos reluziram com as lágrimas e ela estendeu o braço para segurar a mão de Anna. Seus dedos estavam gelados. — Você me perdoa?

Anna encolheu os ombros.

— Não há nada o que perdoar.

Ela sentiu uma pontada de piedade, mas resistiu. Por que tudo sempre girava em torno de Monica, nunca em torno de outra pessoa? A mãe, por exemplo. Nem uma vez sequer ela perguntara por Betty.

Anna reuniu coragem para tocar no assunto. Sentia-se mais forte desde sua conversa com Marc. E chegara a achar que *ela* é que estava errada.

— Escute, tem uma coisa que...

Ela não teve chance de terminar.

— Só um cigarrinho pequenininho? — Monica persuadiu-a. — Eu abro o meu vidro.

Anna estava prestes a ceder quando o trecho de um poema lhe veio à mente: *Por causa de um cravo... perdeu-se um reinado.* Se não se posicionasse mesmo em relação a algo tão pequeno, poderia perder o controle... e, por fim, a batalha.

— Isso pode esperar — respondeu sem demora, e pelos cantos dos olhos viu o queixo de Monica cair. — Precisamos conversar.

— Sobre o quê? — perguntou Monica, aborrecida.

— A mamãe. Ela está pior.

— E? — Monica nem fingiu se preocupar.

— E... — Anna respirou fundo. — Isso está ficando mais grave do que consigo lidar.

— Não é para isso que eu pago a Edna?

— A Edna não está lá o tempo todo.

— Bem, então faça com que ela trabalhe uma ou duas horas a mais por semana. — Monica falou com tanta imponência como se tivesse oferecendo um milhão de dólares.

— Não era isso o que eu tinha em mente.

— Espere aí, como isso pode ser tão ruim? Tudo o que ela faz é ficar sentada na frente da TV.

Como se você soubesse.

— É preciso ficar de olho nela todos os minutos. Na semana passada, ela quase pôs fogo na casa.

— O que você espera que *eu* faça?

— Acho que você sabe.

Monica olhou para ela, surpresa. Não estava acostumada com Anna sendo tão direta, e isso, claramente, abalara sua autoconfiança.

— Você quer dizer uma clínica geriátrica. — Sua voz saiu desprovida de emoção.

— Não vejo outra escolha.

— Você já falou com a Liz? — embromou Monica.

— Ela está completamente de acordo.

— É fácil para ela falar. — Monica não precisou terminar: não seria Liz quem pagaria as contas.

Uma veia começou a latejar na têmpora de Anna. Se Monica não concordasse, ela ficaria sem outra saída, a não ser pôr a casa da mãe à venda. E, mesmo assim, o dinheiro não seria suficiente para pagar um tratamento de longo prazo numa boa clínica. Betty acabaria em um daqueles lugares deprimentes que eram pouco mais do que depósitos de velhos.

— É óbvio que não podemos fazer nada sem a sua ajuda — disse ela, com toda a tranquilidade possível.

— Direto ao ponto.

Anna reduziu ao fazer a curva seguinte, pensando no abismo logo à frente. Se, por acidente, caísse no abismo, isso resolveria tudo, não é? Então, ela se lembrou de Marc... e de Liz... e de suas queridas amigas Laura e Finch. A vida que apenas semanas atrás lhe parecera intolerável de repente se tornara preciosa.

— Não vou ficar de joelhos — disse ela, com a voz firme. — Ela também *é* sua mãe.

— Faço mais do que me é devido.

Anna evitou a resposta afiada que estava na ponta da língua.

— Olha aqui, não estou dizendo que você não tem sido mais do que generosa. — Sem Edna, *ela* é que estaria num hospital psiquiátrico.

Sonho de uma Vida

Como a esposa de Marc. Sentira uma satisfação egoísta com a revelação dele, mas, ao ver o sofrimento estampado em seu rosto, viu-se logo tomada de culpa. Inveja também. Será que um dia algum homem *a* amaria tanto?

— Você deve achar que eu planto dinheiro — rebateu Monica. — Você sabe o quanto essa escapadinha de nada me custou? Trinta mil. E eu não ando fazendo dinheiro com muita facilidade ultimamente. — Sim, seus dias como atriz poderiam ter chegado ao fim, mas Anna calculou que a conta de um mês na Pathways se igualava aos rendimentos de suas aplicações no mesmo espaço de tempo. Ela não iria para um abrigo de pobres tão cedo na vida.

— Vou começar a procurar alguns lugares na semana que vem — continuou Anna, no mesmo tom controlado de voz. Deixara propositadamente de mencionar que Marc se oferecera para ir junto; Monica poderia interpretar errado. — Eu queria já ter uma definição até lá.

— E se eu não concordar?

As duas têmporas latejavam agora. Ela se lembrou do conselho de Marc: *Esteja preparada para ficar bem, quaisquer que sejam as consequências.* Sua pulsação desacelerou e ela se lembrou de mais uma coisa: a forma como Monica reagira na única vez que ela ameaçara se demitir. Ela podia precisar do dinheiro, mas Monica precisava dela ainda mais.

— Não espere que eu fique satisfeita — respondeu ela, friamente.

— E isso quer dizer...?

— Você pode acabar tendo que substituir outra pessoa além da Edna.

— Muito engraçado. — Monica deu uma risada forçada tão falsa quanto a petulância com que falou: — Você *não faria isso.* Você prometeu.

— Promessas podem ser quebradas.

— Isso é uma ameaça?

Anna encolheu os ombros.

— Eu também poderia te demitir — continuou Monica, a voz aumentando de volume.

— Vá em frente, me demita.

— Você não está falando sério.

De repente Anna já estava imaginando tudo aquilo — o acúmulo de injúrias, os anos de submissão — como uma avalanche de terra que ia descendo, deixando sua mente clara. *Qualquer coisa seria melhor do que isso*, pensou ela. Vender lápis na rua... até mesmo seu corpo, se chegasse a tal ponto. Ela disse com firmeza:

— Nunca falei tão sério na vida.

Monica ficou olhando para ela. Uma mudança ocorrera. Anna percebeu um toque de espanto nos olhos franzidos da irmã.

— Está bem — rebateu ela. — Estou aguardando a sua carta de demissão amanhã de manhã bem cedo.

Isso se pareceu tanto com uma frase tirada de um filme que Anna riu.

— Deixe-me adivinhar... *O Doce Aroma do Sucesso*? — Ela cutucou Monica. — Calma, pega leve. Sou sua irmã.

— O que parece que você, muito convenientemente, esqueceu. — O lábio inferior de Monica estava tremendo.

— O que você estava esperando? Está me deixando sem saída.

— Você não teria coragem de me tratar assim se... — Ela parou de falar, talvez não querendo parecer arrogante. — É fácil tirar vantagem de alguém num estado tão frágil.

— Você devia fazer um programa para arrecadação de fundos — disse Anna, bufando. — Jerry Lewis poderia apresentá-lo.

Monica parecia pasma. Anna também estava surpresa consigo mesma. Tinha mesmo dito aquilo? Qualquer um que ouvisse teria achado que ela não tinha coração. Mas caramba! Estava cansada de sempre pisar em ovos. E, aleijada ou não, Monica não era exatamente Camille.

— Você faria isso, de verdade? Me deixaria sozinha para tomar conta de mim? — Monica ficou com a voz engasgada. — Por que você simplesmente não para o carro e me empurra para o precipício?

Continue falando e talvez eu faça mesmo isso.

— Tenho uma ideia melhor. Tem uma lanchonete ali na frente. Por que nós não paramos e conversamos como duas adultas civilizadas?

De início, Monica não disse nada. Ela ficou olhando pela janela, um olhar infeliz. Ou será que estava planejando a próxima ação? Por fim, ela se virou para a irmã com um suspiro de redenção.

— Desde que a gente sente do lado de fora, onde eu possa fumar.

Anna deu um sorriso.

— Nada mais justo.

Capítulo Sete

A penúltima clínica da lista ficava logo após a estrada de Dos Palmas, com vista para seu campo de golfe. Uma construção de estuque rosa-choque no estilo espanhol, sombreada por carvalhos e cercada por uma extensão de gramados verdes, ela parecia boa demais para ser verdade após todos os lugares que eles tinham visitado até então. Por dentro era ainda mais impressionante, tudo brilhando de tão limpo e moderno, as salas de recreação e de visitas mobiliadas com poltronas e sofás confortáveis e quadros impressionistas. E melhor de tudo: ficava dentro do preço que Monica concordara em pagar.

Sonho de uma Vida

Anna aguardou até eles voltarem para o carro de Marc, antes de perguntar entusiasmada:

— E aí? O que você achou?

Marc encolheu os ombros.

— Poucos funcionários para o tamanho.

O coração dela ficou pesado.

— Talvez estejam todos em casa por causa da gripe.

Ele não parecia convencido.

— Você percebeu alguma coisa de anormal com os pacientes?

— Percebi. Eles pareciam felizes. — Encantada ao imaginar a mãe comendo na sala de jantar onde havia um candelabro, ou aproveitando concertos vespertinos, como o que era apresentado naquele momento, na sala de recreação, pela organista Carrie Bramley, da primeira igreja presbiteriana ao piano, Anna não se ateve aos pontos negativos.

— Mais para dopados. — Eles chegaram ao final da entrada de carros cercada por palmeiras, onde seu Audi prateado cintilava. — Um velho truque... mantenha-os sedados, pois eles ficam mais dóceis.

— Tem certeza? — Para falar a verdade, eles haviam parecido felizes demais.

— Não com base no que eu vi, mas, quando alguma coisa parece boa demais para ser verdade, normalmente é isso o que acontece. — Eles entraram no carro e ligaram o motor, saindo da propriedade. — Nós ainda temos mais uma para ver, portanto não perca as esperanças. — Ele lhe deu um sorriso que a aqueceu como um drinque quente num dia frio e Anna fez o possível para se concentrar na tarefa que tinha pela frente.

Ela ficou observando enquanto ele passava pelas curvas fechadas da Fox Canyon Road. Não sabia dizer no que ele estava pensando... se lamentava ter se oferecido para ajudá-la ou se estava aproveitando a tarde de folga do trabalho.

— Eu não conseguiria fazer isso sem você — disse ela. — Sinceramente, não sei como agradecer.

— Não precisa.

Ele parecia pouco à vontade por ela agradecer. Olhando para as colinas banhadas pelo sol e pontuadas de carvalhos, ele disse:

— Eu não fazia ideia de que Carson Springs fosse tão bela. É um tipo de Shangri-la. Deixe-me adivinhar: você é tão velha quanto Matusalém, mas se algum dia resolver ir embora...

— Irei secar e morrer — concluiu ela com uma risada, sentindo-se ligeiramente constrangida diante da ideia de se sentir tão enraizada.

— Neste caso, prometo não te levar além dos limites da cidade.

— Há um lado negativo em ficar tanto tempo no mesmo lugar. Você pode apodrecer. — Avery Lewellyn estava vindo aos solavancos em sua caminhonete, a carroceria cheia de móveis velhos, a caminho de seu antiquário; sem dúvida móveis provenientes de alguma venda imobiliária. Aquela visão, por algum motivo, a deprimiu: todos aqueles móveis empoeirados que estavam lá mostravam uma vida inteira em Carson Springs.

Marc olhou para ela pelo canto dos olhos.

— Não vejo nenhuma evidência disso.

Anna sentiu as faces enrubescerem. Estaria flertando com ela? Não, aquela era a típica observação que Hector teria feito. Precisava parar de imaginar coisas em cada palavra e gesto ou *acabaria* como a srta. Finley, que, todos os anos, no aniversário da morte de seu amado, pedia ao padre Reardon para rezar uma missa especial, parecendo não perceber os sorrisinhos que despertava.

Dez minutos depois, eles estavam estacionando em frente a uma extensa casa vitoriana em uma pequena ruazinha lateral, vários quarteirões a oeste da antiga missão. Sobre a varanda de treliça adornada por trepadeiras pendia uma placa discreta: LAR SUNSHINE. O nome lhe parecera inesperadamente alegre, motivo pelo qual, apesar de a mulher com quem falara ao telefone lhe parecer extremamente agradável, ela o deixara por último.

— Devem ter corpos enterrados no porão por aqui, como em *Este Mundo É um Hospício* — murmurou ela assim que eles seguiram pelo caminho sombreado por imensos carvalhos-das-antilhas, suas vagens balançando como sabres na brisa.

Sonho de uma Vida

— Já percebi que você é fã de filmes antigos. — Marc caminhava com certa ginga. Por mais estranho que parecesse, parecia despreocupado.

— Existe outro tipo de filmes? — Havia vários e vários meses que não assistia a novos lançamentos. Normalmente, quando conseguia alguém para tomar conta da mãe, isso dava mais trabalho do que valia a pena. Sorriu tristonha. — Seria desnecessário dizer que não saio muito.

— Tenho a impressão de que isso está prestes a mudar. — Ele lhe pegou o braço assim que eles subiram a varanda e Anna tremeu toda por dentro. Mas ela sabia que a liberdade de que logo usufruiria viria acompanhada de uma grande parcela de culpa.

Marc tocou a campainha e após o que pareceu uma eternidade uma mulher apareceu à porta. Anna imaginou se ela seria uma das residentes; com seus cabelos cor de neve e postura forçosamente ereta, parecia ter idade para isso, mas essa ideia foi descartada quando ela estendeu a mão, dizendo afetuosamente:

— Você deve ser Anna. Sou Felicia Campbell. Sinto muito por têlos feito esperar. Eu estava lavando a louça na cozinha. — Tinha uma expressão aberta, as rugas em linhas cruzadas formando um ninho em que seus olhos castanhos calorosos e sua boca sorridente se acomodavam.

— Sou Marc. Prazer em conhecê-la. — Ele estendeu a mão.

— Que bom que o seu marido pôde vir com você — observou Felicia, o sorriso se alargando.

O rubor tomou conta do rosto de Anna.

— Ah, ele não é...

Marc a salvou, dizendo naturalmente:

— Sou apenas um amigo.

Eles foram conduzidos ao hall iluminado por candelabros antigos e dominado por um relógio carrilhão que marcava a hora naquele minuto. Felicia abriu uma porta corrediça e eles entraram em um salão aconchegante, mobiliado com sofás e poltronas antigos. Meia dúzia de homens e mulheres idosos estavam espalhados, tomando chá e mordiscando sanduíches e biscoitos de um suporte para salgados sobre uma mesa de centro.

— Servimos chá todas as tardes às três — explicou ela. — É um ritual nosso.

— Ficamos todos ansiosos por isso — concordou uma mulher de cabelos tingidos por hena, erguendo a xícara de chá com cuidado.

— Eu não chegaria a tanto — resmungou um senhor calvo e robusto ao espanar as migalhas espalhadas na frente de sua camisa. — Mas com certeza bate o besigue.

— Não dê bola para o Henry — disse uma das senhoras, uma velhinha muito pequena com cabelos brancos que esvoaçavam em torno da cabeça como um dente-de-leão desbotado. — Ele não gosta da relação de três rapazes para uma moça. Se fosse o contrário, pode acreditar, estaríamos fumando e jogando bilhar.

As mulheres riram baixinho e os dois homens trocaram olhares resignados.

Anna e Marc foram ao escritório bem-arrumado de Felicia, ao lado da escada, que era dominado por uma escrivaninha de tampo corrediço.

— Você tem sorte — disse ela. — Um dos nossos hóspedes faleceu recentemente, portanto temos uma vaga.

— Quais são os requisitos? — Anna não queria se encher de esperanças. Pelo que vira, duvidava que o Lar Sunshine fosse equipado para receber alguém já tão fora de si quanto sua mãe.

— Temos licença para apenas oito leitos, portanto somos um pouco menos estruturados do que alguns dos outros lugares que você já deve ter visto por aí. — Fora o que dissera a Anna por telefone. — Nossa única exigência é que nossos hóspedes sejam capazes de andar, de se alimentarem e de irem sozinhos ao banheiro.

— Só isso? — Com certeza Betty se encaixava nessas exigências.

Felicia sorriu, entregando a ela um único formulário preenchido à máquina, em vez de uma brochura reluzente como a que recebera no último lugar aonde fora.

— Gostamos de nos imaginar como um lar fora de casa. Sei que isso soa meio forçado e que nada pode substituir nossa própria casa, mas fazemos o melhor que podemos. Descobrimos que uma atmosfera

Sonho de uma Vida   159

familiar ajuda enormemente a manter a mente ativa. A maioria dos nossos hóspedes não requer muita vigilância.

Anna sentiu o coração ficar pesado.

— Minha mãe não... bem, ela tem costume de sair andando por aí. — De nada adiantava enfeitar o pavão; no final, a verdade viria à tona. — Tenho medo de que ela possa vir a ser um peso demasiado para vocês.

— Por ser para você? — Anna recuou, chocada, mas a voz de Felicia tinha um tom gentil. — É natural que você se sinta tolhida. Quem não se sentiria no seu lugar? A diferença é que nós *escolhemos* esta vida, meu marido e eu. E além do Oren e de mim há também a Genevieve, a Sheila e nossos três funcionários que trabalham em meio expediente. A Sheila faz a comida. Nossos hóspedes também têm a liberdade de ajudar nas tarefas de casa, o que muitos deles fazem.

— Parece o ideal — disse Anna, lançando um olhar ansioso para Marc. Não sabia dizer o que ele estava pensando. Seria aquele mais um caso "de bom demais para ser verdade"?

Após uma rápida explanação sobre a parte financeira, Felicia se levantou batendo as mãos de forma inaudível.

— Agora, podemos dar uma olhada lá em cima?

Eles subiram as escadas até o segundo andar, passando por uma senhora idosa com uma bengala equilibrada no colo, que estava sendo abaixada até o assento da cadeira-elevador. No momento em que Anna entrou no quarto que seria de Betty, caso tudo corresse bem, ela sabia que isso era uma resposta às suas orações. Ele dava vista para o pátio dos fundos, a luz do sol entrava pelos vidros das janelas de guilhotina adornadas por cortinas franzidas e transparentes. Havia uma cama com dossel e uma bela colcha floral fazendo jogo com o armário e a penteadeira. A única coisa que faltava eram quadros na parede; os hóspedes eram encorajados a trazer os deles, explicara Felicia.

— Perfeito. — Anna engoliu em seco, tentando controlar o nó que sentia na garganta, mal se dando conta de que Marc deslizara o braço por seus ombros. *Não se encha de esperanças*, avisou uma voz em sua cabeça. Betty teria que ser avaliada e passar por um exame médico completo. Monica também teria que lhe dar um cheque. Embora houvesse dado sua palavra, Anna sabia como isso, normalmente, valia pouco. Era provável que tentasse protelar, sob a alegação de que seu dinheiro estava comprometido, ou viria com uma longa lista de condições absurdas.

Felicia correu os olhos pelo quarto, satisfeita.

— Que bom que você gostou — disse ela. — Sabemos que não é uma decisão fácil. Ver nosso ente amado, confortável e bem tratado, torna isso um pouco menos difícil.

Anna achava que nada iria aliviar sua culpa. Não passara inúmeras noites em claro sofrendo com sua decisão? Não era somente culpa, sentiria falta da mãe em alguns aspectos, especialmente naqueles momentos em que Betty voltava à vida, como o que acontecia com aquele abajur da sala de estar, que, quando banhado pela luz do sol, transformava seus cristais em prismas dançantes.

Eles estavam descendo a escada quando um gato malhado veio andando, saído da sombra, para roçar na perna de Felicia. Ela o levantou com as mãos em concha, repreendendo-o carinhosamente:

— Aqui está você, seu safadinho. Por onde se escondeu? — Ela o levantou para Anna acariciá-lo. — Este é o Sunshine, o mascote da casa. Meu marido disse que eu era uma tola em dar ao lugar o mesmo nome do gato, mas me pareceu perfeito. Todos o adoram e Sunshine é um hóspede que não faz restrições a ninguém, nunca passa mais de uma noite no mesmo quarto. — Um olhar de leve preocupação lhe passou pelo rosto. — Sua mãe não é alérgica a gatos, eu espero.

— Não, ela vai adorá-lo. — Anna sorriu, pensando em Boots.

Somente quando voltaram para o carro de Marc foi que ela expirou fundo.

— Se houver algum problema com este lugar, não quero ouvir. Deixe-me ficar mais um pouquinho com os meus óculos cor-de-rosa. — Ele lhe lançou um sorriso misterioso, mas permaneceu calado enquanto ligava o motor e se afastava da calçada. Somente após terem passado por vários quarteirões é que ela se rendeu com um suspiro: — Está bem você venceu. O que há de errado com o lugar?

— Nada — disse Marc. — Eu só estava pensando como seria bom se todos os outros fossem assim.

Ela se recostou em seu assento, tomada de alívio.

— Você está brincando. Eu mesma estou pronta para me mudar para cá.

Ele riu baixinho enquanto eles passavam pela Praça Delarosa. Ao lado de seu arco coberto por buganvílias estava uma carroça azul, cheia de baldes com flores cortadas, ideia brilhante de Violet Kingsley, uma florista aposentada de Nova York. Ela dera o nome à sua pequenina banca de Puxadora de Pétalas.

— E por um único motivo — continuou ela. — Eu seria uma jovenzinha em comparação a todos os outros.

— É uma maneira de ver.

— Isso e mais três refeições por dia.

— E a hora do chá... não podemos esquecer.

— Aposto que eles têm ótimos filmes antigos.

— Ainda acha que há corpos no porão? — Ele lhe lançou um olhar provocador.

— Se houver, tenho certeza de que eles mereceram o que quer que lhes tenha acontecido.

Eles dividiram uma risada e, pela primeira vez durante todo o dia, Anna se permitiu relaxar.

— Bem, estou feliz por você ter encontrado o lugar. — Ele fez uma curva à direita no sinal, na direção da antiga Estrada de Sorrento. — Eu detestaria achar que vim até aqui por nada.

A felicidade de Anna se dissolveu. Aquilo não era uma saída social. Ele lhe estava fazendo um favor, só isso.

— Eu não teria conseguido sozinha — disse a ele, tomando o cuidado de manter a voz neutra. — Você me salvou.

Ele encolheu os ombros.

— Você se saiu bem. — Mais uma vez, ela teve a sensação de que ele ficava desconfortável quando alguém lhe agradecia. Será que havia sido efusiva demais? Este era um dos riscos de se ficar tempo demais em casa: você tendia a exagerar nas raras ocasiões em que saía.

Ela olhou para fora, para o sol que banhava o topo das montanhas. Eles estavam passando por uma plantação de laranjas onde as sombras haviam se unido em poças entre as fileiras ordenadas de árvores que chegavam até a estrada. O ar que entrava pela ventilação estava claramente mais fresco; ela teria que usar um cobertor extra àquela noite.

De repente, ela não pôde suportar a ideia de que talvez não voltasse a vê-lo. O que poderia ter sido um dos piores dias de sua vida acabara se tornando um dos melhores e ela não queria que ele acabasse.

— Bem, o mínimo que posso fazer por você é te pagar um jantar — ela falou com leveza, as palavras saltando como pedras na superfície de um lago.

Seguiu-se uma longa pausa e ela ficou com o coração na boca. Então ele respondeu:

— Parece uma boa ideia, mas... — Ela se preparou para o que viria. — Só se racharmos a conta.

Ela relaxou, o ar deixando seus pulmões.

— De jeito nenhum. Eu te devo muito mais do que um jantar.

Ele hesitou por tempo suficiente para acelerar o coração dela ao máximo, e então disse:

— Neste caso, eu aceito.

— Tem uma pousada na beira do lago. Nunca comi lá, mas ouvi dizer que a comida é boa.

— Precisamos fazer reserva? — Ele fez menção de pegar o telefone celular.

— A essa hora? O restaurante será todo nosso. — Na Pousada da Pedra, a grande atração era a visão da lua no lago.

Ela não havia contado era com o pôr do sol. Eles pararam no estacionamento assim que o céu tangerina, acima do horizonte arborizado, passava gradualmente para o violeta, transformando o lago num lençol dourado vibrante. Ela saiu do carro, fazendo uma pausa para apreciar a vista, ao mesmo tempo em que inspirou o perfume de pinheiros que temperava o ar. Tivesse planejado, aquilo não poderia ter sido mais perfeito. A questão era: perfeito para quê?

— Minhas irmãs e eu costumávamos nadar aqui no verão — contou-lhe. — Lembro da água ser gelada mesmo em agosto. — Ela ficou olhando para o lago onde o dourado escurecia até um tom de bronze. —

Sonho de uma Vida

Milhares de anos atrás este vale inteiro era submerso. De vez em quando alguém escava um dente de tubarão ou um fóssil marinho. Os nativos norte-americanos costumavam comercializá-los antes da chegada dos colonizadores.

— Você sabe muitas coisas para alguém que não sai muito — observou ele, com um sorriso confuso.

— Quando criança, eu era muito aventureira.

— Dizem que as pessoas não mudam de verdade; elas apenas ficam boas em esconder seu verdadeiro eu.

— Neste caso, fiquei tão boa que nem me reconheço mais.

O sorriso dele se alargou até os olhos, que se fixaram nos dela por um momento de tirar o fôlego.

— Continue procurando. Você vai encontrar.

Eles começaram a descer a rampa na direção da pousada, seguindo por um caminho de pedras chatas, dotado de degraus. No meio do caminho ela prendeu o salto e pisou em falso. Quando Marc a pegou pelo braço para equilibrá-la, ela rezou para que ele não percebesse como ela tremia e, caso percebesse, que atribuísse isso à brisa fria que soprava dos pinheiros.

— E quanto a você? — perguntou ela. — Como era quando criança?

Ele pensou por um momento e disse:

— Nem me lembro de ter sido criança. — Ela aguardou que ele explicasse: — Eu era o mais velho de seis. Minha mãe tinha dois empregos, então eu meio que assumi o papel de pai. A gente cresce rápido assim. Acho que em parte foi por isso que fiquei tão determinado a me tornar piloto: deve ter sido um desejo de escapar. — Ele se virou para ela, os olhos escuros em meio às sombras das árvores. — Não me entenda mal. Amo todos eles, mas era muita coisa para mim.

Anna concordou:

— Sei como é. Eu não via a hora de ir para a faculdade.

— Onde você estudou?

— Na Universidade Estadual da Califórnia. Estava tudo certo para eu escolher uma especialização quando... — Ela encolheu os ombros.

Eles já haviam falado sobre isso; não faria sentido ficar batendo na mesma tecla. — Acho que não era para ser.

— Nunca é tarde demais.

— O quê? Passar de aluna mais nova para a mais velha do campus? — Ela riu, mas ele acertara em cheio. Não havia pensado no assunto mais de uma vez? — A verdade é que sou muito jovem para me aposentar e muito velha para fazer faculdade.

— Que tal algo intermediário? — Eles haviam chegado à entrada da pousada, feita de troncos de pinheiros tão grossos quanto barris. Chalés que serviam para hospedagem estavam espalhados pelas trilhas que serpenteavam pelo bosque em volta.

— Como o quê?

— Você poderia fazer um estágio enquanto tenta concluir o curso.

E poderia também desejar a lua. Anna sorriu, sabendo que isso nunca iria acontecer.

— Um dia, quem sabe. — Por enquanto ela teria que se sustentar e, possivelmente, à mãe, caso Monica não cumprisse com sua palavra.

Marc parecia querer dizer mais, mas, para alívio de Anna, deixou para lá. Eles entraram numa recepção revestida de lambris com mesas rústicas e cadeiras de couro, as paredes cheias de fotos antigas de Carson Springs. Uma delas mostrava mineiros garimpando ouro, e outra, a rua da antiga missão na época em que ainda não havia sido asfaltada, parecendo-se muito com o que é atualmente, a não ser pelos carros que substituíam os cavalos e pelos parquímetros no lugar dos varões, onde se prendiam os animais. Logo depois do balcão da recepção, havia um pequeno lance de escadas que levava a uma sala de jantar espaçosa com o pé-direito alto, no estilo chalé. Uma lareira de pedras dava um leve aroma enfumaçado ao lugar. O olhar de Anna foi atraído para as janelas que iam do chão ao teto e que davam vista para o lago, onde uma trilha de pedras vulcânicas levava ao sol, que se escondia atrás das árvores.

Minutos depois, sentada à mesa ao lado da janela, de frente para Marc, Anna se permitiu imaginar que eles estavam mesmo tendo um encontro. Mas, ao que parecia, Marc não dividia esse mesmo sentimento;

Sonho de uma Vida   **165**

ele parecia perdido em seus pensamentos enquanto olhava para o lago. Estaria pensando em como preferiria estar ali com a esposa?

Eles pediram as bebidas, club soda para Marc e uma taça de Chardonnay para ela. Somente depois que a garçonete havia ido embora foi que ela perguntou:

— Você se importa? Porque para mim não tem problema. Quer dizer, eu não sou... — Ela mordeu a língua para não dizer *como a Monica*.

— Se isso fosse um problema, eu estaria encrencado. — Ele deu uma olhada sugestiva para a área colorida do bar. — Fica mais fácil com o tempo. Se não ficasse, ninguém jamais conseguiria permanecer sóbrio.

Ela pensou nas histórias que havia ouvido na semana da família.

— Foi tão difícil quanto disseram que é?

— Mais difícil.

— Acredito que a sua... que a situação na sua casa não tenha facilitado as coisas.

— Não. — Ele ficou imóvel, seu olhar passando para um ponto logo atrás dos ombros dela. Então, com um esforço visível, ele se livrou de qualquer que fosse a lembrança que o estivesse dominando e disse: — Saí umas poucas vezes naquele primeiro ano, o que vocês, pessoas normais, chamam de recaída. — Ele lhe deu um sorriso tristonho. — Uma das coisas sobre nós, alcoólatras, é que nos apegamos a qualquer desculpa. E eu estava com muita pena de mim naqueles dias.

— Você tinha motivos.

Ele negou com a cabeça.

— Esta é uma forma errada de encarar a situação. Uma vez perguntei ao meu coordenador: "Por que comigo?" E sabe qual foi a resposta dele? Ele me olhou diretamente nos olhos e perguntou: "E por que não?" Depois disso parei de perguntar por que e comecei a lidar com o fato.

— Sei que não é bem a mesma coisa, mas posso entender. — As bebidas haviam chegado e ela tomou um gole do vinho. — Já fiz todas as dietas do mundo.

— Eu não saberia disso olhando para você.

Anna ficou confusa. Estaria sendo irônico? Não, ele não seria tão cruel.

— Você deve gostar de mulheres do tipo fofas — disse ela com uma risada.

Ele franziu o cenho.

— Por que você está dizendo isso?

Ela encolheu os ombros.

— Durante toda a minha vida eu fui alvo de piadas de gordos. Desde cedo aprendi que é mais fácil quando a gente é o primeiro a rir.

Ele estava sorrindo agora, mas não da forma como ela estava acostumada a ver as pessoas rirem quando o assunto sobre o seu peso vinha à tona.

— Não dá para perceber. Nem de perto.

— Perdi alguns quilos recentemente. — De repente ela se sentiu envergonhada e desejou que tivesse ficado de boca fechada. Será que ele acharia que ela estava querendo ouvir elogios?

— Mais do que alguns, se o que você está dizendo é verdade. — Ele a estudou, claramente a avaliando, mas de forma alguma a depreciando. — Mesmo assim, sinceramente, acho que as mulheres dão importância excessiva ao peso. Esta é uma das poucas áreas em que os homens podem, de fato, se declarar superiores. Nós não temos medo de relaxar e deixar rolar.

Eles deram uma risada e ela sentiu um pouco do calor lhe abandonar as faces.

A conversa passou para outros assuntos. Enquanto Anna continuava encantada por existir pelo menos um homem que não a via como digna de pena, Marc lhe contou mais sobre seu trabalho e sobre sua viagem recente ao Oregon, onde ele havia visitado a família da esposa. Anna, em contrapartida, contou-lhe sobre a conversa séria que tivera com Monica.

— Para começar, ela não queria nem me ouvir, mas eu lhe dei um ultimato: se não fizesse o que era necessário, acabaria perdendo a assistente *e* a irmã. No fim, ela entendeu.

Anna esperou os cumprimentos que tinha certeza de que chegariam, mas Marc simplesmente assentiu como se não esperasse nada menos do que aquilo. O fato de ele achá-la capaz, assim como vê-la como uma pessoa de peso normal, era quase mais do que ela podia lidar de uma só vez.

Eles comeram trutas defumadas e salada de pequenas folhas verdes, peito de pato assado em vinho do Porto e torta caseira de amoras com sorvete. Fora mais do que ela havia comido em uma refeição havia semanas e, por mais estranho que pudesse parecer, ela não lamentou uma única garfada sequer.

— Por que não tomamos o café lá fora no deque? — sugeriu ele. — É noite de lua cheia.

Anna sentiu-se como se fosse flutuar assim que se levantou e o seguiu pelo restaurante, passando pela porta corrediça de vidro para o deque. Por sorte, ele estava deserto, frio demais nessa época do ano, até mesmo para os românticos obstinados, embora ela nem tenha percebido.

Havia cadeiras de madeira avermelhada espalhadas por toda parte. Quando ele se abaixou para tirar as folhas de uma delas para que ela se sentasse, pela primeira vez Anna soube o que era receber atenção de um homem.

A lua navegava serenamente no céu, lançando sua teia prateada sobre a água. De tão bela, chegava a doer. Quantas vezes ela havia sonhado com uma noite como esta, com um homem como Marc? O fato de ele não estar ao seu alcance parecia-lhe extremamente injusto.

Eles beberam o café e comeram *biscotti*. Os únicos sons ali presentes eram o estridular suave dos grilos e dos bacuraus e a brisa murmurando seus segredos para os pinheiros. Ela ouviu um leve estalo no lago.

— Você gosta de pescar? — perguntou ela, desesperada para falar alguma coisa que o impedisse de adivinhar o que se passava em seu coração.

— Meu tio costumava me levar. Eu era muito bom nisso... uma vez pesquei uma perca de cinquenta e cinco centímetros. Eles ainda falam sobre isso na loja de pesca lá em Susanville.

— Vou aceitar a sua palavra. — Ela sorriu.

— Você não acredita em mim?

— Digamos apenas que sei como os homens exageram.

— Fazemos isso apenas para impressionar vocês, mulheres.

Anna tentou se imaginar como alguém que valesse a pena impressionar e teve um vislumbre da mulher que ele via, a mulher que ela poderia ser. As palavras escaparam de sua boca:

— Não se preocupe, já estou impressionada. — Percebendo o olhar estranho que lhe passou pelo rosto, ela foi rápida em acrescentar: — Não que eu... — Ela mordeu o lábio. — O que eu quis dizer é que...

— Não vou interpretar mal, prometo. — Ele lhe ofereceu um sorriso, os dentes brancos na escuridão.

— Eu não me importaria se interpretasse — disse ela mais uma vez sem pensar, então levou a mão imediatamente à boca. — Ah, meu Deus. Eu sabia que não devia ter tomado aquela segunda taça de vinho. — Ela sorriu, tristonha. — Digamos apenas que já faz um tempo desde a última vez em que me diverti tanto assim. Como você pode ver, isso me subiu à cabeça.

— De nós dois. — Ela pôde perceber que ele não estava brincando.

O sangue lhe subiu à cabeça, que zunia prazerosamente. Sentia-se como se tivesse bebido uma garrafa inteira de vinho.

— Deve... deve ser solitário sem a sua esposa — gaguejou ela.

Ele estava olhando para o lago, onde as luzes piscavam como chamas submersas ao longo da margem oposta.

— Digamos apenas que isso me deu uma nova perspectiva dos funerais.

— Como? — Ela lhe lançou um olhar confuso.

— Eles não são para os mortos, são? Eles são para nós. Se não, como seguir adiante? — Ele ficou imóvel, a luz do lado de dentro lançando sua sombra por cima da beira do deque até o escuro profundo, logo abaixo. — A resposta é: a gente não segue. Apenas continua... esperando. Por alguma coisa... qualquer coisa.

Anna sentiu algo lhe apertar o peito e, por instinto, levou a mão à dele.

— Obrigada.

— Pelo quê? — Ele se virou surpreso para ela.

— Por me lembrar que não sou só eu que tenho problemas.

— Até parece — disse ele, com uma risada melancólica.

— Se eu te dissesse como estou me sentindo agora, você iria rir.

— Me diga.

Ela inspirou fundo.

— Eu estava pensando que, se esse fosse o último dia da minha vida, eu morreria feliz.

Seguiu-se uma longa pausa.

— Quer saber o que *eu* estou pensando? — perguntou ele, por fim.

— O quê? — Ela tremeu, passando os braços em volta do corpo.

— Eu estava pensando se um desses chalés está vazio. — Ele apontou para as árvores onde algumas janelas acesas reluziam convidativas. Antes que ela pudesse responder, ele disse ironizando: — Está vendo? Não sou melhor do que nenhum outro homem.

Anna ficou sem fala. Se tivesse encontrado voz, teria lhe dito que, longe de se sentir ofendida, estava profundamente agradecida. Ainda assim, tudo o que conseguiu dizer foi:

— Você quis dizer o que eu estou pensando?

— Para meu descrédito, sim.

O coração dela foi ao céu, então ela se lembrou: *Ele é casado.*

— A culpa é minha. Se eu te levei a pensar que...

Ele não a deixou terminar.

— Você não fez nada, Anna. — Ele se aproximou, a luz lhe banhando o rosto, onde ela viu cada linha sua marcada como se numa moeda. — Gosto da sua companhia... só isso. Mais do que eu deveria. — Ele lhe tomou a mão e, dessa vez, a pôs de pé. — Me diga que eu não te espantei para sempre.

Ele a desejava. Não era apenas imaginação dela. Tal compreensão foi tão surpreendente que ela não sabia bem o que fazer com isso. Pensou em Gary Kingman, seu primeiro e único namorado. Eles haviam namorado na maior parte do outono, quando ela estava no seu primeiro ano na faculdade, antes de ela finalmente perder a virgindade. E, embora a experiência não tenha sido nada mágica, ele a compensara dizendo-lhe repetidas vezes que a amava. Somente no final de semana seguinte foi que ela descobriu a verdade, quando o colega de quarto de Gary, depois de algumas cervejas, lhe dissera que, no dia seguinte, Gary estendera o lençol sujo de sangue na janela do dormitório deles: o vitorioso exibindo suas glórias. Ela se sentiu tão ofendida que terminou logo com ele e passou o resto do semestre andando de cabeça baixa pelo campus, certa de que todos tinham ficado sabendo. Mesmo depois de todos esses anos, não podia se lembrar disso sem tremer por dentro.

Mas Marc não era como Gary.

— Não vou a lugar nenhum — respondeu ela, com uma voz surpreendentemente firme.

— Neste caso, tudo bem se eu te beijasse?

Anna aceitou como se num sonho. No ar frio, ela pôde ver a respiração dele e, assim que ele se aproximou, o calor contra seus lábios foi como um beijo propriamente dito. O calor mais profundo de sua boca, com um leve sabor de anis, chegou como um choque delicioso. Ela ficou tonta, suas entranhas parecendo convergir para baixo como areia dentro de uma ampulheta. Quando passou os braços por seu pescoço, foi tanto para se escorar quanto para puxá-lo para si.

— Podemos dar uma olhada naquele chalé? — murmurou ela, em seu ouvido.

Marc recuou, os olhos lhe examinando o rosto.

— Não quero que você faça nada do que venha a se arrepender depois.

Ela sabia o que ele estava dizendo, que seria apenas aquela única noite. Mas, para Anna, até mesmo uma noite seria uma dádiva além do imaginável.

— Não é você que fica sempre me dizendo que eu posso tomar conta de mim mesma? — perguntou ela com naturalidade, mesmo enquanto seu coração troava em seus ouvidos.

Não havia razão para voltar correndo para casa... Betty passaria a noite com Liz (não fora somente em Monica que Anna dera uma dura)... e, como queria a sorte, um dos chalés estava vago. O homem conversador que atendia na recepção falou-lhes que aquele chalé era mal-assombrado, mas tudo o que Anna fez foi sorrir. Aquela lenda rolava desde que ela era criança: a história de um casal recém-casado que havia sido atingido na cama por um raio na noite de núpcias. Ela contou isso para Marc enquanto eles atravessavam o caminho mal iluminado.

— Não entendi — disse ele. — Eles estavam na cama?

— Dizem que uma fagulha entrou pela chaminé enquanto eles estavam... eh... você sabe. — Ela riu, ainda sentindo os efeitos do vinho.

— Bem, pelo menos eles morreram felizes.

Eles encontraram o chalé e abriram a porta. Anna ficou feliz em ver que nada havia de assustador ali dentro. Havia uma cama coberta por uma colcha de retalhos, uma penteadeira de pinho e uma poltrona. Um vaso de margaridas enfeitava a cômoda ao lado da lareira.

— Talvez a gente devesse ligar o rádio para ouvir a previsão do tempo. — Ele olhou para o aparelho na mesinha de cabeceira. — Por outro lado, sempre podemos optar por viver perigosamente. — Ele abriu um sorriso, jogando a chave em cima da penteadeira. Anna sentiu as pernas enfraquecerem quando ele a tomou em seus braços.

Era como nos sonhos, só que melhor. Da forma que ele a beijava, ela não perceberia, nem se importaria, se os céus se partissem. Quando ele recuou, foi para lhe abrir a blusa, sua melhor blusa, uma blusa de seda na cor creme, com botõezinhos forrados. Assim que ela deslizou para o chão, Anna instintivamente cruzou os braços na frente do peito. Ele os afastou gentilmente.

— Não... quero olhar para você. — O olhar dele era de sincera admiração. — Você tem um corpo lindo, Anna.

Ela tremeu, mal conseguindo respirar. Quando ele pôs a mão em seus seios, seus joelhos tremeram e, por um momento, ela teve certeza de que eles iam se dobrar. Ela murmurou:

— Acho melhor eu me deitar.

Ela entrou debaixo dos lençóis, limpos e frescos como folhas de papel em branco, onde qualquer coisa poderia ser escrita. Eles se beijaram mais um pouco, Anna passando timidamente as mãos pelo seu peito, pela sua barriga... e mais embaixo. Ele estava menos hesitante, embora não menos gentil. Ele levou um tempo, quase como se estivesse pedindo permissão, antes de beijá-la ali... e ali... e ali. Anna tremeu quase totalmente, dominada pelo fluxo de sensações. Pensou mais uma vez em Gary e em todas as noites desde então, anos de solidão e desespero, deitada numa cama vazia, desejando ser tocada. Lágrimas lhe preenchiam os olhos agora, lágrimas de gratidão por não ir para o túmulo antes de experimentar aquilo.

Ele recuou num dado momento e ela ficou tensa, pensando que o havia decepcionado de alguma forma. Mas tudo o que ele fez foi dizer:

— Você está tremendo. Quer que eu feche a janela?

Ela negou com a cabeça.

— Está tudo bem. — Eles haviam deixado a janela um pouquinho aberta para arejar o quarto e, embora ela soubesse que para a maioria das pessoas estaria frio, a brisa de dezembro estava sendo como um bálsamo contra sua pele aquecida. — Acho que só estou um pouco nervosa.

Ele lhe beijou o pescoço, sussurrando:

— Vamos devagar.

Quando ele finalmente a penetrou, ela teve que morder o lábio para não gritar. Não porque estivesse machucando, mas porque estava bom demais... *certo* demais. Um sentimento estranho se apoderou dela quando se agarrou a ele, arqueando o corpo para acompanhar cada arremetida: um desejo de fazer com que aquilo durasse, de se agarrar àquilo para sempre, mesmo enquanto impelia o corpo para frente, para alcançar o orgasmo.

Quando eles gozaram juntos, segundos depois, foi como ser solta em pleno ar... um momento maravilhoso em que tudo ficara suspenso antes de cair verticalmente na terra.

Logo depois, eles ficaram abraçados, esforçando-se para respirar. Ela não sabia dizer onde ela começava e ele terminava.

— Agora sei como aquele casal em lua de mel se sentiu — disse ela.

Ele afastou os cabelos dos olhos dela, sorrindo.

— Que bom que não precisamos morrer para descobrir.

— Me abrace. — Ela o abraçou com força, sentindo como se ele fosse escapar, mesmo sem se mexer. Ela procurou não pensar na esposa dele ou no fato de que ela não era a primeira mulher com quem ele a traíra (o preservativo convenientemente guardado dentro da carteira era uma prova disso). Ela não queria estragar o momento. Afinal de contas, o que importava? Ele não lhe devia explicações.

— Não me diga que você tem medo de fantasmas.

Anna negou.

— Isso é para as pessoas que não têm nada com que se preocupar na vida real.

— Pobre Anna. — Ele lhe acariciou os cabelos. — Você teve uma vida difícil, não?

— Mas veja aonde ela me trouxe. — Ela sorriu, olhando por cima do ombro dele para a lua visível pelo vidro da janela. — Se não fosse pela Monica, nós não teríamos nos encontrado.

— Um argumento convincente.

— E ainda temos o resto da noite. Não quero perder tempo sentindo pena de mim mesma.

Pouco depois, eles fizeram amor novamente, com menos urgência dessa vez, antes de ela se entregar ao sono, o corpo encaixado no de Marc, embalado pelo som da água batendo contra o deque. Seu último pensamento antes de dormir foi: *Aquele casal em lua de mel teve sorte sob um aspecto. Nunca precisou se separar.*

Anna acordou cedo na manhã seguinte com o chamado irritante dos gaios azuis. Ao ver a cabeça de Marc no travesseiro ao seu lado, perguntou-se por um instante se ainda estaria sonhando. Em seguida ele se sentou e bocejou, esfregando o rosto com a mão aberta.

— Bom dia.

— Bom dia para você também. — Como desejara dizer essas palavras a um homem deitado na cama ao seu lado.

— Espero que você não esteja com pressa.

Os olhos dele correram por seu corpo nu. Ela havia jogado as cobertas para o lado e as pernas estavam estendidas, à vontade sobre o colchão, sob uma nesga de luz do sol. Normalmente ela teria tentado escondê-las, mas agora as examinava sem problemas, como se elas pertencessem a outra pessoa — talvez a uma mulher deitada ao seu lado na praia. Ela percebeu que elas eram arredondadas e roliças nos lugares certos. Como ainda não havia percebido isso antes?

— Isso depende — disse ela, dando um toque de sensualidade à voz — do que você tem em mente.

Mais uma hora se passou até eles se levantarem, cientes do tempo que estavam demorando. Tomaram banho e se vestiram, indo calmamente à sede da pousada para encontrar a mesa posta para o café. Anna se serviu de café e de uma tigela de frutas. Comida era a última coisa que lhe passava pela cabeça: só conseguia pensar em Marc. Será que o veria de novo? De vez em quando, talvez. Mas será que isso seria suficiente? Ela se sentiu dividida entre querê-lo a qualquer custo e desejar não ter que descobrir.

Quando eles estavam se levantando para ir embora, ela se esforçou para olhá-lo nos olhos. *Não se apaixone por mim*, os olhos dele avisavam, mas tudo o que ele disse foi:

— Não esqueça a sua bolsa. — Ela estava tão perdida em seus pensamentos que quase saiu sem ela.

Em silêncio, eles seguiram o caminho até o estacionamento. O sol matutino aparecia de vez em quando por entre os galhos das árvores, refletindo-se em porções brilhantes no chão coberto de agulhas de pinheiro, que estalavam agradavelmente sob os pés deles. Quando chegaram ao carro de Marc, ele se virou para Anna, tomando-lhe a mão e falando com gentileza:

— Quero te ver de novo, Anna... mas não sei se é uma boa ideia.

Ela permaneceu imóvel, como um cervo à beira de uma clareira.

— Não apenas por eu ser casado — continuou ele. — Você já deve ter percebido que não sou nenhum santo. Mas com as outras mulheres... — Os olhos dele lhe examinaram o rosto, implorando para que ela entendesse. — Você não é como elas. Tenho medo de te magoar.

Anna quis gritar: *Eu não ligo! Quero qualquer coisa que eu possa ter!* Não foi somente a dignidade que fez com que ela se segurasse, mas também um desejo egoísta de preservar o pouco que tinha: se a lembrança da noite anterior fosse tudo o que poderia levar dele, que ela ficasse imaculada.

Anna respirou fundo o ar que recendia às agulhas de pinheiro e à madeira aquecida pelo sol. Podia ver o lago brilhando por entre as árvores abaixo. As folhas do carvalho sob o qual eles estavam flutuavam como cédulas sem valor. Com o coração partido, pois já estava mais do que ligeiramente apaixonada por ele, Anna disse com uma leveza forçada:

— Não se preocupe. Você não vai ouvir falar de mim de novo, a não ser em caso de vida ou morte.

Estava pensando em Monica quando respondeu. Nunca lhe ocorreu que poderia ser sua própria vida a correr risco.

Capítulo Oito

␣e eu não olhar para as grades, não vou gritar.

Em vez disso, Anna manteve os olhos fixos na parede de blocos de cimento de frente para ela. Eram de um verde-musgo pálido, as pichações por baixo da tinta ainda vagamente visíveis, como fantasmas se comunicando além-túmulo. Ela extraiu um pouco de conforto do conhecimento prévio de que houvera outros antes dela, mesmo que fossem tipos como Waldo Squires chegando de uma farra numa noite de sábado; isso a fez se sentir um pouquinho menos isolada. Ao mesmo tempo, uma voz em sua cabeça gritava repetidas vezes: *Isso não pode estar acontecendo. É só um pesadelo!*

Sonho de uma Vida

Exceto que, nesse pesadelo em particular, quando fechava os olhos, era apenas para abri-los novamente para as mesmas paredes verdes banhadas pela luz brilhante das lâmpadas fluorescentes. Ela se sentou na beira da cama dura, os joelhos apertados contra o peito, mas não conseguia escapar do calor que vinha dos respiradouros logo abaixo e que se elevava em círculos secos, fazendo sua pele coçar e os lábios racharem. Por trás da porta de ferro no final do corredor chegavam vozes pontuadas por risadas grosseiras ou uma ordem dada aos berros, com o costumeiro fundo de telefones tocando e arquivos de ferro batendo. A própria mediocridade daqueles sons era uma agressão, um duro lembrete de que, embora a vida como ela a conhecia tivesse chegado ao fim, para aqueles do lado de fora era apenas mais um dia.

Por favor, Laura. Corra e venha logo para cá.

Anna não sabia o que, caso houvesse alguma coisa, Laura poderia fazer, mas sabia que se sentiria melhor depois que ela chegasse, razão pela qual não gastara sua única ligação com Liz. Sua irmã faria um escândalo e exigiria que ela fosse solta, enquanto Laura, calmamente, faria com que isso acontecesse.

Por um momento de desvario, Anna se permitiu imaginar que seria Marc a ir resgatá-la. Mas não o via há meses, desde aquela noite no lago (lembrança que ela revivia tantas vezes que cada detalhe estava gravado em sua mente). Decerto ele não gostaria de ouvir falar dela agora. Se ouvisse, daria um jeito de se distanciar. Ter um caso ilícito era uma coisa, estar envolvido com uma mulher acusada de assassinato era outra bem diferente. Por outro lado, ele logo ficaria sabendo. A notícia provavelmente já estava em todos os jornais.

Ao se lembrar dos jornalistas aglomerados do lado de fora de sua casa, clamando por sangue, ela tremeu. A maior parte de sua vida adulta fora passada à sombra de Monica: fãs aparecendo sem aviso à sua porta, como se, ao lhe tocar, ficassem bem mais perto da grande estrela. Jornalistas querendo declarações suas. Pessoas que ela mal conhecia parando-a na rua, querendo informações sobre a vida pessoal de sua irmã. Monica e Nicholas Cage estavam *mesmo* tendo um caso? Era verdade que ela havia pegado a empregada na cama com o marido?

Após o acidente, isso apenas piorou. Como sua assistente, Anna se envolvera a fundo na questão, dando conta das centenas de pedidos de entrevistas que iam chegando, lendo uma montanha de cartas, desde votos de melhoras de pessoas que prometiam rezar por ela até lunáticos que achavam que ela havia recebido o que merecia. Anna se acostumou a ver jornalistas e paparazzi acampados do lado de fora dos portões da LoreiLinda e a ouvir o alarme disparar quando um dos mais intrépidos dava um jeito de se enfiar na propriedade. Mesmo que Monica se tornasse cada vez mais reclusa, a mística à sua volta crescia. Atualmente, na maioria eram aspirantes a biógrafos, freelancers em busca da baleia-branca esquiva de Hollywood e empresários e publicitários ávidos por lucrar com o nome dela. Parecia a mais cruel das ironias o fato de que, mesmo na morte, a sombra de sua irmã a tivesse eclipsado, a arrancando da luz que ela se esforçava para seguir.

Seus pensamentos foram interrompidos pela batida da porta no final do corredor e pelo *bate e arrasta* de alguém mancando em sua direção. Ela ergueu os olhos e viu que era Benny Dickerson. Ele parou na frente de sua cela, olhando com atenção pelas grades, seus olhos de bassê hound parecendo, de alguma forma, lhe pedir perdão.

— Sua advogada está aqui — anunciou ele.

Ela piscou, surpresa.

— Eu não sabia que tinha uma advogada.

— Parece que tem agora.

Laura mencionara alguma coisa com relação a um advogado, mas Anna não esperava que ela agisse com tanta rapidez. Quanto tempo fazia desde que tinham se falado? Minutos? Horas? Ela perdera a noção do tempo. Ou talvez o tempo tivesse perdido a noção dela.

Anna se levantou com pernas estranhamente elásticas, esticando-as, até se sentir prestes a flutuar a alguns centímetros do chão. A porta de sua cela se abriu com um tinido. Assim que saiu para o corredor, Benny a segurou pelo cotovelo, não para impedir que saísse correndo, mas num gesto de cortesia que, inesperadamente, a levou às lágrimas. Ele a conduziu para além da cela vazia ao lado da sua, indicando-lhe uma sala de visitas logo adiante. Anna viu uma mulher de meia-idade com cabelos grisalhos e sem corte sentada a uma mesa que ocupava quase a totalidade do espaço espartano e sem janelas. Ela se levantou apertando a mão de Anna.

— Rhonda Talltree. Laura disse que você iria precisar de uma advogada.

A primeira impressão de Anna foi a de uma mulher muito alta, mas Rhonda se impunha mais pelo físico do que pela altura: seios fartos e ombros largos que se afunilavam até os quadris estreitos, com braços musculosos que pareciam capazes de derrubar o pobre Benny no chão — impressão que suas calças jeans e botas de caubói nada faziam para amenizar. Anna lembrou-se de que fora Rhonda que fez o divórcio de Laura.

— Obrigada por ter vindo — disse Anna. Isso era tudo o que conseguia dizer no momento.

— Desculpe por ter demorado tanto — disse Rhonda. — Eu estava no meio de um compromisso quando ela telefonou. — De perto, Anna viu que seus cabelos tinham tantos fios negros quanto grisalhos. Brincos prateados com turquesa balançavam como pêndulos em suas orelhas. — A propósito, ela mandou um beijo.

— Ela não vem? — Anna ficou arrasada como uma criança que esperava a mãe buscá-la na escola e fora surpreendida por uma pessoa estranha em seu lugar.

— Fique tranquila... ela está lá no corredor. Achei que seria melhor se primeiro conversássemos em particular. — Rhonda dispensou Benny com um firme aceno de cabeça antes de se sentar. — Mas antes de qualquer coisa devo lhe confessar que não sou especialista em defesa criminal. Se você preferir, posso lhe dar alguns outros nomes.

Anna negou.

— A Laura teve algum motivo para te escolher — disse ela, sentando-se na cadeira de frente para a advogada.

Rhonda sorriu, mostrando belos dentes brancos.

— Fui promotora de justiça em Ventura durante quinze anos. E com uma boa taxa de credibilidade, vale salientar; portanto, conheço o cenário. Exceto que estou acostumada a prender as pessoas, não o contrário.

— Mas eu sou inocente! Assim que tudo isso for esclarecido...

— Epa! — Rhonda estendeu uma mão calejada adornada por um anel de prata e turquesa do tamanho de uma noz. — A boa notícia é que não há nenhuma prova contra você. A má notícia é que você não vai a lugar algum com tanta rapidez assim. Não até depor em juízo.

Anna sentiu o coração pesar dentro do peito. Aquilo não iria acabar tão cedo.

— O que vai acontecer depois?

— Você entra com uma resposta formal à acusação e, se tudo correr bem, é posta em liberdade condicional.

— Você quer dizer que há a possibilidade de algo não correr bem? — O pânico a derrubou como um soco forte.

Rhonda estendeu o braço por cima da mesa para pousar a mão no braço de Anna, num gesto de encorajamento.

— Prometo dar o melhor de mim.

Anna pensou em algo que fez o pânico se intensificar ainda mais.

— Não tenho como te pagar.

— Vamos nos preocupar com isso depois. — Rhonda abaixou-se para pegar um bloco da pasta surrada junto aos seus pés. — Primeiro, vamos deixar uma coisa bem clara. Se vou te representar, vou precisar de *todos* os fatos, nada pode ficar para trás. — Ela olhou séria para Anna, que percebeu que Rhonda não estava supondo nada.

— Não tenho nada a esconder — disse ela.

— Está bem. Vamos começar com a noite em questão.

— Eu estava em casa.

— Há alguma testemunha de que você estava em casa?

Ela negou.

— Eu moro sozinha.

Rhonda rabiscou alguma coisa em seu bloco.

— Quando foi a última vez que você viu a sua irmã com vida?

— Por volta das quatro e meia daquela tarde.

— Sei que você trabalhava para ela. — Laura deveria ter lhe dado a informação.

— Na verdade, era o meu último dia. — Percebendo a ironia, Anna permitiu-se dar um breve sorriso.

Rhonda ergueu uma sobrancelha.

— Ela estava aborrecida por você estar indo embora?

— Ela não estava muito feliz não. — Anna suspirou, passando a mão pelos cabelos enquanto tentava se lembrar do que passara os últimos dias tentando esquecer. — Discutimos um pouco naquele dia. E a discussão ficou mais séria num determinado momento.

— Você a ameaçou?

— Não, claro que não.

— Então, até onde você tem conhecimento, não havia razão alguma para ela dizer ao empresário dela que você estava do lado de fora esperando para atacá-la?

Anna ficou pasma como se tivesse levado um tapa.

— Onde você ouviu *isso*?

— Tenho um primo que trabalha na polícia. — Rhonda baixou a voz, preocupada com Benny do outro lado da porta. — Carlos Vasquez. Você o conhece?

O nome lhe era familiar.

— Ele foi lá em casa uma ou duas vezes.

Quando Rhonda olhou para ela sem compreender, Anna acrescentou:

— Minha mãe tinha mania de sair andando sem saber para onde. — E ela achou que Betty era sua maior preocupação. — Então eles acham mesmo que eu a matei?

— Parece que sim.

— Não estou entendendo. Como...?

— Além de um e-mail que ela enviou para o empresário, no qual diz que se sentiu ameaçada por você, há também provas físicas te ligando ao crime.

A cabeça já quente de Anna girou.

— Isso é impossível. Eu te disse, eu não estava em nenhum lugar ali por perto...

— O que você tem a me dizer sobre Gardener Stevens? — Rhonda a interrompeu.

— Era o advogado da Monica. Por quê?

— Parece que, no dia em que morreu, sua irmã marcou hora para falar com ele sobre o testamento dela. Segundo o sr. Stevens, ela estava planejando te deserdar. Ao que parece, você e sua irmã Elizabeth, cada uma, iriam receber um quarto do espólio dela.

— É só Liz — Anna corrigiu-a, tonta demais para absorver o que Rhonda estava dizendo.

— Você sabia de alguma coisa?

— De que eu estava no testamento dela? A Monica falou alguma coisa um tempo atrás. — Embora, com ela, nunca desse para saber... ela usava o dinheiro como uma forma de persuasão. A única preocupação de Anna era que Betty tivesse condição de receber tratamento. — Mas, mesmo que eu soubesse que ela ia me deserdar, eu não teria tentado detê-la.

— Mesmo assim, isso faz de você uma mulher rica.

Uma raiva ardente e de tirar o fôlego eclipsou momentaneamente o pânico de Anna.

— Você está sugerindo que eu a matei por dinheiro?

— Calma. Estou do seu lado.

Anna olhou preocupada para a advogada.

— Pois você quase me enganou.

Rhonda inclinou-se para mais perto.

— Isso é só um pequeno ensaio do que você vai ouvir do promotor de justiça. — Seus olhos escuros se fixaram em Anna com uma intensidade que a fez se retrair. — Se você não aguentar a pressão, não vai ficar um minuto sequer no banco dos réus... se chegarmos a isso.

Anna levou uma mão trêmula ao rosto.

— Sinto muito. É que estou... hoje foi um longo dia.

— É compreensível. Agora, onde estávamos...? Sim, o testamento. A promotoria vai pintar você como uma mulher desesperada. Sua mãe está numa clínica geriátrica e você está lutando para pagar as contas. Além do mais, você acabou de perder o emprego e sua irmã rica está planejando te tirar do testamento dela. — Rhonda fez uma pausa para que ela assimilasse a ideia.

Sonho de uma Vida

Por trás do olhar ameaçador da advogada, Anna sentiu uma compaixão encoberta por motivos que não percebera minutos atrás, mas que agora entendia — compaixão não tinha muito valor nas atuais circunstâncias.

A enormidade da situação desabou sobre ela como uma onda gelada.

— Então sou culpada até que provem o contrário; é isso o que você está tentando me dizer?

— Não exatamente. O ônus da prova ainda está com a promotoria e, até onde entendo, a prova que eles têm é meramente circunstancial. — O olhar dela pousou no braço de Anna. — Quer me contar sobre esses arranhões?

Constrangida, Anna baixou o braço até o colo.

— São do meu gato.

— Sei que foi isso que você contou para a polícia.

Olhando para o rosto insípido e incrédulo de Rhonda, Anna se sentiu uma tola. O que podia esperar se mentisse? Numa voz pouco mais alta que um sussurro, ela admitiu:

— Está bem, foi a Monica. Mas foi um acidente... Ela estava bêbada e caiu da cadeira. Eu a estava ajudando a se levantar e... — Ela levantou o braço para mostrar os arranhões que mal haviam cicatrizado e que se estendiam da parte de dentro do cotovelo até o pulso.

— Por que você não contou para a polícia?

— Eu não queria que eles achassem que ela... — Ela respirou com dificuldade. — Era meu dever protegê-la.

— Não é o que o júri vai achar.

Anna sentiu o estômago ficando pesado.

— Você... você acha mesmo que vamos chegar a isso?

— A não ser que a gente chegue a um acordo, o que significa você aceitar a oferta do promotor e sair sob suspensão condicional da pena. — Rhonda a fuzilou com seus olhos escuros. — Mas, antes de prosseguirmos, tem uma coisa que eu preciso saber: você causou algum dano a Monica, de qualquer natureza... mesmo sem a intenção de fazê-lo?

— Não! — Anna percebeu que falara muito rispidamente e baixou a voz: — Quer dizer, tínhamos nossas diferenças. E tenho que admitir que as coisas ficaram um pouco mais difíceis no final. Mas eu *nunca*... — Ela se deteve, levando uma mão trêmula à boca.

— Você consegue pensar em mais alguém que poderia desejar vê-la morta? Ex-maridos, ex-amantes, empregados insatisfeitos?

— É uma longa lista. — Anna cedeu a um sorriso tristonho. — Minha irmã... — Ela hesitou, sem querer falar mal dos mortos. — Digamos apenas que ela não era muito querida. — Glenn não contava; ele fora poupado do pior de sua ira. — Mas ninguém a odiava a ponto de matá-la; não que eu saiba.

— Está bem. Vamos voltar um pouco no tempo. — Rhonda apoiou-se sobre os cotovelos, as mãos juntas na frente do rosto como se em oração. — Você disse que deixou sua irmã por volta das quatro naquela tarde. Depois foi direto para casa?

— Fui.

— Não parou para pôr gasolina ou ir ao mercado?

Anna negou com a cabeça. Se pudesse ter adivinhado, teria completado o tanque, feito serviço de rua e se empanturrado no Wendy's, onde todos pudessem vê-la.

— Perguntei a Laura se ela poderia testemunhar a seu favor — continuou Rhonda, a boca se esticando num sorriso desprovido de humor. Ela não precisava continuar: Laura faria qualquer coisa por ela, salvo mentir no tribunal. — Não que isso venha a provar alguma coisa, mesmo que ela tivesse te visto. Você poderia ter voltado para a casa da sua irmã mais tarde.

Anna recostou-se na cadeira.

— Eu estava cansada. Fui para cama cedo.

— Além de cansada, como você estava se sentindo?

— Não sei se entendi aonde você está querendo chegar.

— Você estava com raiva da Monica?

— Não, não estava não.

— Mesmo depois de terem discutido?

— Eu já estava acostumada — disse Anna. — Ela era geniosa, mas passava logo.

Sonho de uma Vida

Anna viu alguma coisa passar pelos olhos de Rhonda. Descrédito? Desgosto? A advogada voltou a olhar para suas anotações.

— Segundo o relatório do legista, o nível de álcool no organismo dela na hora em que morreu era de ponto um três cinco. Isso é mais do que três vezes o tolerável por lei. Você não ficou preocupada em deixá-la sozinha nesse estado?

Anna aguardou pela pontada de culpa, mas tudo o que sentiu foi pesar por ter aguentado Monica durante todo aquele tempo.

— Não foi a primeira vez.

— A Laura comentou que ela frequentou uma clínica de reabilitação.

Anna concordou.

— Foi somente nas últimas semanas que eu percebi que ela havia voltado a beber. — Uma lástima profunda brotou em seu interior. Uma coisa era Monica ter morrido de forma tão terrível, mas, para ela, o fato de estar bêbada nessa hora pareceu-lhe extremamente torpe. — Acho que a pressão foi muito forte.

— Fale-me sobre isso. Trabalho com crianças com SAF... eu as ensino a montar. Era lá que eu estava quando a Laura telefonou.

SAF, síndrome alcoólica fetal. Anna achou que devia se sentir agradecida por, pelo menos, ter sido poupada disso. Monica jamais quisera ter filhos.

— Passei a conhecer algumas das mães — continuou Rhonda. — Mesmo aquelas que acabam sóbrias se lembram constantemente de como ferraram com tudo. — Ela sorriu com pesar. — Sua irmã deve ter ficado furiosa por você ter parado de recolher os caquinhos.

— Você não sabe da missa a metade — disse Anna, com um suspiro.

— Foi por isso que você foi embora?

— Entre outras coisas. — Anna hesitou, sem saber se valia a pena mencioná-las. — Eu era obesa antes. Acho que a Monica preferia quando eu era assim.

— Deixe-me adivinhar: ela não era mais o centro das atenções?

— Por aí. — O incidente com Glenn na parte anexa à piscina lhe voltou à mente, mas ela logo o expulsou; não queria pensar nisso agora.

— Isso deve explicar por que ela se sentia ameaçada. As coisas podem ficar confusas na cabeça das pessoas, principalmente quando há grande quantidade de álcool envolvida.

Anna balançou a cabeça.

— Eu gostaria de ter lidado com isso de outra forma. Se eu tivesse dormido lá, ela talvez ainda estivesse viva.

— Ou talvez o enterro fosse seu.

Anna sentiu um frio lhe percorrer a espinha. Não lhe passou pela cabeça que ela também pudesse ser o alvo.

— A polícia tem outros suspeitos?

— Encontraram sinais de invasão... algumas pegadas na terra ao lado do muro. Mas não há como determinar há quanto tempo elas estão ali. — O que não era novidade para Anna; já havia discutido tudo isso com a polícia, que não fora atrás da pista por esta mesma razão: chovia tão pouco em Carson Springs que as pegadas podiam ser de semanas atrás.

Ainda assim, ela perguntou:

— Você acha que isso quer dizer alguma coisa?

— É difícil saber. Não havia nenhum rastro no pátio ou dentro da casa. Nenhum vestígio de arrombamento.

— O que nos leva de volta ao início.

— Ela estava esperando visitas naquela noite?

— Não que eu saiba. — De vez em quando, Glenn aparecia sem avisar, mas, se fosse qualquer outra pessoa, estaria marcado na agenda.

— Está bem, vou dar uma xeretada por aí para ver o que eu consigo descobrir. — Rhonda enfiou o bloco de volta na pasta. — Enquanto isso, eu gostaria que você fizesse uma lista de nomes. Qualquer pessoa que você ache que possa saber de alguma coisa... ou mesmo que possa estar envolvida.

Anna fechou os olhos, tentando apagar a imagem que lhe ocupava a mente: Monica boiando de bruços na piscina, braços e pernas tão esbranquiçados quanto lírios aquáticos, em contraste com o tecido escuro que se elevava em torno de sua forma inerte. Ela tremeu. Não, não podia pensar em ninguém que odiasse sua irmã a tal ponto.

Sonho de uma Vida

187

Ela se sobressaltou ao ouvir o som da cadeira de Rhonda chegando para trás.

— Entro em contato com você assim que a audiência for marcada. Conversaremos mais então — disse a advogada.

A mente de Anna deu um salto à frente.

— Ah, meu Deus. O enterro. É depois de amanhã.

— Até lá já devemos ter te tirado sob fiança. — Rhonda pôs a mão em seu braço, tranquilizando-a da forma que talvez fizesse com uma criança no lombo de um cavalo. — Tente não se preocupar demais. E procure dormir. Teremos um longo dia pela frente.

Dormir? Anna havia esquecido o que era isso. Sempre que começava a pegar no sono, imagens de um pesadelo assomavam. Mas tudo o que fez foi dizer:

— Farei o possível.

Laura teve permissão para entrar poucos minutos depois. De calças jeans e moletom, parecia que também estivera montando a cavalo. Anna percebeu um pedaço de palha enfiado em seus finos cabelos castanhos quando elas se abraçaram.

— Você está bem? Deixa pra lá, bobagem minha perguntar. *Como* poderia estar? — Os olhos castanhos de Laura estavam brilhantes por causa de lágrimas não vertidas.

— Obrigada por ter mandado a Rhonda. — Anna se esforçou para conter as próprias lágrimas. Era como se ela tivesse se perdido na mata, andando horas a esmo, e o rosto querido de Laura tivesse se materializado como uma janela acesa na escuridão.

— Você está em boas mãos. Ela é a melhor.

— Ela parece saber o que está fazendo.

Laura arriscou um sorriso.

— Você vai sair logo.

— Terei sorte de sair sob fiança.

— Mas você é inocente!

— Não é o que eles acham.

— Ah, Anna. — Uma lágrima escorreu pela face de Laura. — Não posso acreditar. *Você*, entre todas as pessoas.

Anna teve o ímpeto de consolar a amiga, mas sabia que ambas acabariam chorando. Ela engoliu em seco.

— Você contou para a Finch?

Laura concordou.

— Ela está chocada, como o resto de nós. Disse para você não se preocupar com o Boots. Ela vai garantir a comida dele.

— As chaves estão...

— ... Debaixo do tapete. Eu sei. — Laura enxugou as lágrimas. — Há mais alguma coisa que a gente possa fazer? Qualquer coisa?

— Ligue para a Liz. Diga a ela que está tudo pronto para o enterro; tudo o que ela tem a fazer é confirmar o florista. O número dele está no bloquinho ao lado do telefone da cozinha. Ela vai precisar ligar para o Glenn também. Ele está acertando as coisas do lado dele.

Anna não percebera a ironia da situação até Laura dar uma risada regada a lágrimas, dizendo:

— Se você fosse escrever um livro, ninguém acreditaria. — Quem, além de Anna, estaria organizando o funeral da própria pessoa que acreditavam que ela tinha matado?

— Acho que não acreditariam mesmo.

O tempo delas havia chegado ao final. Ela abraçou Laura à porta.

— Mais alguém que eu deva avisar? — Laura manteve o abraço, relutante em soltá-la.

Anna pensou mais uma vez em Marc. Queria vê-lo desesperadamente, mas sabia como ficaria arrasada se ele não viesse. Não podia correr esse risco. Não agora, quando se sentia tão vulnerável. Ela negou com a cabeça, respondendo:

— Ninguém que eu me lembre.

Anna teve o sono interrompido. Quando acordou, foi para o brilho implacável das lâmpadas fluorescentes. Quanto tempo havia dormido? Não poderia ter sido mais do que algumas horas, pois ainda se sentia morta de exaustão, os olhos arranhando e a mente como se estivesse cheia de algodão. Ela se sentou, pronta para ouvir a cacofonia familiar das celas, mas os únicos sons que ouvia agora eram o tique da ventoinha do aquecedor e um leve sussurro que chegava pela rachadura logo acima. Foi praticamente um alívio quando a porta no final do corredor se abriu com um tinido e, mais uma vez, Benny surgiu à vista balançando a bandeja com seu jantar numa das mãos e segurando o quadril defeituoso com a outra.

Ele empurrou a bandeja pela abertura da porta da cela: almôndegas e purê de batatas boiando em molho de carne. O cheiro lhe causou enjoo.

— Eu trouxe antes, mas você estava apagada. Esquentei no micro-ondas — disse ele. Ela ficou comovida com sua consideração; isso a fez se sentir um pouco menos só. — E você coma tudo, ouviu? Nenhum problema jamais foi resolvido com a barriga vazia. — A voz dele estava baixa, quase conspiradora, como se eles estivessem bolando um plano para fugir.

Anna forçou um sorriso.

— Obrigada, Benny.

— Se houver alguma coisa que eu possa fazer... — Seus olhos caídos a observaram com tristeza.

— Apenas tenha fé. — Ela deu uma batidinha na mão sardenta que se curvava sobre as grades.

Benny seguiu pelo corredor, sua sombra balançando na parede. Estava quase no final quando fez uma pausa e voltou.

— Ah, eu quase me esqueci. Veio um moço aqui para te ver agora há pouco.

Ela sentiu uma onda de esperança. Marc? Mas poderia ter sido qualquer outra pessoa... Hector ou padre Reardon.

— Você anotou o nome dele? — Ela lutou para manter a voz calma.

— Infelizmente não.

— Como ele era?

— Jovem. Alto, cabelos escuros. — O coração dela ficou pesado, então ela se lembrou de que, para um velhote como Benny, qualquer um abaixo dos cinquenta pareceria jovem. Como se lesse seus pensamentos, ele perguntou timidamente: — Não foi o seu namorado, foi?

Ela não se deu ao trabalho de negar.

— Ele disse quando voltaria?

Benny baixou o olhar.

— Sinto muito, Anna, mas o chefe deixou ordens... nada mais de visitas hoje à noite. Ele disse que isso aqui não é hotel.

Anna sentiu as paredes se fechando à sua volta.

— Benny, por favor. — Estava apertando as grades com tanta força que perdera a sensibilidade na ponta dos dedos. — É importante. Talvez questão de vida ou morte. — Não sabia se isso era verdade, mas, naquele momento, era assim que parecia. — Você precisa me ajudar.

— Sinto muito, Anna, mas você sabe que eu não posso. — Ele se aproximou a passos pesados para sussurrar bem baixinho: — Posso ser suspenso. Justo agora que estou para me aposentar. — Ele jogou o peso sobre a perna sadia, o quadril impelido para a frente numa pose que seria cômica não fosse a expressão de dor em seu rosto. — Mas vou te dizer uma coisa... — Ele lambeu os lábios, lançando um olhar furtivo por cima do ombro. — Se o seu amigo aparecer de novo enquanto o chefe estiver fora, vou te dar uns minutinhos. — Ele balançou a cabeça como se pasmo com a própria estupidez. — Acho que é o mínimo que eu posso fazer... depois da forma como você cuidou da minha mulher.

Anna lembrou-se de que sua esposa, Myrna, havia morrido recentemente. Mas o que fizera além de dar uma passadinha algumas vezes no hospital para confortar uma mulher à beira da morte? Qualquer um teria feito o mesmo.

— Não vou me esquecer disso, Benny — disse ela com a voz embargada, os olhos se enchendo de lágrimas.

Quando ele foi embora, ela se sentou na cama, levantando os joelhos até o peito. A histeria que vinha contendo foi chegando aos poucos e ela começou a rir sem emitir som, lágrimas escorrendo por suas faces. Desejara ver Marc, mas nem em um milhão de anos poderia ter imaginado as circunstâncias que o trariam de volta.

Uma eternidade pareceu ter se passado até Benny reaparecer com um homem mais alto, a alguns passos atrás dele. O coração dela disparou.

— Marc — sussurrou ela.

Sonho de uma Vida

Ele parou em frente à cela. Seus olhos arderam sob a luz branca e ela teve a sensação de ser abraçada, embora ele não tivesse chegado a tocá-la. Então a porta se abriu e ele entrou.

— Cinco minutos — murmurou Benny dando uma olhada no relógio, antes de seguir discretamente pelo corredor.

Marc a tomou em seus braços quase bruscamente.

— Entrei no carro assim que soube. Mal pude acreditar.

Ela se esforçou para não dissolver.

— Nem eu.

Ele recuou, examinando seu rosto.

— Você está bem?

Ela deu um jeito de sorrir.

— Já tive dias melhores.

— Senti vontade de telefonar quando soube da Monica, mas... — Ele desviou o olhar.

Ela sentiu uma fagulha de raiva. *Por que não ligou então?* Mas ela sabia que isso apenas teria dificultado as coisas, para ambos.

— Você está aqui agora, é isso o que importa.

— Você tem advogado? — perguntou.

Ela concordou.

— Arrumei hoje.

— Ele é bom? Eu posso dar alguns telefonemas.

— É ela, e vou ficar sabendo melhor amanhã. — Não estava com vontade de falar de Rhonda. — Só me abrace, Marc. É tudo o que eu preciso de você agora. — Ela se aconchegou em seus braços, ciente de Benny em pé, a alguns centímetros dali.

— Pobre Anna. — Ele lhe acariciou os cabelos e ela sentiu o seu perfume. O mesmo perfume que ficara em sua roupa depois daquela noite no lago. Aninhada em seus braços, ela se sentiu segura pela primeira vez naquele dia.

— Tudo isso parece tão irreal. — A voz dela saiu abafada em contato com a camisa dele. — Até o fato da Monica estar morta.

— Sinto muito pela sua irmã.

— Você não acha que eu a matei, acha? — Ela se afastou, olhando-o com um sentimento próximo ao pânico. Se Marc tivesse dúvidas...

— Claro que não. — Estava claro que ele não tinha a menor dúvida. Uma onda de alívio tomou conta dela. — Você faz ideia de quem possa ter sido?

Ela negou com a cabeça.

— Nenhuma.

— Vamos pensar nisso mais tarde. Agora, temos que te tirar daqui.

— Minha advogada está trabalhando para isso.

— Como posso ajudar?

— Acho — disse ela devagar — que isso é com você.

Ele a observou em silêncio. Os dois sabiam o que isso significaria para ele caso se envolvesse mais a fundo: poderia acabar fazendo mais mal do que bem. Mas tudo o que ele disse foi:

— Vou ficar hospedado na pousada. Me dê notícias assim que souber de alguma coisa. Estarei lá pelo tempo que você precisar de mim.

Tudo voltou rapidamente em sua cabeça: a lua no vidro da janela, o som da água batendo no deque. A respiração de Marc contra o seu rosto. Essa lembrança era quase mais do que ela podia suportar. Ela fixou o olhar em um botão que estava se soltando de sua camisa... algo que uma esposa teria percebido. — Devo saber mais amanhã.

— Você me telefona?

Ela fez que sim com a cabeça.

— *Há* uma coisa que você poderia fazer nesse meio-tempo — disse-lhe.

— Pode dizer. — Ele parecia aliviado em poder ser útil.

— A Liz. Você conversaria com ela? Tenho certeza de que está preocupada.

— Vou passar lá a caminho da pousada.

Anna rabiscou o número do telefone no verso de um cartão de visitas dele.

— Diga a ela... — Anna encolheu os ombros. — Nada. Diga apenas que estou bem.

Um silêncio estranho se seguiu. Então Marc perguntou:

Sonho de uma Vida 193

— Ela sabe sobre nós?

Ela sorriu e balançou negativamente a cabeça.

— Não. — Não vira razão para lhe contar.

Ela viu o pesar nos olhos dele.

— Se isso adiantar alguma coisa, sinto muito pela forma como tudo ficou.

— Pelo menos você não mentiu para mim. — Mesmo assim, um vestígio de amargura passou pela voz dela.

— Pensei em você. Muito.

Ela ficou olhando séria para ele.

— Senti sua falta em todos os minutos de todos os dias. — Até aquele dia, ela preferiria ter morrido a ter de admitir isso, mas essas preocupações pareciam tolas agora, como preocupar-se em molhar as roupas enquanto estivesse se afogando.

Ele lhe deu um sorriso torto.

— Cuidado com o que você deseja, ouviu? — Ele passou delicadamente os nós dos dedos pelo rosto dela, deixando um leve rastro de calor.

— Estou feliz por você ter vindo.

— Eu também.

Benny pigarreou para informar que o tempo deles havia se esgotado. Marc a abraçou com força. Ela pôde sentir o coração dele bater e, por um breve momento, confundiu-o com o dela. Ela jogou a cabeça para trás e encostou a boca na de Marc. O beijo dele foi um bálsamo para seus nervos cansados.

Relutantes, eles se separaram.

— Amanhã — disse ele.

— Se eu sobreviver à noite.

— Lembre-se... você não está sozinha.

Ela sentiu um pouco da tensão se dissipar. *Eu te amo.* As palavras estavam na ponta da língua. Mas tudo o que ela fez foi sussurrá-las quando ele deu as costas.

* * *

Marc dirigiu com cuidado, analisando a estrada íngreme e sinuosa, como se, a cada curva, pudesse estar a resposta para a pergunta que o perturbava. Havia pegado apenas alguns detalhes na CNN, mas sabia que não teriam prendido Anna sem provas suficientes. Será que ela havia sido falsamente incriminada? Em caso positivo, por quem? Apenas uma coisa era certa: ele não conseguiria dormir muito naquela noite. Na verdade, não dormia bem desde...

Ele sacudiu levemente a cabeça para afastar esse pensamento. Passara os últimos quatro meses tentando racionalizar que nada acontecera, mas a verdade era que sentia alguma coisa por ela. Isso o pegara desprevenido, principalmente depois de conhecê-la por tão pouco tempo. Não se sentira tão atraído assim por alguém desde o dia em que pousara os olhos em Faith, quando conversava com uma amiga no campus de Stanford, uma brisa brincando com a bainha de sua saia — uma *saia*, na época em que não era possível distinguir os homens das mulheres se vistos de trás. Anna nada tinha a ver com Faith... mas aquele sentimento, como um osso entalado na garganta, era o mesmo.

Não podia virar as costas para ela da mesma forma que não podia virá-las para Faith. E talvez também precisasse de algo de Anna, nem que fosse para saber que, de alguma forma, estava fazendo a diferença. Não podia salvar sua esposa, mas talvez pudesse salvar Anna.

Ele franziu os olhos, esforçando-se para enxergar as placas com os nomes das ruas sob o clarão dos faróis de seu carro. Liz lhe dissera para procurar pela placa que indicava as águas termais e finalmente ele a encontrou, logo à frente, à sua direita.

Momentos mais tarde, ele estava virando para uma estradinha estreita e coberta de cascalho. Os faróis voltados para árvores densas e arbustos até que um chalé estilo alpino, com telhas de cedro, surgiu à vista. Lá no alto da colina ele pôde ver o spa iluminado por luminárias externas, um estilo rústico/moderno com toques asiáticos: Frank Lloyd Wright se encontrando com I. M. Pei.

Um Jeep Cherokee estava estacionado na entrada de carros ao lado do Miata vermelho de Liz. Ela não lhe dissera que tinha visitas. Estaria ele se intrometendo? Não, ela teria lhe dito. Embora surpresa por ouvi-lo

Sonho de uma Vida

ao telefone, ela parecera ávida por qualquer informação que ele pudesse lhe dar.

Ele bateu e foi forçado a esperar um longo minuto ou mais antes de a porta se abrir um pouquinho e ela olhar para ele por cima da correntinha.

— Marc, oi. Eu não te esperava tão rápido. — Ela se atrapalhou com a corrente e chegou para o lado para deixá-lo entrar, parecendo nervosa por alguma razão. — Desculpe a bagunça — disse. — Não tive chance de arrumar.

Ele entrou numa pequena sala de estar com teto de vigas aparentes e lareira. Sobre o sofá havia um cesto com roupas limpas aguardando para serem dobradas; fora isso, a sala parecia bem arrumada. Liz, no entanto, estava toda bagunçada. De calças legging, camiseta amarrotada e cabelos desalinhados como se tivesse acabado de sair da cama, ela em nada se parecia com a mulher sofisticada de quem ele se lembrava da semana da família.

Ele ouviu uma tosse no quarto ao lado e perguntou:

— É uma má hora?

Liz deu uma olhada rápida por cima do ombro.

— Não, com certeza não. Meu amigo, eh... ele já estava de saída. Posso te oferecer alguma coisa para beber? Tem vinho na geladeira. — Antes que ele pudesse lembrá-la de que não bebia, ela disse: — Desculpe, não estou raciocinando. Que tal um refrigerante?

— Um copo de água estaria bom.

Ela não fez qualquer menção de ir à cozinha; apenas ficou parada, olhando para ele, a testa franzida em sinal de consternação.

— Me fale sobre a Anna. Estou morta de preocupação.

— Nas atuais circunstâncias, ela está tão bem quanto possível.

— Não pude acreditar quando soube. — Ele viu a mágoa em seus olhos, por ela não ter sido a primeira pessoa pra quem Anna telefonou.

— Eu também não — disse ele. — É por isso que estou aqui.

Liz balançou cabeça.

— Parece um pesadelo. Primeiro a Monica... e agora isso.

Ele se sentou no sofá, o aroma de roupas limpas chegando até onde estava.

— Você faz alguma ideia de quem poderia querer vê-la morta?

— Está perguntando para a pessoa errada. A Monica e eu... bem, nós não éramos exatamente próximas. — Ela encolheu os ombros. — Acho que nem sempre a família vem em primeiro lugar.

— Você estava ao lado dela quando ela precisou de você. — Embora durante a semana da família Liz parecesse ter sido arrastada até lá à força. Somente no final foi que ela se abriu.

Liz deu um sorriso desprovido de humor.

— Fiz isso pela Anna. Até onde sei, ela é a única irmã que eu já tive.

Ele olhou para a foto de um menino sem dentes sobre o console da lareira.

— Seu filho?

A expressão dela se suavizou.

— Dylan. Ele tem oito anos.

— Um belo menino.

— Ele está na casa do pai. O Brett fica com ele duas noites por semana.

— Parece um bom acordo.

Suas faces enrubesceram, como se ela tivesse percebido outras intenções em sua observação impensada. Naquele mesmo instante, uma voz masculina falando ao telefone foi ouvida no final do corredor.

Liz saiu correndo da sala, retornando momentos depois com um copo cheio de água gelada numa mão e uma garrafa de vinho na outra. Ao lhe entregar a água, ele percebeu que ela o observava com sua desconfiança costumeira: ela tinha uma visão preconceituosa dos psiquiatras.

— Não me interprete mal, doutor, mas isso não está fora da sua alçada? — Ela falou com gentileza, mas ele percebeu um toque de irritação em sua voz.

— Não estou aqui como profissional.

Ela inclinou a cabeça, observando-o com o olhar confuso. Então arregalou os olhos, como se compreendesse.

— Entendi. — A mágoa da surpresa exposta em seu rosto já dizia tudo: por que Anna não havia confiado nela o suficiente para lhe contar? — Acho que não conheço minha irmã tão bem quanto imaginava.

Ele percebeu que ela estava curiosa para saber mais, mas tudo o que ele disse foi:

— A única coisa que importa agora é tirá-la da prisão. E estou aqui para ajudar da forma que puder.

Com um suspiro profundo, Liz deixou-se cair na poltrona de frente para ele.

— O que vai acontecer agora? A Laura falou qualquer coisa com relação a uma apresentação formal em juízo.

— Vamos ter mais notícias amanhã.

— Mas você acredita *mesmo* na inocência dela? — Marc deixou o silêncio falar por si só, incitando Liz a especular às cegas: — Aposto que esse Glenn teve alguma coisa a ver com isso. Nunca confiei nesse cara.

— Glenn? — Ele se inclinou para a frente, interessado.

— O empresário da Monica. Estou surpresa por a Anna não ter mencionado o nome dele.

— Por que você acha que ele está envolvido?

Ela encolheu os ombros.

— Quem sabe? Talvez eles fossem amantes e ele a tenha pegado na cama com outro homem. Ou talvez ele tenha achado que faria mais dinheiro com a morte dela. Tudo o que sei é que ele é o típico empresário canastrão.

Nesse momento, um homem veio do corredor para a sala. Era alto e bronzeado, com todas as características de um norte-americano boa-pinta que se esperaria ver numa caixa de cereais.

— Olá, sou o David. — Ele sorriu com simpatia, estendendo a mão para cumprimentá-lo. De calça marrom-clara, camisa azul Izod e uma mecha dourada nos cabelos castanhos que caíam sobre a testa, ele poderia muito bem ser o preferido da seleção dos membros da Liga Nacional de Futebol, embora devesse regular em idade com Marc.

Marc levantou-se para lhe apertar a mão.

— Marc Raboy. Desculpe por chegar assim, de repente, a Liz não me disse que estava com visita.

— Não tem problema. Eu já estava de saída. — Seu sorriso desapareceu, sendo substituído por um olhar apreensivo. — Como está a

Anna? Vim para cá assim que eu soube. Achei que... — Ele e Liz trocaram um olhar significativo. — Há alguma coisa que eu possa fazer para ajudar?

— Nós lhe diremos.

David se virou mais uma vez para Liz.

— Você me telefona?

— Claro. — Ela falou com gentileza.

— Dê uma passadinha lá no café se tiver oportunidade — disse ele a Marc. — É o Casa da Árvore. Pergunte a qualquer pessoa e vão te indicar a direção correta. — Marc percebeu que ele usava aliança. Então era por isso que Liz estava tão nervosa... não que ele estivesse em posição de julgar.

Ele sorriu.

— Obrigado. Talvez eu faça isso.

David esticou o braço para pegar o paletó dobrado sobre uma cadeira ao lado da porta.

— Bem, foi um prazer te conhecer. Quando estiver com a Anna, diga a ela que os amigos estão cento e dez por cento do lado dela. Se ela precisar de alguma coisa, é só pedir.

— Eu vou te acompanhar até o carro. — Liz se pôs de pé, o rosto ruborizado. Marc não achou que fosse por causa do vinho.

Quando ela retornou, alguns minutos depois, ele se levantou.

— É melhor eu ir andando também.

Ela o acompanhou até a porta.

— Sei o que você está pensando — desabafou ela, quando ele estava de saída. Ele fez uma pausa. Estava claro que ela precisava tirar aquele peso do peito: — Ele é casado, tudo bem, mas há mais coisas além disso. — Ela se recostou na moldura da porta, um pé descalço em cima do outro, no rosto, a expressão típica de uma criança culpada, desesperada por perdão.

— Você não me deve explicações — disse ele, com gentileza.

Ela expirou de forma irregular.

— Você não vai contar para a Anna, vai?

Sonho de uma Vida

— Como eu te disse, isso não é da minha conta. — Ele não acrescentou que Anna tinha preocupações muito mais sérias no momento.

— O David é um amigo da família — continuou ela, mesmo assim. — Todas nós costumávamos brincar no café quando o pai dele era o dono. Ele e eu chegamos a namorar no colégio. — Ela olhou sem ver para a escuridão da mata. — Nós dois nos casamos mais ou menos na mesma época. Foi só depois do meu divórcio que nós... — Ela voltou o olhar para ele, com um sorriso triste. — E você aqui todo preocupado com a Anna. — Seus olhos examinaram o rosto de Marc. — O que vai acontecer com ela, Marc?

— Eu gostaria de poder te dizer... mas há momentos que nem mesmo os psiquiatras têm todas as respostas — disse ele, com um tom de ironia.

O telefone tocou nesse exato momento e Liz correu para atendê-lo. Após um instante, ele a ouviu dizer, quase sem ar:

— Está bem... sim... Estarei lá... obrigada. — Ela desligou e olhou para Marc, de pé no degrau da porta, o coração batendo no mesmo ritmo da mariposa que se debatia até a morte contra a luz da varanda. — Era a Laura — disse-lhe. — A audiência é amanhã às onze.

Capítulo Nove

Anna correu os olhos pela sala do tribunal. A última vez em que estivera lá fora anos atrás, como jurada — um processo sobre mau exercício de profissão, que foi resolvido fora do tribunal. O pé-direito alto, o rodapé de carvalho escuro e o brasão do Estado gravado em dourado, acima da cadeira do juiz, lhe pareceram grandiosos na época, não assustadores. Ela olhou para Rhonda, sentada ao seu lado, tranquila e preparada em seu terninho cinza e colar de pérolas, enquanto ela se sentia pesada de tanta exaustão, cada músculo doendo por causa da noite na cela. Uma das pálpebras tremia e ela sentia um gosto de cabo de

Sonho de uma Vida

guarda-chuva na boca. Ao olhar por cima do ombro, sentiu-se aliviada em ver Laura sentada logo à frente com Hector, Maude e Finch. Marc e Liz estavam nas extremidades da fila — os seis formando uma barreira contra jornalistas e curiosos excitados que lotavam a galeria.

As formalidades haviam sido dispensadas. Agora o juiz se inclinava para a frente, o olhar dirigido para Rhonda.

— Sra. Talltree, sua cliente gostaria de dar alguma resposta formal à acusação?

Rhonda levantou-se.

— Sim, Excelência: inocente. Eu gostaria também de fazer um pedido formal para que as acusações sejam retiradas. Elas são inteiramente infundadas, e a suposta prova que liga minha cliente a este crime é, no mínimo, insignificante.

— Isso ainda resta ser visto, senhora advogada. — Seu olhar foi insípido, ilegível. — Pedido negado.

Anna se pegou olhando para os chumaços de pelos que saíam das narinas do Honorável Juiz Emory Cartwright, homem de meia-idade que, em outro contexto, seria perfeitamente apresentável, com olhos azul-claros e cabelos castanhos escassos. Lembrava-se de tê-lo visto na igreja. Membro da Igreja Episcopal, casado com uma católica, ele se comprometera a ocasionalmente ir à missa com a esposa. Lembrou-se também de que a contribuição de Leonore Cartwright para o último bazar de doces fora uma torta de cerejas com creme de leite azedo — a preferida de seu marido, assim dissera ela.

Rhonda não pareceu abalada.

— Quanto à fiança — continuou ela, com a voz tranquila —, solicito que a srta. Vincenzi seja posta em liberdade por meio de termo de compromisso de comparecimento a juízo.

Ele deu uma olhada nos autos.

— Sem antecedentes criminais, pelo que estou vendo.

— Ela também tem fortes laços com a comunidade e é ativa na igreja que frequenta. — Rhonda pousou a mão no ombro de Anna. — Sua mãe e irmã viva também moram aqui. Na verdade, pedi a Liz Vincenzi para testemunhar hoje em favor da irmã.

O juiz voltou o olhar para o promotor de justiça, homem robusto num terno estilo jaquetão, com o rosto corado e uma mecha loura escondendo a calvície.

— Sr. Showalter?

Showalter murmurou alguma coisa para um de seus colegas e se levantou. Anna lembrou-se de um valentão da quinta série procurando alguém para implicar.

— Excelência, tenho certeza de que a srta. Vincenzi também é bondosa com os animais e faz contribuições para instituições de caridade. — Ela se encolheu diante de seu tom malicioso. — No entanto, todos nós sabemos da existência de lobos em pele de cordeiro. Estamos falando de uma mulher que empurrou a própria irmã, paraplégica, para dentro de uma piscina e ficou observando seu afogamento, ignorando seus gritos por socorro. — Ele se virou um pouco, como se estivesse falando para a galeria lotada, fazendo uma pausa para obter um efeito dramático. — Nada pode deter uma mulher como esta.

Anna sentiu o sangue sumir do rosto, mas Rhonda manteve a calma.

— Excelência, mesmo que *quisesse*, minha cliente não está em posição de ir a lugar nenhum. — Rhonda entregou o passaporte vencido de Anna e seus dados bancários, antes de chamar Liz para testemunhar.

— Srta. Vincenzi, qual a sua relação com a ré? — perguntou Rhonda, depois que Liz prestou juramento.

Liz, elegantemente feminina num terninho azul-marinho e blusa rosa-choque franzida, inclinou-se para o microfone.

— Sou irmã dela.

— Qual foi a sua reação quando soube que ela havia sido presa?

Liz sentou-se com as costas retas, os olhos faiscantes.

— Isso é ultrajante. Anna não machucaria uma mosca! Qualquer que seja a sua intenção aqui... — Ela lançou um olhar raivoso para Showalter.

O juiz a avisou para se abster de tais comentários.

Anna sentia-se como se estivesse observando tudo a distância, como se os estivesse ouvindo falar sobre alguém que ela não conhecia. Até mesmo os sons estavam distorcidos, os sussurros, as tosses, os pés que se arrastavam e que pareciam ecoar como se dentro de uma caverna.

Ela sentiu um pouco da tensão desaparecer quando o juiz pronunciou:

— Considerando os laços da ré com a comunidade, não creio que ela apresente risco de fuga. — Mas antes que ela pudesse respirar aliviada, ele continuou: — No entanto, por conta da gravidade da acusação, a fiança fica estabelecida em quinhentos mil dólares. — Ele bateu o martelo. — Quero advertir aos dois lados — avisou ele, lançando olhares ameaçadores para os advogados — que qualquer tentativa de levar este caso a júri popular *não* será vista de forma favorável. — Ele olhou ostensivamente para os jornalistas que faziam anotações em seus blocos.

Anna ficou chocada. Meio milhão de dólares? Como conseguiria levantar até mesmo os dez por cento de que precisaria dar ao agente de fiança? Ela mal percebeu Rhonda lhe apertando o ombro. Sentia-se toda dormente, como se anestesiada.

— Anna? — A voz da advogada parecia vir de longe.

Ela tentou se levantar, mas seus joelhos se dobraram e ela caiu de volta na cadeira. Numa voz calma que nada tinha a ver com o barulho atordoante em sua cabeça, ela disse:

— Estou bem, sério. Só preciso de... de... — De repente ela teve dificuldade para respirar.

Rhonda a pegou pelo cotovelo, ajudando-a a se levantar. De pé, balançando desequilibradamente e agarrando-se ao encosto da cadeira, Anna percebeu que agora estava no mesmo barco que a mãe: dependente dos outros para qualquer coisa, por mínima que fosse. Ela se virou para a advogada e disse num sussurro rouco:

— Não tenho esse dinheiro.

— Vamos dar um jeito — murmurou Rhonda, lançando um olhar esperançoso para Liz. Mas Anna sabia que a irmã também não tinha aquela quantia. Por ironia, a única pessoa que poderia pagar a fiança era Monica.

Laura se apressou em abraçar Anna.

— Graças a Deus! Achei que iria morrer se você tivesse que ficar mais um minuto aqui. — Ela encarou Showalter e seus colegas enquanto eles desapareciam por uma porta lateral. Estava com os olhos vermelhos e o nariz rosado de tanto chorar. Bolinhas de lenço de papel pontuavam a frente de seu suéter verde-escuro com gola rulê. — Vamos dar um jeito de conseguir o dinheiro; não se preocupe. — Ela lançou um olhar corajoso para Hector. Anna não tinha dúvidas de que eles pegariam um empréstimo dando a fazenda deles como garantia, caso ela já não estivesse toda hipotecada.

Hector pôs o braço sobre o ombro de Anna, num gesto fraterno. Ele recendia ao desodorante Old Spice e, em menor intensidade, ao celeiro, onde passava a maior parte de suas horas de trabalho.

— Tenho um pouco de dinheiro guardado. — Anna sabia que não chegaria nem perto do suficiente, mas o gesto a comoveu no fundo do coração.

— Se ao menos nós pudéssemos usar o dinheiro do calendário. — O rosto querido de Maude franziu-se de preocupação. Com seu vestido amarelo franzido, ela parecia um canário que entrara pela janela.

Anna lembrou-se de que o calendário apresentando fotos de fino gosto das mulheres seminuas do grupo de costura de Maude, a maioria delas avós, quase incitara um levante quando posto à venda no Natal anterior. Graças a um artigo no *Clarion*, sua primeira impressão modesta esgotara em questão de dias e, desde então, voltara várias vezes à gráfica, transformando Maude e suas amigas numa espécie de celebridades. Mas, mesmo se o dinheiro lhe fosse oferecido, Anna nem sonharia em usar fundos reservados à caridade.

— Droga. — Os olhos escuros de Finch reluziram, e traços de rubor surgiram em suas faces. Ela sabia muito bem o que era ser pega pelas engrenagens vagarosas do sistema.

— Vou ficar bem — Anna disse baixinho, tocando o braço tenso da menina. — O importante é que vocês estão aqui. Eu não sei o que faria sem vocês. — Ela engoliu em seco, lutando contra o nó que sentia na garganta, olhando de um para o outro. Seu olhar se demorou em Marc, ligeiramente afastado dos outros, que, em resposta, assentiu lentamente com a cabeça.

Liz pôs um pedaço dobrado de papel na mão da irmã.

Sonho de uma Vida

— O Dylan fez isso para você. — Anna o desdobrou e viu um desenho feito às pressas, em giz de cera, retratando a casa de Anna com Boots na frente e um sol amarelo e gorducho no céu. Em letras de forma irregulares escritas na borda do papel, estavam as palavras: NÃO FIQUE TRISTE.

Ela sentiu uma pressão forte atrás dos olhos e fez o possível para não chorar, sabendo que, uma vez que começasse, não conseguiria parar.

— Diga a ele que vou tentar. E que... — Ela começou a soluçar. — A tia Anna manda um beijo enorme.

Liz também parecia à beira das lágrimas.

— Está tudo certo para amanhã. Falei com o Glenn. Segundo ele, todas as celebridades estarão lá. — Seu desprezo pelo empresário de Monica estava estampado por todo o seu rosto, mesmo quando ela deu um sorrisinho irônico. — Uma pena a Monica não estar aqui para ver. Ela iria adorar cada minuto.

Anna sentiu um pouco da dormência ir embora e ser substituída pelo pânico. Com toda a excitação por conta da audiência daquele dia, o enterro da irmã lhe escapara da lembrança. E se não saísse a tempo? Não estar presente no enterro da própria irmã... era inimaginável.

O oficial de justiça estava se aproximando e Finch deu um passo à frente de Anna, como se para protegê-la, dizendo com voz firme e baixa:

— Lembre-se: eles não podem fazer nada com você que você não permita. — A última imagem que Anna teve do mundo exterior ao ser levada dali, algemada, foi a de uma menina magra, de olhos escuros, saia e bata, franzindo o rosto para ninguém em particular.

— Poderíamos bater de porta em porta. É sempre mais difícil para as pessoas dizerem não na cara. — Finch olhou para Andie e Simon, depois para o outro lado da mesa, para Lucien, que estava pensativo, tomando sua Coca.

— Também poderíamos sair perdendo alguns dedos — raciocinou Simon.

Andie lhe lançou um olhar desaprovador.

— Acho que a maioria das pessoas vai querer ajudar.

Simon empurrou os óculos que escorregavam pelo nariz.

— Tudo o que estou querendo dizer é que, de acordo com a média...

Andie lhe deu um soco bem-humorado no braço.

— Você pode ser inteligente, mas não sabe tudo. — Às vezes eles agiam mais como irmãos, observou Finch, embora Simon pudesse ser romântico, como quando surpreendera Andie com entradas para o show de Enrique Iglesias: o último lugar para onde ele iria por conta própria.

— Quem está comigo nessa? — Após a audiência daquela manhã, Finch havia convocado uma reunião de emergência no Casa da Árvore. Agora, ela corria os olhos pela mesa, ciente de que passar as férias da primavera angariando fundos da vizinhança não seria diversão para nenhum deles.

— Eu estou dentro — disse Lucien. — O que você acha de nos dividirmos em duplas? — Ele olhou para Finch. — Assim, caso haja algum problema, teremos cobertura.

— Boa ideia. Vou proteger o Simon se alguém der uma dura nele. — Andie riu para o namorado, que, verdade fosse dita, parecia mais propício a ganhar de alguém no xadrez do que numa briga.

— Está bem, você vai com o Simon e eu vou com o Lucien. — Finch manteve o olhar em outra direção, de forma que Lucien não visse a expressão em seu rosto. Até então conseguira mantê-lo à distância segura de um metro. Eles costumavam andar com Andie e Simon e, nas poucas vezes em que ficaram sozinhos, ela se prendera a assuntos banais. Desde que recusara aquele seu convite logo na primeira semana, dizendo que precisava trabalhar, ele não a chamara mais para ir à casa dele. Talvez sentisse que ela não estava pronta.

Andie ergueu o copo.

— Ao Fundo de Defesa de Anna Vincenzi. Com isso, quero que vocês saibam que estou abrindo mão de um pequeno recesso em Little Flowers — disse ela, com um risadinha. Isso passara a ser piada, uma vez que, por causa da ligação de sua mãe com a igreja, ela era convidada para todos os eventos católicos para jovens. — E quanto a você? — Andie se virou para Simon.

Ele encolheu os ombros, dizendo com a maior cara lavada:

— Eu ia pegar um voo para o Oriente Médio, para ajudar a negociar um acordo de paz, mas acho que eles vão ter que se virar sem mim.

Andie e Finch riram, mas Lucien permaneceu em silêncio. No recesso de inverno, o pai o levara para esquiar em Vail. Que lugar exótico escolheria agora? Ela sentiu uma pontinha de mágoa, mas percebeu que não era justo. Quaisquer que fossem os planos dele, Lucien estava disposto a sacrificá-los por Anna.

Cai na real. Ele está fazendo isso por você, disse uma voz interna. Ela espantou o pensamento, olhando para um garotinho que subia a escada que dava para a casa da árvore, logo acima.

Andie vivia implicando com ela, dizendo que Lucien era seu namorado. Na verdade, eles nem haviam se dado as mãos. Não que ela não tivesse pensado no assunto, mas por que estragar o que já era bom? Todos os caras com quem havia transado tinham dado um nó em sua cabeça. E, como bônus, um lhe transmitira gonorreia.

— Um por todos e todos por um. — Simon batera com o copo no de Andie.

— Na alegria e na tristeza... ou na doença e na dureza? — apoiou Andie.

Finch sentiu um nó se formar na garganta... onde estaria sem os amigos? Ela disse em seguida:

— Está bem, vamos dividir o território. Acho que deveríamos começar pelos nossos próprios bairros, não é?

— Isso. É mais difícil dizer não quando já te conhecem. — Pensativa, Andie mexeu o refrigerante com o canudo. — Quando eu vendia biscoitos das bandeirantes, a sra. Chadwick, minha vizinha, sempre comprava pelo menos dez caixas.

— Ei, tenho uma ideia ainda melhor. Poderíamos fazer uma campanha na TV. — Simon falou com ironia, olhando para uma mesa cheia de jornalistas do outro lado do pátio, que, pela quantidade de câmeras e equipamentos, pareciam estar num safári.

Ao se lembrar da cena no tribunal, do empurra-empurra e da barragem de flashes cegantes, Finch tremeu só de pensar em repetir a experiência.

Correndo os olhos pelo pátio lotado, ela se sentiu tranquilizada ao ver o robusto reverendo Grigsby e sua cadela dachshund, Lily, igualmente robusta e com as patinhas traseiras aleijadas presas a um par de rodinhas feito por encomenda. E o dr. Henry, que fora duas vezes na semana anterior cuidar de Punch por causa de um esparavão. A ruiva Myrna McBride, da livraria Última Palavra, que almoçava com Gayle Warrington, da agência de turismo Up and Away, e, na mesa ao lado, o amigo advogado de Sam, o provinciano sr. Kemp, com sua namorada, a srta. Hicks, que trabalhava na biblioteca. A srta. Hicks a viu e acenou; ela estava ajudando Finch numa pesquisa sobre abelhas, inspirada no mel Bendita Abelha.

Ela avistou a srta. Elliston, a enfermeira da escola, dando uma olhada nas prateleiras de livros usados, aos fundos. Ela era uma daquelas pessoas que você mal percebia que existiam até que precisasse ir à enfermaria — pálida e aparentemente apática, tinha os cabelos oleosos enfiados atrás das orelhas e os olhos desbotados, como alguma coisa que já tivesse ficado tempo demais na prateleira. Não obstante, quando Finch ralara o joelho jogando futebol, a srta. Elliston o limpara e fizera curativo com extrema delicadeza, falando num tom baixo e tranquilizador para acalmá-la.

O menininho na casa da árvore chamou a mãe, que estava logo abaixo, tomando chá gelado e lendo um livro surrado. Finch imaginou como deveria ser crescer em Carson Springs, onde mesmo as pessoas que não te conheciam te cumprimentavam como se conhecessem, e o único maluco de fato era Clem Woolley, que era mais do que inofensivo — pouco importava que ele nunca fosse a lugar algum sem seu conselheiro invisível, Jesus. Em seguida, ela se lembrou que, embora Anna tivesse vivido a vida inteira ali, isso não a impedira de ser posta na prisão por algo que não havia feito, e tremeu um pouco sob o calor do sol.

O clique da máquina fotográfica de um dos jornalistas fotografando o carvalho centenário pelo qual o Casa da Árvore era conhecido a fez pular. Seus pensamentos se voltaram para o assunto em questão. Ela disse:

— Sei de alguém que pode ajudar.

Sonho de uma Vida

— Quem? — perguntou Andie.

— O padre Reardon. Ele pode fazer um pronunciamento no domingo. Por exemplo, tipo a arrecadação de alimentos no Natal.

Andie se animou.

— Ótima ideia. Vou pedir à mamãe para falar com ele. — O padre era um dos melhores amigos de Gerry, daí a naturalidade com que falara.

— Eu também poderia falar com o meu pai — Lucien disse sem se comprometer, sem querer fazer muito alarde do fato do pai ser rico. — Se a gente o pega de bom humor, ele costuma ser muito generoso.

O olhar de Finch desceu para o braço apoiado displicentemente sobre o encosto de sua cadeira. Apesar do dia estar quente, calor atípico para o mês de abril, sua camisa de mangas compridas permanecia com os punhos fechados. Talvez algum dia ele lhe contasse sobre aquela cicatriz no pulso.

Simon pediu licença para comprar um mapa na lojinha de presentes nos fundos. Depois que haviam dividido o território, Finch empurrou a cadeira para trás, dizendo:

— Tudo bem, vamos começar. — O dia já estava pela metade e a região das planícies, por onde ela e Lucien começariam, se espalhava por vários quilômetros.

Eles estavam atravessando o pátio quando Simon parou de repente.

— Quase me esqueci. — Ele pegou um papel dobrado do bolso e o entregou pra Finch. — Estou há algum tempo querendo te entregar isso. Arthur, o cara que escreveu o livro, me indicou este outro cara que conheceu a Lorraine. Acredite ou não, consegui até o endereço dela.

Havia um endereço em Pasadena escrito no bilhete. Diante de todo o movimento por causa de Anna, Finch havia se esquecido de Lorraine Wells. Ela agradeceu a Simon, colocando o papel dentro da bolsa. Pensaria nisso mais tarde... ou talvez nem pensasse mais. No momento, tinha preocupações mais prementes.

Minutos depois, ela e Lucien estavam indo para as planícies no Aztec amarelo, novinho em folha, que ele ganhara do pai no seu aniversário de dezesseis anos. Laranjeiras ficavam para trás em fileiras arrumadas. Ao longe, colinas tão cheias de papoulas que pareciam pulverizadas de cor-de-rosa dourado erguiam-se para se encontrar com as montanhas de cumes nevados.

— Quem é Lorraine? — perguntou Lucien, por acaso.

— Ninguém. — Ela encolheu os ombros, sem querer tocar no assunto.

Ele não insistiu, embora a tenha olhado de forma questionadora. Finch analisou seu perfil. Tinha os traços estranhamente delicados, quase poéticos, como a gravura em água-forte de Byron na parede da sala da sra. Miller. Antigamente, ela sempre preferira o tipo machão, caras que eram mais velhos, pois haviam repetido um ou dois anos, a maioria deles com cabelos escuros, barba sempre por fazer e insolência para dar e vender. Ainda assim, apesar das roupas de marca e de mãos que pareciam não haver feito nada mais do que escrever em seu diário, havia uma atmosfera em torno de Lucien que ela achava estranhamente eletrizante. Ele não tinha medo de ninguém, nem de nada.

Nem mesmo da morte, pensou ela, um frio correndo devagar pela espinha.

— Se preferir, pode dizer que isso não é da minha conta — disse ele, após alguns minutos. — Só não diga que ela não é ninguém.

— Não foi isso o que eu quis dizer. — Ela olhou para as árvores que iam ficando para trás. — Escute, não é nada de mais. Só uma senhora que o Simon acha que eu gostaria de encontrar.

— Por quê?

— Temos o mesmo sobrenome.

— Kiley?

Ela hesitou e disse:

— Não, Wells.

— Então esse é o seu nome de verdade, hã? — Ele parecia intrigado. Ela lhe dissera que era adotada, mas muito pouco além disso. Quanto menos ele soubesse, melhor.

— Kiley *é* o meu nome de verdade, ok? — Percebendo como soara na defensiva, Finch suavizou o tom de voz. — Olha, não é nada contra você, mas eu prefiro não falar sobre isso, está bem?

— Está bem. — Ele encolheu os ombros.

Ele estava sendo tão compreensivo com relação a isso que, após um momento, ela deu o braço a torcer.

— Eu também não fui sempre Finch. Antes eu era... — Ela fez uma pausa. Os únicos além da família para quem ela havia contado eram Andie e Simon. — Bethany — disse baixinho.

— Bethany. — Ele repetiu devagar, pronunciando cada sílaba de forma que ficasse Be-tha-nee. — Como você virou Finch?

— Foi uma dessas coisas de momento. — Ela não se estendeu no assunto.

— Achei que pudesse ser nome de família.

— Eu não tinha família antes de vir para cá.

Ele abriu um sorriso.

— Uma mulher misteriosa. Adoro isso.

— Está vendo? Eu sabia que devia ter ficado de boca fechada. — Ela se esforçou para não rir.

— Eu não queria tocar num assunto desagradável.

— Não é culpa sua. Só que eu não gosto de ficar me lembrando daquela época. — Aquilo acontecera em outra vida e Bethany Wells era apenas alguém que ela conhecera.

Seus pensamentos se voltaram para o dia em que chegara ali. Passara dias num ônibus intermunicipal sem ir para qualquer itinerário em particular. Carson Springs parecera um lugar como qualquer outro. Então ficara sem dinheiro e entrara de penetra numa festa de casamento, para conseguir alguma coisa para comer — casamento que acabara sendo da irmã de Laura. Se Alice não tivesse ficado com pena dela depois que a pegaram, ela teria acabado com uma passagem de volta para Nova York e mais um casal de pais adotivos. Ela tremia só de pensar como sua vida teria sido sem aquele pequeno gesto de generosidade.

— Esta senhora... você acha mesmo que vocês podem ser parentes? — A voz de Lucien interrompeu seus pensamentos.

Finch riu e negou com a cabeça, embora não pudesse afastar o fiozinho de esperança que ficava lhe roçando na mente como uma pedrinha dentro do sapato.

— Foi ideia da Andie. Ela ficou com uma pulga atrás da orelha. Não vai surgir nada daí.

— Ei, nunca se sabe.

— Enfim, não que eu esteja perdendo alguma coisa. — Ela manteve a voz num tom natural, sem querer que ele descobrisse a verdade: que, por mais que amasse Laura, Hector e Maude, havia um rombo dentro dela que eles não poderiam preencher.

— Eu já não posso dizer o mesmo — disse ele, com amargura.

Ela lhe lançou um olhar enviesado.

— Não me leve a mal, mas, sem muito esforço, sei de uma dúzia de pessoas que gostariam de trocar de lugar com você num piscar de olhos. — Tudo bem que os pais dele eram divorciados, mas assim eram os pais de metade dos alunos na escola, e nenhum deles tão ricos quanto os pais de Lucien. — O que houve? Você levou muitas palmadas quando criança?

Ela esperou que ele abrisse um sorriso, mas sua expressão continuou fechada.

— Digamos apenas que eu não sou exatamente uma prioridade.

Ela se sentiu mal por provocá-lo. Ele não tinha culpa de os pais serem ricos. Ela perguntou com gentileza:

— Como é a sua mãe? — A única coisa que Finch sabia era que ela morava em Nova York.

— Você quer dizer além do fato de ela ser alcoólatra? — O maxilar dele ficou tenso. — O único motivo de eu estar aqui é porque ela está numa clínica de reabilitação.

— Caramba — ela exclamou baixinho. — Que coisa!

— É, eu que o diga... — Ele torceu a boca num sorriso que era mais uma careta. — Meu pai? Ele não fica muito atrás, mas normalmente consegue esperar até depois do almoço.

— E eu achava que pobre é que tinha problema.

— Você acha que dinheiro resolve tudo? — Ele sorriu, mas ela pôde ver que ele estava magoado.

Antes que ela pudesse se conter, rebateu:

Sonho de uma Vida 213

— Não, mas já percebi que muitas pessoas que têm dinheiro agem como se a merda delas não fedesse.

— Espero que isso não se aplique a mim — disse ele, aborrecido.

— Não — disse ela. — Mas me pergunte de novo daqui a alguns anos... posso vir a ter uma opinião diferente. — Lucien sorriu, e ela sentiu a tensão entre eles ceder um pouco. — A próxima à direita. — Ela apontou para a interseção logo à frente, onde uma grande nogueira marcava a estrada para a casa de Sam e Ian.

Sam estava ajoelhada em frente a um canteiro quando eles pararam, usando um chapéu de palha e calças larguinhas salpicadas de folhinhas de grama. Ela se levantou e foi recebê-los.

— Finch! Por que você não me disse que viria? Eu teria posto uma roupa mais adequada. — Ela tirou a luva suja e estendeu a mão para Lucien.

— Oi, sou Sam.

— Lucien Jeffers. — Ele apertou a mão dela.

— Prazer em finalmente te conhecer.

Finch sentiu que enrubescia. Será que Lucien pensaria que ela falava o tempo todo dele?

— Ah, não viemos para uma visita — ela foi rápida em acrescentar. — Estamos aqui por causa da Anna.

O sorriso de Sam foi substituído por um olhar de preocupação.

— Como ela está?

— Está bem, levando em consideração tudo o que está acontecendo.

Sam balançou a cabeça, preocupada.

— Era para eu ter ido à audiência, mas o Jack está com febre. — Ela olhou na direção da casa. Era uma das casas onde Finch sonhara crescer: madeiramento branco com detalhes em azul, nastúrcios subindo pela grade da varanda. Lá no alto do telhado, um cata-vento no formato de um galo estalava com a brisa.

— Nada sério, espero — disse Finch.

— Só um resfriado. Ele vai ficar bom. Na verdade, ele está para acordar a qualquer momento. — Sam virou-se para Lucien, sorrindo enquanto espanava os restos de grama e folhas da camisa. — Não sei se a Finch te contou, mas o Jack é bem mais novo do que as minhas filhas. Tive um bebê quando minhas amigas estavam tendo netos.

— Pelo menos a senhora soube no que estava se metendo — disse ele.

— Concordo plenamente. — Ela riu. — Na minha idade já se sabe todas as coisinhas que podem dar errado. — Ela saiu na direção da casa, fazendo sinal para que eles a acompanhassem.

Finch entrou e viu Jack adormecido em seu cercadinho na sala de estar. Assim que Sam estendeu o braço para desligar a babá eletrônica, ele se mexeu e levantou a cabecinha, piscando sonolento. Suas bochechas estavam rosadas e seus cachinhos dourados, amassados de um lado da cabeça. Ao ver Finch, ele abriu um sorriso mostrando quatro dentinhos.

— Fa! — gritou ele, pondo-se de pé e esticando os bracinhos gorduchos.

Ele sabia direitinho como tocar o coração de Finch. Uma olhada para aquele rostinho e ela virava manteiga derretida. Ela o pegou no colo.

— Uau! O que você está dando para esse menino comer? Ele está pesando uma tonelada!

— Ele saiu ao pai. — Sam estava iluminada de orgulho.

— Por falar no diabo, onde está o Ian?

— Ele está trabalhando num centro cívico em Sausalito. Vai voltar na semana que vem. — Sam parecia não se importar com o fato de ele se ausentar com frequência. O trabalho de um muralista era nômade, embora Ian fizesse o possível para limitar suas viagens.

— Chão — ordenou Jack, contorcendo-se para se soltar. Finch baixou-o até o tapete, vendo-o sair andando para Sam, que torceu o nariz ao tomá-lo nos braços.

— Nossa! Alguém precisa trocar a fralda. Volto já, pessoal. Tem limonada na geladeira, sirvam-se. — Ela gesticulou na direção da cozinha, onde havia uma tigela enorme cheia de limões em cima da bancada. — A Lupe os traz para cá aos quilos. Não sei mais o que fazer com eles.

Sonho de uma Vida

— Avó legal a sua. — Lucien transmitiu sua aprovação quando Sam saiu da sala.

Finch sorriu.

— É mesmo, não é? — Sam era uma das melhores coisas com relação a ter sido adotada por aquela família. Eles foram até a cozinha ensolarada, que dava vista para o pátio dos fundos e onde Finch serviu dois copos de limonada. Quando Sam retornou com Jack de fralda trocada, eles estavam sentados no sofá, folheando um álbum com fotos do bebê. Finch sorriu para uma de Jack em seu aniversário de um ano. Em vez de soprar a velinha, ele atacara diretamente o bolo. As bochechas gorduchas ficaram todas sujas de cobertura de chocolate.

Sam o pôs no chão e ele saiu correndo para a cesta de brinquedos ao lado da lareira, derrubando uma cascata de peças de quebra-cabeças, blocos de alfabeto, caminhõezinhos e bichinhos de plástico no tapete. Ela deu um suspiro tolerante ao se sentar na poltrona e perguntou a Lucien:

— Você tem irmãos?

— Não, mas sempre me perguntei como seria — disse ele, sorrindo para outra foto de Jack todo sujo de lama. — Parece que há um grande trabalho de limpeza envolvido.

— Você não faz ideia. — Ela sorriu e Finch ficou mais uma vez surpresa como ela fazia aquilo parecer fácil, equilibrar filhas adultas com um menino aprendendo a andar. E sempre a anfitriã perfeita também.

Mas eles não haviam ido até lá para uma visita social. Finch pigarreou.

— Bem, quanto a Anna...

— Terrível, não é? — Sam balançou a cabeça. — Eu gostaria que houvesse alguma coisa que eu pudesse fazer.

— Na verdade, há. — Finch elevou a voz para ser ouvida acima do som de Jack batendo em sua caixinha de encaixe com um caminhão de brinquedo. — Estamos arrecadando dinheiro para as despesas legais dela.

Sam se iluminou.

— Que ideia maravilhosa!

— O quanto você puder dar — Finch foi rápida em acrescentar, sem querer que ela se sentisse pressionada.

— Dê uma olhadinha no Jack. Volto num segundo. — Sam saiu apressada da sala, reaparecendo momentos depois com um cheque em mãos.

Finch engasgou quando viu o valor: mil dólares!

— É... Não sei o que dizer — gaguejou ela.

— É o mínimo que podemos fazer — disse Sam, embora Finch soubesse que isso era muito mais do que ela e Ian pudessem dispor. — Para falar a verdade, não fosse pelo Jack, eu estaria com vocês batendo de porta em porta. — Ela fez uma pausa, parecendo pensativa. — Por falar nisso, nada me impede de eu fazer algumas ligações.

— Ah, isso seria ótimo. — Finch finalmente encontrou a voz.

— Eu sabia que a minha antiga lista de telefones da Liga Júnior seria útil um dia. — Havia um brilho em seus olhos quando ela se levantou para acompanhá-los à porta. Sob aquela aparência de mãe membro de associações de pais e professores batia o coração de uma rebelde: nada lhe daria mais prazer do que pedir uma contribuição àquelas senhoras, muitas das quais ficariam horrorizadas com a ideia de dar dinheiro a alguém acusado de assassinato. Sam abraçou Finch à porta e, quando Lucien estendeu a mão, ela a ignorou e o abraçou também. — Sempre que quiser experimentar como é ter um irmão — disse a ele —, pode pegar o Jack emprestado.

Ele abriu um sorriso.

— Obrigado. Vou me lembrar disso.

Eles estavam quase do lado de fora quando Finch se lembrou de perguntar:

— Você vai ao enterro?

— Eu não perderia isso por nada neste mundo. — Sam parecia mais prática do que penalizada. E por que não? Monica não se esforçara nem um pouco para ser querida. Embora o enterro, com certeza, fosse reunir uma multidão, se não por outro motivo, pelo menos para que todos pudessem ficar olhando para as celebridades, poucos verteriam lágrimas em seu túmulo.

Sonho de uma Vida

Até o final do dia, eles já haviam pedido contribuições em mais uma dúzia de casas, arrecadando várias centenas de dólares além da contribuição de Sam. Na casa da família Ochoa, ela e Lucien aceitaram educadamente alguns biscoitos, e, na casa da família Sharp, bolo de café. Ao saírem da casa da família Ratliff, onde a mãe idosa da sra. Ratliff insistira para que eles provassem sua torta caseira de maçã, Finch sussurrara:

— Acho que não cabe mais nada no meu estômago.

Dentro do carro, no caminho de volta à cidade, ela disse:

— Nada mal para o nosso primeiro dia.

— Só uma pessoa bateu a porta na nossa cara.

— Você viu só aquela bruxa velha? — Embora a sra. Wormley não tenha exatamente batido a porta na cara deles, ela fora logo dizendo que a polícia não saía por aí prendendo as pessoas sem razão, e que ela, por sua vez, não tinha o hábito de ajudar criminosos. — Deve ser porque a Anna não quis fazer parte daquele comitê idiota dela.

— As pessoas religiosas são as piores.

— Não são todas assim. — Finch pensou em sua amiga, irmã Agnes. Quando ela fugiu da casa de Laura, foi a irmã Agnes que a encontrou e levou de volta. — Ei, pare o carro. Quero te mostrar uma coisa.

Eles estavam indo para o sul, pela estrada da antiga escola, quando Lucien parou em frente à tal casa, uma construção caindo aos pedaços, há muito tempo abandonada, as janelas presas com tábuas e o mato alto na altura das janelas. Fora ali que o pai de Sam cursara a escola, e seu avô, antes dele, mas, agora, ela era mais um lugar de transa para os adolescentes que iam para Portola High, do outro lado da cidade. Ele lançou um olhar desconfiado para Finch.

— É *isso* aqui que você queria me mostrar?

— Você vem ou não? — Finch desceu do carro, fazendo sinal para ele segui-la.

Eles seguiram caminho por entre o mato crescido e os arbustos espinhosos, cientes da presença de vidros quebrados e latas enferrujadas de cerveja espalhadas por toda parte. Quando chegaram à sede da escola, ela viu que estava faltando a grade de um lado da escada que estalava desagradavelmente conforme a subia. Ela puxou uma tira de tinta vermelha da porta, que revelou traços da pintura original em azul.

— Você já viu o filme *Estranhos no Paraíso*? — perguntou ela.

— Acho que já vi na TV. — Ele a observou com interesse.

— Uma das cenas foi filmada aqui. A escola já estava arruinada na época, mas eles a reformaram. Eu soube disso pela Sam. A mãe dela passou um dia aqui no set de filmagem... ela conhecia o diretor ou alguma coisa parecida.

— Eu não sabia que você gostava de filmes antigos.

Ela continuou, como se ele não houvesse falado.

— Foi assim que fiquei sabendo de Lorraine Wells. O nome dela estava nos créditos do filme. — Finch fez uma pausa, virando-se para ele. — Sei que é tolice. Quer dizer, quais as chances de sermos parentes?

— Quase nenhuma — concordou ele.

— Ainda assim, não consigo deixar de pensar: talvez haja um motivo para eu ter parado aqui em Carson Springs. — Ela empurrou a porta, mas ela estava trancada. Deu um chute forte e as dobradiças cederam com um guincho enferrujado. — Não me entenda mal... Não sou ligada nessa baboseira de Nova Era. É só um pensamento.

— Assustador — disse Lucien, assim que eles entraram com cuidado. Ela se virou e o viu olhando apreensivo para os lados.

— Eu não ia querer entrar aqui sozinha. — Ela abraçou o próprio corpo na escuridão.

A sala estava escura e recendia a cem anos de negligência e destroços, a única iluminação eram os raios pálidos de sol que entravam pelos buracos do telhado. Enquanto esmigalhavam montes de fezes ressequidas de animais e folhas secas, pisando ao redor de pedaços de piso podre e tábuas empenadas, Finch e Lucien foram saudados por um furioso arrastar de patas. Nervosa, ela olhou para o fogão à lenha arredondado que ficava num canto, todo enferrujado, e, pelo som, lar de legiões de camundongos.

Lucien virou-se para ela com seu sorriso vagaroso, que espantou um pouco do medo.

— Não há muito para ver, não é?

Sonho de uma Vida

Ela olhou ao redor, tentando imaginar as paredes com vários mapas e diagramas coloridos, mas tudo o que conseguiu ver foram tábuas apodrecidas e papéis alcatroados descascando.

— Acho que algumas coisas ficam melhor quando só na imaginação.

Ela começou a tremer, puxando as mangas de seu suéter de lã até a altura dos dedos. Pareceu-lhe muito natural, assim como uma batida cardíaca após outra, quando Lucien a abraçou por trás, seu hálito quente contra seu ouvido.

— É melhor a gente ir andando — disse ela, sem fazer qualquer movimento para se soltar.

Com um suspiro, ela se virou para encará-lo. Mas, fosse o que fosse que quisesse dizer, as palavras morreram em seus lábios. Os olhos dele estavam tão negros sob a luz rarefeita que, quando a beijou, parecia que ela estava se fundindo àquela escuridão aveludada. Ela separou os lábios, deixando a ponta da língua dele brincar com a dela. *Pare*, gritou uma voz interior, *você vai arruinar tudo*.

Após um instante, ela recuou, respirando devagar e forçosamente até o coração desacelerar.

— É melhor mesmo a gente ir andando — repetiu ela, numa voz trêmula.

Ele simplesmente ficou parado, olhando para ela.

— Do que você está com medo?

— Quem disse que estou com medo?

— Ninguém precisa dizer.

Ela abaixou a cabeça, deixando o cabelo cair por cima das orelhas, de forma que seu rosto ficasse escondido.

— Não é nada com você.

— Quem quer que tenha sido, não sou como ele.

Ela levantou bruscamente a cabeça.

— Quem disse que isso tem algo a ver com outra pessoa?

— Dá para ver que você já foi magoada.

Os olhos dela se encheram de lágrimas e o cheiro das folhas apodrecidas e da madeira carcomida por cupins ficou mais forte.

— Não foi só um cara — disse ela, numa voz engasgada e estranha. — Não... não posso nem me lembrar do nome de todos eles. — Ela aguardou que ele recuasse, enojado.

— Isso aconteceu no passado; isto aqui é agora.

Ele abaixou a cabeça, os lábios roçando nos dela.

— Não sei se eu consigo...

— Vamos no ritmo que você quiser.

— Não posso te prometer nada.

— Não estou te pedindo para fazer isso.

— Seja o que for, ainda seremos amigos?

— Depende de você. — Ele sorriu, tomando a mão dela e a envolvendo com a dele.

Ela sentiu um peso sair de cima dela. A aceitação que viu no rosto de Lucien era tudo o que precisava, sem saber como pedir.

Eles voltaram por onde haviam entrado. O sol estava se pondo, banhando as montanhas a leste com aquele brilho rosado, o momento cor-de-rosa que atraía turistas a quilômetros dali. A maravilha daquele momento também não passava despercebida por Finch. Ela ficou parada, a cabeça virada para o céu, os cabelos longos agitados pela brisa e se descolando dos ombros como um pássaro levantando voo. Quando Lucien pôs o braço em seus ombros, ela mal percebeu.

— Como será que a Andie e o Simon se saíram? — disse ela.

— Nunca vi nenhum dos dois aceitar não como resposta.

— Quanto a amanhã — continuou ela —, você acha que vai ser muito estranho esbarrar com as pessoas no enterro?

— Numa escala de um a dez, acho que seria onze ou por aí.

— Era o que eu temia. — Ela pensou em Anna, sozinha e assustada, e seu humor baixou junto com o sol que descia atrás do topo das montanhas.

Lucien a puxou para si de forma que a cabeça dela ficasse encaixada sob seu queixo.

— Você está fazendo tudo o que pode. É o máximo que alguém poderia querer.

* * *

Sonho de uma Vida

Na manhã seguinte, Anna já havia perdido todas as esperanças. Enquanto estava com o olhar parado em seu café da manhã, há muito tempo frio na bandeja, tudo o que podia pensar era que, dentro de uma hora, as pessoas estariam passando em fila pelo caixão de Monica; pessoas famosas roçando cotovelos com aquelas cujo encontro mais próximo com alguma celebridade até então fora vislumbres ocasionais daqueles que frequentavam o spa e La Serenisa. Liz estaria presente junto com a mãe. Os amigos de Anna também e seus colegas da igreja. A única pessoa que não estaria lá seria a pessoa que melhor conhecera Monica: a própria Anna.

Sinto muito, Monica. Por pior que as coisas tivessem ficado mais para o final, ela não sentia rancor pela irmã, apenas uma pena profunda. Ninguém merecia morrer daquela forma.

O som de passadas a fez levantar a cabeça tão bruscamente que alguma coisa estalou em seu pescoço. Não era Benny dessa vez, mas um recruta espinhento que mal parecia ter idade para dirigir, menos ainda para portar uma arma. Ele parou de mascar seu chiclete por tempo suficiente para anunciar:

— A fiança foi depositada.

— O quê? — Anna não tinha certeza se ouvira bem.

— A senhora está livre. — A porta da cela se abriu com um tinido.

A cabeça de Anna girou. Quem tinha todo aquele dinheiro? Nenhum de seus amigos, com certeza, a não ser que tivessem pedido emprestado. Ela se levantou, tremendo da cabeça aos pés, sentindo-se da mesma forma que se sentira quando ficara de cama com pneumonia. Ao sair para o corredor, Anna esticou as mãos para que pusessem as algemas, até que se deu conta de que estava livre e logo as baixou. O recruta lhe entregou uma sacola de papel com seus pertences e apontou para o vestiário.

— A senhora pode trocar de roupa ali.

Esperando encontrar somente as roupas que estava usando quando chegou, Anna surpreendeu-se ao encontrar um vestido novo num tom suave de cinza, assim como meias-calças e um par de sapatilhas pretas de seu armário. *Laura*, pensou ela. Ela deduzira que Anna não teria tempo de passar em casa antes do enterro. Devia ter sido ela e Hector que pagaram o agente de fiança, embora somente Deus soubesse onde eles haviam conseguido o dinheiro. Anna sentiu uma onda de gratidão junto com constrangimento pela situação em que os havia metido.

Parecia que o vestido ficaria muito pequeno, mas, quando ela o enfiou pela cabeça, ele ficou perfeito. Momentos depois, ela estava sendo levada às pressas para a sala de visitas, onde outra surpresa a aguardava. Não era Laura e Hector que esperavam por ela, mas a irmã mais nova de Laura, vestida com sofisticação num vestido *chemise* azul-marinho e sapatos de salto alto, seu belo marido ao seu lado. Alice aproximou-se e tomou-lhe as mãos.

— Sinto muito por termos demorado tanto, mas estávamos fora da cidade quando soubemos. Só voltamos ontem, tarde da noite.

Anna ficou parada, olhando pasma para eles.

— Não estou entendendo. Achei que...

— A Laura telefonou para nós em Londres. Devíamos ter chegado antes, mas nosso voo atrasou.

— Quer dizer que foram *vocês* que...

— Estamos felizes em poder ajudar. — Wes falou como se tivessem sido cinquenta centavos, não cinquenta mil.

— Não... não sei como agradecer — gaguejou Anna.

— Não precisa agradecer. — Alice a pegou pelo braço, sorrindo. — É melhor a gente correr ou vamos perder a missa.

Minutos depois, Wes estava estacionando na única vaga que conseguira encontrar, a vários quarteirões da igreja. Assim que começaram a descer a rua, Anna viu a multidão de jornalistas e paparazzi nos degraus da frente. Parados em ambos os lados da Calle de Navidad, estavam caminhonetes de emissoras de TV, de onde brotavam antenas parabólicas, algumas com fios que as ligavam a cabos de eletricidade. Ela praticamente podia imaginar Monica passando por aquelas portas, para a luz dos holofotes, balançando os quadris e jogando os cabelos ruivos para os lados.

Por sorte, eles conseguiram entrar por uma porta lateral sem serem vistos. Lá dentro, só havia lugar para ficar de pé. Observando as fileiras, Anna avistou Sallie Templeton, que fizera o papel de mãe de Monica em

O Tour da Vitória, três liftings faciais atrás. E o louro Wyatt Van Aken, ator coadjuvante de Monica em *Os Bons Morrem Cedo*, a quem a imprensa chamava de uma versão abrandada de Robert Redford. Fungando num lenço, de forma teatral, estava Bessie Parker, indefinidamente estacionada nos quarenta e nove anos, que Monica não via há anos e a quem, no fundo, não suportava, apesar de ela estar se comportando como se tivessem sido amigas íntimas. Glenn, num terno Armani cinza-escuro, acompanhava pelo corredor outra estrela que envelhecia, o rosto escondido atrás de um véu.

Ela também avistou os rostos familiares dos amigos e conhecidos: Norma Devane, do Corte & Encante, num terninho preto justo com pedrinhas brilhantes; David Ryback e sua esposa loura, Carol, parecendo mais cansada e abatida do que o usual; as gêmeas idosas Miller, Olive e Rose, as cabeças grisalhas cobertas por lenços pretos idênticos; e a loura oxigenada Melodie Wycoff, do Casa da Árvore, com seu marido policial, Jimmy, um dos poucos que haviam sido gentis com Anna enquanto estivera na prisão.

Liz, acompanhada da mãe, reservara um lugar para ela na primeira fileira. Ao se sentar perto delas, Betty, com um terninho e pérolas, os cabelos arrumados para a ocasião, deu um sorriso tão terno que, por um momento, Anna se sentiu criança de novo, segura em seus braços — até perceber que ela estava sorrindo daquela forma para todos. Alguém bateu em seu ombro. Ela se virou e viu Laura espremida entre Hector e Finch, soprando um olá silencioso. Maude, ao lado, olhou de relance por baixo de um chapéu de abas largas para lhe dar uma piscada.

Sam e Ian, junto com Aubrey, Gerry e os filhos dela, estavam sentados atrás deles. Claire lançou um olhar solidário para Anna como se dissesse: *Sei o que você está passando*. Um lembrete de que sua mãe adotiva havia falecido mais cedo naquele mesmo ano — infelizmente, sem ver o sucesso em que ela havia transformado o Chá & Chamego.

Não havia sinal de Marc. Anna tentou não se sentir abalada, não podia esperar que ele ficasse ali para sempre, mas, mesmo assim, aquilo a ficou incomodando. Então, padre Reardon surgiu por uma porta e entrou na capela-mor, parecendo um personagem bíblico com um raio de luz que entrava pelo vitral logo acima lhe iluminando os cabelos grisalhos, e ela se esqueceu de tudo o mais. Ele falou brevemente, mas com afeto, sobre as contribuições de Monica, não apenas para o mundo, mas para a comunidade onde ela havia nascido — palavras um pouco forçadas, dadas as quantias ínfimas que ela havia doado às várias instituições de caridade ao longo dos anos. Ele terminou com um versículo do Eclesiastes, lido com tanto fervor que levou Anna às lágrimas:

"Antes que se rompa o fio de prata, e se despedace o copo de ouro, e se quebre o cântaro junto à fonte, e se desfaça a roda junto ao poço, e o pó volte à terra como o era, e o espírito volte a Deus, que o deu."

Ela olhou encantada para o corpo inerte esticado no caixão. Monica havia estipulado que gostaria de um funeral com o caixão aberto, mas, embora Anna temesse muito esse momento, seus receios desapareceram ao ver a irmã tão linda quanto fora em vida. Não uma efígie de mármore, mas tão radiante que poderia estar dormindo. Os cabelos ruivos brilhavam como fogo abafado contra o travesseiro acetinado em tom marfim, sobre o qual estavam arrumados, as mãos delgadas dobradas sobre um livro de orações de capa de couro branco que Anna, ligeiramente chocada, reconheceu como o livro que ganhara de presente no dia de sua crisma — pouco importava que Monica há anos não fosse à igreja. Até mesmo o vestido que usava agora, um que Anna escolhera, camadas de *chiffon* no seu tom favorito de verde, parecia flutuar em volta dela. No entanto, o que mais a impressionou foi o leve sorriso em seus lábios.., como se, de alguma forma, ela tivesse rido por último.

— Ela está tão linda — Anna sussurrou no ouvido de Liz.

— Você conhecia a Monica; ela nunca saiu de casa sem estar pronta para ser filmada. — Não havia sarcasmo na voz de Liz, apenas tristeza.

— O que está acontecendo? Quem morreu? — A mãe puxou a manga do vestido de Anna, parecendo confusa.

— Está tudo bem, mãe. — Anna enfiou a mão, com a mesma leveza de uma folha que caía, por baixo do braço da mãe. — Já vai acabar.

— Vou voltar a tempo do chá? — Betty perguntou ansiosa. — Não quero me atrasar. O sr. Harding... — ela se inclinou para cochichar — ... sempre pega mais do que a parte dele.

Anna compartilhou um sorriso com Liz. Parecia uma grande ironia que a mãe não soubesse que era a própria filha dentro do caixão, mas talvez fosse melhor assim.

A mãe se acalmou, dando um suspiro. Os dias em que ela ia à missa sem faltar uma vez sequer, extraindo conforto da liturgia, haviam ficado para trás. Atualmente era o Lar Sunshine o lugar onde se sentia mais feliz.

Glenn adiantou-se para ler o elogio fúnebre, parecendo pálido e cansado. Se alguém ali tinha motivos para chorar, era ele. Mesmo com a carreira de Monica em permanente hiato, houvera um fluxo constante de endossos, receitas provenientes de propagandas e porcentagens por filmes que gozavam de uma segunda vida no exterior. Mas Anna sabia que esse não seria o único motivo pelo qual ele sentiria falta de Monica. De alguma forma, o laço entre eles era mais estreito do que aquele que havia entre os amantes.

Mais uma vez, ela se lembrou do incidente na área da piscina — semanas que mais pareciam anos agora. E achava que o fato de ter sido vista de maiô, quando era gorda, havia sido ruim; nada poderia tê-la preparado para o que viera depois, quando estava magra... e aparentemente desejável. Ela tremeu só de pensar. Então Glenn pigarreou e começou a falar:

— Não estou aqui para falar o que Monica Vincent significou para mim como pessoa. Ela pertencia ao mundo todo, uma estrela brilhante que tornou a vida de todos um pouco mais iluminada, mesmo quando sua própria luz havia diminuído...

Ele continuou a falar sobre a coragem de Monica diante do acidente que a deixara confinada a uma cadeira de rodas e como, apesar da deficiência física, ela permanecera radiante até o final. Quando ele terminou, um grupo selecionado de pessoas se levantou para também prestar suas homenagens. Não as tias, os tios e sobrinhos que normalmente falavam (há anos que Monica não se lembrava deles). As únicas pessoas com quem ela se importara eram as que se aproximavam agora, uma a uma, para elogiá-la: Melissa Phelps, que produzira vários de seus filmes, e o executivo calvo Len Shapiro, diretor da Unicorn Pictures, que falou entusiasmado sobre o profissionalismo de Monica: todos os filmes nos quais ela estrelara saíam no prazo certo, dissera ele. E, por último, mas não menos importante, foi Giorgio Frangiani, o italiano de tirar o fôlego, com quem, segundo boatos, Monica tivera um caso, que falou num tom tão afetuoso que teria sido fácil imaginá-lo apaixonado por ela... quer dizer, se Anna não tivesse certeza de que ele era gay.

Ninguém mencionou as circunstâncias terríveis de sua morte, e Anna ficou grata por isso. Já bastava ter de lutar na cova dos leões, do lado de fora.

O órgão na galeria do coro começou a elevar-se e uma voz conhecida por milhões de pessoas fez Anna ficar com a nuca arrepiada — como foi que Glenn conseguira trazer Bette num espaço de tempo tão curto? — assim que entoou a primeira nota de *The Party Is Over*, música favorita de Monica e que parecia particularmente apropriada à ocasião. Assim que a última nota ecoou pelos caibros, não havia um olho sequer sem lágrimas na igreja. Mesmo aqueles que haviam desprezado Monica estavam emocionados com o espetáculo de sua morte.

O que todos achariam se soubessem o que de fato *aconteceu naquele dia?*

As portas foram abertas e a luz do sol inundou a igreja. Assim que Anna foi levada pelo corredor, pelo fluxo de pessoas que iam para fora, ela pôde ver a multidão de jornalistas e paparazzi a postos nos degraus, competindo por fotos das celebridades que saíam apressadas para as limusines que as aguardavam, protegidas por uma boa quantidade de estrelas secundárias que paravam para aproveitar a oportunidade de serem fotografadas. Anna baixou a cabeça, rezando com mais fervor do que de costume para passar despercebida pela multidão. Mas, mal havia colocado o pé para fora, uma voz grave gritou:

— É ela! Ei, Anna!

Outros se uniram ao coro:

— Anna, como você se sente ao ser posta em liberdade sob fiança?

— Você pode fazer algum comentário sobre o enterro?

— Nos dê uma foto, Anna. Vamos lá, seja boazinha... só uma.

Ela elevou as mãos para encobrir o rosto. Cega pela tempestade de flashes, tropeçou e teria caído se uma mão forte não a tivesse segurado pelo cotovelo. Ela não pôde ver quem era por causa dos pontinhos pretos que se mexiam como insetos pelo seu campo de visão, mas então uma voz familiar ecoou:

— Cheguem para lá! Ela precisa de espaço!

Marc. Ela tremeu aliviada.

— Não olhe para trás — sussurrou ele, apertando a mão em seu braço à medida que a guiava pelas escadas até a calçada onde seu Audi estava parado em fila dupla. Empurrando para o lado um homem de cabelos oleosos que se metera no meio do caminho com uma câmera na mão, ele abriu rapidamente a porta do carona e, sem grandes gentilezas, empurrou-a para dentro. Antes que ela pudesse dizer uma palavra sequer, eles estavam acelerando pela Calle de Navidad.

Capítulo Dez

Era do conhecimento de todos que o Holy Name Cemetery, que ostentava uma das mais belas vistas de Carson Springs, era subestimado pelos moradores da cidade. Enfiado numa curva da estrada que subia serpenteando a colina que levava ao Pico do Peregrino, ele era sombreado por carvalhos centenários e algarobeiras e mantinha-se verde o ano inteiro por conta de um riacho que mal podia ser ouvido murmurando por entre as árvores. Era lá que o pai e os avós de Anna estavam enterrados, assim como muitos dos primeiros paroquianos da Igreja de São Francisco Xavier, mas, desde que o moderno cemitério cercado, do outro lado da cidade, atraíra a maioria dos negócios, era mais comum ver pessoas fazendo piquenique por lá do que chorando por seus mortos. Ao olhar para as tumbas modestas, muitas delas cobertas por musgo e despencando para os lados, Anna não pôde deixar de se surpreender com a ironia do corpo de Monica repousar na obscuridade.

A cerimônia do enterro foi breve, contando apenas com a presença dos familiares mais imediatos e amigos mais próximos. Jimmy Wycoff colocara um obstáculo na estrada, no sopé da colina, para manter a imprensa afastada, o que Anna muito apreciou. Seus nervos estavam tão sensíveis que um simples esquilo subindo em uma árvore quase fez seu coração sair pela boca. Em pé ao lado da cova aberta, tentando se equilibrar nos saltos altos que afundavam na grama, Anna estava consciente apenas de Marc amparando-a pelo cotovelo. Anos antes, a mãe a matriculara em aulas de balé (que serviram apenas para fazê-la se sentir ainda mais gorda e desajeitada), nas quais ela aprendera a dar piruetas, os olhos fixos em um único ponto na parede para evitar que ficasse tonta. Naquele momento, Marc era o ponto.

Padre Reardon leu um versículo dos Salmos, e ela observou sem chorar quando o caixão de mogno lustroso com hastes de cobre foi baixado até o chão. Ela se sentiu como se estivesse assistindo a tudo isso de longe: Glenn, em pé com as mãos entrelaçadas na frente do corpo, o sol refletido em seu Rolex; Liz olhando abatida para a frente, apegada a lembranças das quais claramente queria se livrar; Betty, parecendo ansiosa e completamente confusa, como se imaginando o que aquilo tinha a ver com ela. Como se num sonho, Anna adiantou-se para jogar uma pá cheia de terra dentro da cova, lembrando-se de quando ela e as irmãs eram crianças e da oração que rezavam todas as noites antes de dormir: *Se eu morrer antes de acordar, peço ao Senhor para minha alma levar.*

Em seguida, eles estavam andando vagarosamente para o estacionamento, onde todos se despediram. Os rostos se misturavam num único borrão, ficando apenas o rastro dos perfumes, o brilho dos brincos, flashes da luz do sol refletida nas lentes dos óculos escuros conforme eles se comprimiam. Apenas Laura se sobressaía, seu sorriso doce, um lembrete de que para tudo o que houvesse de ruim no mundo havia uma

mesma medida de bom... e Finch, seu olhar sério dando-lhe a aparência de alguém muito mais velha do que os anos que tinha.

Ela abraçou Anna, murmurando:

— Não se preocupe. Não vamos deixar nada acontecer com você.

— Se precisar de alguma coisa, é só chamar — disse-lhe Liz. Estava sendo mesmo sincera, embora no passado tivesse falado somente da boca para fora.

Em seguida, Anna voltou para o carro de Marc, sentando-se no banco com um suspiro de alívio: tudo o que queria era ir para casa e mergulhar numa banheira quente.

— Minha casa não é bonita — ela o lembrou, quando eles começaram a descer a colina. — Lá embaixo, pegue a primeira à direita, depois...

Ele não a deixou terminar:

— Pelo que eu vi, parece que toda a quinta divisão está acampada na frente da sua casa. Eles vão ficar todos em cima de você como formigas num piquenique. — A visão que Anna tivera da casa como um paraíso seguro desapareceu. — Hoje à noite você vai ficar comigo. — Ele falou como se já estivesse tudo acertado.

Não obstante, ela protestou:

— Marc, não posso te pedir para fazer isso. Você já se envolveu muito até agora. Além do mais, não tenho nada meu comigo.

— Pegamos o que for preciso no caminho.

— E quanto a você... não tem que ir trabalhar?

— Estou tirando uns dias de folga.

Ela ficou em silêncio, incapaz de abarcar a ideia de que um homem, qualquer homem, ainda mais Marc, pudesse chegar a tal ponto por *ela*. O que isso queria dizer? Anna olhou pela janela para os arbustos que formavam uma margem densa ao longo da estrada. Estavam carregados de flores brancas que iam se espalhando e, conforme eles foram passando, rodopiando no ar — não eram flores, afinal de contas, mas borboletas, centenas delas.

— Tenho alguns dias de férias vencidas — continuou ele, no mesmo tom prático de voz. — Meu chefe vive atrás de mim para eu tirar esses dias, então achei que a melhor época seria agora.

— Ainda assim, eh... Não sei o que dizer.

— Você não pode passar por isso sozinha. Precisa de ajuda.

— Achei que era para isso que servia a minha advogada. — Além disso, Rhonda havia avisado para ser discreta. Se a imprensa soubesse que estava passando a noite com um homem casado, isso poderia apenas piorar as coisas.

— Ela só pode ir até certo ponto e, uma vez que a polícia não parece estar perseguindo nenhuma outra pista — continuou ele, determinado —, achei que nós deveríamos fazer algumas investigações por conta própria.

— Não sei se é uma boa ideia.

— Você sempre joga de acordo com as regras? — Ele lhe lançou um olhar desafiador.

Ele tinha razão. Onde a obediência às regras a levara? Ela não poderia estar em pior situação, com certeza.

— Alguma ideia de por onde começar? — perguntou ela, hesitante.

— Você é que vai me dizer.

Ela refletiu por um momento.

— Bem, tem o ex-marido dela.

— Qual?

— O quarto e último... Brent Carver.

— O ator?

— Ela falou dele?

— Não muito. Só disse que ele era um grande merda.

— Não era. Só... meio esquisito. Eles tinham um relacionamento estranho.

— Deve ter sido difícil para ele ser o ator coadjuvante.

— Acho que isso não o incomodava tanto quanto a Monica. A não ser pela aparência gloriosa, ele não tinha muito talento a exibir. A maioria dos trabalhos que fez é de muito baixo retorno financeiro... algumas pontas na TV, uns comerciais aqui e ali. O negócio dele era correr de carro.

— Acredito que o divórcio não tenha sido nada amigável.

— Foi e não foi. A Monica estava furiosa com ele, mas o Brent não quis saber de muita briga. Sabia que merecia. Ela descobriu que ele a estava traindo... parece que ele pagou a conta do motel com o cartão de crédito dela.

Marc assobiou baixinho.

— O cara tem colhões. Verdade seja dita.

— Ele também gastava feito um marinheiro bêbado, embora isso ela teria perdoado. O engraçado é que, depois que eles se separaram, começaram a se dar melhor do que quando eram casados.

— Você consegue pensar em alguma razão para ele querer vê-la morta?

— Não. A não ser... — Ela franziu a testa. A lembrança veio rapidamente à tona, a briga que haviam tido naquele dia, a última vez que ele fora à casa dela. — Ela ameaçou cortar a pensão dele. — Anna não dera muita importância a isso na época. Brent, eternamente endividado, estava sempre pedindo mais dinheiro para Monica, mas, normalmente, reconhecia que estava errado e ia embora como um garotinho que levara um tapa na mão. — Ela sabia que ele não tinha condições de processá-la.

— Ele tem direito a alguma herança?

— Duvido — respondeu ela. Ela ficara sabendo de mais coisas depois de ter falado com Gardener Stevens.

— A polícia falou com ele?

Ela confirmou.

— Aparentemente, ele tem um álibi.

— Isso não descarta a possibilidade de ele ter contratado alguém para matá-la.

Ela sorriu; isso era tão... teatral. Assassinatos encomendados... matadores de aluguel... coisas no estilo *O Poderoso Chefão*.

— Conhecendo o Brent, ele teria pago o trabalho com o Visa da Monica.

Marc permaneceu pensativo.

— Você tem o endereço dele?

— Está no meu porta-cartões. — Ela imaginou seu escritório selado com fitas amarelas e suspirou. Eles estavam se aproximando do desvio que levava à Rota 33 quando ela teve outra ideia: — O empresário dele deve ter... um cara chamado Marty Milnik.

Sonho de uma Vida

— Esse nome me é familiar.

— Ele costumava aparecer na CTN.

— Com certeza o nome dele está na lista telefônica. Vamos telefonar para ele quando chegarmos.

Ele dirigiu em silêncio, como se estivesse analisando vários ângulos. Eles estavam se aproximando do alto da colina com sua vista panorâmica do vale quando ele perguntou:

— O que você sabe sobre o caráter desse tal de Glenn?

Anna ficou tensa.

— O que você quer saber?

— A Liz me disse que não confia nele.

— Ela nunca gostou dele.

Ele relanceou para Anna.

— Qual a sua opinião sobre ele?

A lembrança veio mais uma vez à tona. Com tudo o mais que estava acontecendo, ela preferira não revivê-la, mas não havia como escapar dessa vez. Além do mais, se houvesse a mínima possibilidade de que isso tivesse alguma conexão com a morte de Monica...

Ela sorriu com pesar.

— Se você tivesse me perguntado isso há algumas semanas, eu teria dito que ele era um cara legal.

— Aconteceu alguma coisa que te fez mudar de ideia?

Anna sentiu que ficara ligeiramente enrubescida. Entendia agora por que algumas mulheres que eram vítimas de abuso achavam que a culpa, de alguma forma, era delas, embora, racionalmente, ela soubesse que, se alguém devesse sentir vergonha, seria Glenn.

— Ele deu em cima de mim — disse ela, sem se estender.

— Não me surpreende.

— Não foi só isso. Ele... bem, ele foi muito insistente. — Ela não entrou em detalhes e percebeu, pela forma como a expressão de Marc endureceu, que ele havia entendido. — A Monica não ficou muito satisfeita com isso, pode acreditar.

— Engraçado, eu não diria que ela era do tipo protetor.

— E não era. Foi *comigo* que ela ficou furiosa, não com o Glenn. Tenho certeza de que ela achou que eu estava dando bola para ele.

— Talvez ela tenha ficado com ciúme. Eles eram amantes?
— Não que eu saiba.
— Ainda assim, vale a pena investigar.
— Talvez. — Não lhe agradava nem um pouco a ideia de confrontar Glenn, não depois da forma como ele a olhara nos olhos durante o enterro; claramente ele *a* culpava pela morte de Monica. Além disso, Anna tinha outra preocupação mais iminente. — Marc, por que você está fazendo isso? — Ela o olhou com atenção. — Quer dizer, foi só uma noite. Você não me deve nada. — Doía-lhe admitir. Para ela, parecia ter sido muito mais do que isso, mas aquela era a verdade nua e crua.

Os olhos dele permaneceram fixos na estrada. Após um momento, ele respondeu baixinho:

— Talvez eu precise.
— Super-homem ao resgate? — perguntou ela, descontraída, imaginando se isso teria mais a ver com a esposa dele do que com ela.
— Só não me peça para saltar de nenhum prédio alto num pulo só. — Ele lhe abriu um sorriso. — Meus dias de herói com capa tiveram fim no quarto ano, quando eu saltei de cabeça do telhado da garagem lá de casa.

Ela riu pela primeira vez em dias. Foi uma sensação gostosa, como o sol a aquecendo.

— Quando eu era criança, queria ser detetive.
— Parece que seu desejo se realizou — disse ele.

Anna deu uma risadinha irônica.

— O problema é que, com exceção do Brent e do Glenn, eu não faço ideia de por onde começar. A Monica não via fazia anos a maioria das pessoas que estavam no enterro.

— Você acha que algumas daquelas pessoas tinham ressentimentos contra ela?

Anna pensara a mesma coisa. Nas últimas quarenta e oito horas tivera pouco o que fazer. Mas ela balançou negativamente a cabeça.

— Consigo pensar em algumas poucas pessoas que a teriam esfaqueado pelas costas na primeira oportunidade que tivessem, mas só no sentido figurado.

Sonho de uma Vida 235

— Às vezes o limite é tênue.

Ela bocejou, sentindo muito sono de repente.

— Podemos falar sobre isso mais tarde? Preciso fechar os olhos. — Assim que os olhos dela se fecharam, ela se sentiu como se estivesse descendo num elevador. Momentos depois, dormia profundamente.

Quando acordou, viu que a noite caíra e sentou-se ereta no banco.

— Onde estamos?

— Quase chegando — respondeu-lhe Marc.

— Que horas são?

— Hora de comer. — Marc havia deixado a Rodovia I e agora eles começavam a sacolejar devagar por um píer cercado de lojas para turistas, casas de artigos de pesca e lojinhas de balas de caramelo. — Espero que você goste de frutos do mar.

— Qualquer coisa serve... desde que não venha numa bandeja. — Engraçado. Sua vida costumava girar em torno das refeições, mas, agora, comida era a última coisa que lhe passava pela cabeça.

Momentos depois, eles estavam sentados a uma mesa no Restaurante Âncora Enferrujada, apreciando travessas de frutos do mar do tamanho de barcas em miniatura, tudo recém-pescado e frito, bem crocante. Anna, cujo apetite voltara como numa revanche, achou que jamais experimentara nada tão delicioso.

— Como aqui pelo menos uma vez por semana — disse-lhe Marc.

— Posso ver por quê.

— Não é só por causa da comida.

— Eu sei. Comer sozinho fica chato depois de um tempo. — Ninguém sabia disso tão bem quanto ela.

— Esta é a parte que nunca parece melhorar. — O olhar dele passou para a janela, onde seu reflexo espectral tremulou no vidro escurecido.

— Sua esposa gosta de cozinhar? — *Olho por olho, dente por dente*, pensou Anna.

Ele voltou o olhar para ela, sorrindo tristonho.

— Está vendo? É isso que eu gosto em você. Qualquer outra pessoa teria feito esta pergunta no passado.

— Ela não está morta.

— Para a maioria das pessoas, está.

— Bem, acho que não sou a maioria.

Ele largou o garfo, empurrando o prato para a frente.

— Sabe qual é a minha parte favorita? Quando começam a compará-la a algum parente maluco na própria família... como se fizessem ideia do que é *mesmo* a loucura. — Ele deu uma risada amarga.

— Tenho certeza de que elas só estão tentando te fazer se sentir melhor.

— Ou a si mesmas. — Ele fez sinal para pedir a conta. — Respondendo à sua pergunta: gosta, minha esposa gosta de cozinhar... quando não põe fogo na casa.

— E eu achei que era só a minha mãe que fazia isso. — Ela se deu conta do que disse e fez uma careta. — Desculpe.

— Tudo bem. Não detenho o monopólio de parentes malucos. — Ele riu e um pouco da tensão desapareceu de seu rosto. — Por falar na sua mãe, como ela está?

— Melhor... ou talvez eu simplesmente prefira acreditar que sim. Pelo menos, parece feliz. A hora do chá no Lar Sunshine é o maior acontecimento.

— Contratei uma das cabeleireiras da cidade para, uma vez por semana, ir cuidar dos cabelos da Faith. Ela fica ansiosa por isso.

Anna sabia como era. Qualquer contato com o mundo exterior, por menor que fosse, significara muito para ela quando ficara presa.

— Com que frequência você a visita?

— Eu costumava ir todos os dias. Depois passei para uma vez por semana. Agora... — Ele encolheu os ombros. — Vou quando posso.

Anna concordou, compreensiva. Suas visitas ao Lar Sunshine também estavam ficando mais esparsas, embora a mãe parecesse não perceber.

— É sempre a mesma coisa, não é? Nunca melhora.

Ele levou a mão à dela.

— Você me perguntou por que eu estava fazendo isso. Talvez porque, agora, eu *possa*. — Como Anna não respondeu, os dedos dele se apertaram sobre os dela. — Vamos dar um jeito de sair dessa — disse ele. — Você acredita em mim?

Sonho de uma Vida 237

— Quero acreditar. — Ela deu um jeito de sorrir.

Marc esticou a mão para lhe acariciar o rosto.

— Você parece cansada. É melhor te levar para a cama.

— Foi um longo dia.

Anna adormeceu de novo dentro do carro, acordando quando ele estacionou em frente à casa dele. Ela ficou surpresa ao ver que a casa não ficava na praia, mas cercada por árvores e arbustos.

Ela bocejou e disse, sonolenta:

— Pensei que você morasse em Malibu.

Ele sorriu.

— Nem todas as casas aqui ficam na beira da praia ou pertencem às estrelas de cinema.

Lá dentro, a casa era aconchegante, com o telhado inclinado e claraboias. Portas corrediças de vidro davam para um deque com vista para um barranco iluminado, coberto por folhas-de-gelo.

— Água costuma ser artigo de luxo por estas bandas — disse-lhe Marc. — Plantamos espécies que só crescem no deserto.

Ele a conduziu por uma sala aconchegante, cheia de livros, depois por um corredor que levava ao quarto principal, nos fundos. Ela se sentou na cama, coberta por uma colcha colorida de lã. Por toda parte havia toques femininos: vaporizadores de perfume sobre a penteadeira de carvalho, uma coleção de leques antigos na parede, uma cômoda de cedro nos pés da cama, porém nada com exagero ou afetação.

Marc tirou um cobertor da cômoda.

— Deite-se — disse sério. — Ordens médicas.

Anna retirou os sapatos e se deitou, sentindo o prazer do travesseiro baixo, no qual apoiou a cabeça. Parecia que haviam se passado eras desde que ela não aproveitava os mais simples prazeres da vida. Marc a cobriu com o cobertor e deu-lhe um beijo suave no rosto. Em seguida, ela caiu mais uma vez no sono.

Quando acordou, tudo o que havia era o brilho das luzes no deque, através das quais ela se guiou para ir ao banheiro, onde encontrou uma escova de dentes dentro de uma caixinha lacrada, em cima da pia. Seus olhos se encheram de lágrimas. Eram essas pequenas coisas, pensou,

pequenas gentilezas que, em circunstâncias normais, talvez não significassem tanto. Ela escovou os dentes e lavou o rosto, voltando para o quarto, onde encontrou Marc sentado na cama.

— Quanto tempo eu dormi? — perguntou ela.

— Algumas horas.

— Por que você não me acordou? — Ela se sentiu culpada, sabendo que o tinha mantido de pé. Depois de todas aquelas horas dirigindo, ele devia estar exausto.

— Você precisava descansar. — Ele a puxou para a cama e a abraçou. — Está se sentindo melhor?

— Muito melhor. — Ela se inclinou de forma a apoiar a cabeça no peito dele.

— Falei com Marty Milnik.

— O que ele disse?

— Parece que ele e o Brent se separaram. O Marty não se estendeu no assunto, mas me deu o endereço de um estúdio em Covina, onde parece que o Brent arrumou um trabalho temporário. Pensei em nós dois irmos para lá, amanhã de manhã.

Anna imaginou que tipo de estúdio seria este. Covina era o fim do mundo, em comparação a Hollywood. Mas tudo o que fez foi concordar e dizer:

— É uma ideia.

Marc deu-lhe um beijo no topo da cabeça.

— Quer dormir mais um pouco?

— Sinto como se pudesse dormir durante uma semana.

— Neste caso, que tal ter companhia? — Anna respondeu enlaçando os braços em seu pescoço e beijando-o com tanta intensidade que os dois ficaram surpresos. Ele recuou para lhe sorrir. — Eu não estava, necessariamente, me referindo a isso.

Ela arqueou uma sobrancelha.

— Você está recusando a oferta?

— Bem, não...

Em menos de um minuto eles estavam despidos debaixo das cobertas. Aconchegada ao seu lado, Anna tentou não se prender muito ao fato de que aquela era a mesma cama que ele havia dividido com a esposa. Eles se beijaram por mais um tempo, antes de ele jogar as cobertas para o lado, seus dedos lhe percorrendo a pele. Ela fechou os olhos, apreciando a sensação. A maioria das coisas que sabia sobre sexo vinha da *Cosmopolitan*; metade dos artigos, assim parecia, sobre as formas de aproveitar ao máximo as carícias de homens que, de alguma forma, não sabiam excitar uma mulher. Mas os carinhos de Marc eram hábeis, cada roçar de seus dedos e lábios estimulando partes de seu corpo que ela mal sabia existirem. Anna pensou: *Se morri e fui para o paraíso, jamais vou querer voltar à Terra.*

Agora, Marc passava a boca por sua barriga... e... ah, meu Deus... mais embaixo. Ela começou a tremer descontroladamente. Tinha lido sobre *isso* também. Mas não havia palavras que pudessem dar conta de como era na verdade.

— Por favor, Marc — implorou ela, sem saber se queria que ele parasse... ou continuasse.

Ele levantou a cabeça, beijando-a gentilmente na boca, o gosto dela como o de uma fruta exótica em seus lábios, antes de sussurrar em seu ouvido:

— Quero fazer você gozar assim.

Ela ruborizou, sentindo-se envergonhada. Mas logo se esqueceu da vergonha e tudo o que sentiu foi o leve toque da língua dele. A sensação foi crescendo até se tornar um fervor. Meu bom Deus. Como podia ter passado a vida inteira sem conhecer isso? Sem *ele*?

Quando gozou, foi um sentimento sem comparação com qualquer outro que tivesse experimentado na vida, nem mesmo na primeira vez com Marc. Ela se curvou para trás com um gemido, o prazer quase insuportável de tão maravilhoso espiralando por seu corpo como um líquido quente. Em seguida, perdeu as forças, ofegante.

Pouco a pouco, o coração dela foi se acalmando. O mundo foi gradualmente voltando ao normal: o barulho de um carro subindo a estrada, o reflexo dos faróis revolvendo-se no teto; mariposas debatendo-se contra a porta de vidro corrediça. Anna pôde vê-las no clarão amarelo que saía das lâmpadas, espiralando tontas, apenas para voltar com reno-

vado vigor à tarefa de se debaterem até a morte. Ela imaginou se a única razão de se sentir tão viva, tão consciente de tudo à sua volta, era o fato de estar à beira de perder todas aquelas coisas.

Marc espichou-se ao lado dela e ela chegou mais para perto. Sentiu que ele estava excitado, mas ele afastou gentilmente a mão dela quando ela o tocou, murmurando:

— Não.

— Mas... — Ela se sentiu egoísta.

Ele pôs um dedo sobre os lados dela.

— Essa noite foi sua.

Ela sentiu um nó na garganta. Marc queria que ela tivesse algo que fosse só dela. Estava lhe mostrando que se preocupava, que ela não era somente um dublê da esposa dele. Anna fez o possível para suprimir as lágrimas que brotaram com força em seus olhos.

Ela caiu no sono nos braços dele, pensando em Monica... não nas imagens macabras que tanto a assombraram naquelas últimas noites, mas na irmã da forma como estivera no dia de seu casamento, de pé no altar, de frente para Brent; uma visão em renda marfim antiga, um olhar que parecia dizer que era aquilo que queria, a aliança dourada para a qual estendia a mão. Só que não foi. Mesmo com toda a sua fama e todo o seu dinheiro, Monica havia morrido sem aliança.

O estúdio em Covina acabou se tornando um armazém industrial a poucos metros dos trilhos do trem, com uma placa discreta afixada no lado corrugado que o identificava como sede da "Produções Blue Knight". Marc disse à voz que estalava no interfone que eles estavam ali para ver Brent. Decorrido um momento, eles entraram.

Uma jovem de vinte e poucos anos, cabelos estilo punk, tatuagem no ombro e um copinho descartável em cada mão, cumprimentou-os assim que eles entraram.

— Então vocês são, tipo assim... da lei, certo? — perguntou ela. — Os federais estiveram aqui na semana passada. Tinham uma pista quente de que a gente estava usando menor de idade. Tá bom, até parece. —

Ela revirou os olhos pintados de kajal. Um piercing dourado em cima de uma das sobrancelhas brilhou sob as luzes fluorescentes.

— Até onde eu sei, somos da lei. — Marc lhe ofereceu seu sorriso mais inofensivo.

A moça inclinou a cabeça para um lado, avaliando-o francamente; pouco importava que ela tivesse idade para ser filha dele. Numa voz gutural, com o vapor dos copinhos descartáveis subindo pelo rosto, ela disse:

— Venham comigo. Eles estão se arrumando, vocês ainda vão ter uns minutos.

Eles a seguiram por um corredor estreito, revestido por placas de gesso. No final, Anna viu câmeras e refletores, cabos presos ao chão com fita gomada e um técnico com fones de ouvido entrando e saindo de cena. Eles viraram para outro corredor e pararam em frente a uma porta com o nome *Brent* escrito num quadrinho lavável. A garota abriu a porta com o pé, gritando:

— Visita para você! — O café derramou em uma das mãos e ela fez uma careta, praguejando baixinho enquanto continuava a andar.

A porta se abriu e Anna prendeu a respiração. A única coisa que cobria o corpo de Brent era uma toalha que ele segurava na frente de suas partes íntimas. Ele abriu um sorriso como se não percebesse que estava nu.

— Ei, Anna Banana. — Ela se contraiu ao ouvir o apelido. — O que a traz de tão longe até aqui? Não venha me dizer que sentiu minha falta. — Ele piscou.

Várias respostas possíveis lhe passaram pela cabeça antes de optar pela mais inócua:

— Brent, este é o Marc. Nós, eh, nós estávamos querendo ter uma palavrinha com você. — Ela tomou cuidado para seus olhos não rumarem para o sul.

Brent abriu a palma da mão para bater na de Marc.

— Amigo da Anna é meu amigo também.

Brent tinha um estilo garotão tão exuberante que era impossível não gostar dele. Também era impossível não olhar para ele, despido ou não.

Bem acima de um metro e oitenta, com um corpo musculoso bronzeado por conta de visitas regulares a clínicas de bronzeamento artificial,
sorriso Colgate e cachos louros eternamente desalinhados, ele era o tipo
de homem que qualquer um esperaria ver na praia, arremessando disco.
Como não podia deixar de ser, o auge de sua carreira fora uma participação menor no seriado *Baywatch*.

O problema só aparecia depois que se chegava bem perto: Brent
estava velho... não *velho*, velho, mas velho apenas em termos de
Hollywood, onde a maioria dos artistas era posta de lado quando chegava aos quarenta.

— Sentem-se. — Ele gesticulou para o sofá surrado e pegou um
roupão do cabide, com a maior naturalidade. O som inconfundível de
um casal fazendo sexo chegava até onde eles estavam.

Anna havia suspeitado disso, claro, depois de Produções Blue
Knight e da conversa daquela moça sobre os federais... Ela se perguntou
como Brent podia ter descido tão baixo, embora isso não tenha chegado
a surpreendê-la de fato. Na verdade, não passara toda a sua vida profissional se preparando para isso?

— Não te vi no enterro — disse ela.

O sorriso dele desapareceu assim que se sentou na cadeira de frente
para a penteadeira bagunçada.

— Olha, desculpa. Não dava para encarar. — Ele abriu os braços
num gesto de impotência.

Passou-lhe pela cabeça se haveria alguma outra razão.

— Não estou aqui por causa disso — disse ela. — Acho que você
ouviu o que aconteceu.

— Meu Jesus, ouvi. Aposto que eles tinham que achar um culpado,
aqueles imbecis. — Ele franziu a testa demonstrando solidariedade, mas
logo a esticou. — Mas, olha, você vai sair dessa. Quer dizer, eles poderiam muito bem ter prendido a porra do papa.

Anna não tinha muita certeza se havia gostado da comparação.

— Eu gostaria que você pudesse esclarecer algumas coisas para mim
— disse ela.

— Claro. Qualquer coisa que eu possa fazer para ajudar. — Ele se recostou na cadeira, abrindo os braços.

Marc inclinou-se para a frente.

— Onde você estava naquela noite?

— Que porra é essa? Você está achando que fui *eu* que apaguei ela? — A expressão compreensiva de Brent transformou-se em fúria.

— Não é o que estamos dizendo. — Anna foi rápida em tranquilizá-lo. — Só achamos que, se você *tivesse ido* lá, poderia ter percebido alguma coisa suspeita. — Ela desviou o olhar da abertura do roupão, onde as metades não se encontravam muito bem.

— Infelizmente, não vou poder ajudar vocês. — Ele franziu a testa, pegando um maço de cigarros em cima da penteadeira. — Eu estava num bar com alguns amigos. A polícia já checou. A última vez que vi a Monica foi aquele dia, na casa dela. — Ele lançou um olhar significativo para Anna, que ruborizou.

— Eu soube que ela estava prestes a te deixar sem nenhum centavo. — Marc o olhou sem demonstrar qualquer emoção.

Brent acendeu o cigarro e deu uma longa tragada, soltando um fio de fumaça que subiu rumo ao teto.

— É? Pois ouviu errado. Ela soltava fumaça pelas ventas de vez em quando, mas isso não queria dizer porra nenhuma. Você sabe como ela era. — Brent olhou para Anna e depois para Marc, os olhos se franzindo. — Não que isso seja problema de vocês.

— Não estamos te acusando de nada — reiterou Anna.

Após um momento, Brent ficou menos ríspido e disse:

— Está bem. Ela soube que eu estava ganhando uma grana fazendo isso aqui. — Ele encolheu os ombros. — Sei o que vocês estão pensando. Mas, pô, isso aqui é trabalho como qualquer outro. O dono daqui é casado, tem três filhos, vai à igreja todos os domingos... Sabem quem é o nosso melhor cliente? A rede Bristol de hotéis. — Ele bufou. — Esses filmes *pay-per-view* para adultos fazem o maior sucesso com os vendedores que estão sempre viajando.

— Escute, em nada me importa o que você faz para ganhar a vida — disse-lhe Anna. À luz da situação em que se encontrava, isso não lhe parecia tão chocante. — Só estou tentando chegar ao fundo de tudo o que aconteceu.

— Cara, se eu soubesse quem fez isso, esse infeliz ia ver o que era bom assim que eu botasse as mãos nele. — Brent balançou a cabeça, parecendo mais triste do que furioso. Não ocorrera a Anna que ele pudesse sentir falta de qualquer outra coisa além do cheque que recebia mensalmente.

— Alguma ideia de quem possa ter sido? — Marc dirigiu toda a sua atenção para ele.

Brent deu uma longa tragada no cigarro.

— Por que vocês não conversam com o Lefevour?

— Você acha que o Glenn teve alguma coisa a ver com isso? — O mal-estar que ela sentira ao vê-lo no enterro foi voltando aos poucos.

— Você é que vai dizer. — No espelho acima da penteadeira, Anna pôde ver que os cabelos de Brent, descolorados pelo sol, estavam começando a ficar escassos atrás. Os gemidos do outro lado da porta ficaram mais intensos. Anna ouviu uma voz feminina gritar ofegante: "Ah, isso, querido, isso. Vem... Ooooohhh... mais forte... *mais forte*..."

De repente, a lembrança veio com força total e, dessa vez, ela não conseguiu evitar. Fazia apenas três semanas? Pois parecia um ano. Ela fechou os olhos, revivendo aquele dia...

Anna estava olhando para a tela do computador, franzindo a testa e mordendo o polegar.

De: kssnkrys@aol.com
Para: monica@monicavincent.com
Assunto: A vida é uma merda

Querida Monica,
Desculpe eu ter ficado um tempo sem escrever. O negócio é o seguinte: fui demitida. Aquela bruxa não gostou de mim desde o início e ficava o tempo todo no meu pé, reclamando de qualquer coisinha, até das coisas que eu não

Sonho de uma Vida

fazia. E isso foi acontecer justamente quando a Brianna estava com caxumba e eu passava as noites inteiras acordada. Então acho que eu meio que me descontrolei. E dei o troco (para a bruxa). Cheguei até a dizer à filha da puta o que ela era e que eu não sabia como aquele marido dela aguentava olhar para a cara dela. Eu sei, eu devia ter ficado de boca fechada, mas eu estava de saco cheio dela ficar me tratando como se eu fosse um capacho. Como se ela estivesse me fazendo algum favor. Será que eu não mereço mais respeito? Estou pedindo muito?

Bem, enfim, a minha supervisora de condicional está no meu pé. Não vai ser fácil encontrar outro emprego, mas não vou desistir. Às vezes acho que a única coisa que me faz continuar é saber que você se preocupa comigo.

Sua amiga,
Krystal

Anna franziu ainda mais a testa enquanto redigia sua resposta:

De: monica@monicavincent.com
Para: kssnkrys@aol.com
Assunto: RE: A vida é uma merda

Krystal,
Me preocupo MESMO... e muito. E sei o que é ter a patroa no seu pé... pode acreditar. Mas há formas melhores de lidar com situações como essa. E se tudo o mais falhar, você ainda pode pedir demissão sem atear fogo no circo. Não estou falando isso para você se sentir pior. Sei o que você está passando. Mas veja da seguinte forma: se você consegue chegar até este ponto, consegue chegar até o final. Quem liga para o que os outros pensam? É o que você acha de si mesma que conta.

Da sempre amiga,
Monica

Sentia-se mal por enganar Krystal, *ela*, mais do que qualquer outra pessoa, mas será que ela aceitaria seus conselhos sabendo que era a irmã desconhecida de Monica quem os dava? Além do mais, se os jornais descobrissem...

Anna suspirou. Já tinha problemas suficientes do jeito que estava. Como o fato de Monica ter voltado a beber. E a forma como vinha agindo ultimamente, como um pneu prestes a explodir num carro em alta velocidade. Naquele momento, a irmã estava começando a se irritar com Brent, que chegara há pouco, sem avisar, sem dúvida para pedir dinheiro. Vozes zangadas podiam ser ouvidas do final das escadas.

— Você levou até o meu último centavo, seu filho da puta infeliz — Monica gritou a plenos pulmões. — Quer saber, você pode ir dando um beijo de despedida na sua pensão!

— Ah, é? Bem, neste caso *você* pode conversar com o meu advogado. — Brent era só ameaças.

Ela deu uma risada cruel.

— E como você vai pagá-lo? Com um cheque pré-datado? Deus do céu, você é patético.

— Está bem, está bem, sinto muito por não ter te contado sobre o trabalho. Mas, como eu disse, é só um lance temporário. — A voz dele ficou suave. — O lance é o seguinte: estou meio duro agora. Se você puder me emprestar algum, eu te pago assim que as coisas melhorarem.

— E quando seria isso? Em vinte anos?

— Por favor, amor.

— Não me venha com essa de "amor". Caso você não tenha percebido, estamos divorciados.

— Está bem, está bem. Calma.

— Foi isso o que você disse quando eu descobri que você estava trepando com aquela ordinária. Você é que devia estar me pagando, e não o contrário.

— Olha, não é muita coisa. Você paga mais para a porra do seu jardineiro. — Anna podia ouvir o medo em sua voz, mesmo enquanto ele tentava se defender.

Sonho de uma Vida

— E por que, exatamente, você se acha merecedor desse dinheiro?

— Jesus Cristo, Monica, eu *vivi* para você. Eu adorava o chão que você pisava.

— Ah, é? E onde pagar piranhas com o meu American Express se encaixa em toda essa adoração? — Monica estava mesmo pegando pesado. Anna podia dizer que ela estava se divertindo.

— Você corta as bolas do cara e quer que ele faça o quê? Era *você* quem eu queria.

— E isso é para eu me sentir melhor?

Anna levantou-se e fechou a porta. Ainda podia ouvi-los, mas as vozes estavam abafadas agora. Houvera uma época em que teria se sentido compelida a descer as escadas correndo, caso as coisas ficassem sérias, mas isso não acontecia mais. A única razão de ainda estar ali era porque precisava arrumar outro emprego. O que não era fácil quando tinha de fazer ligações em segredo e sair furtivamente para entrevistas, sentindo-se como uma agente do FBI.

As reclamações abafadas do outro lado da porta foram ficando mais intensas e Anna sentiu certa apreensão. E se as coisas fugissem *mesmo* ao controle? Como na vez em que Monica atirou um vaso em cima de Brent, a pouquíssimos centímetros de sua cabeça.

Anna suspirou. Agora que havia tomado a decisão de ir embora, cada dia que passava era insuportável, uma pedra de Sísifo a ser rolada morro acima, a tarefa ficando ainda mais difícil por Monica andar tão ansiosa — quase como se percebesse uma mudança no vento.

Então ela pensou em Krystal, lutando para tocar a vida contra dificuldades quase intransponíveis. *Por que vou sentir pena de mim mesma?* As coisas estavam melhores agora que a mãe estava no Lar Sunshine. Ela havia entrado para uma academia de ginástica e passava mais tempo com Liz e Dylan. Tinha até mesmo falado com Marge Fowler, do museu, sobre trabalhar como guia. Marge, em contrapartida, indicou-a à Liga Feminina, que estava precisando de voluntários para excursões a prédios históricos. Para se preparar, Anna estava lendo tudo o que lhe parava nas mãos para refrescar sua memória sobre a história da cidade. Como resultado, fizera amizade com Vivienne Hicks, da biblioteca. Saíram juntas algumas vezes para tomar café e, outro dia, Vivienne a cumprimentara por sua perda de peso.

Outras pessoas também haviam comentado. Anna não comprava mais na sessão de tamanho extragrande da Rusk's. Tinha até começado a usar maquiagem — não muita, apenas o suficiente para lhe dar um pouquinho de cor e realçar os olhos. (Se aprendera alguma coisa com todas as dicas de beleza que distribuíra ao longo dos anos, era que menos é mais.) Norma Devane chegou até a persuadi-la a fazer algumas luzes discretas nos cabelos.

Seus pensamentos se voltaram para Marc, a lembrança da noite que passaram juntos como uma joia preciosa muito bem guardada por questões de segurança. Se não havia telefonado, ela sabia que não era porque ele não queria vê-la, mas porque tinha medo de magoá-la. Os amigos certamente lhe diriam que ela estava sendo ingênua, mas a expressão no rosto dele quando lhe dissera adeus... ninguém era tão bom ator assim. Ela vira como ele estava arrasado, querendo aceitar o que ela oferecia e, ao mesmo tempo, sabendo que aquilo não seria o suficiente para nenhum dos dois.

Quase podia ouvir o menosprezo de Liz. Bem-vinda ao mundo real, ela lhe diria. Mas a última coisa que Anna queria era se igualar a ela. O simples fato de Marc ter mantido distância provava que ele era melhor que o amante casado da irmã, fosse ele quem fosse.

Com esforço, Anna voltou a atenção para a tela do computador. Uma das mensagens era de um fã que havia assistido inúmeras vezes a todos os filmes estrelados por Monica e sugeria uma refilmagem de *Vitória Amarga*, no qual ela poderia fazer o papel de Bette Davis, aleijada, em vez de cega. Outra mensagem era de Susieq555@earthlink.com, querendo saber o que Monica achava do namoro entre raças diferentes, por conta do "tesão" que ela sentia por um colega negro em seu trabalho. Outra mensagem era de uma enfermeira aposentada, chamada Dottie, que, após anos vivendo um casamento violento, encontrara coragem para deixar o marido. Ela agradecia a "Monica" pela força, dizendo que ela fora o empurrão que estava faltando.

Sonho de uma Vida

Graças a Deus há dias não tinha notícias de Hairy Cary. Talvez ele tivesse ficado com medo de seu último e-mail, no qual lhe dissera para não se preocupar com relação à segurança da LoreiLinda, pois, além de um sistema de alarme ultramoderno, era patrulhada por guardas com cães treinados. Um tanto exagerado talvez, mas como é que ele poderia saber?

Ela estava desligando o computador quando percebeu que não conseguia mais ouvir Monica e Brent. Será que haviam feito as pazes ou simplesmente tinham ido para outra parte da casa? Ela se levantou e abriu a porta com cuidado. Já havia passado da hora do almoço e estava faminta. Analisou o risco de uma ida à cozinha, o que poderia resultar num envolvimento seu na briga.

No final, foi a fome que acabou decidindo por ela. Anna desceu as escadas na ponta dos pés e encontrou a cozinha vazia, a não ser por Arcela, que estava lavando a louça do almoço. Abriu a geladeira e a viu provida com queijo light e fatias de peito de peru que a criada comprara especialmente para ela.

— Quais são as últimas notícias sobre a Cherry? — perguntou ela, enquanto passava mostarda numa fatia de pão integral.

O rosto de Arcela se iluminou.

— Ela chegando em breve. O advogado diz tudo certo. — A criada hesitou e disse baixinho, os olhos se enchendo de lágrimas: — Obrigada, srta. Anna.

— Não foi nada, sério. — Tudo o que havia feito fora pedir à amiga de Maude, Dorothy Steinberg, para escrever uma carta dizendo que Cherry teria emprego no hospital quando chegasse aos Estados Unidos. — Fico feliz por ter dado certo. Mal posso esperar para conhecê-la.

Anna estava para dar uma mordida em seu sanduíche quando ouviu o som de uma gargalhada no pátio. Olhou pela janela e viu Monica e Brent, que pareciam ter se esquecido de seu desentendimento. Não só isso, contavam também com a companhia de Glenn. Ela não o ouvira tocar o interfone, Arcela devia tê-lo deixado entrar. Atualmente, andava tão preocupada que mal conseguia se concentrar em seu trabalho.

Monica a chamou com um aceno. Ah, meu Deus. Não havia como ignorar. A irmã não aceitaria a desculpa de que ela estava em seu intervalo de almoço e, ultimamente, Anna vinha se esforçando para não criar atritos. Quando chegasse a hora de ir embora, queria sair sem problemas, se não por outro motivo, pelo menos pelo bem da mãe.

Deixando o sanduíche de lado, abriu a porta e saiu para o pátio. Fazia algum tempo que não via Brent ou Glenn. Preparada para os costumeiros cumprimentos — uma piscada indiferente de Brent e um olá afetuoso de Glenn (como o de um professor animando uma criança tímida a cantar) —, ela ficou surpresa ao vê-los observando-a como se nunca a tivessem visto.

Brent deu um assobio longo e baixo.

— Nossa, quer saber? — Ele a olhou da cabeça aos pés antes de se virar para Monica. — Sua irmã está uma gata.

— Não que você não tenha sido sempre maravilhosa — Glenn foi rápido em interromper: — Mas é que... — Ele recuou para observá-la melhor. Com sua camisa de seda preta e paletó cinza Armani, gotas de suor acumuladas como joias nos cabelos arrumados com gel, ele parecia... uma raposa. — Eu te contrataria na mesma hora. — Ele se pegou acrescentando em seguida: — Embora não seria nada fácil você competir com a minha cliente principal.

— Ainda assim, não é surpreendente? — Anna detectou um vestígio de frieza na voz de Monica. — Estou no pé dela para me deixar comprar um guarda-roupa novo, mas ela insiste em manter as roupas velhas. Infelizmente, Anna sempre foi muito prática.

Até mesmo Anna, que melhor do que ninguém sabia do que sua irmã era capaz, ficou surpresa com a habilidade com que ela transferira o foco de sua nova forma esguia para as calças largas e a blusa que estava vestindo — roupas que semanas atrás serviam muito bem —, ao mesmo tempo em que lembrava Brent e Glenn de como ela era generosa.

Anna ficou com as faces vermelhas e baixou o olhar.

— Não tenho muito tempo para fazer compras — disse ela, com naturalidade, pensando em todas as vezes em que levara a irmã para todos os cantos de Rodeo Drive sem que Monica, uma vez sequer, tenha se oferecido para lhe comprar um par de meias-calças.

Sonho de uma Vida

— Não precisa se preocupar, meu amor. Com um corpão desses, você não vai precisar se produzir muito. — Os olhos de Brent a analisaram de ponta-cabeça.

Glenn sugeriu, animado:

— O que vocês acham de todos nós nadarmos um pouco?

Anna sentiu o coração ficando pesado. Mas, antes que pudesse dar qualquer desculpa, Monica lançou seu sorrisinho felino e disse:

— Exatamente o que eu queria.

Anna lançou um olhar desesperado para Brent, sem êxito. Ele não estava em posição de tomar decisões. O que quer que Monica quisesse ela teria. A única razão pela qual ela discutia com ele de vez em quando era porque gostava de lembrá-lo de quem é que mandava.

Não obstante, Anna deu sua melhor desculpa:

— Eu adoraria, mas prometi ao Thierry que voltaria a falar com ele sobre aquelas mudanças... você sabe como ele detesta ficar esperando.

Monica agiu como se não tivesse ouvido.

— Deve haver toalhas suficientes, embora com Arcela a gente nunca saiba — suspirou ela, bancando a pobre patroa, mole demais. — Por que você não dá uma corridinha lá para ver? — pediu a Anna.

O sangue correu para suas faces. Ela sentiu vontade de dar um tapa na irmã, mas para Brent e Glenn isso pareceria algo sem sentido. Além do mais, não haveria limites no que Monica seria capaz de fazer para se vingar dela: como interromper os pagamentos da clínica geriátrica, o que, mais de uma vez, ameaçara fazer. Anna respirou fundo e se dirigiu para a área coberta anexa à piscina.

Minutos depois, estava mexendo na gaveta onde ficavam as roupas de banho quando lhe ocorreu que seu maiô antigo ficaria folgado como uma pele de elefante. Remexeu no monte de biquínis que a irmã usava antes do acidente, escolhendo o menos chamativo. Mantendo os olhos longe do espelho, ela o vestiu. Quando finalmente arriscou uma espiada, uma onda de calor lhe percorreu o corpo. Não somente o biquíni servira perfeitamente, como ela estava...

Sexy. Anna não estava apenas sendo complacente consigo mesma: não havia como negar o que via no espelho, seios que se avolumavam de forma harmoniosa no bojo do sutiã e o bumbum que não balançava quando ela se movia. Não se tratava apenas de ter perdido peso; os exercícios na academia estavam se fazendo valer. Como que, até agora, ainda não havia percebido?

Ela saiu no mesmo momento em que Brent e Glenn estavam deixando o vestiário do lado oposto. Brent soltou mais um assobio, enquanto Glenn ficou apenas olhando.

Monica, que já estava de maiô quando Brent havia chegado, claramente não ficou nada satisfeita de ter tido a atenção desviada de si, mesmo que por um momento. Ela olhou para Anna do outro lado da piscina, seu olhar petrificado dizendo tudo. Em seguida, chamou-os com uma alegria forçada:

— Quando vocês dois terminarem de analisar a minha irmã, eu gostaria de uma mãozinha aqui! — Ela se virou para Anna assim que ela se aproximou. — Eu havia me esquecido que tinha esse biquíni velho. Bem, pode ficar com ele. Deus sabe que *eu* não teria coragem de usá-lo hoje em dia.

— Sobre o que você está falando? — Glenn saiu-se com sua típica cantada sem qualquer problema: — Você ainda é a mulher mais linda do planeta.

— Que não está transando com ninguém. — Monica falou com naturalidade, como se isso fosse uma grande piada.

Somente Anna sabia que aquilo era verdade: que Monica não ia para a cama com ninguém desde o acidente. Não que não houvesse uma fila de fazer curva caso ela simplesmente mexesse o dedinho, mas seu orgulho não permitiria. Preferia alimentar a imagem de mulher fatal, flertando descaradamente com qualquer um, desde Glenn até os filhos do jardineiro, às vezes chegando até a ultrapassar os limites, como ocorrera com o namorado de Andie. Também não fazia nada para desmentir os boatos que corriam soltos, como o do afiador de piano com quem supostamente tivera um caso; um boato que certamente reforçara a reputação dele, assim como a dela. Mas Anna tinha certeza de que, por trás de tudo isso, havia a compreensão desesperada de que Monica havia perdido tudo que uma vez a definira como mulher.

Sonho de uma Vida 253

O que já bastava para fazer Anna ter pena dela. Ou quase isso.

Ela entrou na piscina e, após nadar uma pequena distância, viu que aquilo não era tão terrível agora que não se sentia mais uma baleia. Anna nadou um pouco, enquanto os dois homens faziam companhia a Monica na parte rasa, e, assim que pôde, saiu da piscina sem atrair a atenção para si.

Arcela, sabendo que ela devia estar faminta, apareceu com uma bandeja de frutas e queijos. Anna se serviu de algumas uvas, esticando-se numa espreguiçadeira. Surpreendeu-se ao perceber que não estava sendo assim tão ruim estar ali. Era melhor do que ficar em seu escritório abarrotado, no andar de cima, embora, seis meses antes, se alguém lhe dissesse que chegaria o dia em que ela não detestaria se ver de biquíni, ela teria dado uma gargalhada.

Não demorou muito para Glenn anunciar, com muito pesar, que estava na hora de ir embora — iria jantar com Harvey, dissera, dando pouca importância ao nome de um dos maiores produtores de Hollywood, da mesma forma que as mulheres ricas faziam com seus casacos de pele. Anna aproveitou a oportunidade de também dar sua desculpa.

Ela estava no vestiário, brigando com o fecho do sutiã, quando a porta se abriu. Virou-se surpresa ao encontrar Glenn parado à soleira da porta, com a luz que entrava pelas venezianas atribuindo-lhe uma aparência sinistra, como Claude Rains em *Interlúdio*.

— Precisa de ajuda com o fecho? — perguntou ele.

— Glenn. O que você está fazendo aqui? — Anna baixou os braços ao lado do corpo e o olhou, hesitante.

— Espero não estar te constrangendo. — Ele sorriu de forma apaziguadora.

— Não, claro que não. — Ela sentiu vontade de se bater. Por que havia dito isso? Ele devia saber como aquilo era estranho.

— Eu não queria te deixar inibida lá fora, mas do jeito que você ficou nesse biquíni — o olhar dele foi descendo — deveria ser considerado algo ilegal.

Anna encolheu por dentro. Já ouvira cantadas melhores em filmes baratos.

— Obrigada. — Ela falou com certa aspereza, pegando a toalha que havia descartado.

— Sabe, eu sempre te achei bonita.

Mentiroso, pensou ela. Mas ele pareceu tão sincero que ela ficou momentaneamente desarmada. Quando ele se aproximou e a tomou nos braços, ela ficou chocada demais para protestar.

Em seguida, a boca dele cobria a sua. Ah, meu Deus.

Houve uma época em que talvez ela tivesse acolhido seu beijo, mas, agora, tudo o que sentia era a sunga molhada dele colando em sua pele, a língua dele entrando com força em sua boca. Ela tentou se desvencilhar, mas ele a segurou ainda com mais força, como se ela estivesse fazendo aquilo para excitá-lo. Ela soltou um grito fraco, empurrando-o:

— Glenn... não. Por favor.

Ele recuou com um olhar que fingia mágoa.

— Você está brincando, não está?

— Não, não estou. — Ela pôs toda a força que pôde nas palavras, sem gritar. Não queria que os outros ouvissem. — Gosto de você, mas vamos deixar as coisas como estão, ok?

Isso era exatamente o que ela não devia ter dito.

— Também gosto de você. — A voz dele ficou mais grossa e ele baixou as pálpebras. Ele acompanhou o contorno do seio dela com a ponta dos dedos. Ela jamais havia percebido como ele era cabeludo, até no dorso das mãos... como um macaco.

— Eu não quis dizer nesse sentido — protestou ela, com brandura.

— Eu sei, mas será que os amigos também não podem se divertir? — Ele brincou com uma das alças do sutiã.

— Espere aí, Glenn, estou falando sério. — Ela atribuiu um tom de leveza à voz, na esperança forçada de que pudesse detê-lo.

— Eu também. — Ele abriu um sorriso, a sunga molhada não deixando nada por conta da imaginação.

— Escute, se eu te fiz pensar que...

Ele cobriu a boca de Anna com a dele, jogando os quadris para a frente e a pressionando, depois enfiando o dedo por baixo do elástico da

Sonho de uma Vida

calcinha do biquíni. Quanto mais ela tentava escapar, mais excitado ele parecia ficar.

— Para com isso! — Anna sussurrou mais alto. — Para agora ou eu vou...

— Gritar? — A voz dele estava baixa e íntima, quase sorridente, como se eles estivessem dividindo um segredo, o que, de uma forma, eles faziam: ambos sabiam quem Monica iria culpar.

Anna hesitou mais uma vez, apenas o suficiente para ele considerar isso um consentimento. Agora estava tentando abrir as pernas dela com o joelho. Ela sentiu como ele estava excitado por baixo da sunga molhada e foi tomada pelo pânico. Pensou em Marc e em como ele havia sido gentil. Isso lhe deu a força de que ela precisava.

Anna jogou a cabeça para trás e gritou a plenos pulmões.

Glenn recuou sobressaltado, franzindo o rosto. Claramente não havia esperado por isso, não da pamonha da Anna. Antes que ele pudesse se recompor e ajeitar a sunga, a porta se abriu. Por cima do ombro cabeludo de Glenn, a silhueta de Brent surgiu à porta.

— O que... ei, tire as mãos dela! — Brent avançou, dando um puxão em Glenn, que saiu tropeçando para trás.

Ele se apoiou numa cadeira, recuperando o equilíbrio. E na fração de segundo que se seguiu antes de ele avançar, seu verdadeiro eu se revelou: o de um adolescente de Compton que trocara o nome Echevarria pelo nome de solteira da mãe e passara tanto tempo estudando os hábitos dos executivos dos estúdios, para quem trabalhara como motorista, quanto passara estudando seus livros da faculdade.

Ele partiu para cima de Brent, não como um boxeador, mas como um lutador de rua, mirando mais embaixo. Embora Brent fosse mais alto e pelos menos uns dez quilos mais pesado, seus músculos serviam mais de aparência. O soco o pegou na barriga e o jogou contra a parede com um grunhido de ar sendo expelido. Como um dublê num filme de faroeste, ele foi escorregando até o chão, caindo com um baque abafado.

Anna ficou petrificada. Nem mesmo Glenn se moveu quando viu Brent caído no chão, em busca de ar. Ela teve o vislumbre dos três parados ali, daquele jeito, para sempre, como os corpos petrificados de

Pompeia, quando uma figura apareceu à porta. Ela ergueu o olhar e viu Monica, os olhos faiscando de um ódio tão intenso que Anna sentiu um frio lhe percorrer a espinha.

Deixar a irmã não seria tão fácil quanto esperara. Mas ficar seria ainda mais difícil.

A lembrança retrocedeu, deixando-a gelada enquanto abraçava a si própria no vestiário barato de Brent.

— O Glenn? Não o vejo como assassino, se é isso o que você está querendo dizer. — Ele podia ser um monte de outras coisas, mas não isso.

— Não é o que ele anda dizendo de *você*. — Brent deu outra tragada no cigarro. — Ele disse para a polícia que você tinha ameaçado a Monica. Eles me perguntaram se eu já havia percebido alguma coisa nesse sentido.

Anna ferveu diante de tamanha injúria.

— E o que você disse para eles?

— Eu disse que, pelo que podia perceber, era o oposto. Da forma como ela te tratava, eu não teria te culpado se você *tivesse* dado um fim nela.

Anna sentiu o sangue lhe abandonar o rosto. Brent podia ter tido boas intenções à sua própria maneira, mas apenas a fizera parecer pior.

Marc lhe tomou a mão, apertando-a.

— Como podemos ter certeza de que ele não está jogando um spray de fumaça para livrar a própria cara?

Anna balançou a cabeça.

— Ninguém mata a galinha dos ovos de ouro.

— Vai ver estamos preocupados demais em encontrar um motivo.

— Um crime passional? — Isso lhe passara pela cabeça, mas, até onde sabia, Monica e Glenn não estavam sexualmente envolvidos, o que descartava o quadro de amante ciumento.

Antes que eles pudessem especular mais, a porta se abriu um pouquinho e a menina com cabelos punk enfiou o rosto para dentro do camarim.

Sonho de uma Vida

— Estão só te esperando — disse a Brent. — Precisa de aquecimento?

Ele piscou para lhe dizer que não seria necessário. Enquanto Anna fazia o possível para não pensar muito sobre o tipo de aquecimento que a jovem tinha em mente, Brent se pôs de pé.

— Escute, sinto muito... você está sendo injustiçada — disse ele a Anna. — Qualquer coisa que eu possa ajudar, você sabe onde me encontrar.

— Obrigada — respondeu ela, achando que ele já havia feito mais do que o suficiente.

Ele a beijou no rosto e foi para o lado de fora, deixando um rastro de desodorante.

— Pouco adiantou falar com Brent — observou ela, com ironia, quando eles estavam saindo do estacionamento. — Não estamos muito longe de onde começamos.

— Exceto que agora sabemos exatamente como estão as coisas com o Glenn.

— É, sei que ele é um mentiroso, um lobo em pele de cordeiro.

Dessa vez ela não se conteve e deu a ele uma explicação *detalhada* do ocorrido naquele dia: como Glenn partira para cima dela e como ele, caso Brent não o tivesse detido, a teria forçado a transar com ele. Marc não disse uma palavra sequer. Somente depois que ela terminou foi que ele parou bruscamente no acostamento.

— Você sabe que não foi culpa sua, não sabe? — perguntou ele com brandura, virando-se para encará-la.

— Racionalmente, sim.

— O que aconteceria se você colocasse a culpa no lugar certo?

— Não sei se entendi aonde você quer chegar — disse ela.

— Talvez você esteja com medo de ter alguma coisa a ver com isso.

Ela esboçou um sorrisinho tímido.

— Você está falando como um psiquiatra.

— Apenas me prometa que da próxima vez que você se irritar com alguém vai deixar essa pessoa saber.

— Mesmo que seja você?

— Principalmente se for eu.

Anna não havia percebido que estava tremendo até que ele a puxou para os seus braços e ela sentiu uma paz profunda se apoderar dela.

— Ainda não o vejo como um assassino. — Por mais que quisesse fazê-lo.

— Você o via como um estuprador?

— Ele não... — Ela se conteve. — Não.

Marc recuou.

— Está bem, então vamos ver o que ele tem a dizer. — Sua expressão estava séria quando ele engatou a marcha e voltou para a estrada.

— Isso, imaginando que ele vá falar conosco.

— Se Deus quiser, nós vamos pegá-lo desprevenido.

Ela se perguntou de que adiantaria. Se, por mais improvável que fosse, Glenn *tivesse* matado Monica, como é que eles conseguiriam provar? Mesmo assim...

Ela mostrou a Marc o caminho para o escritório de Glenn, acrescentando:

— Se a gente correr, talvez o pegue antes de ele sair para almoçar.

Capítulo Onze

Enquanto Anna e Marc iam para o sul, pela autoestrada de Santa Monica, Finch olhava para o envelope colocado em cima de sua penteadeira. Estivera fora desde o café da manhã, exercitando Cheyenne no picadeiro, e dera uma corrida para dentro de casa para tomar um banho e colocar umas roupas limpas antes de se encontrar com Andie. Elas estavam oferecendo uma festa de aniversário para um bando de pré-adolescentes no Chá & Chamego. A primeira festa havia sido um sucesso tão grande que elas já estavam com os meses seguintes reservados.

Mas pensamentos sobre meninas escandalosas de treze anos sumiram de sua cabeça assim que ela pegou a carta, sem dúvida deixada por Maude, que normalmente pegava a correspondência da casa. Era um envelope azul-claro amassado, com um leve perfume de lavanda. Quando viu o remetente, seu coração começou a acelerar.

Srta. Lorraine Wells
1345 Bellvue Manor
Pasadena, CA 91105

Ela se sentou na cama e abriu o envelope. Quando escrevera para Lorraine, não esperara receber notícias tão cedo. Na verdade, não esperara receber notícia alguma. Agora, pegava aquela única folhinha de dentro do envelope, com a mão trêmula.

Prezada Srta. Kiley,
Obrigada por sua carta. Eu gostaria que fosse possível encontrá-la, mas, infelizmente, não saio muito ultimamente. Tenho oitenta e sete anos e já fiz duas cirurgias de quadril. Se a senhorita pudesse vir me ver, eu ficaria muito agradecida. Tenho certeza de que teríamos muito o que conversar.

Posso ser encontrada no telefone (626) 555-8976. Aguardo ansiosamente um contato seu.

Atenciosamente,
Lorraine Wells

Finch leu a carta de novo, franzindo a testa. O que aquilo significava exatamente?
Ela deve ser apenas uma senhora adorável querendo companhia. Tudo o que ouviria seria um monte de histórias com as quais não teria nada a ver. Isso, se Lorraine ainda batesse bem da bola.

Sonho de uma Vida

Mas, a julgar pela carta, ela parecia muito lúcida. E digamos que, apenas digamos, elas fossem parentes? Ela pôs a carta de volta no envelope, enfiando-o na gaveta. *Espere, vou contar para o Lucien.*

Tal ideia a pegou de surpresa. Por que para ele, e não para Andie? Um beijo não fazia deles um casal. Tampouco o fato de que no dia seguinte ela iria a um churrasco na casa dele. Pouco importava que Lucien tivesse brincado que o pai andava tão tranquilo que ele poderia levar uma garota para passar a noite lá que o velho não iria nem piscar.

Ele não é como os outros caras, Finch disse a si mesma. A maioria dos quais estava sempre tentando te levar para a cama. A não ser que estivesse apenas fingindo, como o último cara com quem ela havia saído, que fingira gostar dela, mas estava apenas a usando para reconquistar a ex-namorada.

Afastando a lembrança daqueles dias, ela correu os olhos pelo quarto, como se para se situar. Seu quarto anexo ao celeiro parecia-se muito com o que fora antes, na época em que era o quarto de Hector, com exceção da colcha de retalhos sobre a cama, um presente do grupo de costura de Maude quando a papelada de sua adoção ficou pronta, e dos pôsteres que havia pendurado: um mostrando uma manada de mustangues galopando numa planície e outro de uma fêmea Appaloosa e seu potrinho. Enfiada na moldura do espelho acima da penteadeira ficava uma foto dela e de Andie fazendo careta para a câmera, na última exposição de Ian numa galeria, e outra de Laura e Hector, cercados por todo o clã Kiley-Delarosa, no dia do casamento deles.

Finch tomou banho e colocou um vestido. Normalmente, andava de calças jeans, mas todas as meninas na festa estariam arrumadas. Ela não queria parecer malvestida em relação às demais.

— Minha nossa, não é que você está linda? — exclamou Maude, assim que ela passou pela cozinha, a porta de tela se fechando às suas costas. — Não creio que você conheça a minha amiga, a dra. Steinberg.
— Ela gesticulou para a mulher sentada à mesa, ao seu lado, não tão idosa quanto ela; os cabelos mais castanhos do que grisalhos.

Ela lhe pareceu familiar.

— A senhora não é a...?

— Miss Novembro — disse ela com uma risada, empinando o traseiro quase achatado. — Embora eu prefira que você me chame de Dorothy.

Finch lembrou-se de que Dorothy, enquanto ainda não era membro oficial do grupo de costura, recebera o convite para posar para o calendário, uma vez que, em parte, ele fora ideia sua: os lucros seriam destinados a um projeto de pesquisa que ela havia liderado. Tudo começou no ano anterior, quando Maude lhe enviara flores agradecendo por ter salvado a vida de Jack (Dorothy era a pediatra-chefe do neonatal no hospital dominicano), o que resultara na doutora lhe pedindo para ajudá-la na caravana anual do livro, promovida pelo hospital. Elas ficaram amigas desde então.

— Vocês estão planejando um repeteco? — implicou Finch, dando uma olhada para as fotos espalhadas sobre a mesa, fotos que não haviam sido selecionadas para o calendário. Ela olhou para uma foto em sépia, de Mavis Fitzgerald nua ao piano, um xale com franjas graciosamente dobrado sobre o ombro.

— Deus do céu, não. Um já foi suficiente. — Maude apressou-se em explicar: — Estamos tentando decidir qual dessas fotos ficaria melhor como rótulo. É para o bazar de Páscoa. Você sabe que o grupo sempre faz uma batelada de geleia? Bem, a Dorothy pensou no nome ideal... Geleia Bem Preservada. O que você acha do nome?

Finch balançou a cabeça, sorrindo. Ela sabia que já devia estar acostumada com as excentricidades de Maude, mas aquela havia extrapolado os limites.

— Vocês já não estão famosas o bastante?

— Estamos mais para *infames*. — Os olhos azuis de Maude cintilaram.

— E quanto a esta aqui? — Finch apontou para uma foto das senhoras segurando vasos de plantas na frente das partes estratégicas, com Maude ao centro, olhando por baixo da aba larga de um chapéu de palha. Aquela era tão... bem... tão *Maude*.

— Você não acha que eu estou muito... — Maude interrompeu-se, dando uma risadinha.

Sonho de uma Vida 263

— Sexy? — brincou Finch. — É, você vai incitar a imaginação do pobre Waldo. — Todos sabiam que o zelador do clube campestre tinha uma quedinha por Maude, embora ela o tivesse desencorajado. Já estava cansada de ver homens bebendo até a morte, dissera com todas as letras, referindo-se ao seu falecido marido. Finch deu-lhe um beijo no rosto, que recendia a lírios do vale. — Preciso me apressar. Volto a tempo do jantar. — Ela acenou para Dorothy enquanto saía. — Tchau, prazer em te conhecer.

Chacoalhando pela antiga Estrada de Sorrento na caminhonete de Hector, seus pensamentos se voltaram para Anna. Ainda havia jornalistas acampados na frente da casa dela... apenas uns poucos agora, mas, com certeza, em número suficiente para fazê-la ter cautela. Finch estava louca para lhe contar a novidade — eles haviam levantado quase três mil dólares até agora! —, mas, na noite anterior, quando fora falar com ela, não havia ninguém em casa. Ela se consolou imaginando que teria ainda mais dinheiro quando Anna voltasse. Naquele dia, ela e Andie tinham pensado em abordar algumas das mães na festa.

Ela chegou ao Chá & Chamego e viu Claire correndo de um lado a outro de avental, dando os acabamentos finais nos enfeites de mesa.

— Não estou atrasada, estou? — perguntou ela. Claire parecia sempre tão organizada e confiante que você sempre achava que tinha feito alguma coisa errada.

— Bem na hora. — Ela enfiou um ramo de clematites num vasinho e endireitou a postura para sorrir para Finch. — A Andie está na cozinha. Com certeza ela precisa de uma mãozinha.

Os cabelos cor de mel de Claire estavam torcidos no alto da cabeça, de onde alguns cachinhos soltos escapavam, acompanhando seu pescoço esguio. O coração de ouro que Matt lhe dera de presente quando eles ficaram noivos — com uma foto dele e de seus dois filhos guardada por dentro — aparecia por baixo da blusa de seda amassada.

O casamento deles no último Natal fora o mais romântico que Finch já vira: uma cerimônia à luz de velas, na Igreja de São Francisco Xavier, com a srta. Hicks, que tinha uma voz surpreendente, cantando "Ave-Maria", seguida por uma recepção elegante em Isla Verde.

Lá dos fundos ouviam-se batidas de martelos e murmúrio de serras: Marc e sua equipe reformavam a garagem para onde ele e Claire finalmente se mudariam. O trabalho estava quase pronto. Só o que faltava era escolher a tinta, o papel de parede e os azulejos — algo que Andie achava uma chatice, mas que, para Finch, que havia crescido sem conhecer um lar de verdade, era extremamente fascinante.

Na cozinha, ela viu Andie arrumando tortinhas de morango em pratos com toalhinhas rendadas. Ela esticou o braço para pegar uma, mas Andie lhe deu um tapa na mão.

— Nã-nã. Lembre-se do que aconteceu da última vez.

Como poderia esquecer? Um grupo de pré-adolescentes de doze anos que, juntas, não poderiam pesar mais do que Matt havia devorado até a última migalha e clamado por mais. Por sorte, o freezer estava abastecido para emergências como aquela. Bastou um minuto no microondas e as meninas puderam devorar mais brownies quentinhos e tortinhas de limão.

— Tomara que a trupe de hoje seja um pouquinho menos voraz — disse ela.

Andie lhe entregou uma faca, conduzindo-a para as formas de brownies em cima do fogão.

— Vê se corta os pedaços pequenininhos para parecer que tem mais.

Minutos antes da hora que as convidadas deveriam chegar, cada mesa havia sido arrumada com uma étagère com pratos cheios de sanduíches, tortinhas de morango, bombinhas de creme, biscoitos e brownies. Claire comprara as étagères de Delilah Sims, uma cliente *habitué* do Casa da Árvore, que as encontrara no armário de porcelana na casa da avó, no ano anterior, enquanto se preparava para leiloar sua propriedade. (Finch nem sequer sabia o nome daquilo até Claire lhe contar, e agora ela sempre tomava cuidado para usar a pronúncia francesa correta: isso a fazia se sentir sofisticada.)

Claire recuou para admirar o efeito.

— Quase sinto vontade de ter treze anos de novo.

Sonho de uma Vida

— Como você era? — Andie lambeu uma raspinha de calda de chocolate do dedo. Era estranho ver as duas juntas, tão parecidas em alguns aspectos, tão diferentes em outros. Andie sequer sabia da existência de Claire até pouco mais de um ano, mas agora elas eram tão unidas quanto duas irmãs que haviam crescido juntas. Andie fora dama de honra do casamento de Claire e, quando a mãe adotiva de Claire falecera no ano anterior, viajara com ela para o enterro em Miramonte.

Claire sorriu.

— Eu me achava esquisita, mas tenho certeza de que isso era coisa da minha cabeça. É claro que não ajudava nada eu ser uns trinta centímetros mais alta do que o garoto mais alto da sala.

— Você precisa ouvir o Justin. — Andie fez uma careta. Seu irmãozinho havia crescido muito no ano anterior e agora parecia Caco, o sapo. — Ano passado, as meninas eram radioativas. Agora, tudo o que ele e os amigos ficam falando é sobre as que já estão usando sutiã.

Claire derramou leite em uma cremeira.

— Eu fui a última menina na minha sala a ter um. Eu costumava ir à igreja rezar para ter peitos.

— Por sorte, isso foi uma coisa com a qual eu nunca precisei me preocupar. — Andie baixou os olhos para o peito, a inveja de todas as meninas em Portola High. — Comigo, eram as espinhas. Eu parecia uma pizza com todos os extras.

— Pizza? Eu achei que seria um chá.

Todas as cabeças se viraram para a mãe de Andie, assim que ela entrou pela porta com jeans justos e um casaco de couro por cima de uma camiseta rosa-choque. Não era preciso olhar para mais ninguém além de Gerry para saber de onde Andie herdara os seios.

Andie revirou os olhos.

— Estávamos falando sobre... — Ela se interrompeu. — Deixa para lá.

Gerry encolheu os ombros, estava acostumada a Andie lhe falar como se ela fosse um ser de outro planeta, e pôs a saca de papel que tinha em mãos em cima da mesa, ao lado da porta. Todas as semanas ela trazia sacas de limão dos limoeiros de Isla Verde, para os quais Claire dava um bom destino: tudo, desde limonadas até suas famosas tortinhas de limão.

— Quem está fazendo aniversário? — perguntou ela, olhando para a faixa pintada à mão acima da porta.

— A filha do reverendo Griggs — disse-lhe Claire.

Gerry ficou olhando para as guloseimas, com água na boca.

— Sorte a sua eu estar de dieta, senão eu ia voar para cima desta mesa feito formiga em piquenique. — Ela dizia que havia engordado no período que passara na Europa, mas Finch não podia ver onde.

— *Mãe*. — Andie resmungou bem-humorada quando Gerry provou um pedacinho solto de bolo. Havia momentos em que agia mais como se *ela* fosse a mãe. O que piorara desde que Gerry se casara de novo. Além de ganhar um padrasto, Andie tivera que abandonar a casa em que vivia desde que nascera. Embora, para Finch, ter um quarto duas vezes o tamanho do antigo mais do que compensasse.

Gerry virou-se para Finch.

— Já tem alguma novidade?

Finch sentiu um pânico momentâneo, achando que Andie teria lhe contado sobre Lorraine, antes de perceber que ela se referia ao bebê.

— Eles ainda estão esperando — disse ela. — A agência disse que pode demorar um pouquinho.

— Diga a eles que estou com os dedos cruzados — disse Gerry.

O timer do forno apitou.

— Minha torta. — Claire correu para buscá-la, Gerry atrás dela batendo os saltos de suas sandálias plataforma com revestimento de corda, carregando o saco de limões.

Finch ouviu um carro estacionar na entrada da casa de chá, olhou pela janela e viu uma turma de adolescentes, na faixa dos treze anos, com suas melhores roupas, saindo de um Subaru Outback preto e uma mãe preocupada as acompanhando pelo passeio.

— Meninas! Olhem o comportamento! — gritou, assim que elas saíram correndo em bando para a porta, gritando empolgadas. Finch a

Sonho de uma Vida

reconheceu como a sra. Leahy, dona da loja de artesanato ao lado da Delarosa, uma mulher pequena e com corpo bem malhado, com cabelos louros curtos e macios, e óculos Sally Jesse Raphael. Ela se virou para Finch com um olhar cansado. — Elas dormiram lá em casa na noite passada. Ficaram acordadas até muito tarde, por isso estão meio agitadas.

— Acho que a gente dá conta — disse Finch, com um sorriso.

— Neste caso, elas são todas suas. — Ela lançou um olhar de censura para uma ruivinha bochechuda que estava pegando uma das tortinhas, enquanto Andie dava uma volta com as outras, mostrando a elas onde colocar os presentes. — Volto às três para buscá-las.

Ela já havia praticamente saído quando Finch tomou coragem para pedir:

— Ah, sra. Leahy? Estamos coletando dinheiro para o Fundo de Defesa de Anna Vincenzi. Eu queria saber se a senhora, eh, poderia fazer uma doação. Qualquer quantia que puder. Qualquer dinheiro ajuda.

O sorriso da sra. Leahy desapareceu e Finch pensou: *Ô-ou*. Tivera sorte até então, mas havia aqueles que consideravam Anna culpada até que se provasse sua inocência. Finch sabia que ela era uma delas, antes mesmo de ela responder, com frieza:

— Eu gostaria muito, mas isso poderia passar a impressão de que estou tomando partido de um dos lados.

— Mas ela é inocente! — desabafou Finch.

A sra. Leahy lançou-lhe um olhar afiado de reprovação. Claramente considerava inapropriado discutir aquele assunto na frente das meninas.

— Acho que cabe a um júri decidir — disse ela, num tom de voz exageradamente baixo, dando um passo para trás, como se para se afastar. — Agora, se você me der licença...

Finch sentiu o sangue lhe subir pelas faces. Como alguém podia ser tão frio? Ela quase deixou transparecer para aquela bruxa o quanto estava furiosa, mas, por conta da ocasião, segurou a língua.

— Tenho certeza de que se a senhora a conhecesse... — Sua voz falhou. A expressão no rosto da sra. Leahy poderia ter parado o trânsito.

— Admito que ela não faz o tipo, mas você sabe o que se diz por aí... as mais quietas é que são as piores.

Finch engoliu a resposta malcriada que sentira vontade de jogar nas costas da mulher que se retirava. Chegou quase a se sentir feliz pela distração da festa; isso a afastou dos próprios pensamentos de assassinato. Ela e Andie passaram as horas seguintes servindo limonada, chocolate, chá e repondo os sanduíches e doces que eram devorados com a mesma velocidade com que eram capazes de encher as travessas. Elas riram, contaram piadas e organizaram jogos, mas, durante todo o tempo, Finch sentiu uma apreensão crescente. Que chances teria Anna se a maioria das pessoas pensasse como a sra. Leahy?

Pouco depois, Claire estava levando o bolo com cobertura de chocolate branco e decorado com rosinhas de açúcar. Os olhos da aniversariante se arregalaram assim que ele foi colocado à sua frente. As outras meninas cantaram e bateram palmas, e Natalie precisou de duas tentativas para soprar todas as velas. A pobre menina era asmática, embora ninguém pudesse perceber, por conta de suas bochechas rosadas e olhos cintilantes.

A sra. Griggs chegou pontualmente às três para pegar Natalie. Após a escovada que levara da sra. Leahy, Finch sentiu-se relutante em tocar no assunto com ela. Mas a sra. Griggs sempre fora simpática e Finch não podia se dar ao luxo de amarelar, não com tanta coisa em risco.

Ela aguardou até Natalie sair correndo para o carro, uma sacola cheia de presentes desembrulhados em cada mão, e, antes que pudesse abrir a boca, a esposa do pastor desdobrou-se em elogios:

— Não sei como agradecer a vocês, meninas. Não me lembro de já ter visto a Natalie tão feliz assim. Pena que eu não pude vir. — Ela parecia melancólica. Velhos tempos em que era supervisora de grupos de bandeirantes. Natalie deixara claro que não era para ela dar as caras.

— Tiramos várias fotos — Andie a tranquilizou.

— Mal posso esperar para vê-las. — Pela expressão em seu rosto, parecia que os treze anos seriam tão difíceis para a sra. Griggs quanto para sua filha.

Finch pigarreou.

— Ah, a propósito, nós estávamos pensando se...

Percebendo sua hesitação, Andie se apressou:

— Estamos arrecadando dinheiro para o Fundo de Defesa de Anna Vincenzi.

Finch aguardou com a boca seca. O reverendo Griggs e sua esposa exerciam muita influência na comunidade. Se tivessem dúvidas quanto a Anna...

Mas a sra. Griggs, gordinha como o marido, com o rosto em formato de coração e um bico de viúva, tirou-a de sua agonia.

— Tudo o que tenho comigo, no momento, são quarenta dólares. Você acha que dá? — Ela puxou a carteira, tirando duas notas de vinte e as apertando nas mãos de Finch. — Por favor, diga a Anna que ela está nas nossas orações. A propósito, meu marido vai tocar no nome dela no sermão de domingo — confidenciou-lhe, em tom de segredo. — Algumas pessoas tendem a partir logo para o julgamento. Elas precisam ser lembradas de que foi exatamente contra essa postura que Jesus pregou. — Ela voltou com a carteira para dentro da bolsa, com o sorriso de uma mulher que tinha a esperança de fazer diferença no mundo, por menor que fosse. Finch poderia ter lhe dado um beijo.

Houve uma época em que não acreditara em Deus. Mas, naquele exato momento, ao ver a sra. Griggs descendo rapidamente o caminho, parecia que tudo era possível... até mesmo um milagre.

— Estamos quase lá. — Lucien apertou a buzina e um cachorro surgiu do meio de uma nuvem amarelada de poeira que pairava sobre a estrada.

Finch não havia percebido que ele morava tão longe assim. Ao perceber a fileira de caixas de correio inclinadas em vários ângulos no meio de um emaranhado de mato, ela imaginou se o pai dele era tão rico assim. Como quem não quer nada, ela disse:

— Você nunca me falou o que o seu pai faz.

— Ele é aposentado. — Lucien ficou com aquele olhar fechado que sempre surgia cada vez que o assunto "pai" entrava em cena.

— De quê?

— Da vida.

— Eu não sabia que a gente podia se aposentar da vida.

— Se você for rico, pode. — A julgar por seu tom de cinismo, ficou óbvio que isso não era algo de que ele se orgulhasse. — Meu avô fez uma montanha de dinheiro em bens imobiliários — explicou ele. — Meu pai vive disso desde então. Ele é meio que a ovelha negra da família.

Ovelha negra ou não, ainda devia ser esnobe.

— O que será que ele vai achar de mim? — perguntou ela, nervosa.

— Ele não se encontra em posição de julgar, pode acreditar em mim. — Lucien deve ter percebido como isso soou, pois foi rápido em acrescentar: — Mas tenho certeza de que vai gostar de você. Por que não gostaria?

Finch podia pensar em algumas razões, mas guardou-as para si.

Após o término de uma estrada esburacada que fazia o caminho de sua casa parecer uma autoestrada, eles viraram para uma entrada de cascalho e a casa de Lucien surgiu à vista, uma casa de vários andares, sombreada por carvalhos majestosos. No alto da colina ficava a estrebaria e o curral.

— Eu não sabia que você tinha cavalos — disse ela.

— Tínhamos... não temos mais. Foram todos vendidos. — Ele estacionou atrás de uma fila de carros. O jardim fora caprichosamente planejado. Havia até mesmo um lago artificial com uma fonte em miniatura, mas ela parecia malcuidada.

— Que pena. — Ela pensou em como ficaria arrasada se perdesse Cheyenne.

Lucien encolheu os ombros.

— Eles eram mais de fachada mesmo.

Finch achou difícil imaginar alguém ter um cavalo da forma que teria uma escultura, mas privou-se de falar qualquer coisa enquanto seguia Lucien até sua casa. As cortinas estavam fechadas, mas, mesmo sob a luz rarefeita, ela pôde ver que a casa não era limpa já há algum tempo. Para todos os cantos por onde olhava havia cinzeiros cheios, latas vazias de cerveja e canecas de café. Pedaços do que ela julgara

Sonho de uma Vida

271

serem roscas salgadas e batatas fritas estalaram sob seus pés à medida que ela foi passando pela sala de estar acarpetada.

Vozes pontuadas por risadas masculinas vinham dos fundos da casa. Finch passou por uma porta corrediça que dava para um pátio coberto, onde um grupo de homens de meia-idade estava sentado tomando cerveja em torno de uma mesa. Um deles levantou a mão em cumprimento, sem tirar os olhos de um homem careca, de camisa havaiana, que estava contando piadas. No final da piada, todos os cinco caíram na gargalhada. Somente então um deles, que ela achou que seria o pai de Lucien, levantou-se da cadeira com um cigarro em uma das mãos e uma lata de cerveja na outra, e foi falar com eles.

— Pai, esta é a Finch. — Lucien parecia nervoso ao apresentá-la.

— Olá. Que bom que vocês puderam vir. — Uma mão pelancuda envolveu a dela e ela se viu olhando para um rosto avermelhado, vagamente parecido com o de Lucien.

— Obrigada por me receber, sr...

— Guy. Não somos ligados a formalidades por aqui. — Ele piscou. — O que posso te oferecer para beber?

— Uma Sprite, se tiver. — Finch teve a impressão de que ele teria lhe preparado um martíni, caso ela tivesse pedido.

— Eu pego. — Lucien desapareceu para dentro de casa, deixando-a a sós com seu pai.

— Eu soube que você também é de Nova York. — Guy sentou-se em uma cadeira apontando para outra, ao lado da sua. — Nós tínhamos um dúplex na Setenta e Dois com a Madison. Vista do parque, em toda a sua extensão. Droga, ainda estou pagando por ele — disse, sem dúvida, em referência à pensão que pagava à ex-esposa.

— Morei em Flatbush. — Finch sentiu um prazer maldoso ao ver a expressão em seu rosto. Para pessoas como o pai de Lucien, aquela parte do Brooklin podia muito bem ficar na Lua.

Ele logo se recuperou e disse de uma forma meio forçada demais:

— Bem, não importa de onde você vem, é para onde você vai que conta. — Ele olhou atentamente para Lucien, que reaparecia com as bebidas, sem conseguir vê-lo direito. — Não tenho razão, filho?

— Tem, pai. — Lucien mostrava um sorriso tenso.

— Veja o meu caso, por exemplo. Eu me cansei da vida na cidade grande e joguei a toalha. Decidi que estava na hora de aproveitar a vida.

Finch teve a impressão de que ele estava aproveitando um pouco demais, mas tudo o que disse foi:

— O senhor tem uma bela propriedade.

— Sessenta mil metros quadrados de paraíso. Se isso não é viver, o que é? — Ele estendeu o braço num gesto expansivo que derrubou a lata de cerveja sobre a mesa, na altura de seu cotovelo. A lata quicou com um ruído surdo e curto na lajota aos seus pés, antes de sair rolando para os arbustos. — Olhe só esta vista. — Ele ficou olhando para as montanhas amareladas que ondulavam ao longe. Quando voltou o olhar para Finch, seguiu-se um momento durante o qual parecia estar imaginando quem seria ela e o que estaria fazendo ali. Então ele sorriu e disse: — Mas, ei, não quero prender vocês. Por que vocês dois não vão nadar?

— Eu pensei primeiro em mostrar o lugar para ela. — Lucien parecia não conseguir ver a hora de escapar.

— Claro, não tem pressa. Eu grito para vocês quando os bifes estiverem prontos. — Ele se levantou com dificuldade da cadeira, o assento de plástico estalando, e voltou para perto dos amigos.

Lucien pôs suas bebidas sobre a mesa e saiu com Finch por um portão lateral, seguindo por um caminho que levava à subida gramada até a cocheira. Após um instante, Finch arriscou, cautelosa.

— Seu pai parece legal.

— É, ele é uma comédia. — Lucien deu uma olhada aborrecida para a casa.

— Todo mundo sempre acha que os próprios pais são os piores. — Ela pensou no pai de Andie, que agia como se ela e Justin fossem relíquias de seu primeiro casamento, que não tinham mais utilidade para ele, mas que ele não tinha coragem de jogar fora. — Enfim, não deve ser tão ruim assim. Caso contrário, você não estaria aqui.

— Digamos apenas que ele é um dos menos piores.

— Bem, pelo menos você *tem* pais.

Sonho de uma Vida

— Quando eles sabem que eu existo... — Ele chutou uma pedra, que rolou na grama alta. Em seguida, com um sorriso enviesado, disse: — Mas você tem razão, poderia ser pior. Além do mais, dentro de um ano vou dar o fora daqui.

Ela sentiu uma fisgada, pensando na faculdade. Lucien tentaria entrar em Harvard ou Yale; ela já teria sorte se conseguisse entrar numa universidade pública.

Eles continuaram em silêncio, a grama roçando nas canelas. Insetos giravam nos feixes de sol que desciam por entre os galhos das árvores e nuvens gorduchas moviam-se rapidamente no céu, dando um aspecto malhado às montanhas.

Quando chegaram à cavalariça, Lucien enfiou a cabeça lá dentro para se certificar de que nenhum animal silvestre havia fixado residência ali. Finch pôde ver que fazia algum tempo que ninguém ia lá. Mesmo assim, o lugar dava a sensação de ter sido abandonado de repente, como se, um belo dia, os cavalos tivessem saído para passear e não tivessem voltado. As baias estavam sujas de palha, e apetrechos empoeirados de montaria jaziam pendurados num gancho na parede. Várias botas enlameadas faziam fila ao lado da porta.

— Você monta? — perguntou ela, mexendo em uns antolhos cobertos de poeira.

Lucien concordou.

— Minha mãe costumava me levar para andar a cavalo. Tem uma cavalariça no Central Park. — Ele parecia melancólico, como se estivesse recordando dias mais felizes. — A gente parou de ir depois de algum tempo. Acabou que ela não conseguia mais ficar em cima da sela de tão bêbada.

Ela lhe tocou o braço.

— Não vai ser assim para sempre. Você sabe disso, não sabe?

Ele encolheu os ombros, não parecendo muito convencido.

— É, eu sei. Só que não parece. — Lucien ficou olhando para ela e Finch soube que ele iria beijá-la.

Dessa vez ela cedeu, deixando a língua dele brincar com a dela. Sequer ficou tensa, até ele recuar e perguntar:

— Você confia em mim, não confia?

— Depende. — Ele iria sugerir que eles tirassem a roupa. Não precisariam passar disso, ela poderia ficar de calcinha e sutiã se preferisse.

Ele inclinou a cabeça, olhando confuso para ela.

— Você ainda não percebeu, né?

— O quê?

— Que eu me sinto o cara mais sortudo do planeta só por estar com você.

Finch não sabia o que dizer. A ideia de um cara querê-la pelo que ela era, não apenas pelo que poderia lhe dar, era praticamente mais do que podia se dar conta.

— Sério? — ela perguntou baixinho, por fim.

Ele concordou, os olhos explorando seu rosto.

— Você quer voltar?

Ela hesitou e então disse baixinho:

— Não.

Eles desencavaram uma pilha de mantas de um baú na sala de arreamento. Lucien as espalhou no que ainda restava de palha no celeiro e eles se deitaram. No ar quente e parado logo abaixo das vigas do telhado, eles se beijaram mais um pouco. Após um momento, ela se sentou e arrancou a camiseta. Não estava usando sutiã. Lucien correu vagarosamente os dedos pela marca de seu biquíni.

— Tem certeza? — Se ela não havia se apaixonado por ele antes, apaixonaria agora. Estava na cara que ele a desejava, mas desejava muito mais que a decisão fosse dela.

Ela se lembrou de quando costumava entregar seu corpo como se fosse um casaco à porta.

— Já faz algum tempo que eu... — Ela se conteve.

Ele a olhou, a expressão séria.

— Alguém te magoou...? Foi isso?

Ela elevou os joelhos até o peito, tremendo no ar quente.

— Você já ouviu falar da Suzy Wentworth? — Ele sorriu como se dissesse: *Quem não ouviu? Ela é a putinha da escola*. — Bem, eu era assim. Eles nem precisavam me embebedar. — Ela sentiu necessidade de se

Sonho de uma Vida

275

sabotar, de pintar uma imagem tão ruim de si mesma que Lucien desse as costas, enojado.

— Não me importo se você transou com todo o time de futebol — disse ele.

Ela sentiu alguma coisa entranhada dentro de si afrouxar um pouquinho.

— Não que eu tenha gostado de algum deles. Era como se... — ela se esforçou para traduzir o que sentia — ... o tempo todo eu me sentisse invisível, e quando eu estava com alguém, eu sabia que estava ali.

Lucien concordou devagar:

— Sei como é.

Ela arregaçou a manga da camisa dele, passando levemente os dedos sobre a cicatriz arroxeada em seu pulso. Dessa vez ele não puxou o braço.

— Sua vez — disse ela.

— Não há muito o que contar. — A voz dele saiu desprovida de emoção. — Não que eu tenha decidido dar um fim à vida porque os meus pais se separaram. Quer saber? Era melhor sem eles brigando um com o outro o tempo inteiro. — Ele ficou em silêncio por um momento, olhando para as vigas do telhado, onde acúmulos de poeira flutuavam em um raio de sol. — Depois não sei o que me deu, há mais ou menos um ano parece que o chão meio que se abriu. Sabe aquela frase "quando tudo se desfaz"? Foi como eu me senti, como se eu estivesse me desfazendo em pedacinhos.

Finch moveu a ponta dos dedos para a palma da mão dele.

— Nem todos os cavaleiros do rei, com seus cavalos...

— ... puderam colocar novamente Humpty Dumpty em seu lugar. — Ele deu uma risada gutural.

— Uma vez, eu vi uma pessoa morrer.

— Sério? — Ele se virou para olhar para ela.

Após todo aquele tempo, aquilo mais parecia um pesadelo lembrado pela metade do que uma lembrança de fato.

— O namorado da minha mãe adotiva. Eu o vi sangrar até morrer e não movi um dedo para ajudar.

— Tenho certeza que você teve os seus motivos.
— Tive, eu o odiava.
— Então ele mereceu morrer.
— Ninguém merece morrer. — Ela se surpreendeu com a veemência das próprias palavras.

Após um momento, Finch deitou-se ao lado dele, ouvindo as batidas ritmadas de seu coração e imaginando o sangue sendo bombeado para dentro e para fora.

Esta devia ter sido a minha primeira vez, pensou ela quando eles finalmente fizeram amor. Por outro lado, pareceu-se como tal.

Ela sabia que também não era a primeira vez dele, não somente por causa do preservativo dentro da carteira, mas por causa da forma cuidadosa como ele se moveu dentro dela, como se não quisesse gozar rápido demais. Após alguns minutos, ela o encorajou, falando baixinho:

— Pode ser agora.

Ele recuou para olhar para ela.

— E você?

— Acho que eu não consigo. — Não conseguira com nenhum dos outros.

Ele sorriu.

— Vamos ver.

Ele ficou se movendo devagar dentro dela. Com seus amantes anteriores, havia sido muito rápido, mas, com Lucien, estava sendo mais como uma dança lenta e sem roupa. A excitação foi crescendo... não aquela subida repentina da maré, como nos romances de amor, porém mais para água morna batendo contra ela em pequenas ondas. Então, de repente, ela levantou os quadris com um gemido.

— Oh!

Lucien gemeu também e, após um instante, rolou e ficou de barriga para cima. Deitada ao lado dele, molhada de suor, o coração acelerado, ela se lembrou dos sussurros pouco entusiasmados que se seguiam à busca pelas roupas e a saída apressada do tipo "preciso ir, te ligo de manhã". Mas, quando Lucien se moveu, foi simplesmente para apoiar a cabeça sobre um dos cotovelos e olhar para ela.

Sonho de uma Vida 277

— E pensar que, em vez disso, a gente poderia ter ido nadar.

— Muito engraçado.

Ele ficou sério e afastou gentilmente uma mecha de cabelo do rosto dela.

— Você é linda, sabia?

— Você é que está dizendo.

— E por que eu mentiria?

— Não sei.

— Você vai ter que confiar em alguém qualquer dia desses — disse ele. — E esse alguém pode muito bem ser eu.

Ela pensou no que ele lhe dissera quando estavam descendo a colina. Será que confiava nele o suficiente para dividir suas esperanças e sonhos?

— Tive notícias daquela senhora — disse ela, com cautela.

— Que senhora?

— Aquela de quem te falei... Lorraine Wells.

— O que ela disse?

— Ela quer me encontrar.

— Quando?

— Eu estava pensando em ir de carro até lá no próximo final de semana.

— Poderíamos ir no meu carro.

Ela não havia imaginado que ele gostaria de ir com ela e foi rápida em responder:

— Não vai ser muito divertido.

— Melhor do que ficar por aqui.

Ela baixou os olhos mais agradecida do que queria que ele soubesse. Ao mesmo tempo, uma voz interna gritava que não era tarde demais; ainda poderia dar para trás sem sair magoada. Ela se conteve e olhou para ele.

— Você falou sério com relação àquilo antes? Que nada vai mudar?

Lucien a puxou para mais perto, abraçando-a e dizendo baixinho:

— Por que as mudanças têm que ser negativas?

Eileen Goudge

* * *

Ela chegou em casa naquela tarde e encontrou Laura e Hector de mãos dadas, sentados no sofá com uma expressão abobada. Era tão raro ver qualquer um dos dois parados que ela ficou petrificada, olhando apreensiva de um para outro, pensamentos sombrios sobre Anna lhe passando pela cabeça.

— O que aconteceu? — perguntou ela.

Laura olhou para Finch sem compreender a pergunta. Então um sorriso prazeroso se espalhou pelo seu rosto.

— Nada — respondeu ela.

— Telefonaram da agência. — Hector se moveu lentamente, como se acordasse de um sono profundo, elevando um pouco o rosto moreno e largo.

— No domingo? — Finch se aproximou, o pé pisando num osso de borracha que soltou um guincho agudo e abafado.

— A Susan não conseguiu esperar para nos contar. — A voz de Laura tremeu de emoção. — Eles têm um bebê para nós.

Anna estava bem e Finch sentiu uma onda de alívio antes de perceber: teria uma irmã.

— Ah, meu Deus. Vocês estão falando sério?

— Veja você mesma. — Laura levantou-se do sofá, quase levitando, e foi lentamente até a antiga escrivaninha de tampo corrediço, onde ficava o computador, cubos coloridos flutuando na tela.

Ela clicou o mouse e os cubos flutuantes foram substituídos pela foto de um bebê sorridente e rechonchudo com um topete negro e espetado. Finch sentiu o coração se encher de alegria.

— O nome dela é Esperanza. — Laura passou o dedo por uma das bochechinhas do bebê com a mesma ternura que teria tido se ele fosse de carne e osso. — Ela não é linda?

— Quando vamos buscá-la? — perguntou Finch, ansiosa.

— A Susan disse que vai levar pelo menos umas seis semanas.

— Ajuda o fato de eu falar espanhol. — Hector abriu o sorriso de um pai orgulhoso, apoiando as botas empoeiradas sobre a mesinha de centro, feita de uma velha persiana de madeira durante uma fase a que Laura se referia como "a fase em que Martha Stewart encontra Uma Casa na Pradaria".

Finch ficou olhando para a foto.

— Ela é tão bonitinha. — *Esperanza*. Versão espanhola para esperança.

— Espero que você esteja tão feliz com a notícia quanto nós. — Laura passou o braço pela cintura dela.

Finch sabia que Laura não queria que ela se sentisse menos importante.

— Você está brincando? Agora, eu vou ganhar duas vezes mais como babá. — Finch não sabia como expressar o que sentia. A última coisa que Hector precisava era de duas mulheres chorando no seu ombro.

Laura riu.

— Sorte a do Jack. Agora ele vai ter *duas* sobrinhas.

— Você já contou para a Maude? — Finch sentiu um focinho molhado encostar em sua perna e se abaixou para acariciar a cabeça de Pearl. Embora praticamente cega e igualmente surda, ela parecia perceber a empolgação que pairava no ar.

— Vamos contar assim que ela chegar. — Finch lembrou-se de que o grupo de costura se reunia na casa de Mavis aos domingos. — Você não acha que ela se parece um pouquinho com o Hector? — Laura voltou a olhar encantada para a tela.

— Quem? A Maude? — Finch fez um gracejo.

Hector levantou-se do sofá e começou a andar.

— Você sabe o que dizem por aí... que todos nós, mexicanos, somos parecidos. — Ele piscou.

Como se só agora tivesse caído a ficha, Laura esticou os braços pelo pescoço dele, dando um grito de alegria. Ele a levantou do chão, rodando-a repetidas vezes, até ficarem os dois sem fôlego.

A imagem de Anna veio à tona. Como podiam estar celebrando? Porque a vida continuava. Não dava para separar o bom do ruim, da mesma forma que não dava para separar o passado do futuro. Não havia aprendido isso hoje com Lucien?

Antes que se desse conta, Finch estava dando as mãos para Laura e Hector, os três dançando pela sala, enquanto a pobre Pearl balançava o rabo, olhando confusa para eles.

Capítulo Doze

— Eu comentei que o promotor de justiça está para se reeleger este ano? — Rhonda franziu a testa quando ergueu os olhos do jornal espalhado pela mesa, sem se dar conta de que estendia o braço para pegar um biscoito.

Com os jornalistas acampados dia e noite do lado de fora de seu escritório, elas haviam sido forçadas a arrumar outros lugares para se encontrar e, quando Anna sugeriu o Chá & Chamego, sua advogada pulara de alegria diante da ideia. Mas Rhonda parecia tão deslocada no meio daquelas cortinas e toalhas floridas, com a xícara de chá balançando na mão, mais acostumada a levantar selas e apertar as rédeas, que Anna não pôde deixar de rir.

— E...? — Ela não estava entendendo a importância daquilo.

Rhonda baixou a xícara até o pires com um tinido decisivo.

— Ele vai querer reforçar a reputação dele. Um caso de expressão como este? Feito sob medida. Ele vai espremer tudo o que tiver direito.

— Você é sempre tão otimista assim? — Anna estava cansada demais para se deixar impressionar.

— Só quando sei que eles estão sedentos por sangue. Por falar nisso, vamos dar mais uma olhada naquele relatório da autópsia. — Ela remexeu nas folhas e pastas espalhadas pela mesa à sua frente.

Anna suspirou.

— Nós já o *olhamos* uma centena de vezes.

Rhonda levantou bruscamente a cabeça.

— Tenho novidades para você, minha jovem. A vida real não é como no seriado *L.A. Law*: aqui não há provas de última hora, que antes foram desprezadas, nem testemunhas-surpresa aparecendo na hora H.

— Desculpe, eu não queria...

— Tudo depende deste relatório chato e minucioso e de se examinarem todos os detalhes com cuidado. *É assim* que os casos são ganhos. — Rhonda continuou como se Anna não tivesse falado nada.

— Quais as chances desse caso ser arquivado?

— Vou dar o máximo de mim para isso, mas não vá ficando muito animada. — Na audiência preliminar, que aconteceria dentro de três semanas, as provas seriam apresentadas de forma que se chegasse à conclusão se haveria ou não necessidade de um julgamento, embora Rhonda a tivesse avisado de que, somente em raras instâncias, normalmente que envolviam falhas processuais, os casos eram arquivados. — Não ajuda muito o fato do nosso amigo, sr. Lefevour, ter solicitado a expedição de um mandado liminar contra você.

Anna fez uma careta ao se lembrar. O que então parecera um golpe de sorte, mostrara ser um tremendo tiro pela culatra. Ela e Marc haviam pegado Glenn quando ele estava saindo pela porta giratória de seu

Sonho de uma Vida

prédio. Desprevenido, ele fora educado no primeiro momento, mas logo ficou hostil, quando percebeu a razão de eles o terem procurado.

— Vocês querem conversar? Está bem, vamos conversar. — Ele pegou bruscamente o telefone celular. — Tenho certeza de que o detetive Burch gostaria de estar aqui também.

— Pelo amor de Deus, Glenn, você me *conhece*! Não pode sinceramente achar... — Ela foi detida de repente pelo abalo sísmico que tomou conta do rosto de Glenn. Ele tentou se controlar, mas seu queixo tencionava e relaxava, e um músculo tremia por cima de um olho. Foi quando ela percebeu claramente o amor dele por Monica. Não um amor romântico, mas o amor do mais forte por alguém carente de proteção... uma força que ela conhecia muito bem.

Os olhos dele arderam como dois sóis numa galáxia distante, por trás das lentes degradê de seus óculos Vuarnet.

— Tudo o que sei é que você foi a causa de ela ter morrido. Agora, se me dão licença... — Glenn passou por eles com um empurrão, indo a passos largos até seu BMW, que o aguardava em ponto morto na esquina, sob os cuidados de um manobrista de paletó vermelho.

Desde então, Anna parara de bancar a detetive, o que não era tão simples quanto parecia em todos aqueles livros de Nancy Drew que ela devorara quando criança. Deixaria isso por conta do investigador particular que Rhonda havia contratado.

O relatório da autópsia apareceu e Anna tomou um gole de seu chá enquanto Rhonda o analisava.

— Aqui está uma coisa que eu não entendo — disse Rhonda, após um momento. — Os resultados do teste toxicológico mostram um nível de álcool no sangue de ponto um três cinco, que é mais do que duas vezes o limite legal. Ainda assim, ela encarou uma briga violenta. — Rhonda puxou um punhado de fotos 30x24 de um envelope pardo, selecionando uma e passando-a para Anna. — Veja só os hematomas nos braços dela. São muito grandes.

Anna se esforçou para olhar para a foto da forma que olharia para um procedimento médico pequeno, porém desagradável, a que se sujeitasse. A despeito da quantidade de vezes que tivesse visto aquelas fotos, sempre ficava horrorizada. A que tinha na mão agora mostrava apenas o pescoço, os ombros e a parte superior dos braços de Monica, os hematomas se destacando como manchas de tinta numa folha de papel arroxeada. Um pedaço do biscoito que estava comendo ficou entalado na garganta e ela tossiu, estendendo a mão para pegar o chá.

— Desculpe. — Ela enxugou os olhos lacrimejantes. — Mas ainda é difícil para mim acreditar que ela morreu. Toda vez que o telefone toca, eu acho que é ela.

— É muito duro perder uma irmã. — Pelo tom de voz, Anna não teve dúvidas de que a advogada falava por experiência própria. Não obstante, Rhonda não lhe deu tapinhas nas costas ou ofereceu palavras de conforto, o que foi um alívio. O que todo aquele infortúnio ensinara a Anna era que condolência tinha limites.

— Não que eu sinta falta dela... isso é que é pior. A maior parte do tempo eu queria torcer o pescoço dela. — Ela percebeu o que havia dito e fez uma careta, olhando ao redor para se certificar de que ninguém tinha ouvido.

— Ao que parece, você não era a única. — Rhonda deu um sorriso sem humor.

Anna ficou feliz por elas estarem sentadas a uma mesa no canto, longe da janela. Pouco passava das onze, o lugar contava apenas com alguns remanescentes do café da manhã, tendo a multidão do almoço ainda por chegar dentro de mais ou menos uma hora. Os únicos perto o bastante para poderem ouvi-la eram Tom Kemp e Vivienne Hicks, mas eles estavam muito absorvidos um com o outro. Anna ouvira dizer que estavam para ficar noivos e sentiu vontade de parabenizá-los, mas a conversa iria, naturalmente, voltar-se para a sua situação. E ela não queria jogar areia no encontro deles.

— Parece ironia — disse ela. — As pessoas a odiavam, mas, ao mesmo tempo, queriam a aprovação dela. — Como Lenny Duckworth, o empreiteiro que fizera uns reparos na LoreiLinda no ano anterior e a processara após ter levado calote. Outro dia, ele encontrara Anna na rua e a surpreendera ao se debulhar em lágrimas. Pareceu-lhe que, de

Sonho de uma Vida

acordo com a conversa dele, ele se sentia péssimo por Monica ter morrido fazendo mal juízo dele.

— A fama — Rhonda comentou com malícia — é uma faca de dois gumes.

— Era assim até mesmo quando ela era criança. — Anna lembrou-se de como Monica passava a conversa nos professores para receber tratamento especial. E quem era a única pessoa que podia domar o pai quando ele tinha um de seus acessos? — Era como se ela sempre soubesse que era especial.

— Até mesmo morta ela está em evidência.

— Esteja onde estiver, tenho certeza de que está aproveitando cada minuto. — Anna se permitiu um sorrisinho tímido.

Elas passaram a hora seguinte analisando cuidadosamente cada detalhe do relatório. Rhonda estava até mandando vir um especialista, um antigo legista do condado, para servir de testemunha na audiência preliminar. Elas já estavam terminando quando o celular de Rhonda tocou sua versão digitalizada de *William Tell Overture*.

— Sim? Ah, oi. — Ela ouviu seu interlocutor e fez algumas anotações rápidas em um envelope. — Obrigada. — Desligou e disse para Anna: — Acabaram de chegar os resultados daquelas pegadas: Nike no tamanho trinta e três. — Anna calculou que ela estivesse falando das pegadas do invasor misterioso.

— Uma criança? — Decerto, incitada por alguém. Ela sentiu o corpo todo desabar. Não havia percebido até agora como estava depositando suas esperanças nesta carta.

Rhonda não parecia muito abalada.

— Isso pelo menos derruba uma teoria.

— E qual é?

— De que as pegadas são suas.

Anna olhou confusa para ela.

— Por que eu iria arriscar quebrar o pescoço pulando o muro quando poderia entrar pelo portão?

— Para dar a impressão de que foi um intruso.

Anna não havia pensado nisso.

Quando elas terminaram, era quase meio-dia. O chá no bule já estava frio fazia tempo e alguns poucos farelos era tudo o que restava dos biscoitos. De onde estava, Anna tinha visão da cozinha ensolarada onde Claire se movimentava, atarefada: medindo, mexendo, misturando e, vez por outra, curvando-se para pôr ou tirar alguma coisa do forno. Matt estava sentado à mesa, almoçando; tudo o que ela podia ver eram as espáduas largas de seus ombros e a parte de trás de sua cabeça ruivo-alourada.

Vê-los juntos fez Anna se lembrar de Marc e de como eles haviam ficado mais próximos nas últimas semanas. Ele encontrara refúgio na casa de Laura quando os jornalistas o seguiram até a pousada, importunando-o para que fizesse comentários sobre seu relacionamento com Anna. Ao se lembrar da foto pouco nítida publicada na última edição do *Enquirer*, que mostrava os dois entrando correndo num carro como dois fugitivos, ela se retraiu. Quando tempo levaria até ele se cansar disso e jogar a toalha?

O sininho em cima da porta soou e Finch e Andie entraram. Ao vê-la, elas seguiram em linha reta até a mesa de Anna.

— *Achei* que era o seu carro lá fora. — Os olhos de Finch dançaram... alguma coisa estava acontecendo. — A gente mal podia esperar para te mostrar. — Ela enfiou a mão na bolsa de lona, tirando dela um cheque dobrado. — Você nunca vai adivinhar de quem é.

— Marguerite Moore? — brincou Anna.

Finch revirou os olhos só de pensar naquela intrometida mesquinha doando um centavo sequer para o fundo.

— Vou te dar uma pista. Pense em bilhete de loteria.

Anna lembrou-se de uma nota no *Clarion* de algumas semanas atrás, mas estava muito preocupada para lhe dar alguma atenção. Agora ela se lembrava.

— Clem Woolley?

Finch emendou suas palavras na ânsia de contar a história. Parecia que o grande excêntrico da cidade, e editor do próprio livro *Minha Vida com Jesus*, havia comprado dois bilhetes de loteria — ele sempre comprava dois de tudo, de sanduíches a ingressos para o que quer que estivesse passando no Cine Park Rio — um dos quais o deixara cinco mil dólares mais rico.

— Ele disse que Jesus gostaria que você ficasse com o dinheiro.

— Não sei o que dizer. — Anna balançou a cabeça, incrédula, sorrindo diante da ideia de Jesus lhe tirando do aperto com um bilhete de loteria... isso dava um novo significado à salvação.

— Vai ver aquele velho doido não é tão maluco quanto todo mundo pensa.

Anna ergueu o olhar e viu Mavis enxugando as mãos no avental. A avó de Andie estava mantendo uma distância educada, mas, com toda aquela comoção, não conseguiu deixar de contribuir com seus dois vinténs.

— A vovó devia saber. Ele tinha uma queda por ela. — Abrindo um sorriso, Andie passou o braço pela cintura da avó. Enquanto Andie era baixa e tinha os cabelos negros e encaracolados, Mavis era alta e angulosa, os cabelos uma vez ruivos tinham agora a cor de ferro enferrujado.

Mavis bufou.

— Não dê atenção às mentiras dela! Logo eu, uma mulher casada. — Até mesmo agora que era viúva, e na casa dos oitenta, havia vestígios da mulher que casara com um combatente de guerra e que devia ter virado a cabeça de mais de um homem. Ela chegou mais perto para confidenciar: — Embora, verdade seja dita, ele já fosse meio excêntrico naquela época.

— Talvez o Clem apenas veja o que o resto de nós não consegue ver — disse Finch, pensativa.

— Não venha me dizer que você virou religiosa? — implicou Mavis. — É melhor ficar atenta ou, antes que perceba, o padre Reardon vai derramar água na sua cabeça.

Finch entregou o cheque para Anna, que, por sua vez, repassou-o a Rhonda. Ela teria que pensar numa maneira de reembolsar Clem, isso sem falar em Finch e Andie.

— Vocês... — Ao olhar para elas, Anna se sentiu extremamente abençoada para alguém que enfrentava a possibilidade de passar a vida atrás das grades. — Não sei o que dizer.

— O que vai volta. — Mavis retirou as xícaras e os pratos, empilhando-os numa bandeja. — Depois que Glenda Greggins caiu e quebrou o fêmur, quem foi visitá-la quase todos os dias? E quem se ofereceu como voluntária quando nós precisamos de alguém para organizar o piquenique da igreja, no verão passado?

Anna corou, baixando o olhar.

— Não foi nada de mais. — Do que ela mais se lembrava com relação à pobre sra. Greggins era a sensação ruim de não poder fazer mais.

— Quando as razões são nobres, nunca é. — Mavis lhe deu um tapinha maternal. — Que tal mais um biscoitinho, minha querida? Não queremos que você fique fraca.

Anna sorriu diante da ideia.

— Até parece.

Finch a observou incrédula.

— Você já se olhou no espelho ultimamente?

Anna não conseguia se lembrar da última vez que fizera isso. A mesmíssima coisa que uma vez a consumira era agora a última de suas preocupações. Tudo o que havia percebido era como suas roupas estavam largas.

— Você está magra feito um palito — disse Andie.

Anna baixou os olhos para suas calças largas, dizendo com um toque de ironia:

— Acho que Deus escreve certo por linhas tortas.

Uma fila estava se formando na frente do balcão expositor e Mavis saiu correndo, apertando as alças do avental da forma que o capitão apertaria os cordames de um navio. Rhonda enfiou os documentos em sua pasta, dizendo que precisava correr. Depois que ela saiu, Anna chegou para o lado para abrir espaço para as meninas.

— Quando vocês voltam a estudar? — perguntou ela.

— Obrigada por nos lembrar — resmungou Andie.

— Amanhã. — Finch passou para a cadeira vazia de Rhonda.

Anna sentiu uma pontada de culpa.

— Não foram grandes férias para vocês, não é?

— Basta olhar para o meu bronzeado. — Andie olhou para os braços pálidos, dando um suspiro exagerado.

— Para que ficar espichada no sol quando se pode bater de porta em porta? — implicou Finch.

— Não teríamos conseguido sem o Simon e o Lucien — acrescentou Andie, sendo leal.

— Tenho que agradecer a eles também. — Anna percebeu que se aproximava das meninas da forma como se aproximaria de uma fogueira numa noite fria. O bom humor e o entusiasmo delas eram exatamente o que ela precisava. — O que mais vocês andaram fazendo?

— Ah, várias outras coisas. — Finch baixou o olhar.

Anna lhe lançou um olhar sério.

— Sabe a melhor coisa que vocês podem fazer por mim? Falar sobre qualquer assunto, mesmo que seja sobre o tempo, desde que não seja sobre a droga deste julgamento.

— Está bem, que tal sobre você e o Marc? — Finch lhe lançou um olhar malicioso. — Ele não tem, exatamente, dormido sozinho todas as noites.

Anna se acostumara a sair depois que escurecia para visitar Marc, hospedado no quarto de Finch, no celeiro, mas, ao que parecia, este era um dos segredos mais mal guardados na residência Kiley-Navarro.

— Não sei do que você está falando — respondeu ela, impassível.

As meninas trocaram olhares significativos.

— Onde ele está, a propósito? — perguntou Finch. — Não o vejo desde ontem.

— Ele precisou tratar de uns assuntos. — Anna suspeitava que tinha algo a ver com a esposa dele. — Deverá voltar dentro de um ou dois dias. — Tem certeza de que não se importa em ceder o seu quarto?

Finch encolheu os ombros.

— Você está brincando? O Marc é ótimo. Na verdade, acho que a Maude está apaixonada em segredo por ele. — Ela apertou os lábios para não rir. — Mas não se preocupe... ela não faz o tipo dele.

— Eu disse que ela podia ficar com a gente — completou Andie. — Só Deus sabe como temos quartos sobrando. — Ela fingia odiar morar em Isla Verde, mas não tinha como disfarçar o fato de que lá era um palácio, em comparação à sua casa antiga.

— Se o ronco dela piorar, talvez eu aceite a oferta — disse Finch.

Andie a cutucou com o cotovelo.

— A Finch tem novidades. Vai, conta pra ela.

Anna sorriu.

— Sou toda ouvidos. — Não podia ser sobre o bebê; já ouvira todas as novidades de Laura.

— Lembra daquela senhora para quem eu escrevi um tempo atrás? — A cor tomou conta do rosto de Finch. — Bem, ela quer me encontrar.

Anna sentiu uma pontada de preocupação, sabendo que era quase certo que Finch se decepcionaria.

— É mesmo? Que ótimo!

— Ela mora em Pasadena. — Andie parecia até mais empolgada do que Finch. — Estamos indo para lá no sábado, eu, Finch e os meninos.

— Nós íamos no final de semana passado, mas a Lorraine não estava se sentindo bem — comentou Finch. — Não que alguma coisa vá surgir daí — ela foi rápida em acrescentar.

Claire apareceu no salão naquele momento com uma bandeja de pastéis recém-saídos do forno. Anna observou-a arrumá-los dentro da vitrine enquanto Mavis pilotava a caixa registradora. Ela imaginou se Claire também ficara apreensiva antes de sair em busca de suas raízes. De acordo com o que ouvira, seus pais adotivos tinham feito um tremendo alvoroço, embora, com a morte da mãe, ela houvesse acertado as contas recentemente com o pai.

O que fez Anna se lembrar: ela se encontraria com Liz no Lar Sunshine em menos de uma hora. Só de pensar ficou cansada. O máximo que podia esperar era que aquilo desviasse sua atenção de seus outros problemas.

— Espero que você encontre o que está procurando — disse ela a Finch. Embora, em alguns aspectos, o maior mistério de todos, pensou ela, fosse a família que você conhecia.

Sonho de uma Vida

* * *

Felicia Campbell as conduziu até a sala de visitas.

— A mãe de vocês está terminando de tomar banho. Por que vocês não ficam à vontade? — Anna sentou-se no sofá de pelúcia e, após um segundo, Liz uniu-se a ela. — Posso pegar alguma coisa para vocês beberem? — Com seu vestido florido e pérolas, Felicia mais parecia a proprietária de uma pousada elegante.

— Para mim, nada — disse Anna.

— Estou bem assim, obrigada.

Liz correu os olhos apreensivos pelo lugar, como se recordando de sua última visita, quando o sr. Henshaw passou andando nu da cintura para baixo. Mas os hóspedes estavam tendo sua tarde de "repouso", como Felicia gostava de chamar. O único sinal de vida era o jardineiro aos fundos, aparecendo e sumindo de vista entre as cortinas de veludo.

Felicia sentou-se de frente para elas, olhando preocupada para Anna.

— Como você está indo, minha querida?

— Ainda estou de pé. Pelo menos é alguma coisa. — Anna conseguiu dar um sorriso tímido. Era bom saber que, para cada Marguerite Moore, havia uma dúzia de Felicias. — Minha mãe não disse nada, disse? — Com o rosto dela em todos os noticiários, Betty, por mais confusa que estivesse, poderia ter percebido. Ela ficou feliz quando Felicia negou com a cabeça.

— Como ela está? — perguntou Liz, hesitante.

— Fisicamente, está bem. Mentalmente, bem... não preciso dizer isso para vocês: ela tem seus bons e maus dias. Hoje o estado dela está ótimo. — Felicia se iluminou quando se levantou da cadeira. — Por que vocês não veem com os próprios olhos?

Anna teve uma grata surpresa quando elas entraram e encontraram Betty sentada numa poltrona à janela, com calças sociais e camiseta, os cabelos macios formando uma espuma prateada.

Os olhos de Betty se iluminaram.

— Meninas!

Liz deu um passo hesitante à frente.

— Mãe?

— Sim, Elizabeth?

Liz a olhou, incrédula.

— Você me conhece?

— E por que eu não iria reconhecer a minha própria filha? — Betty fez sinal para elas se aproximarem, batendo no braço da poltrona. Seu rosto, que ficava menos enrugado a cada ano à medida que os problemas que o haviam deixado sulcado desfaziam-se até um estado de alienação, estava tão liso e rosado quanto o interior de uma concha. — Venham aqui onde eu possa ver vocês. Anna, você cortou os cabelos. — Ela passou os dedos nas pontas assim que Anna se abaixou para lhe dar um beijo no rosto. — Ficou bem em você.

Há meses que a mãe delas não ficava lúcida assim. Anna foi tomada por um tipo de desespero por saber que isso não iria durar. Havia tantas coisas que gostaria de dizer; como poderia encaixá-las, todas, numa só visita?

— Que bom que você gostou. — Ela passou a mão pelos cabelos.

— E veja só, você... magra feito um palito. — Betty enrugou os lábios em sinal de desaprovação. Ela sempre a encorajara a comer, o que era uma das razões de Anna ter sido tão gorda. Ela abriu a boca para responder, mas Betty já estava olhando através dela, perguntando ansiosa:

— Onde está a Monica?

Anna sentiu um peso enorme descer sobre ela. *Não vou conseguir lidar com isso agora. Principalmente com isso.* Liz deve ter percebido, pois finalmente aceitou o desafio. Pondo-se de cócoras de forma que ela e Betty ficassem olhos nos olhos, ela disse com gentileza:

— Mãe, você não se lembra? Você estava no enterro.

— Enterro? Que enterro? — perguntou Betty, rispidamente. — De que diabo você está falando?

— Mãe... — Liz parecia à beira do pânico. — A Monica está morta.

— Que coisa mais horrorosa para se dizer! Não quero ouvir nem mais uma palavra! — Betty bateu com as mãos nas orelhas.

— Mãe, você sabe que eu não iria inventar uma coisa dessas.

Sonho de uma Vida

— Vocês sempre tiveram inveja dela. Vocês duas. — Betty as fuzilou com o olhar.

— Está bem. Pense o que quiser. — Liz sentou-se sobre os calcanhares, com cara de aborrecida.

— É verdade, mãe. — Anna acariciou os cabelos dela. — A Monica está... com Jesus agora. — Era o que Betty costumava dizer a elas sempre que morria alguém.

Mas a luz da sanidade já estava abandonando os olhos da mãe.

— Vocês estão mentindo! — Sem saber o que fazer, ela gritou numa voz estridente: — Minha joia? Pode vir agora! Está tudo bem, ninguém vai te machucar. — *Joia*. Anna se retraiu ao ouvir o apelido que a mãe dera a Monica quando criança.

— Mãe, por favor. — As lágrimas fizeram pressão atrás de seus olhos.

De repente, a verdade pareceu ser absorvida, e Betty começou a balançar para a frente e para trás, os braços cruzados com força sobre o estômago.

— Minha garotinha. Minha joia. — Ela chorou baixinho, o som que produzia era quase inumano.

Liz lançou um olhar sério para Anna.

Ela se lembrou do orgulho que a mãe sempre sentira por Monica, guardando um álbum com fotos dela e gabando-se da filha famosa para qualquer um que quisesse ouvir. Ela jamais pareceu perceber a falta de atenção da filha, que beirava o desprezo.

— Tudo culpa minha. — A voz dela era um murmúrio fraco. — Eu deveria ter posto um fim àquilo.

Anna forçou a mãe a olhar para ela, mas os olhos de Betty estavam fixos em algum plano distante, um plano visível somente para ela.

— Posto fim a quê?

— Eu disse a ele... eu disse a ele que se encostasse a mão nela mais uma vez...

Os cabelos da nuca de Anna ficaram arrepiados.

— O papai fez alguma coisa com a Monica?

— Eu vou procurar a polícia, Joey. E desta vez estou falando sério. — Betty agora estava perdida nos próprios pensamentos. — Que tipo de pai faria isso com a própria filha? — Ela ergueu rapidamente as mãos para cobrir o próprio rosto. — Não, Joey... por favor... no rosto não... nãããããão... — Olhos sem vida espiaram por entre os dedos abertos, como um animal enjaulado.

Liz a segurou pelos ombros, sacudindo-a quase com brutalidade.

— O que aconteceu? *O que ele fazia com ela?*

— Não... por favor... — Betty chorou. — As crianças... pense nas crianças...

Anna estava chocada demais para falar ou até mesmo se mover. Tudo estava se encaixando. A garotinha do papai. E por que Monica odiara tanto os pais. Até mesmo ela e Liz... como devia ter ressentimentos contra elas! E ter escondido a vergonha por todos aqueles anos, agido como se nada tivesse acontecido.

O sangue fugiu do rosto de Liz. Ela murmurou:

— Acho que vou vomitar.

Anna a levou para um canto.

— Ele...?

— Deus do céu, não. — Liz parecia chocada com a pergunta. — E com você?

Anna negou.

A mãe delas continuou a se balançar para a frente e para trás, produzindo aquele gemido tenebroso. Anna sentiu um nó no estômago e achou que também iria vomitar. Lentamente, muito lentamente, ela se abaixou até a cama.

— Pobre Monica. Se ao menos a gente tivesse ficado sabendo.

Liz balançou negativamente a cabeça.

— Ela não teria aceitado a nossa piedade.

— Ela deve ter sentido muita vergonha. Todos aqueles anos...

— Não é de admirar que os odiasse.

Anna concordou. E como não odiar? A mãe fora fraca demais para pôr um fim àquilo e, quando ela saiu de casa, o estrago já havia sido feito.

Sonho de uma Vida

— Ela deu o troco, não deu? — Betty levantou bruscamente a cabeça, os olhos cintilando de satisfação. — A filha famosa que cuspia de bom grado na cara dele. — Um sorriso repugnante animou momentaneamente o rosto dela e seus ombros sacudiram com uma risada inaudível.

Anna lembrou-se do álbum de fotos da mãe, cada artigo e foto colados com capricho nas páginas de veludo negro. E o tempo todo sem ter noção da verdadeira Monica. A forma como Betty se deixara iludir, até mesmo naquela época, era surpreendente.

Felicia escolheu esse momento para enfiar a cabeça na sala.

— Está tudo bem por aqui?

Anna deu um salto, como se tivesse ouvido o soar de um trovão. Parecia que um século havia se passado desde que elas tinham posto os pés naquela sala.

— Como você pode ver, a mamãe está meio aborrecida. — Ela se pegou respondendo numa voz notadamente calma. — Acho que seria melhor se nós voltássemos em outra hora.

— O que a gente podia ter feito? — perguntou Liz.

— Nada. — Anna sentia um bolo na garganta como uma aspirina engolida a seco.

Elas estavam sentadas na varanda, tentando manter a calma antes de ir para casa, o que, no momento, nenhuma delas se encontrava em condições de fazer.

— Sinto vontade de vomitar só de pensar. — Liz estava pálida.

O balanço antiquado rangeu ritmado com o peso delas.

— Eu me lembro de uma noite em que o papai foi ao meu quarto — disse Anna. — Eu devia ter uns oito ou nove anos. Ele estava me dando um beijo de boa noite quando a Monica entrou, atraindo toda a atenção, como sempre. Ela não foi embora enquanto ele ficou ali. Agora me pergunto se estaria tentando me proteger.

Liz balançou a cabeça.

— A mamãe sabia. Não posso acreditar que ela *sabia*. Por que não *fez* alguma coisa?

— Não era simples assim.

— Lá vem você a defendendo de novo.

— Tudo o que estou dizendo é... deixa pra lá. — Anna suspirou. De que adiantava? Ela e as irmãs haviam crescido sob o mesmo teto, mas pareciam ter vindo de universos diferentes. — Olha, quaisquer que tenham sido as razões dela, isso foi imperdoável. Ela deveria ter procurado a polícia ou, pelo menos, se divorciado dele.

— Deveria, poderia, teria... tarde demais agora.

Anna não tinha como discordar.

— Quer saber de uma coisa? Acho que a Monica nunca foi feliz de verdade, mesmo depois que ficou famosa. Era sempre como se ela estivesse desempenhando um papel.

— O maior papel da vida dela. — Liz torceu a boca num sorriso enviesado.

— E quanto a você? — Anna perguntou com ternura, acalmada pelo rangido do balanço e pelo roçar das folhas acima. Em algum lugar na rua roncava o motor de um cortador de grama elétrico.

— Se sou feliz? — Liz deu uma risada áspera. — Isso depende do dia da semana em que você perguntar. De segunda a sexta, normalmente estou ocupada demais para perceber. É nos finais de semana que a coisa pega.

Ela não precisava explicar: com amantes casados, os finais de semana eram normalmente reservados para as esposas e os filhos.

— Com que frequência vocês... eh... se veem? — Ela tomou cuidado para remover qualquer tom de censura da voz. Quem era ela para julgar?

O balanço rangeu até parar.

— Não com a frequência que eu gostaria, se é isso que você está querendo saber. — Liz parecia infeliz. — Ele vive dizendo que vai deixá-la, mas estou começando a ter dúvidas se toda essa agonia vale a pena, mesmo se ele fizer isso. Além do mais, tem ainda o filho dele. Não posso deixar de pensar o que isso significaria para ele. — Ela engoliu em seco, lançando um olhar constrangido para Anna. — Olha só, aqui está você, acusada de assassinato, e eu choramingando por causa de um caso tolo. — Uma lágrima escorreu por sua face. — Por que não consigo ser nobre como você?

Sonho de uma Vida

— Ser nobre não é muito divertido — disse Anna. — Enfim, não sou tão nobre quanto você pensa.

Liz olhou tristonha para ela.

— Sei que nem sempre parece, mas eu me preocupo com você, Anna.

— Vou ficar bem. — Anna ficou surpresa ao perceber que acreditava nisso, pelo menos naquele momento.

Liz se levantou com dificuldade.

— É melhor eu ir andando. Preciso pegar o Dylan na escola.

Anna fez um esforço para se pôr de pé.

— Você vai estar em casa mais tarde?

— Onde mais eu poderia estar? Não arrisco sair nem para pegar um arzinho só de pensar que ele pode telefonar. — Liz deu outra risada áspera.

— Ótimo, poderemos conversar então.

Os pensamentos de Anna se voltaram mais uma vez para Marc. Também estaria querendo o impossível? O que seria deles depois que tudo isso terminasse? Nas últimas noites que passara sem ele, já se sentira mais solitária do que jamais julgara possível. Já havia se acostumado a atravessar a campina sob o manto da noite, como uma heroína de Brontë, e a ver Marc parado à soleira da porta do antigo quarto de Hector, a luz lá de dentro iluminando sua silhueta. Sentia falta das longas conversas deles e das horas que passavam nos braços um do outro, quando não falavam nada. Esta noite ficaria acordada de novo, pensando nele. A questão era: será que ele também pensaria nela?

Anna se lembrou da última noite que haviam passado juntos, quando ela lhe mostrara o último e-mail de Krystal. Depois que se tornara público que escrevia em nome da irmã, Anna fora bombardeada por telefonemas e cartas. Algumas cartas eram como a de uma avó do Texas, que estava crochetando um xale para ajudá-la a enfrentar as noites frias na prisão, mas a maioria das mensagens era irada. Uma mulher dizendo que esperava que a trancassem na prisão e jogassem fora a chave; outra achando que arder no inferno seria pouco para ela. Apenas a mensagem de Krystal permanecia um enigma.

De: kssnkrys@aol.com
Para: monica@monicavincent.com
Assunto: ????

Monica,
Sei que você não é quem eu achei que era, mas, ainda assim, tem razão em tudo o que me disse. E não merece o que está acontecendo. Sei que você é inocente. Eu gostaria de poder dizer isso a eles.

Por favor, não me odeie. Preciso pensar nos meus filhos. Seria a morte para eles (e para mim) se eu fosse presa de novo.

Krystal

— O que você acha disso? — perguntara a Marc.
— Não sei, mas acho estranho. — Eles estavam deitados na cama, a janela aberta para deixar entrar o ar noturno.
— Está claro que ela se sente culpada por alguma coisa. Mas a questão é: *pelo quê?*
— Ela deve saber de alguma coisa.
— Como poderia? — A não ser que tivesse aparecido lá naquela noite, o que Anna rejeitou como improvável demais.
Ele franziu o cenho, refletindo. Do lado de fora, os cachorros haviam começado a latir, certamente para algum guaxinim que havia entrado em uma das latas de lixo.
— Ainda assim, vale a pena averiguar.
— Eu não saberia nem como encontrá-la. Tudo o que tenho é um endereço de e-mail.
— Tenho um amigo... um hacker dos ricos e famosos. Ele ganha a vida rastreando internautas.
— Acho que, nessa altura do campeonato, qualquer coisa vale a pena. — Embora ela estivesse de mãos atadas, não havia razão para Marc não poder fazer algumas checagens por conta própria.

Sonho de uma Vida

Agora, claro, ela sabia que isso de nada adiantaria. Mesmo que Krystal não fosse quem dizia ser, como um menino de sete ou oito anos, a julgar pelo tamanho de seus sapatos, poderia tê-la levado a acreditar que era uma mãe solteira de trinta e quatro anos? Mais ainda: por que fingir passar por todos aqueles problemas? Isso não fazia sentido.

Anna acompanhou Liz até o carro, sentindo-se estranhamente protetora. Para o resto do mundo, sua irmã podia passar a impressão de segura e educada, mas ela era mais frágil do que deixava transparecer. Anna a abraçou apertado, ignorando uma ponta afiada de sua bolsa lhe apertando as costelas.

— Que bom que você veio. Graças a Deus não tive que passar por isso tudo sozinha.

Liz recuou, fungando alto, os olhos marejados.

— Vamos conseguir passar por isso, não vamos?

Anna não sabia se ela se referia ao choque da revelação da mãe ou aos problemas que enfrentavam, mas ela sorriu e disse com muito mais convicção do que sentia:

— Não conseguimos sempre?

Capítulo Treze

le parou diante da segunda sequência de portas de ferro reforçadas, inclinando-se para falar no interfone:

— Dr. Raboy para o dr. Fine. — Esta era uma frase que sempre lhe parecia burlesca cada uma das centenas de vezes que ele a proferia. *Olá, doutor. É um prazer vê-lo de novo. Como está a nossa paciente? Quer dizer que ela está bem? Que bom saber, doutor.* Sempre que visitava Faith, ele parava para trocar ideias com o médico dela antes de seguir pelo corredor: troca que passou a ter cada vez menos valor informativo e a parecer-se cada vez mais com um ritual.

Sonho de uma Vida

A porta apitou e ele entrou.

— Oi, Shirley.

Sua enfermeira favorita abriu um largo sorriso que transformou suas faces em duas ameixas pretas brilhantes. Ela vestia um jaleco azul-claro que se abriu na frente (um problema usual naquela enfermaria, onde os botões costumavam ser arrancados e, vez por outra, engolidos) e tinha um elástico rosa-choque vibrante no pulso (Shirley sempre trançava os cabelos de Faith antes de cada visita, uma pequena gentileza que o emocionava mais do que ele conseguia expressar).

— Olá, doutor. Como vão todos? — Fazia mais de vinte anos que Shirley havia morado no Alabama, mas cada palavra sua ainda saía arrastada.

— Estamos levando. — Sua resposta costumeira. Tomara Deus que ela não tivesse testemunhado seus quinze minutos de fama: uma foto dele descendo correndo os degraus do fórum de braço dado com Anna.

— O senhor está meio abatido. Estão te alimentando direito naquele resort de rico?

Marc sorriu. Shirley considerava o trabalho dele na Pathways um passeio no parque aos domingos em comparação com a frente de batalha nas trincheiras de Thousand Oaks, e nunca deixava de brincar com ele com relação a isso. Dessa vez, ele ignorou a brincadeira e perguntou:

— Como está tudo por aqui?

— A mesma coisa de sempre. — Seus ombros largos subiram e desceram em sinal de indiferença.

— Como está a Faith? — perguntou com naturalidade, talvez naturalidade até demais. Shirley o acompanhava desde o primeiro dia: não se deixaria enganar por sua cordialidade relaxada e pelo ar de indiferença.

Ela se debruçou sobre a mesa.

— Ela tem perguntado pelo senhor, doutor. Aí eu digo: aquele magrelo branquelo, metido a gostosão? E ela me dá aquela olhada... o senhor sabe qual, aquela toda inocente, e diz: "Olha aqui, Shirley, você não fale assim do meu marido. Ele não é nem um pouco magrelo." — Ela soltou uma gargalhada que foi crescendo em ondas desde seus seios volumosos, seios nos quais ele várias vezes desejara deitar a cabeça da forma como fazia com a mãe quando era criança. — Juro que às vezes acho que ela só está nos enganando.

Ele sorriu sabendo ao que ela se referia. Um dos aspectos mais animadores e, ao mesmo tempo, enlouquecedores da doença era que a personalidade da pessoa permanecia basicamente intacta. Faith não perdera seu divertido senso de humor.

— O que ela poderia fazer com facilidade — disse ele, com gentileza, entregando a Shirley a caixa de bombons que sempre levava.

Ela a escondeu com uma piscada de cumplicidade.

— O senhor não vai querer que as pessoas achem que está me paquerando. — Ela gesticulou com a mão gorducha na direção do corredor, onde o piso de linóleo com manchas verdes reluzia com uma camada fresca de cera. — Pode ir agora.

Bernie Fine estava desligando o telefone quando Marc entrou. Ele se levantou e saiu de trás da escrivaninha, um homem grandalhão beirando o obeso, com um chumaço desalinhado de cabelos grisalhos e óculos de lentes grossas que lhe aumentavam os olhos, dando-lhe a aparência de um urso de desenho animado bondoso e meio bobalhão (a despeito de ele ser uma das mentes mais brilhantes de sua especialidade).

— Marc, é um prazer te ver. Você parece bem.

Marc sorriu.

— Não para a Shirley. Ela acha que estou passando fome.

Bernie riu.

— Ela alimentaria o mundo todo se pudesse.

— Não tenho dúvidas.

— O que você tem feito?

Marc pensou em lhe contar, apenas para ver a reação dele, mas os problemas de Anna já estavam muito sérios para ainda serem expostos a título de teste.

— Várias coisas. E você?

— Não posso reclamar. — Bernie, sentado na borda de sua escrivaninha, parecia uma pilha de roupas que havia sido largada ali. — Meu caçula vai se formar em junho... *magna cum laude.* — Seu rosto se iluminou de orgulho. — Eu te disse que ele estava fazendo medicina em Harvard?

— Isso é alguma coisa. Quer dizer, uau... Harvard!

— Vamos dar a ele aquela viagem que ele sempre quis.

Marc remexeu em sua memória de dados.

— Ouvi dizer que a Nova Zelândia é linda.

— Segundo o Zach, o melhor lugar do mundo para se surfar. Imagine só, meu filho, um futuro médico. E, ah, caramba! Ele tem o direito de curtir uma praia por algumas semanas.

Marc nunca conhecera a esposa de Bernie e seus três filhos. Conhecia-os apenas pelas fotos nos porta-retratos sobre a escrivaninha dele. Ele aguardou pelo sinal que indicava que sua participação no programa havia chegado ao fim e então pigarreou.

— Como ela está?

A expressão de Bernie ficou séria.

— Não há muito o que dizer. Nós interrompemos o Paxil: ela não estava reagindo muito bem. Estamos esperando para ver como se adapta ao Wellbutrin. — Ele não precisava explicar. Com os esquizofrênicos, a prescrição, em constante mudança, de antipsicóticos e antidepressivos era como a combinação de um coquetel Molotov.

— Ela...?

— Não. — Bernie puxou um lenço amarrotado do bolso de suas calças de veludo e começou a limpar os óculos. — Mas estamos de olho nela.

Três meses antes, Faith havia se esfaqueado com uma espátula de abrir correspondência surrupiada da mesa da recepção. Felizmente, os cortes foram superficiais, mas deixaram todos com medo. Ainda assim, Bernie Fine — ponto para ele — não sugeriu que talvez fosse melhor ela ir para outra clínica mais apropriada às suas "necessidades específicas" — talvez por compaixão ou respeito profissional, porém, mais provavelmente porque ela era a mais rara de todos os pacientes, a do tipo que a mensalidade era paga todos os meses em dinheiro. Faith recebera uma pequena herança com a morte do avô, a quantia certa para que Marc conseguisse evitar as inevitáveis preocupações e atrasos desnecessários que vieram junto com o seguro, ou, pior ainda, com a burocracia do governo.

— Ela parece deprimida? — *Pergunta idiota*, pensou ele. Quem não ficaria assim naquele lugar, mesmo se já não fosse deprimido, para início de conversa? Por outro lado, com os remédios que tomava, ela ficava a maior parte do tempo dopada demais para sentir muito de qualquer coisa.

— Nada muito fora do normal. Na verdade, tenho visto algumas melhoras — Bernie disse com cautela.

— Você pode ser um pouquinho mais específico? — pediu Marc.

— Ela tem participado mais das reuniões de grupo. E nas nossas consultas particulares também. — Ele voltou com os óculos para o nariz, os olhos retornando para o foco aumentado. — Ela tem andado muito ansiosa pelas suas visitas.

— Sei que não venho mais com a frequência que costumava vir. — Ele sentiu uma pontada de culpa, mas não lançou mão da costumeira lista de pretextos. Não devia explicações àquele homem, com esposa e três filhos saudáveis, por mais gentil e atencioso que ele fosse.

Bernie o analisou com curiosidade.

— Eu nunca a ouvi reclamar. Quando muito, ela se culpa. Se preocupa com a forma como isso deve estar te afetando. Uma parte dela, acho eu, gostaria de te deixar livre.

Marc deu uma risada amarga.

— Livre? Este é um termo relativo. — Claro que ele poderia se divorciar de Faith. Mas de que adiantaria? Todas as manhãs, quando acordasse, ela seria a primeira coisa a vir à sua mente. Não poderia mais abandoná-la, da mesma forma que não poderia abandonar Anna. E aí residia o problema.

— Não estou te dizendo o que fazer, Marc. — Bernie suspirou. — Francamente, não sei o que *eu* faria no seu lugar.

Ele sorriu.

Sonho de uma Vida

— Simplesmente continuaria a pôr um pé na frente do outro, torcendo para sempre haver um lugar para você.

— Como você tem andado... de verdade? — Bernie inclinou-se para a frente; seus olhos de urso de desenho animado tão fixos em Marc que ele ficou assustado.

Marc encolheu os ombros.

— Estou tirando uns dias de folga do trabalho.

— Foi o que eu imaginei. — Bernie surgiu com um recorte de jornal, que tirou da papelada em sua mesa: um artigo da última edição semanal da *Star*, complementada pela indispensável foto granulada: Marc e Anna entrando correndo no carro dele. Ele a entregou para Marc. — Uma das enfermeiras trouxe para mim.

Marc deu uma olhada rápida e a devolveu.

— Obrigado, eu já tinha visto.

— Pelo menos escreveram certo o seu nome.

— Particularmente, gosto da parte que diz "Namorado de suspeita de assassinato".

— A notícia tem algum fundamento?

— Desde quando você acredita no que sai nos tabloides?

— Olha, Marc, se você está saindo com alguém... — Bernie encolheu os ombros como se para deixá-lo saber que ele não estava em posição de julgá-lo. Em seu rosto generoso, Marc viu aceitação: não apenas de sua pessoa *per se*, mas dos arranjos que quase sempre aconteciam numa situação como aquela.

— A Faith sabe? — Marc sentiu uma leve pontada de apreensão. Ela poderia ter visto na tevê ou ouvido da mesma enfermeira prestativa que havia levado o artigo de jornal.

— Se sabe, não falou nada.

— Pelo menos, isso já é alguma coisa. — Marc estava com o pé fora da porta quando virou-se e disse: — Só para seu conhecimento, estou apaixonado por ela.

Bernie não precisou perguntar a quem ele se referia. Ele apenas sorriu e disse:

— *Mazel tov.* — Boa sorte.

Se Marc estava com medo daquela visita, suas reservas se desfizeram no momento em que pôs os olhos em Faith. Ela estava sentada com as pernas cruzadas no assento junto à janela, na biblioteca, lendo alto para um dos pacientes, sob a fiscalização de Rolly, funcionário jamaicano que fazia serviços gerais (e cujos cabelos rastafári eram uma fonte perpétua de admiração na enfermaria). Debruçada sobre o livro, os cotovelos apoiados nos joelhos e a trança descendo por um dos ombros, ela parecia no auge dos seus dezoito anos — idade que tinha quando eles se conheceram. Ele parou sob a moldura da porta, cativado pelas palavras que saíam como música de sua boca:

*"A noiva beijou o cálice, o cavaleiro o levantou,
Sorveu rapidamente o vinho e depois o largou.
Enrubescida, ela baixou os olhos e reergueu-os a gemer,
Trazendo um sorriso nos lábios e uma lágrima a escorrer."*

Lochinvar. Um conto de amor impossível. Ele sorriu diante da ironia, seu olhar passando para a mulher no chão, aos pés de Faith. Ela devia ter duas vezes a idade de sua esposa e pelo menos duas vezes o seu peso, mas parecia uma criança dócil, os olhos semicerrados e a boca entreaberta.

— Faith — ele a chamou baixinho.

Ela ergueu os olhos.

— Marc. — Com a mesma rapidez com que seu rosto se iluminou, também se fechou. — Eu não estava te esperando antes do almoço — disse ela, com uma hesitação de dar dó.

A biblioteca era um dos aposentos mais aconchegantes da Thousand Oaks, com seu tapete e poltronas confortáveis e com suas fileiras de prateleiras independentes, cheias de livros sobre todos os assuntos; não obstante, quando ele a atravessou, sentiu um frio lhe percorrer o corpo.

Ele já estava quase perto dela quando sentiu uma mão se fechar em seu tornozelo. Marc baixou a cabeça e viu um rosto redondo e astuto sorrindo para ele.

— Você gostaria que a Faith terminasse a leitura? — perguntou ele, tirando o tornozelo da mão da mulher.

Ela concordou veementemente, os cabelos grisalhos, finos e sem vida, balançando sobre seus ombros caídos. Erguendo os olhos para Faith, ela pediu numa voz infantil:

— Volte para o início.

Faith curvou-se para lhe acariciar os cabelos com uma risada afetuosa e, por um breve momento, voltou a ser sua esposa de novo: a patrona dos necessitados.

— Agora não, Iris. Vou ler mais um pouco para você depois da reunião do grupo, prometo. Agora, preciso ficar a sós com o Marc. — Raras vezes ela se referia a ele como seu esposo e, embora isso o magoasse, ele preferia pensar que era por consideração àquelas que não tinham marido ou que não recebiam qualquer outro tipo de visita.

Iris se levantou com dificuldade, falando sozinha enquanto saía da sala arrastando os pés e puxando seu camisão disforme. Faith e Rolly trocaram um olhar — como pais de uma criança problemática — que perfurou o coração de Marc como um dardo fino e envenenado. Em seguida, Rolly aproximou-se devagar para bater com a mão no ombro de Marc e disse em voz baixa:

— Estarei lá fora, no corredor. Se precisar de mim, basta dar um berro. — Com seu sotaque estrangeiro, "berro" saiu como "ferro".

Somente depois que eles ficaram sozinhos foi que Faith levantou-se graciosamente do assento à janela, oferecendo o rosto para ser beijada. Vestia um conjunto de corrida da Nike, na cor cinza, que dava a impressão de que ela estivera se exercitando lá fora; uma ilusão reforçada pela leve camada de suor que reluzia em suas faces e testa. Pequenos fios de cabelo haviam se soltado de sua trança loura; sob a luz do sol, eles brilhavam como fios de ouro.

— Você se saiu bem — disse Marc.

Faith sorriu.

— A Iris às vezes fica muito possessiva.

Eles se acomodaram no sofá, de frente para as prateleiras que iam da letra R à T. Marc em uma ponta, e Faith na outra, sentada sobre os pés descalços. Ele percebeu manchas escuras sob seus olhos. Será que antes elas eram tão aparentes assim? Ela também parecia mais magra. Estaria se alimentando bem?

— Seus pais mandam um beijo — disse-lhe. — Eles passaram a semana toda tentando falar com você. — Ele tomou cuidado para que isso não soasse como uma cobrança. Além do mais, eles estavam acostumados com suas mudanças de humor. Às vezes, semanas inteiras se passavam em que ela se recusava a atender quaisquer telefonemas.

— Tenho andado ocupada — disse ela, encolhendo os ombros.

— Eles queriam que você fosse a primeira a saber. — Ele hesitou e então disse: — A Cindy está grávida.

— Você está brincando! Isso é ótimo! — Ela parecia satisfeita de verdade. Mesmo assim, ele a observou atentamente.

— O bebê é para novembro.

— Uau! Finalmente vou ser tia.

Ele esperou pelas rachaduras que iriam surgir, mas, como nenhuma apareceu, relaxou um pouco.

— Eles estão muito empolgados. Sua mãe já estourou o Visa comprando artigos para bebê.

— Aposto que sim. — Ela riu como quem sabia o que ele queria dizer.

Ali estava. Aquela sombra nos olhos dela... como alguma coisa perpassando sob a superfície calma e cristalina de um lago. Ele inspirou fundo, preparando-se para o desafio.

— Eles não sabiam muito bem como você receberia a notícia.

Aquela sombra aflorou à superfície, espalhando-se lentamente por seu rosto. Marc aguardou, o coração acelerado.

— Tudo tem sempre que voltar a *este ponto*? Deus do céu, estou cheia de tudo isso! — Ela levou os joelhos ao peito, apertando-os com os braços.

— Você preferia que eu não tivesse te contado?

— E importa o que *eu* prefiro?

— Eu não queria te aborrecer.

Sonho de uma Vida

— Não se preocupe. Tenho certeza de que há alguma pilulazinha colorida que vai dar um jeito nisso. — Ela deu uma risada áspera. Em suas têmporas, pequenos vasinhos se sobressaíam como rachaduras numa casca de ovo.

Os pensamentos de Marc retornaram àquele dia tenebroso. Ele fora correndo do trabalho para casa, preocupado porque ela soara muito esquisita ao telefone. Alguma coisa a ver com os hormônios que estava tomando, pensou ele na época. Havia anos que vinham tentando ter um bebê, e ela havia tirado umas férias do trabalho para uma última tentativa. Naquela manhã, estava se sentindo enjoada e, embora com uma pontinha de esperança, ele começou a suspeitar que aquilo poderia ser algo mais do que um sinal prematuro de gravidez. Cada vez com mais frequência ele telefonava para casa no meio da tarde e a pegava ainda na cama, deprimida e letárgica, os sinais clássicos das doenças mentais. Ainda assim, ele os ignorara. Ele, dentre todas as pessoas, deveria saber. Mas o medo que vinha crescendo em algum lugar recôndito de sua mente não se revelou por inteiro até o dia em que entrara em casa e a encontrara inconsciente no chão do banheiro, sobre uma poça de sangue.

A primeira coisa que lhe passou pela cabeça foi que ela havia perdido o bebê, até que viu o quebra-gelos ensanguentado em sua mão. Assim que se ajoelhou para lhe tomar o pulso, Marc sentiu-se como se estivesse sendo engolido pelo chão.

Na ambulância ela segurara sua camisa, puxando-o para baixo, para sussurrar com a voz rouca em seu ouvido:

— *Saiu?* — O rosto dela estava da cor do lençol que fora puxado até seu queixo.

— O bebê? — O pânico dele aumentou mais um milésimo ao pensar que ela poderia ter abortado o filho deles.

Ela balançou a cabeça, quase sem força.

— *A coisa.*

Dias depois, a história veio à tona: a das vozes que ficavam gritando dentro de sua cabeça e que às vezes se comunicavam através do rádio, sussurrando sobre o diabo que crescia em seu útero e que acabaria por matá-la se ela não se livrasse dele. Ela podia *senti-lo*, dizia, a despeito dos raios X e dos exames mostrarem que nada havia de errado. Então ela mesma resolvera o problema. Ao ouvi-la contar calmamente os eventos que a levaram até aquele episódio terrível que ele havia testemunhado, Marc chorara tanto horrorizado quanto tomado por uma sensação profunda de impotência. Era como observá-la afundar enquanto ele permanecia na costa, sem poder pular para salvá-la.

Não obstante, por mais inacreditável que possa parecer agora, ele fora otimista. E, durante um tempo, com terapia e remédios, ela *pareceu* melhorar. Mas era sempre um passo para a frente e dois para trás, com os anos seguintes trazendo uma sucessão de internações hospitalares. Duas vezes ela tentara suicídio. Uma delas, quando ele a pegara segurando uma faca sobre o pulso, ela saíra correndo atrás dele. Fora a gota d'água: no dia seguinte, ela foi internada em Thousand Oaks. Estava ali desde então — dezoito meses —, isso sem contar com algumas incursões supervisionadas ao mundo exterior.

Mas ele também não fora afastado do tipo de amor que uma vez achara que duraria para sempre? Até Anna aparecer. A questão era: para onde ir a partir dali?

— Você está aborrecida porque eu não pude vir na semana passada? — perguntou ele, com gentileza.

— *Deveria* estar? — rebateu ela.

— Você é que sabe.

Ela suspirou como se a resposta fosse óbvia.

— O que eu *quero* é que isso não se torne uma obrigação. Se você está cheio de mim, é só me dizer. Não vou usar isso contra você. Também estou cheia de mim.

Ele estendeu a mão para tomar a dela.

— Não quero deixar de te ver.

— Então por onde você tem andado?

— Eu te falei... tirei umas férias do trabalho. Fiquei num lugarzinho acima da costa.

Sonho de uma Vida 311

Faith inclinou a cabeça, observando-o atentamente, e, por um momento de tensão, ele teve certeza de que ela sabia.

— Bem, isso explica tudo — disse ela.

Ele se sentiu gelar por dentro.

— O quê?

— Por que você está tão bronzeado.

Ele relaxou. Quaisquer que fossem suas suspeitas, ela não iria pressioná-lo; deveria saber que apenas acabaria se magoando ainda mais.

— Vou fazer o estilo George Hamilton.

— Acho que isso não o atrapalhou nem um pouco com as mulheres. — Isso foi o mais próximo que ela chegou da verdade.

Marc foi rápido em mudar de assunto.

— Como está a pintura? — Bernie Fine sugerira que ela começasse a pintar como uma forma de terapia; e Faith pareceu gostar da ideia.

— Está indo bem.

— Alguma coisa que você queira me mostrar?

— Ainda não.

— Bem, quando estiver pronta...

— Não fale comigo como se eu fosse criança. — Ela o encarou com frieza.

— Eu não percebi que estava fazendo isso.

— Pois está. Você sabe tanto quanto eu que isso é só para evitar que eu fique violenta. É como os remédios, só que a pintura vem em mais cores.

— Bem, pelo menos você não cortou a orelha. — Ele descobriu que, às vezes, ajudava brincar; ficar cheio de dedos só piorava as coisas. Mas dessa vez ela não riu.

— Não tem graça — disse ela.

— Você ainda está aborrecida comigo. Dá para ver.

— Para o diabo você. — Ela o encarou, os olhos cheios de lágrimas.

— Faith... — Ele esticou a mão em sinal de reconciliação, mas ela se esquivou.

— *Odeio* isso.

— Eu sei. — Pelo menos ela não havia dito que *o* odiava.

— Não, você *não* sabe — gritou ela. — A maior parte do tempo eu consigo aguentar. Mas quando te vejo eu me lembro de novo de todas as coisas de que sinto falta. *Isso* é que é difícil. — A voz dela falhou. — Não é culpa sua. E eu não estou dizendo que estou pronta para ir para casa. A verdade é que... me sinto segura aqui.

Como sempre, ele se sentiu puxado para direções opostas: querendo a esposa de volta e desejando que pudesse ir embora para sempre. E agora havia Anna.

— Você gostaria que eu ficasse um tempo sem te visitar? — ele perguntou com gentileza.

Faith ficou tanto tempo olhando para ele, e com tanto vigor, que Marc sentiu o olhar em seu peito como uma dor persistente. Ele se lembrou de como costumavam ser os domingos: metade da manhã na cama, comendo waffles mergulhados em xarope de melado, longas caminhadas de mãos dadas. Será que, algum dia, teria essas coisas novamente ou era apenas pura ilusão?

O rosto dela se enrugou e ela começou a chorar.

Ele a tomou nos braços.

— Shh... está tudo bem.

Ela chorou baixinho, encostada na camisa dele.

— Não que-quero que você pa-pare de vir.

— Neste caso, você não vai se livrar de mim. — Em momentos como este, ele praticamente desejava que ainda bebesse... qualquer coisa que pudesse aliviar sua dor.

Ela se aconchegou a ele como uma criança pequena. Ele pensou mais uma vez na irmã dela. Quando chegasse a hora, Cindy e o marido planejavam pegar um avião até lá com o bebê. Marc discutira o assunto em profundidade com Cindy, como fazia com tudo o que se referia a Faith: como se fosse uma manobra militar.

— E se ela quiser segurar o bebê? — perguntara ela, a voz baixa e envergonhada. Ele entendeu o que ela sentia: que tipo de pessoa negaria isso à própria irmã?

Sonho de uma Vida

Da mesma forma que o coração de Marc se partira por sua cunhada, partia-se agora por sua esposa. Ele acariciou seus cabelos, murmurando palavras de conforto. Dentro em pouco, partiria em busca de uma mulher chamada Krystal, sobre quem ele nada sabia, exceto o endereço em Encino, que seu amigo Keith lhe dera. Mas tudo o que podia pensar nesse exato momento era que, talvez, a verdadeira insanidade daquele mundo fosse o amor propriamente dito: um animal abobado que logo batia com a cabeça numa parede de tijolos, em vez de pular por cima dela.

Las Casitas era como uma dúzia de prédios de apartamentos pelos quais Marc havia passado pelo caminho: vários andares de blocos de cimento, numa cor sem vida, dispostos em torno de um pátio central e uma piscina, as fileiras de portas acessíveis por rampas externas. À medida que ele foi subindo as escadas de ferro, o cheiro de cloro chegou até ele como os vapores de um depósito de lixo químico, junto com a algazarra de crianças espirrando água na piscina.

Quando ele chegou à porta do apartamento 3-F, pôde ouvir uma criança chorando ali dentro e a voz abafada de uma mãe desesperada, seu tom de voz alternando entre a ameaça e a persuasão. Ele bateu e, após o que pareceu uma eternidade, a porta se abriu numa pequena fresta.

— Sim? O que é? — Um rosto magro e cansado, emoldurado por fios de cabelos louros com permanente, analisou-o.

— Sou amigo da Anna — disse ele. — Será que eu poderia dar uma palavrinha com você?

— Não conheço nenhuma Anna.

— Você a conhece como Monica.

O reconhecimento animou momentaneamente os olhos azuis e cansados dela.

— Ah, *ela*. Sim, li nos jornais. Uma dureza.

— É por isso que estou aqui. Se importa se eu entrar? — perguntou ele.

Ela hesitou, em seguida a porta se abriu um pouco mais, mostrando uma mulher magra, porém musculosa, de short e camiseta frente-única. Seus músculos pareciam vir de trabalhos braçais, em vez de ginástica na academia.

— Olha, não é uma hora muito boa — disse ela. — Minha filha está doente e eu preciso ir trabalhar.

— Não vou demorar.

Ela franziu os olhos ao observá-lo da cabeça aos pés.

— Como o senhor descobriu onde me encontrar?

— Não foi difícil. — Keith conseguira o nome dela através de sua conta na AOL. Acabou que Krystal Longmire tinha um longo histórico, apesar de ter se mudado algumas vezes desde seu último endereço cadastrado: Penitenciária Estadual de Lompoc. — A propósito, sou Marc. — Ele estendeu a mão, que ela aceitou relutante, ainda o olhando com desconfiança.

A criança começou a chorar lá dentro.

— Brianna, querida! — gritou Krystal, por cima do ombro. — Seja boazinha e tome o seu suco! — Ela se voltou para Marc.

— Preciso ir.

— Por favor, é importante.

Krystal deu um suspiro longo e sofredor.

— Está bem, mas só um minuto.

Ela deu um passo até a rampa e estava fechando a porta quando a garotinha pediu, choramingando:

— Deixa a porta aberta para eu te ver! — Ele viu de relance um rostinho pálido nas profundezas sombrias da sala escura.

Krystal cruzou os braços sobre o peito.

— Olha aqui, meu senhor, eu não quero confusão. Já estou cheia de problemas na vida.

Não tanto quanto Anna, pensou ele.

— Não vim aqui para criar confusão.

Ela torceu a boca, dando um sorrisinho forçado.

— Ah, é? É o que todos dizem. Tenho dois filhos e passei por três anos de inferno desde que o último cara me veio com essa conversa.

Sonho de uma Vida

— A Anna me falou de você. Ela parece te ter em grande estima.

Um pouco da aspereza sumiu de seu rosto e ela mordeu o polegar antes de baixar a cabeça, envergonhada.

— Olha, eu me sinto péssima com o que aconteceu com ela. Quer dizer, ela foi legal e tudo o mais. Mas não que tenha alguma coisa que eu possa fazer. Agora, se o senhor me der licença...

Ela estava dando as costas quando ele arriscou uma última tentativa:

— Você estava lá naquela noite, não estava?

Isso teve o efeito desejado. Krystal congelou e esticou o braço todo marcado para dar um puxão na porta, desencadeando um choro do lado de dentro.

— Escuta aqui, não sei qual é a do senhor — sussurrou ela —, mas se o senhor não se mandar daqui em trinta segundos, eu vou chamar a polícia.

— Acho — continuou ele no mesmo tom ameno de voz — que se fosse o caso de chamar a polícia, você já teria feito isso semanas atrás.

Ela se recostou na parede de blocos de concreto.

— O que o senhor quer?

— Respostas.

— Tudo o que eu sei é o que está nos jornais.

— Onde você estava naquela noite?

— Em casa com os meus filhos.

— Você pode provar?

Ela o encarou.

— Não preciso provar.

— Não para mim. Mas tenho certeza de que a polícia iria gostar de saber. — Ele levou a mão ao paletó, de onde tirou o celular.

Ela esticou a mão para impedi-lo de digitar o número, manchas vermelhas se sobressaíram em suas faces, como se ela tivesse levado uns tapas. Ele não sabia se isso era culpa ou somente medo de alguém que já havia sido preso.

— Não. Eles vão achar que eu tive alguma coisa a ver com isso.

— *Teve?* — Ele sustentou o olhar.

— Não. — A voz dela saiu sem força. Lá dentro, os choramingos foram se intensificando rapidamente até se transformarem em gritos.

—Já estou indo! — gritou Krystal por cima do ombro. Em seu rosto a expressão de um soldado cansado de guerra preparando-se para mais um ataque. — Ela se voltou para Marc. — Minha filhinha? Ela passou metade da vida em lares adotivos. Ela chora o tempo todo e não consegue dormir, a não ser com a luz acesa. Se minha supervisora de condicional ficar sabendo, vou voltar tão rápido para a cadeia que não vai dar tempo nem de eu piscar. Não posso fazer isso com os meus filhos.

— Você parece preocupada demais para alguém que não tem nada a esconder.

— Eles descobrem um podre seu. Sempre descobrem. — Por um breve momento Marc quase sentiu pena dela. — O senhor não sabe como é. *Ela* foi a única pessoa que se importou. E olha como acabou.

Um urro terminando numa tosse seca e intermitente, digna de Mimi em *La Bohème*, chegou na hora certa.

— É assim que eu imagino o que aconteceu — disse ele. — Você queria ver com os seus próprios olhos se Monica, ou, melhor dizendo, a pessoa que você *achava* que era Monica, era tão fantástica quanto parecia. Só uma espiada e então você voltaria para casa sem que ninguém ficasse sabendo. Como estou indo até aqui?

— Nada mal. O senhor devia arrumar um emprego num desses jornais. — Seu olhar impassível não dava nenhuma pista.

— Olha — disse ele —, você não me deve nada. Mas *deve* a Anna.

— Mesmo se eu soubesse de alguma coisa, o que não é o caso, meus filhos vêm primeiro. Além do mais, como é que eu vou saber se o senhor não é da polícia?

— Você estaria indo comigo para um interrogatório, se eu fosse policial.

— E o senhor ficaria com duas crianças berrando nas suas mãos — rebateu ela.

— Mesmo assim, eu ainda poderia levá-la.

— Talvez, mas o senhor não vai fazer isso.

Sonho de uma Vida

— O que a faz ter tanta certeza?

— O senhor é um homem decente, é por isso. — Ela fez a frase soar como um insulto.

Marc ficou olhando para ela com o olhar duro, como se para provar que a avaliação dela estava errada. Mas, com certeza, ela já havia passado por coisas piores do que qualquer outra que ele pudesse oferecer. Ela poderia envergar, mas não quebraria. A única esperança era Anna falar pessoalmente com ela.

O choro lá dentro ficou mais alto.

Krystal estava abrindo a porta quando parou para olhar por cima do ombro. Ele ficou surpreso ao ver seus olhos azuis opacos com o brilho de lágrimas não vertidas.

— Diz para a Anna... — a voz dela falhou — ... diz para ela que eu sinto muito.

Na noite seguinte, de volta ao quarto na casa de Laura e Hector, ele deu as informações para Anna.

— Acho que ela sabe de alguma coisa — disse ele. Eles estavam na cama; Anna recostada em seu braço. — Ou isso ou está apenas morrendo de medo.

— De quê?

— De voltar para a prisão.

— Por que ela se sentiria culpada se não tivesse feito nada de errado?

— Ela é alcoólatra. Nós, alcoólatras, achamos que tudo o que acontece de ruim é culpa nossa, porque, na maior parte das vezes, é mesmo. — Ele deu um sorriso triste.

Ele lhe contou sobre a conversa rápida que tivera com o detetive encarregado do caso, um ex-fuzileiro naval rude que, pelo que parecia, também era chegado a uma bebida. Burch o dispensara, informando-lhe que não estava interessado em ir atrás de qualquer pista nova. Suas palavras exatas foram: "Se a advogada dela está a fim de jogar uma cortina de fumaça nessa história e pôr a culpa em outra pessoa, eu não sou obrigado a concordar." Mas Marc omitiu esta parte.

— Então estamos de volta à estaca zero — disse ela, abalada. Ele podia ver cada minuto das últimas quatro semanas no rosto dela: as manchas escuras sob seus olhos, as linhas fininhas, como parênteses, ao lado de sua boca.

— Pedi ao meu amigo para pesquisar aquele outro camarada também. — O homem conhecido somente como Hairy Cary, cuja fascinação por Monica beirara a obsessão, acabara se tornando um homem casado e pai de cinco filhos, e nada mais nada menos do que pastor da igreja batista. — Tenho pena da pobre da esposa dele, isso sem falar da congregação.

— Você acha que ele teve alguma coisa a ver com isso?

— Tudo é possível. Há apenas um problema: ele mora no Kentucky.

— Da última vez que eu soube, havia voos saindo do Kentucky.

— Não estou descartando a ideia — disse ele. — Para falar a verdade, liguei para ele. Enquanto isso, acho que vale a pena fazer mais uma visita a Krystal. — Ele sorriu. — Você deverá ter mais sorte.

Anna puxou as cobertas sobre o corpo, tremendo, apesar do aquecedor que reluzia qual uma brasa no escuro.

— Engraçado. Eu não pensaria nela como alguém que fica espionando os outros.

— Essas pessoas vêm em vários tamanhos e formatos — disse ele, pensando em Hairy Cary.

— Você acha que ela é a assassina?

Marc negou.

— Posso estar errado, mas acho que não.

— Pode ter sido um acidente.

— Tudo o que sei é que quanto mais cedo a gente descobrir o que ela está escondendo, se é que há alguma coisa, melhor. — Ele olhou pela janela. A área em volta do celeiro era árida como uma paisagem lunar, a sombra alongada de um cachorro que passeava ali como a de uma criatura alienígena.

— Se ela não falar, poderíamos pedir a Rhonda para chamá-la para testemunhar.

Sonho de uma Vida

— Ela seria uma testemunha hostil. O tiro poderia sair pela culatra.

— Você acha que ela mentiria em juízo?

— Sem uma testemunha ocular, quem poderia provar que ela está mentindo? Além disso, não sabemos direito quem ela é.

Anna suspirou.

— Acho que vamos ficar sabendo amanhã. — Eles fizeram planos de ir de carro até lá, logo de manhã cedo.

— Por falar nisso, nós devíamos dormir um pouco. Vai ser um longo dia — disse ele.

Anna rolou para o lado dela da cama, passando os braços pelo pescoço dele.

— Não estou com sono.

Ele a beijou na boca.

— Sentiu saudade de mim?

— Você faria mau juízo de mim se eu dissesse que senti?

— Eu não sabia que era ruim sentir saudade de alguém.

— É, se a pessoa de quem você sente saudade não sente saudade de você também.

Marc inclinou a cabeça e sorriu.

— Sabe o que eu gostaria? Que você pudesse se ver como eu te vejo.

— Diga-me como você me vê. — Ela o desafiou, séria.

— Uma mulher linda, corajosa e sexy.

— Estou percebendo alguma razão especial para isso? — Sorrindo, ela deslizou a mão por baixo das cobertas.

Ele a segurou pelo pulso, levando-o até sua boca para lhe beijar a palma da mão. Ela recendia a flores recém-colhidas, lavanda ou jacinto.

— Krystal não foi a única pessoa que eu vi ontem.

O sorriso de Anna desapareceu.

— Entendo que você esteja se referindo a Faith.

Ele concordou.

— Nunca escondi nada de você e não vou começar a fazer isso agora.

Ela ficou tensa e se afastou.

— Algum motivo para você me contar? — Uma frieza áspera pontuou sua voz.

— Só achei que você devia saber.

— Que você é casado? Estou bem ciente disso. Sei também que você não tem intenção de se divorciar da sua esposa.

— Não tenho escolha. — Teria se casado com Faith se soubesse o que viria pela frente? Honestamente, ele não sabia, mas de nada adiantava fazer conjecturas. A verdade nua e crua era que ele amava duas mulheres, e uma delas, fosse bom ou não, era sua esposa.

— Sempre há uma escolha. Não foi você mesmo que me disse isso? — Anna estava se sentando na cama agora, olhando para ele da mesma forma desconfiada que Faith o olhara. Com os cabelos desalinhados e os ombros iluminados pela luz da lua, ela nunca esteve tão bonita.

— Com algumas escolhas, a gente consegue viver; com outras, não.

— Então o que você está querendo dizer é que, quando tudo isso terminar, levando em consideração o fato de eu ser uma mulher livre, vamos voltar à forma como era antes? Ou talvez você nos veja como amantes de final de semana: sem perguntas, sem compromisso. — Ela balançou negativamente a cabeça. — Sinto muito, Marc. Você não precisa me dizer o que fazer desta vez. Se não houver outra forma, deixe que eu tome minhas próprias decisões.

Marc sentiu vontade de elogiá-la ao mesmo tempo em que recuou, surpreso. Claramente, as adversidades pelas quais passara tinham-na fortalecido em mais de um aspecto.

— Parece justo — disse ele. — Tenho apenas um pedido a fazer: podemos deixar para discutir esse assunto depois?

Anna ficou olhando pela janela. Ele começou a ficar preocupado de já tê-la perdido quando ela voltou o olhar para ele. Então tomou a mão dele e passou o polegar por cima de sua aliança.

— A sua esposa sabe?

— Acho que ela desconfia.

— Decerto, ela não espera que você siga o celibato.

— Se é esse o caso, ela não me disse nada.

Sonho de uma Vida

Anna se aconchegou em seus braços, beijando-o intensamente, ao mesmo tempo em que fazia pressão contra seu corpo. Ele sentiu o efeito na virilha e pôs a mão entre as pernas dela. Ela estava molhada. Jesus.

— Está bem, que se dane, senti a sua falta — ela sussurrou no ouvido dele.

Ele a deitou de costas e ficou por cima dela. Estavam os dois ofegantes. Normalmente, ele ia com calma, acariciando-a e beijando-a até a excitação tomar conta e a timidez dela ceder, mas ele podia ver que não seria o caso daquela noite. Ela o puxou para si, abraçando-o com as pernas, respondendo a cada arremetida com uma intensidade que se igualava à dele. Momentos depois, ele a sentiu tremer e jogar a cabeça para trás, num grito surdo.

Em seguida, ele gozou também — um movimento tão rápido que quase perdeu os sentidos. Quando o rosto de Anna voltou ao foco, Marc viu que as faces dela estavam rosadas, a boca, curvada num sorriso.

— Me lembre de viajar de vez em quando — disse ele. Tivera a intenção de fazer um gracejo, mas o rosto dela se fechou. Ele sentiu vontade de se bater.

Mas ela logo se recuperou, dizendo com uma leveza que partiu o coração dele:

— Se alguém está para ir a algum lugar, este alguém sou eu.

Marc conduziu o caminho pelas escadas, os degraus de metal rangendo baixinho sob seus pés. O sol ainda não havia nascido por completo e já estava quente, as plantas ressequidas, murchas, em torno da piscina. O barulho daqueles que já haviam levantado ecoava pelas portas fechadas pelas quais eles iam passando: vozes abafadas, o chiado de um moedor de café, o repórter do tempo anunciando a previsão do dia: "Dia de sol e céu limpo e ensolarado, pessoal, com temperaturas chegando à máxima de vinte e sete graus. Hora de pegar aquele cooler e ligar o ar-condicionado..."

Eles chegaram ao apartamento de Krystal, e Marc bateu à porta. Como ninguém atendeu, ele tentou a maçaneta. A porta se abriu. Não havia ninguém. Eles entraram em silêncio, indo de quarto em quarto, as gavetas e os armários vazios, as marcas de ferrugem nas prateleiras do armarinho do banheiro como testemunhas silenciosas do que ele sabia que havia acontecido no momento em que entrou: Krystal tinha dado no pé. Tudo o que ficara para trás, além da mobília, eram os pratos sujos na pia e uma tigela com comida de gato no chão.

Marc se amaldiçoou mentalmente: *Culpa minha, eu a deixei fugir*. Por outro lado, o que poderia ter feito para detê-la?

Ele se virou para Anna.

— O síndico deve saber de alguma coisa. — Ela concordou, mas ele pôde ver a desolação no rosto de Anna. Duvidava muito que Krystal tivesse deixado um endereço para contato.

O síndico acabou sendo também o proprietário do apartamento, um homem barrigudo, de meia-idade, com cabelos louros desbotados em volta da careca. Quando eles lhe falaram sobre Krystal, perguntando se ele fazia ideia de para onde ela poderia ter ido, ele praguejou baixinho:

— Era o que eu também queria saber. A filha da puta ficou devendo dois meses de aluguel. — Ele pegou um maço de Camel do bolso caído de seu roupão atoalhado, olhando para Anna através da fumaça que subia por sua cabeça. — Você não me é estranha. Nós já nos vimos antes?

Ela ficou lívida, mas manteve a frieza.

— Acredito que não.

Obviamente, o homem não ligou os fatos, mesmo assim olhou-a com desconfiança, imaginando o que ela poderia querer com pessoas como Krystal. Em seguida, ele encolheu os ombros. Aquilo não era problema dele, afinal de contas.

— Se a encontrarem, deem um recado do Louie. Digam que a próxima vez que eu a vir, vai ser no tribunal.

— O senhor acha que alguém aqui pode saber para onde ela foi? — perguntou Marc, quando Anna ficou em silêncio diante da menção do tribunal.

O proprietário deu uma longa tragada no cigarro.

— Vocês podem tentar falar com os vizinhos dela, mas duvido que eles saibam de alguma coisa. Ela era muito discreta. A única coisa com que se importava era com os filhos.

Parecia que ele tinha razão. Após mais ou menos uma hora batendo na porta dos vizinhos, sem chegar a lugar algum, o pior de seus medos se tornara certeza: Krystal e seus filhos haviam desaparecido sem deixar vestígios.

— E agora? — Anna sentou-se na escada, arrasada.

Ele se sentou ao lado dela.

— Como eu queria saber.

A única coisa certa era que eles haviam se deparado com um beco sem saída.

Capítulo Catorze

Ao mesmo tempo em que Anna e Marc estavam indo embora de Las Casitas, Finch e seus amigos estavam estacionando em frente a Bellevue Gardens, não mais do que trinta e dois quilômetros dali. A clínica geriátrica onde Lorraine Wells morava era um prédio de estuque com cobertura de laje, cercado por espirradeiras e com uma árvore majestosa escondendo alguma coisa grudenta na calçada da frente. Uma senhora idosa com jaleco rosa-choque recebeu-os bem-humorada assim que eles entraram.

— Lulu está ansiosa para conhecer vocês — disse a eles, assim que se registraram. — Ela não recebe muitas visitas.

Sonho de uma Vida

Finch e Andie trocaram um olhar que dizia: *Com certeza*. O lugar já bastava para dar arrepios em qualquer pessoa. Enquanto Simon escrutinava o local, como se fizesse anotações mentais para uma reportagem sobre clínicas geriátricas, Lucien disse gentilmente:

— Também estamos ansiosos para conhecê-la.

Eles haviam ficado horas na estrada por causa de um engarrafamento. Várias paradas — uma para combustível, outra para fazer xixi, seguida por um café da manhã no Burger King — os fizeram chegar a Pasadena pouco antes das onze. Agora, ao ver o painel de imitação de madeira e a árvore artificial que acumulava poeira num canto, Finch perguntou-se se a viagem não teria sido uma perda de tempo. O que poderia surgir dali?

Ao mesmo tempo, uma voz interior sussurrou: *Talvez não seja uma viagem perdida, afinal de contas*. Ouvira falar de coincidências bizarras demais para serem qualquer outra coisa além de destino. Como a mulher que aparecera na *People* e que vira uma foto sua quando bebê enquanto folheava um álbum de família de uma amiga — acabou que ela havia sido adotada e que ela e a amiga eram primas de verdade. E quanto àquele sentimento estranho que a acometera ao saltar do ônibus em Carson Springs, naquela primeira vez? Como se já tivesse estado ali antes.

Eles passaram por um corredor cheirando a desinfetante e ocupado por filas de idosos de aparência mumificada, prostrados em cadeiras de rodas. Tinha marcado aquele encontro há várias semanas. Nesse meio-tempo, andara tão ocupada com a escola e com a campanha para arrecadar fundos (isso sem falar em Lucien) que mal pensara no assunto. Agora, estava fazendo uma pausa do lado de fora da porta do quarto de Lorraine, o estômago embrulhado.

Lucien lhe tomou a mão.

— Vai dar tudo certo.

— É tarde demais para voltar atrás? — sussurrou ela.

— Pense na reportagem que isso vai dar — disse Simon.

Andie lhe lançou um olhar censurador.

— Você não ousaria.

Eles entraram no quarto e viram uma senhora idosa sentada numa cadeira de balanço, a cabeça baixa sobre um livro.

— Srta. Wells? — Finch chamou baixinho.

A mulher ergueu o olhar, abrindo um largo sorriso.

— Lulu, por favor. — Ela pôs o livro de lado e, com um pouco de esforço, pôs-se de pé. Alta e magra, com um volume de cachos em um vermelho tão artificial que deveria ser peruca, ela parecia Annie, a menina órfã, já idosa.

— Meu Deus, eu não esperava tanta gente! — Ela olhou encantada para os lados.

— O Lucien veio dirigindo. — Finch apontou com o polegar para ele.

— E nós viemos de penetra — disse Andie, apresentando a si e a Simon.

— Bem! Espero que eu consiga me lembrar direito do nome de vocês. — Lorraine olhou de um para outro, como se para presentes que estivesse ganhando, tentando decidir qual desembrulhar primeiro. — Sentem-se, fiquem à vontade. Minha companheira de quarto não vai se importar. — Ela apontou para as duas camas iguais, uma das quais estava sem lençóis. — A Gertie faleceu na semana passada.

— Sinto muito — disse Finch.

— Não sinta. — Lorraine acomodou-se novamente em sua cadeira. — Ela só sabia reclamar e gemer. Estava quase me deixando louca, aquela bruxa velha. — Eles devem ter parecido chocados, pois ela acrescentou, com uma piscada: — Sabem uma das boas coisas de se ficar velha? Você pode falar o que bem entender. Enfim, a gente se acostuma com as pessoas morrendo nessa espelunca... isso é natural por aqui.

— A senhora está aqui há muito tempo? — perguntou Simon.

— O suficiente para desejar que tivesse sido eu a bater as botas. Mas acho que minha hora vai chegar daqui a pouco.

O olhar de Finch se voltou para as fotos emolduradas na parede: fotografias 20x25 em papel brilhante, de astros de cinema, alguns dos quais ela conhecia, todas as fotos autografadas para Lorraine.

— A senhora *conhece* todas essas pessoas?

Sonho de uma Vida

— Claro. Aquele ali é o Derek Lord. — Lorraine apontou para um homem atraente com um bigode fininho e cabelos escuros e ondulados. — Não havia astro maior na época dele. Mas gastava feito um marinheiro bêbado. Morreu sem um centavo no bolso.

— A senhora foi atriz? — Finch levantou-se para examinar uma foto de Lorraine muito mais jovem, em pé, ao lado de uma beldade de cabelos escuros, que ela reconheceu, estupefata, tratar-se de Vivien Leigh.

— Eu? Deus do céu, não. — Ela se serviu de um biscoito de uma lata em cima da mesa, na altura do cotovelo, antes de passá-la para Finch. — Eu que peço esses biscoitos. A comida aqui é para passarinho. Onde nós estávamos mesmo? Ah, sim, minha carreira glamourosa. Não, nunca fui atriz. Claro que tive sonhos, como toda garota sonhadora que cai de um caminhão de feno, mas o problema é que eu não tive sucesso no ramo. Em vez disso, acabei trabalhando atrás das câmeras. — Ela apontou para uma foto colorida sua, mais jovem, marcando a bainha de um vestido vermelho de lantejoulas usado por ninguém menos do que Lana Turner.

Simon assobiou.

— Uau! Aposto que a senhora tem histórias para contar.

Lorraine inclinou-se para a frente, dizendo num tom secreto:

— Todos esses corpos perfeitos? Eu sabia de cada mínimo defeito: os seios, que, na maior parte, eram de espuma; os bumbuns, que precisavam de uma levantadinha. A mocinha engordou uns quilinhos? Era obrigação minha fazer as roupas caberem. Um deles, não vou dizer quem, me fez aplicar um bolso secreto por dentro das calças para ele guardar sua garrafa. No segundo dia no set de filmagem, ele caiu morto no meio de uma grande cena. — Ela riu, um som como o de pedrinhas chacoalhando dentro de um pote.

— Essa aqui não é a Selma Lamb? — Andie examinou uma foto de Lorraine, de braços dados com a loura turbinada, estrela de *Estranhos no Paraíso*.

Lorraine abriu um sorriso, mostrando a boca cheia de dentes tortos.

— Não poderia ser outra pessoa. Ah, ela era muito esperta! Desde o primeiro dia nós nos demos logo bem. Quando ela descobriu que eu era de Deaf Smith, no Texas, assim como ela, *bem...* — Ela bufou.

Finch analisou a foto, reconhecendo o fundo com as montanhas de picos nevados e a escola vermelha ali perto. Ao se lembrar do dia em que fora lá com Lucien, sentiu um frio na barriga.

Lorraine se levantou mais uma vez com dificuldade, arrastando os pés para apontar para um homem bonito, com traços marcantes, em pé, num dos lados da foto.

— Aqui está o diretor, Hank Montgomery. Ele e a Selma tiveram um... como é que vocês falam hoje em dia?... Eles tiveram um lance.

— Minha bisavó o conheceu — disse-lhe Finch. Sam não se cansava de contar a história do dia em que a sua mãe o visitara no set de filmagem, aquela mesma pessoa retratada na foto.

— Ela e mais uma infinidade de outras garotas. — Lorraine deu uma piscada maliciosa. — Não havia uma mulher a quilômetros de distância que pudesse resistir aos encantos dele.

Passou pela cabeça de Finch que a própria Lorraine não devia ter ficado imune. E se ela tivesse engravidado? O que significaria que seria perfeitamente possível...

Finch ficou com a nuca arrepiada. Ela gaguejou:

— A senhora e ele...?

Lorraine riu, e Finch viu que seu batom vermelho vibrante se acumulara nas ranhuras dos lábios.

— Deus do céu, não. Eu era esperta demais para fazer isso. O que é mais do que eu posso dizer de outras pessoas.

— Mas eu achei que... — Finch parou de falar, constrangida. Parecia tolice agora. Como poderia ter imaginado que fossem parentes?

Lorraine lhe lançou um olhar de desculpas. Estava claro que Finch e seus amigos haviam sido atraídos para lá sob um falso pretexto. Finch engoliu sua decepção. Queria sentir-se furiosa, mas não conseguia encontrar raiva em seu coração. Lorraine agira daquela forma somente por conta da solidão, algo que ela entendia muito bem.

— Eu poderia ter te contado por telefone — disse Lorraine. — Mas algumas coisas são melhores quando ditas pessoalmente. *Existe* uma história, só que você não tem participação nela. Veja, tinha essa outra

Sonho de uma Vida

moça, um doce de pessoa, toda pequenininha. O Hank a fazia ficar de pernas bambas e vesga. Eu teria dado a minha cara a tapa de como ela era virgem, mas isso não fez nenhum dos dois parar. Quando a Selma ficou sabendo, bem, um quilômetro de distância foi pouco naquele dia.

— Isso está melhor do que *Dawson's Creek* — sussurrou Andie.

— O nome dela era Grace Elliston — continuou Lorraine. — Eu me lembro porque a Selma não conseguia parar de falar nisso. Quando a Grace apareceu grávida, o Hank pagou para ela ficar de boca fechada e cada um seguiu seu próprio caminho, mas a Selma não deixou ficar por aí. Depois que o bebê nasceu, ela vivia falando coisas do tipo "Como é ser papai?" ou "Você está planejando visitar sua garotinha dentre em breve?". Isso quase o deixou louco. Acho que ele se sentia mal, não tanto por causa da Selma, mas por não dar atenção à filha. Até onde eu sei, foi a única filha que ele teve.

Elliston? O nome lhe era familiar.

— Conheço uma Martha Elliston — disse Finch. — Ela é a enfermeira da escola onde a gente estuda.

— Bem, vejamos, ela deve ter uns... — Lorraine fez os cálculos — ... quarenta e cinco, quarenta e seis.

Finch não sabia a idade da srta. Elliston, mas aquela faixa etária lhe parecia apropriada.

— Ela não vive com a mãe? — interrompeu Andie. — Eu as vejo na igreja, às vezes. Achei que ela fosse viúva... quer dizer, a mãe... mas, pensando bem, nunca a ouvi falar de um marido.

— Sempre me perguntei o que teria acontecido com a Grace — disse Lorraine. — Não deve ter sido fácil para ela.

Nem para Martha, que cresceu sem pai sob uma nuvem de escândalo. Não era de admirar que sempre aparentasse ser tão acabada.

Eles ficaram mais um pouco. Lorraine lhes contando mais coisas sobre os velhos tempos. No entanto, o tempo inteiro, batendo dentro de Finch como um segundo coração, estava a certeza de que ela, provavelmente, jamais conheceria sua verdadeira família. Estava condenada a uma vida ilusória, com sonhos sobre como tudo deveria ter sido.

De repente ela sentiu vontade de chorar e ficou agradecida quando Lucien, como se lendo seus pensamentos, apertou sua mão.

Por fim, ela se pôs de pé.

— É melhor a gente ir embora — disse ela. — É uma longa viagem. — Lorraine ficou triste ao vê-los partir. Após um momento de hesitação, Finch plantou-lhe um beijo na testa tão enrugada quanto uma carteira velha de couro.

Lorraine segurou sua mão, observando-a com os olhos lacrimejantes.

— Espero que você encontre o que está procurando, minha querida. Finch forçou um sorriso.

— Eu também. — Mas ela sabia que não tinha mais esperanças de encontrar sua família do que tinha de ir para a lua.

Laura e Hector estavam montando o berço quando ela entrou.

— Não. Você pôs isso aí atrás, esse troço vai *ali*. — Laura ergueu os olhos da folha de instruções para empurrar com o dedo o suporte que Hector estava colocando no lugar. Ele assentiu com a cabeça e continuou calmamente com o que estava fazendo. Outras partes estavam espalhadas sobre o tapete trançado, em frente à lareira, junto com algumas partes do berço.

— Cheguei — anunciou Finch, quando eles não a perceberam parada ali, em pé.

Laura lhe lançou um olhar distraído, assoprando uma mecha de cabelo que havia caído sobre um olho.

— Qualquer um que tenha escrito isso aqui — disse ela, balançando a folha fininha com a mão — ou é um idiota ou está fazendo graça. — Ela jogou a folha para o lado com uma bufada de desgosto.

— Como podemos saber se não foi *uma mulher*? — Mesmo ele estando com a cabeça baixa, Finch pôde ver que Hector estava rindo.

— Nenhuma mulher correria o risco de o berço cair junto com o bebê.

Ele se sentou nos calcanhares, segurando a chave de fenda.

— Neste caso, fique à vontade. Eu não gostaria de ser acusado de começar com o pé esquerdo com o nosso bebê.

Sonho de uma Vida

331

Laura tentou parecer zangada, mas estava sorrindo abertamente. Os sorrisos logo se transformaram em soluços e ela caiu de costas, ofegante. Pearl e Rocky foram investigar o ocorrido, cutucando-a com o focinho. *Aquela* Laura era uma estranha para eles, uma mulher que ficava andando para os lados, cantarolando sem parar o dia inteiro, de vez em quando rindo alto e sem motivo. Deixava as coisas fora do lugar e esquecia metade dos itens que queria comprar no mercado. Parecia que a única coisa que tinha na cabeça era o bebê que chegaria dentro de poucas semanas.

Finch estava começando a se sentir ligeiramente posta de lado.

— Precisam de uma mãozinha? — Ela gesticulou na direção do berço parcialmente montado.

— Ah, acho que o Hector consegue se virar sozinho. — Laura sentou-se, parecendo uma criança de bochechas rosadas, os cabelos arrepiados com a estática. — Sei quando não sou bem-vinda. — Ela lhe lançou um olhar de falso aborrecimento enquanto se esforçava para ficar de pé em meio a focinhos molhados e rabos abanando. Como se ela se lembrasse em seguida, perguntou: — Como foi hoje?

Finch encolheu os ombros.

— Conto para vocês durante o jantar.

Ela seguiu Laura até a cozinha, onde Maude esticava uma massa e uma frigideira chiava no fogo.

— Seu prato predileto: torta de frango — disse ela, oferecendo um rosto sujo de farinha para ser beijado.

A visão familiar de Maude preparando o jantar lhe fez sentir um nó na garganta.

— Vou pôr a mesa.

— O Hector já está quase acabando com o berço — disse Laura, ao pegar alguns guardanapos da gaveta.

Maude bufou.

— Quase não temos lugar para uma cestinha, que dirá para um berço. — Ela estava se referindo ao quartinho ao lado do quarto de Laura e Hector, que eles haviam convertido no quarto do bebê.

— Bebês não precisam de muito espaço — disse Laura, encolhendo os ombros.

— Eles crescem.

— Bem, vai ser suficiente por enquanto. — Laura andou pela cozinha, colocou a caixa de leite em cima da mesa e, logo em seguida, voltou com ela para a geladeira. — Quando ela for mais velha, a gente aumenta o quarto. E não se esqueça de que não vai demorar muito para a Finch fazer faculdade.

Finch estava ansiosa por isso, mas agora tal sentimento lhe causava dor.

Maude apertou os lábios.

— Mesmo assim...

Laura deu uma risada animada.

— Pode confessar, você quer é que ela fique no quarto com *você*.

Levou um minuto para Finch perceber que ela se referia ao bebê, não a ela.

Maude deu outra bufada, esticando a massa com o rolo. Podia negar o quanto quisesse, mas não havia nada que desejasse mais do que ter um bebê para cuidar noite e dia.

Finch sentiu-se repentinamente abandonada. Lembrou-se dos anos nos lares adotivos, onde as coisas melhores e os cuidados mais intensos sempre iam para as crianças menores e mais bonitinhas. Como poderia competir com um bebê? E, do jeito que Laura estava apaixonada, tudo só iria piorar depois que Esperanza estivesse ali.

— Bem, pelo menos ela vai ter muito o que vestir. — Maude estava costurando um enxoval inteiro de vestidinhos, uma oportunidade que não tivera quando o bebê de Sam nasceu menino.

— Sem babados, por favor. — Laura estava enchendo uma jarra na pia.

— Conhecendo você, ela vai estar no lombo de um cavalo antes mesmo de aprender a andar. Mais um moleque... exatamente o que nós precisamos — resmungou Maude, bem-humorada.

— A propósito — disse Laura —, a Alice quer fazer um chá de bebê para mim. Eu disse a ela...

— É só nisso que vocês pensam por aqui! — Finch bateu com o prato na mesa. — E quanto a Anna? Ela pode ir para a cadeia e, ainda assim, tudo o que importa para vocês é esse bebê idiota?

Sonho de uma Vida

Laura ficou chocada.

— Eu não me esqueci da Anna — disse ela. — Na verdade, eu disse a Alice que, se ela queria dar uma festa, nós devíamos fazer uma festa de arrecadação de fundos. — Laura pôs a jarra no lugar. — Finch, qual o problema? Você está aborrecida porque...

Finch não ouviu o resto; já estava saindo correndo pela porta. Do lado de fora o ar frio do anoitecer bateu em suas faces vermelhas quando ela saiu correndo pelo gramado.

Na cocheira, ela foi saudada pelos cavalos, que relincharam baixinho em suas baias. Ela ouviu algo se arrastando e a cabeça castanha brilhante de sua égua apareceu por cima da porta da baia. Finch apertou o rosto contra seu pescoço sedoso, inspirando seu perfume equino. Não haviam sido as duas, de certa forma, rejeitadas? Como Punch e Judy antes delas, Cheyenne fora para lá por intermédio da Associação Protetora dos Animais, onde Laura compunha a diretoria: uma égua de corrida que sobrevivera à sua inutilidade.

Ela ouviu a porta da cocheira abrir, virou-se e viu Laura olhando preocupada para ela.

— Finch? O que houve?

— Nada.

— Eu estava com medo disso. — Laura suspirou, sentando-se no banco. — A visita não acabou da forma como você esperava, não é?

Finch se aproximou e sentou-se ao seu lado, alheia ao cheiro delicioso que atravessava o pátio.

— Ela é só uma senhora legal. Me senti uma idiota só de ter pensado... — Ela se esforçou para não chorar. — Acho que esse tipo de coisa só acontece nos filmes.

Seguiu-se um longo silêncio, quebrado apenas pelo relincho dos cavalos aguardando os torrões de açúcar que Laura normalmente levava dentro do bolso. Por fim, ela disse:

— Sinto muito, eu gostaria que houvesse alguma coisa que eu pudesse dizer para você se sentir melhor.

— Está tudo bem. — Nada iria fazê-la se sentir melhor naquele momento.

— Você nem precisa me ouvir dizer que tem a nós como família; já sabe disso.

Finch concordou, desanimada.

— Eu me sinto uma completa idiota.

Laura pôs o braço sobre seus ombros.

— Quando eu tinha a sua idade, sonhava em ter uma família grande, pelo menos uns seis filhos. Não era para ser... mas quer saber de uma coisa? Eu não trocaria a família que tenho hoje por nada. Você, o Hector e a Maude, vocês são tudo para mim.

— Com o bebê, serão cinco. Você vai precisar de mais um para completar seis. — Um dos cantos da boca de Finch se elevou.

Laura riu.

— Primeiro, vamos ver como ficam as coisas com esse bebê, apesar de que, depois de todo o trabalho que tivemos para montar o berço, seria uma pena não usá-lo mais de uma vez.

Finch lhe contou sobre Hank Montgomery e Grace Elliston. Laura não pareceu surpresa; apenas concordou e disse:

— A vovó disse que ele era o homem mais atraente que ela já havia visto. Acho que ele era um verdadeiro conquistador.

— Será que a Martha sabe que ele é o pai dela?

— Com certeza ela nunca disse nada. Se houvesse dito, seria o assunto da cidade. — Hank Montgomery podia viver na obscuridade em qualquer lugar, mas, em Carson Springs, ele era uma lenda. — Mas, por falar nisso, eu me lembro de uma fofoca antiga com relação a Grace. Naquela época, ter um bebê fora do casamento era um tremendo escândalo. Pobre mulher. — Ela balançou a cabeça.

Finch analisou o rosto de Laura, querido e familiar. Quem sabe Martha não teria sido mais feliz se a mãe a tivesse dado para adoção?

— Você acha que eu devia contar alguma coisa para ela?

— Não sei muito bem se é problema seu.

— Eu gostaria de saber se fosse ela.

Laura franziu o rosto, pensativa.

— E se, em vez disso, a gente fosse falar com a Grace...?

— A gente?

Sonho de uma Vida

— Você está achando que eu te deixaria ir sozinha?

Finch sentiu alguma coisa se afrouxar por dentro.

— A gente podia convidá-la para vir aqui depois da missa deste domingo. Para almoçar ou qualquer coisa parecida.

— Teríamos que convidar a Martha também. Não, acho que é melhor passar na casa dela durante a semana, quando a Martha estiver trabalhando. É claro que eu teria que escrever um bilhete para a escola, para você sair mais cedo. — Os olhos de Finch brilharam da mesma forma que os de Andie quando as duas tramavam algum plano secreto.

— Desde que a Martha não pergunte o que há de errado comigo. Eu detestaria ter que mentir na cara dela quando ela é a própria razão da minha ausência.

— Bem pensado. Vou dizer que é um check-up.

Elas ficaram num silêncio companheiro. Finch havia se esquecido completamente do jantar quando Laura disse:

— O que você acha de a gente voltar lá para dentro?

Finch percebeu que estava faminta.

— Estou com tanta fome que poderia comer uma... — Ela ergueu os olhos e viu a égua olhando para ela com um olhar censurador, ou assim parecia. — Deixa pra lá.

Minutos depois, ela estava sentada à mesa, saboreando um prato de torta de frango e biscoitos, ervilhas e a famosa conserva de beterraba de Maude. Eles baixaram o rosto enquanto Laura dava graças ao Senhor. Quando chegaram à parte do *Amém*, Finch falou mais alto do que todos.

Laura sorriu para ela, do outro lado da mesa, e, por um minuto de pânico, Finch achou que ela fosse fazer um daqueles discursos batidos sobre o quanto eles eram abençoados por terem uns aos outros e o quanto deviam ficar sempre juntos, mas tudo o que ela disse foi:

— Alguém quer manteiga?

Capítulo Quinze

No dia da audiência preliminar, o fórum estava lotado; nos degraus do lado de fora, um mar de jornalistas e de câmeras balançando. O canal de televisão local competia com o jornal e o rádio em busca de lugar, enquanto as grandes redes detinham o controle dos espaços mais privilegiados. Havia correspondentes do *Le Monde* e do jornal sensacionalista favorito dos britânicos, o *Mirror*. Um jornalista do *Globe*, um cidadão particularmente desonesto chamado Lenny Buckholtz, com "mais colhões do que a torcida dos Giants", como Maude resmungara, fora preso ao ser pego tentando subornar um funcionário do IML a lhe ceder fotos do corpo de Monica.

Sonho de uma Vida

Cada novo desenvolvimento da novela *Estado da Califórnia* versus *Anna Vincenzi* era como um pedaço de madeira jogado numa brasa incandescente. Um editorial no *New York Post* postulou que Anna havia assassinado Monica por dinheiro. O *National Star* publicou uma entrevista exclusiva com uma antiga empregada doméstica que descreveu os anos de maus-tratos sofridos nas mãos de Monica e sugeriu que a motivação de Anna para matar a irmã fora a de revanche. No meio de tudo isso, Anna, a Anna *de verdade*, havia se perdido de alguma forma, substituída por um fruto da imaginação popular. A verdade era irrelevante. As pessoas não a receberiam bem, da mesma forma que não receberiam a verdade sobre si mesmas.

Agora, conforme analisava a galeria lotada, Anna soube o que era ser uma cristã na cova dos leões. Estava transpirando debaixo dos braços, apesar do desodorante que aplicara, e, se seu estômago não aliviasse, o café que havia bebido às pressas logo a faria se arrepender de estar usando meias-calças.

Ela relanceou para Rhonda, ao seu lado, rabiscando alguma coisa em seu bloco. Parecia preparada e confiante. Confiante demais? Será que iria irritar o juiz da forma como fizera na última vez? Bem, pelo menos ninguém poderia dizer que ela não estava preparada. Após semanas de cálculos e planejamentos, sua advogada estava totalmente ligada no modo batalha.

Mas e se isso não fosse suficiente?

Krystal, a grande carta que elas tinham na manga, havia desaparecido junto com qualquer chance de o assassino real ser encontrado. O detetive que Rhonda contratara, um agente aposentado do Departamento de Polícia de Los Angeles, chamado Barney Merlin, informara, sem surpreender a ninguém, que os filhos de Krystal não estavam indo à escola e que sua patroa na Merry Maids não sabia dela; ela sequer se dera ao trabalho de ir buscar seu pagamento. Para onde quer que tivesse ido, era óbvio que não queria ser encontrada.

— Todos de pé para receber o Honorável Juiz Emory Cartwright. Está aberta a sessão.

Anna levantou-se como se puxada por uma corda invisível. Nos últimos dias, seu corpo era como um cachorro obediente, funcionando de acordo com o comando que lhe era dado: senta, parado, deita, morto.

Rhonda permaneceu de pé após todos os outros terem retornado aos seus lugares.

— Sua presença, como se podia esperar, foi notada, sra. Talltree — disse o juiz, com ironia. — Espero apenas que, no seu entusiasmo para os procedimentos desta manhã, a senhora leve em consideração a minha úlcera.

— Farei o possível, Excelência. — Uma onda de risadas repercutiu pelo tribunal assim que Rhonda, rígida como um adido militar em seu terno azul-marinho e blusa branca engomada, baixou a cabeça e sentou-se.

O juiz, parecendo mais dispéptico do que nunca, pôs fim aos sussurros na galeria com uma batida forte do martelo.

— O caso *Estado da Califórnia* versus *Anna Vincenzi...* — Ele desfiou uma lista de formalidades para a felicidade do estenógrafo do tribunal, um homem alto e magro, curvado como um ponto de interrogação sobre sua máquina de escrever, antes de assentir com a cabeça para o promotor de justiça, que estava ladeado por dois de seus assistentes, um rapaz e uma moça com aparência de recém-formados. — Sr. Showalter, o senhor pode prosseguir.

O promotor de justiça se pôs de pé, alisando a gravata. Com seu paletó listrado tipo casaca, ele parecia um político eleitoreiro adentrando o local de campanha.

— Excelência — começou ele —, o estado da Califórnia irá mostrar que a ré, na noite de 17 de abril de 2001, causou intencionalmente a morte de Monica Vincent. A srta. Anna Vincenzi — ele se virou para erguer o dedo, acusatório, para Anna — não era apenas irmã da vítima, mas sua assistente de confiança. E, na noite em questão, a ré se dirigiu até a casa da vítima, também seu local de trabalho, com uma missão em mente: assassinato. — Ele fez uma pausa para agregar efeito dramático, os dedos esticados sob o queixo.

— Talvez nós nunca cheguemos a saber os motivos da srta. Vincenzi — continuou ele. — Teria ela inveja da fama e da fortuna da irmã mais velha ou foi simplesmente cobiça? Em qualquer um dos casos, pretendemos mostrar que, em algum momento, entre as onze horas e a meia-noite, em sequência ao que parece ter sido uma luta, ela empurrou a vítima na piscina. Isso não foi apenas uma brincadeira de mau gosto que deu errado, Excelência. Monica vivia numa cadeira de rodas, paralisada da cintura para baixo e incapaz de se defender. Embora, aparentemente, tenha enfrentado uma briga, conforme evidenciado pelos hematomas que apresentou, assim como pelos arranhões no braço da ré no dia de sua prisão, ela foi incapaz de nadar para um lugar seguro. Tampouco havia alguém ali para ouvir seus gritos... a não ser a ré, que permaneceu fria, observando-a afundar. — Mais uma pausa significativa. — Excelência, se algum dia houve um caso de assassinato em primeiro grau, é este o caso.

Anna sentiu o sangue sumir de seu rosto. Quem era esta mulher que ele estava descrevendo, esta assassina a sangue-frio? Como era possível que alguém achasse isso *dela*?

Quando foi a vez de Rhonda, ela se pôs de pé.

— Excelência, não há nada que sugira que a srta. Vincenzi esteve em algum lugar perto da casa da irmã naquela noite; não há testemunhas oculares, apenas a mais irrisória evidência circunstancial. É fácil apontar o dedo para uma mulher cujo único crime era o de ter livre acesso à casa da irmã. Vamos encarar de frente: ela é um alvo fácil... ou seria melhor dizer um pássaro na mão? — Ela lançou um olhar afiado para Showalter. — Monica Vincent está morta, sim. Mas minha cliente não a matou. Não faça dela mais uma vítima desta tragédia terrível.

O rosto do juiz Cartwright nada registrou além de um desgosto geral pelos procedimentos. Mas, por mais que ele tenha desejado que aquilo se tornasse a úlcera de outra pessoa, as circunstâncias apontavam o contrário.

— Sra. Talltree, sr. Showalter, deixe-me lembrá-los de que isso aqui é uma audiência preliminar, e não um julgamento, portanto, por favor, poupem-me dos efeitos dramáticos — alertou ele, antes de instruí-los sobre quais provas e testemunhas iria permitir.

Haveria um julgamento, Anna tinha quase certeza agora. E depois? Sua mente divagou com visões de confinamento, presas tatuadas, muros altos com cercas elétricas. Em pânico, ela olhou por cima do ombro e viu Marc sentado na primeira fileira ao lado de Laura. Ele não sorriu ou soprou palavras de encorajamento; apenas sustentou o olhar, os olhos azuis focados nos dela com a constância da luz de um farol. *Estou aqui*, seus olhos pareciam dizer. *E estarei aqui amanhã, depois de amanhã e depois de depois de amanhã.*

Ela sentiu um pouco da tensão ceder. Independentemente do que acontecesse, já havia sido abençoada. Em vez de uma vida vivida pela metade, soubera o que era adormecer nos braços de um homem que a adorava, que a protegia de uma forma que um quebra-vento protege o solo, evitando que a terra se espalhe por todos os lados.

Detetive Burch, parecendo um touro com os olhos injetados, foi a primeira testemunha da promotoria. Ele mostrou fotos *post-mortem*, uma sequência de impressões digitais latentes e outras marcas encontradas pela casa e adjacências, assim como e-mails recuperados tanto dos computadores de Monica quanto do de Anna. Mas o pior de tudo foram os resultados dos testes de DNA.

O perito do estado, homem alto e pálido, de cabelos brancos, cavanhaque e numa dieta de fome, Colonel Sanders, foi chamado em seguida para interpretar os resultados. A julgar pela vivacidade com que se encaminhou à tribuna e à reverência colegial com que cumprimentou Showalter e seus assessores, ele estava claramente familiarizado com o tribunal.

— Doutor, o senhor poderia nos dizer o seu nome completo? — pediu Showalter depois que o outro prestara juramento.

O homem se inclinou para o microfone e, com uma voz grave que em nada combinava com sua aparência, disse em alto e bom som:

— Orin Webb.

— Qual é a sua profissão?

— Sou cientista forense.

— Há quanto tempo o senhor atua neste ramo?

— Há pouco mais de trinta anos.

Sonho de uma Vida

Showalter virou-se para se dirigir à banca.

— Excelência, eu gostaria de indicar o dr. Webb como testemunha especializada no campo de análise de DNA.

O juiz se apoiou nos cotovelos.

— Alguma objeção, sra. Talltree?

— Nenhuma... ele parece bem qualificado. — Ela beirava a satisfação. Anna poderia ter estranhado se Rhonda não tivesse lhe explicado que a vantagem desta audiência era a oportunidade de conhecer a estratégia da promotoria.

Cartwright assentiu.

— Pode prosseguir.

O dr. Webb discorreu sobre uma série de termos científicos sobre padrões de busca, codificação genética e padrões de ácidos nucleicos, antes de produzir um gráfico detalhado que ele chamou de repetições.

— O senhor poderia explicar o que isso quer dizer numa linguagem leiga? — Showalter apontou para o gráfico apoiado sobre um cavalete, suas fileiras de linhas amontoadas tão ilegíveis quanto códigos de barra.

— Bem, isso é como um diagrama do código genético. Nós tentamos emparelhar sequências de um modelo de tamanho específico; neste caso, de um a três nucleotídeos... — Ele se deteve, pigarreou e deu um sorriso tímido. — Basicamente, o que isso quer dizer é que há noventa e oito vírgula nove por cento de probabilidade de que o DNA retirado debaixo da unha da vítima corresponda ao da ré.

Um leve murmúrio se espalhou pela galeria lotada como um pico repentino de corrente elétrica junto com o roçar furioso de lápis contra folhas de papel, conforme os artistas do tribunal se apressavam para captar a cena.

Anna mordeu a bochecha para não gritar.

Seguiram-se mais discussões sobre técnicas e probabilidades antes de Showalter sair-se com seu grande trunfo: a ampliação de uma foto tirada pela polícia no dia da prisão de Anna.

— Doutor — perguntou ele —, na sua opinião, o DNA ao qual o senhor se referiu poderia ter vindo *disso*? — Ele bateu com o dedo nos arranhões mal cicatrizados que cobriam o braço de Anna, aumentado na foto.

Rhonda pôs-se rapidamente de pé.

— Protesto, Meritíssimo. Especulação pura.

— Recurso mantido. — Cartwright lançou um olhar sério para Showalter, que apenas sorriu satisfeito. Seu objetivo fora atingido.

Quando foi a vez de Rhonda interrogar o dr. Webb, ela foi confiante até a tribuna, os saltos dos sapatos batendo no chão gasto de carvalho.

— Doutor, há alguma forma de determinar se o DNA ao qual o senhor se refere é o da hora da morte ou, digamos, de várias horas antes?

Ele hesitou, seu olhar se desviando para Showalter.

— Não, com um bom nível de exatidão, não.

— Então isso poderia ser o resultado de outro incidente ocorrido no mesmo dia?

Ele franziu o cenho, acariciando o cavanhaque.

— Bem, dadas as circunstâncias, parece razoável supor...

Ela não o deixou terminar.

— Doutor, isso aqui não é um jogo de suposições — disse ela, com um sorriso que continha todo o calor de um ar-condicionado ligado na temperatura máxima. — Tudo o que estou querendo saber é se o senhor pode ou não afirmar, sem sombra de dúvidas, que este DNA corresponde à hora da morte.

— Bem... não — admitiu ele, a contragosto.

— Obrigada, doutor, isso é tudo.

Anna mal percebeu quando o doutor desceu da tribuna. O mundo parecia estar se desfazendo numa onda cinzenta e granulada à medida que era dominada por lembranças.

— Vou dar uma festinha nesta sexta-feira — Monica anunciara de repente, um dia. — É para o Rhys, para comemorar a indicação dele.

Surpresa, Anna ergueu os olhos da correspondência que estava separando. Rhys Folkes, que havia dirigido várias sessões de fotos de Monica, estava concorrendo a um Oscar aquele ano, mas, se a festa seria naquele final de semana, por que só agora ela estava ouvindo falar no

Sonho de uma Vida

343

assunto? Ela analisou atentamente a irmã, mas nada viu que levantasse suspeita. Duas semanas haviam se passado desde o incidente com Glenn, o qual nenhum deles comentara e o qual Anna praticamente, mas não completamente, conseguira deixar para trás. Na verdade, para sua surpresa, Monica estava no melhor dos humores. Talvez tivesse mudado de opinião, ou talvez fosse porque ela não estivesse mais compactuando com seu comportamento.

— Vou chamar o Dean — disse ela, achando que, só por milagre, conseguiria contratar o serviço de bufê com tão pouco tempo de antecedência.

— Já está tudo acertado. — Monica gesticulou, despreocupada. Refestelada, de camisola no sofá, ela poderia ter se passado por Cleópatra em seu catre. — Será um coquetel e um jantarzinho leve; informal, mas elegante.

Isso era ainda mais incomum. Monica tomando as próprias providências...

— Há alguma lista dos convidados para quem você gostaria que eu telefonasse? — Era tarde demais para convites impressos.

— Já providenciei isso também. — Monica começou a folhear a revista que havia pegado da pilha em cima da mesinha de centro. — Eu gostaria que você viesse... como convidada, é claro. — Ela lhe lançou seu sorriso mais indefeso. — Você estará livre nessa noite?

Antigamente, ela teria tido certeza de que sim. Estava prestes a aceitar — Monica estava se esforçando; será que não poderia ceder um pouquinho? —, mas alguma coisa a fez parar, o Charlie Brown que tivera a bola de futebol diversas vezes arrancada de baixo do braço.

— Tenho que dar uma olhada na minha agenda — disse ela.

Monica encolheu os ombros.

— Está bem. Pode me dar a resposta amanhã. — Anna se preparou para a piadinha sarcástica que sempre se seguia, algo do tipo "Se puder reservar uma noite na sua agenda *atribulada*...". Mas a piadinha não veio. Ela simplesmente levantou a cabeça e disse com tranquilidade: — Se não tiver o que usar, posso te emprestar uma roupa minha.

— Achei que você tinha dito que era informal.

— Bem, é... Eu quis dizer uma roupa que *caiba*. — Ela sorriu para que Anna entendesse que isso era um elogio. — Além do mais, é uma ocasião especial. Você conhece essa turma.

As suspeitas de Anna se intensificaram. Embora Monica, às vezes, fosse dada a rompantes de generosidade, era difícil imaginar que ela se arriscasse a ter a atração desviada de si, ainda mais depois do incidente com Glenn.

— É muita gentileza sua oferecer, mas não acho que...

Monica não a deixou terminar.

— Por que não damos uma olhada lá em cima?

— Agora? — Ela olhou para a correspondência que havia separado em duas pilhas: as cartas marcadas como pessoais, que ela deixaria para Monica, e as outras de fãs, algumas com algum item pessoal que o remetente queria que ela autografasse.

— Vamos lá, não seja tão estraga-prazeres. — Ela desprezou as cartas com um aceno. Claramente, estava se aquecendo para a expectativa de bancar a fada madrinha.

No andar de cima, no quarto da irmã, Anna sentiu uma pontada de apreensão ao ver os vestidos de noite, que Monica não usava havia anos, resplandecendo sob capas de plástico transparente — nenhum deles em tamanho superior a trinta e seis. Seria aquele mais um exercício de humilhação? Fazê-la experimentar vestidos que não lhe caberiam?

Ela prendeu a respiração... e encolheu a barriga... ao passar um dos vestidos menos prováveis pela cabeça. Como num passe de mágica, ele desceu em cascata por seus quadris, causando uma onda de prazer inebriante. O comprimento era abaixo dos joelhos, da cor do céu ao entardecer, com pedrinhas minúsculas que brilhavam e mudavam de tom conforme ela se virava em frente ao espelho de corpo inteiro. Agora, sabia como Cinderela devia ter se sentido.

— Serviu como uma luva. — Monica sorriu para ela sob a moldura da porta.

— Você não acha muito... demais? — Anna lembrava-se da última vez em que a irmã o usara: na festa após a entrega do Oscar oferecida

Sonho de uma Vida

por Swifty, no ano em que Monica fora indicada por *Miami, Oklahoma*. Seu último compromisso oficial antes do acidente.

— Parece que foi feito para você. Além do mais, não vou mesmo usá-lo dentro em breve — acrescentou Monica, num tom de voz que Anna, mentalmente, rotulara de "A Heroína Exemplar". Não que não recebesse dúzias de convites para eventos de gala, mas seria algum deles tão divertido quanto a festa de autopiedade que ela dava todas as noites em casa?

— Não sei não... — Ela franziu a testa, mordendo o lábio. — Tenho medo de respingar alguma coisa.

— Não se preocupe. Ele é seu.

— Você quer dizer...

— Não fique tão surpresa. Eu teria te dado antes se... — *Você fosse magra*, Anna quase podia ouvi-la dizer. — Bem, ele serviu perfeitamente em você, é isso o que importa.

Anna estava surpresa e satisfeita demais para protestar.

— Eu... eu não sei o que dizer. É lindo.

— Você merece. Olhe só para você... é uma sombra do seu eu anterior.

— Eu não iria tão longe — disse Anna, com uma risada. Ela precisaria de uma calçadeira para entrar na maioria daqueles vestidos. — Eu só gostaria que... — Sua boca se fechou. Estava para dizer que gostaria que Marc pudesse vê-la daquele jeito, mas não havia sentido em dar a Monica munição que ela poderia usar mais tarde em um momento de menos generosidade.

Tinha dificuldades em mantê-lo longe de seus pensamentos. Imaginava Marc da forma como o tinha visto da última vez naquela manhã no lago, o vento alisando seus cabelos, seus olhos, do mesmo azul profundo do céu acima deles, e sentiu um desejo quase visceral. Até então resistira ao desejo intenso de telefonar e, na maioria das vezes, se abstivera de nutrir sentimentos de autopiedade. Tudo o que bastava para reforçar ainda mais sua decisão era ver como o amante de Liz a fazia sofrer.

Monica olhou curiosa para ela.

— Gostaria de quê?

— Nada.

Em outra época, ela teria tentado arrancar as palavras de Anna, mas agora tudo o que fez foi encolher os ombros e dizer:

— Que você tenha saúde para usá-lo.

Quando a sexta-feira chegou, Anna viu que estava mesmo bastante ansiosa pela festa. Tinha até pago uma fortuna por um par de sandálias prateadas de salto alto e marcado hora no cabeleireiro. Ao chegar a LoreiLinda naquela noite, sentiu-se como Cinderela descendo de sua carruagem.

Arcela, pegando os casacos à porta, recuou para admirá-la, exclamando baixinho:

— Srta. Anna, a senhorita parecer uma princesa! — Ao mesmo tempo, ela pareceu vagamente perturbada. Somente depois que Anna foi para o pátio, reluzindo sob as luzinhas que ela e Arcela haviam levado horas prendendo mais cedo naquele dia, foi que ela entendeu: os convidados, várias dúzias ao todo, estavam conversando em torno da piscina, copo na mão, nenhum deles usando algo mais formal do que a túnica de seda esvoaçante que Sallie Henshaw vestia.

Anna congelou, sentindo-se exposta de repente. Mas era tarde demais para voltar atrás. As pessoas estavam olhando para ela, algumas chegando mais para perto para vê-la melhor.

— Monica, sua moleca, você nos disse casual chique. Estou me sentindo precariamente vestida. — Rayne Billings, com uma miniblusa e calças capri, lançou um olhar irônico e frio para Anna.

E agora Sallie se aproximava, a bainha de sua túnica flutuando na altura dos tornozelos. Elas haviam se falado algumas vezes por telefone, mas nunca haviam se encontrado pessoalmente.

— Você deve ser a Anna. Sou Sallie. — Como se existisse alguém na América que não soubesse quem ela era; a carreira de Sallie como atriz podia estar decaindo, mas ela se mantinha ocupada nos últimos anos tentando vender de tudo, desde toalhas de papel até pasta de dentes. Ela esticou uma mão gorducha na qual reluziu um anel de esmeralda do tamanho da azeitona que estava em seu martíni. — Sou obrigada a dizer que você está deslumbrante neste vestido. Está fazendo todas nós passar

Sonho de uma Vida

vergonha. — Ela parecia sincera, mas tudo o que Anna conseguiu fazer foi murmurar alguma coisa ininteligível antes de fugir para o bar, o rosto em brasa.

O que fazia daquilo tão terrível era que ela havia sido feita de boba. E não caíra direitinho na armadilha? Ela, dentre todas as pessoas, deveria ter desconfiado. Por um breve momento, Anna se permitira acreditar que havia uma pessoa de verdade por baixo dos embustes da irmã, mas agora não tinha como fugir da verdade: Monica era apenas um monstro em pele humana.

De um jeito ou de outro, ela conseguiu ficar até o final da noite. Várias taças de champanhe tomadas em sequência ajudaram, assim como a atenção que ela recebeu dos homens, especialmente de Rick Rasche, o louro bonitão e musculoso da série de sucesso *Malibu*. Mas durante todo o tempo ela se sentiu como um peixe no aquário. Tudo o que queria era estar em casa, na cama, com Boots enroscado em seus pés. No dia seguinte, mataria Monica. Naquele exato momento, estava se sentindo péssima demais para isso.

Na manhã seguinte, além de magoada, Anna chegou ansiosa ao trabalho. Dessa vez não haveria discurso ensaiado, tampouco iria esperar até que tivesse outro emprego alinhavado. Pediria demissão, para sempre, e naquele momento.

Encontrou a irmã no solário, os pés sobre uma otomana, os cabelos flamejantes sob a luz do sol que entrava pelas portas envidraçadas com vista para o jardim de roseiras, lendo o jornal matutino e tomando um expresso. Com o quimono de seda combinando com as unhas escarlates, não era mais a fada madrinha, mais parecia Cruella DeVil.

— Você se divertiu ontem à noite? — Monica mal ergueu os olhos, o que apenas a enfureceu ainda mais. Como Anna não respondeu, Monica continuou, sem parecer se importar: — Acredito que sim... pois foi a bela do baile. Rick Rasche não conseguia tirar os olhos de você.

— Não é de admirar. Eu parecia um peixe num aquário. — A voz de Anna estava congelada.

— Engraçado, sempre achei que ele fosse gay. — Ela baixou o jornal, sorrindo inocentemente.

Anna a fuzilou com o olhar.

— Não adianta, Monica. Eu te conheço muito bem.

— Olha só quem levantou com o pé esquerdo hoje de manhã! — Monica repreendeu-a com uma risada vigorosa, pondo a xícara pequena em seu pires, com um tinido musical. — Só porque você exagerou na bebida ontem à noite, não venha descontando em cima de mim.

— Você sabe muito bem por que estou aborrecida.

— Sei? Bem, deixe-me adivinhar. Deve ser porque eu te dei um vestido de arrasar para usar na minha festa, na qual os homens, com quem a maioria das mulheres poderia apenas sonhar, ficaram todos em cima de você feito urubus na carniça. — De sua voz escorria um sarcasmo melífluo: — Sinto muito se te ofendi. Da próxima vez que eu tiver outro rompante de generosidade, farei doações ao Exército da Salvação.

— Pode parar com essa encenação; não está me convencendo. — Se a irmã achava que, desta vez, poderia intimidá-la ou persuadi-la a mudar de opinião, era porque tudo o que via eram as mudanças externas dela. — Você me fez fazer papel de boba de propósito. Queria que eu passasse por uma caipira idiota. Eu não teria me sentido tão ridícula se estivesse sem roupa.

— Não seja tão melodramática — Monica escarneceu. — Ninguém achou nada disso. Na verdade, se me lembro bem, várias pessoas te elogiaram.

— Isso é vingança, não é? Você não consegue suportar o fato de eu, finalmente, estar chamando um pouco de atenção, de você não ser mais o centro das atenções de todos os homens num raio de quilômetros. Ninguém olhava duas vezes para mim antes e assim estava ótimo para você. Se não por qualquer outro motivo, eu fazia você brilhar ainda mais. — Anna tremia por conta de vinte anos de raiva reprimida. — Bem, quer saber o que mais? Estou indo embora e, dessa vez, é para sempre. Arrume outra pessoa para espicaçar, embora eu ache que o tipo que você quer foi extinto com a servidão por contrato.

— Você está indo embora? Por causa de um mal-entendido idiota? — Monica riu, mas Anna percebeu um traço de medo em seus olhos. Havia ido longe demais dessa vez, ela sabia disso.

— O único mal-entendido — disse Anna, numa voz que mal podia controlar — foi eu ter achado que havia uma pessoa de verdade atrás de toda essa sua falsidade. — Ela se inclinou para mais perto e percebeu o cheiro que saía da boca da irmã. Havia bebido mais alguma coisa além do expresso.

— Você não pode ir embora. O que vou fazer? — Os olhos de Monica se encheram de lágrimas. Ela ficou parecendo pequena e perdida. Mas Anna já havia cruzado essa estrada antes; conhecia-a o suficiente para não se deixar levar.

— Tente as *Páginas Amarelas* — rebateu ela.

— Você está me dando dor de cabeça. — Monica levou a mão à testa num gesto tão teatral que Anna quase caiu na risada. Quando ela viu que seu gesto não surtira o efeito desejado, apertou os olhos.

— Você não vai a lugar nenhum. Você não ousaria.

— Ah, é? E como você planeja me impedir? — Se Monica ameaçasse interromper o pagamento do Lar Sunshine, ela a ameaçaria de ir à imprensa. Monica não ia querer ver espalhada por todo o reino a notícia de que sua mãe estava sendo posta no olho da rua por ela ser avarenta a ponto de não querer pagar uma clínica geriátrica.

Ela permaneceu impassível até mesmo quando Monica disse:

— Vou fazer da sua vida um inferno na Terra.

Agora foi que Anna *riu* de verdade.

— Você já faz isso.

Um rubor violento cobriu o rosto de Monica.

— Você acha que eu não sei qual é o lance? — Ela se aproximou com esforço de Anna, agarrando-se nos braços da cadeira de rodas. — Agora que a mamãe está fora do seu caminho, você quer se livrar de mim também. Bem, não é assim que funciona. Você precisa de mim tanto quanto eu de você.

— Talvez eu tenha precisado um dia, mas não preciso mais. — A raiva havia abandonado Anna e agora ela olhava para a irmã com um sentimento próximo à pena. Em alguns aspectos, ela a conhecia melhor do que a própria Monica: como era confortável bancar a vítima, o que queria dizer que você nunca tinha culpa de nada, e como a autopiedade aquecia como um cobertor numa noite fria.

— Não espere que eu continue pagando as despesas da mamãe.

Anna encolheu os ombros.

— Faça o que bem entender.

Sua indiferença apenas enfureceu Monica ainda mais.

— Não devo nem um centavo a ela! O que ela algum dia fez por mim? Me diga pelo menos uma única coisa!

Anna surpreendeu-se com a profundidade do ódio de Monica. Sempre achara que o desprezo dela tinha mais a ver com querer manter distância de suas raízes humildes. Com brandura, disse ainda:

— Ela venera o chão por onde você passa, você sabe disso. — Embora fosse provável que Betty sequer a reconhecesse no estágio em que estava.

— Ah, com certeza, *agora* ela faz isso. Mas onde ela estava quando eu era criança? Ela tinha tanta culpa quanto ele! Você não sabe. Você não sabe o que eu... — Ela perdeu a voz, sentindo um nó na garganta, a boca se torcendo numa careta quando levantou a xícara e a atirou com força contra a parede onde se despedaçou em caquinhos minúsculos como cascas de ovos. — Meu Deus, vocês eram cegas demais. Você e a Liz, duas moloides com a cabeça enterrada na areia!

Anna ficou olhando para ela, sabendo que deveria sentir alguma coisa, mas cansada demais para sentir mais do que um leve desgosto. Sua irmã estava certa com relação a uma coisa. Ela *ficara* mesmo com a cabeça enterrada na areia. Durante todo aquele tempo, achara que Monica estava usando a mãe para *manipulá-la*, mas era óbvio que havia mais do que isso. A verdade era que ela não se importava mais. Quaisquer que fossem os demônios da irmã, ela que lutasse sozinha contra eles.

Mas o acesso de Monica havia passado. Agora ela estava lá, o olhar parado à frente, a ira de pouco antes desaparecida como a espuma bege que era absorvida pelo tapete. Quando finalmente ergueu o olhar, pareceu surpresa de ver que Anna ainda estava ali.

— Você me ajudaria a ir para a minha cadeira? — pediu ela, numa voz arrastada, apontando com a mão flácida na direção da cadeira de rodas.

Sonho de uma Vida

Um restinho de compaixão deve ter sobrado em Anna, apesar de tudo, pois ela se pegou caminhando para a irmã. Não que sua determinação estivesse abalada, mas havia uma coisa que Monica não fora capaz de tirar dela: a solidariedade humana.

Ela a estava levantando até a cadeira de rodas quando Monica moveu o corpo de repente, seu peso fazendo-a perder o equilíbrio. Monica gritou, agarrando-se a ela. Anna tentou se equilibrar, mas as duas caíram no tapete. Momentos depois, ela conseguiu sair de baixo da irmã e sentar-se ereta. Sentindo uma ardência no braço, baixou o olhar e viu arranhões ensanguentados que iam do cotovelo ao pulso. Monica estava esparramada ao seu lado, chorando.

— Você está bem? — perguntou Anna, ofegante.

Monica não parecia machucada. Mas, claramente, estava mais do que ligeiramente embriagada... às nove e meia da manhã, não mais do que isso.

— Sinto muito. Por favor, não me odeie. — Tinha as faces molhadas e, desta vez, não eram lágrimas de crocodilo. — Eu não quis dizer nada do que disse.

Anna pôs-se de pé com esforço, tomando cuidado para desviar dos cacos de vidro que haviam caído por perto. Ela ficou lá, olhando para a irmã.

— Eu não te odeio — disse ela. Odiara uma vez, mas agora tudo o que sentia era...

O que *sentia*? Nada.

— Sei que tenho sido terrível para você. Eu sei. — Monica sentou-se, a boca com um sorriso retorcido difícil de encarar. Com os cabelos embaraçados na altura dos ombros e a maquiagem escorrendo pelas faces, dando-lhe um aspecto fantasmagórico, ela era uma paródia da mulher adorada por milhões de fãs... estava mais para o *Retrato de Dorian Grey* do que para um retrato da perfeição. — Mas por favor... não me deixe. Estou implorando. Vou fazer alguma coisa para te recompensar. Juro.

Anna sentiu os braços arrepiados. Monica falava exatamente como o pai depois de seus ataques de bebedeira, quando implorava pelo perdão de Betty.

— Tarde demais — respondeu ela, balançando a cabeça.

— Só até eu encontrar outra pessoa? — Monica lhe lançou um olhar suplicante.

Todos os seus instintos lhe diziam para ir embora correndo, mas ela se pegou falando:

— Vou te dar somente até o final do dia. — O que seriam mais algumas horas depois de tudo o que havia enfrentado?

Com a ajuda de Arcela, ela conseguiu levantar a irmã do chão e colocá-la na cadeira de rodas, o que foi como erguer um saco de grãos. Pouco importava. Se Monica havia enfiado o pé na jaca, isso não era mais problema seu. Tinha preocupações mais sérias, do tipo como iria se sustentar até encontrar outro emprego.

Ela passou o resto do dia arrumando sua mesa de trabalho e embalando alguns poucos pertences. Não havia muito o que levar daqueles quatro anos que trabalhara ali: algumas poucas fotos de família, uma caneca de lembrança da última viagem de Monica a Cannes, um ursinho de pelúcia que ela não tivera coragem de pôr dentro da caixa que todos os anos doava para uma instituição de caridade: presentes afetuosos de fãs. No dia seguinte, enfrentaria a realidade de estar desempregada. Por enquanto, bastava estar, finalmente, felizmente, livre.

Então chegou a hora de partir. Ela desceu as escadas e encontrou Arcela na cozinha, abotoando o casaco; era sua noite de folga. Anna despediu-se dela com um abraço. *Pobre Arcela. Ela vai aguentar o pior a partir de agora.* Mas Arcela apenas sussurrou:

— Eu feliz pela senhorita. — Anna recuou para ver seus olhos escuros com o brilho das lágrimas, olhos de um animalzinho pardo, sem velocidade suficiente nas patas para fugir.

Sentiu uma pontada de culpa, ainda assim, nada poderia privá-la da alegria que sentia ao se ver livre. Sentiu vontade de dividir a boa notícia com Marc; ele também ficaria feliz por ela. Mas isso apenas abriria uma porta que ficava melhor fechada.

— Ainda vamos nos ver — disse ela a Arcela, que recendia ligeiramente a canela e desinfetante de limão. — E você sabe que pode me telefonar sempre que precisar de mim.

Sonho de uma Vida

Agora, tudo o que tinha a fazer era se despedir de Monica. Ela respirou fundo antes de seguir pelo corredor. Bateu na porta do escritório da irmã e, numa voz surpreendentemente feliz, Monica respondeu:

— Pode entrar.

Achando que a encontraria arrasada, não estava preparada para vê-la digitando em seu computador. Ela correu os olhos pelo quarto todo decorado no estilo provençal francês, com pinho enodoado, mas nada estava fora do lugar; tudo o que sentiu foi o perfume do pot-pourri num potinho raso sobre um suporte na parede. Tampouco havia qualquer coisa no comportamento de Monica que sugerisse o espetáculo de horror daquela manhã.

Ela limpou a garganta ao dizer:

— Estou de saída. Só queria dizer adeus.

Monica olhou para ela com um sorriso beirando a ironia.

— Não seja tão dramática. Você está agindo como se nós nunca mais fôssemos nos ver de novo. — Quando Monica saiu de trás da escrivaninha, Anna pôde ver um brilho gelado e implacável em seus olhos. — Ainda somos da mesma família, não somos? — Ela falou com brandura, mas Anna teve um pressentimento estranho que enviou um frio à espinha.

Ela encolheu os ombros. Por mais que Monica tentasse seduzi-la, ela não morderia a isca.

— Isso é para você. — Anna lhe entregou uma pasta com tudo o que seria necessário para encontrar uma substituta. — Incluí uma lista de agências de emprego. Tenho certeza de que você não vai ter dificuldades em encontrar alguém.

Monica jogou a pasta em cima da mesa sem sequer olhar.

— Você não está me dando muitas opções, não é?

Anna deu um sorriso tímido.

— Quem é que está sendo dramática agora? — Ela podia sentir isso como o indício de baixas pressões atmosféricas: a qualquer minuto irromperia a tempestade. — Vamos lá, Monica, nós duas sabemos que é para o melhor.

— Para *você*, talvez.

— Olha, eu gostaria que nós pudéssemos nos separar sem brigas. Portanto, é melhor eu ir embora antes das coisas piorarem.

Ela estava a meio caminho da porta quando Monica virou-se bruscamente, impedindo sua passagem.

— Você se acha melhor do que eu, não é? — perguntou ela, enraivecida. — A boazinha que faz cocô cheiroso. Não é de admirar que você e a Liz tenham sido as preferidas da mamãe... vocês são duas pamonhas. Pelo menos, *eu* tive coragem de dar o fora. — Ela fuzilou Anna com o olhar. — Quer saber? Estou *feliz* por você estar indo embora.

— Pois somos duas. — Anna passou por ela como se ela não fosse nada além de um quebra-molas na estrada para a liberdade. O alívio que sentiu foi tão intenso que pareceu flutuar pela porta e pelo corredor.

Mas sua liberdade durou pouco.

Ela foi acordada cedo, na manhã seguinte, pelo toque do telefone. Tonta, o primeiro pensamento que lhe veio à cabeça foi a mãe, mas quando pegou o telefone era a voz de Arcela do outro lado da linha. Alguma coisa com relação a um acidente foi tudo o que ela conseguiu depreender da fala ininteligível e histérica da empregada. A polícia estava a caminho...

Agora, semanas depois, sentada no tribunal onde era encenado um novo drama, ela quase gargalhou diante de sua ingenuidade. Como podia ter acreditado que estava livre? Mesmo com a irmã morta, Anna estava mais presa em sua teia do que jamais estivera quando ela era viva.

Quando foi a vez de Rhonda, ela mandou chamar seu próprio perito forense, um homem que tinha de robusto o que seu antecessor tinha de magro, com óculos feitos de chifre e um paletó de tweed com reforço nos cotovelos: o exemplo perfeito de um professor.

— Dr. Dennison — perguntou ela —, seria correto afirmar que as células cutâneas contêm pouco ou nenhum DNA?

Apesar de transpirando em seu paletó grosso, ele pareceu tranquilo ao se inclinar sobre o microfone.

Sonho de uma Vida

— Tecnicamente falando, é verdade — disse ele. — As células nucleadas são normalmente transferidas para a superfície da pele pelo suor.

— Seria correto afirmar que, sob certas condições... digamos, se o corpo passou algum tempo dentro da água, essas secreções poderiam ter se dissipado?

— Até certo ponto, sim.

— Portanto, é inteiramente possível que o DNA sob as unhas da vítima possa ter vindo de outra pessoa *além* da srta. Vincenzi?

— Tecnicamente, sim.

— Obrigada, doutor. O senhor pode se sentar.

Anna entendeu aonde Rhonda iria chegar com aquilo: ela estava acabando com a estratégia da promotoria ao sugerir que os resultados dos testes que ligavam Anna ao crime poderiam ser falsos; que o DNA encontrado poderia muito bem ser de outra pessoa, do *verdadeiro* assassino. Mas será que o juiz concordaria? Pela sua expressão impassível, era impossível dizer. E, dado o propósito desta audiência, isso teria importância? Tudo o que a promotoria precisava mostrar era que havia um forte indício de assassinato para que se solicitasse um julgamento, o que já seria uma sentença por si só, envolvendo meses de preparação, enquanto ela teria que lutar para pagar as contas.

Dedos cruéis se fecharam sobre seu coração. Ela fez o que pôde para não deixar transparecer o pânico.

Quando o tribunal entrou em recesso para o almoço, Anna e os que a apoiavam se encontraram no Casa da Árvore, onde David Ryback mantinha os repórteres a distância, alegando que todas as mesas estavam reservadas.

— Onde está Finch? — Anna olhou ao redor, imaginando se ela optara em não matar o dia de aula.

Laura relanceou para Hector e depois para Maude.

— Ela, eh... tinha uma coisa para fazer.

Anna sentiu alguma coisa no ar.

— Tem alguma coisa que vocês estão escondendo de mim?

— Você pode contar para ela — Sam disse a Laura. — Ela vai saber mais cedo ou mais tarde.

— Ela queria que fosse surpresa. — Laura baixou a voz para que Althea Wormley, sentada à mesa ao lado com vários membros do grupo de acólitos, não ouvisse. — Ela organizou um protesto. Ela não te contou porque ficou com medo de que você tentasse fazê-la desistir.

— Ah, meu Deus. — Anna ficou chocada. Já não havia gerado publicidade suficiente do jeito que estava? Apenas a CTN fora comedida em sua cobertura, e isso graças a Wes.

— Bem, acho que é uma bela demonstração de apoio — declarou Maude, num tom de voz animado.

— Fico agradecida por *todo* o apoio de vocês, mas... — Anna olhou nervosa para Rhonda, que calmamente passava manteiga numa fatia de pão.

Mas Rhonda a surpreendeu ao dizer:

— Na verdade, isso pode agir em seu benefício. Pelo menos, teremos um pouco de propaganda positiva, para variar um pouco.

— Veja só o caso de O.J. Simpson — observou Liz, ruborizando em seguida. — Desculpe, péssimo exemplo.

— Você tem que admitir o mérito dela. A garota é uma tremenda empreendedora — disse Marc, com uma risada.

Laura lançou um olhar ansioso para Hector.

— Só espero que isso não lhe suba à cabeça. — Certamente ela estava se lembrando da vez em que Finch fez parte do protesto que visava salvar o carvalho na Los Reyes Plaza, prestes a ser derrubado. Mais de uma centena de simpatizantes estiveram presentes, mas apenas Finch e mais uns poucos foram presos por perturbar a paz, isso sem falar na foto na primeira página na edição da manhã seguinte do *Clarion*.

Melodie Wycoff anotou os pedidos. Normalmente falante, andava muito discreta nas últimas semanas, por seu marido ser policial. Já bastavam os boatos sobre sua vida — diziam que ela tinha um caso com um dos amigos de seu marido — , sem ela ainda ter que piorar as coisas. Mas ela se inclinou e sussurrou bem baixinho:

Sonho de uma Vida 357

— Estamos todos torcendo por você, minha querida. Aguente firme. — Emocionada com seu apoio, Anna assentiu em resposta, engasgada demais para falar.

— Parece que você ganhou alguns pontos com o juiz — Marc disse a Rhonda depois que Melodie saiu, atarefada.

— Pode ser — concordou ela, franzindo o cenho. — Mas, se o caso for a julgamento, teremos que rebolar para o júri acreditar que foi outra pessoa e não Anna.

— Minha aposta vai para Krystal — sugeriu Liz, com raiva. Se possível fosse, estava ainda mais estupefata do que Anna pelo fato de a polícia não estar procurando por ela.

— Não se esqueça de Hairy Cary — lembrou-lhe Marc.

— Hairy Cary? — Maude parecia confusa.

— Um dos correspondentes virtuais de Monica — explicou ele. — Achamos que ele pode ter algo a ver com isso, mesmo que não se encaixe exatamente no perfil.

— Ele é pastor — intrometeu-se Anna.

— Jim Bakker também — observou Sam, com ironia.

— Eu finalmente o encontrei — continuou Marc. — Ele disse que estava fora da cidade, numa conferência da Igreja Batista, mas pareceu muito nervoso. Não sei dizer se foi porque não queria que a esposa descobrisse que ele mandava mensagens esquisitas ou se tinha algo a mais.

— Esquisitas como? — perguntou Hector.

— Ele queria saber de coisas, como quanto ela calçava, que perfume usava — disse-lhe Anna. — Uma vez ele lhe mandou um presente... uma camisola.

— Ela a guardou? — quis saber Liz. Anna lhe lançou um olhar censurador, sem se dar ao trabalho de responder.

— Fiz umas checagens para ver se ele tinha antecedentes criminais — disse Rhonda. — *Tinha* alguma coisa, mas já faz muito tempo... um incidente envolvendo comportamento sexual ilícito. Não consegui detalhes. Ele foi condenado à pena com suspensão condicional e, possivelmente, encontrou Deus. O cara anda limpo desde então.

— Então é assim? Fica por isso mesmo? — perguntou Laura.

— Nem por um decreto! — Rhonda tinha o olhar afiado. — Mandei o Barney pegar um voo para lá na semana que vem.

— Toda vez que se pega o jornal, tem uma história sobre algum maníaco por celebridades — lembrou Liz. — Vejam o que aconteceu com John Lennon. E lembram daquele cara contra quem a Monica conseguiu uma ordem de restrição, um tempo atrás?

— Acho que foi um de seus ex-maridos — disse Anna.

— Que seja. — Liz estava claramente se interessando pelo assunto. Anna lembrou-se de que não fora a única que havia devorado livros de histórias de detetives quando era criança. — E mais outra coisa: alguém já pensou na possibilidade de ter sido um dos empregados? O jardineiro ou até mesmo Arcela.

— Arcela? Você não está falando sério. — Anna fez o possível para não revirar os olhos. Sabia que a irmã tinha boas intenções; tinha até pedido dinheiro a um dos clientes mais ricos do spa, a título de doação. Mas estava sozinha naquela forma de pensar... seu amante deveria ter afrouxado um de seus parafusos. Metade do tempo ela nem parecia estar ouvindo. Anna observou a irmã seguir David com os olhos enquanto ele acompanhava um grupo de quatro pessoas à sua mesa. Ela parecia nervosa.

Liz voltou o olhar para Anna.

— Sei que ela não faz o tipo, mas talvez tenha se fartado e simplesmente partido para cima dela.

— Você está falando de uma mulher que sobreviveu ao regime de Marcos — lembrou-lhe Anna.

— Por falar nisso, você viu todos aqueles sapatos no armário da Monica? Deve ter mais de uns cem pares. — A tentativa não muito feliz de Liz de apelar ao bom humor incitou apenas alguns sorrisos de desgosto.

Anna negou com a cabeça.

— Eu arriscaria a minha vida por Arcela.

— Talvez seja exatamente isso que você esteja fazendo — disse Rhonda.

Anna olhou para ela.

— O que você está querendo dizer?

— Ela é a única pessoa além de você que viu o que aconteceu naquela casa.

Rhonda iria chamar a empregada ao banco das testemunhas quando eles retornassem, mas Anna não conseguia pensar em nenhuma razão pela qual devesse se preocupar.

— Ela não falaria nada para me prejudicar.

Rhonda olhou para ela do outro lado da mesa, uma mulher robusta que não se incomodava nem um pouco com seu tamanho e que, na verdade, parecia fortalecida por ele.

— Ela talvez não tenha intenção. — Não precisava explicar; Anna sabia muito bem como o promotor de justiça distorceria as palavras dela.

Ela fez o que pôde para engolir a comida quando esta chegou. Quando estavam se levantando para ir embora, ela avistou um velho comendo sozinho numa das mesas. Bem, não exatamente sozinho, pois havia um prato ao lado do dele com um sanduíche intocado. Recordando-se da generosidade do velho Clem em lhe doar seu prêmio de loteria, ela fez sinal para Melodie.

— Você mandaria para ele dois pedaços de torta de framboesa em meu nome? — Ela pôs uma nota de dez dólares na mão de Melodie e apontou para Clem, tranquilamente alheio a tudo, exceto ao seu companheiro invisível, enquanto mastigava seu sanduíche.

De volta ao tribunal, Rhonda chamou sua próxima testemunha. Arcela se aproximou do banco das testemunhas com sua melhor roupa, segurando algo que Anna reconheceu como o seu terço. Os olhares delas se cruzaram e Arcela desviou os olhos. O coração de Anna começou a acelerar.

Arcela disse seu nome e profissão numa voz que mal foi ouvida apesar de amplificada pelo microfone.

— Sra. Aguinaldo — interpelou Rhonda, sorrindo para tranquilizá-la —, a senhora poderia dizer ao tribunal quanto tempo trabalhou para a srta. Vincent até o dia de sua morte?

— Catro ano — respondeu Arcela com a voz atemorizada, ainda sem dominar o idioma.

— A senhora morava lá?

Ela concordou, mexendo rapidamente a cabeça como um passarinho.

— Sim.

— Então a senhora teve a oportunidade de observar o que acontecia na casa?

Anna já havia percebido, em outras ocasiões, que o inglês de Arcela, razoável na melhor das hipóteses, piorava quando ela se via sob estresse. Ela olhava para Rhonda com olhos confusos e arregalados, até que a pergunta foi repetida antes de ela responder:

— Sim.

— Como a senhora descreveria o relacionamento entre a srta. Vincenzi e a srta. Vincent?

Os olhos de Arcela voltaram-se rapidamente para Anna, as mãos se entrelaçando nervosamente em seu colo.

— Srta. Anna, ela trabalha muito.

— Além disso, como era o relacionamento delas? — Rhonda persuadiu-a gentilmente a falar.

— Srta. Monica muitas vezes zangada.

— Por que ela era zangada?

Após um momento de hesitação, Arcela respondeu:

— Ela ter raiva porque não poder andar.

— Então não era por nada que a srta. Vincenzi fizesse ou falasse?

Arcela negou.

— Srta. Anna se esforçar muito. Mas srta. Monica... — Sua expressão se fechou. — Ela ser má pessoa.

— De que forma?

— Tempo todo ela brigar e berrar.

— Sra. Aguinaldo — Rhonda virou-se para olhar para a galeria —, a senhora já viu a srta. Vincent embriagada?

Showalter pôs-se bruscamente de pé.

— Protesto, Excelência. Pergunta irrelevante.

— Vou permiti-la. — Cartwright acenou com a mão.

Rhonda repetiu a pergunta e dessa vez Arcela não hesitou:

— Muitas vezes, sim.

— A senhora se lembra da vez em que ela estava tão embriagada que caiu da cadeira de rodas e ficou inconsciente?

Arcela concordou, segurando as contas do terço.

— Ela ir para hospital. Muito tempo sem voltar.

— A senhora sabia que a srta. Vincent estava numa clínica de reabilitação?

Arcela ficou confusa até Rhonda explicar o que significava clínica de reabilitação, e então respondeu:

— Srta. Anna dizer que ser bom; ela melhorar. — Ela sentou-se mais ereta, os lábios esticados de tão tensos. — Mas ela não melhorar. Mesma pessoa má.

Rhonda assentiu com a cabeça, parecendo não perceber o burburinho na galeria.

— Então ela continuou a beber depois que saiu da clínica de reabilitação?

Um pouco do medo deixou os olhos de Arcela.

— Ela dizer para eu não contar srta. Anna. Mas acho que srta. Anna saber. Acho que esse motivo dela ir embora.

— A senhora percebeu se ela estava embriagada no dia em que morreu?

— Sim. — Arcela relanceou novamente para Anna. Não fora necessário que as duas a levantassem do chão?

— Foi sua noite de folga. Correto?

— Sim.

— Então é possível que ela tenha *continuado* a beber depois que a senhora saiu naquela noite?

Showalter pôs-se de pé num pulo.

— Protesto, Excelência. Pura especulação.

O juiz baixou o olhar para Rhonda.

— Se há alguma razão para esta pergunta, sra. Talltree, eu gostaria que a senhora fosse direto ao ponto.

— Excelência, está bem claro que a srta. Vincent era uma pessoa suscetível a acidentes. — Rhonda falava com tranquilidade: — Tenho registros hospitalares desde anos atrás, o mais recente deles de abril

deste ano. Estou sugerindo que é perfeitamente possível que sua morte tenha sido resultado de um acidente. Como podemos saber se ela não *caiu* na piscina?

Uma agitação percorreu o tribunal. Anna sabia que isso era totalmente inesperado, mas torcia para que Rhonda tivesse êxito em plantar aquela semente de dúvida. Ela viu Rhonda virar-se para Arcela e dizer com um sorriso de satisfação:

— Obrigada, sra. Aguinaldo. É só isso.

Showalter aproximou-se da tribuna e o coração de Anna começou a disparar.

— Sra. Aguinaldo, como a senhora descreveria o trabalho que a ré fazia para a srta. Vincent? — Ele estava tomando cuidado para manter uma pequena distância, como se não quisesse dar a impressão de controlador.

— Ela fazer tudo.

Anna teve que sorrir. Isso estava o mais perto da verdade do que qualquer um poderia perceber.

— A senhorita Vincent recebia muitas cartas de fãs?

— Ah, sim. — Arcela se iluminou. — Todo mundo conhecer srta. Monica.

— E esses fãs... a srta. Vincent algumas vez respondeu para eles?

— Sim.

— Ela mesma?

Arcela franziu a testa, sem entender.

— A srta. Vincent recebia as cartas e ela mesma respondia... ou esse era um dos trabalhos da srta. Vincenzi? — Showalter parafraseou.

— Srta. Anna, ela escreve.

— Em seu próprio nome ou em nome da srta. Vincent?

Arcela parecia confusa. Ele tentou de novo.

— As pessoas que recebiam essas cartas sabiam que era a srta. Vincenzi quem as escrevia?

Após um instante, ela respondeu:

— Acho que... não.

Anna lhe ensinara os rudimentos de computação, de forma que ela pudesse enviar e-mails para a família em Manila. Ela ficara como uma criança com um brinquedo novo. Com frequência, Anna chegava para trabalhar e via Arcela sentada à sua escrivaninha. Ela devia ter visto algumas cartas.

Rhonda pôs-se de pé, sobressaltada.

— Protesto. Qualquer coisa que minha cliente tenha feito foi com o consentimento expresso de sua patroa.

— Protesto indeferido — disse Cartwright.

O promotor de justiça trocou de marcha com habilidade e perguntou:

— Sra. Aguinaldo, a senhora afirmou que a srta. Vincent e a srta. Vincenzi nem sempre se deram bem. A senhora consegue se lembrar de algum incidente específico?

Alguma coisa chamejou nos olhos de Arcela e ela se esqueceu momentaneamente de sua timidez.

— Ela dar à srta. Anna vestido para festa. Mas vestido errado. Srta. Anna ficar muito, muito zangada.

Showalter estava parecendo um tubarão farejando sangue.

— A senhora está se referindo à festa que aconteceu na noite de 16 de abril, um dia antes de a srta. Vincent ter sido assassinada?

— Sim.

Anna sentiu vontade de gritar para que ela parasse. Ela só estava piorando as coisas.

Mas Showalter estava só no aquecimento. Ele inclinou a cabeça, sorrindo.

— A senhora contou à polícia que as ouviu discutindo. É verdade?

— Sim — disse ela, dando um suspiro baixo de resignação, como se percebendo tarde demais que estava sendo levada na conversa.

— A senhora pode nos dizer o que elas disseram?

— Srta. Anna dizer que ir embora.

— Como a senhora descreveria a reação da srta. Vincent?

— Ela gritar. Dizer que srta. Anna sentir muito.

— Sentir muito em que sentido?

Arcela lançou um olhar preocupado para Anna.

— A mãe, ela doente. Srta. Monica dizer não pagar mais médico.

O coração de Anna ficou ainda mais pesado quando Showalter deu a volta para olhar para a bancada do juiz.

— Excelência, vale a pena lembrar que a sra. Vincenzi sofre de Alzheimer e encontra-se atualmente numa clínica geriátrica. — Ele tornou a se virar para Arcela. — Então, até onde a senhora sabe, se a srta. Vincent tivesse cumprido a ameaça, toda a responsabilidade de cuidar da mãe teria recaído sobre a acusada?

Arcela apertou as contas do terço.

— Eu... — Ela balançou a cabeça. Mas era tarde demais, o estrago já havia sido feito.

Showalter virou-se para encarar a galeria, entrelaçando as mãos às costas e balançando para a frente e para trás sobre os calcanhares. Todos os olhos estavam voltados para ele quando ele fechou o cerco.

— Sra. Aguinaldo, onde a senhora estava na noite de 17 de abril?

— Com minha amiga Rosa. Nós assistir filme. Jackie Chan. — Ela torceu o nariz, contrariada. — Rosa gostar Jackie Chan. — Seguiu-se uma onda de risinhos, até mesmo Showalter sorriu.

— Quando a senhora voltou?

— Eu ficar com Rosa, voltar de manhã cedo.

— Então a senhora não voltou à casa em nenhum momento naquela noite?

— Não.

— Em outras palavras, se a acusada tivesse voltado para a casa da irmã, digamos, para pegar alguma coisa que tenha esquecido, a senhora teria ficado sabendo?

Ela relanceou novamente para Anna.

— Eu... não.

Então foi a vez de Showalter fazer cara de satisfeito.

— Obrigado, sra. Aguinaldo. Isso é tudo.

* * *

Sonho de uma Vida

Rhonda apresentou relatórios policiais de anos atrás, mostrando meia dúzia de incidentes que envolviam invasão de propriedade, uma delas acabando em prisão. Ela defendia o ponto de vista de que, assim como não podia ser descartada a possibilidade de a morte de Monica ter sido um acidente, também era possível que tivesse sido o trabalho de algum fã perturbado da cabeça. Ao que Showalter respondeu friamente que não havia qualquer prova que fundamentasse tal teoria; nenhuma impressão digital, fios de cabelo, fibras, secreções corporais ou sinais de arrombamento. Qualquer que fosse a opinião do juiz, ele a estava guardando para si.

Estava um dia quente, mais quente ainda por conta de um ar-condicionado precário que pouco mais fazia do que ventilar o ar morno e, até o meio da tarde, a blusa de Anna já estava grudando como se fosse uma segunda pele. Mesmo assim, ela usou o lenço com parcimônia, quase clandestinamente, limitando-se a dar batidinhas ocasionais na testa. Não queria passar a impressão de estar nervosa.

Ela podia sentir os olhares para ela como facas nas costas. De vez em quando, arriscava uma olhada por cima do ombro. A multidão era quase toda composta por jornalistas, com os moradores da cidade divididos em dois grupos: aqueles que expressavam abertamente seu apoio e aqueles que, com a mesma clareza, expunham suas suspeitas.

Uma mulher ao fundo lhe chamou a atenção, uma loura desbotada com uma camiseta de brim sem mangas. Ela parecia olhar para Anna com uma intensidade fora do comum... mas, provavelmente, era só imaginação sua. Ultimamente, ela vinha lhe pregando peças. Outro dia, enquanto andava pela rua, Anna pegou o final de uma conversa que lhe pareceu algo como: "... acho que ela devia ser presa aqui." Mas acabou que se tratava de Miranda McBride instruindo um funcionário sobre o local em que ela queria prender uma placa.

Quando o juiz bateu o martelo, estipulando um recesso de dez minutos, foi como o estrondo de um trovão quebrando um demorado encanto. Os espectadores se levantaram em massa, tentando passar pelas portas duplas que ficavam nos fundos. Não fosse por Marc a conduzindo pela tempestade de flashes e refletores de TV, Anna poderia ter sido engolida por eles. Pelo canto dos olhos, ela viu quando Hector empurrou um jornalista que empunhava um microfone, enquanto Maude dava um chute na canela de um homem magro e de cabelos escuros que se metera em seu caminho.

— Por aqui... — Laura a segurou pelo cotovelo, conduzindo-a por entre a multidão que se acotovelava. À frente, ficava o toalete feminino. — Vá. Eu tomo conta da porta — murmurou ela, incitando Anna a entrar com um empurrãozinho de leve. A porta se fechou assim que Anna entrou no banheiro e ela se pegou olhando para uma fileira de cubículos felizmente vazios.

Ela entrou no mais próximo e trancou a porta. O falatório no corredor transformou-se em um burburinho abafado. Com dificuldade, ela ouviu Laura gritar:

— Não posso fazer nada. Vocês não vão poder entrar, entenderam? — Anna se sentou no vaso e suspirou. Não conseguia chorar, não conseguia nem rezar. De que adiantara ficar todas aquelas horas de joelhos? Se Deus estava olhando por ela, estava fazendo um péssimo trabalho.

O burburinho aumentou de volume de repente e ela ouviu a porta se fechar. Alguém havia passado por Laura. Anna ficou tensa assim que canelas musculosas, arrematadas por dois tênis surrados, pequenos o bastante para caber numa criança, apareceram por baixo da divisória de alumínio que separava seu cubículo do outro ao lado.

Uma voz feminina sussurrou:

— Anna?

Uma jornalista? Não seria de admirar se fosse mais um daqueles abutres. Mas até mesmo para eles isso seria muito vil.

— O que você quer? — sussurrou ela em resposta.

— Calma. Estou do seu lado.

E você quer que eu engula essa...

— Então por que não mostra o rosto?

— Isso não tem importância.

Os cabelinhos da nuca de Anna se arrepiaram.

— Quem *é* você?

— Uma amiga.

Sonho de uma Vida

— Prove.

— Escute. — A voz ficou mais urgente. — Eles entenderam tudo errado. — Anna se levantou o mais quieta que pôde. Tinha um pé em cima do vaso, preparando-se para subir e olhar por cima do cubículo, quando a mulher gritou alto:

— Não faça isso! Eu juro que saio correndo tão rápido que você não vai ver nem a minha sombra.

Anna sentou-se de novo.

— Está bem. Estou ouvindo.

Foi como num confessionário, apenas uma parede fininha entre ela e a salvação. Anna ficou olhando para um pedaço de papel higiênico grudado no azulejo sujo a seus pés, o coração acelerado. Seria possível que seu futuro dependesse de uma estranha sem rosto no cubículo de um banheiro? Ou seria apenas uma brincadeira de mau gosto?

— Eu estava lá. Vi o que aconteceu.

Um pensamento tomou conta de Anna como um choque elétrico.

— Krystal? É você?

Seguiu-se um silêncio prolongado e então ela respondeu, contrariada:

— Sim, sou eu. Mas estou aqui só para te passar uma informação. É o suficiente.

— A gente não pode conversar de frente uma para outra?

— É melhor ficarmos assim.

— Está bem. — Anna soltou o ar, trêmula.

— Olha, eu nem devia estar aqui. Posso me meter numa enrascada.

— Que tipo de enrascada? — Quanto mais tempo a fizesse falar, mais chances teria de convencê-la a ajudá-la com o que quer que soubesse.

Krystal suspirou.

— Você sabe como é. Cada vez que a gente aparece um pouquinho, vem alguém e puxa para baixo. Acho que é por isso que estou aqui. Você me fez sentir como se eu fosse alguém, como se eu tivesse uma chance. Quer dizer, eh, fiquei chateada assim que eu soube que não era a Monica que me dava aquele monte de conselhos. Mas, que droga, eu não teria conseguido meus filhos de volta não fosse por você. Se eu, pelo menos, tivesse me mandado antes. — Ela deu uma risada rouca, típica de fumante. — Mas, não, eu tinha que ficar e ferrar com tudo. Eu tinha que ver com meus próprios olhos se ela era mesmo de verdade. Tudo o que eu queria era dar uma espiadinha, juro. Não sou uma dessas porra-loucas que aparecem na TV.

— Por que você simplesmente não pediu para se encontrar comigo? Quer dizer, com ela?

Outra risada rouca.

— Teria sido fácil demais. Nós, viciados, fazemos tudo do jeito mais difícil. Agora, quem dera Deus eu tivesse ficado na minha. Assim eu não teria visto... — A voz dela falhou.

— O quê? — Anna achou que seu coração abriria um buraco no peito.

— Sua irmã não foi assassinada. — Anna estava imóvel. — Também não foi um acidente.

— Você está querendo dizer que...? — A cabeça de Anna começou a girar, incapaz de assimilar o que Krystal estava dizendo.

— Eu a vi do lado da piscina. Parecia que estava chorando. Também estava falando sozinha. — No banheiro deserto, a voz de Krystal ecoava como se dentro de uma caverna. — Depois disso, tudo o que eu ouvi foi um barulho de água e ela sumiu. Juro que eu não consegui me mexer. Foi que nem na Bíblia, fiquei como aquela mulher que vira uma estátua de sal.

— A esposa de Lot — disse Anna, abismada.

— Quando eu consegui chegar à piscina, era tarde demais. Ela... estava boiando com a cara para baixo. Então eu corri. Talvez eu pudesse ter salvado ela, mas não sei. Mas você está entendendo, não está? Por que eu não podia chamar a polícia? Eles iam botar a culpa em *mim*.

Anna estava chocada demais para falar. Se Krystal estava inventando essa história, ela era uma mentirosa danada de boa. Mas, se o que estava dizendo era verdade, que fora suicídio, Monica não teria deixado uma carta? E quanto a todas as provas apontando para *ela*? Seria apenas coincidência? Ou...

Ela aprontou para você uma última vez, uma voz fraca e fria soprou em meio à confusão de sua mente. *Ela queria passar a impressão de que você tinha feito isso... a revanche final.*

Sonho de uma Vida

Os rabiscos arranhados nas paredes bege do cubículo onde estava pareciam saltar para cima dela: MARCY CHUPA PAU, STELLA AMA RICO e em letras grossas e arqueadas que enviaram um arrepio à sua espinha: VOCÊ NÃO VAI CONSEGUIR LUTAR CONTRA O CARA. Ela levou a mão à boca para suprimir o grito que queria sair. O que fizera para merecer tanto ódio? A única explicação que fazia sentido era a que a mãe lhe havia fornecido: de uma forma estranha e pervertida, Monica havia amaldiçoado tanto a ela quanto Liz e, acima de tudo, a própria Betty, por causa de tudo o que sofrera nas mãos do pai. Um ressentimento antigo que atingira o ápice quando Anna se livrara da gordura e, dessa forma, mexera no *status quo*.

Um medo mais imediato tomou forma. Essa informação seria inútil, a não ser que Krystal concordasse em cooperar.

— Você precisa contar a verdade — implorou Anna. — Se você explicar...

— Você não entendeu! — Um soco na parede do cubículo chacoalhou o suporte de papel higiênico e fez Anna pular. — Eu posso perder os meus filhos, e desta vez para sempre.

— Minha advogada vai ajudar. Ela...

Krystal não a deixou terminar.

— Porra nenhuma. Conheço esse jogo e eu sempre acabo perdendo. Como eu disse, não devia ter vindo mesmo.

— Então por que veio?

— Não sei. Acho que sou uma tola. Viu só? Você estava enganada com relação a mim. Para algumas pessoas, as cartas já vêm erradas na vida, e eu sou uma delas. Enfim, se isso puder te ajudar, boa sorte. Espero que você consiga se safar. — Seguiu-se um movimento do outro lado e Anna ouviu o clique do trinco do cubículo. Se não agisse rápido, poderia ser tarde demais.

— Sei por que você veio — disse ela, apressada —, porque não conseguiria conviver consigo mesma se não me contasse. Porque eu não mereço ir para a cadeia por causa de algo que não fiz. Você sabe como é a prisão, Krystal. Vai ter coragem mesmo de fazer isso comigo, mesmo sabendo que eu sou inocente?

— Sinto muito. — Seguiu-se o rangido da porta se abrindo. — É verdade, sinto muito mesmo. — Krystal parecia à beira das lágrimas.

— *Espere...* — Anna pôs-se rapidamente de pé, atrapalhando-se com o trinco. Seus dedos suados escorregaram, seguraram o trinco e escorregaram de novo. Anna bateu nele com a base da mão. Em seguida, a porta se abriu e ela tropeçou para fora. — Krystal! — gritou ela, mas tudo o que viu foi seu reflexo pálido e sem maquiagem no espelho acima da pia, em frente à qual ela se encontrava. Ela percebeu um movimento rápido pelo canto dos olhos e virou-se a tempo de ver alguém sumir porta afora.

Anna saiu cambaleando pelo corredor, vendo uma loura magricela com uma saia excessivamente curta e uma blusa de brim abrindo caminho pela multidão. Assim que se pôs a persegui-la, Laura a acompanhou. Elas não haviam corrido mais do que alguns metros quando os jornalistas apareceram e as cercaram. Alguém enfiou um microfone no rosto de Anna e ela ficou momentaneamente cega pela artilharia de flashes. Uma voz feminina, aguda e modulada, sobressaiu-se em meio ao burburinho:

— Anna, você pode fazer algum comentário sobre a audiência até agora?

Anna a empurrou, gritando:

— Sai da frente!

Vozes ecoaram em seus ouvidos. Corpos a empurraram. Câmeras e microfones seguiram-na como mísseis com sensor de calor.

— Anna, você descartou a possibilidade de confissão em troca de uma redução de pena?

— Você acha que o caso vai a julgamento?

— Por aqui, Anna! Por aqui!

Por cima do mar de cabeças e minicâmeras que se agitavam, ela avistou Krystal abrindo caminho na direção da saída.

— Parem aquela mulher! — Anna gritou a plenos pulmões.

Ela saiu em perseguição, Laura em seu encalço. Elas haviam praticamente chegado à saída quando Hector e Marc se uniram a elas, parecendo nada mais nada menos do que dois atiradores do Meio-Oeste ao

Sonho de uma Vida

empurrarem jornalistas e operadores de câmera. Alguém gritou. Uma minicâmera caiu no chão, seguida por uma sequência de imprecações. Um homem moreno com fones de ouvido pulou na frente deles, mas Marc o empurrou como se ele fosse um inseto.

Então, como o Mar Vermelho se abrindo, um corredor estreito surgiu à frente e eles passaram correndo. Marc reteve os jornalistas enquanto Hector seguia a mulher, saindo pela porta na direção das escadas do lado de fora. Anna olhou desesperada ao redor, mas Krystal não estava em lugar algum onde pudesse ser vista. *Por favor, Senhor. Não a deixe escapar.*

Ela examinou a multidão que descia as escadas em grande número, rumo ao gramado à frente. Não eram jornalistas, ela pôde ver, mas reclamantes gritando e balançando cartazes. Ela avistou Finch, um megafone na mão, gritando:

— PESSOAS INOCENTES NÃO PODEM IR PARA A CADEIA! O QUANTO ANTES LIBERTAREM ANNA, MAIS RÁPIDO ENCONTRARÃO O VERDADEIRO ASSASSINO! — A polícia havia formado um cordão de isolamento frouxo, mas a multidão parecia pacífica em sua maioria. Ainda assim, Anna sentiu vontade de gritar. Como conseguiria encontrar Krystal no meio daquela multidão?

Então, Deus finalmente apiedou-se e Anna a avistou. Ela desceu correndo os degraus para arrancar o megafone de Finch, que foi tomada de surpresa.

— Parem aquela mulher! — gritou ela, apontando para Krystal, que corria na direção do estacionamento.

Sua voz amplificada teve o efeito de um tiro. Por um momento, todos ficaram petrificados, até mesmo Krystal. Então, mais uma vez, ela se pôs a correr, dessa vez com mais de uma dúzia de pessoas em seu encalço.

Foram necessárias inúmeras ligações telefônicas e folhetos, mas, com a ajuda dos amigos, Finch conseguiu reunir um número suficiente de pessoas para o protesto. Havia adolescentes da escola, Claire e Matt, alguns clientes habituais do Chá & Chamego, Gerry e Aubrey, Sam e Ian, paroquianos da Igreja de São Francisco Xavier e congregados da primeira igreja presbiteriana, junto com aqueles que, simplesmente, sentiam que Anna estava sendo punida injustamente. Até mesmo a irmã Agnes aparecera, uma figura gorducha com hábito negro e véu, balançando um cartaz que dizia A VERDADE VOS LIBERTARÁ, JOÃO 8:32. Ian pintara um *banner* enorme, que estava sendo carregado por Wes e Alice, um em cada ponta. Bud McVittie, oficial aposentado do exército e presidente da VFW local, cedera o megafone, apesar de Finch ter educadamente recusado sua oferta de máscaras de gás.

Tão logo eles se reuniram do lado de fora do fórum, uma jornalista âncora do Canal 7, uma réplica da Barbie Executiva, com longos cabelos louros, terninho macio na cor caramelo e blusa rosa-choque, afastou-se do grupo e desceu correndo as escadas, seguida por sua equipe.

— Então você acredita que Anna seja inocente? — Ela empurrou o microfone para o rosto de Finch.

Finch, semicerrando os olhos diante da luz ofuscante que lhe era dirigida pelo operador de câmera, ficou sem saber o que falar.

Andie a cutucou, sussurrando:

— Diga alguma coisa.

Finch olhou desesperada à sua volta, até que seu olhar pousou em Lucien, que lhe deu um sorriso encorajador. Ela recuperou a voz e disse, indignada:

— O único crime por aqui é a Anna ser presa por uma coisa que ela não fez!

Os lábios da Barbie Executiva se curvaram num sorriso forçado.

— Como você pode ter certeza de que ela não fez?

— Porque ela... ela... — Finch ficou sem saber o que dizer antes de explodir: — Porque ela não machucaria nem uma mosca!

— É isso aí, ela é tão assassina quanto eu! — concordou Andie. Suas faces ficaram num tom de vermelho-escuro, como se ela tivesse se dado conta de como aquilo soaria para os que a vissem na TV.

— O promotor de justiça estava procurando um bode expiatório; esta foi a única razão de ela ter sido acusada. — Simon passou para uma

Sonho de uma Vida

posição de destaque, parecendo bem mais velho do que sua idade, com um paletó cinza-escuro e uma camisa com colarinho aberto. — Você sabia que ele está se candidatando à reeleição neste outono? Uma condenação, num caso de tamanha importância como este iria, com certeza... — Ele estava começando a se animar.

Mais jornalistas haviam migrado para o círculo de reclamantes, que não parava de crescer no gramado, onde fora colocada uma mesa à qual Claire distribuía copinhos descartáveis de limonada e biscoitos caseiros recém-assados.

Ali perto, Olive Miller empunhava um cartaz com um desenho do Sino da Liberdade e as palavras: DEIXE A LIBERDADE SOAR! Ela e sua gêmea idêntica, Rose, usando vestidos *chemisier* azuis, iguais, certamente pareciam idosas o bastante para terem testemunhado, em primeira mão, o nascimento da nação. Um homem com aplique na cabeça, gritando Carpeteria, empurrou um microfone para elas.

— O que duas moças tão belas como vocês estão fazendo num lugar destes? — perguntou ele, com uma piscada.

— Estávamos indo assaltar um banco... — Rose começou a dizer, educadamente.

— ... Mas achamos que isso aqui seria mais divertido — Olive terminou por ela.

O homem ficou boquiaberto e levou um tempo até recuperar a voz.

Perto dali, balançando cartazes e gritando a plenos pulmões, estavam as netas ruivas de Rose, Dawn e Eve. Elas estavam acompanhadas dos pais, que em todos os aspectos pareciam ser os coroas radicais cultivadores de maconha, cada um com uma bandana amarrada na cabeça grisalha, camisetas manchadas e sandálias Birkenstock. Eles não pareciam assim tão engajados desde que haviam marchado contra a Guerra do Vietnã.

— *Dane-se o sistema!* — gritava o pai barbudo das gêmeas.

— *Tire as mãos de mim, seu cretino!* — gritou a esposa para um policial chocado que, sem querer, esbarrara nela.

Herman Tyzzer, forte e tatuado, havia fechado a loja pelo resto da tarde. Qualquer um que quisesse alugar um vídeo no Den of Cin teria que esperar até o dia seguinte. Ao lado dele estava a esposa, Consuela, com um vestido *abuelita* e um grande crucifixo pendente do pescoço. Ela se parecia mais com uma ex-freira do que a mãe de Andie, que era tudo, menos bem-comportada, com suas calças apertadas e camiseta vermelha justa com decote avantajado. Gerry atraíra a atenção de pelo menos um operador de câmera: no noticiário do Canal 11 haveria uma tomada de seus seios balançantes. Contudo, no momento, ela estava em toda parte, gritando e balançando um cartaz que dizia NÓS TE AMAMOS, ANNA! Ao lado dela, Aubrey empunhava o próprio cartaz, com o mesmo entusiasmo que teria se estivesse regendo a Nona de Beethoven.

Sam e Ian vinham na retaguarda. Ian parecia um rebelde dos anos 60, de rabo de cavalo e brinco; Sam parecia ter saído de um catálogo da Lands' End. Eles haviam deixado Jack com Mavis, que não pudera participar do protesto, por conta de uma crise de artrite.

Ali perto, Tom Kemp e sua noiva cantavam a plenos pulmões. Finch nunca havia visto a srta. Hicks tão entusiasmada, as faces ruborizadas e os olhos reluzentes. Ela nunca seria bonita, mas, pelo menos, não tinha mais a aparência de quem passara tempo demais em cima da prateleira.

Finch ficou feliz em ver que Edna Simmons também havia comparecido. Não via Edna desde que Betty fora para o Lar Sunshine. Agora, ao vê-la passar pisando firme com suas botas de trabalho, a trança equina balançando nas costas, Finch achou que talvez tudo desse certo para Anna, da mesma forma como dera certo para a mãe dela.

Ela avistou Fran O'Brien, dona da Creperia da Françoise. Mulher agitada e com cabelos vermelhos, ela estava ladeada por seus dois filhos adolescentes e robustos que Finch conhecia da escola. Finch imaginou se Fran fazia ideia de que Tommy, o mais velho e estrela do time de luta greco-romana da escola, era gay. Ele lhe confidenciara isso um dia, depois da aula, talvez porque tivesse pressentido que ela também tinha seus segredos.

Perto dali, David Ryback servia limonada na mesa de lanches. Ele e Claire eram apenas amigos, mas, da forma como o marido dela se comportava, sempre arrumando algum reparo para fazer em casa quando quer que David passasse por lá, era de imaginar que houvesse motivos

Sonho de uma Vida

para preocupação. Finch duvidava que fosse este o caso, embora não pudesse dizer o mesmo de David e sua esposa. Pelo que vira na igreja e pela cidade, o casamento deles não estava em muito boa forma.

Mas, naquele momento, a única pessoa em quem ela conseguia se concentrar era em Anna. No frenesi daqueles primeiros dias, Finch tivera fantasias de invadir a cela, como no Velho Oeste, mas, desde então, percebera que, se era para Anna sair, seria somente por meio de um trabalho de pura persistência. Pouco a pouco, outros foram unindo seus esforços, como o ex-agente de publicidade de Monica, que concedera uma entrevista à CTN revelando como era a Monica *verdadeira*. E a jornalista que tivera a coragem de dizer que, para alguém tida por um jornal como "Uma irmã dos infernos", Anna parecia ter um número surpreendente de defensores.

Finch estava levando o megafone aos lábios quando uma comoção súbita desviou sua atenção para os degraus do fórum, ao final dos quais Anna agora se encontrava gritando. Antes que pudesse se dar conta do que estava acontecendo, ela arrancou o megafone de sua mão.

— Parem aquela mulher! — gritou ela, a voz ecoando acima do oceano de cabeças e placas.

Finch virou-se e viu uma mulher loura, de cabelos frisados, correndo pelo gramado. Mal entendendo o que fazia ou por que, ela saiu em disparada atrás da mulher, os amigos correndo com ela. Tommy O'Brien uniu-se à perseguição, assim como o grisalho dr. Henry, trotando como um cavalo velho com uma pedra numa das ferraduras. Pelo canto dos olhos, ela avistou padre Reardon, em roupas comuns, correndo a toda velocidade junto com a organista baixinha da igreja, Lily Ann Beasley, agarrada ao braço dele, como se estivesse morrendo de medo.

A loura estava se aproximando do estacionamento quando Finch, num aumento súbito de velocidade, correu à frente do grupo. Estava perto o suficiente para ver as manchas de suor sob os braços da mulher e suas omoplatas se movendo por baixo da blusa de brim amarrotada. A distância diminuiu e Finch agarrou o cotovelo dela. Ela ouviu um grunhido e, logo em seguida, estavam as duas rolando na grama.

— Que por...? *Sai de cima de mim!* — gritou a mulher enquanto lutava para se soltar.

Finch montou por cima dela, imobilizando-a num golpe de luta greco-romana que Tommy O'Brien lhe havia ensinado. Quando se deu conta, estava rodeada por pessoas boquiabertas e olhos assustados e minicâmeras voltadas para ela como armas num pelotão de fuzilamento. Ela avistou a Barbie Executiva e seu parceiro, Ken. Em seguida, com o rosto ruborizado e ofegante, Anna chegou abrindo caminho pela multidão. Krystal parou de se debater e deixou-se cair, derrotada.

Policiais puseram as duas de pé e, enquanto minicâmeras eram ajustadas para captar partes da conversa que nos dias seguintes seriam veiculadas com quase tanta frequência quanto fora a imagem de Clinton negando seu envolvimento com Monica Lewinsky, a loura levantou o rosto retorcido e salpicado de restos de grama para gritar:

— Não fui eu! Juro que não fui eu!

Capítulo Dezesseis

ssim que Krystal foi levada para prestar depoimento, a história foi revelada. Ela contou sobre ter escalado o muro da LoreiLinda, na calada da noite, e de seu choque ao ver Monica pular para dentro da piscina. Não procurara a polícia, disse ela, porque eles encontrariam um jeito de jogar a culpa nela, ou, na melhor das hipóteses, de acusá-la de violar a liberdade condicional. E aí, o que aconteceria com seus filhos?

Rhonda interveio, encontrando um advogado para ela, um velho amigo e ex-promotor de justiça do escritório da promotoria em

Ventura, que iniciou o trabalho insistindo num acordo de suavização de pena. Por enquanto, Krystal ficaria livre sob fiança.

Parecia que Anna havia conseguido evitar um problema maior. Quando a audiência preliminar recomeçou, Rhonda propôs que o caso fosse arquivado. E, após ouvirem o testemunho de Krystal, ainda mais atraente por sua relutância em se envolver, o juiz Cartwright decidiu que havia uma "dúvida substancial quanto à ocorrência de um crime".

Showalter ficou furioso, recusando-se a retirar as acusações e jurando, numa entrevista à imprensa nos degraus do fórum, que faria tudo o que estivesse em seu poder para que Anna fosse julgada — uma ameaça que Rhonda desprezou, dizendo que ele não arriscaria fazer papel de bobo uma segunda vez, não tão perto da reeleição.

Anna sabia que devia estar radiante, mas estava estarrecida demais para sentir muito de qualquer coisa. Nos dias que se seguiram, ela ficou andando a esmo, como se num transe, mal percebendo os jornalistas que pegavam em seu pé, implorando por um comentário seu. Então, com a mesma velocidade com que surgira, a nuvem de gafanhotos fora embora: o relógio não ultrapassara seus quinze minutos de fama. Parecia que os únicos que sentiriam falta desses minutos seriam os comerciantes, cujas caixas registradoras passaram semanas retinindo num ritmo estável. Myrna McBride informou que tivera a maior venda da primavera de todos os tempos e a livraria concorrente de seu ex-marido, que ficava do outro lado da rua, gozara de um sucesso parecido. O Café da Lua Azul, que ficava na esquina perpendicular à Delarosa, colocou um novo toldo e construiu um bar de ferro galvanizado ao ar livre, com seu lucro, enquanto o Higher Ground ocupou o espaço do extinto armarinho ao lado — para o delírio dos viciados em café que ficavam espremidos em sua antiga loja estreita —, e a Ingersoll fora inundada com pedidos daqueles que haviam ficado viciados em suas roscas torcidas e tortas de maçã tradicionais.

Anna consentiu em dar uma única entrevista para Emily Frey, da CTN; era o mínimo que podia fazer para compensar Wes por tudo o que ele fizera por ela. Foi levada ao estúdio no helicóptero particular dele, Marc ao seu lado. Quando criança, morria de medo de altura, mas ao olhar para baixo, para a extensão de prédios, para as avenidas como

Sonho de uma Vida

longos colares preenchidos por carros, seu único pensamento fora o de que ela havia sobrevivido a coisas muito piores do que poderia ter imaginado. Mas a graça do medo não residia na incerteza de não saber lidar com uma catástrofe? Seu infortúnio lhe mostrara do que ela era capaz e, pelo menos, havia algum conforto nisso.

Ela voltou para casa naquela noite, completamente exausta. Marc também estava dominado pelo cansaço quando eles foram de carro para a casa dela. Eles jantaram comida chinesa entregue em casa, quase em silêncio absoluto, os dois relutantes em abordar o assunto que vinham evitando. Somente quando eles estavam se aprontando para ir para a cama foi que Anna fez um esforço para encarar o assunto de frente: prosseguir com sua vida significaria prosseguir sem Marc.

Ainda assim, uma voz sussurrava em seu ouvido: *Talvez haja uma saída*. Eles haviam se tornado tão íntimos nas últimas semanas que ela não podia se imaginar sem ele. Era também uma pessoa diferente da mulher, que, certa vez, esperara muito pouco da vida, grata pelas migalhas deixadas sobre a mesa. Sabia agora o que não soubera naquele dia no lago: que, se você quer muito uma coisa, é preciso sair em busca dela ou morrer tentando.

Sentada na cama, de camisola — não com o penhoar que Monica lhe dera no último Natal, que estava enfiado numa gaveta aguardando a lua de mel que ela talvez nunca viesse a ter, mas com sua velha camisola de algodão, gasta por inúmeras lavagens, as estampas de margaridas quase invisíveis de tão apagadas —, ela esperou Marc sair do banho. Tinha os cabelos presos por uma presilha tipo piranha, alguns fios soltos caíam sobre seu pescoço, o rosto livre da maquiagem pesada que usara na entrevista. Caso se olhasse no espelho naquele momento, poderia enganar-se por alguns instantes achando que aquela que via era o seu eu mais jovem, uma adolescente cheia de esperanças e sonhos que ainda não havia sido posta no modo de espera.

Para onde haviam ido todos aqueles anos? Em alguns aspectos, era como se ela simplesmente tivesse recomeçado de onde parara naquele dia, há muito deixado para trás, dia em que voltara para casa após o enterro do pai. Por um único motivo, saíra do quarto que ocupara na infância e passara para o quarto deixado vago pela mãe. Para trás haviam ficado também o mobiliário barato e o papel de parede com motivo floral que estava descolando. Em seu lugar, havia agora paredes limpas e brancas e uma cama de solteiro com uma colcha de retalhos antiga que estava guardada no sótão. Tudo o que ficou para lembrá-la do passado foram fotos de família e uma caneta-tinteiro da antiga sede da escola, trazida por sua avó.

Ela ficou olhando para a brancura das paredes recém-pintadas e imaginou como seria o resto de sua vida. Será que arrumaria um emprego que teria de prazeroso o que seu emprego anterior tinha de opressivo? Será que casamento e maternidade fariam parte de seu futuro?

Finalmente, Marc apareceu, uma toalha enrolada na cintura, os cabelos arrepiados com as pontas molhadas. Ele estava tão irresistível que ela se sentiu tentada a adiar qualquer conversa sobre o futuro. Mas ele voltaria para casa no dia seguinte e ela não poderia deixá-lo ir embora uma segunda vez sem saber, exatamente, em que pé eles estavam.

Marc a pegou olhando para ele e parou para sorrir, um rastro de pegadas brilhando nas tábuas recém-renovadas do assoalho. Entendendo mal o olhar de preocupação dela, ele disse:

— Não se preocupe, você se saiu bem. Você vai ver quando for ao ar.

A entrevista era a última coisa que lhe passava pela cabeça. Mesmo assim, ela respondeu:

— Tudo o que eu espero é que tenha falado coisa com coisa. Não consigo me lembrar de metade do que eu disse.

— Você disse tudo o que precisava ser dito.

Ela levantou as pernas, abraçando-as contra o peito.

— Acho que, no final, isso não importa muito. Vão pensar o que quiserem. — As pessoas que achassem que fora o desespero que levara Monica a beber e, por fim, a se suicidar. Isso era algo que elas poderiam ficar revirando na cabeça, o filme de uma vida encenado na vida real.

— E na semana que vem ninguém mais vai se lembrar disso. — Ele se sentou ao lado dela e a abraçou. — A única pessoa que importa é *você*.

— Vou ficar bem — disse ela e sorriu. — Acho que ainda estou sob efeito do choque.

— Demora um pouco. — Ele a puxou para si de forma que a cabeça dela ficasse sobre seu queixo. Ele recendia a sabonete e a um perfume que era só seu, perfume que levaria embora quando partisse.

— Não consigo parar de pensar no que teria acontecido se eu tivesse agido de outra forma... se eu a tivesse enfrentado mais cedo...

— Não dá para tentar adivinhar essas coisas.

— Como ela podia me odiar tanto? À própria irmã?

— Não tinha nada a ver com você. — Com a cabeça encostada no peito de Marc, a voz dele era uma vibração prazerosa. — Você levantou um espelho, é isso, e ela não gostou do que viu.

— Ela não foi sempre daquele jeito. — Uma vez, elas haviam ficado deitadas na cama, murmurando segredos uma para a outra. Monica cuidara dela naquela época, quando as crianças na escola a maltratavam por ser gorda... e a protegia do pai também. Assim que a irmã cresceu, tudo mudou. Ela se tornou uma pessoa fechada e arrogante, deixando Anna na dúvida se *havia* feito alguma coisa: crimes imaginários pelos quais ela sofrera muito para compensar, acionando um padrão de comportamento que carregaria consigo para a vida adulta.

— Eu percebi isso — disse ele, embora Anna desconfiasse que estivesse apenas sendo gentil.

— Depois que ela ficou famosa... bem, foi como um carro sem freio.

Ele assentiu com a cabeça, demonstrando compreender.

— A pior coisa que pode acontecer a um alcoólatra é ganhar na loteria.

— Tinha isso também. O alcoolismo dela.

— Beba um pouco demais e você fica louco.

— Foi isso o que aconteceu com você?

Ele recuou para lhe sorrir e ela viu linhas em torno de seus olhos, linhas que não estavam ali antes.

— Eu bebia para *não* enlouquecer... ou, pelo menos, era isso o que eu dizia para mim mesmo.

— Por causa da Faith?

— Eu achava que sim na época, mas era só uma desculpa. Eu tinha os meus próprios demônios.

Reunindo coragem, ela perguntou com cautela:

— Marc, o que vai acontecer com a gente?

Ele ficou um bom tempo sem responder, e ela sentiu um frio formar-se em torno de seu coração. Queria engolir as próprias palavras. Não poderia ter esperado até a manhã seguinte? Tinha que estragar o pouco tempo que tinham para ficar juntos?

— Eu gostaria de poder te dizer o que você gostaria de ouvir. — Ele a soltou e se afastou, os braços caindo com força ao lado do corpo. — Mas não é simples assim. — Ele se referia a Faith, é claro.

— Eu sei. — Ela pensou em tudo o que passara naqueles últimos meses; não havia morrido por causa daqueles problemas, não morreria por causa desse. — Eu só estava pensando alto.

— Anna...

— Você devia vestir alguma coisa. Vai pegar um resfriado — disse a ele, numa voz estranha e desanimada que nem se parecia com a dela.

Ele sustentou o olhar no dela, sem se mover. Ela viu uma gotinha de água escorrer pelo pescoço dele. Após um momento prolongado, Marc foi pegar o roupão. Por alguma razão, isso foi o que mais a emocionou: a visão do roupão azul atoalhado dele refletido no espelho da porta do banheiro assim que foi aberta. Isso lhe pareceu tão... conjugal, pendurado num gancho ao lado do seu. Ela percebeu que passara a depender de coisas assim para reafirmar a existência dele em sua vida: a escova de dentes e o barbeador dele dentro do pequeno armário acima da pia, seus mocassins batidos no chão do closet. Mas estava apenas iludindo a si mesma.

Quando Marc apareceu novamente, os cabelos penteados e repartidos, ainda molhados, ela se levantou lentamente da cama, sentindo-se mais segura de si mesma do que se sentira há anos, mesmo com o coração em queda livre.

— Sei que você precisa ir — disse ela, determinada. — Mas não quero deixar de te ver.

Sonho de uma Vida

— Tem certeza? — Pelo seu olhar sofrido, Anna percebeu que aquilo também estava sendo um fardo pesado para ele.

Ela sabia o que isso queria dizer: finais de semana aqui e ali, algumas escapadas românticas e contas telefônicas gigantescas seriam tudo o que ela teria. E se a esposa dele descobrisse? Tudo o que Anna podia desejar era que ela quisesse que Marc gozasse de uma felicidade que ela não podia lhe dar. Estava pensando egoisticamente: *Por que tenho que ser eu a fazer todos os sacrifícios?*

— Não quero te perder — disse ela. — Sei que não vou te ver todos os dias, nem todas as semanas, mas consigo conviver com isso.

— Não tenho certeza se eu consigo.

— Então é assim? Acabou?

— Talvez fosse melhor se a gente desse um tempo.

A raiva dela se fez visível.

— Eu esperava mais de você do que essa desculpa esfarrapada.

— Eu daria qualquer coisa para que não precisasse ser assim.

Ela deu as costas de forma que não se sentisse comovida pela expressão sofrida dele e disse friamente:

— Agora estou entendendo. O que te excita é tirar as pessoas do aperto. Agora que não estou mais encrencada, você pode ir atrás da próxima donzela em apuros. — Anna sabia que isso era verdade apenas no sentido mais superficial, mas não ia deixá-lo sair incólume. — Acho que é essa a vantagem que a sua esposa tem sobre mim. Ela vai sempre precisar mais de você do que eu.

— Anna, por favor.

Ela se virou.

— É verdade, não é? Estou sendo punida porque sou mais forte.

— Não. — A voz dele faltou.

Não seja assim. Não estrague tudo. Não diga o que você está sentindo. Os mantras aos quais ela se prendera durante toda a sua vida não estavam mais funcionando. Ela *havia* mudado e, em alguns aspectos, não necessariamente para melhor. Este novo lado seu... bem, ele era ligeira e infelizmente uma reminiscência de Monica. Mas, se sua irmã havia sido extremamente narcisista, Anna percebia que ela, por sua vez, não fora autocentrada o suficiente. Talvez estivesse na hora de parar de depender dos outros para defendê-la e passar a cuidar de si mesma.

— Esperei a vida toda por isso. — Os olhos dela se encheram de lágrimas. — Não quero que acabe.

— Nem eu. — Os poucos centímetros que os separavam pareciam um oceano.

— Eu não estarei necessariamente te esperando quando e *se* você estiver livre.

Um canto de sua boca se elevou, mas o sorriso não chegou aos seus olhos.

— Não há uma boa forma de fazer isso, há? Eu poderia dizer que te amo, mas você já sabe disso. Eu poderia dizer que sinto muito, mas você também já sabe.

— Acho que só nos resta dizer adeus. — Ela olhou para a mala dele num canto e perguntou numa voz notavelmente controlada, contendo apenas um vestígio de ironia: — Quer uma mão para arrumar a mala?

Ele negou com a cabeça, parecendo mais desesperado do que tinha o direito de se sentir, porque, afinal de contas, era ele quem estava indo embora.

— Posso esperar. A não ser que você queira que eu vá agora.

Ela suspirou cansada, metendo-se debaixo das cobertas. Não tinha mais forças.

— Faça como quiser. Eu vou dormir — disse a ele, enrolando-se nas cobertas, que recendiam ligeiramente ao sexo que haviam feito. Estava cansada de bancar a nobre. De bancar a corajosa também. Naquele momento, tudo o que queria era cair num sono profundo e sem sonhos.

— Anna. — Ela sentiu o colchão afundar e, em seguida, a mão dele acariciando sua nuca.

Numa voz fraca e entrecortada, ela perguntou:

— Sempre foi assim, Marc? Você já pensou que poderia terminar de outra forma?

— Nunca me permiti pensar tão longe — respondeu ele, com gentileza.

Ela virou de barriga para cima e o encarou.

Sonho de uma Vida

— Não vou facilitar as coisas para você — disse ela, determinada. — Eu te amo demais.

Marc contraiu o maxilar e ela viu a batalha que era travada por trás de sua fachada cuidadosamente construída.

— A última coisa que quero fazer é arrumar a droga daquela mala. — Ele lançou um olhar ressentido para a mala como se ela fosse a inimiga, a causa de todo o seu sofrimento.

Então não arrume, Anna quis gritar. Mas simplesmente se virou de bruços, apertando o rosto contra o travesseiro para que ele não visse suas lágrimas. Isso apenas faria com que ele quisesse salvá-la mais uma vez, e ela não queria isso. Tudo o que queria era ficar de pé com as próprias pernas e ter o homem que amava ao seu lado.

Estava quase dormindo quando o sentiu enfiar-se debaixo das cobertas e ficou completamente imóvel para que ele não percebesse que estava acordada; somente quando ele começou a lhe acariciar os cabelos foi que ela sentiu o corpo ceder, traidor como ele só. A mão dele foi descendo, o polegar acompanhando a linha do ombro dela por baixo do algodão fininho da camisola. Quando a beijou no pescoço, a última de suas resistências derreteu. Ela rolou para encará-lo, oferecendo a boca para ser beijada e sentindo como ele estava excitado. Encantou-se mais uma vez por despertar tamanho desejo num homem e por ele parecer nunca se cansar dela.

Ela se sentou e tirou a camisola. Os olhos dele, brilhando na penumbra, pareciam perguntar: *Tem certeza ou isso vai apenas piorar as coisas?* Em resposta, Anna se esticou nua na frente dele, seu corpo não mais uma fonte de vergonha, mas algo precioso para ser oferecido. Marc não precisou de um segundo convite.

Havia uma lentidão doce, quase elegíaca, na forma como ele a acariciou e beijou, explorando a umidade macia entre as coxas dela. Quando finalmente a penetrou, foi com extraordinário cuidado. Eles também se demoraram no ato do amor, deleitando-se um no outro como se não houvesse razão para que aquilo não pudesse durar para sempre, noite após noite, pelo crepúsculo dos anos seguintes.

Foi quando eles se separaram, saciados, que o mundo real foi voltando lentamente. Anna permaneceu acordada, com os olhos fechados, aninhada nos braços dele, sabendo que Marc não poderia protegê-la da coisa que ela mais temia: procurar uma forma de viver sem ele.

Começou a chover, a primeira chuvarada num espaço de semanas, e ela ouviu a água batendo no telhado e descendo pela calha. No dia seguinte, quando o sol saísse, os campos estariam cobertos por uma penugem verde e macia, e as dedaleiras, que antes inclinavam suas coroas, se transformariam em ouro em pó; mas, no momento, o mundo habitava no tique-taque do relógio na mesinha de cabeceira, marcando os últimos momentos preciosos nos braços de Marc.

Nos dias que se seguiram, ela se lançou na busca quixotesca por um emprego, o que a impediu de ficar mergulhada em sofrimento e, ao mesmo tempo, a fez lembrar-se, hora após hora, do preço de ser mal-afamada. Parecia que ninguém queria empregá-la, a maioria dos lugares que procurava a dispensava antes que ela sequer chegasse a pôr os pés na porta — como Phil Scroggins, da farmácia, que lhe dissera que o cargo havia sido ocupado quando fora naquela mesma manhã que o anúncio aparecera no *Clarion*.

Liz lhe dissera para não se preocupar, lembrando-a de que, quando o testamento fosse legitimado, ambas ficariam ricas. Mas Anna sabia que isso poderia levar meses e, enquanto isso, havia contas a pagar, um carro precisando de nova engrenagem e um gato que estava com misteriosas feridas infeccionadas, precisando de visitas frequentes ao veterinário. Passou-lhe pela cabeça que sua vida, na verdade, não estivera estacionada durante todo aquele tempo, como ela havia imaginado. Enquanto estivera fora, lutando para provar a própria inocência, a vida continuara a se acumular calmamente durante sua ausência, como a pilha de correspondência não lida sobre a mesa do vestíbulo e a camada grossa de poeira em todos os cantos para onde olhava.

Pelo lado bom, havia amigos dispostos a botar a cara na reta por ela. Como Myrna McBride, que lhe oferecera um emprego na Última

Sonho de uma Vida

Palavra, e Laura, que insistira que ficaria assoberbada quando o bebê chegasse e que gostaria de ter outra pessoa na loja. Anna recusara as duas propostas. Havia se decidido com relação a uma coisa: não aceitaria nenhum emprego por conta de piedade, tampouco trabalharia para um amigo ou, Deus a livrasse, para um parente.

Foi o namorado de Andie que lhe sugeriu que tentasse o jornal. Eles estavam procurando alguém para substituir a pessoa que trabalhava na recepção e, conforme Simon dissera na brincadeira, não havia ninguém mais qualificado do que ela, que fora manchete do *Clarion* durante semanas a fio. Bob Heidiger, editor-chefe e veterano durão do *Los Angeles Times*, deve também ter percebido a ironia da situação, pois resolvera empregá-la em contrato de experiência.

Até o final do primeiro dia, as pilhas de papel presentes em sua mesa haviam desaparecido, os arquivos estavam organizados e as gavetas, arrumadas. Na semana seguinte, parecia que todos no escritório estavam empurrando para ela as tarefas pequenas que não tinham tempo de resolver: desde esvaziar lixeiras e rastrear embalagens de Sedex, até corrigir uma coluna que falava sobre um pica-pau, no lugar de um editor que havia faltado por causa de uma gripe. Bob ficou impressionado e, na sexta-feira, oficializou a contragosto:

— Nossa, tudo o que eu espero é que você queira ficar *conosco*.

O que ele não sabia era que ela aceitaria até as tarefas mais entediantes. Quanto mais ocupada ficasse, menos tempo teria para lidar com os próprios pensamentos. Era à noite que ela sucumbia à solidão. Mas, assim como a comida que numa época a salvara do sofrimento, as lágrimas que vertia sobre o travesseiro lhe causavam apenas um breve alívio.

Laura insistiu para que ela procurasse alguém, e Anna concordou apenas porque, de outra forma, a amiga não a deixaria em paz. Ela marcou uma hora com a terapeuta, uma egressa na faixa dos setenta anos, com cabelos grisalhos compridos partidos do lado e um consultório cheio de almofadas confortáveis, plantas e cristais da Nova Era. Joan Vinecour a ouvira com a testa enrugada, de vez em quando murmurando alguma coisa em resposta, para, após duas sessões, lhe informar que ela estava sofrendo de estresse pós-traumático. Anna lhe agradecera, fazendo uma bolinha da receita de Prozac que ela lhe dera e a jogando na lata de lixo na saída. Se estava deprimida, era porque tinha todas as razões para isso. Não lucraria nada se dopando contra o sofrimento.

Mas o quadro não era todo sombrio. Havia prazer nas coisas pequenas — o tempo que passava com os amigos e sua recente proximidade com Liz. Após sua primeira semana de trabalho, quando a irmã lhe oferecera uma tarde no spa, ela não hesitou em aceitar. No sábado seguinte, um dia que normalmente teria dedicado às tarefas domésticas, estava atravessando a estrada sinuosa para Água Caliente, ávida só de pensar nos mimos que a aguardavam.

A atmosfera no spa era de uma calma orquestrada, intensificada pela flauta de Carlos Nakai, que saía dos alto-falantes escondidos nas paredes. Uma pintura indígena num pedaço de casca de árvore pendia de uma parede acima da mesa encerada de carvalho na recepção, onde uma mulher sorridente, de calças risca de giz e camiseta branca de *voil*, cumprimentou-a quando ela chegou.

Então Liz apareceu para chamá-la para o vestiário, onde ela recebeu um par de sandálias de borracha e um roupão em casinha de abelha, que a irmã lhe informou ser feito de algodão orgânico. Mulheres passavam seminuas, algumas completamente despidas, enquanto outras secavam os cabelos e aplicavam maquiagem em frente a espelhos tão iluminados que até a noiva de Frankenstein teria ficado bem. Uma mesa encostada na parede continha jarras de chá de ervas gelado e água natural nas quais flutuavam rodelas de limão.

— Marquei uma hora para você com o Eduardo. Ele é o melhor — informou-lhe Liz. Anna havia desistido da massagem com pedras quentes peruanas; uma massagem normal já seria suficiente.

Logo ela estava deitada de barriga para baixo sobre uma mesa estofada, num quarto suavemente iluminado por velas aromáticas.

— Não ofereça resistência — tranquilizou-a uma voz com forte sotaque ao mesmo tempo em que dedos fortes e determinados afundavam nos músculos embolados de seus ombros. — Deixe fluir. — Mas, cada vez que ela começava a relaxar, sentia como se estivesse caindo e ficava tensa novamente.

Sonho de uma Vida

Uma hora depois, com os músculos esmurrados e massageados até a submissão, ela saiu bamboleante para o ar livre. Um lance de degraus de pedra serpenteava por um declive tão viçoso com samambaias e folhagens, que parecia quase primitivo. Ela passou por baixo de uma pérgula entremeada por videiras, em seguida por uma ponte de madeira por cima de um riacho. Ela sabia que foram os garimpeiros da Corrida do Ouro que haviam descoberto aquele lugar, que, com o tempo, se provara ser mais valioso que o próprio ouro: água borbulhando na terra, aquecida por fontes termais subterrâneas numa temperatura constante de vinte e oito graus.

Atualmente, a água chegava por tubos até piscinas artificiais tão bem planejadas que ela quase podia jurar que eram naturais. Anna entrou na mais próxima, que, felizmente, era só dela no momento, percebendo de longe as vozes que chegavam pelo bambuzal alto, junto com o ressoar baixo da flauta dos índios americanos.

Estava cochilando quando Liz se materializou inesperadamente na névoa. Trocara as roupas de trabalho por um roupão, que tirou quando entrou na piscina ao seu lado, com um suspiro de contentamento.

— O salário é baixo, mas, ah, as regalias...

— Eu devia ter aceitado a sua oferta — disse Anna com um sorriso onírico, referindo-se ao emprego que Liz lhe havia oferecido.

— Ainda está em tempo.

Anna negou com a cabeça.

— De jeito nenhum. Aprendi a lição: família e trabalho são duas coisas que não se misturam.

— Espero de coração que você não esteja me comparando a Monica — respondeu Liz, num tom de voz ligeiramente magoado.

— Não comece. — Ela cutucou a irmã com o pé, da forma como costumava fazer na banheira quando elas eram crianças. — Além do mais, daqui a alguns meses nós duas poderemos nos aposentar se quisermos.

— Não sei por que, mas não consigo ver isso acontecendo. — Liz parecia tensa mesmo enquanto se alongava. — Não me entenda mal, eu *vivo* pelo Dylan, mas a verdade é que, simplesmente, não sirvo para ser mãe em tempo integral.

Anna sentiu uma pontada de inveja.

— Que bom que pelo menos você tem escolha.

— Você terá filhos qualquer dia desses.

— Não tenho tanta certeza assim.

Liz a olhou como quem sabia o que se passava. Na linguagem secreta das irmãs, nem sempre as coisas precisavam ser ditas.

— Você sente falta dele, não sente?

Anna concordou. Não adiantava negar.

— Acho que nós duas sabíamos no que estávamos nos metendo — suspirou Liz. — E olha só como acabou.

— Você também? — Anna lhe lançou um olhar confuso.

O rosto de Liz se contraiu num espasmo de dor, então relaxou como se por meio de muita força de vontade.

— Ontem à noite foi a gota d'água — disse ela, numa voz taxativa. — Ele perguntou se poderia vir até aqui, disse que tinha algo a me dizer e que não poderia ser por telefone. — Ela deu uma risada amarga. — Achei que ele estava se divorciando da esposa. O relacionamento deles já acabou há anos. Desde que o Davey adoeceu... — Ela fez uma pausa, lançando um olhar para Anna, que foi em parte encabulado, em parte desafiador. — Está bem, agora você sabe. Mas me poupe do sermão. É meio tarde para isso.

David Ryback? Anna não teria adivinhado. Ouvira dizer que seu casamento estava com problemas, com certeza, mas atribuíra isso ao estresse da doença do filho.

— A Carol sabe?

— No fundo todas elas não sabem?

— Eu não saberia — disse Anna, com ironia.

Incapaz de deixar passar a oportunidade de injetar seu ponto de vista saturado sobre o assunto, Liz disse com amargura:

— Acredite em mim, você não está perdendo muita coisa. Na minha opinião, o casamento está mais que superestimado.

Sonho de uma Vida 391

Fácil para ela falar... Liz já tivera sua chance. E por mais que elas estivessem no mesmo barco, Anna jamais teria passado do limite se Marc e sua esposa tivessem algo parecido com um casamento de verdade. Por outro lado, quem era ela para julgar? Se chegara a reprová-la uma vez, agora tudo o que sentia era pena por todos os envolvidos. Não havia vilões nesta história, apenas pessoas boas que haviam se perdido no caminho.

— Só porque não deu certo com o Perry... — ela começou a falar.

Mas Liz não estava interessada em ouvir falar no ex-marido; estava preocupada demais com David.

— Você está chocada? — perguntou ela, com um jeito que tanto incitava Anna a dizer alguma coisa quanto implorava por sua compreensão.

Anna lembrou-se de ter visto David e Carol na igreja; eles não pareciam tão brigados um com o outro, mas derrotados, o filho deles, pequeno e pálido, como um para-choque entre os dois.

— Depois de tudo o que eu passei, nada poderia me chocar. Além do mais — acrescentou —, quem tem telhado de vidro não deve atirar pedras.

— Foi diferente com você e o Marc.

— Eu também achava que sim. — Anna sentiu os nós que haviam sido massageados começarem a retesar de novo.

Liz balançou a cabeça em sinal de solidariedade.

— Vocês eram tão perfeitos juntos. Achei mesmo que... — Ela se deteve, o rosto se enrugando.

Anna abraçou a irmã. Na água quente, Liz tremia toda, como se congelada.

— Não chore. Vai melhorar. Tem que melhorar. — Carlos Nakai dera lugar a Enya, e pelo bambuzal denso chegaram os sons de risadas e o *slap-slap* de sandálias de dedo descendo os degraus.

Liz prendeu um soluço.

— Desculpe. Você é a última pessoa em quem eu deveria estar despejando essas coisas.

— Está tudo bem — disse Anna. Já estava acostumada a isso.

Liz afastou-se para olhar para a irmã com um misto de respeito e ressentimento.

— Eu gostaria de saber qual o seu segredo. Como você consegue?

Anna sorriu.

— Acho que é mais ou menos como escalar uma montanha... Você só olha para o que está na sua frente.

Liz deu uma risada regada a lágrimas.

— Foda-se. Eu quero é que me joguem a droga da corda.

Quando elas finalmente saíram da piscina, ruborizadas e com as faces brilhando, Anna disse como quem não quer nada:

— Pensei em dar uma parada no caminho para ver a mamãe. Quer ir comigo?

Ela esperou Liz dizer que não podia sair do trabalho, ou que tinha que pegar Dylan na escola, ou que iria se encontrar com uma amiga, mas ela apenas encolheu os ombros e disse:

— Claro. Por que não?

Ambas sabiam que isso era pouco mais do que observar um ritual. Ultimamente tudo o que Betty fazia era ficar sentada, olhando para o nada, perdida em um mundo que existia apenas em sua cabeça, repleta de pessoas e eventos há muito tempo idos. Mas Anna continuava a visitá-la, tendo Liz como companhia ocasional. Como ela poderia encarar o futuro se não conseguia se reconciliar com o passado?

— Ótimo. Podemos parar para comer depois — disse ela.

— Desde que não seja no Casa da Árvore. — Liz arriscou um sorrisinho tímido.

— Eu estava pensando mais em algo tipo Burger King. Ando meio dura ultimamente.

— Eu poderia te emprestar um pouco de dinheiro, mas... — Liz não precisava terminar. Ser mãe solteira significava ficar sem dinheiro de uma forma ou de outra. Elas estavam no meio da subida do declive quando Liz perguntou com cautela:

— Você já pensou em como vai gastar o dinheiro? — Na maioria das vezes, elas evitavam qualquer discussão sobre a herança. Aquilo lhes

Sonho de uma Vida

parecia quase macabro, a ideia de saírem lucrando depois de uma tragédia de proporções shakespearianas.

— Na conta da minha advogada — disse Anna, sem perder tempo.

— Estou de olho num BMW conversível novinho em folha.

— Eu ficaria satisfeita com um motor novo.

Liz sorriu, como que da impossibilidade de Anna ser qualquer outra coisa, exceto uma pessoa comedida.

— Você tem que pensar *grande*. Que tal uma casa nova ou uma viagem à Europa? Você sempre quis conhecer Paris. Fala nisso desde que éramos crianças.

Anna pensou por um instante e então balançou negativamente a cabeça. A única coisa que queria mais do que tudo no mundo nenhuma quantidade de dinheiro podia comprar.

— Obrigada — disse ela —, mas já tive emoções suficientes por, pelo menos, os próximos cem anos.

Capítulo Dezessete

Agora que não precisava mais se preocupar com Anna, Finch ficou envolvida com a empolgação em casa: em menos de uma semana, Laura e Hector estariam a caminho do México para completar a fase final da adoção. Enquanto isso, a casa estava uma agitação só e Laura, uma montanha-russa humana: uma hora cantarolando *La Vida Loca* a plenos pulmões no chuveiro e, no minuto seguinte, preocupada, pensando se tudo daria certo no último momento.

Hector prosseguia com seu trabalho, como de costume: cuidando dos cavalos, fazendo alguns consertos pela fazenda, indo às aulas à noite.

Mas Finch podia ver que ele também estava preocupado. Estava lendo um livro e minutos e mais minutos se passavam sem que virasse a página, ou ficava tão absorto em seus pensamentos enquanto esfregava os cavalos que quase dava para ver o próprio reflexo no pelo dos animais assim que terminava. Enquanto Laura ficara quase tão desatenta quanto Maude, virando a casa de pernas para o ar à procura das chaves ou dos óculos de leitura, Hector, normalmente reservado, ficara falador, presenteando-as durante o jantar com histórias de como era crescer numa casa com dezesseis pessoas. Desnecessário dizer que ele era macaco velho em trocar fraldas.

A festa fora ideia de Maude. Ela já havia sentido vontade de dar uma festa para Anna, que recusara gentilmente, dizendo que tudo o que queria no momento era paz e tranquilidade. Para não se sentir contrariada, Maude desviou seus esforços para receber Esperanza em seu novo lar, ao som de uma fanfarra. Todos haviam sido convidados, inclusive irmã Agnes. Sam estava encarregada das flores, e Alice, das lembrancinhas (ela estava fazendo segredo de como seriam). Claire forneceria as sobremesas. E Ian estava pintando faixas: uma em inglês, outra em espanhol. Maude chegara até a sugerir de brincadeira que seu grupo de costura fizesse um striptease, o que despertou reclamações horrorizadas de todos os lados.

Apenas uma coisa jogava uma sombra na ocasião: Lucien voltaria para Nova York assim que as aulas fossem encerradas. A mãe dele, recém-saída de uma clínica de reabilitação, o inscrevera para um estágio na empresa do tio. Finch nem sabia se ele voltaria no outono. Lucien havia sido evasivo todas as vezes que o assunto viera à tona.

O assunto a perturbava tanto que um dia, quando Laura disse sem mais nem menos que havia chegado a hora de fazer uma visita à mãe de Martha Elliston, Finch ficou feliz pela distração. A oportunidade perfeita se apresentara: Laura ouvira dizer que a pobre senhora estava de cama por causa de um herpes-zoster. Não era dever cristão delas fazer uma visitinha?, dissera Laura, com uma piscada.

No dia seguinte, elas saíram apressadas pela antiga Estrada de Sorrento no Explorer de Laura com uma bisnaga de pão de banana ainda quente do forno, embrulhada em papel-alumínio, aninhada no colo de Finch. Acabou que Martha e sua mãe moravam perto da casa de Mavis, numa casinha de madeira pintada na cor amarelo-canário, com as bordas azuis, o que foi uma grata surpresa, uma vez que Martha, ela mesma, era tão apagada. Elas tocaram a campainha. Como ninguém atendeu, Laura tentou a porta e a encontrou encostada. Ela enfiou a cabeça para dentro e chamou:

— Olá? Alguém em casa?

Uma voz fraca, vinda de algum canto nos fundos da casa, respondeu aborrecida:

— Quem é?

— Laura e Finch Kiley, da igreja! — Laura entrou, sem esperar por convite.

Elas encontraram a pobre mulher em seu quarto no final do corredor, um pequeno amontoado debaixo do acolchoado que a cobria. Uma bandeja com o café da manhã intacto jazia em cima da mesinha de cabeceira, bem ao seu lado, junto com várias ampolas de remédios. Uma bonequinha com rosto feito de maçã ressequida as observava, desconfiada, de cima de uma pilha de travesseiros.

— Ouvimos dizer que a senhora estava doente — disse Laura, animada. — Achamos que gostaria de companhia.

Finch achara que a pobre mulher ficaria surpresa, afinal de contas, elas mal se conheciam, mas, em vez disso, ela estava com a aparência de alguém para quem surpresas eram coisas do passado.

— Não ando muito disposta a receber visitas ultimamente — disse ela, sentando-se ereta e voltando com uma mecha de cabelos brancos para o lugar. — Mas, já que vocês vieram até aqui, podem se sentar.

Laura acomodou-se numa poltrona ao lado da cama, mas Finch permaneceu de pé. Havia um cheiro abafadiço no ar, não apenas de doença, mas de desespero, como se a pobre mulher tivesse abandonado mais do que as palavras cruzadas que haviam escorregado ou sido jogadas no chão.

— Minha tia já teve herpes-zoster. — Laura começou a falar, quebrando o silêncio desconfortável que se estabeleceu. — Ela disse que foi

Sonho de uma Vida

quase tão ruim quanto quando tivera seus filhos. — Um ato falho que fez Laura ruborizar da clavícula até o pescoço. — Mas ela está bem agora.

— Tem sempre alguma coisa me incomodando — resmungou a velha, mal-humorada. — Quando você tiver a minha idade, nada vai funcionar direito. Todos os ossos do meu corpo doem e há anos que os meus intestinos não funcionam direito.

Finch fez um esforço supremo para não torcer o nariz. Eca. Não era de admirar que Martha estivesse sempre tão abatida. Quem não estaria, tendo que ouvir isso o dia inteiro?

— A senhora já experimentou chucrute? — Laura estava determinada. — A Maude diz que chucrute faz milagres.

— Nada funciona para mim. — A velhota parecia ter orgulho disso. — Posso tomar um galão de suco de ameixa e comer farelo até sair pelas ventas que não faz a menor diferença.

— Bem, neste caso... — Laura olhou para Finch com um sentimento perto do pânico.

Finch aproximou-se.

— Trouxemos pão de banana para a senhora. — Ela estendeu a bisnaga embrulhada em papel-alumínio, para a qual a mulher olhou desconfiada.

— Tem castanhas? — perguntou ela. — Porque sou alérgica a castanhas. Uma mordida e fico inchada que nem um balão.

— Então talvez a sua filha goste — disse Laura, numa última tentativa.

— Ela não está aqui.

— Bem, quando ela voltar...

— Não sei quando ela volta.

Finch olhou estupefata para ela. A sra. Elliston falava como se já não estivesse careca de saber que Martha estava na escola, onde sempre estava a esta hora do dia. A ideia de ela chegar cansada em casa e encontrar alguém que nem sequer apreciava seu trabalho árduo era quase mais do que Finch podia aguentar. A mãe de Anna não tinha culpa, mas aquela bruaca, claramente, gostava de ser um pé no saco.

— Deve ser bom a sua filha ser enfermeira — disse ela —, com a senhora tão doente o tempo todo.

A velha lhe lançou um olhar enviesado, como se suspeitasse de que Finch estava sendo sarcástica.

— Nós fomos destinadas ao sofrimento — disse ela, com um suspiro martirizado. — Está escrito na Bíblia.

— Não concordo nem um pouquinho — Laura falou com leveza, mas Finch pôde ver que a mulher ficara mordida. — Se Deus quisesse que sofrêssemos, Ele não nos teria dado tantas coisas para admirar. A Bíblia não nos diz para abrir nossos corações e nos regozijarmos?

— "... À sua eterna Glória depois de terdes sofrido por um pouco..." Primeira Epístola de São Pedro, capítulo 5, versículo 10 — citou ela, triunfante. Ela se empertigou e deu a impressão de estar feliz naquele momento. — Tem café no fogão, sirvam-se se quiserem. Eu não posso beber. Me dá azia — disse ela.

— É melhor a gente ir andando. — Laura lançou outro olhar desesperado para Finch.

— Nós só paramos para ver como a senhora estava — Finch foi rápida em acrescentar.

— Foi a Martha que sugeriu que vocês viessem? — A velha olhou desconfiada para elas.

— Ela nem sabe que estamos aqui — disse-lhe Laura. Isso, pelo menos, era verdade.

Mas a sra. Elliston não pareceu convencida.

— Na semana passada foi uma mulher da agência... como se eu fosse querer estranhos à minha volta o dia inteiro. Não dá para confiar, você sabe. Todos eles roubam. Com a minha amiga Pearl, levaram as últimas peças da prataria da família. Comigo não. Já falei para a Martha. Mas ela tem medo de que alguma coisa aconteça comigo, ficando aqui sozinha.

— Ao mesmo tempo, Finch duvidou que ela perdesse uma oportunidade de ficar lembrando aos outros que era sozinha e pensou, com desagrado: *É provável que ela viva mais que a Martha.* Maude não vivia dizendo que as pessoas que ficavam em conserva sempre viviam mais?

— Ela é uma boa enfermeira — desabafou Finch. — Quer dizer, bem, a senhora devia ter orgulho dela.

A velhota inclinou a cabeça, olhando para Finch como um velho papagaio astuto.

— Quem disse que eu não tenho?

— Tudo o que eu quis dizer é que...

Laura levantou-se.

— A gente devia mesmo ir — disse, mais determinada desta vez. — Com certeza a senhora está precisando descansar.

— Vou deixar isso na cozinha. — Finch ergueu o pão de banana.

— Não deixe de fechar a porta quando saírem — gritou a velhota quando elas viraram as costas. Que Deus não permitisse que outra alma bem-intencionada aparecesse por lá para lhe desejar melhoras.

Somente quando estavam do lado de fora foi que elas ousaram olhar uma para a outra. Laura suspirou.

— Ufa! Eu não tinha muita certeza se nós conseguiríamos sair de lá com vida. — Ela revirou os olhos. — Na próxima vez que eu tiver uma ideia brilhante, lembre-me de tomar um suco de ameixa antes. — Ela começou a rir e, em pouco tempo, estavam as duas curvadas, a mão sobre a boca para abafar as risadas à medida que saíam pela entrada de carros.

— Percebi que você não falou do Hank — disse Finch quando elas estavam no carro.

— Você está brincando? Fiquei com medo de que ela levitasse da cama. — Laura virou a chave na ignição. Ela deve ter apertado o acelerador por acidente, pois elas saíram aos solavancos do caminho, cantando pneus. — Se ela continuar assim, o padre Reardon vai ter que lançar mão de exorcismo.

Isso desencadeou um novo acesso de risos.

— Que bom que não falamos nada — disse Finch, quando conseguiu tomar fôlego. — Eu não tinha certeza se seria uma boa ideia.

Na verdade, não falara isso com relação a Martha e sua mãe, percebeu ela. Havia achado que se sentiria melhor se soubesse que a busca por sua família não fora um completo fiasco. Em vez disso, percebeu que, às vezes, mesmo quando as coisas parecem ruins, a grama nem sempre é mais verde do outro lado da cerca. E se sua mãe de verdade fosse como a de Martha?

— O que será que ele viu nela?... O Hank — disse Laura. — É difícil imaginar Grace Elliston como o tipo de mulher que seduziria alguém.

— A Lorraine disse que ela já foi bonita. — Finch também teve dificuldade de imaginar.

— Acho que ela culpa a Martha por ter arruinado a vida dela. — Laura balançou a cabeça. — Será que ela já parou para pensar a bênção que isso foi?

— Nunca pensei que fosse sentir pena de uma pessoa que *não* foi dada para adoção — disse Finch, com uma risada.

— Era diferente naquela época. Deve ter sido difícil para a Grace.

— Não tão difícil quanto para a Martha. Hum, você não está indo meio rápido demais? — Finch olhou para o velocímetro, que indicava que elas estavam andando a oitenta numa área de cinquenta quilômetros por hora.

Laura lançou-lhe um olhar constrangido e aliviou o pé no acelerador.

— Devo estar com pressa de chegar em casa.

— Eu também. — O planejado fora que Laura a deixaria na escola, mas ela sabia que não voltaria para lá naquele dia.

Logo, elas estavam sacolejando de volta na antiga Estrada de Sorrento.

— Bem, se você pode matar aula, eu também posso — disse Laura. — Que tal a gente pôr sela nos cavalos e sair para dar uma volta? Seria uma pena ficar dentro de casa num dia desses.

Finch abriu um sorriso.

— Exatamente o que eu queria fazer.

* * *

Sonho de uma Vida

Na noite antes de Laura e Hector partirem, Finch sentou-se de pernas cruzadas sobre a cama deles, observando Laura fazer as malas. Normalmente, ela jogava as coisas de qualquer jeito, mas, dessa vez, estava demorando mais, havia meia dúzia de roupas espalhadas em cima da cama, enquanto agonizava sem saber quais levar. Queria dar a impressão correta, disse. E não passar por uma gringa esnobe.

— Ninguém jamais te acharia esnobe — Finch tranquilizou-a.

— Espero que você tenha razão. — Laura mordeu o lábio enquanto estudava duas roupas praticamente idênticas, uma ao lado da outra.

— Mesmo se você estivesse usando as joias da coroa — acrescentou rapidamente.

— Não sei bem se isso é um elogio, mas obrigada mesmo assim — disse Laura com uma risada.

— Tem certeza de que está levando o suficiente para o bebê? — implicou Finch, olhando para a bolsa estufada, lotada de fraldas, leite em pó, mantas, macacõezinhos, pijamas com pezinhos e um boné para proteger contra o sol do México.

— Tem razão, pode ser que eu não precise de todas essas coisas. — Laura sentou-se ao lado dela na cama. Não estava claro se ela se referia ao fato de ter feito uma mala para trigêmeos ou de que a adoção ainda poderia não dar certo, mesmo em cima da hora.

— Vai dar tudo certo. — Finch bateu em seu braço.

— Eu sei. Só estou nervosa, é isso. Ainda não consigo imaginar... um bebê. — Laura passou a mão pelos cabelos, deixando-os arrepiados com a estática. — Justamente quando eu achei que me sentiria solitária com você indo para a faculdade no ano que vem.

— Como se algum dia você fosse se sentir solitária nesta casa.

— Ainda assim... — Laura estava ficando com aquela cara de novo, como se fosse chorar a qualquer minuto. — Vou sentir sua falta.

A faculdade, que parecera uma coisa tão distante, de repente tornou-se realidade. Ela sentiu um nó na garganta.

— Não vou a lugar nenhum por enquanto.

— Até lá você vai ficar tão cansada de trocar fraldas que vai sair daqui correndo feito uma bala. — Um canto da boca de Laura se elevou num sorriso assimétrico.

Finch deixou-se cair de costas, olhando para uma mancha no teto, na forma de uma crista de galo.

— Imagino como será ter uma irmã.

— Eu me lembro que quando os meus pais trouxeram a Alice da maternidade, achei que ela era toda minha. — A voz dela ficou suave. — Eu costumava vesti-la com as roupas das minhas bonecas, até que ela ficou grande demais. E a forma como ela costumava olhar para mim, com aqueles olhos azuis dela, como se eu fosse o sol, a lua e as estrelas... bem, eu nunca me senti tão importante. — Ela sorriu para Finch. — Não há nada como uma irmã. Você vai ver.

Neste exato momento, tudo o que Finch queria era que o tempo parasse. Ela chegou para o lado, deitando a cabeça no colo de Laura. Quando era mais novinha, olhava com inveja para as mães que aninhavam seus filhos, mas aprendera que era melhor não querer o que não podia ter. Agora, o peso quente da mão de Laura sobre sua testa a fazia lembrar, mais uma vez, de tudo o que ela havia sentido falta e o que sua irmãzinha sempre iria ter.

— Ah, droga! — Laura praguejou baixinho. Finch levantou a cabeça e a viu apertando um lenço amassado contra o nariz, com expressão encabulada. — Prometi a mim mesma que não iria chorar. Se eu não tomar cuidado, estarei um lixo quando desembarcarmos.

Finch sentou-se ereta na cama.

— Você vai ficar ótima. Vamos, vou te ajudar a acabar de se arrumar.

Ela ocupou-se da mala, checando-a duas vezes para se certificar de que continha tudo o que Laura precisaria, ao mesmo tempo em que retirava o que não usaria. Num dado momento, Hector enfiou a cabeça para dentro do quarto e, revirando os olhos, desapareceu. Maude trouxe um kit de costura para viagem, no caso de alguma emergência de última hora. Até os cachorros entraram, Pearl enfiando o rabo entre as patas diante da visão de uma mala.

Sonho de uma Vida

Quando não havia mais nada a fazer, Finch foi para a sala de estar assistir à TV, onde adormeceu durante meia hora, durante um especial do *National Geographic* sobre a vida selvagem no Alasca. Acordou muito mais tarde, com o barulho de vozes murmurando. A luz se acendeu por baixo da porta do quarto de Laura e Hector. Ela sabia que eles não dormiriam muito naquela noite.

Sentia inveja deles. O que quer que acontecesse, eles tinham um ao outro, enquanto tudo o que ela teria de Lucien seriam lembranças e um endereço de e-mail. Será que algum dia o veria de novo? De repente, o fato de não saber tornou-se insuportável. Como havia passado da fase de não saber o que fazer com ele para a fase de o que fazer sem ele?

— No que você está pensando? — perguntou ela, enquanto eles passeavam de mãos dadas pelo pátio da escola, nada diferente dos casais de quem ela, uma vez, secretamente fizera troça.

Lucien encolheu os ombros.

— Eu só estava imaginando se é possível ter uma nota decente num trabalho que se escreveu dormindo.

As provas finais estavam próximas e pelos olhares tensos espalhados pelo campus ele não era o único preocupado com as notas. Finch sabia que também devia estar preocupada, mas com todo o resto que estava acontecendo, não conseguia se interessar muito se tiraria um B ou um B menos em alguma prova idiota.

— Se for com a srta. Goodbee — disse ela —, você poderia entregar cópias do *Cliffs Notes* e ela te daria um A.

— Então agora eu sou o peixinho da professora?

— Foi você que disse isso, não eu.

— Deve ser o meu charme irresistível. — Ele baixou os cílios numa tentativa de parecer misterioso.

— Para uma mulher que não vai para a cama desde o naufrágio do *Titanic*, qualquer um lhe pareceria bom.

Ele riu, dizendo:

— Acredito que você esteja se referindo ao *Titanic* de verdade, não ao do filme. Em todo caso, como você pode saber?

— Você já reparou no jeito que ela anda? Como se tivesse uma tora enfiada no traseiro.

— Você está de bom humor hoje de manhã.

— Não dormi muito a noite passada. — Ela ignorou Courtney Russo, de pé com seu grupinho na cantina, olhando para ela e Lucien como se soubesse de algo e eles não.

— Bem-vinda ao clube.

Finch sentiu-se irritada de repente. Isso era tudo no que ele pensava? Tirar boas notas na provas finais?

— Não fiquei a noite toda acordada estudando — rebateu ela. — Tive insônia, só isso.

Lucien olhou cauteloso para ela.

— Alguma coisa te preocupando?

— Bem, vamos ver. Pode ter algo a ver com o fato dos meus pais estarem vindo para casa com um bebê.

— Quando eles voltam?

— Dentro de uma semana.

— Então você vai saber.

— Saber o quê? — Estaria sugerindo que a adoção poderia não dar certo?

— Como é ter um bebê em casa. — Ele franziu a testa. — Que bicho te mordeu, afinal de contas?

— Nada. — Ela encolheu os ombros, soltando a mão dele.

Mas Lucien a conhecia muito bem. Eles haviam ficado muito íntimos nas últimas semanas, caindo num ritmo tão sintonizado que, até mesmo agora, ao baixar o olhar, ela viu, para seu desespero, que o passo dela combinava com o dele. Ela reduziu de repente, deixando-o passar a frente, mas eles não foram muito longe, pois ele a pegou pela cintura e puxou-a para dentro de uma sala de aula vazia.

— Não vou te deixar em paz enquanto você não me contar o que está acontecendo — disse ele.

— A gente vai se atrasar para a aula.

Sonho de uma Vida

— Que se foda a aula.

— Ah, tá. E daí? Ano que vem você nem vai estar por aqui. — As palavras escaparam de sua boca.

— Então é isso. — Ele assentiu lentamente com a cabeça, num gesto de compreensão. Em seguida, com um suspiro, prostrou-se na carteira mais próxima.

— Então é verdade — disse ela, suavemente. — Você não vai voltar.

Ele ficou olhando para o chão.

— É o que parece.

— Foi ideia sua ou da sua mãe? — Ela precisava saber.

Ele ergueu os olhos para ela, o retrato do sofrimento.

— Ela não está me obrigando a nada ou qualquer coisa parecida. Só que... ela está passando por uma fase difícil no momento, mas está tentando, entende? Não quero piorar as coisas para ela. — Havia lágrimas nos olhos dele.

— A gente ainda vai se ver? — Ela engoliu em seco, lutando contra o bolo que sentia na garganta.

— Vou voltar na semana do Natal. Meu pai vai me levar para esquiar. — Ele nem precisava dizer que os planos dele não a incluíam.

— Tanto faz. Também não sei se vou estar por aqui — respondeu, friamente. — Meus tios têm uma casa no Cabo. — Ela gostava da forma como isso soava. *Cabo*. Como se ela fosse o tipo de pessoa acostumada a pegar voos para lugares como o Cabo San Lucas, ao seu bel-prazer. O que também não era exatamente mentira; Alice e Wes *tinham* mesmo uma casa num condomínio no Cabo, que eles estavam sempre oferecendo a eles, mesmo que Laura e Hector preferissem voar para a Lua. O que fariam no Cabo com um bebê?, perguntara Laura.

Ele fez cara de decepcionado.

— Sério? Porque eu tinha esperança... — Ele encolheu os ombros. — Deixa pra lá. Não é nada de mais.

— O quê?

— Eu ia perguntar ao meu pai se você podia ir com a gente.

— Verdade? — O coração dela foi às alturas; então, com a mesma velocidade, despencou. Não podia pedir a Laura e Hector para financiarem uma viagem dessas; as economias deles tinham ido para o bebê. — Eu adoraria — disse ela, com toda a naturalidade que pôde —, mas meus pais esperam que eu passe o Natal com eles. Não quero desapontá-los.

— A gente só iria no dia seguinte.

— Olha, para sua informação, eu *nem sei* esquiar — disse ela, praticamente zangada.

— Eu te ensino.

— E quanto aos esquis?

— Você pode alugá-los.

— Nem todo mundo pode pagar por isso, você sabe. — Ela o encarou como se ele, de alguma forma, fosse culpá-la pelo fato de ser pobre.

Ele inclinou a cabeça, oferecendo-lhe aquele sorriso que ia se abrindo aos poucos e que sempre a desmontava.

— Escuta aqui, eu não teria tocado no assunto se achasse que era para você pagar. Seria por conta do meu pai. Ele ficaria empolgado. Pode acreditar. Qualquer coisa que não me faça ficar no pé dele.

Ela estava extremamente aliviada. Mesmo assim, recuou, falando:

— Como você pode saber se não terá outra namorada na época?

— Você também pode muito bem ter outro namorado — ele a pressionou em seguida.

— Até parece.

— Não venha me dizer que você não percebeu a forma como o Alan Dorfmeyer olha para você.

— Você está inventando essa história.

Ele abriu um sorriso. Somente quando eles estavam indo para a sala ao lado foi que perguntou:

— E então, você quer ir ou não?

Ela inspirou fundo.

— Tenho que perguntar aos meus pais, mas tenho quase certeza de que eles vão dizer que está tudo bem.

Lucien a puxou para si e a beijou intensamente, alheio aos estudantes que passavam.

— Cena dos próximos capítulos — ele sussurrou em seus ouvidos.

— Acho que isso quer dizer que o Alan não tem chance — disse ela.

— Se ele encostar um dedo em você, eu quebro a cara dele.

A sirene tocou. As portas dos armários bateram. Ali no corredor, vozes altas ecoaram. O vice-diretor anunciou pelo alto-falante que haveria uma reunião especial após o almoço.

— É melhor a gente correr — disse ela.

— A srta. G pode ficar uma vez sem mim. — Ele não se moveu, a não ser para apertar o abraço.

— Não tenho certeza se *eu* posso. — Ela ficou apavorada ao perceber que estava à beira das lágrimas.

O Natal parecia muito distante. Ela achou que, se conseguisse sobreviver a isso, esquiar seria moleza. Mesmo que se machucasse, o que seria quebrar um braço ou uma perna em comparação a se apaixonar?

Dois dias antes de Laura e Hector voltarem, Finch e Andie encararam a tarefa de fazer uma faxina na casa, do início ao fim. Elas arrumaram as quinquilharias que haviam se acumulado na varanda dos fundos — botas enlameadas, discos de frisbee mordidos pelos cachorros, sacos de fertilizante pela metade — enchendo vários sacos grandes de lixo. Deram banho nos cachorros, prendendo um laçarote na cabeça encaracolada de Rocky, que, cinco minutos depois, acabou pisoteado no pátio. Chegaram até a passar uma demão de tinta branca na cerca, ao longo da entrada de carros. Quando não havia mais nada para limpar ou polir, Finch correu os olhos pelo madeiramento reluzente, pelo sofá todo arranhado pelos gatos, coberto por uma manta limpinha, pelos galhos de salgueiro-gato na leiteira ao lado da lareira e experimentou uma sensação enorme de dever cumprido. A casa não ficava tão arrumada assim desde o casamento de Laura e Hector.

De última hora, Anna apareceu para ver se podia dar uma mãozinha. Ela parecia abalada e Finch achou que isso teria a ver com a falta que sentia de Marc. Ao mesmo tempo, ela parecia determinada a tocar a vida adiante. Enquanto, no passado, sempre parecera sem energia, ultimamente Anna emanava uma força silenciosa.

Elas estavam conversando na varanda quando o Explorer entrou no caminho de carros, no meio de uma cortina de fumaça. Finch observou com o coração na boca quando Laura e Hector desceram. Onde estava o bebê? Teria acontecido alguma coisa? Ouvira histórias terríveis sobre pais adotivos que saíam cheios de esperança apenas para voltarem de mãos vazias, por causa de algum problema de última hora ou alguma desorganização típica de Terceiro Mundo.

Então Laura abriu a porta e se inclinou para pegar alguma coisa do banco de trás. Tudo o que Finch pôde ver de onde estava foi um pacotinho embrulhado numa manta de onde dois bracinhos morenos e gorduchos surgiram balançando, como os braços de um maestro. Laura as viu e abriu um sorriso, pondo-se a caminho de casa, andando com tanto cuidado quanto se estivesse carregando um recém-nascido frágil, e não um bebê gorducho de seis meses. Uma onda de alívio tomou conta de Finch.

Esperanza era ainda mais bonitinha do que na foto, com o rostinho redondo, covinhas e um chumaço de cabelos negros espetados como o de um cantor de punk rock. Quando Finch estendeu a mão, ela apertou seu dedo com uma força surpreendente, balbuciando e se contorcendo, encantada. O coração de Finch deu voltas dentro do peito.

— Quer segurá-la? — Laura a entregou para Finch, sem perda de tempo.

— Ela pesa uma tonelada — disse Finch, com uma risada, temerosa de que a qualquer momento ela começasse a chorar.

— Metade deste peso é da fralda. Não a troquei desde que chegamos ao aeroporto. — Laura falou como se trocar fraldas fosse um privilégio.

— Olha só para esse rostinho. — Anna acariciou um pezinho gorducho, olhando para olhos da cor de bombons de chocolate, com cílios tão longos que chegavam a acariciar as sobrancelhas. Jack precisaria tomar cuidado. Ele teria concorrência.

Maude apareceu na varanda neste momento e, ao ver a razão de tanta comoção, levou a mão ao peito.

— Deus seja louvado. — Ela pegou o bebê dos braços de Finch e se pôs a examiná-lo da cabeça aos pés. Balbuciando, Esperanza parecia igualmente fascinada por ela. — Nós vamos nos dar muito bem, não vamos, meu docinho?

— Ela já está engatinhando? — quis saber Anna.

— Ela ainda nem sabe o que é isso, mas está tentando — disse-lhe Laura.

Os olhos azuis de Maude reluziram. Há décadas que não cuidava de um bebê, seu filho, agora, era um homem de meia-idade, com a própria família para cuidar, mas ela soube direitinho o que fazer quando Esperanza começou a resmungar. Pôs-se a andar de um lado a outro, dando palmadinhas em suas costas. Na mesma hora o bebê parou de resmungar.

Quando ela começou a adormecer, Laura a pegou de Maude, a mão já experiente ao abrir a porta com Esperanza recostada em seu ombro.

— Pelo visto, deu tudo certo — Anna disse a Hector.

— Tivemos um probleminha na embaixada, mas, depois disso, foi céu de brigadeiro. Quanto a ontem, o Tio Sam ganhou mais um cidadão. — Ele abriu um sorriso, mostrando seu dente da frente lascado.

— Graças a Deus. Eu estava tão preocupada! — Com certeza, Anna temera o pior. Será que passaria o resto de sua vida achando que havia um desastre depois de cada curva?

Hector perguntou:

— Como está o novo emprego?

Anna se iluminou.

— Mais difícil do que eu achei que seria, mas todos os dias eu aprendo alguma coisa nova.

Como sempre, Anna estava sendo modesta.

— O chefe dela disse que ela devia tentar escrever uma história — contou-lhe Finch. — Se ficar boa, ele vai publicar.

— Aí é que está: *se*. De qualquer forma, com certeza é melhor do que... — seu sorriso se desfez — ficar em casa — concluiu ela, tristemente.

Finch se perguntava como ela conseguia. Se Monica tivesse sido sua irmã, ela teria atirado pedras em seu túmulo.

— Fico feliz em saber. — Hector a olhou com afeto e Finch percebeu que ele dormia melhor agora que sabia que ela estava fora de perigo. — Tem notícias do Marc?

— Ele telefonou um dia desses. — Anna baixou a cabeça, mas não rápido o suficiente para esconder sua expressão sofrida.

Hector tomou cuidado para soar natural quando disse:

— Da próxima vez que falar com ele, diga que estamos sentindo falta dele por aqui.

— Direi. — Ela deu um jeito de sorrir, em seguida pediu licença dizendo que tinha algumas coisas para fazer em casa.

Quando ficaram sozinhos, Hector pôs o braço nos ombros de Finch.

— Bom trabalho — disse ele, inclinando a cabeça na direção da cerca recém-pintada.

— Achei que você iria ficar ocupado com o bebê — disse a ele.

— Achou certo. — Ele lançou um olhar retorcido para a casa. — Na verdade, tenho o pressentimento de que nada será o mesmo daqui para frente.

— Tem certeza de que não quer o seu antigo quarto de volta? — brincou ela.

Hector abriu um sorriso, as rugas profundas no canto dos olhos se curvando ao encontro das têmporas, onde, pela primeira vez, ela percebeu um leve reflexo de fios grisalhos.

— Pode ficar com ele — respondeu.

— Ela chora muito?

— Não mais do que a maioria dos bebês.

— Você se importa de ela não ser... — Ela se conteve.

— Minha? — ele terminou por ela. — Com certeza eu sempre achei que teria filhos meus, mas as coisas tomaram o rumo que tinham que tomar. — Ele olhou para Finch, seus olhos escuros reluzindo com uma mesma medida de humor e afeição. — Isso tudo é culpa sua. Não fosse por você, nós não íamos saber o que estávamos perdendo.

— Só me faça o favor de não adotar mais uma dúzia — disse ela, com uma risada constrangida. Mas estava secretamente feliz ao ouvir como ele se sentia, aquele pai por acidente que acabara se tornando melhor do que qualquer um que ela pudesse ter escolhido.

Sonho de uma Vida

Após um momento de silêncio companheiro, ele balançou a cabeça na direção do carro e disse:

— Quer me dar uma mãozinha com aquelas bolsas?

Finch o seguiu assim que ele desceu os degraus. Dentro de casa, dava para ouvir o bebê chorando baixinho, sonolento, enquanto Laura cantarolava uma canção de ninar com sua voz desafinada. Ela ergueu os olhos e viu um falcão voando lentamente, em círculos, num céu tão azul que parecia que ia rachar, e, por um instante, imaginou-se voando junto a ele. Voltou à realidade com o cheiro de lasanha no forno e com a visão de Hector segurando um guarda-sol quase tão grande quanto seu sorriso.

Capítulo Dezoito

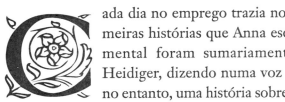

Cada dia no emprego trazia novos desafios. As duas primeiras histórias que Anna escreveu em caráter experimental foram sumariamente descartadas por Bob Heidiger, dizendo numa voz rude que elas eram tolas; no entanto, uma história sobre um abrigo para mulheres vítimas de violência domiciliar prendeu sua atenção. Ele a chamou em seu escritório e fechou a porta — normalmente não um bom sinal, embora, dessa vez, as notícias não fossem ruins. Ele foi direto ao assunto:

— Você ainda está muito longe de se tornar uma jornalista, mas, com certeza, tem jeito para ir direto ao ponto. Acredito que já tenha

ouvido falar que a Suzette vai pendurar as chuteiras até o final do mês...
— Suzette Piggot, da coluna "Suzie Recomenda", a colunista de sessenta e oito anos do *Clarion*. — Eu estava pensando em chamar alguém do sindicato, mas por que você não tenta?

Anna gaguejara uma resposta antes de voltar para seu cubículo. Uma hora depois, estava examinando uma pilha de cartas que havia recebido de Suzette. A primeira a atrair sua atenção fora de uma mulher chamada Tanya, que estava numa dúvida cruel se colocava ou não o pai idoso numa clínica geriátrica. Anna escreveu respondendo que era natural se sentir culpada, mas que isso apenas complicava as coisas e, possivelmente, acabaria fazendo com que ela tomasse a decisão errada. Ela sugeriu que Tanya procurasse ajuda, e fez uma lista das várias organizações que havia visitado quando se vira na mesma situação.

Anna percebeu que isso não era muito diferente do que quando os fãs de Monica escreviam à procura de conselhos. Quando finalmente lhe deu sinal verde, Bob chegou a insistir para que ela mantivesse o anonimato, dizendo que sua notoriedade poderia espantar as pessoas. Algumas cartas exigiam análise e pesquisas cuidadosas; outras, apenas uma dose mínima de bom-senso, como a de uma mulher que reclamava que sua vizinha tinha o hábito de aparecer em sua casa sem avisar, normalmente ficando por uma hora ou mais. Quando "Uma Luz para seus Problemas" inaugurou, foi com a resposta de Anna à Exaurida:

Cara Exaurida,
Com certeza, uma pisada no freio é necessária. Na próxima vez que sua vizinha aparecer sem convite, sugiro que você a receba dizendo: "Você chegou na hora certa! Eu ia mesmo tirar uns cinco minutinhos para tomar um café." Assim, você vai fazer com que ela saiba que há um limite de tempo, sem se sentir ofendida. E se ela não perceber a indireta, convide-a a ir embora. Se ela for tão cara-dura quanto você fala, nem vai perceber.

Luz

No entanto, por mais que gostasse de seu trabalho, Anna tinha ainda que encarar uma casa vazia. A diferença era que, atualmente, não estava se permitindo afundar na lama. Encontrara outra terapeuta, uma de quem gostava, uma mulher mais velha, prática e objetiva chamada Corinne, que a fazia lembrar de Rhonda. Fora Corinne que a indicara ao FA — Filhos de Alcoólatras. Anna ia às reuniões de grupo uma vez por semana e acabou conseguindo entender a fundo o que fizera Monica agir daquela forma. Cada vez mais também passou a entender o papel que *ela* desempenhara involuntariamente naquilo tudo. Achando que as reuniões também poderiam ajudar a Liz, insistiu para que a irmã a acompanhasse, mas ela não aceitou, dizendo que já havia esgotado todas as suas milhas *naquele* outro voo para o inferno.

Anna não a culpava. Havia uma linha tênue entre entender o passado e revivê-lo. Já não havia ficado obcecada demais por Marc? O único remédio, descobrira, era ficar um passo à frente. Ingressou no comitê do festival de música, a convite de Sam, e na Sociedade Histórica, como voluntária, onde conduziria excursões pelas construções históricas durante a semana de exposição no Natal. No fim de semana anterior, fora à exposição anual de orquídeas no jardim botânico, e no outro fizera uma viagem com Liz a Big Sur, onde elas comeram siris no jantar e exageraram na bebida antes de caírem prostradas em suas respectivas camas, rindo até ficarem com soluço.

Seu maior prazer era tomar conta de Esperanza, que ganhara o apelido de Essie, nas poucas ocasiões em que todos na fazenda estavam ocupados. Essie ria mais do que chorava e nada mais nada menos do que um terremoto poderia acordá-la. Anna não tinha dúvidas de que na festa em sua homenagem, marcada para a semana após as férias escolares, ela seria a bela do baile. O único pesar era o desejo profundo que ela despertava em Anna, que imaginava os filhos que poderia ter tido com Marc. Ela sabia que devia agradecer por suas bênçãos, ainda assim não conseguia parar de se sentir como se tivesse sido roubada.

Mas não fora exatamente isso que ficaram martelando em sua cabeça durante a infância? Que nenhuma mulher estava completa sem marido e filhos? (Muito embora Deus soubesse que seus pais haviam sido

Sonho de uma Vida

tudo, menos exemplos de felicidade doméstica.) Por que não bastava o fato de ela, finalmente, estar descobrindo o que queria da vida? O problema era que sua solidão tinha um rosto: o rosto de Marc. À noite, não conseguia fechar os olhos sem vê-lo. Uma brisa que jogasse seus cabelos na face trazia-lhe lembranças do carinho dele. Até mesmo sua caneca favorita de café lhe causava uma pontada de dor cada vez que ela abria o armário e a via.

Ele telefonava de vez em quando, mas a conversa deles parecia forçada e sempre a deixava mais deprimida do que nunca. Estava ficando cada vez mais difícil aceitar tão pouco quando queria tanto. A ironia era que, agora, os homens olhavam duas vezes para ela na rua, e não somente porque ela era a Madame X da cidade. Alguns a tinham até convidado para sair, como Howard Newman, do *Clarion*, homem atraente e divorciado, pai de três filhos. Durante um almoço no Casa da Árvore, eles haviam conversado sobre trabalho, sobre os filhos dele e sobre o que eles gostavam de fazer nas horas livres — Howard era ávido por caminhadas —, mas, embora ela apreciasse sua companhia, não via futuro naquela relação. O único homem que desejava era comprometido.

Numa manhã de terça-feira em meados de junho, quando os belos botões da primavera que cobriam o vale deram lugar ao verde vibrante do verão, ela recebeu a ligação que tanto temia.

— É a sua mãe — disse Felicia Campbell. — Ela deu uma guinada e piorou...

A primeira reação de Anna foi sorrir diante da expressão antiquada, como se Betty tivesse dado uma guinada para uma estrada desconhecida e se perdido. Então ela entendeu: a mãe estava doente, talvez à beira da morte. Ela sabia que isso poderia ocorrer a qualquer momento — a idade avançada e os anos de sofrimento nas mãos do pai haviam cobrado seu preço —, mas, mesmo assim, isso veio como um choque. Assim que desligou, Anna telefonou para Liz e marcou de se encontrar com ela no hospital.

Quando elas chegaram, já era tarde demais. Um plantonista paquistanês de fala macia as levou para um canto e explicou gentilmente que o coração de Betty não aguentara. Anna ficou sem fala enquanto Liz solicitava respostas. Eles haviam feito tudo o que podiam para ressuscitá-la? Por que não? Afinal, que tipo de hospital era aquele?

Ficou a cargo de Anna informar a Liz que a mãe delas, cujo maior medo sempre fora o de uma morte lenta, presa a aparelhos, deixara um testamento em vida.

— É o que a mamãe queria. É melhor assim, pode acreditar.

Liz ficou olhando para ela, incrédula, em seguida assentiu com a cabeça e começou a chorar. Anna sabia que seria assim: que o coração da irmã, endurecido no que dizia respeito à mãe, seria o primeiro a se partir. Suas lágrimas não eram apenas por causa de Betty, mas por tudo que permaneceria para sempre sem solução. O fato de ter perdido o bonde tempos atrás, pois a mãe não era mais lúcida há anos, parecia não importar. Ela havia morrido; isso era tudo o que Liz sabia.

— Já está tudo providenciado — disse Anna, tranquila. Parecia que elas estavam ilhadas em cima de uma pedra, em meio à equipe de emergência que circulava ao redor como ondas rebentando: enfermeiras com aparência cansada e plantonistas cuidando dos pacientes, alguns segurando toalhas ensanguentadas contra ferimentos ou as fazendo de apoio para partes contundidas do corpo.

— Por que você nunca me falou desse testamento? — Liz levantou a cabeça, os olhos vermelhos, cheios de acusação.

— Você nunca perguntou.

— Quando ela...?

— Quando o papai morreu.

— Achei que ela queria ser enterrada junto dele. — Um tom de amargura foi sentido na voz de Liz.

— Não. Ela estava determinada quanto a isso. — Betty havia chorado no enterro do pai, lágrimas não muito diferentes das que Liz vertia agora, mas, se tinha uma coisa da qual tivesse certeza, era onde queria ser enterrada quando sua vez chegasse. — Ela vai ficar com a vovó. — Do outro lado do cemitério, o mais longe possível de Joe Vincenzi.

— Graças a Deus por isso, pelo menos.

— É melhor a gente ligar para a funerária.

— Você precisa de mim para alguma coisa?

Sonho de uma Vida

Naquele momento, Liz parecia incapaz de fazer qualquer outra coisa além de assoar o nariz.

— Isso pode esperar até amanhã — Anna disse gentilmente, fazendo uma lista mental dos amigos e parentes que teria que chamar. — Você quer que eu peça a alguém para te levar em casa?

— Por que não pedimos ao David? Ele deve estar lá em cima, com o filho. E com a Santa Carol, é claro. Ela iria insistir para que ele me levasse para casa. — A voz dela falhou e ela se recostou na parede, os olhos fechados com força. A morte de Betty e o rompimento com David tinham, de alguma forma, dado um nó na cabeça de Liz.

— Eu vou te levar — disse Anna. — Voltamos amanhã de manhã para pegar o seu carro.

Parecia que Liz ia protestar, mas, em vez disso, ela se rendeu com um suspiro e disse:

— Acho que você tem razão. Com a sorte que eu ando, seria um enterro duplo. Para falar a verdade, do jeito que estou me sentindo agora, posso acabar morrendo mesmo.

— Você vai sobreviver — Anna disse enfática. Ela sabia que Liz queria que ficasse com pena dela, mas Anna não estava mais disposta a proporcionar carinho e conforto em horário integral.

A boca da irmã se esticou num sorriso forçado.

— Ah, claro. Vou sobreviver. Cabeça erguida, não era isso que a mamãe costumava dizer?

— Você ainda tem o Dylan.

— Acredite em mim, ele é a única coisa que me mantém saudável.

— Você tem a mim também.

— Não sei como você não me odeia. — Recostada na parede, os braços apertados sobre a barriga, Liz podia se passar por uma das pacientes. — Nunca ajudei muito, não é? Nem com a mamãe nem com a Monica.

É, não ajudou.

— Eu te perdoo — disse Anna.

Liz olhou surpresa para ela. Na verdade, não esperava que Anna concordasse tão prontamente que ela estava em falta. Mas sua expressão logo ficou encabulada.

— Sinto muito. De verdade. Vou tentar te recompensar por isso.

Não é um pouco tarde demais?, disse uma voz fria dentro de Anna. Mas de nada adiantava bater num cachorro morto.

— Vou fazer uma lista das pessoas a quem temos que avisar. Cada uma de nós fica com metade.

— Preste atenção para pôr David e Carol na *sua* metade — disse Liz, amargurada. Elas estavam de saída quando Liz perguntou: — E quanto ao Marc? Você vai avisá-lo?

Anna pensou por um instante e em seguida balançou negativamente a cabeça. Ele insistiria em vir e ela não conseguiria ainda ter que lidar com *isso*. Por outro lado, se lhe dissesse para não vir, ficaria ainda mais claro que a amizade deles não era verdadeira, mas uma coisa estranha e híbrida. Os amigos procuravam uns pelos outros em horas como esta; eles seguravam a sua mão e se ajoelhavam com você em oração. Se Marc não pudesse estar ali com ela, como estivera uma vez, de que adiantava fingir?

Marc estava sentado em círculo, junto com pacientes e membros da família, na sala C-4, que dava vista para o gramado onde, no momento, um de seus colegas, Dennis Hodstetter estava consolando uma jovem arrasada, sentada de pernas cruzadas sobre a grama. Ele pensou em Anna. Havia lido em algum lugar que havia cinquenta palavras na língua dos esquimós para definir neve. Não deveria haver o mesmo número para definir a forma como se sentia falta de alguém?

Aquela fora uma sessão particularmente intensa até o momento: um de seus pacientes, um artista jovem e barbudo chamado Gordon, contara mais cedo que havia sido molestado sexualmente quando criança pelo homem que estava sentado à sua frente, seu irmão mais velho. Gordon chorava, assim como seu irmão, enquanto os pais pareciam mergulhados em angústia.

Eles prosseguiram pelo círculo. Várias pessoas expressaram raiva e desgosto enquanto Mohammed B. — ex-viciado em cocaína, cujos pais, muçulmanos tradicionais, estavam sentados, mudos de tão chocados —

Sonho de uma Vida

parabenizava tanto Gordon quanto o irmão por terem a coragem de enfrentar o assunto. Melanie S., ela mesma vítima de incesto, debulhou-se em lágrimas. Jim T. disse, num sussurro estrangulado, que preferia não se manifestar, pois poderia dizer alguma coisa da qual acabaria se arrependendo.

Marc lembrou a todos do voto de sigilo que haviam feito antes de convidarem Gordon e seu irmão para empurrar as cadeiras para o centro da sala. Gordon foi o primeiro a se manifestar, falando baixo e de forma entrecortada sobre o estrago que havia sido feito e das muitas maneiras que ele sofrera ao longo dos anos. Seu irmão Tom, de cabelos curtos, enquanto Gordon era cabeludo, ouviu a tudo com lágrimas escorrendo pelas faces, assentindo de vez em quando, como se reconhecesse o que fizera e o sofrimento que havia infligido.

Esta era a parte mais difícil do trabalho de Marc: controlar o ímpeto de julgar. Por mais contrariado ou enraivecido que pudesse ficar com o que ouvia, precisava encontrar uma forma de superar. Ele sabia que a cura não vinha da intimidação; era uma questão de discussão aberta e sincera, que permitiria a cada um ter sua vez de falar. O resultado nem sempre era o perdão; algumas coisas eram sérias e danosas demais para serem perdoadas. Mas, neste caso, Gordon teria que aprender a perdoar a si próprio, que dirá ao seu irmão, e ser capaz de prosseguir com a vida.

Os pensamentos de Marc se voltaram mais uma vez para Anna. Ele sabia que seria difícil, mas a dor não diminuíra com o tempo. Pensava constantemente nela. Escrevia cartas que acabavam amassadas na lata de lixo, e-mails que eram apagados antes de serem enviados e, para cada vez que telefonava, pelo menos uma dúzia de vezes desligava antes de digitar o número dela.

E onde ficava Faith em meio a tudo isso? Estaria se apegando a algo sem esperanças, a um amor que não existia mais? Seu lado marido começara a pensar que era mera ilusão sua achar que algum dia ela ficaria boa, mas seu lado médico sabia que vários avanços estavam ocorrendo, se não todos os dias, pelo menos num ritmo meteórico no campo antiquado da saúde mental — campo que, não há muito tempo, confiara nas terapias do eletrochoque e da insulina, com a lobotomia como último recurso. Ele já havia visto milagres, como a mulher no grupo da semana anterior, uma esquizofrênica assumida que estava se recuperando e que falara de forma franca e vivaz sobre sua luta contra a doença. E ela sequer era uma paciente; estava lá por causa do filho. Portanto, sim, era possível que um dia, num futuro nem tão distante, ele olhasse para o outro lado da mesa da cozinha e visse a mulher com quem havia se casado sorrir para ele. Se não acreditasse nisso, nada haveria que pudesse detê-lo. Ele já teria voltado correndo para Anna.

Numa voz sofrida, Gordon leu em voz alta e faltosa sua lista de confrontações:

— Naquela vez que você me acusou de mentir quando eu contei para o papai o que você tinha feito, eu fiquei com raiva, com vergonha e sofri. Aquele dia no lago, quando você me fez jurar que se algum dia eu...

Quando o irmão, finalmente, teve a oportunidade de responder, logo ficou claro que não havia ali um vilão de verdade — acabou que Tom também havia sido molestado em tenra idade —, apenas atitudes erradas que foram se multiplicando exponencialmente com o passar do tempo. Marc terminou antes da hora do almoço. Houve um suspiro coletivo de alívio quando todos recolheram seus pertences e se dirigiram à porta. Depois que a última pessoa foi embora, ele correu os olhos pela sala vazia, o carpete cheio de bolinhas de lenços de papel fazendo-o pensar num campo de batalha. Mas, se alguém havia sido derrotado, era ele. O trabalho que lhe dera sustentação após a doença de Faith estava agora dando sinais de desgaste; pequenas rachaduras haviam aparecido em sua armadura, deixando entrar pensamentos e sentimentos que, em sua maioria, ele havia conseguido extinguir utilizando as ferramentas de seu ofício.

Ele foi de carro para casa, no final do dia, em meio à ameaça de uma tempestade. A chuva ainda não havia começado a cair, mas nuvens cinza passavam baixas e carregadas, raios tremeluziam como um circuito defeituoso, iluminando as gotas polpudas que se acumulavam em seu para-brisas. Ele havia pensado em parar para comer alguma coisa, mas pensou melhor. Teria sorte se conseguisse descer do carro e entrar em casa sem ficar ensopado. Esse pensamento o deprimiu ainda mais do que

Sonho de uma Vida 421

a reunião de grupo daquela tarde. Ainda não havia se acostumado a comer sozinho. Cada vez que se sentava em frente à TV com uma tigela de chili requentado ou uma fatia de pizza na mão, ele imaginava a mãe balançando a cabeça em protesto. Uma das crenças mais ferrenhas de Ellie era a de que esses hábitos eram para aqueles que "não sabiam o que estavam perdendo".

Num impulso, ele decidiu fazer uma visita a Faith. Não que isso fosse, necessariamente, mudar seu humor, uma vez que ele nunca sabia o que esperar. Às vezes ela estava bem-disposta, até mesmo otimista; outras vezes estava agitada e deprimida. Para sua eterna vergonha, ele sempre rezava pela última opção, como fazia agora. Pois, na ausência de qualquer esperança, poderia ir embora.

Shirley não estava no posto de enfermagem quando ele chegou; estava de folga naquela noite. Uma enfermeira antipática e de cabelos grisalhos, a qual ele não reconheceu, informou-lhe que o horário de visitas estava encerrado. Disse-lhe também, lançando um olhar afiado para as regras penduradas na parede, que talvez, se ele tivesse telefonado antes, eles poderiam ter dado um jeito.

Cansado demais para discutir, ele simplesmente seguiu pelo corredor sem se virar ou sequer apressar o passo. Tinha os ombros caídos e a chuva que havia lhe encharcado os cabelos escorria em gotas mornas pelo seu pescoço. Quando a enfermeira o alcançou, com o rosto vermelho de indignação, ele a ignorou como se ela fosse uma mosca sobrevoando sua cabeça, sem se dar ao trabalho de reduzir o ritmo.

Uma paciente que aparecera no corredor, uma mulher com os cabelos tingidos de hena e um enfeite imitando arminho em torno do pescoço, encolheu-se de medo como se ele fosse um estuprador em potencial, agarrando a gola de seu robe rosa-choque, enquanto um jovem magro e pálido, que parecia o sobrevivente de um campo de concentração, com olhos fundos e cabeça raspada, lançou-lhe um rápido olhar.

Ele encontrou Faith deitada na cama de seu quarto, ouvindo Schubert no aparelho de CD que ele lhe dera. Ela se sentou na cama e ele julgou ter visto um vestígio de preocupação, mas, em seguida, sua expressão se suavizou.

— Está tudo bem, Adele — disse ela, numa voz clara e firme. — Falei com o dr. Fine. Ele disse que estava tudo bem.

A enfermeira rabugenta continuou reclamando mais uns minutos... regras eram regras... como poderiam esperar que ela fizesse seu trabalho direito se as pessoas não... e ela não recebia o suficiente para... Então, por fim, ela se retirou para o corredor, resmungando sozinha.

— Ufa! — Faith expirou, abrindo seu típico sorriso travesso. Quando se levantou para desligar o aparelho de CD, ele percebeu que ela havia engordado alguns quilos e sentiu-se encorajado por isso.

Marc sorriu e se aproximou dela.

— Como diria minha mãe, estou encrencado.

— Não dê atenção para Adele.

— Qual o problema dela?

— Ela tem medo, só isso.

— De quê?

— De que um dia sejamos nós, pacientes, a administrar a casa.

— No caso dela, seria uma mudança bem-vinda.

Marc sentiu um pouco de sua apreensão ceder. Ela estava num dos seus bons dias. A não ser pelas olheiras escuras, como hematomas antigos sob os olhos, Faith estava praticamente como o seu antigo eu. Ele se sentou ao lado dela na cama, lutando contra a vontade de deitar e fechar os olhos.

— Você parece cansado — disse ela, franzindo a testa, preocupada.

— Foi um longo dia.

— Tem dormido bem?

— Neste calor? — Havia uma semana que a temperatura não baixava dos trinta e dois graus.

Do lado de fora, a chuva açoitava a janela em acessos furiosos. A tempestade interrompera a onda de calor, mesmo assim ele duvidava que fosse dormir muito naquela noite.

Faith o analisou de um jeito que ele já conhecia muito bem: em parte exasperada, em parte resignada. Ela sabia que alguma coisa o estava consumindo, mas esperaria até ele estar pronto para lhe contar... ou até que ela perdesse a paciência. Fora assim quando a mãe dele estava à

Sonho de uma Vida

beira da morte: ela ficara aturando seus silêncios opressores, aguardando até Ellie ser enterrada para lhe dizer com a mesma firmeza pacífica como havia se dirigido à enfermeira: "Sinto muito pela sua mãe. Eu também a amava, mas acho que não há outra opção a não ser dividir esse sentimento comigo. Estamos juntos nessa, quer você queira ou não."

— Acabei de ler aqueles livros — disse ela, olhando para a pilha de brochuras que ele havia trazido da última vez.

— Gostou de algum em especial?

— Larry McMurtry... ele me fez lembrar do Wyoming. — De repente, ela pareceu tomada de nostalgia.

Marc sentiu um aperto no peito. Eles haviam conversado sobre comprar uma casa lá, um dia. Nos primeiros doze anos de vida dela, antes de sua família ter se mudado para o Oregon, eles haviam morado em Jackson Hole. Ela e Marc haviam passado a lua de mel num chalé à beira do Lago Jenny, onde ele também fora enfeitiçado pelo encanto do Wyoming.

— Vamos voltar lá um dia desses — disse ele, com naturalidade.

— Não, não vamos. — A firmeza sofrida com a qual ela falou foi como uma lâmina fria passando pelo coração dele.

— Você não tem como saber.

Ela negou.

— Não adianta a gente se enganar, Marc.

Ele pôs as mãos nos ombros da esposa, forçando-a a olhar em seus olhos.

— Sei que não é o que parece no momento, mas um dia desses você vai voltar para casa. Você tem que acreditar nisso. — Ele esperava que isso soasse mais convincente para ela do que para ele.

Ela torceu os lábios.

— De certa forma, isso me apavora ainda mais do que ter de passar o resto da vida aqui.

Uma lembrança da lua de mel deles veio à tona: eles estavam fazendo uma caminhada e se depararam com um coelho morto, preso num emaranhado de arame farpado; ele se cortara todo tentando escapar. Faith era como aquele coelho em certos aspectos.

— Você não ficaria sozinha — ele a lembrou. — Você teria a mim.

— Não me venha com essa, Marc — continuou ela, examinando-o com aqueles olhos tristes e sábios, fazendo-o imaginar quem era o maluco ali. Lá fora, a tempestade fazia tremer a vidraça, como se alguém estivesse tentando entrar. Ou sair. A chuva escorria, densa, pelos vidros reforçados, lançando uma sombra ondulante sobre o rosto dela. Ela perguntou com a voz branda:

— Quem é ela?

As palavras o transpassaram como o relâmpago que cortava o céu naquele momento, dando início a um zumbido baixo em sua cabeça. Ele pensou em negar. Mas ela lutava com tanto esforço por cada pedacinho de realidade que deixá-la achando que havia imaginado aquilo seria o cúmulo da crueldade. Após um longo momento, ele respondeu:

— Ninguém que você conheça.

Faith respirou fundo, os olhos abatidos parecendo aumentar de tamanho, ficando mais reluzentes.

— Você está apaixonado por ela?

Ele deixou o silêncio falar por si só.

Tudo o que ela fez foi ficar parada, olhando para ele, uma infinidade de emoções passando por seu rosto.

Com um gemido, ele a puxou para si, enterrando o rosto em seu pescoço. Ela tinha um perfume doce, mas era o perfume de quem raras vezes se aventurava para o lado de fora. Faith não se esquivou dele, nem correspondeu ao seu abraço.

— Sinto muito... — disse ele, com um murmúrio entrecortado.

— Você teria me contado se eu não tivesse perguntado? — Ela falava com a voz baixa e rouca.

— Não sei.

— Está bem, Marc. Eu não te culpo.

— Nunca achei que isso fosse acontecer. Sei como isso soa, mas...

Ela recuou para pôr um dedo sobre os lábios dele.

— Já passou da hora de nós encararmos essa situação. Devíamos ter feito isso anos atrás.

— O que você está dizendo?

Sonho de uma Vida

— Eu pedi o divórcio.

Ele deu uma risada incrédula, lembrando-se de quando eram recém-casados e ela costumava brincar que, se algum dia eles se divorciassem, ele teria que levá-la como parte do acordo.

— Você não vai se livrar de mim tão fácil assim — disse a ela.

— Não quero me livrar de você.

— Então...

— Quero continuar a te ver... só que não durante um tempo. — Seus olhos imploravam para que ele entendesse. — Não tem nada a ver com você, Marc. Se algum dia eu ficar bem a ponto de ir para casa, terá que ser *por mim*. Não posso fazer isso por nós dois. Eu tentei. Mas é... é demais.

— Faith... — Ele quis abraçá-la, mas ela o repudiou com gentileza.

— Por favor, apenas... *vá*. — Como ele não fez qualquer menção de ir embora, ela se deitou de lado com as costas viradas para ele, os joelhos dobrados até o peito.

Marc se sentiu como se estivesse, literalmente, partido em dois. Uma parte dele quisera isso, com certeza. Até mesmo rezara por isso. Não apenas para que esta batalha sisífica chegasse ao fim, mas para que ela fosse decisão de outra pessoa. Não deveria estar aliviado?

Um bom soldado não abandona o seu posto, pensou ele.

Mas se o que ela havia dito era verdade, então a batalha não era dele.

Por fim, ele se levantou. Faith permaneceu tão imóvel que poderia estar dormindo. Com gentileza, tanta gentileza que poderia ter sido o vento entrando por uma fresta, ele se inclinou e lhe beijou a testa, saindo em seguida do quarto.

Os dias que se seguiram foram mais difíceis do que ele poderia ter imaginado. Trabalhava todos os dias, sentindo-se vazio, e voltava para casa cheio da dor dos outros. Dor que o protegia dele mesmo e abafava o sofrimento que o assaltava com punhos cerrados. Ele parou de se barbear e, quando a penugem em seu rosto se transformou em barba, passou a apará-la apenas para não causar a impressão de um perfeito lunático. Seus olhos andavam mansos, mas constantemente vermelhos pela falta de sono. Embora a vontade de beber fosse branda, como o repicar de um sino distante, um dia ligou para seu "padrinho", tarde da noite.

— Jim? Sou eu, Marc. Te acordei?

Houve um breve silêncio do outro lado da linha e ele imaginou Jim franzindo o rosto, um olho aberto olhando para o relógio ao lado da cama.

— Já passa da meia-noite — resmungou ele. — Claro que você me acordou, seu filho da mãe. — Seguiu-se uma risadinha baixa. — O que manda? O motor está falhando de novo?

Jim Pennington, mecânico das estrelas — o único a quem celebridades como Steven Spielberg e Tom Cruise confiavam seus Jaguares e Bentleys —, passara oito árduos anos em Lompoc, administrando um ferro-velho, antes de ficar sóbrio, em mais de um sentido. Isso acontecera há mais de vinte e cinco anos e ele andava nos trilhos desde então.

— O carro está bom — disse-lhe Marc. — Quanto a mim, eu já não tenho muita certeza.

— Tudo bem, estou ouvindo. — Sua voz exalava alegria. Jim, com quem tinha menos coisas em comum do que com qualquer outra pessoa que conhecesse, era a única pessoa em quem ele podia confiar.

— A Faith pediu o divórcio. — Marc lhe contara sobre Anna e agora se apressava para acrescentar: — Não é o que você está pensando. Ela disse que *eu* a estou detendo.

— Você acredita nisso?

— Não sei mais em que acreditar.

— Está bem, então o que você *quer*?

— Eu a quero de volta.

— Qual delas?

— Também não sei. — Marc deitou a cabeça no encosto da poltrona reclinável onde estava, segurando um copo de água tônica sem gim sobre um joelho. O quarto estava escuro, iluminado apenas pela luz da cozinha, que ele havia esquecido de desligar. — E eu que pensei que tinha todas as respostas.

— Não se superestime, doutor. — Ele ouviu a rude afeição na voz de Jim. — Nenhum de nós sabe porra nenhuma.

Sonho de uma Vida 427

— "Temos que aceitar que sabemos apenas um pouco" — Marc citou do livro de referência do AA.

— Sabe qual é o seu problema, doutor? Você pensa demais. — Jim se referia ao programa em que trabalhava como uma variante do trivial de carne com batatas. — Pare de tentar entender tudo e siga o seu instinto.

— Para início de conversa, foi isso que me meteu nesta confusão. — Se ele não tivesse seguido seu instinto, não teria corrido ao auxílio de Anna. Mas como podia se lamentar por isso?

— Cara, já te passou pela cabeça que o que você está chamando de confusão pode ser a melhor coisa que te aconteceu?

Marc ficou olhando para o copo, para os cubos de gelo que brilhavam sob a luz que se infiltrava pela porta da cozinha.

— Talvez você devesse pensar em trocar de profissão — disse ele, com um sorriso. — Você daria um bom psicólogo.

— E você daria um péssimo mecânico. Não dá para mandar um motor funcionar, é preciso se arrastar por baixo dele e sujar as mãos.

Marc suspirou.

— Eu achei que queria esse divórcio. E agora tudo o que eu quero é me enfiar num buraco.

Jim ficou tanto tempo em silêncio que Marc achou que ele tinha voltado a dormir. Então com sua voz estrondosa e roufenha por conta dos anos de bebedeira e dos dois maços de cigarro que fumava por dia, vício que ainda tinha que abandonar, ele disse:

— Quando foi comigo, a única coisa que me mantinha sóbrio era o desejo de ir para casa ficar com a minha esposa. Mas logo que saí, vi a verdade... éramos simplesmente dois bêbados se apoiando um no outro para não desmoronar. — Marc ouviu uma voz sonolenta murmurar ao fundo. Jim havia se casado pela segunda vez com uma mulher que conhecera no AA. Eles tinham dois filhos, um deles na faculdade, e, até onde Marc sabia, viviam felizes. — O que pode ter dado certo uma vez pode não dar certo a longo prazo. É a vida, as coisas mudam. Você tem que encarar, meu chapa. Não é você que mexe os pauzinhos; você é só o cara que se enrola neles.

— Obrigado, Jim. Sempre posso contar com você para pôr as coisas em perspectiva — disse Marc, com uma pitada apropriada de ironia.

— Por quinhentas pratas, eu também troco o silencioso.

— Acho que vou aceitar sua sugestão. Não estou gostando do barulho que o meu vem fazendo ultimamente.

— Quer um conselho de graça, doutor? Compre um jogo novo de pneus.

— Tem alguma metáfora no que você está dizendo?

— Não, mas tenho um amigo que pode fazer um precinho camarada.

— Vou pensar no assunto. — Marc deu uma risada irônica. — Agora volte a dormir antes que a Irene me mate.

— Parece que você já está fazendo isso muito bem por sua conta.

— Bons sonhos.

— Para você também, doutor. Para você também.

Decorridas algumas horas, ele ainda não havia pegado no sono. Estava com os olhos fixos na TV, perdido demais em seus pensamentos para saber o que estava passando. Depois da tempestade, chegara uma frente fria e agora ele sentia um ar gelado incidindo sobre seus pés e tornozelos nus. Ele levou o copo à boca para tomar o resto da tônica, mas estava vazio, embora não se lembrasse de tê-la tomado. Sabia que deveria ir para a cama, mas parecia não conseguir reunir forças. *Você está de luto, doutor,* disse uma voz interior, desconfiada como a voz de Jim. Se isso fosse verdade, então ela estava muito atrasada.

Uma notícia na TV chamou sua atenção: a mãe de Monica Vincent havia morrido. Uma foto antiga dela com Monica apareceu na tela da TV, mas ele só conseguiu pensar em Anna. Meu Jesus. Ainda por cima ter que lidar com isso. Ia pegar o telefone quando pensou melhor. Não por ser tão tarde, mas porque a perspectiva de ouvir a voz dela causou uma descarga de adrenalina. Uma medida paliativa, pensou ele, era a última coisa que qualquer um dos dois precisava.

Ele deixou o braço cair com força sobre o colo, onde o copo vazio estava tombado para o lado, como um objeto jogado na praia. *Se eu pelo menos conseguisse dormir.* Mas suas pálpebras estavam escancaradas, um zumbido baixo repercutia em suas veias como se induzido pelo álcool.

Sonho de uma Vida

Naquele exato momento, o que precisava mais do que qualquer outra coisa, pensou ele era de um drinque.

Mavis Fitzgerald estava entre as últimas a ir embora. Depois de ter ajudado na limpeza, ela se demorou na cozinha, perguntando repetidas vezes se havia algo a mais que pudesse fazer. De todas as amigas de Betty, Mavis provavelmente fora a mais próxima. Anna lembrou-se de que ela costumava passar por lá pelo menos uma vez por semana, embora sua casa ficasse a quilômetros de distância. Achara na época que era porque Mavis gostava da companhia delas — por ter ficado viúva tão jovem —, mas, com o tempo, passou a perceber que era mais do que isso: ela ficava de olho nelas. Sabia do que Joe era capaz e que sua mãe não tinha forças para enfrentá-lo. Certa vez, em péssimo humor, ele entrara furioso na cozinha e mandara Betty "descolar o traseiro da cadeira" e passar um café. Exausta, ela se levantara com esforço, mas Mavis dissera, determinada: "Fique sentada, Betty. Eu vou passar o café... e *bem forte.*" Joe lhe lançara um olhar furioso com os olhos vermelhos, os punhos se movendo ao lado do corpo, mas ela o olhara nos olhos, sem hesitar. Lembrando-se disso agora, Anna percebeu mais uma vez como ela fora corajosa. Mais do que isso, Mavis lhe abrira os olhos, mostrando a ela que seu pai não era tão invencível quanto parecia.

Aqueles mesmos olhos azuis, cansados, mas ainda bem alertas, analisavam-na agora, do outro lado da mesa cheia de pratos de comida deixados pela metade.

— Tem certeza de que não posso ajudar com a louça?

— Tenho — Anna respondeu determinada.

Tudo o que queria era ficar sozinha. O enterro fora uma experiência dolorosa. Não da mesma forma que fora o de Monica, mas porque as reações à morte da mãe foram variadas. *Foi uma bênção*, algumas pessoas murmuraram, com Olive Miller exprimindo o medo de todos os idosos (perder a sanidade) ao dizer: *Sua mãe certamente preferia assim*. Mas Anna percebeu que não tinha a menor ideia do que a mãe pensava ou sentia.

Bastava ver o que ela havia passado durante todos aqueles anos. Talvez, em alguns aspectos, perder a sanidade é que tenha sido uma bênção.

— Bem, então está... — Mavis deu-lhe um abraço rápido e apertado cheirando levemente a cravo-da-índia. — Me telefone se precisar de alguma coisa. Promete?

— Prometo. — Anna a acompanhou até a porta, acenando quando ela entrou no antigo Pontiac Cutlass azul de Olive Miller, em ponto morto na entrada de carros. Laura e Finch ainda estavam arrumando a sala de estar.

— Chega. — Ela tirou o aspirador de pó da mão de Laura. — A Liz e eu faremos o resto.

— Estamos quase acabando — protestou Laura... como se Anna não soubesse do que se tratava: assim como Mavis, Laura não queria que ela ficasse sozinha.

Mas não era papel seu prover apoio moral em horário integral.

— Volte para casa para ficar com o seu bebê. — Hector havia ido embora há quase uma hora com Essie recostada em seu ombro, em sono profundo.

Laura a ignorou, abaixando-se para pegar um guardanapo amassado do chão.

— O Hector é perfeitamente capaz de tomar conta dela — disse Laura.

— Não adianta, Anna. Nós não vamos embora — disse Finch.

— Vocês não têm que bancar a babá, vou ficar bem. Prometo. — Ela pegou o gato, que se enroscava em suas pernas, seu ronronado alto, mais reconfortante do que as condolências que ela vinha recebendo o dia inteiro. Do banheiro no final do corredor, ouvia-se o clique surdo dos potes e ampolas, à medida que Liz tirava as coisas da mãe do armário acima da pia, tarefa que Anna vinha adiando.

Laura e Finch trocaram um olhar. Anna sabia o que elas estavam pensando: que não era só a morte da mãe que a entristecia. E elas não estavam erradas. Pensamentos sobre Marc lhe vieram à cabeça durante todo o dia em pequenas ondas frias. Mas, se ficar sozinha era difícil, ela sabia que havia algo ainda pior, que era o *medo* da solidão, que

Sonho de uma Vida

podia levá-la a colar feito um percevejo nos hábitos familiares, por pior que fossem eles.

Não, sairia dessa de alguma forma.

— Sobrou um pouco daquele café? — Laura foi à cozinha, voltando momentos depois com uma caneca fumegante e biscoitos com gotas de chocolate. Ela se sentou no sofá ao lado de Finch, que estava acomodada em um de seus braços.

Anna não teve alternativa a não ser puxar uma poltrona.

— Vocês... — Ela sorriu. — Sabem qual o maior favor que vocês podem fazer para mim? Levar o resto desses biscoitos com vocês.

— Ah, não sei não. Você vai ter que me convencer — disse Laura, dando uma mordida num biscoito.

— Foi a Claire que fez? — Finch se aproximou para pegar um pedaço do biscoito de Laura.

— Para falar a verdade, acho que foi o David. — A família Ryback passara ali rapidamente. Naturalmente, Liz dera um jeito de se manter ocupada na cozinha até eles irem embora.

Anna olhou para fora da janela, para um labrador amarelo que passeava pelo jardim, não Pearl — ela raramente se arriscava a passar da varanda ultimamente. Devia ser o cachorro da vizinha, do outro lado da estrada; Herb Dunlop passara ali mais cedo para lhe dar os pêsames.

— Lembro de quando minha avó faleceu –– disse Laura. — Ela estava doente fazia tempo, mas eu ainda não estava preparada para o quanto isso me abalou. — Ela olhou preocupada para Anna, por cima da borda da caneca, a favorita de Marc, cerâmica azul com o desenho de uma cadeira de diretor e as palavras: RELAXE, DEUS ESTÁ NO COMANDO. — Tem certeza de que não quer que uma de nós passe a noite aqui?

Anna arriscou um sorriso.

— Tenho.

— Pena que eu não conheci a sua mãe antes de ela, eh... — Finch hesitou, em querer dizer *antes de ela ter ficado maluca*. — Como ela era?

— Doce. Engraçada. — Os cantos da boca de Anna se elevaram. — Também adorava ler. Se precisasse salvar alguma coisa da casa em chamas,

seria sua carteirinha da biblioteca. Não consigo parar de pensar em como teria sido a vida dela se... — Sua voz falhou.

— Acho que não havia nem sombra de maldade nela — intrometeu-se Laura.

— Foi por isso que ela acabou sucumbindo.

Todas elas se viraram para Liz, que estava de pé na porta que dava para o corredor, com uma caixa de papelão nos braços. Anna suspirou.

— Por favor, Liz. — Ela estava sem forças para isso. — Não dá para deixar isso pra lá?

— Desculpe. — Liz apoiou a caixa na cristaleira, com cara de arrependida... um avanço em relação aos velhos tempos, quando teria saído com alguma observação sarcástica.

Seguiu-se um silêncio opressor. Então Finch falou:

— E eu achei que estava em desvantagem.

— Nenhuma família é perfeita — disse Anna.

— Isso não existe — disse Laura. — Família perfeita é um paradoxo.

— O segredo é você escolher a família. — Finch lançou um olhar malicioso para Laura.

— Nós não tivemos esse luxo. — Liz foi para onde Anna estava, sentando-se num dos braços da poltrona. — Mas não foi um desastre por completo. Tenho uma irmã muito boa, embora, francamente, eu não saiba por que ela me atura.

— A cavalo dado não se olham os dentes — zombou Anna. — Você é a única que restou.

A conversa mudou para outros assuntos. Laura contou que Hector estava ensinando Maude a usar o computador, e Anna disse que tinha suas suspeitas de que a ninhada de gatinhos do outro lado da estrada, na casa da família Foster, era obra de Boots. Liz as presenteou com a última gafe das celebridades que haviam visitado o spa.

Quando chegou a hora de elas irem embora, Anna abraçou Laura e Finch à porta, enquanto Liz mantinha-se a certa distância, com um olhar nostálgico. Ela lhe confidenciara mais cedo que sua melhor amiga, que também era amiga íntima da família Ryback, havia se afastado dela desde o caso que tivera com David. Anna se sentia abençoada por seus amigos não serem tão rápidos em seu julgamento.

— Obrigada por ter cuidado disso — disse Anna, quando ela e a irmã ficaram sozinhas. Ela sinalizou com a cabeça para a caixa de papelão em frente à cristaleira.

— Era o mínimo que eu podia fazer. — Liz a carregou pela cozinha e, após um momento, Anna ouviu o baque da tampa da lixeira sendo abaixada nos fundos da casa. Quando a irmã reapareceu, estava com a bolsa e o casaco. — É melhor eu ir embora. Eu disse ao Dylan que voltaria a tempo do jantar.

Liz preferira poupar o filho do enterro, dizendo que ele era jovem demais e que isso apenas o aborreceria, mas a verdade era que ele mal conhecia a avó. Por um lado, Anna achou que isso era o mais triste de tudo.

Estava acompanhando Liz até o carro quando uma imagem familiar a fez parar de repente: o Audi prateado de Marc entrando no caminho de carros. Ele devia ter ouvido falar da morte de sua mãe nos noticiários.

Todo o resto saiu de foco quando ela o observou descer do carro e se aproximar, alto, elegante e mais atraente do que qualquer outro homem tinha o direito de ser. Ele parou no meio do caminho, erguendo a mão como se para perguntar: *Tudo bem? Você não vai atirar em mim, vai?* Anna permaneceu enraizada no lugar, incapaz de se mover ou mesmo de falar, uma fala do filme *Jerry Maguire* lhe passou pela cabeça, quando Renée Zellweger diz a Tom Cruise: "Você me ganhou no oi."

Ela viu, quando Marc se aproximou, que ele havia se cortado enquanto fizera a barba; um risco de sangue ressecado marcava o local em seu queixo.

— Sinto muito pela sua mãe — disse ele, acenando com a cabeça para Liz antes de fixar o olhar em Anna. Os olhos dele estavam avermelhados e ela achou que ele parecia abatido. Anna sentiu-se fraquejando. Será que ele havia ido até lá apenas para lhe dar os pêsames?

— Obrigada. — Anna não sabia o que mais dizer.

— Preciso ir. — Liz lançou-lhe um olhar significativo. — Prazer em te ver, Marc. É uma pena eu não poder ficar para bater um papo. — Ela

entrou em seu Miata e deu a ré com tanta pressa que quase acabou com o trabalho que Finch começara, quando batera na caixa de correspondência na época em que estava aprendendo a dirigir.

Anna voltou o olhar para Marc.

— Você está um pouquinho atrasado — disse ela. — Todo mundo já foi embora.

Ele a considerou com seriedade.

— Na verdade, eu queria que nós ficássemos um pouco a sós... — Ela sentiu o coração subir até a garganta, mas foi rápida em suprimir a esperança que brotava. Será que ele achava que simplesmente podia recomeçar de onde havia parado? E quanto ao que *ela* queria?

Dentro da casa, ele se sentou no sofá, parecendo mais o mensageiro de más notícias do que alguém que fora lá para consolá-la.

— Posso pegar alguma coisa para você comer? — perguntou ela. — Tenho sobrinhas suficientes para abrir um refeitório.

Ele balançou negativamente a cabeça.

— Talvez mais tarde.

Ela se sentou na poltrona de frente para ele.

— Por que será que, quando alguém morre, as pessoas te trazem mais comida do que você poderia comer em um ano?

— Acho que é porque elas não sabem mais o que fazer. — Ele viu uma caneca de plástico que Laura e Finch haviam deixado passar. — Veio muita gente?

— Mais do que eu esperava. — A maioria foi de amigos seus e de sua irmã, com Felicia Campbell e o marido também aparecendo para prestar suas condolências.

— Acredito que tenha sido repentino.

Ela concordou.

— Pelo menos ela não sofreu.

Ele parecia saber que ela estava apenas fazendo eco aos sentimentos dos outros.

— Eu me lembro de quando a minha mãe faleceu. As pessoas ficaram dizendo a bênção que era ela ter ido tão rápido, e talvez seja verdade, mas eu gostaria de ter tido a chance de dizer adeus.

Sonho de uma Vida

Anna lutou contra as lágrimas, desejando não chorar.

— É mais difícil do que eu imaginava. Eu sei que ela não era mais a mesma pessoa no final, mas acho que isso não muda a forma como a gente se sente.

— Sinto muito — disse ele novamente, só que, desta vez, ela teve a sensação de que ele não se referia à mãe dela.

— Você não precisava ter vindo até aqui para me dizer isso. — Ela se esforçou para olhá-lo nos olhos. — Podia ter telefonado.

— Eu queria te ver.

A raiva subiu de forma tão inesperada quanto as lágrimas que ela havia vertido no mesmo dia, ao passar pelo túmulo da irmã. Será que ele fazia ideia de como isso a estava afetando? Que bem ele poderia fazer quando sua presença era como sal numa ferida aberta? Ela vinha se aguentando, até que ele reapareceu; agora, levaria dias, possivelmente semanas, até que pudesse voltar a algo parecido com o normal. Tremendo como se estivesse com febre, ela se levantou e saiu da sala.

Estava em pé, junto à pia, com o olhar parado na janela e a água escorrendo pela torneira quando ele foi ao seu encontro. Marc chegou por trás e estendeu a mão para fechar a torneira, os braços roçando nos dela, fazendo-a se encolher como um gato escaldado. Em seguida, ela estava levando a mão ao bolso, tirando dele um lenço de papel amassado e o segurando contra o nariz, da forma como teria feito para estancar um vazamento persistente.

— A Faith sabe — disse ele, com a voz branda. — Ela perguntou se eu estava apaixonado por você.

Anna virou-se para ele.

— E o que você disse?

Ela sentiu como se o coração estivesse num lugar apertado.

— A verdade.

Ela o encarou, atônita.

— O que quer dizer...?

Uma onda de fria racionalidade logo dispensou o pensamento: *Nada mudou, exceto que a esposa dele sabe.*

— E isso quer dizer que está tudo bem? — A voz dela tremeu.

— Anna...

— Porque as coisas mudaram. Eu mudei. Não quero o marido de ninguém. Quero o meu marido. E filhos, se não for tarde demais. Se você não estiver livre para...

Ele a segurou pelos ombros, de forma quase brusca.

— Acabou. Ela pediu o divórcio. — Ela viu o sofrimento no rosto dele e soube que ele tinha sentimentos conflitantes, que seu amor por Faith nunca acabaria, como a raiz de uma árvore após seu tombamento. — Não apenas por sua causa. Ela já queria me falar há algum tempo, mas não sabia como.

— Acho que isso foi de uma bravura incrível. — Anna disse a primeira coisa que lhe veio à mente.

— Como mais alguém que eu conheço. — Ele levou a mão ao rosto dela, passando levemente o polegar por ele. — O que estou querendo dizer é que sou seu, se você ainda me quiser.

Ela sentiu o ar lhe abandonar o corpo e, por um instante, mal percebeu os pés tocando o chão.

— Você está me pedindo para casar com você? — Antes, ela não teria sonhado em ser tão audaciosa, mas aprendera que nada de bom vinha quando você recuava.

Ele inclinou a cabeça, sorrindo.

— Estou — disse ele. — Estou te pedindo para se casar comigo.

— Não quero ter que sair do meu emprego. — Apesar da alegria que a dominava, fazendo-a tremer toda como se estivesse com frio, uma parte dela se prendia ao nicho que havia cavado para si.

— Também não quero que você tenha que fazer isso.

— Eu poderia conversar com o Bob. — A ideia estava tomando forma em sua mente. Não poderia trabalhar em casa e mandar a coluna para ele? — Só tem uma coisa... — A voz dela falhou assim que ela se sentou numa cadeira à mesa, sentindo-se zonza de repente.

— O quê? — Ele a olhou ansioso.

Ela olhou para as travessas de comida, lembrando-se de quando era gorda, antes de perceber que não era o que estava abaixo do pescoço que a detinha, mas o que ficava entre as orelhas. Como Dorothy e os sapatos mágicos, ela tivera que descobrir por si mesma o que a bruxa boa lhe teria dito desde o início.

— Não sei se alugo ou vendo — disse ela.

Em seguida, Marc a estava tomando nos braços, sua boca se aproximando da dela. Não era o final feliz com o qual uma vez sonhara, apenas a última peça do quebra-cabeça que ia para o lugar. Ele recuou, sorrindo.

— Por um segundo, você me deixou preocupado.

Ela lhe retribuiu o sorriso entre lágrimas.

— Você me ganhou no oi.

Capítulo Dezenove

o dia seguinte ao término das aulas, Finch se dedicou à preparação da festa. Ajudou Ian com as faixas e Maude com os canapés que ela estava congelando com antecedência. Quando Hector precisou de uma mãozinha para erguer a tenda, ela se ofereceu, sem esperar ser solicitada. O tempo todo ela vinha fazendo horas extras na loja para compensar a falta de Laura, que, agora, estava trabalhando apenas meio expediente. Normalmente, Finch teria reclamado, mas aquilo estava sendo uma distração bem-vinda do momento que ela vinha temendo há semanas, quando teria que dizer adeus para Lucien.

Sonho de uma Vida

Na tarde da festa, tudo estava no lugar. As faixas de Ian estavam penduradas. As flores de Sam enchiam todos os vasos e jarros. Um serviço de bar completo, cortesia de Wes, estava montado debaixo da tenda, complementada por garçons de terno branco. Claire estava na cozinha com Maude, fazendo os acabamentos do bolo. E Aubrey, que ficara encarregado da parte de entretenimento, mandara chamar um trio de *bluegrass*, que estava afinando os instrumentos no gramado. Mas foram as lembrancinhas da festa que Alice havia preparado — camisetas com uma foto de Laura e Hector no dia do casamento, ladeados por Maude e Finch com a frase: E COM O BEBÊ SÃO CINCO — que constituíram a grande sensação.

Laura parecia meio zonza com tudo isso. Havia ficado acordada metade da noite com Essie, cujo primeiro dentinho estava nascendo. Mas, de alguma forma, se sentira revigorada com o café da manhã reforçado que Maude insistira em fazer. Sua maior preocupação agora era se o céu nublado iria limpar a tempo.

O sol surgiu por entre as nuvens assim que Anna e Marc chegaram, poucos minutos antes das quatro.

— Somos os primeiros? — gritou ela, parecendo mais feliz do que nos últimos meses.

— Eu disse a ela que estávamos muito adiantados — disse Marc, com uma risada agradável, um braço por cima dos ombros dela quando chegaram pela entrada de carros. — Mas ela não queria perder nem um minuto da festa.

Finch sentia-se feliz por ele e Anna estarem juntos de novo. Isso faria com que a ida de Lucien fosse ainda mais dura, mas ela lidaria com isso quando chegasse a hora.

— Você está maravilhosa com este vestido — disse a Anna. Azul-claro com listras fininhas, ele lhe caíra como uma luva.

— Você acha? Eu não sabia como iria ficar. Já fazia um tempão que eu não costurava nada. — Anna ruborizou orgulhosa ao brincar com a alça.

— Foi você que fez? — Finch estava impressionada.

— Minha mãe me ensinou a costurar quando eu tinha a sua idade.

— Você me ensina?

— Eu adoraria. — Parecia que nada daria mais prazer a Anna.

— Mas você tem que prometer que não vai contar para ninguém. — Tinha a própria reputação a zelar: ser a única aluna da história de Portola High a pôr fogo na sala durante a aula de economia doméstica.

— Não se preocupe. Vai ser o nosso segredo.

Liz chegou minutos depois com o filho. Quando ela lhe soltou a mão, ele voou feito uma pedra lançada de um estilingue. Liz foi caminhando devagar para cumprimentar Anna e Marc. Estava feliz por ela, embora Finch não possa ter deixado de perceber seu olhar de tristeza, um olhar que se transformou num sorriso gélido quando a família Ryback chegou em seu Jeep. Observando Liz cumprimentá-los, ela percebeu a vibração estranha que havia entre David e Liz, e que já havia notado em mais de uma ocasião. Engraçado, pensou ela, como as pessoas ficavam transparentes mesmo quando achavam que ninguém sabia. Ela imaginou se a esposa de David era tão tola quanto parecia.

O pensamento desapareceu ao ver Gerry e Aubrey descendo de seu jaguar prateado. Todos os olhares se viraram para Gerry, numa camiseta de malha decotada e calças capri pretas justas.

— Lá vai a tropa! — ela gritou alegremente assim que Andie e Justin saíram correndo do banco traseiro. Finch sorriu. A mãe de Andie era tão diferente de Laura, que raramente se preocupava com maquiagem e dava preferência ao conforto em vez do estilo. A única coisa que as duas tinham em comum é que eram pessoas agradáveis para se estar por perto.

Martha Elliston foi a próxima a aparecer. Finch a convidara depois que ela a chamara na escola para agradecer pelo pão de banana. A visita, de fato, revigorara sua mãe, dissera ela.

— Que bom que você pôde vir — disse-lhe Finch. Martha parecia mais bonita do que o normal num vestido floral e batom cor-de-rosa, que realçou a cor de suas faces.

— Eu quase não vinha. A mamãe está meio mal hoje.

— Humm, é uma pena — mentiu Finch. Por gentileza, ela incluíra a mãe de Martha no convite, mas, secretamente, esperava que ela não fosse. — Nada sério, espero.

Sonho de uma Vida 441

— Ah, não. Só que ela enfiou na cabeça que ia comer um pote cheio de chucrute e ficou a noite inteira acordada — disse Martha com um olhar preocupado que não disfarçava muito bem o alívio de ter a tarde só para si. — E ela nem gosta de chucrute.

— De onde será que ela tirou essa ideia? — Finch mordeu a bochecha para não rir. — Venha. — Ela pegou Martha pelo cotovelo. — Vou te apresentar a alguns dos meus amigos...

Então todos começaram a chegar juntos. Matt, o marido de Claire, e seus filhos. O casal Grigsby com a filha, Natalie. Tom Kemp e sua futura noiva, srta. Hicks. Olive e Rose Miller com conjuntos de calças de poliéster verde-limão e blusas floridas iguais. Myrna McBride com uma bolsa de compras cheia de livros sobre cuidados com o bebê. Dra. Rosário, que havia feito o parto de Jack e de metade das crianças na cidade, acompanhada do marido, um senhor bonitão com cabelos densos e ondulados do mesmo grisalho que o dela. E irmã Agnes, saltitante ao lado de padre Reardon.

Dentre os últimos a chegar estavam a irmã de Sam, Audrey, e o marido, carregando um carrinho dobrável com um laçarote rosa-choque enorme. Audrey, que não era nada parecida com Sam, tanto na aparência quanto na personalidade, gritou no ouvido surdo do tio Pernell como era bom, finalmente, ter uma sobrinha-neta para mimar. O que teria deixado Finch mais magoada do que já estava, caso Sam não tivesse aparecido ao seu lado naquele momento, dizendo alto o bastante para que todos ouvissem:

— Não é maravilhoso? Agora tenho *duas* netas.

A advogada de Anna chegou quarenta minutos depois, com uma das crianças com SAF, uma menina tímida, de oito anos, chamada Shoshanna e que tinha sido deixada para trás quando a mãe não foi pegá-la na aula de equitação. Rhonda lançou um olhar agradecido para Finch quando ela pegou a menininha pela mão, dizendo:

— Você gosta de cavalos? Venha cá, vou te mostrar os nossos.

Shoshanna logo se esqueceu da própria timidez e saiu correndo para brincar com as outras crianças, enquanto Finch demorou-se na estrebaria, dando pedaços de cenoura aos cavalos e ralhando com eles, como se fossem crianças, quando ficaram gulosos demais e começaram a morder uns aos outros por cima das baias. Desde o primeiro dia, fora ali que ela se sentira mais em casa. Finch gostava de tudo ali: do aroma de terra fértil, das selas penduradas em seus troncos de madeira, como se fossem cavalinhos de pau, da forma como o sol passava pelas tábuas que não se encaixavam bem. Ela nem se importava em limpar as baias, o que uma vez levara Hector a brincar que ela devia ter nascido num estábulo.

Na verdade, a única vez que ela andara no lombo de um cavalo antes de vir para Carson Springs fora em um pônei, numa quermesse. Devia ter cinco ou seis anos. Tudo o que se lembrava era da alegria de se sentir no alto e, na sequência, de sua mãe adotiva dar algodão-doce às outras crianças, exceto a ela, dizendo que ela não havia lhe agradecido o passeio. Mas não era essa a história de sua vida? Sempre que alguma coisa boa lhe acontecia, vinha seguida por alguma coisa ruim.

— O que você está fazendo aqui? Achei que isso era uma festa.

Ela virou e viu a silhueta de Lucien na soleira da porta, ágil e de certa forma reservada em jeans e camiseta Tour de France.

— Acho que não estou com humor para festa — disse ela, sentindo-se como se tivesse acabado de engolir o pedaço de cenoura em sua mão.

Ele pisou na luz do sol que caía enviesada sobre o chão sujo de palha.

— Vim para me despedir.

— Então é isso, ah? — Tinha dado um jeito de se controlar até então, mas agora sentia como se fosse desmoronar.

— Pelo menos por enquanto.

Não quero que você vá!, gritou uma voz lá dentro, mas tudo o que ela disse foi:

— Você vai ficar feliz em ver a sua mãe, com certeza.

— Não tanto quanto em deixar de ver o meu pai — disse ele com uma risada cruel, embora ela soubesse que ele não estava falando de coração.

— Só espero que ele não mude de ideia com relação ao Natal. — O pai dele concordara em deixá-la acompanhá-los na viagem e, após conversarem com ele, Laura e Hector também deram sua permissão.

— Ele não vai mudar. — Os dois sabiam que não era com o pai de Lucien que eles tinham que se preocupar: seis meses era muito tempo e muita coisa poderia acontecer entre o agora e o depois. — Isso me faz lembrar... — Ele puxou alguma coisa do bolso traseiro. — Que tenho uma coisa para você.

Era um CD. Ela olhou com atenção para a capa e começou a rir.

— Canções natalinas?

— Assim a espera não vai parecer tão longa. Ei, isso não é assim tão engraçado. — Ele se aproximou, franzindo a testa. Lágrimas corriam pelas faces dela... mas não de alegria. Ele a puxou para perto e a envolveu em seus braços. Ele tinha um perfume de limpeza, como se tivesse acabado de sair do banho.

— Espero... — Ela ficou engasgada.

— Eu também. — Ele apertou o abraço. — Vamos nos comunicar todos os dias por e-mail. — Ela concordou, os lábios tão apertados que chegavam a tremer. — E se eu fizer a conta telefônica aumentar muito, talvez a minha mãe decida me enviar de volta. Então, de qualquer jeito a gente não vai sair perdendo.

— Você vai perder o meu grande *début*. — Ela iria montar Cheyenne no desfile de Quatro de Julho.

— O Simon prometeu tirar um monte de fotos.

Ele a beijou carinhosamente nos lábios. Quando eles se separaram, ela viu que os olhos dele estavam brilhando.

— É melhor eu ir andando. Meu pai está esperando.

— Então está bem. Tchau. — Do lado de fora, a banda estava tocando uma música animada e o cheiro de frango grelhado invadia o pátio. Lucien já estava praticamente do lado de fora quando ela o chamou dando uma risada engasgada.

— Ei, como você sabia que a minha preferida era *Castanhas Assando na Fogueira*...?

Ele lhe abriu um sorriso que a penetrou como uma faca.

— Puro chute. — Então ele se foi, partículas de pó girando devagar no feixe de luz onde estivera. Momentos depois, ela ouviu o barulho de um carro saindo da propriedade.

Finch apertou o rosto contra o pescoço de Cheyenne. Não era justo. Por que ela sempre acabava ficando para trás? A começar pela mãe, que a deixara numa lanchonete do McDonald's quando ela tinha cinco anos. Sempre seria assim? Será que passaria o resto da vida como Chicken Little, esperando que o céu desabasse?

Quando finalmente voltou à festa, encontrou Andie e Simon ensinando as crianças mais novinhas a atirar ferraduras na caixa de areia, nos fundos. Se perceberam que ela havia chorado, foram sensíveis o bastante para não dizer nada, embora Andie tenha sido mais solícita que o normal, e Simon, por sua vez, não tenha se saído com nenhuma de suas piadinhas idiotas.

Finch estava indo para a casa quando viu Anna e Marc nos braços um do outro, no palco improvisado, feito de um estrado. Observando-os, ela nunca se sentiu tão sozinha.

Na cozinha, viu Maude discutindo bem-humorada com Claire sobre a quantidade de açúcar a ser colocada na limonada, enquanto Sam e Gerry carregavam travessas de comida para as mesas debaixo da tenda.

Essie estava chorando em algum lugar nos fundos da casa. Finch foi seguindo o som até chegar ao quartinho dela, onde Laura estava na cadeira de balanço tentando acalmá-la.

— É toda essa bagunça... ela não está acostumada com tanta gente. — Laura elevou a voz para ser ouvida acima do choro do bebê.

— Que tal se eu ficar com ela enquanto você pega alguma coisa para comer? — ofereceu-se Finch.

Laura lhe entregou a menininha, que parou de chorar na mesma hora, olhando para Finch com os olhinhos bem abertos, antes de dar um sorriso entusiasmado. Uma imagem antiga veio à tona: uma mulher sorridente num vestido azul curvando-se sobre ela. Finch teve a sensação repentina de alguma coisa virando para se ajeitar, então segurou um dedinho moreno e gorducho e começou a brincar com ele, cantarolando com a voz aveludada:

— Este porquinho foi ao mercado...

Impresso no Brasil pelo
Sistema Cameron da Divisão Gráfica da
DISTRIBUIDORA RECORD DE SERVIÇOS DE IMPRENSA S.A.
Rua Argentina 171 – Rio de Janeiro, RJ – 20921-380 – Tel.: 2585-2000